Clive
& Grah

DIE ZWEIT

CW00429179

Autoren

Seit er 1973 seinen ersten Helden Dirk Pitt erfand, ist jeder Roman von **Clive Cuss-
ler** ein »New-York-Times«-Bestseller. Auch auf der deutschen SPIEGEL-Bestseller-
liste ist jeder seiner Romane vertreten. 1979 gründete er die reale NUMA, um das
maritime Erbe durch die Entdeckung, Erforschung und Konservierung von Schiffs-
wracks zu bewahren. Er lebt in der Wüste von Arizona und in den Bergen Colora-
dos.

Der leidenschaftliche Pilot **Graham Brown** hält Abschlüsse in Aeronautik und
Rechtswissenschaften. In den USA gilt er bereits als der neue Shootingstar des intel-
ligenten Thrillers in der Tradition von Michael Crichton. Wie keinem zweiten Autor
gelingt es Graham Brown, verblüffende wissenschaftliche Aspekte mit rasanter Non-
stop-Action zu einem unwiderstehlichen Hochspannungscocktail zu vermischen.

Weitere Bände in Vorbereitung

Besuchen Sie uns auch auf www.facebook.com/blanvalet und
www.twitter.com/BlanvaletVerlag.

Clive Cussler
& Graham Brown

DIE ZWEITE SINTFLUT

Ein Kurt-Austin-Roman

Aus dem Englischen
von Michael Kubiak

blanvalet

Verlagsgruppe Random House FSC® N001967

2. Auflage
April 2020 bei Blanvalet, einem Unternehmen der Verlagsgruppe
Random House GmbH, München.
Copyright © 2018 by Sandecker RLLLP
By arrangement with
Peter Lampack Agency, Inc.
551 Fifth Avenue, Suite 1613
New York, NY 10176 – 0187 USA
Copyright © der deutschsprachigen Ausgabe 2020 by Blanvalet Verlag,
in der Verlagsgruppe Random House GmbH
Covergestaltung: © Johannes Wiebel | punchdesign, unter Verwendung
von Motiven von Shutterstock.com (Wilqkuku; Snaprender; Mike H;
sdecoret; Dmitriy Rybin; Dmitriy Rybin; Ethan Daniels)
Redaktion: Jörn Rauser
HK· Herstellung: sam
Satz: KompetenzCenter, Mönchengladbach
Druck und Einband: GGP Media GmbH, Pößneck
Printed in Germany
ISBN: 978-3-7341-0782-5

www.blanvalet.de

HANDELNDE PERSONEN

JAPAN (HISTORISCH)

Yoshiro Shimezu – Samurai. Anführer einer Rebellion gegen den herrschenden Shogun.

Kasimoto – Shogun. Feudaler Herrscher über weite Gebiete Zentraljapans.

Goro Masamune – Japans berühmtester Waffenschmied. Er schuf das Honjo Masamune, das beste japanische Schwert, das je geschmiedet wurde.

Sengo Muramasa – Masamunes Konkurrent. Es gibt Hinweise, dass er Masamunes Schüler war, was jedoch nicht gesichert ist. Er schmiedete die Purpurne Klinge.

CHINA

Wen Li – Mächtige und undurchsichtige Persönlichkeit innerhalb der chinesischen Regierung und der Kommunistischen Partei. Er gilt als gewiefter Stratege und trägt den Ehrentitel Lao-Shi, was so viel heißt wie *Gelehrter Meister*.

Walter Han – Halb Japaner, halb Chinese; reicher Industrieller; ist Wen Li gelegentlich bei der Durchführung seiner Pläne behilflich.

Gao-zhin – Walter Hans' Chefingenieur; Roboter- und Computerexperte.

General Zhang – Wichtiger und einflussreicher Angehöriger des chinesischen Geheimdienstes; Chef des Ministeriums für Staatssicherheit.

NATIONAL UNDERWATER AND MARINE AGENCY (NUMA)

Rudi Gunn – Stellvertretender Direktor der NUMA; Absolvent der United States Naval Academy.

James Sandecker – Ehemaliger Chef der NUMA; mittlerweile Vizepräsident der Vereinigten Staaten.

Kurt Austin – Chef der Special Projects Division der NUMA; hervorragender Taucher und Bergungsfachmann; arbeitete für die CIA, ehe er zur NUMA kam.

Joe Zavala – Kurt Austins Freund und rechte Hand; als genialer Techniker und Ingenieur spezialisiert auf die Entwicklung von Maschinen aller Art und die Konstruktion von Unterwasserfahrzeugen; außerdem erfahrener Hubschrauberpilot und Amateurboxer.

Paul Trout – Führender Geologe der NUMA und mit

zwei Metern Körpergröße der Riese des Special Projects Teams; verheiratet mit Gamay Trout.

Gamay Trout – Meeresbiologin und mit Paul Trout verheiratet; Fitnessfanatikerin und erfahrene und furchtlose Taucherin.

Priya Kashmir – Vielseitige Expertin und seinerzeit kurz davor, einem Einsatz-Team der NUMA zugeteilt zu werden, ehe sie bei einem Autounfall derart schwer verletzt wurde, dass sie seitdem an einen Rollstuhl gefesselt ist; Angehörige des Rising Seas Project.

Robert Henley – Geologe bei der NUMA und während Paul Trouts Abwesenheit dem Rising Seas Project zugeteilt.

JAPAN (GEGENWART)

Kenzo Fujihara – Einsiedlerisch auf einer Burg lebender Wissenschaftler, der als Geologe in der Forschung tätig war; mittlerweile Führer einer antitechnologischen Sekte; entwickelte unter anderem eine Methode zur Identifikation und Messung seismischer Z-Wellen.

Akiko – Verantwortlich für die Sicherheit Kenzo Fujiharas; unterhielt früher enge Verbindungen mit der Unterwelt; tritt als seine persönliche Beschützerin in Erscheinung.

Ogata – Mitglied von Kenzo Fujiharas technologiefeindlicher Sekte.

Kriminalkommissar Nagano – Hochrangiger Beamter der japanischen nationalen Polizeibehörde Keisatsu-chō und Experte für die Yakuza und das organisierte Verbrechen; leitet die Ermittlungen im Fujihara-Fall.

Ushi-Oni – Ehemaliger Auftragsmörder der Yakuza; »arbeitet« mittlerweile auf eigene Rechnung; wird in einschlägigen Kreisen »Dämon« genannt; entfernter Verwandter und gelegentlicher Geschäftspartner von Walter Han.

Hideki Kashimora – Unterführer der Yakuza und Manager des Sento, eines illegalen Spielcasinos und Fight Club in einem Vorort Tokios.

BLUT UND STAHL

Als zwei Armeen auf einem weiten Feld im japanischen Hochland aufeinandertrafen, mischte sich das helle Klirren gezückter Schwerter in den dumpfen Donner der heranstürmenden Pferde.

Als wäre er mit dem Sattel seines Pferdes verwachsen, kämpfte Yoshiro Shimezu mit einer sorgfältig ausgewogenen Kombination aus Kraft und Eleganz. Während er das Kampfgetümmel ringsum wachsam im Auge behielt, lenkte er sein Reittier mit sparsamem Schenkeldruck, ohne seine *hakusha* einzusetzen – wie die Sporen genannt wurden, die zu einer traditionellen Rüstung gehörten. Gewöhnlich benutzte der Samurai sie nicht.

Auffällig an Yoshiros bunt lackierter Rüstung waren die breiten Schulterplatten, die schweren Handschuhe und ein Helm, der mit einem Hirschgeweih verziert war. Seine Waffe, die er ausgezeichnet beherrschte, war ein glänzendes *katana*, dessen Klinge jeden Lichtstrahl reflektierte, wenn sie mit weit ausholenden Schwüngen durch die Luft schnitt.

Mit einer fließenden Handbewegung entwaffnete er den Gegner, der sich als Erster in die Reichweite seines Schwerts gewagt hatte. Mit einem Schwerthieb, der mit der Rückhand ausgeführt wurde, halbierte er die Klinge eines anderen Widersachers. Während dieser Soldat sein

Heil in der Flucht suchte, griff ein dritter Yoshiro mit einer Lanze an. Ihre Spitze streifte klirrend seine Rippenregion, aber die Schuppen seines Brustpanzers bewahrten ihn vor einer tödlichen Verletzung. Yoshiro wirbelte herum und tötete den Mann mit einem mächtigen Schwerthieb, den er von oben nach unten ausführte.

Für einen kurzen Augenblick von seinen Gegnern unbehelligt, vollführte er mit seinem Pferd auf der Stelle eine Pirouette. Das Pferd, durch eine Rüstung in den gleichen Farben wie Yoshiros geschützt, bäumte sich auf, schlug mit den Vorderhufen aus und machte einen Satz vorwärts.

Seine mit Eisenplatten umhüllten Hufe krachten zwei Angreifern ins Gesicht und warfen sie blutend und bewusstlos zu Boden. Den Kopf eines dritten Mannes zertrümmerte das Pferd, aber nun drängten sich feindliche Soldaten von allen Seiten heran.

Auf der Suche nach weiteren Gegnern ließ Yoshiro den Blick über die Köpfe der feindlichen Soldaten schweifen, seien sie beritten oder zu Fuß. Er war auf dem Schlachtfeld gegen den Shogun in Stellung gegangen, dessen Armee nun in überwältigender Anzahl anrückte. Die Schlacht war wie erwartet verlaufen, und Yoshiros Niederlage schien unabwendbar.

Entschlossen, so viele Gegner wie möglich mit in den Tod zu nehmen, attackierte Yoshiro den Soldatentrupp, der sich am weitesten vorgewagt hatte. Aber die Männer wichen in geordneter Verteidigungsformation zurück und hoben abwehrbereit ihre Schilde und langen Lanzen. Er machte kehrt und galoppierte auf eine andere Truppenformation zu. Doch auch diese Krieger hielten unerschütterlich ihre Position und suchten hinter einem Wald von Speeren Schutz.

Vielleicht wollten sie ihn lebend gefangen nehmen. Könnte dies der Grund dafür sein, dass der Shogun von ihm verlangte, vor den Augen seines Hofstaats seppuku *zu begehen? Ein solches Ende würde Yoshiro niemals hinnehmen.*

Er trieb sein Pferd erst in die eine Richtung, dann in die andere. Doch bei jedem Vorrücken seines Reittiers wichen die Fußsoldaten zurück. Yoshiro zügelte sein Pferd und richtete sich im Sattel auf. Er wollte nicht, dass sein Reittier sinnlos geopfert wurde. Es war ein bildschönes Tier und sein einziger Vorteil gegenüber den Fußtruppen.

»Wehrt euch!«, verlangte er und musterte seine Gegner mit verächtlichen Blicken. »Stellt euch zum Kampf, wenn ihr noch einen Funken Ehre im Leib habt!«

Ein raubtierhaftes Knurren erregte seine Aufmerksamkeit, und dann wurde ein Speer in seine Richtung geschleudert. Mit blitzschnellen Reflexen parierte Yoshiro das Wurfgeschoss, durchtrennte seinen hölzernen Schaft mit seinem Schwert, lenkte es zugleich ab und zerteilte es. Beide Hälften des Speers landeten, ohne Schaden anzurichten, auf der Grasnarbe des Schlachtfelds.

»Niemand darf ihn angreifen!«, erklang eine Stimme. »Sein Kopf gehört mir!«

Beim Klang des Befehls nahmen die Soldaten eine ehrerbietige Haltung an, und ein Teil des Rings öffnete sich, um dem Reiter Platz zu machen.

Yoshiro erkannte die reich verzierte seidene Schabracke des Pferdes, die goldenen Lamellen des Brustpanzers seines Reiters und dessen geflügelten Helm. Der Shogun war persönlich erschienen, um sich zum Kampf zu stellen.

»Kasimoto!«, rief Yoshiro. »Ich kann nur staunen. Niemals hätte ich gedacht, dass du den Mut hast, die Klinge mit mir zu kreuzen.«

»Ich wollte es niemand anderem überlassen, einen Verbrecher gebührend zu bestrafen«, erwiderte Kasimoto und zückte ebenfalls sein Schwert. Zwar war auch dies ein *katana* – wie Yoshiros –, aber der Stahl dieser Waffe war dunkler und die Klinge dicker. »Du hast mir als Lehnsherr Treue geschworen. Jetzt jedoch rebellierst du und stellst dich gegen mich.«

»Und du hast geschworen, deine Untertanen zu beschützen, nicht sie zu töten und ihnen ihr Land wegzunehmen.«

»Ich verfüge über die absolute Macht«, brüllte der Shogun erbost. »Macht über sie und über dich. Ich kann ihnen nicht wegnehmen, was von Rechts wegen mir gehört. Aber wenn du für sie bittest, werde ich mich gnädig zeigen.«

Der Shogun stieß einen schrillen Pfiff aus, und eine kleine Gruppe Gefangener wurde aufs Schlachtfeld getrieben. Kinder. Zwei Jungen und zwei Mädchen. Ihnen wurde befohlen niederzuknien. Diener des Shoguns, mit Dolchen bewaffnet, bauten sich hinter ihnen auf.

»Ich habe mehr als eintausend Gefangene in meiner Gewalt«, verkündete der Shogun. »Und wenn deine Bande erst einmal besiegt ist, steht nichts mehr zwischen mir und dem Dorf. Wenn du dich ergibst und deinem Leben eigenhändig ein Ende setzt, werde ich nur die Hälfte der Gefangenen töten und das Dorf verschonen. Wenn du dich mir jedoch entgegenstellst, werde ich sie bis auf den letzten Mann, die letzte Frau und das letzte Kind hinschlachten und das Dorf niederbrennen.«

Yoshiro hatte gewusst, dass es so weit kommen würde. Aber er wusste auch, dass viele Gefolgsleute des Shogun seiner Brutalität überdrüssig waren und damit rechneten, dass sie sich schon bald auch gegen sie selbst richten würde.

Das weckte einen Hoffnungsschimmer in ihm. Wenn es ihm gelänge, den Shogun hier und jetzt zu besiegen, bestünde die Möglichkeit, dass die Macht in die Hände weiserer Männer fiel. Und dass endlich der lang ersehnte Frieden geschlossen werden würde.

Yoshiro wog seine Chancen ab. Der Shogun war ein mächtiger und gefährlicher Krieger, stark und nach unzähligen Schlachten entsprechend kampferprobt. Aber er und sein Pferd waren weder mit Blut noch mit Schweiß oder Erdreich besudelt. Es war lange her, seit der Shogun das letzte Mal Mann gegen Mann um sein Leben hatte kämpfen müssen.

»Wie lautet deine Antwort?«

Yoshiro stieß seinem Pferd die Fersen in die Seiten, reckte sein funkelndes Schwert hoch in die Luft und griff voller Ungestüm an.

Der Shogun wurde von der unerwarteten Attacke überrumpelt und reagierte erst spät, schaffte es jedoch im letzten Augenblick, den Angriff abzuwehren, trieb sein Reittier an und passierte Yoshiro auf der linken Seite.

Die Kämpfer tauschten die Seiten und ritten erneut gegeneinander an. Diesmal kollidierten die durch leichte Panzer geschützten Pferde in der Mitte des Kreises. Beide Reittiere brachen bei dem Zusammenprall in die Knie und richteten sich ruckartig wieder auf. Dabei wurden ihre Reiter aus den Sätteln geworfen.

Yoshiro kam als Erster auf die Füße und führte sofort einen tödlichen Stoß gegen den Shogun.

Kasimoto parierte den Angriff und wich mit einem eleganten Sprung zur Seite aus, aber Yoshiro wirbelte herum und machte aus dem Stoß, der ins Leere ging, einen mächtigen Abwärtshieb.

Bei jedem klirrenden Aufeinandertreffen der Klingen stob ein Funkenregen empor. Der Shogun variierte seine Taktik, und ein Schwertstreich fegte Yoshiro den Helm vom Kopf und hinterließ eine Schnittwunde in seiner Wange. Ein Konter Yoshiros kostete Kasimoto eine Schulterplatte seiner Rüstung.

Vor Wut und Schmerzen rasend, warf sich der Shogun seinem abtrünnigen Samurai entgegen und ließ sein Schwert in einer tödlichen Kombination von Finten und präzise gezielten Hieben hin und her fliegen.

Yoshiro wich vor dieser Attacke zurück, wobei er beinahe sein Gleichgewicht verlor und ins Straucheln geriet. Die Klinge des Shogun zielte nach seiner Kehle und beschrieb einen weiten Bogen, der Kopf und Körper voneinander trennen sollte. Aber dann gelang es Yoshiro mit einer geschickten Handbewegung, den mörderischen Schlag mit der Breitseite seines Schwerts abzulenken.

Der wuchtige Zusammenprall hätte zum Bruch seiner Klinge führen müssen, doch Yoshiros Waffe hielt dem Schwert des Shogun stand, federte es mit einem weithin schallenden Klirren ab und ließ den Hieb des Shogun ins Leere gehen.

Yoshiro erwiderte den Angriff mit einem vertikal kreiselnden Gegenhieb, der Kasimotos Leibesmitte erreichte. Die Schwertschneide war so scharf und der Hieb derart kraftvoll, dass die Schwertspitze die bunt bemalte Stahlplatte und das aus gehärtetem Leder genähte Hemd darunter durchschnitt und den Brustkorb des Shogun aufschlitzte. Blut quoll aus der nicht besonders tiefen Wunde und sickerte über Kasimotos Rüstung.

Ein erschreckter Seufzer ging durch die Reihen der Soldaten, die sich um den Kampfplatz scharten. Kasimoto taumelte einen Schritt rückwärts und fasste sich an die Seite. Er schaute Yoshiro verblüfft an. »Deine Klinge bleibt unversehrt, während meine Rüstung von ihr durchschnitten wird ... wie nasse Leinwand. Dafür gibt es nur eine einzige Erklärung. Die Gerüchte treffen zu, dass du die Klinge des berühmten Waffenschmieds Masamune führst. Dein Schwert stammt aus seiner Werkstatt.«

Yoshiro reckte die funkelnde Waffe hoch in die Luft. »Dieses Schwert wurde mir von meinem Vater hinterlassen, und er hatte es von seinem Vater geerbt. Es ist die edelste Klinge, die der Meister je schuf. Und sie wird deinem nichtswürdigen Leben ein Ende setzen.«

Der Shogun nahm seinen Helm ab, um leichter atmen und besser sehen zu können. »In der Tat, eine mächtige und wirkungsvolle Waffe«, sagte er. »Ich werde sie wie einen Schatz hüten, wenn ich sie dir nach deinem Tod aus der Hand nehme – aber mein Schwert ist das bessere, das stärkere der beiden. Es ist die Waffe, die nach Blut dürstet.«

Yoshiro erkannte das *katana* in der Hand des Shogun. Es war das Werk eines anderen berühmten Waffenschmieds Japans: Muramasa, Schüler und einstiger Günstling des berühmten Meisters.

Es hieß, die beiden hätten in ständigem Wettstreit miteinander gelebt, und dass Muramasa den Neid, den Hass und die Verachtung, die er für denjenigen empfand, der ihn das Handwerk gelehrt hatte, auf die von ihm geschaffenen Schwerter übertragen habe. Es waren Waffen der Unterdrückung, der Zerstörung und des Todes, während Masamunes Schwerter allein benutzt wurden, um die Rechtschaffenen zu schützen und Frieden zu stiften und ihn zu erhalten.

Gewiss waren das Legenden, aber in jeder steckte stets auch ein wenig Wahrheit.

»Wenn du dich dieses dunklen Schwerts bedienst, wird es deinen Untergang besiegeln«, warnte Yoshiro.

»Bestimmt nicht, wenn es dich einen Kopf kürzer macht.«

Die beiden Kämpfer umkreisten einander, beide verwundet, beide mühsam nach Atem ringend und beide ihre Kräfte für den letzten Waffengang sammelnd. Yoshiro humpelte schwerfällig, und Kasimoto blutete heftig. Einer von ihnen würde schon bald zu Boden sinken.

Yoshiro müsste die Entscheidung herbeiführen und dürfte sich keinen Fehler leisten. Wenn er blindlings losstürmte und sein Ziel verfehlte, würde Kasimoto ihn töten. Wenn er ihn aber lediglich erneut verwundete, würde sich der Shogun aus Furcht zurückziehen und seinen Männern befehlen, Yoshiro anzugreifen. Käme es so weit, würde ihn sogar die glorreiche Klinge, die er führte, nicht retten können.

Sein entscheidender Schwerthieb müsste sein wie ein Blitz. Er müsste den Shogun auf der Stelle töten.

Nachdem er sich deutlich schwerfälliger bewegt hatte, blieb Yoshiro stehen. Er wählte die klassische Samuraiposition – einen Fuß zurückgesetzt, den anderen vorgestreckt, während beide Hände das Schwert neben der hinteren Hüfte bereithielten.

»Du siehst erschöpft aus«, stellte der Shogun fest.

»Du kannst jederzeit prüfen, ob es zutrifft.«

Der Shogun reagierte, indem er die ebenfalls klassische Verteidigungshaltung einnahm. Er war nicht bereit, nach diesem Köder zu schnappen.

Yoshiro musste handeln, ehe Kasimoto sicheren Stand

gefunden hatte. Überraschend schnell startete er zu seinem Sturmlauf, sodass sich die Schulterplatten seiner Rüstung wie Vogelschwingen aufstellten, während er angriff.

Er hatte sein *katana* zum Stoß gegen den Hals des Shogun erhoben, aber Kasimoto blockte die Attacke mit einem gepanzerten Handschuh ab und führte mit seinem eigenen Schwert einen Hieb aus.

Die Klinge schlitzte Yoshiros Arm auf. Der Schmerz mochte unerträglich sein, aber Yoshiro ignorierte ihn. Er bremste seinen Lauf, wirbelte herum und startete zu einem zweiten Angriff.

Unter der Wucht des Ansturms taumelte der Shogun zurück. Er wich nach rechts aus, dann nach links und schließlich wieder nach rechts. Seine Beine drohten unter dem Gewicht der Rüstung nachzugeben. Sein Atem kam in kurzen abgehackten Stößen.

Überwältigt von dem Angriff, geriet er ins Stolpern und stürzte dicht neben einem der jungen Gefangenen zu Boden. Während Yoshiro zu einem neuen tödlichen Schwerthieb ausholte, ergriff der Shogun einen Arm des Kindes und zog es als Schutzschild vor sich.

Yoshiro war bereits im Begriff, den Hieb auszuführen, aber sein Schwert traf weder den Kopf des Shogun noch den des Kindes. Es zuckte abwärts, streifte den gepanzerten Fuß des Shogun und grub sich mit der Spitze tief in das weiche – von Füßen und Pferdehufen zertrampelte – Erdreich.

Yoshiro zerrte am Schwertgriff, aber die Klinge blieb für einen kurzen Augenblick in der Erde stecken. Diese kurze Verzögerung war für Kasimoto genug. Er fegte das Kind beiseite, packte sein Schwert mit beiden Händen, visierte Yoshiro an, holte aus und schlug zu.

Seine Klinge schnitt glatt durch Yoshiros Kehle und beendete sein Leben augenblicklich. Der kopflose Körper des Samurai sackte zusammen. Aber der Tod war mit seiner Ernte noch nicht zufrieden.

Kasimoto hatte sich zu seinem tödlichen Schwertstreich aus einer kauernden Haltung erhoben. Als er einen Schritt machen wollte, gab sein Fußknöchel, den Yoshiros letzter Hieb getroffen hatte, nach und knickte um. Der Shogun taumelte vorwärts, streckte beide Arme aus, um seinen drohenden Sturz abzufangen, und drehte dabei sein Schwert herum, sodass die Spitze aufwärtsragte.

Sie drang dort, wo Yoshiro eine Panzerplatte abgerissen hatte, in seine Brust, durchbohrte sein Herz und hielt seinen Fall auf, sodass sein Körper dicht über dem Boden in der Schwebe verharrte.

Kasimoto riss den Mund auf, um einen Schrei auszustoßen, aber kein Laut drang über seine Lippen. Er lag dort, aufgespießt von seiner eigenen Waffe, an deren gekrümmter Klinge sein Blut hinabbrann und im Boden versickerte.

Damit endete die Schlacht. Aber nicht nur sie, sondern auch der Krieg zwischen den Truppen des Shogun und Yoshiros Getreuen.

Die Männer des Shogun waren müde, erschöpft und nun auch führerlos. Sie befanden sich mehrere Wochenmärsche von ihrer Heimat entfernt. Anstatt weiterzuziehen und das Vorhaben des Shogun, das Dorf niederzubrennen, auszuführen, sammelten sie ihre Toten ein und verließen das Schlachtfeld. Das funkelnde Schwert Masamunes und die bluttriefende Waffe seines Lehrlings nahmen sie mit.

Beschreibungen der Schlacht gingen von diesem Tag an von Mund zu Mund und wurden immer weiter ausgeschmückt, bis das angebliche Geschehen jede Vorstellungskraft sprengte.

Yoshiros *katana* erhielt schließlich den Namen Honjo Masamune und wurde als die grandioseste Schöpfung des besten und berühmtesten japanischen Waffenschmieds betrachtet. Es galt als unzerbrechlich und derart biegsam, dass es sich bei jedem Streich wie eine Peitsche verhielt. Eine Legende berichtete, dass es von innen her leuchtete und hell genug war, um die Gegner seines Besitzers zu blenden. Laut zahlreicher anderer Legenden sollte es so vollkommen geschliffen sein, dass seine Schneide, wenn Yoshiro es vor sich in die Höhe hielt, das Licht in einen Regenbogen zerteilte und ihn für seine Gegner unsichtbar machte.

Das dunkle Schwert des Shogun stand dem Ruhm des Honjo Masamune nur wenig nach. Zunächst einmal war es schwarz wie Kohle und sollte sich verdunkelt und rot gefärbt haben, nachdem es mit Kasimotos Blut bedeckt gewesen war. Es wurde als Purpurne Klinge im Laufe der Jahrhunderte ebenfalls zu einem Objekt zahlreicher Legenden. Viele, die es besaßen und benutzten, gelangten zu bemerkenswertem Reichtum und großer Macht. Aber die meisten fanden auch ein tragisches Ende.

Beide Waffen wurden von Samurai zu Samurai und von Lehnsherr zu Lehnsherr weitervererbt und damit zu einem nationalen Schatz des japanischen Volkes. Sie befanden sich im Besitz zweier mächtiger Familien und wurden von den Menschen wie Heiligtümer verehrt, bis sie in den Wirren der letzten Tage des Zweiten Weltkriegs spurlos verschwanden.

THE SERPENT'S JAW

Das graue Unterseeboot glitt behäbig durch ein ozeanisches Paradies. Sonnenlicht von oben erzeugte in dieser türkisfarbenen Welt irisierende Reflexe. Dichte Seetangwälder wiegten sich in der Strömung. Fische aller Arten, Größen, Farben und Formen flitzten hin und her. In einiger Entfernung war in der blaugrünen Unendlichkeit ein drohender dunkler Schatten zu erkennen. Er gehörte zu einem riesigen, aber harmlosen Walhai, dessen Maul weit offen stand, während er das Wasser in Massen ansaugte und durch die Kiemen hinauspresste, um das nahrhafte Plankton herauszufiltern.

Von seinem Kommandosessel in der Nase des Unterseeboots aus betrachtete Dr. Chen staunend die Vielfalt der Meeresfauna und -flora ringsum.

»Wir nähern uns dem Maul der Schlange«, meldete eine weibliche Stimme neben ihm.

Chen nahm die Information mit einem Kopfnicken zur Kenntnis und behielt den Blick auf die Unterwasserwelt jenseits des Cockpitfensters gerichtet. Dies wäre das letzte Mal für einen ganzen Monat, dass er Tageslicht zu sehen bekam, darum wollte er diesen Augenblick auskosten.

Das Unterseeboot nahm Kurs über das Seetangfeld bis zu dem Punkt, wo es von einer Korallenbarriere unterbrochen wurde, hinter der eine V-förmige Schlucht begann. Anfangs war es nicht mehr als eine schmale Spalte, doch diese weitete sich nach und nach, während sie sich in ihrem Verlauf in der Dunkelheit verlor und von oben wie die Öffnung eines Schlunds aussah.

Das Schlangenmaul.

Während sie der Schlucht folgten, sackte der Meeresboden steil ab.

»Bring uns hinunter«, befahl Chen.

Die Pilotin des U-Boots bediente die Kontrollen mit äußerster Präzision, und das U-Boot, hauptsächlich mit technischen Versorgungsgütern gefüllt, neigte die Nase abwärts und sank zwischen nahezu lotrechten Steilwänden in die Schlucht hinab.

Nach einhundertsiebzig Metern war jegliches Licht in ihrer Umgebung verschwunden. Dreihundert Meter tiefer fanden sie es wieder. Nur war es diesmal künstlichen Ursprungs und rührte von einem Habitat her, das an einer Steilwand der Schlucht verankert war.

Chen konnte die vergleichsweise winzige Wohnzelle erkennen. Weitere Module waren dahinter wie die Perlen einer Halskette aufgereiht. Durch schlanke Röhren miteinander verbunden, reichten sie bis auf den Grund der Schlucht hinab, wo sich ein Bündel Rohrleitungen und Schläuche über den Meeresboden schlängelte und dann von einem Bohrloch verschluckt wurde.

»Ich hoffe, du bekommst das Andocken problemlos hin«, sagte Chen mit einem Anflug von gutmütigem Spott in der Stimme.

»Natürlich. Einen Moment.«

Chen drehte sich zum ersten Mal während ihrer Tauchfahrt zu der Pilotin um und betrachtete sie eingehend. Sie hatte große ausdrucksvolle Augen, glatte Haut und volle rote Lippen. Es war ein hübsches Gesicht, aber ihre Schöpfer hatten ihr keine Haare bewilligt, und an einigen Stellen hatte der Betrachter einen ungehinderten Blick auf einzelne Elemente ihrer komplexen Antriebstechnik.

Er konnte Knochen aus Titan und chromblitzende Getriebeelemente erkennen, wo die Schultergelenke der Arme mit dem Oberkörper verbunden waren; die Gliedmaßen selbst waren mit winzigen Hydraulikpumpen und Servomotoren bestückt. Drahtbündel erschienen wie Blutgefäße, die sich von den mechanischen Händen bis zu den Schultergelenken schlängelten, wo sie unter weißen Kunststoffplatten verschwanden, deren Form menschlichen Körperkonturen nachempfunden war.

Die Körperplatten bedeckten ihre Brust, den Bauchbereich und die Oberschenkel. Ähnliche Platten verkleideten auch die Arme, sparten jedoch wiederum die Handgelenke aus. Die Finger waren mechanische Konstruktionen – kräftig und präzise zugreifend. Sie bestanden ebenfalls aus Edelstahl und waren mit Endkappen aus Kautschuk versehen, um die Greiffähigkeit der »Hände« zu optimieren. Als Ingenieur konnte Chen die Mechanik ihrer Arme nur bewundern. Und als Mann hatte er durchaus Gefallen an dem Versuch, menschliche Schönheit zu simulieren. Nichtsdestotrotz fragte er sich, weshalb man ihr ein so hübsches Gesicht, eine einschmeichelnde weiche Stimme und einen reizvollen Körper geschenkt hatte, ohne ihre Erscheinung zu vervollständigen. Man hatte sie in einem scheinbar unfertigen Zustand – halb Mensch, halb Maschine – belassen.

Eigentlich schade, dachte er.

Er wandte sich wiederum dem Sichtfenster um, während sich das Tauchboot an den Andockkragen heranschob, leicht mit ihm kollidierte und einen soliden Kontakt herstellte. Nachdem der erfolgreiche Vollzug des Manövers und die Verbindung als sicher und dicht gemeldet worden waren, vergeudete Chen keine Zeit. Er erhob sich, ergriff sein Gepäck und entriegelte die Innentür des Tauchboots. Weder sah die Pilotin ihn an, noch zeigte sie irgendeine andere Reaktion. Sie saß regungslos auf ihrem Platz und blickte mit starrem Gesichtsausdruck geradeaus.

Nein, dachte er, *nicht einmal halb menschlich. Ganz und gar nicht.*

Auf seinem Weg in das Habitat traf Chen auf andere Maschinen, die sich auf Gleisketten langsam vorwärtsbewegten. *Allesamt entfernte Verwandte der U-Boot-Pilotin*, dachte er. *Allerdings sehr entfernt.*

Diese Maschinen wirkten eher wie Kreuzungen aus fahrbaren motorisierten Paletten und kleinen Gabelstaplern. Sie hatten die Aufgabe, den Proviant und die technischen Nachschubgüter aus dem U-Boot auszuladen und auf die entsprechenden Lagerräume zu verteilen, und dies ohne ausdrücklichen Befehl von irgendjemandem innerhalb der Station.

Zur gleichen Zeit beluden andere Automaten das Tauchboot mit dem Erz, das aus einem tiefen Spalt im Meeresboden heraufgeholt wurde.

Was für ein schlichtes Wort. *Erz*. In Wahrheit unterschied sich das Material grundlegend von allem, das je zutage gefördert worden war. Es war ein Mineral, das aus dem Innern der Erde einen Weg in die oberen Schichten gefunden hatte, widerstandsfähiger als Titan, um zwei

Drittel leichter und mit spezifischen Eigenschaften, die kein anderes Mineral oder Polymer vorweisen konnte.

Er und die anderen – und es gab nur wenige, die von der Existenz dieses besonderen Stoffes wussten – nannten das Mineral Goldenes Adamant oder kurz GA. Dieses Unterwasserbergwerk war unter höchster Geheimhaltung geplant und eingerichtet worden, um das Mineral zu gewinnen.

Um die Geheimhaltung zu gewährleisten und die Leistungsfähigkeit der Station zu steigern, arbeitete sie nahezu vollautomatisch. Nur ein einziger menschlicher Mitarbeiter war dort über einen längeren Zeitraum stationiert, um die Arbeit von zweihundert automatisierten Sklaven zu organisieren.

Maschinen in allen Größen und Formen kamen zum Einsatz. Einige hatten eine humanoide Gestalt wie die Unterseebootpilotin, und andere wurden als Meerjungfrauen bezeichnet, da bei ihnen menschenähnliche Greifarme und ein mit Kameras ausgestatteter runder »Kopf« sowie ein Druckstrahlantrieb, wo eigentlich Beine hätten sein müssen, miteinander kombiniert waren.

Andere sahen wie die klassischen ROVs ozeanografischer Forschungsprojekte aus oder wie schweres Gerät, das auf klassischen überirdischen Baustellen verwendet wurde. Die meisten der Modelle jüngeren Datums verrichteten ihre Arbeit auf dem Meeresboden oder innerhalb des tiefen Bohrlochs. Sie alle wurden von Batterien angetrieben, die regelmäßig an einen kompakten Kernreaktor angeschlossen und aufgeladen wurden. Dieser Reaktor stammte aus einem stillgelegten chinesischen Angriffs-U-Boot und war im tiefsten Bergwerksmodul auf dem Meeresgrund installiert worden.

Bei seinem ersten Besuch war Chen von der Station vollkommen überwältigt gewesen. Er hatte jeden Winkel und jede Nische untersucht. Seinen zweiten Aufenthalt hatte er als genauso aufregend empfunden. Aber nun verließ er während seines Dienstes nur selten die obere Ebene, wo sich der Teil des Habitats befand, dessen Einrichtungen auf menschliche Bedürfnisse zugeschnitten waren.

Er erreichte das »Büro«, das für die nächsten dreißig Tage sein Zuhause sein würde. Dort traf er auch den Mann an, den er ablösen sollte. Commander Hon Yi von der Marine der Volksbefreiungsarmee.

Hon Yi hatte seine Siebensachen längst gepackt und wartete schon. Seine Reisetasche stand neben der Tür.

»Wie ich sehe, haben Sie es offenbar eilig, von hier wegzukommen.«

»Ihnen wird es genauso gehen, wenn Sie mal wieder einen ganzen Monat mit keiner anderen Gesellschaft als ein paar Maschinen hier unten verbracht haben.«

»Ich finde einige dieser Apparate recht interessant«, erwiderte Chen. »Vor allem unsere U-Boot-Fahrerin. Und einige der Tauchroboter haben erstaunlich ausdrucksvolle Gesichtszüge. Wenn ich es richtig verstehe, wird zurzeit an der Perfektionierung eines möglichst menschlich erscheinenden Roboters gearbeitet, der uns in Zukunft Gesellschaft leisten soll.«

Hon Yi lachte. »Wenn sie zu echt aussieht, wird es am Ende noch so weit kommen, dass Sie mit ihr darüber in Streit geraten, wer das Abendessen zubereiten soll.«

Chen stimmte in Hon Yis Gelächter ein, aber tatsächlich hätte er gar nichts gegen Robotergesellschaft gehabt, die ein wenig menschlicher aussah, vorausgesetzt, ihre Entwickler könnten diesen starren Todesblick eliminieren, den die Maschinen annahmen, wenn sie in den Ruhezustand wechselten.

»Wie lautet unser augenblicklicher Status?«, brach er das launige Wortgeplänkel ab und kam zur Sache.

»Ich fürchte, die Ausbeute lässt allmählich nach«, antwortete Hon Yi. »Sie ist schlechter als im vergangenen Monat. Und diese war, wie Sie sicher wissen, geringer als im Monat davor.«

»Und im Monat vor diesem«, fügte Chen hinzu und verzog skeptisch das Gesicht. »Es scheint so, als ginge die Ergiebigkeit der Fundstelle nach und nach gegen null.«

Hon Yi nickte. »Mir ist vollkommen klar, wie wertvoll dieses Erz ist. Ich weiß auch, was es laut Ihnen und den Ingenieuren zu leisten vermag und wie einmalig und unersetzlich es ist, aber wenn wir keine effizientere Methode finden, um es ans Tageslicht zu bringen, wird irgendjemand im Ministerium dafür geradestehen müssen, diese enormen Geldsummen vergeudet zu haben.«

Chen bezweifelte, dass es so weit kommen würde. Das Ministerium verfügte über unerschöpfliche Geldquellen. Und in diesem Fall waren sie eine Partnerschaft mit dem Milliarden schweren Industriellen eingegangen, der die Roboter entwickelt hatte und bereitstellte. Chen konnte einfach nicht glauben, dass die an diesem Projekt Beteiligten sich die Köpfe über den Gewinn oder Verlust zerbrachen, aber als die Zahlen für die Fördermenge und das gewonnene Metall auf dem Computermonitor erschienen, war er überrascht, wie gering die Ausbeute an Goldenem Adamant ausgefallen war. »Einhundert Kilo? Ist das alles?«

»Die Ader ist nahezu erschöpft«, sagte Hon Yi. »Aber glauben Sie bloß nicht, dass ich zu unseren Chefs auch nur ein Sterbenswörtchen darüber verlauten lasse.«

Die interne Sprechanlage erwachte mit einem Knistern. Eine menschlich klingende Stimme, diesmal männlich, meldete sich. »GS-1 Statusmeldung. Tiefsee-Injektoren in Position und startbereit. Harmonische Schwingungsgeber kalibriert. Stoßwellenreichweite Z minus einhundertdreißig.«

Tief unter der Station trafen die Roboter Vorbereitungen für den nächsten Abbau-Zyklus: das Lockern des Gesteins. Dabei drangen sie, wie der Ankündigung zu entnehmen war, zum Endabschnitt der Erdspalte vor.

Chen sah Hon Yi mit einem Ausdruck von Besorgnis an. »Bisher haben wir uns noch nie so tief hinunter gewagt.«

»Die von Bodenradar und Tiefensonar ermittelten Daten lassen darauf schließen, dass die letzte verbliebene Erzader senkrecht abwärts verläuft. Wenn der Betrieb hier weitergehen soll, müssen wir dieser Erzader folgen. Sonst bleibt uns nichts anderes übrig, als diese Station stillzulegen.«

Chen war sich nicht sicher, ob dies die richtige Entscheidung war. Der Bergbau in solchen Tiefen war bekanntermaßen mit hohen Risken verbunden.

»Soll ich den entsprechenden Befehl geben?«, fragte Hon Yi. »Oder soll ich die Ehre Ihnen überlassen?«

Chen hob abwehrend eine Hand. »Ich bitte Sie – da Sie die nötigen Vorarbeiten geleistet haben, liegt das Befehlsrecht auf jeden Fall bei Ihnen.«

Hon Yi drückte auf den Mikrofonknopf der Sprechanlage und formulierte die Anweisung auf die ganz besondere Weise, die man sie gelehrt hatte, um mit den Robotern zu kommunizieren. »Fortfahren wie geplant. Primäres Ziel: maximaler Erzabbau im Express-Modus. Operation fortsetzen, bis Erzausbeute auf eine Unze pro Tonne absinkt, solange keine neue Anweisung erfolgt.«

»Befehl verstanden und bestätigt«, erwiderte GS-1 mit mechanisch gleichmütiger Stimme.

Ein leises Summen, das anscheinend aus großer Entfernung zu ihnen drang, erfüllte Sekunden später die Station. Es begleitete den Abraumprozess. Wenn die Bergwerkstation im Dauerbetrieb arbeitete, war das Summen bereits so allgegenwärtig, dass Chen es schon nach einem oder zwei Tagen nicht mehr bewusst wahrnahm und stets erst dann an seine Existenz erinnert wurde, wenn es verstummte, weil die Maschinen eine Pause einlegten, um wichtige Eigenreparaturen durchzuführen, die Fördermenge neu zu berechnen oder Batterien zu wechseln.

»Die Station gehört Ihnen«, sagte Hon Yi. Er reichte seinem Nachfolger die Kladde mit den Kommando-Codes und ein Tablet.

»Genießen Sie Ihren Aufstieg ans Tageslicht«, sagte Chen. »Als ich herunterkam, schien die Sonne.«

Hon Yi konnte ein Grinsen nicht unterdrücken, als er sich vorstellte, die Wärme der Sonnenstrahlen wieder auf seiner Haut zu spüren. Er griff nach seiner Reisetasche und eilte zum Ausgang. »Wir sehen uns in einem Monat.«

Nun war Chen sich selbst überlassen. Er hielt sofort nach einer Beschäftigung Ausschau. Natürlich warteten eine Menge Berichte darauf, gelesen zu werden, und es gab einen Wust Papierkram zu erledigen – ein Roboter, der solche Aufgaben übernahm, musste erst noch konstruiert und gebaut werden –, aber er hätte später ausreichend Zeit für all das und empfand momentan nicht das geringste Bedürfnis, sich schon jetzt der Monotonie seiner soeben erst begonnenen Dienstperiode auszuliefern.

Er legte das Tablet auf den Tisch und ging zum Aquarium hinüber. Mehrere verschiedene Arten Goldfische teilten sich den Glasbehälter: Fächerschwänze, Blasenaugen und ein Holländischer Löwenkopf. Hon Yi hatte vorgeschlagen, einen Siamesischen Kampffisch anzuschaffen und in einem separaten Aquarium zu halten, da sich Siamesische Kampffische mit anderen Fischen nicht vertrugen. Aber Chen hatte ihm diese Idee mit dem Argument ausgeredet, für die Bewohner der Station gebe es schon genug Einsamkeit zu bewältigen.

Als er ins Becken blickte, konnte Chen feststellen, dass die Fische aufgescheucht hin und her flitzten. Sie reagierten immer aufgeregt, wenn die Abraumarbeiten nach einer Unterbrechung von Neuem begannen. Um sie zu beruhigen, ergriff Chen die mit Trockenfutter gefüllte Streudose und genehmigte den Fischen eine reichliche Portion. Sobald die Futterflocken auf die Wasseroberfläche herabrieselten, schossen die Fische zur Wasseroberfläche, um gierig danach zu schnappen.

Chen konnte nicht umhin, amüsiert zu schmunzeln, als ihm die Ironie der Situation bewusst wurde. Er hatte es mit einem Aquarium in einem Aquarium zu tun. In dem einen wurden Fische in einer von Luft erfüllten Umgebung am Leben erhalten, und das andere ermöglichte ihm und Hon Yi das Überleben in der Tiefsee. Beide Gemeinschaften hatten im Grunde nichts anderes zu tun, als aus den Fenstern ihrer Behausungen zu starren und zu essen. Sofern nichts Besonderes vorfiele, würde er zehn Pfund schwerer sein, wenn er zur Meeresoberfläche zurückkehrte.

Chen streute mehr Futter ins Becken, aber die Fische hörten auf zu fressen und verhielten sich plötzlich vollkommen ruhig. Und zwar alles gleichzeitig. So etwas hatte Chen noch nie beobachtet.

Sie sanken nach unten. Ihre Flossen bewegten sich

nicht, ihre Kiemen stellten sich nicht auf, sondern blieben vollkommen flach. Es sah aus, als wären sie betäubt oder als wäre dem Aquariumswasser ein Gift hinzugefügt worden, dessen Wirkung sich in diesem Augenblick bemerkbar machte.

Er tippte mit einer Fingerspitze gegen den Glasbehälter. Sofort begannen die Fische, hektisch hin und her zu schwimmen.

Sie wirkten wie in Panik, als sie von einem Ende des Aquariums zum anderen jagten. Mehrere prallten gegen die Glaswände – so wie Bienen, die versuchten, ein geschlossenes Fenster zu überwinden. Ein Fisch tauchte auf den Grund des Aquariums hinab und begann, sich kopfüber in die Schlickschicht zu wühlen.

Die Wasseroberfläche im Aquarium geriet in Wallung, und das Sandbett auf seinem Grund erbebte und hüpfte. Feinste Schwebeteilchen wurden aufgewirbelt und trübten das Wasser. Auch die Wände des gesamten Habitats vibrierten plötzlich.

Chen wich von dem Fischbecken zurück. Der Lärm der Abraumarbeiten nahm stetig zu. Er war lauter, als er unter den herrschenden Bedingungen eigentlich hätte sein dürfen. Lauter als Chen es je zuvor gehört hatte. Bücher und Korallenschnitzereien, die ein kleines Regal füllten, gerieten ins Schwanken. Das Fischbecken kippte über den Rand des Regalbretts, auf dem es stand, und zerschellte neben Chen auf dem Fußboden.

Er drückte auf den Einschaltknopf der Sprechanlage. »GS-1«, rief er den Zentralroboter, der die Station steuerte, »Abraumaktivitäten sofort einstellen.«

GS-1 antwortete vollkommen ruhig und sofort. »Erbitte Autorisierung.«

»Hier spricht Dr. Chen.«

»Befehlscode unbekannt«, erwiderte der Roboter. »Autorisierung erforderlich.«

Chen erkannte augenblicklich, dass die Roboter noch auf die Stimme Hon Yis programmiert waren. Er musste erst den Computer einschalten und Hon Yis Autorisierung durch seine eigene ersetzen.

Er angelte sich das Tablet vom Tisch und tippte hektisch auf den Bildschirm. Während er die notwendigen Befehle eingab, drang ein dumpfes Rumpeln wie von Felsbrocken, die aneinander entlangscheuerten, aus der Tiefe herauf. Das Dröhnen wurde lauter und kam mit atemberaubender Geschwindigkeit näher, bis etwas die Station traf.

Chen wurde zu Boden geschleudert und dann gegen eine Wand geworfen. Alles geriet in Bewegung und stürzte auf den Fußboden. Ein messerscharfer Wasserstrahl drang durch eine geborstene Schweißnaht ins Innere des Habitats. Er entwickelte mehr Druck als ein Feuerwehrschlauch. Er brach Knochen, schnitt ins Fleisch und rammte ihn gegen die Wand wie ein steuerlos dahinrasender Truck.

Innerhalb von Sekunden füllte sich das Wohnmodul mit Wasser, aber Chen war bereits tot, ehe er ertrinken konnte.

Außerhalb des Habitats hatte sich das Unterseeboot soeben vom Andockkragen gelöst, als die Erschütterungen einsetzten.

Hon Yi vernahm das Rumpeln durch die stählerne Hülle des U-Boots. Das Werk der Zerstörung musste über seinem Kopf im Gange sein, da mächtige Felsbrocken durch den grellen Lichtschein der höher positionierten Arbeitslampen in die Tiefe sanken. Gleichzeitig wurden dichte Sedimentwolken explosionsartig vom Meeresboden hochgewirbelt.

»Tempo«, sagte Hon Yi zu der Pilotin. »Bring uns schnellstens von hier weg.«

Die Pilotin reagierte mit mechanischer Effizienz, aber ohne ein Anzeichen erhöhter Dringlichkeit. Die Gesteinslawine traf die oberste Ebene der Station und trennte sie von der Basis. Ein wahrer Trümmerregen prasselte auf das Unterseeboot herab.

Anstatt abzuwarten, bis der Roboter die drohende tödliche Gefahr registrierte, die ihm aufgrund mangelnder Sensoren prinzipiell verborgen blieb, beugte sich Hon Yi vor und legte die Hände auf die Kontrollen. Er versuchte, den Antriebregler in die Position »Volle Kraft Voraus« zu schieben, doch der Roboter behielt den Regler eisern im Griff.

»Kommandofunktion freigeben.«

Der Roboter ließ die Kontrollen los und lehnte sich mit teilnahmsloser Miene zurück. Hon Yi schob den Antriebsregler bis zum Anschlag und öffnete das Ventil, um die Ballasttanks auszublasen. Das U-Boot erhöhte das Tempo und begann aufzusteigen.

»Komm schon«, feuerte er es an. »Zeig, was du kannst!«

Das U-Boot nahm allmählich Fahrt auf. Steine trommelten auf die Außenhülle. Es klang wie ein Hagelschauer. Faustgroße Gesteinsbrocken prallten auf die Cockpitkuppel und sprengten Glassplitter ab. Größere Felsbrocken trafen die stählerne Hülle und hinterließen tiefe Dellen im Propellergehäuse.

Hon Yi versuchte, das U-Boot aus dem Gefahrenbereich zu lenken, aber mit dem verbogenen Propellergehäuse ließ sich das Boot nicht auf geradem Kurs halten. Während es weiterhin beschleunigte, beschrieb es einen weiten Bogen und kehrte in die Gefahrenzone zurück.

»Nein!«, stieß Hon Yi einen verzweifelten Schrei aus.

Eine zweite Trümmerlawine, die sich aus der Steilwand der Schlucht löste, traf das U-Boot in seiner gesamten Länge. Ein Felsbrocken zerdrückte den Rumpf wie eine Blechdose, und die Gesteinsmasse ergoss sich über das Boot und begrub es auf dem Grund des Schlangenmauls.

1

Auf den ersten Blick sah es wie die Szene aus einer bukolischen Idylle aus: zwei alte Männer, die in einem Park saßen und in ein Strategiespiel vertieft waren. Aber der Park mit seinen Bäumen und sorgfältig gestutzten Büschen und einem Schwarzwasserteich in der Mitte war in Wirklichkeit der private Garten des zweitmächtigsten Mannes in der chinesischen Regierung. In dem aufwendig angelegten Garten waren Überwachungskameras versteckt, und üppig blühende Klettergewächse bedeckten eine in regelmäßigen Abständen mit Bewegungssensoren bestückte vier Meter hohe Mauer, die das gesamte Anwesen umgab. Rasierklingendraht kräuselte sich auf ihrer Krone, und kontrolliert wurde sie außerdem rund um die Uhr von bewaffneten Wachtposten für den Fall, dass jemand töricht genug war, ihr zu nahe zu kommen.

Außerhalb der Mauer tobte das hektische, laute und von Menschen wimmelnde Chaos der chinesischen Hauptstadt. Innerhalb der Mauer aber herrschte die andächtige Stille einer religiösen Kultstätte.

Walter Han war schon oft an diesem Ort zu Gast gewesen. Niemals zuvor hatte er sich hier so lange aufgehalten und so wenig mit seinem Gönner und Mentor gesprochen wie bei dieser Gelegenheit. Einstweilen zum Schweigen verurteilt, blieb ihm nichts anderes übrig, als sich auf das Spielbrett zu konzentrieren, das zwischen ihnen lag. Darauf befand sich ein Gitter aus neunzehn mal neunzehn Quadraten, das teilweise mit schwarzen und weißen Steinen gefüllt war.

Sie spielten das traditionelle und am weitesten verbreitete Brettspiel Ostasiens. Es war älter als Schach und unendlich komplexer, was die Zahl seiner Spielvarianten betraf, die die Möglichkeiten des Schachspiels um ganze Größenordnungen überstieg. Andererseits reichten zur Beherrschung des Spiels nur vier einfache Grundregeln aus, nach denen der Spieler sich richten musste. In China Weiqi genannt, erhielt es in Japan die Bezeichnung Igo, während es in Korea Baduk hieß. In der westlichen Welt war und ist es als Go bekannt.

Eine Schwachstelle in der Grenzlinie seiner Gegners, mit der dieser sein Gebiet sicherte, erahnend, fischte Han mit klassischem Zweifingergriff einen kleinen weißen linsenförmigen Stein aus einem Becher auf seiner Seite des Spielbretts und legte ihn auf die ausgewählte Position. Zufrieden mit seinem Zug, lehnte er sich zurück und ließ einen bewundernden Blick durch den Garten schweifen. »Wann immer ich hierherkomme, fällt es mir schwer zu glauben, dass wir uns hier praktisch mitten in der Stadt befinden.«

Walter Han war Ende vierzig. Erheblich größer als die meisten Chinesen, war er außerdem schlank und drahtig. Man konnte ihn sogar fast als spindeldürr bezeichnen. Als Kind eines chinesischen Vaters und einer japanischen Mutter in Hongkong geboren, hatte er einen westlichen Vornamen bekommen, weil seine Eltern der Auffassung gewesen waren, dass es damit für ihn einfacher wäre, Geschäfte mit den europäischen und amerikanischen Firmen zu machen, die Niederlassungen in diesem Teil der Welt unterhielten.

Als Han geboren wurde, besaß sein Vater bereits eine kleine Firma für elektronische Produkte. Im Gegensatz zu zahlreichen Unternehmern in Hongkong hatte sich sein Vater entschieden, mit der Festlandregierung zusammenzuarbeiten, anstatt einen aussichtslosen Kampf um wirtschaftliche Unabhängigkeit zu führen. Diese Entscheidung zahlte sich in jeder Hinsicht gewinnbringend aus. Als die Briten in diesem Teil der Welt ihre Zelte abbrachen, waren die Hans bereits Millionäre. Und während der darauffolgenden Jahrzehnte hatten Walter Han und sein Vater das größte chinesische Firmenimperium aufgebaut: die Industrial Technology, Inc. Oder kurz ITI.

Seit dem Tod seines Vaters vor zehn Jahren leitete Han die Firma nun ganz allein. Er erhielt nicht nur die engen Verbindungen mit der Regierung in Peking, sondern baute sie auch weiter aus und festigte sie. Bei vielen galt er sogar als eine Säule der Volksrepublik China. Das Geld, die Macht und sein Prestige ließen ihn zu einem Faktor werden, mit dem jederzeit gerechnet werden musste. Trotzdem stimmte er sich in seinen Entscheidungen stets mit seinem momentanen Gegenüber entsprechend ab.

»Ein Ort der Ruhe und der Einsamkeit ist lebenswichtig. Man braucht ihn, weil man bei dem herrschenden Lärm nicht denken kann.« Die Worte klangen fast poetisch, und sie kamen aus dem Mund Wen Lis, eines Chinesen von auffällig zierlichem Wuchs, mit schütteren weißen Locken auf beiden Seiten seines Kopfes. Er hatte fleckige Haut, und seine rechte Gesichtshälfte war von einer teilweisen Lähmung gezeichnet und hing schlaff herab.

Als gewiefter Stratege hatte Wen die Parteiführer durch sechs von ständigen Kämpfen und Unruhen geprägte Jahrzehnte gelotst. Er war Soldat, Staatsmann und Taktiker in einem gewesen. Hinter vorgehaltener Hand wurde davon gesprochen, dass er persönlich den Befehl zur blutigen Niederschlagung der Protestkundgebung auf dem Tiananmen-Platz – dem berüchtigten Tiananmen-Massaker – gegeben und anschließend den Kapitalismus in China salonfähig gemacht habe, ohne die Macht der Partei auch nur im Mindesten einzuschränken.

Er hatte verschiedene Ämter innerhalb der Parteiführung inne, aber sein inoffizieller Titel verlieh ihm eine Aura der Unantastbarkeit. Sie nannten ihn Lao-Shi. Wörtlich übersetzt hieß es *alte Person mit großen Fähigkeiten*, aber auf Wen angewendet, klang es eher wie ein Ehrentitel und bedeutete *Gelehrter Meister*.

Wen machte einen Zug auf dem Brett und platzierte einen schwarzen Stein neben einen von Hans weißen Steinen. Damit schnitt er ihn von seinen restlichen Steinen ab. »Sie kommen ohne Freude im Herzen zu mir«, sagte er. »Sind die Neuigkeiten so schlecht?«

Han hatte den richtigen Moment abwarten wollen, um den Grund seines Besuchs anzusprechen. Er konnte nicht länger schweigen. »Leider ja. Die Untersuchung der Förderstätte wurde abgeschlossen. Unsere schlimmsten Befürchtungen sind bestätigt worden. Der Erdrutsch hat die meisten Oberflächenmodule zerstört, weite Abschnitte der Schlucht aufgefüllt und das Schlangenmaul mit Geröll teilweise zugeschüttet. Der Reaktor wurde zwar nicht beschädigt, aber das gesamte Projekt kann ohne massive Anstrengungen nicht wieder aufgenommen werden. Außerdem wären die Kosten enorm hoch.«

»Wie hoch?«

Han kannte die Zahlen auswendig. »Allein den Schutt und die Trümmer zu entfernen, würde einhundert Milliarden Yuan kosten. Den Förderbetrieb anlaufen zu lassen und die Station wieder aufzubauen… dazu müssten mindestens weitere fünfhundert Milliarden aufgewendet werden. Außerdem müssten wir mit einem langen Produktionsausfall rechnen. Vor allem deshalb, weil die gesamte Operation absolut geheim bleiben muss.«

»Das sollte sie unbedingt«, bekräftigte Wen Li.

»In diesem Fall würde es mindestens drei Jahre dauern, bis der Erzabbau effizient und im bisherigen Umfang fortgesetzt werden kann.«

»Drei Jahre«, sagte Wen.

Der alte Mann lehnte sich zurück und ließ sich mit seinen Gedanken treiben.

»*Mindestens* drei Jahre«, wiederholte Han.

Wen kehrte aus seinem Tagtraum zurück in die Gegenwart. »Wie viel Erz ist zum Zeitpunkt der Katastrophe gefördert worden?«

»Weniger als eine halbe Tonne im Monat. Tendenz nachlassend.«

»War seinerzeit damit zu rechnen, dass die Ausbeute zunehmen würde?«

»Kaum.«

Wen gab ein unwilliges Knurren von sich. »Wenn das der Fall ist, weshalb sollen wir so viele Milliarden ausgeben und so viel Zeit damit vergeuden, weitere Löcher in den Meeresboden zu bohren? Warum verschwenden wir auch nur einen Gedanken daran?«

Han atmete tief durch. Er hatte erwartet, dass Wen auf seiner Seite war. Immerhin war der alte Mann von Anfang an der leidenschaftlichste Befürworter des geheimen Bergbauunternehmens gewesen. Er hatte die strategische Bedeutung des Minerals auf Anhieb erkannt.

»Weil man den Wert des *Erzes* nicht in aufgewendeten Yuan oder vergeudeter Zeit messen kann«, erklärte er. »Wie Sie wissen, ist das Goldene Adamant mit nichts auf der ganzen Welt zu vergleichen. Es ist ein einzigartiger Stoff, ein Metamaterial sozusagen. Es ist um das Fünffache widerstandsfähiger als Titan und zeichnet sich durch Eigenschaften aus, an die kein anderer Stoff, ganz gleich ob aus der Erde ans Tageslicht geholt oder in einem Labor erschaffen, auch nur entfernt heranreicht. Damit können wir eine vollkommen neuartige Generation von Flugzeugen, Schiffen und Raketen bauen, die praktisch unzerstörbar sind. Ganz zu schweigen von tausend weiteren Anwendungen, die unseren Ingenieuren einfallen dürften. Diese Mine – unsere Mine – ist der einzige Ort auf der ganzen Welt, an dem dieses Metall je gefunden wurde. Das wissen Sie natürlich genauso gut wie ich. Die Kosten, um es aus der Erde zu holen, sind irrelevant. Wir müssen den Bergbaubetrieb wieder aufnehmen.«

Der alte Mann hob den Kopf und sah seinen Gast mit einem zornigen Funkeln in den Augen an, sodass Han sich schon fragte, ob er nicht zu weit gegangen war.

»Belehren Sie mich nicht darüber, was getan werden muss«, sagte Wen leise, aber der drohende Unterton in seiner Stimme war keineswegs zu überhören.

Han deutete eine unterwürfige Verbeugung an. »Ich bitte um Verzeihung, Lao-Shi.«

Wen löste den Blick von Walter Han und konzentrierte sich wieder auf das Go-Brett. »Zum Teil haben Sie recht«, räumte er ein und setzte einen weiteren schwarzen Spielstein. »Das Erz, wie wir es so respektlos nennen, ist der Schlüssel zur Zukunft. Genauso war es, als seinerzeit Bronze über Kupfer triumphierte und später Eisen über Bronze. In der Menschheitsgeschichte ging es im Wesentlichen immer darum, wer das schärfste und stabilste Schwert besaß und die leichteste und zugleich widerstandsfähigste Rüstung trug. Die Nation, die über das Goldene Adamant verfügt und es kontrolliert, wird unbesiegbar sein. Aber Sie machen einen Fehler, wenn Sie empfehlen, dass wir am gleichen nahezu vollständig ausgebeuteten Ort weitergraben sollen.«

Han legte den Kopf schief und zuckte die Achseln. »Aber es gibt keine anderen Vorkommen.«

»Jedenfalls keine, die bisher gefunden wurden«, erwiderte Wen.

»Mit allem gebührenden Respekt, Lao-Shi, wir lassen seit Jahren unsere Leute auf der ganzen Welt suchen und haben bisher nicht die geringste Spur des Minerals aufspüren können. Nicht in Afrika, nicht in Südamerika und auch nicht im Mittleren Osten. Und ebenso wenig auf unserem eigenem Territorium oder auf den Vulkaninseln im Südpazifik. Also an keinem Ort, wo wir mit einem Vorkommen hätten rechnen können. Wir haben an die zehntausend Bohrproben aus der Tiefsee heraufgeholt und sind an keiner Stelle fündig geworden – außer an dieser einzigen.«

»All das weiß ich«, sagte Wen. »Nichtsdestotrotz sind mir Informationen über eine weitere Lagerstätte zu Ohren gekommen, und zwar liegt sie viel näher, als wir es jemals in den kühnsten Träumen auch nur zu hoffen gewagt hätten.« Er deutete auf das Spielbrett. »Bitte, machen Sie Ihren Zug.«

Walter Han starrte auf das Brett. Es war ihm angesichts

einer solchen Information, die da plötzlich im Raum stand, nahezu unmöglich, sich auf das Spiel zu konzentrieren. Immerhin offenbarte ihm ein schneller Blick, dass er sich in einer gefährlichen Situation befand. Seine weißen Steine waren umzingelt. Jeder weitere Zug seinerseits würde Wens Position erheblich verbessern. »Ich passe«, sagte er.

Wen nickte. »Das dürfen Sie laut den Spielregeln.«

»Ich bitte Sie, mein Freund. Verraten Sie mir, wo sich diese andere Lagerstätte befindet?«

Wen zögerte. Er rollte seinen schwarzen Stein zwischen den Fingern sekundenlang hin und her, ehe er ihn auf das Spielbrett legte. »Irgendwo auf Honshu.«

Han brauchte einige Sekunden, um die volle Bedeutung dieser Information zu erfassen. »In Japan? Auf der Heimatinsel?«

»Möglicherweise vor der Küste«, sagte Wen. »Aber höchstwahrscheinlich auf dem Festland. Und wenn ich mich recht entsinne, brauchten sie nicht einmal allzu tief zu bohren, um fündig zu werden.«

Die Worte kamen vollkommen emotionslos über seine Lippen, aber Han war wie elektrisiert. Für einen Augenblick verschlug es ihm den Atem. »Woher wissen Sie das? Und was noch wichtiger ist: Wie kann dies für uns eine Hilfe sein? Selbst wenn es uns gelingen sollte, die Fundstelle zu lokalisieren, dürfte es uns wohl kaum möglich sein, sie unbemerkt auszubeuten. Und sollten wir es trotzdem versuchen und werden dabei ertappt, dann haben wir am Ende nicht mehr erreicht, als die Japaner auf die Existenz des Erzvorkommens auf ihrem Territorium aufmerksam gemacht zu haben. Und das bedeutet, dass es schon bald in die Hände der Amerikaner gelangen wird. Damit würden wir unserem Feind ausgerechnet das Rohmaterial liefern, über das wir unbedingt die alleinige Kontrolle behalten wollen.«

»Ganz richtig«, sagte Wen. »Und genau deshalb sind wir gezwungen, der ersten Information auf den Grund zu gehen.«

»Dann stecken wir in einer Sackgasse«, gab Walter Han zu bedenken.

»Tun wir das?«

Wen griff in den Becher neben dem Spielbrett und holte eine Handvoll seiner schwarzen Spielsteine heraus. »Erklären Sie mir eines«, bat er, »was ist das eigentliche Ziel dieses Spiels?«

Han war bemüht, sich seine Enttäuschung nicht anmerken zu lassen. Er hatte sich daran gewöhnt, dass der Lao-Shi seine Weisheiten mittels ungewöhnlicher Methoden weitergab, und erkannte, dass es auch jetzt mal wieder so weit war und er sich eine dieser Belehrungen anhören musste. Seine Freude darüber hielt sich in Grenzen. »Das Ziel dieses Spiels besteht darin, den Gegner zu umschließen, ihm seine Bewegungsfreiheit zu nehmen, sodass er zur Untätigkeit verdammt ist.«

»Genau«, sagte Wen. »Und welche Nation hat die besten Spieler?«

»China«, antwortete Han. »Schließlich haben wir dieses Spiel erfunden.«

»Nein«, widersprach Wen und setzte einen weiteren schwarzen Stein. »Diese Antwort zeugt von einem übersteigerten Ego und von mangelndem Wissen.«

»Und wenn nicht wir, dann Japan.«

Wen schüttelte abermals den Kopf. Han verzichtete auch auf den nächsten Spielzug, und der alte Mann platzierte einen weiteren schwarzen Stein.

Han runzelte verärgert die Stirn. Er war im Begriff, das Spiel zu verlieren. Und ebenso das Streitgespräch. Er verzichtete auch diesmal auf seinen Zug. »Korea verfügt bekanntlich über zahlreiche hervorragende Spieler«, sagte er mit einem Unterton von Verzweiflung in der Stimme.

»Die Amerikaner«, klärte Wen ihn auf. »Sie sind die besten Spieler, die an diesem Wettstreit je beteiligt waren. Sie waren und sind in Taktik und Ausführung geschickter als jede andere Nation der Erde.«

Han unterdrückte den Impuls, spöttisch zu lachen. »Sind Sie sicher? Ich kenne keinen einzigen amerikanischen Spieler von Klasse.«

»Weil Sie sich auf das falsche Spielbrett konzentrieren«, sagte Wen. »Schauen Sie noch einmal genau hin und stellen Sie sich vor, dass Sie eine Landkarte vor Augen haben.«

Vollkommen verwirrt studierte Walter Han das Spielbrett aufs Neue. Er glaubte, eine gewisse Ähnlichkeit zwischen dem Brett und der Weltkarte zu erkennen. Nicht mit den westlichen Weltkarten, auf denen Nordamerika als zentrale Macht dargestellt wurde, sondern mit den asiatischen, auf denen China die zentrale Position einnahm.

Seine Streitmacht weißer Steine in der Mitte des Spielbretts war China. Die schwarzen Steine, die auf beiden Seiten entlang der Grenze aufgereiht waren, konnten als Europa und Nordamerika interpretiert werden.

Ehe er sich zu seiner neuen Betrachtungsweise äußern konnte, fuhr der Lao-Shi mit seiner Lektion fort. »Sie haben Teile ihrer Armee in Europa stationiert«, sagte er und legte den nächsten Stein aufs Spielbrett. »Sie kontrollieren den Atlantik, das Mittelmeer und den Indischen Ozean. Sie unterhalten Militärbasen im Mittleren Osten, und sie haben sich mit ihren Truppen in Gebieten festgesetzt, die früher einmal zum kommunistischen Russland gehört haben. Außerdem können sie von mehreren Inseln überall im Pazifik ihre Kampfflugzeuge und Kriegsschiffe in Marsch setzen.«

Wen Li machte keine Spielzüge mehr. Er hämmerte Walter Han seine Lektion ins Bewusstsein, zählte eine amerikanische Position nach der anderen auf und brachte jedes Mal einen weiteren schwarzen Spielstein in Position. »Hawaii, Australien, Neuseeland«, sagte er, während er drei schwarzen Steinen ihren Platz auf dem Spielfeld zuwies. »Korea, die Philippinen und Formosa – das sie Taiwan nennen – und, natürlich … Japan.«

Als der letzte Stein auf das Brett gelegt wurde, waren die weißen Steine, die die Volksrepublik China repräsentierten, vollständig umzingelt.

Wen schaute hoch. Die Lektion war beendet. Der Blick, mit dem er Walter Han fixierte, war kraftvoll und drohend zugleich und stand im krassen Gegensatz zu der zerbrechlichen Erscheinung des alten Mannes. »Von ihrem Inselkontinent aus haben die Amerikaner es geschafft, die Welt einzukesseln. Unsere Welt.«

Hans Selbstsicherheit geriet sichtlich ins Wanken. Er räusperte sich verlegen. »Ich verstehe, was Sie meinen. Aber was können wir dagegen tun?«

Wen deutete auf das Spielbrett. »Welchen Stein würden Sie entfernen?«

Han studierte abermals die Stellungen der weißen und schwarzen Steine. Er erkannte, dass der letzte Stein die entscheidende Position besetzte. Mit ihm hatte Wen den Kreis geschlossen und dafür gesorgt, dass die weiße Partei – China – untergehen würde. »Diesen«, sagte er und nahm den schwarzen Stein vom Brett. »Japan.«

»Und genau das muss geschehen«, erklärte der Meister mit einer Entschiedenheit, die keinen Widerspruch duldete.

Die Ungeheuerlichkeit seiner Empfehlung traf Han mit der Wucht eines Fußtritts in die Magengrube. Sein Herz schlug wie ein Dampfhammer. »Sie denken doch nicht etwa an eine militärische Aktion?«

»Natürlich nicht«, sagte Wen. »Aber wenn Japan von Schwarz zu Weiß wechselte – wenn aus einem amerikanischen Verbündeten ein chinesischer würde –, änderte sich die Situation auf dem Spielbrett grundlegend. Wir würden nicht nur die amerikanische Dominanz entscheidend zurückdrängen, sondern hätten auch die Möglichkeit, alles Goldene Adamant der Welt ans Tageslicht zu fördern und für uns zu nutzen.«

»Wäre so etwas überhaupt möglich?«, fragte Han. »Hinter uns liegen Jahrhunderte voller Feindseligkeiten. Ich denke an ungesühnte Kriegsverbrechen auf beiden Seiten und territoriale Streitigkeiten, die bis in die Gegenwart hineinreichen.«

»Es gibt einen Plan, dessen Verwirklichung bereits in Angriff genommen wurde«, sagte Wen. »Es ist ein Plan, den eigentlich nur Sie allein in seinem gesamten Umfang umsetzen können.«

»Weil ich zur Hälfte Japaner bin.«

»So ist es«, sagte Wen. »Aber es gibt noch einen anderen Grund, und zwar die Firmen, die Sie leiten, und die vielfältigen Technologien, die Ihre Ingenieure entwickelt haben und beherrschen.«

Han merkte, dass Wen sich offenbar gewollt vage ausdrückte, und er fragte sich, worauf genau er hinauswollte. Die Erfahrung sagte ihm, dass ihm die Details erst dann offenbart werden würden, wenn er sich bindend zur Mitwirkung verpflichtet hätte. »Ich werde meinen Teil beisteuern«, versprach er. »Was immer Sie von mir verlangen.«

»Gut.« Wen nickte zufrieden. »Unter anderem brauchen wir für das, was geplant ist, weitere Maschinen. Ich denke an Automaten, die menschliches Verhalten imitieren können. Sie wurden jahrelang vom Ministerium finanziell unterstützt, um entsprechende Untersuchungen durchzuführen. Jetzt ist der Zeitpunkt gekommen, da Sie offenbaren, wie weit das Projekt gediehen ist. Können Sie solche Maschinen herstellen? Sie dürfen sich nicht im Mindesten von denen unterscheiden, die sie ersetzen sollen.«

Han lächelte. Er war sich von Anfang an darüber im Klaren gewesen, dass der Blankoscheck, den man ihm ausgestellt hatte, Teil einer Strategie war. Der Lao-Shi musste seit Jahren an diesem Plan und seiner Umsetzung arbeiten. »Wir stehen knapp vor dem Ziel.«

»Gut«, sagte Wen. Er wischte die Spielsteine vom Brett und verteilte sie auf die Becher. »Meine Sekretärin wird Ihnen ein Paket aushändigen, wenn Sie das Haus verlassen. Darin befinden sich weitere Instruktionen. Der erste Weg in dieser Angelegenheit führt Sie nach Nagasaki. Eine Vereinbarung wurde getroffen, dort eine Fabrik zu errichten. Außerdem ist dort der Bau eines Freundschaftspavillons geplant, der die Verbundenheit unserer Nationen symbolisieren soll. Die Fabrik geht in Ihren Besitz über. Sie wird Ihre Operationsbasis sein.«

Han erhob sich. Er konnte es kaum erwarten, aktiv zu werden. »Und was geschieht, wenn sich die Amerikaner einmischen?«

»Sie wissen nichts von unserem Vorhaben«, erklärte Wen mit Nachdruck. »Aber dies ist kein Spiel für Zartbesaitete. Am Ende wird eine Seite ihre Freiheit – und damit auch ihre Bedeutung – einbüßen. Falls die Amerikaner versuchen sollten, uns aufzuhalten, werden Sie mit Ihren technischen Möglichkeiten dafür sorgen, dass sie auf der ganzen Linie scheitern.«

2

Der Skandinavische Eisschild war ein verlassener und trostloser Ort. Baumlos, öde und vollkommen eben, wurde er teilweise von Nebelschwaden verhüllt und von fahlem Lichtschein, der kaum die Bezeichnung Tageslicht verdiente, nur dürftig erhellt. Sogar um die Mittagsstunde stand dort die Sonne so tief, dass sie beinahe den Horizont berührte.

Zwei Gestalten stapften durch diese unwirtliche Landschaft. Beide steckten in leuchtend roten Schneeanzügen, die ein wenig Farbe in diese eintönige Welt brachten.

»Ich verstehe nicht, weshalb wir uns die Mühe machen, so weit nach Norden vorzudringen!«, rief die kleinere der beiden Gestalten. Hellblonde Haarsträhnen quollen vorwitzig unter der pelzbesetzten Kapuze hervor. Der skandinavische Akzent der Stimme – einer weiblichen – war zwar nicht besonders stark, aber unverkennbar. »Die anderen Messungen haben uns doch eindeutig verraten, was wir in Erfahrung bringen wollten.«

Die größere der beiden Gestalten schlug ihre Kapuze zurück und streifte eine Skibrille ab. Zum Vorschein kamen das markante, wettergegerbte Gesicht und die tiefblau schimmernden Augen Kurt Austins. Er war erst Mitte dreißig, sah jedoch älter aus. Krähenfüße in den Augenwinkeln und tiefe Stirnfalten zeugten von einem Leben in Einklang mit den Elementen, und nicht in einem klimatisierten Büro. Der silbergraue Glanz seiner Haare verlieh ihm eine Aura von Weisheit und Verwegenheit, während sein restliches Gesicht von einem Bart bedeckt wurde, der einen Monat alt war. »Weil ich mir absolut sicher sein muss, ehe ich meiner Regierung einen Bericht vorlege, von dem ich erwarte, dass sie ihm auf Anhieb keinen Glauben schenken wird.«

Die Frau schob ihre Kapuze zurück und nahm ebenfalls ihre Skibrille ab. Eisblaue Augen, von der Kälte leicht spröde dunkelrote Lippen und mittellanges strohblondes Haar bestätigten ihre skandinavische Herkunft. Sie schürzte die Lippen und hob eine Augenbraue. »Sieben Messwerte von sieben verschiedenen Gletschern sind für Sie als Beweis nicht ausreichend?«

Ihr Vorname lautete Vala, ihr Nachname war ein langer Mix aus Konsonanten, Umlauten und anderen Buchstaben, den Kurt als unaussprechlichen Zungenbrecher empfand. Sie war eine norwegische Geologin, deren Hilfe und Kenntnisse nicht hoch genug bewertet werden konnten, vor allem nicht hier oben auf dem Dach der Welt.

»Ich wünschte, es wären nur sieben«, erwiderte Kurt. »Ich bin während des vergangenen Halbjahres auf dreißig Gletschern gewesen. Und um Hilfsmaßnahmen zu planen und einzuleiten, müssen meine Schlussfolgerungen erschöpfend untermauert sein. Das heißt, dass die Serien der Messdaten lückenlos sein sollten.«

Sie seufzte schicksalsergeben. »Also deshalb benutzen wir einen Hubschrauber, um zur Station zu gelangen. Und wenn Wolken aufziehen, landen wir und bewegen uns zu Fuß weiter. Okay, wunderbar, nichts dagegen. Aber was ich nicht nachvollziehen kann, ist Ihre Besessenheit. Die Dringlichkeit und die Eile. Wir haben genau das herausgefunden, was wir erwartet haben. Bislang hat sich alles als« – sie hielt inne, während sie das richtige Wort suchte – »ausgezeichnet erwiesen«, sagte sie schließlich und benutzte einen Ausdruck, den er während der letzten Stunden viel zu häufig gemurmelt hatte.

»Das ist das Problem«, sagte Kurt. »Nichts sollte ausgezeichnet sein.«

Er konnte ihr keine weiteren Erklärungen liefern. Außerdem hatten sie keine Zeit für ausgedehnte Diskussionen. Er streifte sich wieder die Brille über den Kopf und justierte ihre Position vor den Augen. »Wir sollten uns beeilen. Ein Schneesturm ist im Anmarsch. Wir müssen die Station erreichen, die Messwerte kopieren und so schnell wie möglich von dort verschwinden, ehe uns nichts anderes übrig bleibt, als einen Iglu zu bauen und uns gegenseitig bis zum Frühjahr warm zu halten.«

»Ich könnte mir schlimmere Bedingungen vorstellen, um das Ende des Winters abzuwarten«, sagte sie mit einem zweideutigen Grinsen. »Aber nicht ohne ausreichenden Proviant.«

Er zog einen Kompass zurate und überprüfte noch einmal den Kurs, den sie eingeschlagen hatten, schüttelte den Schnee von den Stiefeln und stapfte eilig weiter.

Das Erste, was sie von ihrem Marschziel ausmachen konnten, war eine Reihe von Solarzellenpaneelen, die sich schwarz und glänzend von der endlosen weißen Fläche vor ihnen abhoben. Die einzelnen Paneele waren von der NASA mit einem Kostenaufwand von einer Million Dollar pro Quadratfuß für den Einsatz auf fernen Welten konstruiert worden. Aber um die automatisierte Station in Gang zu halten, waren enorme Mengen an elektrischem Strom erforderlich, und eine riesige Fläche herkömmlicher Solarzellen wäre nötig gewesen, um überhaupt die Strommenge zu liefern, die von diesen vier vergleichsweise kleinen Paneelen produziert wurde.

Sie erreichten das Hochleistungssonnenkraftwerk und folgten einer Stromleitung zu einer auffälligen weißen Kuppel. Sie kauerte in einer offenbar künstlich geschaffenen Senke des ansonsten vollkommen ebenen Geländes.

Nachdem Kurt Austin die dünne Schneeschicht auf der Wölbung – die vom Wind angeweht worden war – weggewischt hatte, kamen Stahlplatten mit der Aufschrift NUMA in markanten Blockbuchstaben zum Vorschein.

»National Underwater and Marine Agency«, sagte Vala. »Was ich niemals verstehen werde, ist diese typisch amerikanische Angewohnheit, jedes Bauteil einer technischen Einrichtung, ganz gleich wie bedeutend oder unbedeutend, mit einer Beschriftung zu verzieren, die über seine Herkunft und seinen Eigentümer Auskunft gibt.«

Kurt lachte. »Man muss doch jederzeit damit rechnen, dass irgendjemand auftaucht, der einem die Radkappen klaut.«

»Hier oben auf dem ewigen Eis?«

»Das wahrscheinlich nicht«, gab Kurt zu. »Aber wenn Präzisionstechnik im Wert von zehn Millionen Dollar plötzlich verstummt und nichts mehr von sich hören lässt ... na ja, dann kann man durchaus auf solche Gedanken kommen.«

Kurt kratzte mehr Schnee und Eis von den automatischen Modulen ab. Sie waren zwar nicht gestohlen worden, aber irgendetwas hatte sich verändert, das ihre ordnungsgemäße Funktion beeinträchtigte. Sie nahmen eine schiefe

Lage ein, während sie eigentlich genau lotrecht hätten aus-
gerichtet sein müssen. »Sieht so aus, als wäre ein Bruch-
stück des Eispanzers vom ersten Modul heruntergerutscht
und hätte die Funkantenne abgerissen. Kein Wunder, dass
die Anlage keine Daten mehr übermittelt hat.«

Er öffnete den Reißverschluss einer der zahlreichen
Taschen seines Anoraks und holte einen speziellen Handheld-Computer heraus. Er sah wie ein überdimensionales
Smartphone aus, erschien jedoch weitaus robuster und
winterfest. Mit Hilfe eines Kabels schloss er den Computer
an eine Datenschnittstelle des zentralen Messmoduls an.

»Die Zentraleinheit mit dem Prozessor ist unversehrt«,
stellte er fest. »Aber es wird einige Minuten dauern, um
sämtliche Daten herunterzuladen.«

Während er wartete, verschaffte sich Vala einen Überblick über die gesamte Forschungsstation. Neben einem
Modul am Rand des Geländes blieb sie stehen. »Der Boh-
rer arbeitet offenbar noch.«

Die Station war mit einer Wärmelanze ausgerüstet, die
sich ins Gletschereis fraß, bis sie auf seiner tiefsten Sohle
auf fließendes Wasser stieß. Dort maß sie die Tiefe, die
Temperatur und die Fließgeschwindigkeit des Wassers und
errechnete daraus den Umfang und die Geschwindigkeit
der stattfindenden Eisschmelze.

Diese Informationen wurden benötigt, um eine neue
Theorie zu überprüfen, die besagte, dass der Schmelzprozess die Gletscher von innen aushöhlte, anstatt die Eismas-
sen an ihrem am tiefsten gelegenen Ende, der sogenannten
Gletscherzunge, schrumpfen zu lassen.

Kurt beobachtete den grünen Statusbalken auf dem
Computerdisplay, der den Fortschritt des Datentransfers
anzeigte. »In welcher Tiefe befindet sich die Wärmesonde?«

»Dreihundertsiebzig Meter«, sagte Vala. »Und es scheint, als ob ...«

Der Eispanzer unter ihren Füßen geriet ins Schwanken, und Valas Stimme wurde von einem lauten Knacken übertönt. Während Kurt Austin um sein Gleichgewicht kämpfte und sich einen sicheren Stand suchte, rutschte das Modul vor ihm nach rechts und kippte in eine Schieflage von etwa zwanzig Grad. Kurt machte instinktiv einen schnellen Sprung rückwärts und suchte mit einem prüfenden Blick den Untergrund in seiner nächsten Umgebung ab. Vala, die sich auf der anderen Seite der Beobachtungsstation befand, stieß einen Schrei aus.

Kurt startete durch, rannte in ihre Richtung und umrundete das Modul. Ein breiter Spalt klaffte unter der Überwachungsstation, der bis in eine Tiefe von mindestens siebzig Metern reichte. Das Einzige, was die Forschungseinheit – und die norwegische Wissenschaftlerin, die sich an ihre Außenwand klammerte – an Ort und Stelle fixierte, waren die Eisanker, mit denen die gesamte Station vor Schneestürmen gesichert war, die in diesen Regionen oft Orkanstärke erreichten.

Kurt wagte einen vorsichtigen Schritt, und der Schnee unter ihm gab nach und rutschte.

»Achtung! Gletscherspalte!«, warnte Vala.

Das konnte er sehen. Er zog einen Eispickel aus dem Köcher an seinem Gürtel und holte weit aus. Die Spitze der Haue aus Wolframstahl grub sich tief ins Eis und bildete einen soliden Anker, der ihn zumindest vorläufig vor dem Absturz bewahrte. Er packte den Pickelstiel, schlang sich schließlich die Bandschlinge an seinem Ende um die Hand und schob sich Zentimeter für Zentimeter an Vala heran, bekam die Kapuze ihres Skioveralls zu fassen und zog.

Sie spannte sich, katapultierte sich ihm entgegen und ergriff seinen Arm. Sie hievte sich daran hoch und kletterte über Kurt hinweg auf sicheren Untergrund. Und dort tat sie genau das, was jeder vernünftige Mensch in der gleichen Situation auch getan hätte: Sie rannte los, um die Eisspalte, die sich stetig verbreiterte, so weit wie möglich hinter sich zu lassen.

Kurt wäre ihrem Beispiel am liebsten gefolgt, aber er hatte sich nicht auf die weite Reise in die Eiswüste Grönlands begeben, um die dringend benötigten Daten zurückzulassen und unverrichteter Dinge zurückzukehren. Er zog sich an der Handschlaufe des Eispickels hoch, hebelte diesen aus dem Eis und kehrte zu seinem Handheld-Computer zurück, der an der Verbindungsschnur hängend unter der Datenschnittstelle baumelte.

Die Station glitt knirschend ein Stück weiter abwärts, als zwei zusätzliche Anker, die sie an Ort und Stelle festhielten, aus dem Eis brachen und ihre straff gespannten Halteseile wie Peitschenschnüre über den Schnee pfiffen.

Kurt duckte sich, um den fliegenden Ankern zu entgehen, und rammte den Eispickel abermals in den Untergrund. Er lehnte sich über die Spalte und schaffte es, den Computer mit den Fingerspitzen zu berühren. Aber die gepolsterten Finger seiner Handschuhe waren so unförmig, dass er mit ihnen unmöglich zugreifen und die Verbindung zwischen Computer und Beobachtungsstation trennen konnte.

Mit den Zähnen zog er einen Handschuh aus und warf ihn beiseite. Die eisige Kälte fraß sich sofort in seine Hand. Den Schmerz ignorierend, wühlte er die Hand in den Schnee, sammelte eine kleine Menge in seiner Handfläche und presste sie zusammen, bis sie geschmolzen war.

Dann streckte er seinen Körper und machte sich so lang wie möglich, legte die Finger auf die Glasscheibe des Computerdisplays und ließ sie dort unbeweglich liegen. Bei fünfundzwanzig Grad unter Null dauerte es nur wenige Sekunden, bis das Wasser auf seiner Haut gefroren war und diese auf dem Computerdisplay festklebte.

Da der Computer nun mit seiner Hand verbunden war, warf er sich nach hinten und zog ihn ruckartig an sich, sodass der Stecker der Übertragungsschnur aus der Datenschnittstelle herausrutschte.

Ein zweites lautes Knacken lief durch das Eis, und Kurt zog sich klimmzugartig am Eispickelstiel nach oben und katapultierte sich mit einem Hechtsprung in Sicherheit, während der letzte Anker nachgab und die gesamte Beobachtungsstation in die Gletscherspalte stürzte. Er lag sekundenlang regungslos im Schnee, bis das Poltern der abstürzenden Forschungsstation, deren Widerhall aus der Gletscherspalte drang, endgültig verstummt war.

Vala kam zu ihm herüber und reichte ihm den Handschuh, von dem er sich freiwillig getrennt hatte. »Sie müssen komplett verrückt sein«, sagte sie. »Warum haben Sie Ihr Leben derart aufs Spiel gesetzt?«

»Ich wollte nicht, dass Sie in der Gletscherspalte enden«, erwiderte er.

»Es ging nicht um mich«, widersprach Vala, »sondern um den Computer. Die gespeicherten Daten können unmöglich einen solchen Wert haben.«

»Es kommt darauf an, was sie mir mitteilen und welche Schlüsse ich daraus ziehen kann«, sagte Kurt.

Er wandte sich zu dem Computer um. Nachdem er die Finger vom Display gelöst hatte, ohne allzu viel von seiner Haut an den Fingerspitzen einzubüßen, konnte er auf den

Bildschirm tippen und die erste Seite der Messdatendatei aufrufen. Einhundert Gigabyte an Informationen waren nun in dem handlichen Gerät gespeichert, aber die Startseite der Messwertedatei verriet ihm alles, was er in diesem Moment wissen wollte.

»Und was ergeben die Messungen?«

»Dass der Eisschild nicht schneller abtaut als in all den Jahren zuvor.«

»Demnach hat sich nichts verändert«, schlussfolgerte Vala und stemmte die Hände in die Hüften. »Genauso wie bei den anderen Gletschern. Kein Aushöhlungsprozess findet statt und auch kein beschleunigtes Abtauen. Kann man diese Erkenntnis nicht als gute Nachricht betrachten?«

»Das könnte man schon«, gab er zu. »Aber daraus folgt auch, dass irgendetwas anderes schiefläuft. Und zwar drastisch schief. Und dass zurzeit niemand auch nur eine vage Idee davon hat, was es ist und warum es ausgerechnet zum jetzigen Zeitpunkt stattfindet.«

3

Die neu eingerichtete und für Konferenzen und kurzfristig anberaumte Besprechungen bestimmte Räumlichkeit im Westflügel des Kapitols trug die offizielle Bezeichnung Samuel B. Goodwin Media Room. All jene, die dort arbeiteten, nannten den Raum nur das »Theater«. Die aufsteigend angeordneten Sitzreihen hatten sicherlich damit zu tun, aber auch die endlosen Schauspiele politischer Selbstdarstellung, die dort häufig zu besichtigen waren.

An diesem regnerischen Tag im September war der Raum für eine unter strikter Geheimhaltung stattfindende Konferenz reserviert. Kameras waren diesmal nicht zugegen, da sowohl die Presse als auch die Öffentlichkeit von einer Teilnahme ausgeschlossen waren.

Joe Zavala saß in der dritten Sitzreihe und fragte sich, wie lange und wie hitzig die Diskussionen verlaufen würden. Es ging um wichtige naturwissenschaftliche Fragen, und eingefunden hatte sich dazu eine bunte Teilnehmerschar.

Als er den Blick durch den Raum schweifen ließ, sah er vier Mitglieder der National Academy of Sciences, fünf Konferenzteilnehmer mit NASA-Abzeichen an den Revers und drei Angehörige des Beraterstabs im Weißen Haus. Hinzu kamen insgesamt acht Personen, die in verschiedenen anderen Institutionen tätig waren, darunter war auch die National Oceanic and Atmospheric Administration, kurz NOAA, die für die Koordination der aktuellen Projekte der verschiedenen Umweltbehörden zuständig war.

Die Aktivitäten dieser Gruppen überschnitten sich gelegentlich, da sie in vielen Bereichen zusammenarbeiteten, aber sie standen zueinander auch in manchmal erbitterter Konkurrenz, wenn sie sich um die Erhöhung ihrer jeweiligen Etats bemühten. Das traf auch auf Joes Organisation zu: NUMA, die National Underwater and Marine Agency.

Deren Aufgabe bestand vorwiegend darin, die Weltmeere sowie die Seen, Flüsse und künstlichen Wasserwege Amerikas zu überwachen. Dabei interessierte sich die NUMA auch für historische Fragen, indem sie versunkene Schiffe und andere Relikte aus längst vergangenen Zeiten suchte. Außerdem – und weit häufiger, als Joe seinerzeit angenommen hatte, als er zur Agency gestoßen war – wurde sie in internationale Affären verwickelt. In dieser Hinsicht hatte sich die NUMA den Ruf einer Cowboy-Agentur erworben. Das war gut oder schlecht, je nachdem was man von Cowboys im Allgemeinen hielt. Da Joe den größten Teil seiner Kindheit in New Mexico und Texas verbracht hatte, empfand er diese Bezeichnung als eine Art Ehrentitel.

Joe war nicht das einzige im Gebäude anwesende Mitglied der NUMA. Er war mit drei anderen Kollegen angetreten. Drei Kollegen – und einem auffälligen freien Sessel.

Rechts neben Joe Zavala saß Paul Trout, ein Geologe, dessen Spezialgebiet die Tiefseeforschung war und der mit fast zwei Metern Körpergröße das restliche Team um gut einen Kopf überragte. Paul war der sprichwörtliche sanfte Riese, der kaum einmal für jemanden ein böses Wort fand. In diesem Moment lagen dunkle Schatten unter seinen

Augen, und Joe vermutete, dass er erst sehr spät ins Bett gefunden hatte, weil er bis zum letzten Moment alle möglichen Daten rekapituliert haben dürfte, die er für die bevorstehende Diskussion präsent haben zu müssen glaubte.

Gamay Trout, Pauls Ehefrau, saß neben ihm. Mit ihrem weinroten Haar und einem Hingucker-Lächeln, das eine winzige Lücke zwischen den beiden mittleren oberen Schneidezähnen entblößte, war sie gar nicht zu übersehen. Gamay war Meeresbiologin, und auch wenn nicht erwartet wurde, dass sie das Wort ergriff, hatte sie ebenfalls bis spät in die Nacht gearbeitet. Es gehörte zu ihrer zweiter Natur, stets auf alle Eventualitäten vorbereitet zu sein.

Rudi Gunn, der Vizedirektor der NUMA und damit das höchstrangige Mitglied der Organisation, dessen Terminplan ihm erlaubte, an der Konferenz teilzunehmen, besetzte den nächsten Platz. Er machte keinen allzu gutgelaunten Eindruck. Wahrscheinlich wegen des leeren Sessels neben ihm.

»Wo ist Kurt?«, wollte Gamay wissen, lehnte sich vor und sah über Pauls Schoß hinweg Joe Zavala fragend an. »Das kennt man gar nicht von ihm, dass er sich zu einer Besprechung auf dem Capitol Hill um zwei Stunden verspätet. Abgesehen davon, wo hat er sich während der letzten drei Monate herumgetrieben? Mindestens so lange habe ich ihn nicht mehr im Büro gesehen.«

Joe wusste sehr wohl, wo sich Kurt in dieser Zeit aufgehalten hatte, er hatte jedoch keine Ahnung, wo er sich gegenwärtig befand. »Alles, was ich dazu bemerken kann, ist … dass er nicht viel versäumt.«

Mit dem endlosen Geraune in den Ohren, das aus den Bühnenlautsprechern drang, wünschte sich Joe Zavala insgeheim, Kurt Austin in diesem Augenblick Gesellschaft leisten zu können, ganz gleich, wo er sich gegenwärtig herumtrieb und aus welchem Grund er dort war.

Ein strenger Blick von Rudi Gunn beendete die Unterhaltung, und Joe konzentrierte sich auf den Vertreter der National Oceanic and Atmospheric Administration, der anscheinend endlich zum Resümee seines Vortrags kam.

»... Und nach neuesten Messungen, die in dieser Woche in unserer Dienststelle in Washington mit den bisherigen Berechnungen verglichen wurden, kamen wir zu dem Ergebnis, dass der Meeresspiegel während des vergangenen Halbjahres um zwanzig Komma sieben fünf Zentimeter angestiegen ist.«

Das Schlimmste kommt mal wieder zum Schluss, dachte Joe.

Diese Information löste zwei unterschiedliche Reaktionen aus. Die eine war offene Missbilligung, die andere heftiges Erschrecken.

Die zum wissenschaftlichen Lager gehörenden Teilnehmer der Konferenz nahmen die Zahl mit einem kollektiven Seufzer des Schocks zur Kenntnis. Es war schlimmer, als jeder von ihnen erwartet hatte. Um vieles schlimmer.

Im krassen Gegensatz dazu schienen die politischen Vertreter der Diskussionsrunde nahezu unbeeindruckt zu sein. In einer Stadt, in der es bei jeder politischen Auseinandersetzung um *Milliarden* und *Billionen* ging, riefen zwanzig Komma sieben fünf Zentimeter noch nicht einmal die Andeutung eines Stirnrunzelns hervor.

Zumindest so lange nicht, bis man diese Zahl mit der gesamten Oberfläche der Weltmeere multiplizierte.

»Sind Sie sicher, dass Ihr Zahlenmaterial zutrifft?«, fragte jemand.

»Wir haben die Daten mit den Ergebnissen der von der

NUMA vorgenommenen Analyse verglichen«, erwiderte der Sprecher und erteilte mit einer einladenden Handbewegung den Vertretern der Agency das Wort.

Rudi Gunn erhob sich. »Wir haben mit Hilfe unserer Messungen die gleichen Werte ermittelt.«

Unter den gewählten Gesandten der verschiedenen Regierungsinstitutionen befanden sich auch Vertreter beider Parteien. Wie bei jeder größeren Gruppierung war dort die gesamte Bandbreite wissenschaftlicher Standpunkte und politischer Meinungen zu finden.

»Ist das wirklich ein so großes Problem?«, fragte ein Kongressabgeordneter. »Ich meine, liebe Leute, was sind denn zwanzig Zentimeter? Nach jedem stärkeren Regenguss steht das Wasser in meinem Keller höher.«

Die anwesenden Senatoren konnten ein amüsiertes Grinsen nicht unterdrücken.

Rudi Gunn übernahm es selbst, die Zahlen zu erläutern. »Tatsächlich bedeutet ein Anstieg der Meereshöhe um zwanzig Zentimeter eine Zunahme von einundzwanzig Billiarden Gallonen Meerwasser, verteilt auf alle Ozeane der Welt. Um Ihnen in etwa eine Vorstellung von der Größenordnung zu vermitteln – wir sprechen von einer Wassermenge, die dem Gesamtinhalt der Großen Seen entspricht. Und das in einem Zeitraum von sechs Monaten. Es ist ein Riesenproblem. Genau genommen, ein nie dagewesenes Problem.«

Sichtlich betroffen ließ sich der Senator in seinen Sessel sinken.

Der Sprecher der National Oceanic and Atmospheric Administration ergriff wieder das Wort. »Viel größere Sorge bereitet uns allerdings die Anstiegsrate. Sie nimmt deutlich zu, wobei etwa die Hälfte des Gesamtanstiegs während der letzten dreißig Tage stattgefunden hat. Bei diesem Tempo müssen wir bis zum Ende des nächsten Jahres mit einem Anstieg des Meeresspiegels rechnen, der sich im Meterbereich bewegt.«

»Woher kommen diese Wassermengen?«, fragte jemand anderer ratlos.

Joe seufzte. Das war die brennende Frage, die sicherlich allen Anwesenden durch den Kopf geisterte, jedoch offenbar erst in diesem Moment offen ausgesprochen wurde. »Wir neigen zu der Überzeugung, dass diese plötzliche Zunahme der Meereshöhe auf die Auswirkungen des weltweiten Klimawandels zurückzuführen ist.«

Die Reaktion auf diese Aussage war heftig. Die Verfechter dieser Theorie erhoben sich beinahe geschlossen von ihren Plätzen, machten ihrem Unmut mit verschiedenen Versionen von »Wir haben schon immer vor einer solchen Entwicklung gewarnt« Luft und verlangten lautstark und einstimmig nach »Crashprogrammen« und sofortigen »Notfallmaßnahmen«.

Die Konferenzteilnehmer auf der anderen Seite des Mittelgangs, die von einer globalen Klimaerwärmung nichts wissen wollten, protestierten gegen »politisch motivierte Horrorszenarien«, stellten die gesammelten Daten insgesamt infrage und verlangten eine Erklärung, wie eine solche Entwicklung möglich sei, nachdem seit Jahren nur davon gesprochen werde, dass es Jahrhunderte dauern würde, bis die Eiskappen weit genug abgeschmolzen seien, um eine Erhöhung des Meeresspiegels zu bewirken.

Unten auf dem Podium gab sich der Senator von Florida, der das Hearing leitete, alle Mühe, die Diskussion in geordneten Bahnen zu halten. Aber selbst ein paar Schläge mit seinem Richterhammer reichten nicht aus, um die feindselige Atmosphäre zu entspannen. Die hitzige Debatte dauerte mit unverminderter Heftigkeit an, bis ein lautes Dröhnen durch den Saal hallte, als eine der Türen in den oberen Rängen aufgestoßen wurde und gegen die Saalwand prallte.

Einige der Kampfhähne verstummten, und alle Augen blickten zu den oberen Sitzreihen hinauf.

Ein Mann mit widerspenstigem platingrauem Haar, einem zerzausten Bart und breiten Schultern stand auf der obersten Treppenstufe. Er trug einen dunklen Mantel, vom Regen durchnässt, und studierte die Versammlung mit strahlend blauen Augen. So musste Poseidon, der Meeresgott, ausgesehen haben. Das Einzige, was noch fehlte, war ein Dreizack in seiner Hand, um die Wogen zu glätten.

»Der Eismann kommt«, sagte Joe im Flüsterton zu Paul und Gamay Trout. »Aber der Bart ist neu.«

»Es ist nicht die globale Klimaerwärmung«, sagte der Poseidon-Doppelgänger.

Der Senator Floridas erhob sich. »Und wer sind Sie, wenn ich fragen darf?«

»Kurt Austin«, erwiderte der Mann. »Der Chef der Special Projects Division der NUMA.«

Der Senator reagierte überrascht, aber auch ein wenig irritiert. »Ich bitte um Entschuldigung, Mr. Austin, ich habe Sie auf Anhieb nicht erkannt. Andererseits, wo waren Sie die ganze Zeit?«

Austin kam ein paar Stufen herunter, sodass jeder der Anwesenden ihn sehen konnte. »Während der vergangenen sechs Monate«, antwortete er, »auf jedem Gletscher und jedem Eisschild der nördlichen Erdhalbkugel.« Er schlüpfte aus seinem Daunenmantel und drapierte ihn über eine Sessellehne. »Und während der letzten sechs

Stunden habe ich mich durch den teilweise stehenden Verkehr auf der I-95 gekämpft, nachdem mein Flug von Grönland hierher nach Philadelphia umgeleitet wurde. Ich kann Ihnen versichern, dieser Stau war der schlimmste Teil meiner Reise.«

Verhaltenes Gelächter brandete für einige Sekunden auf. Nur den Sprecher der National Oceanic and Atmospheric Administration schien diese Auskunft ganz und gar nicht zu erheitern. »Gehören Sie etwa auch zu denen, die nicht an eine globale Erwärmung infolge des Klimawandels glauben?«

»Zum Thema globale Erwärmung halte ich mich grundsätzlich bedeckt«, erwiderte Austin. »Ob sie sich tatsächlich gerade ereignet oder nicht, ob sie von Menschen oder von Aliens ausgelöst wurde, darüber sollen sich andere streiten. Ich beziehe mich ausschließlich auf den aktuell festgestellten Anstieg des Meeresspiegels. Und dazu kann ich Ihnen zweifelsfrei versichern, dass die Ozeane nicht aufgrund einer weltweiten Inlandeisschmelze oder der verstärkt kalbenden Eisberge oder gar der unglaublichen Wolkenbrüche, die während der letzten Tage über der Ostküste niedergegangen sind, ansteigen.«

Weiteres Gelächter erklang. Die Ironie eines Hearings über die Ursachen eines weltweiten Anstiegs des Meeresspiegels ausgerechnet zu einem Zeitpunkt, an dem eine Hochwasserwarnung die nächste jagte, war keinem Konferenzteilnehmer entgangen.

Der Sprecher ließ sich nicht beirren. »Unsere Modelle legen nahe, dass unter der Voraussetzung, dass die durchschnittlichen Bodentemperaturen zunehmen …«

»Ihre Modelle sind von Computern entwickelt und durchgerechnet worden«, unterbrach Austin die Ausführungen des Senators. »Ich bin dort draußen gewesen und habe mich gemeinsam mit anderen Mitgliedern der verschiedenen wissenschaftlichen Abteilungen der NUMA gründlich umgeschaut, habe Gletscher vermessen, bin über Eisschilde gewandert und habe zahllose Bohrproben gesammelt. Wir haben Monate damit verbracht, Satellitenbilder zu analysieren und mit den jeweiligen Verhältnissen an Ort und Stelle zu vergleichen. Wir haben die Schrumpfungsraten der Gletscher, die Schneetiefe und die Menge des abfließenden Schmelzwassers gemessen. Wir haben überall nach Hinweisen auf ungewöhnliche Schmelzvorgänge gesucht, und doch haben wir nichts dergleichen gefunden. Sie werden sicherlich von ehrenwerten Motiven geleitet, und ich mag Ihnen keine Panikmache unterstellen, aber die Gletscher und Eiskappen an den Polen schrumpfen nicht schneller und nicht langsamer, als in den vergangenen zehn Jahren zu beobachten war. Woraus sich ergibt, dass das – was auch immer hier im Gange ist – nicht mit der globalen Erwärmung in Zusammenhang steht.«

»Welches ist dann die mögliche Ursache?«

»Ich wünschte, ich wüsste es«, sagte Kurt mit einem hilflosen Achselzucken. »Aber wenn Ihre Zahlen, den beschleunigten Anstieg betreffend, richtig sind, dann sollten wir es lieber schnellstens herausfinden oder anfangen, große Schiffe aus Gopherholz zu bauen.«

Nur etwa die Hälfte der Anwesenden verstand die Anspielung auf die Arche Noah, aber der Senator von Florida gehörte dazu und reagierte entsprechend.

»Nur jeweils zwei Vertreter jeder Art zu retten dürfte kaum helfen«, sagte der Senator. »Ich muss mich gleich ein zweites Mal bei Ihnen entschuldigen, Mr. Austin, weil ich anfangs so ungehalten reagiert habe. Ihr Beitrag zu dieser

Diskussion ist überaus wertvoll. Ich bitte Sie, uns sämtliche Daten, die Sie zusammengetragen haben, zwecks weiterer Analysen zur Verfügung zu stellen. In zwei Wochen kommen wir wieder zusammen. Aber wenn wir bis dahin keine Antwort auf die entscheidende Frage gefunden haben, müssen wir unsere Beobachtung und unsere Einschätzung publik machen. Ich glaube, ich brauche nicht weiter auszuführen, was ein solcher Schritt zur Folge haben wird.«

Eine Massenhysterie, die von Politikern und Meinungsmachern noch zusätzlich angeheizt werden würde, dachte Joe Zavala. Und am Ende wäre man von einer Lösung weiter entfernt als zuvor.

Nachdem die Versammlung vertagt worden war und die Teilnehmer den Saal verließen, erhob sich Joe aus seinem Sessel und kam zu Kurt herauf. »Netter Auftritt. Ich empfehle dir den Einsatz einer Nebelkanone und Laserlicht, damit es beim nächsten Mal noch dramatischer wirkt.«

»Mir kommt es vor, als tastete ich mich seit Tagen durch einen dichten Nebel«, sagte Kurt. »Offenbar trifft das auf alle von uns zu. Wir müssen dieses Rätsel unbedingt aufklären, und zwar so schnell wie möglich.«

4

Kurt Austin knipste die Beleuchtung im Konferenzsaal der NUMA an. Joe Zavala sowie Paul und Gamay Trout betraten nach ihm den Raum.

»Ich denke, wir sollten für einen ausreichenden Nachschub an Kaffee sorgen«, sagte Austin. »So wie es aussieht, haben wir eine lange Nacht vor uns.«

Nachdem die Anhörung beendet und vertagt worden war, hatten sie Capitol Hill verlassen und waren quer durch die Stadt gefahren, während fast alle anderen Versammlungsteilnehmer Washington den Rücken kehrten. Um sechs Uhr abends an einem Freitag war D. C. eine Geisterstadt. Und speziell an diesem Abend war es eine Geisterstadt, die ausgesprochen ungemütlich und nass war.

Zavala stellte die Kaffeemaschine auf und machte sie für den ersten Einsatz bereit, während Paul und Gamay ihre Dokumentenordner voller Notizen und Datenblätter auf den Konferenztisch stapelten.

»Ich kann nicht glauben, dass wir wieder ganz von vorn anfangen müssen«, sagte Gamay. »Bist du wirklich sicher, dass wir es nicht mit einer verstärkten Eisschmelze zu tun haben? Nicht einmal auf der Südhalbkugel?«

»Auf der Südhalbkugel herrscht noch immer Winter«, erwiderte Kurt. »Glaubt mir, minus dreißig bis vierzig

Grad Celsius in der Antarktis kann man kaum als Tauwetter bezeichnen. Und ehe ihr irgendwelche Zweifel äußert – ich habe bei unseren Freunden in McMurdo Station nachgefragt, um ganz sicherzugehen.«

»Nun, ich wüsste nicht, wie wir an einer Lösung des Problems arbeiten können, wenn wir nicht wissen, wodurch es ausgelöst wurde«, sagte Gamay.

»Du hast recht. Das können wir nicht«, sagte Kurt. »Daher werden wir diesen Raum nicht verlassen, solange wir keine andere Erklärung für die Grundursache gefunden haben.«

»Aber selbst wenn wir der Ursache auf die Spur kommen sollten, haben wir unter Umständen keine Möglichkeit, den Prozess zu stoppen«, gab Joe zu bedenken. »Es wäre doch immerhin möglich, dass sich die Lage von allein stabilisiert.«

»Das ist nicht auszuschließen«, gab Kurt zu. »Aber darauf sollten uns nicht verlassen.«

Mit dieser Direktive in den Hinterköpfen des Special-Projects-Teams begann ein Brainstorming, auf das jedes Kollektiv erfolgreicher Drehbuch- und Thrillerautoren hätte stolz sein können. Nacheinander kamen die unterschiedlichsten Szenarien zur Sprache, durch die ein buchstäbliches Ertrinken des gesamten Planeten ausgelöst werden könnte.

»Wie sieht es mit verstärkter vulkanischer Aktivität aus?«, fragte Kurt. »Bekanntlich werden bei stärkeren Eruptionen neben den Lavaströmen auch gigantische Mengen Wasserdampf ausgestoßen, der kondensiert und sich anschließend als Regen auf die Erde ergießt.«

»Das habe ich bereits überprüft, während du auf Grönland warst«, sagte Paul. »Insgesamt war weltweit während der letzten zwölf Monate ein Rückgang vulkanischer Aktivität um dreißig Prozent zu verzeichnen.«

»Wie steht es mit erhöhten Niederschlagsmengen?«, nannte Joe eine weitere mögliche Ursache. »In diesem Jahr kam es im Süden und im Westen zu starken Überschwemmungen. Und wenn der Regen hier weiter in diesen Mengen anhält, dürfte während der nächsten Tage der Potomac über die Ufer treten. Was ist, wenn sich diese Situation auf die ganze Welt übertragen lässt – ich denke an Wolkenbrüche in der Größenordnung von vierzig Tagen und vierzig Nächten.«

Kurt Austin musterte Joe ungläubig. Meinte er diese Frage etwa ernst?

»Was guckst du denn so?«, sagte Joe Zavala. »Du bist es doch gewesen, der die Bibel ins Spiel gebracht und empfohlen hat, Schiffe aus Gopherholz zu bauen, oder habe ich mich verhört?«

»Nein, hast du nicht«, räumte Kurt ein. »Aber vierzig Tage Regen dürften kaum ausreichen, um die ganze Welt absaufen zu lassen.«

»Kommt drauf an, wie stark die Wolkenbrüche sind«, meinte Joe mit dem Anflug eines Grinsens.

»So etwas geschieht nicht weltweit«, ging Gamay ernsthaft auf sein Szenario ein. »Zurzeit herrscht in Indien eine katastrophale Dürreperiode, und Europa erlebt einen ungewöhnlich heißen und trockenen Sommer. Außerdem müssten vierzig Tagen Regen ebenso viele Tage extremer Verdunstung vorausgehen. Die Erde ist schließlich ein geschlossenes System.«

Kurt ergriff wieder das Wort. »Das weiß Bruder Joe natürlich. Er greift nun mal nach jedem Strohhalm. Wir sollten uns nicht verzetteln, sondern lieber ernsthaft weitersuchen.«

»Was ist, wenn die Messwerte falsch sind?«, versuchte Gamay, dem Problem von einer ganz anderen Seite auf die Spur zu kommen. »Es ist doch bekanntermaßen schwierig, Meereshöhen genau zu bestimmen, wenn man Gezeiten, Wellengang und Windverhältnisse berücksichtigt. Sogar Landmassen üben mit ihrer Anziehungskraft eine gewisse Wirkung auf das Meeresniveau aus, wenn auch nur örtlich begrenzt.«

»Die Ergebnisse der Messungen wurden doppelt und dreifach nach unterschiedlichen Methoden analysiert und interpretiert«, erklärte Kurt. »In diesem Bereich können wir Irrtümer und Fehler ausschließen. Nein, was die Messwerte andeuten, ist tatsächlich im Gange.«

»Und wenn die zusätzlichen Wassermengen von außerhalb der Erde kommen? Zum Beispiel aus dem Weltall?«, fragte Joe.

Ernste bis vorwurfsvolle Blicke richteten sich auf ihn.

»Diesmal meine ich es ernst. Kometen bestehen zum größten Teil aus Eis und Geröll. Im Grunde sind sie nichts anderes als schmutzige Schneebälle. Zahlreiche Wissenschaftler sind der Meinung, dass sämtliches auf der Erde vorkommende Wasser von Kometen stammt. Es soll sich hier gesammelt haben, als sie während der ersten zwei Milliarden Jahre ihrer Entstehung unseren Planeten bombardierten.«

Kurt ließ sich diese durchaus ernsthafte Theorie durch den Kopf gehen und schüttelte dann den Kopf. »Das mag sein. Aber soweit ich mich erinnern kann, hatten wir in letzter Zeit keinen derartigen Besuch aus dem All.«

»Sie müssen nicht unbedingt so groß und auffällig sein wie der Halleysche Komet. Sie könnten so klein sein, dass sie nicht zu sehen sind. Oder es könnten auch Teile größerer Kometen sein, die auf ihrer Reise auseinandergebrochen sind. Ich habe vor Kurzem einen Bericht über einen Kometen namens ISON gelesen, der zerborsten und regelrecht verschwunden ist. Stattdessen erschien am Himmel eine Art Leuchtfeuer mit langem Schweif. Das Einzige, was die NASA finden konnte, waren Millionen und Abermillionen winziger Flocken. Wenn unser Planet langsam durch eine Wolke zertrümmerter Kometen wanderte, würden wir wahrscheinlich nichts davon bemerken, aber die Eispartikel würden von der Erdgravitation angezogen werden und ins Meer stürzen. Je nach Menge könnte der Meeresspiegel mehr oder weniger schnell ansteigen.«

»Ich denke, dass auch so etwas möglich wäre«, sagte Kurt. »Andererseits kann ich mir nicht vorstellen, dass die NASA nicht bemerkt, dass die Erde einem Trommelfeuer aus Mikrokometen ausgesetzt war. Und wenn man sich vergegenwärtigt, welche Menge an Kometen nötig wäre, um den Meeresspiegel so schnell anzuheben, ist die Wahrscheinlichkeit eines solchen Ereignisses doch äußerst gering.«

Joe Zavala zuckte die Achseln. »Das ist alles, was ich zu diesem Thema beisteuern kann. Aber vielleicht hat jemand anders eine bessere Idee.«

Niemand meldete sich, und Kurt stand von seinem Platz auf und streckte sich. Nach drei Stunden konzentrierter und teilweise mühsamer Lektüre der von Paul und Gamay Trout gesammelten Messdaten und Untersuchungsergebnisse und anschließender intensiver Diskussion hatten sie außer vor Müdigkeit rot geränderten Augen und frustrierender Ratlosigkeit nicht viel vorzuweisen.

»Vertagen wir uns?«, fragte Gamay.

»Wir legen nur eine kurze Kaffeepause ein. Mehr können wir uns nicht erlauben«, entschied Kurt.

Er schlenderte zur Kaffeemaschine hinüber, die auf einer Anrichte in einer Ecke des Raums bereitstand. »Ob ihr es glaubt oder nicht, auch wenn es auf Anhieb nicht so aussieht, wir machen doch Fortschritte«, munterte er seine Mitstreiter auf. »Mit jeder Möglichkeit, die wir ausschließen, müssten wir der richtigen Antwort eigentlich näher kommen ... wie immer diese Antwort aussehen mag.«

»Gut gebrüllt, Löwe«, zollte Joe Zavala ihm mit kaum verhohlener Ironie Beifall.

»Danke, danke ... aber ehrlich gesagt, ich rede mir das zu einem gewissen Grad nur ein.«

Kurt schenkte sich eine Tasse Kaffee ein, entschied sich gegen Milch und Zucker und lehnte sich gegen die Anrichte. Dabei wurde ihm erst verspätet bewusst, dass sich Joe und Gamay lebhaft an ihrer Diskussion beteiligt hatten, Paul hingegen kaum ein Wort gesagt hatte.

Das war keine große Überraschung. Paul Trout war von Natur aus das zurückhaltendste Mitglied ihres Teams, aber während Kurt an seiner Kaffeetasse nippte, bemerkte er, dass Paul sich eifrig Notizen auf einem Schreibblock machte. Er schrieb, als ginge es um sein Leben.

Kurt Austin schob sich von der Seite an ihn heran und blickte ihm über die Schulter. Eine lange Zahlenkolonne und einige Berechnungen bedeckten einen Teil des Notizblatts, einige Zeilen winzigster, nahezu unentzifferbarer Handschrift sowie die Skizze eines großen Vogels, der irgendeinen Gegenstand im Schnabel hielt, füllte die restliche Fläche des Notizblatts aus.

»Hast du unseren Überlegungen irgendetwas hinzuzufügen?«, fragte Kurt. »Oder vertreibst du dir mit deinen Kritzeleien nur die Langeweile?«

Paul blickte hoch. Er erschien überrascht, dass Kurt so

dicht neben ihm stand. Er war offenbar tief in Gedanken versunken, während er sich Notizen machte.

»Kann sein«, sagte Paul und fügte hinzu: »Schon möglich ... Aber eigentlich weiß ich es nicht.«

Kurt streckte die Hand aus. »Darf ich?«

Paul lockerte den Griff, mit dem er den Notizblock festhielt, und Kurt nahm ihn an sich. Außer dem Vogel hatte Paul auch einen Krug mit einem gekrümmten Hals gezeichnet, der zur Hälfte mit einer Flüssigkeit gefüllt war. Unter den zahlreichen Berechnungen auf der anderen Seite des Notizblatts stand ein Name.

»Kenzo Fujihara«, las Kurt laut vor. »Könnte es sein, dass du über eine neue Karriere auf dem Zeichentricksektor nachdenkst, oder ...«

Paul schüttelte den Kopf.

»Okay«, sagte Kurt und gab den Notizblock zurück. »Spuck's aus.«

Kurts schlechtes Gewissen meldete sich, weil er den Geologen derart in Zugzwang brachte, aber Paul war ein Perfektionist. Wäre es nach ihm gegangen, hätte er einige zig Testszenarien durchgerechnet, bevor er sich dazu durchgerungen hätte, eine neue Theorie zur Diskussion zu stellen.

»Eigentlich ist es nur eine vage Idee«, sagte Paul zögernd. »Ich möchte damit anfangen, dass ich zugebe, dass sie auf den ersten Blick vollkommen verrückt erscheint.«

»Gibt es noch etwas Verrückteres als Joes wandernden Kometenschwarm?«

»Heh!«, protestierte Joe Zavala lautstark und spielte den Beleidigten. »Seit wann werden beim Brainstorming Zensuren verteilt? Das verbitte ich mir!«

»Du hast ja recht«, sagte Kurt besänftigend. »Also, was

hat das alles zu bedeuten? Fang am besten mit dem Vogel an. Ich bin ganz Ohr.«

Paul atmete tief durch. »›Die Krähe und der Wasserkrug‹«, begann er. »Es ist eine der zahlreichen Fabeln Äsops.«

Bereits nach dieser Einleitung erkannte Kurt, welche brillante Idee Paul entwickelt hatte.

»Diese Fabel«, fuhr Paul fort, »handelt von einer durstigen Krähe, die einen zur Hälfte mit Wasser gefüllten Krug findet und versucht, den Schnabel in den Hals zu schieben, um daraus zu trinken. Aber der Hals des Krugs ist zu eng, und der Wasserspiegel so niedrig, dass die Krähe ihn nicht erreichen kann. Daher fliegt sie los und kehrt mit einem Stein im Schnabel zurück, den sie in den Krug hineinfallen lässt. Der Stein verdrängt die Wassermenge, die seinem Volumen entspricht, und der Wasserspiegel steigt. Indem sie diese Prozedur mehrmals wiederholt, steht das Wasser schließlich so hoch im Hals des Krugs, dass die Krähe davon trinken kann.«

Paul legte eine Kunstpause ein, um seine Zuhörer ein wenig auf die Folter zu spannen. »Der Punkt ist der«, erklärte er schließlich weiter, »wenn die Eiskappen an den Polen nicht schmelzen und wir auch nicht von Schwärmen von Mikrokometen heimgesucht werden, dann blicken wir möglicherweise in die falsche Richtung. Vielleicht gibt es überhaupt kein zusätzliches Wasser, das irgendwie einen Weg in die Weltmeere findet, sondern irgendetwas anderes verdrängt das bereits vorhandene Meerwasser in den Ozeanen.«

Jeder der Anwesenden schwieg und ging in Gedanken diese Möglichkeit durch.

Paul glaubte, präzisieren zu müssen, was er meinte.

»Stellt euch eine Badewanne vor, die bis zum Rand gefüllt ist und überläuft, sobald jemand hineinsteigt.«

Kurt Austin lachte. »Ich denke, wir alle wissen, was du uns mit diesem Beispiel sagen willst.«

»Ihr seid so still, dass ich mir unsicher war«, sagte Paul.

»Wir stehen geradezu ergriffen vor deinem überragenden Geist, mein Freund. Was du dir da ausgedacht ist, ist einfach phantastisch.«

»Absolut«, bekräftigte Joe.

Gamay lächelte. »Wenn du so weitermachst, habe ich zu Hause am Ende gar nichts mehr zu sagen.«

»Ist etwas Derartiges schon einmal beobachtet worden?«, wollte Kurt wissen.

»Nicht im Ozean«, gab Paul zu, »aber bei kleineren Gewässern ist es nichts Ungewöhnliches. Vor ein paar Jahren trat der Yellowstone Lake über die Ufer und suchte sich ein neues Bett. Die Ursache war jedoch kein Starkregen oder ein zusätzlicher Zufluss. Sondern der Anstieg wurde durch eine Erhebung auf dem Seegrund hervorgerufen. Magma, das aus tieferen Erdschichten nach oben stieg, drückte die Gesteinsmassen, die ihm den Weg versperrten, in die Höhe. Dadurch wurde das darüber befindliche Wasser im See verdrängt, was dazu führte, dass der See anstieg und seine Oberfläche vergrößerte, obwohl die Wassermenge gleich geblieben war. Damals vermuteten Geologen, dass der Vulkan, dem der Yellowstone-Nationalpark seinen Namen verdankt, kurz vor einem Ausbruch stand. Glücklicherweise ging der Buckel auf dem Grund des Sees in den darauf folgenden Jahren nach und nach zurück, und der See kehrte wieder in sein altes Becken zurück. Gut möglich, dass etwas Ähnliches zurzeit in einer abgelegenen Meeresregion stattfindet.«

»Hat man das Unmögliche ausgeschlossen, muss das, was übrig bleibt …«, meinte Gamay.

»Genau meine Meinung«, sagte Paul.

»Aber eine solche Erscheinung wäre doch nicht zu übersehen. Irgendjemandem müsste sie auffallen.«

»Nur wenn der Betreffende gezielt danach Ausschau hielte«, sagte Paul. »Aber mir fällt keine Organisation, die NUMA eingeschlossen, ein, die sich die Mühe macht, regelmäßige Tiefsee-Scans des Meeresbodens durchzuführen.« Er deutete auf eine topografische Karte an einer Wand des Konferenzraums. »Die einzigen Karten, die mit einer gewissen Regelmäßigkeit aktualisiert werden, zeigen Gebiete in geringerer Tiefe in der näheren Umgebung wichtiger Seehäfen und viel befahrener Schifffahrtsrouten. Unsere Tiefseekarten setzen sich aus vereinzelten punktuellen Scans und verstreuten Tiefensonarmessungen zusammen. Was wir über die dazwischenliegenden Bereiche wissen, sind vorwiegend extrapolierte Daten. Aber wenn man zur Bestimmung des Höhenprofils von Nordamerika einen in Orlando und einen zweiten, sagen wir, in Santa Monica ermittelten Wert zugrunde legte, könnte man daraus schließen, dass wir es mit einer ausgesprochen ebenen Region zu tun haben. Die in der Mitte aufragenden Gebirge würden auf einer solchen Karte gar nicht berücksichtigt werden.«

Joe Zavala meldete sich zu Wort. »Der größte Teil des zur Verfügung stehenden Tiefsee-Datenmaterials ist häufig mehr als zehn Jahre alt. Und wie wir wissen, kann sich in nur einem Jahr vieles verändern, erst recht also innerhalb eines Zeitraums von mehreren Jahren.«

»Wie groß müsste die Auffaltung sein, um sich in dem Maße bemerkbar zu machen, wie wir es derzeit erleben?«, fragte Kurt in die Runde.

»Ein neuer Unterseeberg von der Größe Hawaiis würde ausreichen«, sagte Paul, »auch dann, wenn er mit der Spitze nicht aus dem Wasser ragt.«

»Die Entstehung neuer Vulkane in der Tiefsee ist nichts Ungewöhnliches«, sagte Gamay. »Im Jahr 1883 sprengte sich der Krakatau praktisch selbst von den Landkarten, und um 1930 entstand an seiner Stelle ein vollkommen neuer Vulkan – der Anak Krakatau.«

»Und sie wachsen zügig«, sagte Paul. »Der Anak Krakatau ist mittlerweile mehr als dreihundert Meter hoch. Und er wird erstaunlich schnell höher und breiter.«

»Südöstlich vor der Küste Hawaiis auf dem Imperator-Bergrücken, etwa achtzig Kilometer vom Mauna Loa entfernt, dem größten Schichtvulkan der Erde auf Hawaii entfernt, entsteht zurzeit ein neuer unterseeischer Berg«, berichtete Joe. »Sie haben ihn Lōʻihi genannt. Und wir haben ihn erst im vergangenen Jahr näher unter die Lupe genommen. Seit 1996, dem Jahr seiner Entstehung, ist er beträchtlich gewachsen.«

»Genau genommen, handelt es sich um zwei winzige Inseln«, konnte Kurt zusätzliche Informationen beisteuern. »Diese Inseln sind allerdings Millionen Jahre alt. Daher fällt es mir schwer zu glauben, dass eine derart große Formation innerhalb eines halben Jahres entstanden sein soll.«

»Ich bin ganz deiner Meinung«, pflichtete Paul ihm bei. »Aber anstatt nach einem einzigen riesigen Unterseeberg zu suchen, sollten wir nach einer weiträumigen Verwerfung der Erdkruste am Rand der tektonischen Platten Ausschau halten. Diese Verwerfung könnte wie der Beginn einer neuen Gebirgskette aussehen. Sie wäre von mäßiger Höhe, die allerdings durch ihre Breite und Länge wettgemacht werden würde. Eine Auffaltung, auch wenn sie nicht allzu hoch ausfiele, die zwischen der pazifischen und der australischen Platte verläuft, würde immense Wassermengen verdrängen. Wenn sich die Falte über die gesamte Länge der Naht zwischen den Platten erstreckte, bräuchten die höchsten Erhebungen lediglich dreißig Meter hoch und einhundertfünfzig bis zweihundert Meter breit zu sein, um einen Anstieg des Meeresspiegels in der jüngst gemessenen Höhe zu bewirken. Je höher und breiter die neue Formation ist, desto geringer könnte ihre Längenausdehnung ausfallen.«

Kurts Interesse war geweckt, aber er war noch nicht überzeugt. »Okay, ich kann dir folgen. Jetzt fehlt nur noch das entscheidende i-Tüpfelchen. Ich brauche überzeugende Beweise. Wenn unter Wasser am Rand einer sich bewegenden tektonischen Platte eine wenn auch nur bescheidene Bergkette entsteht, würden wir dann nicht eine bedeutende Zunahme seismischer Aktivitäten beobachten?«

»Ich würde zumindest etwas in dieser Richtung erwarten«, sagte Paul.

»Und?«

»Bisher konnten wir nichts Ungewöhnliches wahrnehmen«, gab er zu. »Oder ich sollte vielleicht eher sagen, dass keine der international vernetzten Erdbebenstationen ungewöhnliche Vorkommnisse gemeldet hat. Aber es gibt jemanden, der behauptet, eine Zunahme an tektonischen Schwingungen wahrgenommen zu haben.«

Kurt dachte an Pauls Notizen, auf die er einen Blick hatte werfen können. »Kenzo Fujihara.«

Paul nickte. »Er ist ein japanischer Wissenschaftler, der behauptet, einen neuen Typ seismischer Wellen entdeckt zu haben, die bisher noch niemand sonst nachgewiesen habe. Er nennt sie Z-Wellen. Er erklärt, sie während der vergangenen elf Monate in hoher Intensität geortet zu haben. Laut seiner Angaben befindet sich das Zentrum irgendwo in der Grenzschicht der pazifischen Platte. Er weigert sich jedoch, irgendwelche Informationen über Eigenschaften und Herkunft dieser Z-Wellen zu veröffentlichen oder sich zu der Methode zu äußern, mit deren Hilfe er ihre Existenz nachweisen kann.«

»Hast du versucht, mit ihm Kontakt aufzunehmen?«

»Per Telegramm, ja«, sagte Paul.

Kurts Augenbrauen ruckten nach oben. »Per Telegramm? Sind wir plötzlich wieder ins neunzehnte Jahrhundert zurückgekehrt?«

Joe Zavala grinste. »Er ist ein harter Knochen. Jetzt kannst du dir vorstellen, wie ich mir vorgekommen bin.«

Gamay lachte verhalten, Paul blieb jedoch todernst.

»Aber das ist noch nicht alles. Es kommt noch schlimmer«, sagte er. »Wie ich in Erfahrung bringen konnte, ist Kenzo Fujihara der Anführer einer Antitechnologie-Bewegung. Deren Mitglieder sind der Auffassung, dass Japan sich selbst zerstört, weil es sich ganz und gar von der Elektronik abhängig macht. Er und seine Anhänger telefonieren nicht, versenden keine E-Mails und kennen auch keine Text- oder Videokonferenzen. Er veröffentlichte seine wissenschaftlichen Erkenntnisse in einer Art Nachrichtenmagazin, das mit einer altertümlichen Druckerpresse hergestellt wird, an der Benjamin Franklin seine Freude gehabt hätte.«

Paul hielt für einen kurzen Moment inne, dann fuhr er fort. »Er behauptet, dass die japanische Regierung und der technologisch-industrielle Komplex der Nation hinter ihm her seien. Er und seine Anhänger galten lange als eine radikale Gruppierung, als Sekte oder sogar als Kult. Und früher einmal ist er beschuldigt worden, Anhänger und Gegner einer Gehirnwäsche zu unterziehen und sie gegen ihren Willen festzuhalten.«

»Offensichtlich gibt er sich wenig Mühe, ernst genommen zu werden, oder?«

»Er war einmal ein angesehener Geologe«, meinte Paul. »Ein aufsteigender Stern am wissenschaftlichen Himmel. Laut seines Magazins wurden die Z-Wellen vor elf Monaten zum ersten Mal aufgezeichnet. Vor sechs Monaten nahm ihre Intensität schlagartig zu und steigerte sich während der letzten dreißig Tage stetig.«

Die Übereinstimmung war für alle offensichtlich. Die Zunahme der Intensität fiel genau mit den verschiedenen Phasen des Meeresspiegelanstiegs zusammen.

Kurt starrte in seine Kaffeetasse, als sei dort die Antwort auf seine dringende Frage zu finden. »Ist das unsere beste Spur?«

»Genau genommen, ist es sogar unsere einzige Spur«, sagte Joe.

»Das ist ein Argument«, erwiderte Kurt. »Ich lasse einen NUMA-Jet startbereit machen. Er wartet in zwei Stunden auf dem Flughafen. Seid bitte pünktlich zur Stelle. Wir fliegen nach Japan.«

5

Walter Han hatte sich an ein Leben im Luxus gewöhnt, aber er war auf den Straßen Hongkongs aufgewachsen und hegte eine gewisse Vorliebe für die dunklen Hintergassen dieser Welt und die Menschen, die sie bevölkerten, sei es, dass sie dort wohnten oder dort ihren Geschäften nachgingen.

Unterwegs in einer besonders verrufenen Gegend Tokios und eskortiert von drei Leibwächtern, betrat er das Haus eines Mannes, der mittlerweile auf unabhängiger Auftragsbasis für ihn arbeitete.

Begrüßungen wurden ausgetauscht, man versicherte einander der gegenseitigen Hochachtung, und alle Neuankömmlinge wurden mit einem Scanner auf das Mitführen elektronischer Geräte überprüft. Nachdem ihnen die Smartphones abgenommen worden waren und sie die Schuhe ausgezogen hatten, durfte Han den Raum im hinteren Teil des Hauses betreten.

Dort traf er die Person an, der sein Besuch galt. Geschmeidig, in seinen Bewegungen einer Schlange ähnlich und mit Tätowierungen bedeckt, war der Mann als Ushi-Oni – oder kurz Oni – bekannt. Der Name bedeutete übersetzt *Dämon*, und wenn der Mann nur die Hälfte der Menschen auf dem Gewissen hatte, die er getötet zu haben behauptete, hatte er diesen Namen mehrfach verdient.

Oni saß mit übereinandergeschlagenen Beinen auf dem Fußboden, umflossen von rötlichem Licht. Er war sehniger und hagerer, als Han ihn in Erinnerung hatte. Der Ausdruck in seinen Augen war wilder, irrer.

»Ich bin überrascht, dich hier zu sehen«, sagte Oni.

»Ich habe einen neuen Job für dich.«

»Soll ich mal wieder amerikanische Soldaten entführen?«

»Nein«, erwiderte Han. »Bei diesem Job wird Blut fließen.«

Ushi-Oni erschrak nicht. »Das wundert mich«, entgegnete er ruhig. »Diejenigen, die nach Belieben kaufen und verkaufen können, haben es nur selten nötig, sich dieser Art von Gewalt zu bedienen.«

Das trifft meistens zu, dachte Han. Aber die gegenwärtigen Umstände verlangten etwas anderes. An vielen Orten würde Blut fließen, bevor er seine Aufgabe vollständig erfüllt hätte. Blut und Geld.

»Es gibt jemanden, den ich nicht kaufen kann und der mir auf sehr schmerzhafte Weise zunehmend lästig wird. Ich muss mich von ihm und seinen Helfern befreien. Wenn du dies für mich erledigst, werde ich dich reich machen.«

»Ich habe schon alles, was ich brauche«, gab Oni zurück.

»Warum hast du dann verlangt, dass wir uns treffen?«, fragte Han.

»Du bist wie ein Halbbruder für mich.«

Han nahm diese Feststellung widerspruchslos hin. Sie waren Vettern, keine Brüder. Und dazu noch weit voneinander entfernt. »Wir werden richtige Brüder sein«, versprach er, »wenn du mir behilflich bist. Brüder, aber auf eine ganz andere – eine neue – Art. Unantastbar. Angesehen.

Berühmt. Du wirst dich nicht länger verstecken müssen, wirst nicht länger unsichtbar im Schatten stehen.«

»Du musst mir dies alles wirklich fest versprechen«, sagte Oni.

»Das tue ich.«

Der Dämon faltete seine skelettartigen Hände, während er über das Gesagte nachdachte. »Ich vertraue dir«, sagte er schließlich. »Aber meine Bezahlung muss ohne einen Hinweis auf meine Existenz erfolgen.«

»Ich zahle bar«, erklärte Walter Han. »Niemand wird wissen, wer der Empfänger ist. Aber die Beseitigung muss vollständig sein. Es darf kein Hinweis, keine Spur zurückbleiben.«

»Genau darauf bin ich spezialisiert. Das ist mein besonderer Service. Nenn mir den Namen.«

»*Die* Namen. Es sind mehrere«, korrigierte Han seinen Gesprächspartner.

»Das ist sogar noch besser.«

Walter reichte ihm ein Blatt Papier. Fünf Namen standen darauf.

»Amerikaner?«

Han nickte. »Und Kenzo Fujihara. Sie werden in Kürze zusammentreffen. Ich möchte, dass sie verschwinden. Und zwar alle. Ohne Ausnahme.«

»Weshalb?«

»Du hast kein Recht, Fragen zu stellen«, sagte Han und bemühte sich, seiner Erwiderung entsprechenden Nachdruck zu verleihen.

»In diesem Punkt irrst du dich«, sagte Oni. »Erzähl mir, weshalb sie verschwinden müssen, oder geh und such dir woanders Hilfe.«

Diese Reaktion überraschte Walter Han. »Kenzo ist im

Begriff, meinen geschäftlichen Interessen zu schaden«, bequemte sich Han zu einer Erklärung. Er hatte nicht die Absicht zu offenbaren, dass der Mann Dokumente veröffentlicht hatte, die eindeutig auf den fehlgeschlagenen Erzabbau im Ostchinesischen Meer hinwiesen. Oder dass die Amerikaner seit jeher Feinde des chinesischen Staats waren und ihr Treffen mit Fujihara als eine gefährliche Entwicklung betrachtet wurde und daher möglichst verhindert werden musste.

»Und die Amerikaner?«

»Werden meine Kreise stören, wenn sich ihnen dazu die Gelegenheit bietet«, sagte Han. »Ich möchte, dass sie verbrennen. Alle miteinander. Zusammen mit allem, woran Kenzo gearbeitet hat.«

Der Dämon nickte und legte die Liste beiseite. »Ein Feuer hinterlässt zwar weniger Hinweise, aber es kostet mehr. Für fünf Tote verlange ich fünf separate Zahlungen. Für ein Feuer verlange ich sogar noch mehr. Im Voraus.«

»Die Hälfte jetzt«, sagte Han.

Die Pause war lang genug, um Han nervös zu machen. Vielleicht lebte er schon zu lange im sauberen, ehrenwerten Teil der Welt. Er musste seinen gesamten Mut zusammenraffen, um Oni die Stirn zu bieten und auf seinem Standpunkt zu beharren.

»Einverstanden«, entschied Oni.

Er stieß einen Pfiff aus, und Hans Leibwächtern wurde gestattet hereinzukommen. Ein Aktenkoffer wurde auf den niedrigen Tisch gelegt, der neben Oni stand, und geöffnet. Er war mit gebündelten Euro-Banknoten gefüllt. »Der Rest folgt, wenn ich weiß, dass sie tot sind«, versprach Han.

»Wann soll das geschehen?«, fragte Oni.

»Die Amerikaner sind in diesem Augenblick auf dem Weg hierher. Sie werden heute in Tokio landen. Sobald sie mit Fujihara zusammentreffen, vernichte sie alle.«

6

Kurt Austin erwachte an Bord des NUMA-Jets aus einem tiefen Schlaf. Er blieb noch für einige Minuten mit geschlossenen Augen liegen, richtete sich erst dann auf und blickte sich um. Tokio war nicht mehr weit entfernt, und die Maschine befand sich bereits im Landeanflug. »Ich sollte mich nie mehr über die Reiseabteilung der NUMA beklagen«, sagte er.

Joe, Paul und Gamay besetzten die Sessel in seiner Nähe. Sie waren hellwach und unterhielten sich angeregt, aber leise, vermutlich, um ihn nicht zu stören. So wie es aussah und sich anhörte, hatten sie die lange Flugdauer nicht genutzt, um Schlaf nachzuholen. Was sie, wie Kurt sicher zu wissen glaubte, später bereuen würden.

Kurt fiel es leicht, im Flugzeug zu schlafen. Der weiche, von den Strahlturbinen erzeugte Geräuschteppich sowie die Ruhe und das gedämpfte Licht in der Kabine waren wirkungsvoller als jede Schlaftablette, die jemals entwickelt wurde. Nachdem er mehrere Monate lang in Zelten und baufälligen Hütten auf dem Eis gelebt hatte, kam ihm sein Liegesitz wie ein Bett vor, das eines Königs würdig war.

»Zehn Stunden an einem Stück«, sagte Joe Zavala und deutete auf seine Armbanduhr. »Das dürfte ein Rekord fürs Guinnessbuch sein.«

»Nicht mal andeutungsweise«, sagte Kurt. Er fuhr mit einer Hand über sein mittlerweile wieder bartloses Gesicht und staunte insgeheim über das seltsame Gefühl, wieder glatte Haut zu haben.

Ein Flugbegleiter bot angewärmte, mit Eukalyptusöl getränkte Handtücher an. Kurt bediente sich dankbar. Er faltete das Handtuch auseinander, wischte sich damit über Schläfen, Stirn und Hals und war schlagartig hellwach.

Er blickte durchs Fenster hinunter auf das Ziel ihrer Reise. Weil starker Seewind landeinwärts blies, folgte die Maschine einem Anflugkurs, der über die Bucht und über die ganze Stadt führte, ehe er in Richtung Haneda Airport und der künstlichen Insel, auf der der Flughafen angelegt worden war, umschwenkte.

In Japan war Nacht, und Tokio enttäuschte die Betrachter nicht. Die Stadt erschien wie ein horizontweit funkelndes Neonlabyrinth mit der rot leuchtenden Nadel des Tokyo Tower in der Mitte.

Die Maschine sank zur Rollbahn hinab, setzte mit einem Ruck auf und rollte zum Flugsteig.

Als Kurt Austin das Flugzeug verließ, kam es ihm vor, als sei früher Morgen, aber nach dem langen Flug und der Zeitumstellung hatten sie beim Überqueren der internationalen Datumsgrenze einen Tag verloren, und in diesem Moment war es kurz vor zehn Uhr abends.

Während sie die Passkontrolle hinter sich ließen und zur Gepäckausgabe gingen, wandte sich Joe an Paul Trout und stellte die Frage, die jedem von ihnen seit ihrer Landung auf der Zunge lag. »Hast du irgendetwas von deinem technologisch gehandicapten Freund gehört?«

»Nein«, antwortete Paul. »Aber das hatte ich auch nicht erwartet. Ich schicke ihm ein Telegramm, sobald wir im Hotel eingecheckt haben. Und falls das nichts nützt, können wir es mit dem Pony Express versuchen.«

»Ich glaube, das brauchen wir nicht«, sagte Gamay und deutete zum Ausgang des Flugsteigs.

Nicht weit von den automatischen Türen des Flughafengebäudes stand eine junge Frau in langer weißer Hose und einem farbenfrohen Seidenoberteil mit klassischem Geisha-Muster. Sie trug einen Rucksack auf den Schultern und hatte in der Hand ein Schild mit der Aufschrift AMERICAN PAUL.

»Ich habe die starke Vermutung, dass du damit gemeint bist«, fügte Gamay hinzu.

»Das ist zwar kein Empfang wie seinerzeit 1965, als die Beatles nach New York kamen«, sagte Paul, »aber man wird bescheiden.«

»Geh hin und sag hallo«, empfahl Kurt und nahm Paul den Koffer aus der Hand. »Das ist dein Auftritt. Wir sind nur das Fußvolk.«

Paul steuerte auf die junge Frau zu und verbeugte sich vor ihr.

»Sind Sie der amerikanische Geologe, der um ein Treffen mit Meister Kenzo gebeten hat?«

»Der bin ich«, erwiderte Paul und deutete hinter sich. »Und dies sind meine Kollegen.«

»Ich heiße Akiko«, stellte sich die junge Frau vor. »Ich studiere bei Meister Kenzo und helfe ihm bei seinen Forschungen. Er erwartet Sie in seinem Seeanwesen. Es liegt in idyllischer Umgebung und wird Ihnen gefallen. Bitte, folgen Sie mir.«

Ohne eine weitere Erklärung ging sie hinaus und startete zu einem Marsch an der Flughafenhalle entlang. Auf der Zufahrtsstraße herrschte reger Verkehr, während private Pkw, Pendelbusse und Taxis um freie Halteplätze vor dem Terminal kämpften, aber keins der Fahrzeuge bekundete irgendein Interesse an den fünf Fußgängern und hielt etwa an.

Paul und Gamay gingen dicht hinter Akiko. Kurt und Joe hingen ein wenig zurück.

»Ich hoffe, dass wir nicht zu diesem Seeanwesen wandern müssen«, flüsterte Joe.

»Vielleicht erwartet uns ein Pferdewagen«, sagte Kurt. »Wie bei den Amish People.«

»Durchaus möglich«, erwärmte sich Joe für diese Idee, »angesichts der Tatsache, dass sie mit der modernen Technologie auf Kriegsfuß stehen.«

»Wir haben nichts gegen moderne Technologie«, sagte Akiko, die Joes Bemerkung trotz des Verkehrslärms verstanden hatte. »Wir wehren uns jedoch gegen den zunehmenden Einfluss der Elektronik auf das Alltagsleben im Einzelnen und die Menschheit im Allgemeinen. Im Gegensatz zu den einfacheren – sagen wir ruhig *primitiveren* – mechanischen Maschinen und Vorrichtungen sind elektronische Rechner durch den Menschen kaum noch beeinfluss- und steuerbar. In jeder Minute des Tages kommunizieren Ihre Computer, Smartphones und andere Geräte miteinander, aktualisieren sich selbstständig und verändern ihre eigenen Programme, ja, sie zeichnen sogar automatisch unsere jeweiligen Aufenthaltsorte und Aktivitäten auf. Außerdem senden sie diese Informationen an andere Maschinen, Server und Programme, wo sie eingehend analysiert werden, um mit ihrer Hilfe Methoden zu entwickeln, mit denen die Menschen in jedem Bereich beeinflusst werden können, hauptsächlich, um Dinge zu kaufen, die sie eigentlich gar nicht brauchen. Wir glauben jedoch, dass die Auswirkungen weitaus umfangreicher und gefährlicher sind.«

»Woran denken Sie?«

»Hier in Japan interessieren sich die jungen Leute mehr für Computer, Videoplayer und Virtual Reality als für die Wirklichkeit oder zwischenmenschliche Beziehungen oder Kommunikation. Die Menschen haben die Fähigkeit verloren, miteinander zu interagieren. Restaurants, Bars und Hotels wenden sich mit ihren Angeboten vorwiegend an Singles, die essen, schlafen und sich zerstreuen wollen, ohne von anderen Leuten dabei behindert zu werden. Die Isolation innerhalb der Gesellschaft ist mehr und mehr zur Norm geworden. Mehr und mehr starren wir auf Bildschirme und benutzen Ohrhörer, um jegliche Störung von außen und eventuelle Kommunikationsversuche auszublenden. Wir haben uns zu einer Nation von Individuen entwickelt, die jeder für sich ein eigenes abgeschiedenes Dasein vorziehen und zwischenmenschliche Kontakte meiden. Die Folge ist, dass weniger Ehen geschlossen werden und die Geburtenrate drastisch sinkt. Wenn sich daran innerhalb der nächsten und übernächsten Generation nichts ändert, wird sich unsere Bevölkerungszahl halbieren. Ein Vorgang, wie er in den modernen Zeiten noch nie beobachtet wurde.«

Wenn man sich vor Augen hielt, wie groß die Bevölkerungsdichte Tokios war, konnte man sich kaum vorstellen, dass sich diese Stadt in nur dreißig Jahren zur Hälfte geleert haben könnte.

Die Japanerin geleitete die amerikanischen Besucher zu einem der zahlreichen Parkplätze und blieb in der Einfahrt stehen. »Ehe wir unseren Weg fortsetzen, möchte ich Sie bitten, sich einstweilen von Ihren Mobiltelefonen, iPods, iPads, Fotoapparaten und Computern sowie allen anderen elektronischen Geräten zu trennen, die Sie mit sich führen.«

Sie nahm den Rucksack von den Schultern und begann, die aufgezählten Gegenstände einzusammeln. Stück für Stück suchten Kurt, Joe, Paul und Gamay ihre elektronischen Helfer hervor und steckten sie in den Rucksack, der, wie Kurt feststellen konnte, mit einer metallisch glänzenden Folie ausgekleidet war.

Nachdem sie alles abgeliefert hatten, worum sie gebeten worden waren, erschien der volle Rucksack wie die Bestätigung der kritischen Ausführungen ihres Ein-Personen-Empfangskomitees. Kurt musste insgeheim zugeben, dass es beinahe peinlich war, wie viel elektronischen Schrott mittlerweile jeder von ihnen bei sich trug.

»Was haben wir eigentlich früher ohne diesen Kram gemacht?«, fragte Joe Zavala .

»Wir hatten Vierteldollar- und Centmünzen in den Taschen«, antwortete Kurt Austin. »Und auf allen Flughäfen der Welt gab es lange Reihen einer segensreichen Einrichtung, die ›Telefonzelle‹ genannt wurde.«

Joe lachte. »Jetzt haben wir den Beweis, Amigo. Du wirst alt.«

»Ich bin nicht alt«, protestierte Kurt. »Ich bin ein Klassik-Fan.«

Akiko schwang sich den mit modernster Cybertechnik gefüllten Rucksack über die Schulter und ging quer über den Parkplatz voraus, wo es trotz der vorgerückten abendlichen Stunde plötzlich interessant zu werden versprach.

Kurt erwartete einen schlichten weißen Van oder vielleicht auch eine große unauffällige Limousine, die sie zu dem Seeanwesen bringen würde. Stattdessen blieben sie aber vor zwei japanischen Oldtimern aus den sechziger Jahren stehen.

Der eine war eine strahlend weiße Limousine, die eine

vage Ähnlichkeit mit einer BMW-Limousine aus jener Zeit aufwies. Der Wagen stand auf Hochleistungsreifen, hatte einen auffälligen nachgerüsteten Spoiler und auf Hochglanz polierte Chromleisten und noch andere Verzierungen. Der andere Pkw war ein silbermetallicfarbener 1969er Datsun 240Z. Er hatte eine lang gestreckte niedrige Motorhaube, elegant geschwungene Konturen und dicht hinter den Vorderrädern seitliche Lüftungsschlitze, die an Kiemen erinnerten. All diese Elemente verhalfen dem Wagen zu seinem raubtierhaften haifischähnlichen Aussehen.

Mit seinem niedrigen Dach und den weit vor der Windschutzscheibe außen auf den Kotflügeln platzierten Rückspiegeln erschien der Wagen, obgleich er stillstand, atemberaubend schnell.

»Das sind wunderschöne Maschinen«, sagte Joe andächtig.

»Ich habe sie selbst restauriert und wieder aufgebaut«, erklärte sie.

»Tatsächlich«, staunte Joe. »Ich bastle auch gern an Autos herum. Vielleicht können wir mal gemeinsam etwas auf die Beine – beziehungsweise auf die Räder – stellen.«

Akiko reagierte nur mit einem knappen Kopfnicken darauf, mehr kam zu diesem Thema nicht von ihr. »Diese beiden Fahrzeuge bringen uns zum See«, sagte sie und ging zur Limousine. Sie öffnete den Kofferraum und legte den Rucksack mit den konfiszierten elektronischen Geräten hinein. Dabei entging Kurt nicht, dass der Kofferraum ebenfalls mit einer metallischen Folie ausgekleidet war.

»Ich könnte mit Ihnen fahren«, bot Joe an.

Akiko schlug die Kofferraumklappe der Limousine zu und öffnete die Tür. »Der amerikanische Paul fährt mit mir.«

Joe Zavala war die Enttäuschung über diese Entscheidung deutlich anzusehen.

»Und seine amerikanische Ehefrau natürlich auch«, sagte Gamay.

»In Ordnung«, erwiderte Akiko. »Sie beide folgen uns. Versuchen Sie, so dicht wie möglich hinter uns zu bleiben. Ich werde sehr schnell fahren, weil wir wahrscheinlich längst genau beobachtet werden.«

Sie warf einen Schlüsselbund in Kurts und Joes Richtung, das Joe mit einer schnellen Bewegung aus der Luft angelte. »Ich werde fahren«, sagte er mit einem mehr als triumphierenden Grinsen.

Kurt Austin nahm es achselzuckend zur Kenntnis, während Joe zu dem Sportwagenklassiker hinüberging. Er erreichte die Tür auf der rechten Seite im gleichen Augenblick, als Joe die Tür auf der linken Seite öffnete. Sie ließen sich gleichzeitig in die Schalensitze fallen.

Aus dem Augenwinkel beobachtete Kurt, wie Joe die Arme nach vorne streckte, als wollte er das Lenkrad ergreifen, aber dort war nichts außer dem gepolsterten Armaturenbrett. Das Lenkrad befand sich vor Kurts Sitz – auf der »falschen« Wagenseite.

»Nein«, rief Joe entsetzt, als er seinen peinlichen Irrtum erkannte.

»In Japan herrscht Linksverkehr«, klärte Kurt seinen Freund auf. »Ich denke, du solltest dein Wissen über die Geschichte des Straßenverkehrs in Japan ein wenig auffrischen, ehe du anfängst, mit deiner neuen Freundin historische Autos in Stand zu setzen.«

»Sehr lustig«, sagte Joe zähneknirschend. »Ich glaube, mit mir geht es rapide bergab. Daran ist sicher der Jetlag schuld.«

»Du hättest ein Schläfchen machen sollen. Acht oder neun Stunden hätten dir gutgetan.«

Joe reichte die Schlüssel nach rechts, und Kurt betätigte den Anlasser. Der Motor sprang sofort an. Der Auspuff blubberte in perfektem Gleichklang mit dem dumpfen Pulsieren der weißen Limousine.

Akiko ließ den Motor der Limousine kurz aufheulen, dann fädelte sie sich in den Pendelverkehr ein und rollte zur Ausfahrt. Kurt ergriff den Schaltknüppel, legte den Rückwärtsgang ein und bugsierte den Datsun aus der Parktasche. Er schaltete in den ersten Gang, und sie tauchten ins nächtliche Tokio ein.

Kurt hatte fast acht Monate in Japan gelebt, ihm aber kam es so vor, als läge das eine halbe Ewigkeit zurück. Er war auch ziemlich oft auf den Straßen Englands, Australiens und der Insel Barbados unterwegs gewesen. Infolgedessen hatte er mit dem Linksverkehr keine ernsthaften Probleme. Gefährlich wurde es für ihn lediglich, wenn er an wenig befahrenen Kreuzungen abbiegen musste. Wenn sich vor ihm kein anderes Auto befand, dem er hätte folgen können, konnte es vorkommen, dass er in Gedanken in das tief verwurzelte Muster rutschte und die Fahrt auf der falschen Straßenseite fortsetzte.

Sie suchten sich ihren Weg durch den dichten Verkehr und näherten sich langsam aber stetig der Stadtgrenze. Schließlich gelangte Akiko zu einer Autobahnauffahrt, folgte ihr und gab Gas, sobald sie freie Fahrt hatte. Kurt schaltete einen Gang zurück, um schneller zu ihr aufzuholen. Nicht lange, und sie rasten mit fast einhundert Meilen in der Stunde nach Südwesten.

»Könnte es sein, dass wir tatsächlich unter Beobachtung stehen?«, fragte Joe.

»Ich habe niemanden bemerkt«, sagte Kurt. »Aber sie sind eine geheime Gruppe, die zu nahezu allem in Opposition steht, das ihrer Nation lieb und teuer ist.«

Kurt nahm eine Hand vom Lenkrad und drückte auf die Analogknöpfe des Radios. Sie gaben nach, versanken im Bedienfeld und fixierten die Anzeigemarke auf der Senderskala des altertümlichen UKW/MW-Radios. »Als ich ein Kind war, galt dieses Radio als das Modernste, was die Rundfunktechnik zu bieten hatte.«

Joe lachte. »Wie die Lady selbst meinte, sie kämpfen gegen die digitale Elektronik. Analogempfänger sind vollkommen okay. Und dieses Fahrzeug besitzt einen Vergaser, eine manuell justierte Nockenwelle zum Öffnen und Schließen der Ventile, und es wurde gebaut, bevor man an Computer-Diagnose und Motor-Kontrollsysteme auch nur zu denken wagte. Es wird von einer richtigen Maschine – dem Motor – angetrieben. Und dieser Motor tut genau das, was der Fahrer ihm zu tun befiehlt, anstatt selbst zu denken.«

Kurt wechselte die Fahrspur, trat das Gaspedal durch und überholte einen Audi und einen offenbar fabrikneuen Lexus, als stünden beide Wagen still. »Und genau das macht er absolut großartig.«

Sie blieben über eine Stunde lang auf der Schnellstraße und erreichten die ersten Gebirgsausläufer. Nach knapp einer zweiten Stunde nahmen sie eine Ausfahrt und kamen auf eine Landstraße. Im Licht der Schweinwerfer konnten sie erkennen, dass sich die Piste in die Berge schlängelte, und zum ersten Mal bewegten sie sich durch vollständige Dunkelheit.

Kein Stern war am Himmel zu sehen, und der Mond wurde von einer dichten Wolkendecke verhüllt.

Kurt hatte Mühe, Akiko auf dieser ihm vollkommen fremden Straße nicht aus den Augen zu verlieren. Wie er am Ende durch kurzes Einschalten des Fernlichts erkennen konnte, öffnete sich vor ihnen schließlich ein Gebirgsplateau, das sie auf einem nahezu schnurgerade verlaufenden Straßenabschnitt überquerten. Als wolle der Mond sie dafür belohnen, dass sie es ohne seine Hilfe bis zu diesem Punkt geschafft hatten, wagte er sich schamhaft hinter einer Wolkenbank hervor. In seinem fahlen Licht konnten sie in der Ferne am Ende der Piste ein gelegentliches mattes Funkeln wahrnehmen. Das musste der See sein, an dem sie mit Kenzo Fujihara zusammentreffen wollten.

Akiko drosselte das Tempo, als sie sich dem Seeufer näherten, und bog auf eine Schotterstraße ab.

»Ich sehe nirgendwo ein Haus«, stellte Joe fest. »Und erst recht nichts, was ich als Anwesen oder Landsitz bezeichnen könnte.«

»Gegen ein Blockhaus oder ein paar Zelte am Seeufer hätte ich grundsätzlich nichts einzuwenden. Damit wäre ich vollauf zufrieden«, sagte Kurt und lächelte verkniffen, als er mit leichtem Schauder an eine weitere Nacht dachte, in der es einen Schlafplatz auf unebenem Grund geben würde.

Sie fuhren am Seeufer entlang und gelangten zu einem Holzsteg, der über dreißig Meter Wasser zu einer kleinen Insel führte.

Akiko manövrierte ihren Wagen vorsichtig auf diese Brücke und tastete sich nur zentimeterweise vorwärts, was sich in diesem Augenblick zwingend anbot, weil die Brücke nicht breiter erschien als die Limousine, die die Japanerin lenkte.

Als sie sich der Insel näherte, holten die Scheinwerfer

des Wagens außer wehrhaften Bastionen aus wuchtigem Mauerwerk auch eine Zugbrücke, die langsam herabgelassen wurde, aus dem Dunkel.

»Das ist keine Insel«, stellte Zavala fest. »Das ist eine Burg.«

Die antike Festung wies Zinnen und Wehrgänge aus kunstvoll zugehauenem und präzise eingepasstem Naturstein auf, dazu noch überhängende Befestigungsmauern und dahinter ein mächtiges turmähnliches Bauwerk mit einem ausladenden Pagodendach, das die gesamte Burganlage überragte.

»Halt bloß die Augen offen und achte auf Drachen«, warnte Joe. »Man trifft sie bevorzugt an Orten wie diesem an.«

Kurt Austins Interesse galt in diesem Moment vordringlich der Uferstraße und dem, was ihn erwartete, wenn er sie verließ. Im Fernlicht der Scheinwerfer konnte er erkennen, wie beängstigend schmal die Brücke war. Und wie baufällig.

»Nicht gerade das stabilste Bauwerk«, sagte er. »Aber wenn sie die Limousine getragen hat, sollten auch wir keine Probleme mit ihr haben.«

Die Zugbrücke senkte sich auf das Ende des Stegs herab, und die Limousine überquerte sie und verschwand im Innern der Burg.

»Jetzt sind wir an der Reihe«, sagte Joe.

Kurt lenkte den Datsun behutsam vorwärts. Ein leises Rumpeln ertönte, als die Vorderräder über die ersten Planken rollten. Nicht zu hundert Prozent seinen eigenen Fahrkünsten vertrauend, suchte er den Knopf oder die Taste zum Herunterfahren der Seitenscheibe, damit er den Kopf hinausschieben und die Position des linken Vorderrads überprüfen konnte. Anstatt des Schalters fand er den Knauf der Handkurbel.

Nachdem er zum ersten Mal seit Jahren ein Autofenster per Handbetrieb geöffnet hatte, lehnte er sich hinaus. Die Seitenwand des Vorderreifens schloss praktisch mit dem Brückenrand bündig ab.

»Auf dieser Seite ist jede Menge Platz«, meldete Joe von Beifahrersitz.

»Jede Menge?«

»Mindestens acht bis zehn Zentimeter.«

»Beruhigend zu wissen.«

Kurt ließ den Wagen weiterrollen und lenkte ihn ein winziges Stück zu Joes Seite hinüber. Er überquerte die Brücke schleichend, begleitet vom Knarren und Ächzen der Bohlen unter ihnen. Die Zugbrücke war ein wenig breiter und offensichtlich stabiler als der Steg, da ihre Unterseite gepanzert war. Kurt wagte es, ein wenig mehr Gas zu geben, bewältigte die Zugbrücke und gelangte in ein hallenartiges Gebäude, in dem früher einmal die Pferde der Burg gestanden hatten und das nun als Garage genutzt wurde.

Ein Dutzend anderer Fahrzeuge war dort ebenfalls geparkt, allesamt sorgfältig restaurierte Modelle aus den fünfziger, sechziger und siebziger Jahren des vergangenen Jahrhunderts.

Er fand einen freien Platz neben einem klassischen Mini Cooper. Anstelle des Union Jack prangte auf seinem Dach das Symbol der aufgehenden Sonne. »Eine Sammlung, die ihresgleichen sucht«, sagte er anerkennend. »Dirk wird grün vor Neid, wenn er unseren Bericht zu lesen bekommt.«

Mit »Dirk« war Dirk Pitt gemeint, der Direktor der

NUMA. Er hatte jahrelang die Special-Projects-Abteilung geleitet, ehe er an die Spitze der Agency befördert worden war. Seine Abenteuer in allen Winkeln der Welt waren weithin bekannt. Er hatte eine ausgeprägte Vorliebe für antike und klassische Autos und hatte zahlreiche Exemplare von seinen Auslandsreisen nach Hause mitgebracht, wo er sie restaurierte und in einem Flugzeughangar in Washington, der ihm auch als ständiges Domizil diente, aufbewahrte.

»Damit könntest du durchaus recht haben«, sagte Joe, »auch wenn sich Dirk gewöhnlich für Autos begeistert, die eine oder zwei Generationen älter sind als diese beiden.«

Kurt schaltete den Motor aus, zog die Handbremse an und stieg aus.

Ein junger Mann, der mit einem grauen Gewand bekleidet war, das in der Taille mit einer weißen Schärpe zusammengerafft wurde, kam zum Wagen und nahm die Schlüssel entgegen. Eine Frau in gleicher Aufmachung ließ sich die Schlüssel von Akiko aushändigen. Kurt registrierte, dass beide lange Dolche in Lederscheiden an Gürteln um die Hüfte trugen. An den Wänden der Halle hingen alle Arten antiker Waffen – Schwerter, Lanzen und Kriegsäxte – sowie Samurairüstungen, die aus den charakteristischen rechteckigen und quadratischen Panzerplatten bestanden.

Die Sammlung war eine seltsame Dekoration für eine mit chromglänzenden Oldtimer-Automobilen gefüllte Garage, aber antike Waffen waren beliebte Sammlerobjekte, die zum Vergnügen und wegen ihres Verkaufswerts genauso gehortet werden konnten wie antike Automobile.

»Willkommen in meiner Burg«, rollte der dröhnende Klang einer Männerstimme durch die Halle.

Kurt blickte hoch. Auf einem Balkon hoch über dem Boden der Garage fand er die Quelle dieser Stimme: ein

Mann in schwarzem Gewand mit Schulterplatten und einer weiß-roten Schärpe um die Taille. Er trug keinen Dolch an der Seite, sondern ein gekrümmtes Samuraischwert. Sein dunkles Haar war auf seinem Kopf zu einem festen Knoten geflochten, und in seinem Gesicht spross ein schütterer Bart.

»Ich bin Kenzo Fujihara«, sagte er. »Ich fürchte, wir müssen Sie gründlich durchsuchen, ehe wir Ihnen Zugang zu den inneren Räumen gewähren können, aber bitte seien Sie beruhigt, es ist uns eine Ehre, Sie als Gäste begrüßen zu dürfen.«

Eine weitere Gruppe von in lange Gewänder gehüllten Helfern erschien, um die angekündigte Überprüfung durchzuführen. »Bilde ich mir das nur ein«, flüsterte Joe, »oder sind wir hier im Samuraidisneyland?«

Hinter ihnen ertönte ein dumpfes Knarren, als die Zugbrücke hochgeklappt wurde. Sie schloss sich mit einem dumpfen Knall, augenblicklich gefolgt von dem metallischen Knirschen eines massiven Eisengitters, das sich von oben herabsenkte.

»Kein Telefon, keine E-Mail, kein Weg nach draußen«, meinte Kurt nachdenklich. »Ich kann mir gar nicht erklären, weshalb sie beschuldigt werden, Leute gegen ihren Willen festzuhalten.«

7

Jedes Mitglied des NUMA-Teams musste eine Leibesvisitation über sich ergehen lassen, die nicht unangenehmer war als eine gründliche Kontrolle durch Angehörige der TSA, wie sie auf amerikanischen Flughäfen üblich war. Der einzige Unterschied bestand in dem Einsatz einer unhandlichen Apparatur, die zwei von Kenzo Fujiharas Helfern an den Körpervorder- und -rückseiten jedes Gastes langsam auf und ab bewegten.

Als Kurt an der Reihe war, spürte er nichts und konnte auch nicht erkennen, dass optisch oder akustisch irgendetwas Ungewöhnliches angezeigt wurde. Jedoch verrieten das hohe Gewicht der Apparatur sowie dicke Leitungskabel und eine einzige rote Kontrolllampe auf dem Gehäuse ihren Zweck. »Ein Elektromagnet?«

»Korrekt«, bestätigte Fujihara. »Batteriebetrieben und manuell bedient. Stark genug, um jede Programmierung oder Aufzeichnung und Speicherung jedweden elektronischen Geräts, das Sie an oder in Ihrem Körper mit sich führen, zu löschen.«

Nachdem seine Armbanduhr die gleiche Prozedur überstanden hatte und ihm zurückgegeben worden war, band Kurt sie wieder um sein Handgelenk. »Wie kommen Sie darauf, dass wir daran interessiert sein könnten, Aufzeichnungen von Ihnen oder Ihrer Umgebung zu machen?«

»Sie arbeiten für die amerikanische Regierung«, erwiderte der Japaner. »Bekanntlich ist sie eine enge Verbündete der Politiker in Tokio. Und diese verfolgen und drangsalieren mich und meine Anhänger seit Jahren durch zahlreiche regierungseigene Institutionen und Agenturen.«

»Ich versichere Ihnen«, sagte Kurt, »dass dies nicht der Grund ist, weshalb wir den Kontakt mit Ihnen gesucht haben. Aber ich glaube, ich sollte die weiteren Erklärungen dem amerikanischen Paul überlassen.«

Paul Trout räusperte sich. »Wir interessieren uns ausschließlich für Ihre wissenschaftlichen Untersuchungen und Erkenntnisse bezüglich der Z-Wellen und der Erdbeben, die niemand sonst bisher nachgewiesen hat.«

»Das stand bereits in Ihrem Telegramm«, erwiderte Kenzo. »Aber weshalb? Bisher habe ich für meine Behauptungen nur beißenden Spott geerntet. Wenn die Z-Wellen nicht mithilfe der zurzeit gebräuchlichen modernen Methoden aufgezeichnet werden können, werden sie als wissenschaftlich irrelevant betrachtet. Irre ich mich, oder trifft das zu?«

»Wir glauben, dass sie für einen ganz anderen Komplex von Bedeutung sind«, sagte Paul. »Und zwar für einen weltweiten Anstieg des Meeresspiegels, der vor etwa einem Jahr eingesetzt und sich seit Kurzem deutlich beschleunigt hat.«

»Die Z-Wellen habe ich vor gut elf Monaten aufgespürt«, sagte Fujihara.

Gamay kam auf den Punkt. »Und wie haben Sie das geschafft? Ich meine, wenn Sie den Einsatz moderner Technologien grundlegend ablehnen ...«

Kenzo sah sie herausfordernd an. »Das ist die große Frage, nicht wahr? Ihnen dürfte doch klar sein, dass es neben dem Einsatz von Computern auch noch andere Möglichkeiten gibt, um derartige Erscheinungen nachzuweisen. Zum Beispiel reagieren Tiere sehr empfindlich auf Erdstöße. Und was Maschinen betrifft, so darf ich daran erinnern, dass bereits im ersten Jahrhundert nach Christus ein chinesischer Gelehrter namens Zhang Heng einen Seismographen entwickelte. Allerdings wurde er damals Seismoskop genannt, weil er die Erdstöße noch nicht grafisch sichtbar machen, sondern nur den Beweis für ihre Existenz liefern konnte.«

Das war Paul bekannt. »Ja«, bestätigte er. »Ein geniales Instrument. Wenn ich es richtig in Erinnerung habe, verwendete er ein bewegungsempfindliches Gefäß aus Bronze, auf dessen Außenseite sich acht kunstvoll geformte Eidechsenköpfe befanden. Sie waren jeweils in gleichem Abstand zueinander ringförmig angeordnet. Im Maul jeder Eidechse lag eine Kugel, ebenfalls aus Bronze. Wenn ein Erdstoß den Palast des Kaisers, in dessen Diensten Zhang Heng stand, erschütterte, fielen die Kugeln aus den Eidechsenmäulern heraus. Die Kugel, die als Erste gerollt kam, zeigte dann die Richtung an, in der das Erdbeben stattfand.«

»Genau«, sagte Kenzo. »Wir besitzen eine Nachbildung, die ich Ihnen später zeigen werde. Sie werden sehen, dass die Eidechsen in Wirklichkeit chinesische Drachen waren und dass die Kugel, die aus dem Maul fiel, vom Maul eines Frosches aus Bronze aufgefangen wurde. Solche Details sollten Sie nicht unerwähnt lassen.«

»Ich sagte doch, dass wir hier in dieser Burg Drachen finden werden«, meinte Joe.

»Skulpturen, ganz gleich wie groß, zählen nicht«, erwiderte Kurt, ehe er sich wieder zu Fujihara umwandte.

»Ich hoffe, dass wir uns auf etwas mehr verlassen können als auf Bronzegefäße und Frösche mit weit offenen Mäulern.«

»Kommen Sie mit«, sagte Fujihara. »Ich zeige es Ihnen.«

Der japanische Geologe geleitete sie durch die Vorhalle und einen langen Flur. Kurt fiel auf, dass Akiko nicht von seiner Seite wich – dabei erschien sie keineswegs wie eine Dienerin, eher wie eine Leibwache.

Sie durchquerten einen Innenhof der Burg und folgten einem Wehrgang, der balkonartig auf den See hinausragte. Unter ihnen im Licht des Mondes, der mittlerweile wie ein gigantischer gelber Lampion am Himmel erstrahlte, lag der See so glatt wie Glas, und zwischen der äußeren Mauer am Fuß der Burg und der Burg selbst war ein tiefer Graben zu erkennen.

Joe Zavala tippte Kurt Austin aufgeregt auf die Schulter. »Was hältst du von diesen Schoßtierchen?«, fragte er und deutete nach unten.

Kurt folgte seinem Finger und blickte in den Graben. Dort sah er mehrere Komodowarane auf ihren kurzen Stummelbeinen herumkriechen. »Wie findest du die? Die gehen doch als Drachen durch, oder?«

Joe grinste. »Denen würde ich gerne mal beim Fressen zuschauen.«

»Vielleicht später«, vertröstete ihn Fujihara.

Er führte sie auf einer schmalen Brücke über den Graben, und sie betraten einen großen offenen Raum. Inneneinrichtung und Dekor bildeten eine Mischung aus antikem Japan und frühem Industriezeitalter.

Die Decke war zur Hälfte und eine Wand vollständig verglast. Kupferrohre verliefen auf der gegenüberliegenden Wand und verschwanden hinter Bambuspaneelen. Mit rotem Samt bezogene Sofas waren in der Mitte des Raums zu einer Sitzinsel gruppiert und luden die Besucher ein, es sich vor einem offenen Kamin, in dem ein wärmendes Feuer knisterte, gemütlich zu machen. Den restlichen Raum teilten sich mattglänzend polierte Holztische, antike Globen und seltsame mechanische Gebilde, bestückt mit Federn, Hebeln und Getrieberädern.

In einigen dieser Apparaturen steckten Waffen, andere wiesen Ventile und kleine Druckbehälter auf. Joe Zavala tippte auf altertümliche Tauchgeräte. Auf einige dieser Apparaturen konnte er sich keinen Reim machen.

In einer Nische stand eine alte Gatling Gun mit Handkurbel.

»Ich komme mir wie in einem Antiquitätenlager vor«, sagte Gamay.

Kurt konnte sich eines Grinsens nicht erwehren. Exzentrik jeglicher Art übte von jeher einen großen Reiz auf ihn aus, und dieser Ort enttäuschte ihn auch in dieser Hinsicht nicht. »Ich muss zugeben, dass in dieser Halle ein ganz besonderes Flair zu spüren ist.«

Kenzo Fujihara trat zur gegenüberliegenden Wand und blieb vor einem hohen und breiten Schrank stehen. »Dies ist mein Schwingungsdetektor«, sagte er.

Er öffnete eine der Buntglastüren, um seinen Aufbau und seine Funktionsweise zu erläutern, wozu Hunderte von dünnen, straff gespannten Drähten gehörten. Glitzernde Kristalle hingen zwischen den Drähten wie Insekten in einem Spinnennetz. Sie waren von unterschiedlicher Form und Größe.

»Wie Sie wahrscheinlich wissen«, dozierte Fujihara, »geraten Quarzkristalle in Schwingung, wenn sie einem elektrischen Feld ausgesetzt werden. Diese goldenen Drähte sind ausgezeichnete elektrische Leiter. Wenn ein Erdbeben stattfindet, wird eine beträchtliche Menge an mechanischer Energie freigesetzt. Ein Teil dieser Energie wird in elektromagnetische Energie umgewandelt. Wenn diese Energie von der Erde ausstrahlt, kommt sie auch mit den Drähten in Kontakt, die die Schwankungen des elektrischen Feldes zu den Kristallen leiten und eine harmonische Schwingung erzeugen. Diese liefert uns das Signal der Z-Welle. Und da sich niemand dieser Technik bedient und eine solche Konstruktion benutzt, kann auch niemand sonst die Z-Wellen identifizieren.«

»Und was ist das?«, fragte Joe, der sich einige Schritte weit entfernt hatte.

Joe hatte es nicht lange auf seinem Platz gehalten, er war von Natur aus grenzenlos neugierig. Nach einem kurzen Blick in den wuchtigen Schrank war er weitergegangen und vor einer großen Wandkarte komplett mit Blattsilberrahmen stehen geblieben. Wie alle anderen Einrichtungsgegenstände in dem Raum war ihr das Alter anzusehen, aber sie war außerdem mit zahllosen Linien bedeckt, die mit einem modernen roten Schreibstift gezeichnet worden waren.

»Die Linien markieren die Wege der jeweiligen Wellenfronten«, erklärte Fujihara.

Paul folgte diesem, als er zu Joe hinüberging. Kurt blieb neben Gamay stehen und beobachtete seinen Freund und den japanischen Wissenschaftler. Diese Konstellation verriet, wer die Skeptiker dieser Gruppe waren.

Fujihara griff nach einem alten Winkelmaß, das schon bessere Tage gesehen hatte. Er benutzte es als Zeigeinstrument, um die Aufmerksamkeit seiner Besucher auf die langen geraden Linien zu lenken. »Die Intensität jeder auflaufenden Welle wurde erst gemessen, dann grafisch dargestellt. Sie wurden durch einzelne Ereignisse hervorgerufen, die ich Geisterbeben nenne, da niemand außer uns sie wahrnimmt und nachweisen kann. Leider vermag ich nur die Richtung zu bestimmen, aus der die Wellen kamen, nicht aber den Punkt, wo sie entstanden sind. Sie haben sich jedoch entlang dieser Kursvektoren ausgebreitet.«

»Weshalb können Sie keine genaue Position bestimmen?«, wollte Gamay wissen.

»Dazu brauchte man eine zweite Messstation«, sagte Fujihara. »Wie beim Abfangen eines Funksignals liefert ein Empfänger die Richtung, aber erst ein zweiter Empfänger und der Schnittpunkt der Richtungsvektoren geben Aufschluss über die genaue Position des Senders.«

»Und warum haben Sie diese zweite Station nicht schon längst eingerichtet?«

»Das haben wir«, sagte Fijihara, »aber in der Woche, seit ich diesen Schritt veranlasst habe, hat kein weiteres Ereignis stattgefunden.«

Kurt drehte den Kopf ein wenig zur Seite, damit der Japaner sein Gesicht nicht sehen konnte, und meinte im Flüsterton zu Gamay: »Das kommt mir vor wie in diesem Kinofilm, wenn Bigfoot sich ins Lager der Himalaya-Bergsteiger verirrt und ausgerechnet in diesem Moment kein Film in der Kamera ist, nur dass hier zwar alles bereit ist, aber Bigfoot offenbar keine Lust hat, sich zu zeigen.«

»Ist schon erstaunlich, wie oft so etwas geschieht«, murmelte sie.

»Was hat es mit den Zahlen auf sich, die neben jeder Linie zu lesen sind?«, fragte Paul.

Im Gegensatz zum amerikanischen Format der Datumsangabe mit Monat/Tag/Jahr oder dem europäischen, das an erster Stelle den Tag nannte, verlangte das japanische Format die Reihenfolge Jahr/Monat/Tag.

Nach diesem Hinweis betrachtete Kurt die Wandkarte mit ganz anderen Augen und konnte auf Anhieb erkennen, welche wichtige Information sie enthielt. Wenn Kenzo Fujiharas Angaben korrekt waren, hatten sich alle neunzig Tage Frequenz und Intensität der Z-Wellen verdoppelt.

Fujihara setzte soeben zu einer ausführlichen Erklärung an, als neben der Buntglastür seiner Maschine eine Signallampe zu blinken anfing.

Er eilte zum Schrank, in dem sich die Apparatur befand, während ein leiser Ton darin erklang. Mehrere goldene Drähte begannen leicht zu vibrieren. Ein Drucker, der aussah, als hätten die Helfer des Geologen einen alten Phonographen umgebaut, lieferte ein krakeliges zweidimensionales Bild der Z-Wellen.

»Ein neuer Erdstoß«, rief Fujihara aufgeregt. »Dank der zweiten Station haben wir endlich die Chance, die Position des Epizentrums zu bestimmen.«

Er eilte zu einem großen Schreibtisch und ergriff ein vernickeltes Mikrofon, das in seinen besten Zeiten zur Ausrüstung der Sprecherkabine einer Radiostation gehört haben musste. Kurt konnte sich vorstellen, wie Walter Winchell sein neues Programm damit anzusagen pflegte: »*Good evening, Mr. and Mrs. America, from border to border and coast to coast and all the ships at sea.*«

Nachdem er mehrere Schalter betätigt hatte, rief Fujihara nach einem seiner Mitarbeiter.

»Ogata, hier ist Kenzo. Bestätigen Sie, dass Sie mich hören.« Er ließ die Sprechtaste los, wartete einige Sekunden und versuchte es aufs Neue. »Ogata, hören Sie mich? Zeichnen Sie das Ereignis auf?«

Schließlich erklang eine aufgeregte Stimme. »Ja, Meister Kenzo. Wir haben es gefunden und zeichnen alles auf.«

»Kennen Sie schon die Richtung?«

»Warten Sie. Das Signal schwankt.«

Fujihara sah seine Besucher triumphierend an. »Darauf haben wir die ganze Zeit gewartet. Ihre Ankunft hat uns anscheinend Glück gebracht.«

Was sonst, dachte Kurt.

Ogatas Stimme drang wieder aus den Lautsprechern. »Wir tippen auf eine Welle der Stärke drei«, sagte er. »Richtung zweihundertfünfzig Grad.«

»Warten Sie«, sagte Fujihara, kehrte zu seinem eigenen Apparat zurück und drehte ihn mit Hilfe einer Messingkurbel langsam auf seiner Basis. Er rotierte vollkommen ruckelfrei auf einem Kardanring aus Zinn. »Zwo-sechs-null«, las Fujihara den Wert von der Winkelskala laut vor.

Fujihara ging zur Wandkarte und legte den überdimensionalen Winkelmesser darauf. Von ihrer augenblicklichen Position zeichnete er eine gerade Linie in Richtung 260 Grad. Sie verlief über ganz Japan, überquerte Nagasaki und reichte hinaus auf den Ozean. Nach einem abschließenden zufriedenen Blick auf diese Markierung suchte er Ogatas Position auf einem anderen Teil der Insel und zeichnete von dort eine Linie in Richtung 245 Grad.

Beide Linien überschnitten sich im Ostchinesischen Meer. Der Schnittpunkt befand sich nicht einmal in der Nähe des Randes der tektonischen Platte. Soweit Kurt zu seiner Verblüffung erkennen konnte, lag er mitten auf dem Kontinentalsockel, nicht mehr als einhundertsechzig Kilometer von Shanghai entfernt.

Fujihara schien genauso überrascht zu sein. Nach einem ungläubigen Blick auf die Markierung angelte er das Mikrofon von seinem Schreibtisch. »Sind Sie absolut sicher, dass die Zahlen richtig sind? Ich bitte um Bestätigung.«

Ogata meldete sich wieder. »Warten Sie, bis ich…«

Er wurde von einem stakkatogleichen Knattern im Hintergrund unterbrochen.

»War das…«, setzte Gamay zu einer Frage an.

»Gewehrfeuer«, sagte Kurt alarmiert.

»Ogata, hören Sie mich?«, sendete Fujihara. »Ist bei Ihnen alles okay?«

Ein lautes Knistern war zu hören, dann: »Ich sehe Männer, die den Berg heraufkommen. Sie haben…«

Erneutes Gewehrfeuer schnitt ihm das Wort ab, aber die Verbindung blieb lange genug bestehen, um laute Rufe zu hören und schließlich eine Art Explosion.

»Ogata?«, fragte Fujihara und umklammerte das Mikrofon, sodass seine Knöchel weiß hervortraten. »Ogata!«

Sein Gesicht wurde bleich, seine Hand begann zu zittern. Die entsetzte Miene des Wissenschaftlers verriet Kurt, dass diese Entwicklung nicht geplant war.

Während Fujihara noch auf eine Antwort wartete, begann irgendwo hoch oben in der Burg eine Glocke zu läuten. Immer wieder hallte ihr schriller Klang durch das antike Gemäuer.

»Was ist das?«

»Unser Alarm«, antwortete Fujihara.

Glas zersplitterte im Atrium hinter ihnen. Kurt wirbelte herum und gewahrte ein rundes Objekt, das durch eines der Fenster hereingeflogen war und nun auf dem Fußboden quer durch den Raum auf sie zurollte.

8

Als das Glas zerschellte, vollführte Kurt Austin einen Hechtsprung und stieß Fujihara rücklings über den schweren Schreibtisch. Aus den Augenwinkeln bekam er mit, wie Paul und Gamay in Deckung abtauchten. Er sah jedoch nicht, wie Joe das über den Boden rollende Geschoss mit der Hand auffing wie ein Baseballspieler und in die Richtung zurückschleuderte, aus der es gekommen war.

Eine weitere Fensterscheibe ging klirrend zu Bruch, und die Granate explodierte auf der anderen Seite. Als Brandgeschoss war ihre Ladung stark genug, um jeden zu töten, der sich in ihrer Nähe aufhielt, jedoch war sie vorwiegend dafür konstruiert, geliertes Benzin zu verteilen und Feuer zu entfachen. Sie loderte auf wie eine Sonne, sprengte jedes Fenster des Atriums aus seinem Rahmen und entfesselte einen Wolkenbruch aus flüssigem Feuer und zertrümmertem Glas.

Über dem Prasseln der herabregnenden Glassplitter hörten sie plötzlich das Dröhnen von Motorbooten auf dem See, was höchst verwunderlich war, weil dieser Bergsee keinen mit Booten befahrbaren Zufluss hatte. Im selben Augenblick fielen weitere Schüsse.

Kurt musste vorläufig darauf verzichten, eine Erklärung für die Anwesenheit der Boote zu suchen, sondern half ihrem Gastgeber, sich in eine sitzende Position aufzurichten. »Ihre Burg befindet sich offenbar im Belagerungszustand, Meister Kenzo.«

»Aber ... weshalb?«, stieß Fujihara hervor. »Durch wen?«

»Genau das wollte ich Sie als Nächstes fragen.«

»Meine Getreuen werden uns verteidigen«, verkündete Fujihara stolz.

Das Gewehrfeuer signalisierte Kurt, dass sie es mit einem zu allem entschlossenen Gegner zu tun hatten. »Dazu brauchen sie etwas Besseres als Schwerter und Steinschleudern, um sich zur Wehr zu setzen.«

»Wie wäre es damit?«, fragte Joe und deutete auf die antike Gatling Gun. »Gibt es hier irgendwo auch die passende Munition dafür?«

»Ein paar Kisten voll müssten noch vorhanden sein.«

Joe Zavala löste die Bremse, stemmte sich mit der Schulter gegen das Fahrgestell und schob die historische Waffe zum nächsten Fenster.

»Ist das alles, oder haben Sie noch etwas anderes?«, fragte Kurt.

»Im Turm steht eine Kanone.«

»Damit lässt sich gegen die schnellen Boote nur wenig ausrichten«, meinte Kurt. Er schaute sich suchend um und entdeckte auf einem Regalbrett an der Wand eine Armbrust und einen Köcher voller Pfeile mit Spitzen aus Eisen. »Schaffen Sie für Joe die Munition hierher«, verlangte er von Fujihara. »Und halten Sie den Kopf unten!«

Kurt pirschte sich geduckt bis zur Wand, schaltete das Licht aus und schnappte sich die Armbrust vom Wandbrett. Mittlerweile waren Paul und Gamay wieder aus der Versenkung aufgetaucht. Paul hatte einen altertümlichen Speer in der Hand, Gamay schwang eine Keule. Deren Griff war mit irgendetwas umwickelt, aber ihre augenblickliche Lage verbot Kurt, danach zu fragen.

»Ihr beide haltet hier die Stellung«, sagte er. »Wenn die

Dinge außer Kontrolle geraten, schlagt euch irgendwie zur Garage durch, aber lasst die Zugbrücke erst dann herunter, wenn ihr keine andere Wahl habt.«

»Und was hast du vor?«, wollte Gamay wissen.

Kurt hängte sich den Köcher mit den Pfeilen und die Armbrust über die Schulter. »Ich sehe zu, dass ich auf den Turm komme«, sagte er. »Irgendjemand sollte sich das Ganze mal aus einer überlegenen Position betrachten. Und von dort oben hat man den besten Überblick.«

Während Kurt eilig den Raum verließ, erschien Fujihara mit zwei Munitionskisten. Joe hielt sich in Deckung haltend, während gelegentlich Kugeln in die Wand hinter ihm einschlugen, und öffnete die Kisten. Erfreut stellte er fest, dass die Patronen aus einer moderneren Produktion stammten und nicht das gleiche ehrwürdige Alter hatten wie die Kanone.

»Woher haben Sie die?«

»Wir ließen sie von einem erfahrenen Waffenschmied herstellen.«

»Hoffen wir, dass die Patronen so gut und zuverlässig sind, wie sie auf den ersten Blick aussehen.«

Joe entleerte die Munitionskiste in den Magazintrichter, umfasste die Kurbel und richtete den Lauf der Kanone nach unten.

Indem er die Kurbel betätigte, begann das Laufbündel zu rotieren. Die Patronen rutschten in die Kammern und stanzten eine halbe Umdrehung später Löcher in die Nacht. Joe schwenkte die Waffe langsam und gleichmäßig hin und her, um den begrenzten Munitionsvorrat nicht zu schnell zu verbrauchen.

»Tiefer«, sagte Fujihara.

Joe verstärkte die Laufneigung und feuerte abermals. Gleichzeitig füllte sich der Raum mit dichten Schwaden blauen beißenden Pulverdampfs.

Kurt hatte die Hälfte des Wehrgangs überwunden, als die erste stotternde Salve aus der Gatling Gun erklang. Er wandte sich um und sah eine Wolke Pulverdampf aus dem Fenster quellen. Unten auf dem See stanzten die Projektile eine Naht ins Wasser und quer über den Bug eines Angreiferboots. Wie Kurt erkennen konnte, war es ein Schlauchboot mit starkem Außenbordmotor. Offenbar hatten ihre Gegner es in einer Nacht-und-Nebel-Aktion zum See hinaufgeschafft und dort von der Burg aus unbemerkt einsatzfertig gemacht.

Sein Lenker schob den Gashebel nach vorn, kurbelte am Ruder und tauchte in die Dunkelheit ein. Gleichzeitig schob sich ein zweites Boot an die Spitze. Hinter dessen Luftwulst im Bug kauerte ein Schütze, der das Atrium mit Sperrfeuer beharkte, während ein zweiter Mann den Abschuss einer Gewehrgranate vorbereitete.

Als das Sperrfeuer auf das Atrium anhielt, verstummte die Gatling Gun. Joe sah sich gezwungen, in Deckung zu gehen, aber Kurt hatte jetzt eine Möglichkeit zum Schuss. Er richtete sich auf, zielte mit der Armbrust blitzschnell über die Burgmauer und drückte ab.

Die Schenkel der altertümlichen Waffe schnellten vor, und der eiserne Bolzen wurde nach vorn gerissen, aber sein Gefieder war nach den vielen Jahren, die er unbenutzt im engen Köcher geschlummert hatte, verbogen und zerknittert. Er kam von seinem Kurs ab und beschrieb eine taumelnde Flugbahn. Anstatt den Brustkorb des Mannes zu treffen, durchbohrte er seinen Fuß.

Der Getroffene stieß einen Schmerzensschrei aus und ließ die Granate fallen. Er bückte sich danach, aber sein Fuß war auf dem Holzboden des Zodiac regelrecht festgenagelt. Sein Schrei brach ab, als das Boot von einer Flammensäule verschluckt wurde und die Gummiwülste mit dumpfem Knall platzten.

Männer in einem der anderen Boote entdeckten Kurt und nahmen ihn mit einem Kugelhagel ins Visier. Er ließ sich hinter der massiven Brustwehr fallen, während die Kugeln vom Mauerwerk hinter ihm abprallten und als Querschläger durch die Nacht sirrten.

»Einer weg, und schon sind's nur noch zwei.«

Joe hatte sich auf den Boden geworfen, als draußen die Explosion erfolgte. Er kroch zum Fenster, um sich über die augenblickliche Lage zu informieren.

Die Schlauchboote fuhren mittlerweile Tempo-Attacken. Sie nahmen die Burgmauern unter massiven Beschuss und zogen sich genauso schnell wieder zurück.

Kurt klemmte sich hinter seine Kanone und versuchte, ihre Gegner mit einem Treffer einzuschüchtern, doch die betagte Waffe war zu schwer und auch zu unhandlich, um die wendigen Schlauchboote erfolgreich aufs Korn zu nehmen oder sie zu verfolgen. Er feuerte, wuchtete die Kanone mit der Schulter in eine neue Position und feuerte ein weiteres Mal. Noch während er sich nach der zweiten Munitionskiste bückte, verschwand das letzte Schlauchboot in der Dunkelheit.

»Ziehen sie sich zurück?«, fragte Fujihara.

»Nicht ganz«, antwortete Joe. »Sie wechseln auf die andere Seite der Insel.«

Er hatte den Satz kaum beendet, als die nächsten Schüsse

fielen. Diesmal wurde die Burg von der gegenüberliegenden Seite beharkt.

»Meinen Sie nicht, dass jetzt der richtige Moment gekommen ist, um die Polizei zu alarmieren?«, machte Joe Zavala einen längst überfälligen Vorschlag.

»Wir haben keine Telefone.«

»Dann benutzen Sie das Funkgerät.«

Fujihara eilte geduckt zum alten Kurzwellensender, überprüfte die Funktion des Mikrofons und suchte danach einen Kanal, der von den japanischen Rettungsdiensten verwendet wurde.

»Hier ist Seven ... Jay ... X-ray ... X-ray ... Zulu ...«, begann er und benutzte seine amtlich lizenzierte Funk-Kennung. »Erbitten schnellstens polizeiliche Hilfe. Wir werden von bewaffneten Männern angegriffen. Ich wiederhole: Wir werden von bewaffneten Männern angegriffen ...«

Sie erhielten keine Antwort. Ein atmosphärisches Rauschen war alles, was sie hörten.

»Die Antenne«, sagte Fujihara und deutete auf die zertrümmerten Fenster. »Sie ist da draußen.«

»Versuchen Sie es weiter«, drängte Joe. »Wir können sie uns nicht ewig vom Leib halten.«

Als ob sie einen Beweis für diese Einschätzung brauchten, flog ein Wurfanker über die Mauer und verkeilte sich mit einem metallischen Klirren in einer Schießscharte.

Joe Zavala manövrierte die Gatling Gun in eine neue Position und wartete. Der Anker wackelte hin und her, und ein Mann erschien auf der Mauerkrone. Er kletterte hinüber und kauerte sich nieder, während sich schon ein zweiter Mann durch die Schießscharte zwängte. Joe hob das Laufbündel der Kanone ein wenig an und drehte an der Kurbel. Sie gab nach, ließ sich einige Zentimeter weit drehen und stoppte dann.

Joe rüttelte heftig daran herum, zog und drückte, aber sie rührte sich nicht mehr. Er hatte keine Idee, was er sonst noch hätte tun können, um die alte Kanone wieder einsatzfähig zu machen, und kapitulierte.

Draußen vor dem Fenster schwangen sich soeben die nächsten beiden Angreifer über die Brustwehr. »Ich glaube, es wird Zeit, die Stellung zu wechseln«, warnte Joe. »Nicht mehr lange, und wir sind umzingelt.«

Kurt Austin überquerte den ausgetrockneten Burggraben und kehrte zum Hauptgebäude zurück, wo er nach kurzer Suche auf eine Treppe stieß. Immer zwei Stufen auf einmal nehmend, überwand er drei Treppenfluchten und gelangte in den dritten Stock der Pagode. Als er aus dem Schatten des Treppenhauses trat, blitzte ein Schwert auf und zielte auf seinen Hals. Er konnte sich in der letzten Sekunde noch wegducken, und die Klinge sprengte einen Steinsplitter aus der Wand hinter ihm.

Während er sich dem Angreifer entgegenwarf und seine Armbrust als Rammbock benutzte, musste er feststellen, dass es Akiko war, mit der er kollidierte. Gemeinsam gingen beide zu Boden.

»Mr. Austin«, stieß sie hervor. Sie war völlig perplex.

»Achten Sie in Zukunft sorgfältiger darauf, wem Sie mit diesem Ding zu Leibe rücken«, meine Kurt lakonisch.

»Es tut mir leid«, erwiderte die Japanerin sichtlich zerknirscht. »Ich dachte, Sie seien einer von den Bösen.«

Er half ihr aufzustehen, und sie trat einen Schritt zurück. Dabei hielt sie das Schwert mit beiden Händen in Angriffsposition.

Kurt konnte in dem matten Licht erkennen, dass sie mittlerweile in eine Weste geschlüpft war, die aus losen Metallplatten bestand, die durch geflochtene Schnüre miteinander verbunden waren. Die Ähnlichkeit mit einer Samurairüstung war unverkennbar. »Wie ich sehe, haben Sie sich dem Anlass entsprechend umgezogen.«

»Ich bin in dieser Burg so etwas wie der Waffenmeister«, klärte sie ihren amerikanischen Gast auf. »Ich habe die Aufgabe, Kenzo zu beschützen.«

Sie wollte sich an ihm vorbeidrängen, doch Kurt hielt sie am Arm fest. »Meine Freunde sind bei Fujihara. Sie werden ihn beschützen. Bringen Sie mich auf den Turm. Wir müssen dort hinauf, um den Überblick zu haben. Von dort können wir die Angreifer von den Mauern fernhalten und abwehren, wenn sie uns zu nahe kommen.«

»Hier entlang.«

Sie machte auf dem Absatz kehrt, zog eine Tür auf und rannte eine andere Treppe hinauf. Kurt folgte ihr und konnte nur staunen, wie schnell und mühelos sie sich in ihrer schweren Weste bewegte.

Sie erreichten das Ende der Treppe und gelangten auf eine Plattform, die das Dach der obersten Turmetage bildete. Dort stand die kleine Kanone, und daneben lagerten mehrere Säcke gefüllt mit Schießpulver sowie ein Vorrat an eisernen Kanonenkugeln, die zu einer Pyramide aufgestapelt waren. So gerne Kurt die Kanone geladen und abgefeuert hätte, er musste doch einsehen, dass sie viel zu schwerfällig war, um eine echte Hilfe zu sein. Daher ignorierte er sie und trat mit der Armbrust im Anschlag an die Brüstung.

Aus dieser Perspektive konnte er den größten Teil des Burggeländes überblicken. Ihre Lage verschlechterte sich zusehends. »Sie haben es schon über die Mauer geschafft«, stellte er fest, als er drei Gruppen Eindringlinge beobachtete.

Als sich eine der Gruppen aus dem Schatten der Burgmauer herauswagte, schoss Kurt mit der Armbrust in ihre Richtung und landete einen Glückstreffer. Der Pfeil drang in den Oberschenkel des Anführers. Während der Mann zusammenbrach, stellte Kurt die Armbrust auf den Boden, um sie neu zu spannen und zu laden. Währenddessen kam Akiko mit einem Langbogen im Anschlag zur Brüstung.

Der Pfeil verließ die Sehne und streckte einen zweiten Mann blitzartig nieder, ehe die Japanerin sich ein neues Ziel suchte und einen zweiten Pfeil abschoss. Auch dieser traf ins Schwarze. Einer der Männer sackte auf der Stelle zusammen, der andere ließ seine Waffe – ein kurzläufiges Sturmgewehr – fallen und suchte humpelnd die nächste Deckung auf, während Akiko ein weiteres Mal anlegte.

Die Sehne sang, als sie den dritten Pfeil in die Nacht katapultierte, aber sein Ziel hatte bereits hinter einem Mauervorsprung Schutz gesucht, und das tödliche Geschoss schrammte, ohne Schaden anzurichten, über die Mauerkrone. Immerhin war der Mann verwundet und kampfunfähig, sodass dieser Trupp Angreifer keine andere Wahl hatte, als sich zurückzuziehen.

»Lassen Sie mir auch noch ein paar übrig«, bat Kurt scherzend.

Diese Art von Humor war ihr offenbar vollkommen fremd. »Unglücklicherweise haben wir es noch mit einer Menge weiterer Feinde zu tun.«

Als wollten sie diese Einschätzung bestätigen, hämmerte ein Sturmgewehr los. Kugeln zerfetzten einen Holzbalken über ihren Köpfen oder brachten mit gelegentlichen Treffern die schwere Eisenglocke zum Klingen.

Kurt und Akiko machten sich auf der Plattform so klein wie möglich und rollten sich in ihre Mitte, wo sie sich in einem toten Winkel und relativer Sicherheit befanden, während zusätzliches Gewehrfeuer aufflackerte, das diesmal von der anderen Turmseite kam.

»Sie haben uns in der Zange«, stellte Kurt besorgt fest, während er zur Brüstung robbte und einen Blick hinaus riskierte. »Sie haben sich hinter der Mauer verschanzt. Vielleicht hätte es doch Sinn, diese Kanone auszuprobieren … trotz allem.«

Ehe sie versuchten, diese Absicht in die Tat umzusetzen, erklang auf der anderen Seite des Turms eine gedämpfte Explosion, gefolgt von einer Feuersäule und einer sich aufblähenden Rauchwolke.

»Das war ein Molotowcocktail«, sagte Akiko.

»Aber ohne Austern oder Kaviar«, fügte Kurt sarkastisch hinzu. »Wie unzivilisiert.«

Unten auf dem Burghof leckten dunkelrote Flammen über die Konturen der Pagode und schlängelten sich unaufhaltsam an ihr empor. Das uralte Holz war knochentrocken und mit einer dicken Schicht ölhaltigen Lacks bedeckt. Beißender Brandgeruch wallte an den kunstvollen Verzierungen hinauf und hüllte die Plattform an der Spitze ein. Bald würden die Flammen folgen.

»Wir müssen schnellstens von hier verschwinden«, sagte Kurt voller Sorge.

»Sie waren es doch, der meinte, wir sollten hier oben in Stellung gehen.«

»Das habe ich gesagt, ehe diese Hütte ein Raub der Flammen zu werden drohte.«

Kurt drängte seine Schicksalsgefährtin zur Eile, und sie stürmten die Treppe hinunter, nur um feststellen zu müssen, dass die Tür an ihrem Ende verschlossen war und sich nicht öffnen ließ. Kurt stemmte sich mit aller Kraft dagegen, aber sie gab keinen Millimeter nach.

»Irgendetwas blockiert sie auf der anderen Seite«, sagte Akiko, stellte sich auf die Zehenspitzen und blickte durch ein schmales Fenster im oberen Abschnitt dicht unterhalb der Türkante.

Kurt machte ein paar Schritte rückwärts, um Anlauf zu nehmen und die Tür wie ein lebendiger Rammbock zu attackieren. Aber ehe er starten konnte, durchlöcherte ein Kugelhagel die Holztür von der anderen Seite.

Kurt warf sich zur Seite, presste sich gegen die Wand des Treppenhauses und vermied es auf diese Weise, getroffen zu werden. Aber Akiko wurde von zwei Kugeln in der Brust erwischt und kippte nach hinten.

Kurt sprang zur Tür, schob das Mündungsende der Armbrust durch die kleine Fensteröffnung in der Tür und richtete die altertümliche Schusswaffe so steil nach unten wie möglich, ehe er auf gut Glück abdrückte.

Seine Aktion wurde mit einem Schmerzensschrei auf der anderen Seite der Tür belohnt. Auf den Schrei folgte das Geräusch vom Zerplatzen der Glasflasche und der gedämpfte Knall des Flammenblitzes eines weiteren Molotowcocktails. Das flackernde Licht jenseits des kleinen Fensters signalisierte ihm, dass alles, was sich in dem Raum dahinter befand – eine umfangreiche Kollektion wertvoller Seidenteppiche und antiker Möbel – im Begriff war, ein Raub der Flammen zu werden.

Tief geduckt – für den Fall, dass eine weitere Gewehrsalve die Tür durchschlug – kroch Kurt zu Akiko hinüber.

Sie lag auf der Seite und presste beide Hände auf ihren Leib. Sie blutete zwar, doch Kurt erhaschte auch einen Blick auf das kugelsichere Kevlargewebe unter den altertümlichen Panzerplatten.

»Ich hatte mich schon gefragt, weshalb Sie sich ausgerechnet für dieses Kostüm entschieden haben«, sagte er. »Offensichtlich ist nicht alles, was der modernen Technologie zu verdanken ist, ganz schlecht.«

Mühsam brachte sie ein gequältes Lächeln zustande. »Wir dürfen hier nicht bleiben. Technologie hin oder her, sie wird uns nicht vor dem Rauch schützen.«

»Können Sie aufstehen?«

»Ich glaube schon«, sagte sie, kam schwerfällig auf die Füße und klappte sofort wieder zusammen.

Sie hustete, und Kurt spürte, wie sich in seinen Lungenflügeln ein schmerzhaftes Brennen ausbreitete und seinen Atem lähmte. Er musste irgendeinen Weg aus diesem Gefängnis finden, und das so schnell wie möglich. Er warf einen Blick zur Treppe, atmete tief ein, hielt die Luft an und rannte in den immer dichter wallenden Rauch.

9

»Hier entlang«, drängte Fujihara. »Schnell.«

Sein Blick irrte nervös hin und her, und seine Stimme war heiser vor innerer Anspannung, während er sie durch einen Teil der alten Burg führte, der Joe Zavala vollkommen fremd war. »Das ist aber nicht der Weg, auf dem wir hergekommen sind«, stellte er fest.

»Nein. Es ist eine Abkürzung«, erklärte Kenzo Fujihara. »Eine Art Geheimgang. Hier bemerkt man uns nicht. Wenn unsere Gegner draußen bleiben und wir hier drin, dann ist es für uns von Vorteil.«

Sie kamen zu einer Holztür, die Fujihara mit einem altmodischen Schlüssel öffnete. Sie schwang auf und stieß, als sie sich erst halb geöffnet hatte, gegen ein Hindernis.

Nachdem sie sich durch den Spalt gezwängt hatten, fanden sie sich in einem Rundbau wieder. Ein männlicher Körper auf dem Boden hatte verhindert, dass sich die Tür vollständig öffnen ließ. Fujihara ging neben ihm auf die Knie hinunter. »Ichiro. Einer meiner ersten Getreuen. Er ist als Kind von seinen Eltern misshandelt worden, bis er zu mir kam. Er ist praktisch bei mir aufgewachsen.«

Joe bückte sich, um den Pulsschlag des Mannes zu überprüfen, aber ein kurzer Blick in sein regloses Gesicht sagte ihm, dass sie zu spät gekommen waren. Ichiro war auf kürzeste Entfernung von Kugeln förmlich durchsiebt worden. »Er ist tot«, sagte Joe. »Und das bedeutet, dass unsere Gegner es offenbar geschafft haben, in die Burg einzudringen.«

Fujihara nickte. »Die Frage ist nur, wie viele es sind und bis wohin sie vordringen konnten.«

Eine Blutspur führte zu einer weiter entfernten Tür. »Diese Richtung sollten wir lieber meiden«, empfahl Gamay.

Die Schussfrequenz außerhalb der Rotunde nahm zu. Es schien, als steigerte sich das Geschehen zu einem tödlichen Höhepunkt. Der Geruch von brennendem Holz wurde stärker. »Den Weg, auf dem wir gekommen sind, können wir jedenfalls nicht mehr benutzen«, sagte Paul.

Ihnen gegenüber in der Rotunde befand sich eine dritte Tür. Und die andere Option war eine Treppenflucht, die innerhalb der Rotunde zu einer kleinen Tür im oberen Teil des Rundbaus hinaufführte.

Fujihara sprang auf und rannte zur dritten Tür. Er legte die Hand auf den Türgriff und zerrte daran.

»Warten Sie!«, rief Joe Zavala.

Seine Warnung kam zu spät.

Fujihara hatte bereits die Tür aufgerissen. Aufgestaute Flammen und dichter Rauch füllten den Korridor dahinter und schlugen ihnen explosionsartig entgegen, als frischer Sauerstoff in den Flur nachströmte.

Die Feuerwalze hüllte Fujihara ein und warf ihn gleichzeitig nach hinten. Er landete wie eine Lumpenpuppe auf dem Boden. Seine Kleidung stand sofort in hellen Flammen.

Kurt riss sich seine Jacke vom Leib, stürzte sich auf Fujihara, bedeckte ihn mit dem Kleidungsstück und erstickte die Flammen. Gamay half ihm dabei, während Paul die Tür zuschlug, um zu verhindern, dass sich das Feuer bis in den Rundbau ausbreitete.

»Sein Gesicht ist verbrannt«, sagte Gamay. »Und seine

Hände auch. Ich glaube aber, dass ihn die Kleidung vor dem Schlimmsten bewahrt hat.«

Fujihara gab ein leises Stöhnen von sich, schaffte es jedoch nicht, verständliche Worte zu formulieren.

»Er ist mit dem Kopf ziemlich hart aufgeschlagen«, sagte Joe. »Er dürfte das Bewusstsein verloren haben. Hoffentlich bleibt er in diesem Zustand, bis wir für ihn Hilfe holen können.«

Er lud sich Fujihara im Gamstragegriff auf die Schultern und deutete nach oben auf die Tür im oberen Abschnitt des Rundbaus. »Die Treppe hinauf«, entschied Joe. »Das ist unsere einzige Chance.«

»Dort sind wir aber ziemlich exponiert«, gab Gamay zu bedenken und schwang die Keule probeweise hin und her.

»Wir haben kaum eine andere Wahl. Wir sind wie Versuchsratten in einem brennenden Labyrinth, und Kenzo ist der Einzige, der seinen Grundriss kennt und uns zum Ausgang hätte führen können.« Er machte einen Schritt in Richtung Treppe. »Vergewissert euch, dass hinter der Tür keine böse Überraschung lauert. Ich kümmere mich um Fujihara.«

Paul bildete die Vorhut, während sich Gamay an seine Fersen hängte. Durch Abtasten überprüften sie die Temperatur der Tür, ehe sie sie öffneten und hindurchgingen.

Joe folgte ihnen mit Fujihara auf den Schultern. Er schlängelte sich durch die Tür, wobei er sorgsam darauf achtete, Fujihara keinen zusätzlichen Schaden zuzufügen.

Paul und Gamay blieben abrupt auf dem Wehrgang stehen, zutiefst geschockt von dem Anblick, der sich ihnen bot. Die gesamte Pagode stand in hellen Flammen. Alle vier Etagen des kunstvoll gestalteten Holzbauwerks brannten lichterloh.

»Ich kann nur hoffen, dass Kurt nicht mehr in diesem Turm ist«, sagte Gamay.

»Er macht zwar gelegentlich die seltsamsten Dinge, aber so verrückt wird er doch nicht sein«, erwiderte Paul.

»Bewegt euch, bleibt nicht stehen«, trieb Joe das Paar an. »Wir müssen zum Wasser hinunter.«

Sie überquerten die schmale Brücke zur äußeren Mauer. Als sie die Mauer fast erreicht hatten, wurde hinter ihnen die Tür aufgestoßen, und zwei Männer kamen im Laufschritt heraus.

»Sie haben den gleichen Weg«, warnte Paul. »Wenn sie uns entdecken, sind wir drüben auf der Mauer ein leichtes Ziel für sie.«

»Wir haben aber keine andere Wahl«, sagte Joe. »Nehmt Fujihara mit und sucht euch ein Versteck. Ich halte unsere Freunde so lange wie möglich in Atem.«

Paul lehnte die Lanze an die Mauer und übernahm Fujihara von Joe. Mit der schweren Last des Verletzten auf der Schulter folgte er Gamay, die im Schatten der Burgmauer einen Weg zum Wasser hinunter suchte.

Während sich das Trio entfernte, nahm Joe Zavala die Lanze an sich, fand am Ende des Holzstegs einen Mauervorsprung und kauerte sich dahinter.

Die Verfolger kamen schnell näher. Ungeachtet der dichten Qualmwolken, die vom Burgturm herabwallten, sprinteten sie über die Brücke. Auch sie waren froh, dem Inferno entkommen zu sein, und dachten nur daran, ihr Leben zu retten. Aber sie würden keine Sekunde zögern, Paul, Gamay und Fujihara zu erschießen, wenn sie auf sie stoßen sollten. Dazu wollte es Joe auf keinen Fall kommen lassen.

Er blieb in Deckung, wo er abwartete, bis sie fast auf seiner Höhe waren, ehe er sich aufrichtete. Er holte mit der

Lanze zu einem Rundumschlag aus. Die Langwaffe traf den ersten Mann in die Magengrube, sodass er nach vorn einknickte. Als Antwort zielte der zweite Mann mit einer Pistole auf Joe, aber im Rückschwung traf die Lanze den Arm des Verfolgers und schlug ihm die Pistole aus der Hand.

Die Waffe fiel auf die Felsen hinab, und ein Schuss löste sich, ohne irgendeinen Schaden anzurichten. Aber der Mann griff Joe an und rammte ihn mit der Schulter. Sie rangen miteinander und stürzten über die Mauer. Aber nicht nach vorn in Richtung des Sees, sondern nach hinten in den ausgetrockneten Burggraben, in dem die Komodowarane lauerten.

Kurt Austin tastete sich die Treppe hinunter, auf den Armen Fujiharas Kanone, die er auf der Aussichtsplattform des Burgturms gesehen hatte. Seine Augen brannten und tränten so heftig, dass er seine Umgebung nur verschwommen wahrnahm. Auf seinem Weg stolperte er beinahe über Akiko. Sie lag nicht weit vom Türspalt entfernt auf dem Boden. Da er die Tür zur Aussichtsplattform offen gelassen hatte, entstand im Turm ein Kamineffekt, der frische Luft von draußen ansaugte, über die Treppe in die oberen Etagen transportierte und auf diese Weise verhinderte, dass sie zu viel von dem giftigen Rauch einatmeten oder gar erstickten.

Kurt machte einen vorsichtigen Atemzug, um die Luftqualität zu testen, während er die Kanone auf den Boden stellte.

Akiko kroch auf allen vieren zu ihm hinüber und half ihm, die Kanone in Position zu bringen. Sie luden sie mit Schießpulver und einer acht Pfund schweren stählernen

Kugel. Da sie weder ein geeignetes Zündeisen noch ein Feuerzeug zur Verfügung hatten, riss er ein Stück Seidentapete von der Wand – und brachte es mit einer Glutflocke in Berührung, die die Treppe heraufgeweht wurde, und drückte es auf das Zündloch. Sekunden dehnten sich zu einer Ewigkeit, doch nichts geschah. Dann verriet ein Knistern, dass der Zünder reagierte. Die Pulverladung explodierte und schleuderte die Stahlkugel gegen die Tür, die zu einer Splitterwolke zerstob.

»Wie konnte ich nur auf die Idee kommen, dass dieses Ding nicht nützlich ist?«, murmelte Kurt.

Sie schlängelten sich durch die Öffnung und kletterten über einen Trümmerhaufen verschiedener Möbelstücke hinweg, die hinter der Tür aufgestapelt worden waren. »Wohin geht es zur Garage?«

»Dort entlang«, sagte die Japanerin.

Trotz der schweren Panzerweste und der Treffer, die ihr Brustkorb abbekommen hatte, raffte sie sich auf und rannte vor Kurt her, um ihm den Weg zu zeigen. Sie trafen sieben von Fujiharas Leuten an, jedoch weder Fujihara selbst noch das restliche NUMA-Team.

»Ist sonst noch jemand hier?«, fragte Akiko.

Einer der Männer schüttelte den Kopf.

»Wir müssen zurück«, sagte Akiko.

Zum zweiten Mal ergriff Kurt sie am Arm. Mittlerweile wälzten sich die ersten Rauchschwaden die Treppe hinunter und drangen in die Garage ein. An einigen Stellen begann die Decke über ihren Köpfen bereits zu schmoren, und sie spürten die zunehmende Hitze, die sich auf sie legte. »Die Etage über uns dürfte mittlerweile zu einem Flammenmeer geworden sein. Joe wird sie schon sicher herausholen. Darauf können Sie sich verlassen.«

Sie schüttelte Kurts Hand ab und wandte sich an die Männer.

»Erklären Sie ihnen, dass sie in die Wagen einsteigen sollen«, sagte Kurt zu ihr. »Wenn wir von hier verschwinden, dann auf Rädern.«

Akiko gab auf Japanisch die entsprechenden Anweisungen und fügte hinzu: »Ich lasse schon mal die Zugbrücke herunter.«

Sie eilte zur Mauer, bückte sich zu einem Hebel hinunter, schob ihn zur Seite und drückte ihn nach unten.

Die Zugbrücke senkte sich erstaunlich schnell herab. Sie schlug mit einem lauten Krachen auf. Der Steg dahinter hatte bereits Feuer gefangen und wurde zunehmend unpassierbar.

Joe und der Mann, der ihn angegriffen hatte, landeten im Sand und wichen auseinander. Dann kamen sie gleichzeitig wieder auf die Füße, vergaßen ihren Zweikampf, richteten ihre Aufmerksamkeit auf ihre Umgebung und hielten Ausschau nach den Komodowaranen.

Diese hatten bereits die Witterung aufgenommen. Zwei Tiere von kleinerem Wuchs näherten sich von einer Seite dem zweibeinigen Überraschungsbesuch. Ein drittes Tier, das noch weit entfernt war, hatte sich auf den Vorderläufen aufgerichtet und drehte den Kopf in ihre Richtung. Und die vierte Echse – das größte Exemplar des Quartetts – kam von der anderen Seite auf sie zu.

Die Tiere, die gewöhnlich träge waren und die Begegnung mit Menschen mieden, wirkten erregt und erschienen aggressiver, als Joe es jemals bei ihren Vettern im Zoo beobachtet hatte. Wahrscheinlich war ihr Verhalten eine Folge des Feuers, dessen flackernder Schein den Graben erhellte, und der glühenden Ascheflocken, die auf sie herabregneten.

Eins der kleineren Tiere hatte jede Scheu verloren und interessierte sich lebhaft für Joe Zavala. Dieser reckte sich, um möglichst groß zu erscheinen, und riss ruckartig beide Arme hoch.

Die Echse verharrte mitten in der Bewegung und drückte sich mit seltsam eingeknickten Beinen flach auf den Boden. Dann rückte sie weiter vor, und Joe wiederholte die Armbewegung, aber diesmal war das Tier deutlich weniger beeindruckt und blieb nicht stehen.

»Wo ist die Pistole?«, rief Joe, wusste jedoch gleichzeitig, wie unsinnig die Frage war. Der Mann war trotz allem sein Gegner und würde nicht im Traum daran denken, ihm zu helfen.

Der Angreifer musterte Joe mit einem irritierten Blick, ehe er ihn zu Boden stieß und mit langen Schritten zur Grabenwand durchstartete.

Joe wartete nicht länger, schleuderte dem Waran eine Handvoll Geröll entgegen und erreichte mit einigen Schritten die Lanze, mit der er sich soeben noch verteidigt hatte. Er raffte sie vom Boden auf, wirbelte herum und schlug dem Tier damit auf das aufgerissene Maul.

Die Bestie fauchte wütend und wich reflexartig zurück.

Mittlerweile sprintete Joes Gegner um sein Leben, denn seine Aktionen hatten die Aufmerksamkeit der größten Echse im Graben erzeugt. Das zweieinhalb Meter lange, einhundertfünfzig Kilogramm schwere Monster entwickelte ein erstaunliches Tempo.

Der Mann flüchtete, ohne sich auch nur ein einziges Mal umzudrehen, steuerte auf eine Lücke in der Mauerkrone zu und kletterte zu ihr hinauf. Der Komodowaran eilte hinter ihm her, stemmte sich auf den Hinterbeinen an der Grabenwand hoch und tauchte mit dem Kopf in den Mauerspalt. Er erwischte den Mann an der Schulter und am Arm, riss ihm das Hemd vom Leib und fügte ihm eine Bisswunde zu. Er rutschte laut zischend mit dem Hemd des Mannes im Maul in den Graben zurück – vor Wut über die entgangene Mahlzeit.

Der Mann kletterte weiter. Sein gesamter Rücken war mit farbigen Tätowierungen bedeckt.

Joe zollte ihm widerwillig Respekt, als er die Mauerkante erreichte und außer Sicht verschwand. Damit war er jetzt mit vier Exemplaren einer der gefährlichsten Raubtierarten der Welt allein.

»Ich würde sie wirklich gern beim Fressen beobachten«, wiederholte er flüsternd die Worte, die ihm schon eine Stunde zuvor über die Lippen gekommen waren. »Aber warum führe ich plötzlich Selbstgespräche?«

Die Bestien rückten vor. Offensichtlich waren sie ausgehungert, denn normalerweise gingen sie den Menschen aus dem Weg. So wie Joe es beurteilte, war die größte Echse das Hauptproblem. Die anderen waren klein genug, um sie sich mit der langen Lanze vom Leib halten zu können, aber die große Echse würde ihm die Waffe aus der Hand reißen und als Zahnstocher benutzen, nachdem sie ihn verschlungen hätte.

Er versuchte, dem Tier auszuweichen und sich an ihm vorbeizuschleichen, aber es blockierte seinen Weg und zwang Joe, sich zurückzuziehen.

Ein donnerndes Krachen lenkte sie – Bestien und Mensch – für einen kurzen Moment ab, und Joe drehte sich um und konnte beobachten, wie eine Wolke dichten Qualms und glühender Asche in die Luft geschleudert wurde, nachdem ein Teil der brennenden Pagode in den Graben gestürzt war. Der Funkenflug trieb die Echsen ein paar Schritte zurück.

»Sie sehen zwar aus wie Drachen, aber Feuer ist offenbar nicht ihr Ding«, murmelte Joe.

Er wagte sich vorwärts, zog seine Jacke aus und wickelte sie um das kühle Ende eines brennenden Holzscheits. Mit der Lanze in der einen Hand und der brennenden Fackel in der anderen bewegte er sich schrittweise auf die lauernden Tiere zu.

»Zurück«, sagte er halblaut und stieß dem ersten Tier die Fackel entgegen. »Zurück!«

Der Waran schlug mit einer Klaue nach dem Holzknüppel, wich jedoch sofort zurück, als er mit den Flammen in Berührung kam. Das andere junge Tier reagierte genauso. Das Alpha-Männchen hingegen hielt seine Stellung.

»Jetzt oder nie«, feuerte Jo sich selbst an. Er startete und rannte direkt auf die Bestie zu, entschlossen, ihr die Fackel in den Rachen zu stoßen, sobald sie nach ihm schnappte.

Die Echse hielt offenbar nichts von Rückzug, sondern fegte die Brandfackel mit der Schnauze beiseite. Dieser kurze Augenblick der Ablenkung war alles, was Joe Zavala brauchte. Immer noch in vollem Lauf, rammte er das stumpfe Ende der Lanze in den Sand auf der ausgetrockneten Grabensohle und schwang sich wie ein Stabhochspringer über die Echse hinweg, landete in sicherem Abstand hinter ihr und rannte mit unvermindertem Tempo weiter.

Die Bestie bäumte sich zu spät auf, um ihn aus der Luft zu holen. Sie sank auf ihre kurzen Stummelbeine zurück und drehte sich in einem Halbkreis.

Joe hatte die Mauer bereits erreicht und sprang. Er fand den Riss im Mauerwerk und kletterte Hand über Hand daran hoch, ohne auch nur einmal zurückzublicken, bis er den oberen Rand erreichte.

Der Komodowarane standen unter ihm im Sand, bildeten einen Halbkreis und starrten hungrig zu ihm herauf.

Joe winkte ihnen zum Abschied zu und suchte sich einen Weg zum Seeufer hinunter, wo Paul, Gamay und Fujihara sich zwischen den Felsen versteckt hatten. Von seinem verletzten Angreifer war nichts zu sehen. Draußen auf dem See rasten die feindlichen Schlauchboote in die Dunkelheit.

»Sie verschwinden«, stellte Paul fest.

»Bleibt die Frage, wer sie sind und weshalb sie uns überfallen haben«, sagte Gamay.

»Egal wer sie sind, sie haben erreicht, was sie erreichen wollten«, sagte Joe. »Sie haben Fujihara ausgeräuchert und seine Arbeit vernichtet. Sämtliche Daten. Alle Aufzeichnungen. Alles war auf Papier festgehalten. Und alles ist jetzt ein Raub der Flammen.«

»Nicht alles«, widersprach Gamay.

Joe sah sie fragend an. Sie entfaltete, was sie um den Griff der Keule gewickelt hatte. Es war eine blaue Landkarte mit silbernen Randverzierungen. Abgesehen von Reißspuren an jeder der vier Ecken, wo sie an der Wand befestigt war, hatte sie die Kampfhandlungen so gut wie unversehrt überstanden.

Die roten Linien waren nach wie vor deutlich zu erkennen. »Irgendjemand wollte offenbar nicht, dass wir in Erfahrung bringen, wo sich diese Linien überschneiden«, sagte Gamay. »Ich dachte mir, es könnte vielleicht sinnvoll sein, diese Information zu bewahren.«

»Ist sie wirklich so wertvoll, dass dafür Menschen sterben mussten?«, fragte Paul.

»Jemand war offenbar dieser Meinung«, sagte Joe und schaute zu Fujihara. »Wie geht es ihm?«

»Er hat Hustenkrämpfe und spuckt Blut«, erwiderte Gamay. »Ich glaube, seine Lunge hat einiges abbekommen. Als er eingeatmet hat, während ihn das Feuer einhüllte ...«

Sie brauchte gar nicht weiterzusprechen; sie alle wussten, wie die Diagnose lauten würde. Auf jeden Fall war Fujiharas einzige Hoffnung ein Krankenhaus mit einer Spezialabteilung für die Behandlung von Verbrennungen.

»Ein Auto wäre jetzt willkommen«, sagte Paul. »Besteht auch nur eine geringe Chance, dass die Garage nicht auch abgebrannt ist?«

Joe blickte über die Schulter, auch wenn er wusste, welches Bild sich ihm bieten würde. Was früher einmal eine malerische Burg gewesen war, hatte nun keinerlei Ähnlichkeit mehr mit einem solchen ehrwürdigen Bauwerk. Die gesamte Pagode war nur noch eine wabernde Flammensäule. »Höchst unwahrscheinlich«, sagte Joe. »Aber dieses Feuer müsste eigentlich schon bald Hilfe herbeirufen, hell genug ist es jedenfalls.«

Eine Minute später hallte erneut der Lärm eines Bootsmotors über den See. Alle starrten gebannt in die Dunkelheit, da sich der Mond kurzzeitig hinter einer Wolke versteckt hatte.

Schließlich konnte Joe einen Lichtschein ausmachen, der sich näherte. Es war ein Scheinwerferpaar. Aber anstatt eines schlanken Motorboots erblickte er ein langsames, schwerfälliges Fahrzeug, das schwankend auf sie zusteuerte. Der kantige breite Bug schob das Wasser vor sich her, anstatt elegant hindurchzugleiten, während die Maschine wie ein antiker luftgekühlter VW-Motor klang.

»Das ist ja die ›Ente‹«, sagte Joe, als er das Amphibienfahrzeug aus dem Zweiten Weltkrieg erkannte, das ihm in Fujiharas Oldtimersammlung aufgefallen war.

Kurt saß hinter dem Lenkrad, während Akiko und mehrere von Fujiharas Männern auf Sitzbänken im hinteren Teil Platz gefunden hatten.

Heftig schwenkte Joe seine laserhelle Minitaschenlampe, um Kurt auf sich und seine Begleiter aufmerksam zu machen. Die »Ente« war nicht gerade das schnellste Transportmittel, aber sie konnte sich sowohl im Wasser als auch auf Land fortbewegen. Dank ihr bestand immerhin eine reelle Chance, dass Fijihara schon bald geholfen wurde.

10

Nachdem sie den Rest der Nacht im Krankenhaus verbracht und den lokalen Polizeiorganen Rede und Antwort gestanden hatten, waren Kurt, Joe, Paul und Gamay in ein Hotel gebracht worden, wo sie ein paar Stunden Erschöpfungsschlaf hatten aufholen können, ehe sie sich mit Rudi Gunn in Washington kurzschlossen.

Der Grundton der Unterhaltung war sachlich und nüchtern, bis Kurt Austin seinen Chef um die Erlaubnis bat, in chinesische Gewässer einzudringen und Erkundigungen darüber anzustellen, an welchen geheimen Projekten sie möglicherweise arbeiteten.

»Keine Chance«, erwiderte Rudi Gunn. »Etwas Derartiges steht keinesfalls zur Debatte.«

Seine Stimme drang aus dem Lautsprecher des Telefons, das in der Tischmitte stand. Sie klang erstaunlich klar und deutlich und hallte so laut durch die Hotelsuite, als wäre Gunn höchstpersönlich zugegen gewesen.

Kurt lehnte sich in seinem Sessel zurück, den Blick gespannt auf den dreieckig geformten Lautsprecher gerichtet. »Nur um mich zu vergewissern, ob ich Sie richtig verstanden habe … wir sollen dabei möglichst vorsichtig zu Werke gehen, nicht wahr?«

»Wenn Sie dies aus meiner Antwort herausgehört haben, sollten Sie Ihre Ohren von einem Arzt untersuchen lassen«, sagte Gunn. »Die Position, die Sie uns genannt haben, befindet sich nicht nur mitten in chinesischen Hoheitsgewässern und in einer Region, die sie markiert haben als ›für Spezialoperationen reserviert‹ – und sie ist außerdem eins der Testgebiete ihrer Kriegsmarine. Sie halten seine Grenzen unter strengster Bewachung. Mit Schiffen, Flugzeugen und Unterseebooten. Sie haben da draußen sogar ein Netz von stationären Sonobojen installiert. Zu vergleichen mit unserem SOSUS-System in der Nordsee.«

Kurt sah die Mitglieder seines Teams an. Ihre Reaktion ließ nicht lange auf sich warten. Nach dem, was sie soeben einigermaßen heil überstanden hatten, brannte jeder von ihnen darauf, einen Blick auf das werfen zu können, was immer Fujihara und seine analogen Apparaturen aufgespürt hatten.

Paul Trout äußerte sich als Nächster. »Rudi, ich habe mir Fujiharas Theorie angesehen. Rein geologisch betrachtet, besteht eine hohe Wahrscheinlichkeit, dass er tatsächlich etwas Ungewöhnlichem auf der Spur ist. In Anbetracht der augenblicklichen Entwicklung sollte jede Möglichkeit genutzt werden, uns unbemerkt dorthin zu bringen.«

»Das sieht Ihnen gar nicht ähnlich, Paul, sich auf solche Praktiken einzulassen. Wie heftig hat Kurt Sie im Schwitzkasten?«

»So schlimm ist es gar nicht. Er hat mir nur ein wenig den Arm verdreht«, witzelte Paul.

»Helfen Sie uns, und niemandem wird etwas passieren«, scherzte Kurt.

Joe Zavala hatte auch gleich eine Idee. »Ein Handelsschiff könnte wegen irgendeines Schadens vom Kurs abkommen und uns um Hilfe bitten. Vielleicht ließe sich sogar ein Feuer oder ein Notfall inszenieren. Es müsste nur sehr dringend aussehen. So etwas haben wir doch auch schon früher gemacht. Und wenn wir dann zufällig gerade auf dem Schiff sind, das dem Havaristen am nächsten ist ...«

»Dann befänden Sie sich längst in chinesischen Gewässern«, sagte Gunn. »Sehen Sie, es ist doch ganz einfach. Die Chinesen brauchen unsere Hilfe nicht, um jemanden zu retten, der so nahe vor ihrer Küste Probleme hat. Und sie sind nicht gerade scharf darauf, dass sich jemand in ihre Hoheitsgewässer oder ihren Luftraum ›verirrt‹. Vor ein paar Jahren haben sie eins unserer Beobachtungsflugzeuge vom Himmel geholt – und diese Maschine befand sich zu diesem Zeitpunkt tatsächlich noch im internationalen Luftraum.«

Kurt lehnte sich zurück. »Wie wäre es denn, wenn wir sozusagen per Anhalter an Bord eines der neuen Angriffs-U-Boote der Navy mitfahren würden?«, sagte Kurt. »Wie ich hörte, sollen sie so gut wie nicht aufspürbar sein.«

»Ich habe bereits nachgefragt«, berichtete Rudi Gunn. »Das Einzige, was bisher nicht aufspürbar war, ist eine offizielle Antwort auf meine Anfrage. Offensichtlich hat die Navy kein Interesse daran, ihre modernsten U-Boote in eher seichte Seegebiete zu entsenden, die vollgestopft sind mit den modernsten Horchposten Chinas. Und das kann ich unseren Leuten noch nicht einmal übel nehmen.«

Kurt blickte interessiert auf. Hatte Rudi Gunn eben gerade irgendetwas Interessantes verraten? »Sie haben bereits die Navy um Unterstützung gebeten? Wie kommt's?«

Im Zimmer herrschte plötzlich gespanntes Schweigen, und als Gunn wieder das Wort ergriff, klang seine Stimme nicht mehr ganz so respekteinflößend. »Würden Sie es mir abnehmen, wenn ich einräumte, dass ich mich Ihrer Einschätzung weitgehend anschließe?«

»Nicht in tausend Jahren.«

Rudi Gunn seufzte hörbar. »Lassen Sie es mich anders ausdrücken. Unsere Regierung hat bisher keine dieser Z-Wellen aufgefangen, wie Ihr neuer Freund es von sich behauptet. Aber während der letzten beiden Jahre haben sowohl die NUMA als auch die Navy unterirdische Schwingungen registriert, deren Ursprung sich in genau jenem Teil des Ostchinesischen Meeres befindet, in dem sich die Richtungsvektoren dieser Z-Wellen überschnitten haben. Wenn man zwei und zwei zusammenzählt, ergibt sich die Möglichkeit, dass dort irgendetwas existiert, das man sich genauer anschauen sollte.«

»Demnach hatte Fujihara recht«, sagte Paul. »Irgendetwas ist tatsächlich da draußen im Gange. Welche Art von Geräusch zeichnen wir auf?«

»Eine genaue Klassifizierung war bisher unmöglich«, sagte Gunn. »Möglicherweise handelt es sich um Tiefseebohrungen, aber die Abweichungen von dem dafür typischen akustischen Profil sind so erheblich, dass wir vor einem Rätsel stehen. Einige der von der Navy aufgezeichneten Signale wurden als Flüssigkeitsbewegungen innerhalb der kontinentalen Platte identifiziert.«

»Erdöl?«, stellte Joe Zavala die nächstliegende Frage.

»Das wäre durchaus eine Möglichkeit«, antwortete Rudi Gunn. »Sowohl unter dem Ost- als auch dem Südchinesischen Meer befinden sich reichhaltige Kohlenwasserstoffvorkommen – und die Chinesen haben von Anfang an ihre Ansprüche sehr offensiv geltend gemacht, vor allem im Südchinesischen Meer, wo sie jene berüchtigte Ninedash Line festgelegt haben. Nur dass der Ort, den Fujihara bestimmt hat, im Ostchinesischen Meer liegt, und zwar weit genug hinter der von China eingeführten Grenzlinie, die sich unwidersprochen unter chinesischer Kontrolle befindet.«

»Es besteht keinerlei Notwendigkeit, Bergbaumaßnahmen wie Tiefenbohrungen geheim zu halten, wenn sie auf dem eigenen Territorium durchgeführt werden«, sagte Gamay.

»Wir haben vor zwei Jahren Überlegungen zu einer Unterwasserbohrung angestellt«, sagte Paul. »Dem geologischen Team gefiel diese Idee. Die Kostenrechner in der Buchhaltung sahen das Ganze allerdings grundlegend anders. Sie meinten, ein solches Verfahren sei hundert Mal teurer als der Bau einer gewöhnlichen Bohrinsel. Es würde keinen Sinn ergeben, ein solches Projekt in Angriff zu nehmen, wenn man nicht dazu gezwungen ist.«

»Genau«, pflichtete Rudi Gunn ihm bei. »Außerdem passen die Sonaraufzeichnungen zu keiner bekannten Bohr- oder Schürftechnik. Einige Daten weisen auf eine sich frei bewegende Flüssigkeit mit extrem hoher Fließgeschwindigkeit hin. Laut den gemessenen Werten steht sie unter enormem Druck und ist leichter und weniger zähflüssig als Erdöl. Mittlerweile gibt es weitere Sonaraufzeichnungen von etwas weitaus Dickflüssigerem und Trägerem, das sich innerhalb der Kontinentalplatte befindet – und dazu tiefer, als je eine Bohrung vorgedrungen ist.«

Paul konnte eine mögliche Erklärung anbieten. »Sollten wir es mit unterirdischer Magma zu tun haben, dann können wir durchaus die Möglichkeit in Betracht ziehen, dass dort draußen neue vulkanische Inseln entstehen. Also genau das, wonach wir suchen.«

»Außer dass wir wieder auf Start zurückgehen müssen, weil wir keine Möglichkeit haben, uns vor Ort umzusehen«, sagte Joe bedauernd.

Gamay lehnte sich vor. »Ich hasse es, mal wieder die Stimme der Vernunft zu sein, aber ihr scheint wild entschlossen, diese Geschichte machomäßig in Angriff zu nehmen, indem ihr euch heimlich anschleicht und ein hohes Risiko eingeht. Warum versuchen wir es nicht mal mit einer weiblichen Sichtweise und ein wenig Kooperation? Wir könnten die Chinesen ganz einfach bitten, uns einen Besuch zu gestatten. Als Gegenleistung könnten wir ihnen die von uns gesammelten Daten zum Anstieg des Meeresspiegels überlassen. Wir könnten sie auch auf die mögliche Entstehung einer neuen Inselkette unmittelbar vor ihrer Küste oder auf das Anwachsen einer riesigen Blase in der tektonischen Platte hinweisen und sie einladen, sich an unseren Untersuchungen zu beteiligen. Möglicherweise würden sie diesen Vorschlag sogar begrüßen.«

Was Kurt Austin schon immer gefallen hatte, waren die von seinem Team stets zahlreich vorgeschlagenen unterschiedlichen Problemlösungsansätze.

»An sich eine gute Idee«, lobte Kurt, »aber nicht in diesem Fall. Wir wurden in der vergangenen Nacht brutal angegriffen, und fünf von Fujiharas Leuten haben ihr Leben verloren. Fujihara selbst liegt im Krankenhaus und kämpft mit dem Tod. Bei all seiner Verschrobenheit dürfte eins offensichtlich sein: Seine Forschungen drohten etwas Geheimes aufzudecken, das sich in den chinesischen Gewässern abspielt. Bis der gegenteilige Beweis vorliegt, müssen wir deshalb davon ausgehen, dass die Chinesen hinter diesem Überfall stecken. Dafür spricht auch die generalstabsmäßige Ausführung und der Aufwand, der betrieben wurde. Die Schlauchboote weitgehend unbemerkt auf japanisches Territorium und zum See hinaufzuschaffen, das war schon eine logistische Meisterleistung.«

Gamay nickte zustimmend.

»Alles deutet darauf hin, dass sie da draußen an irgendetwas arbeiten, von dem die restliche Welt nichts erfahren soll«, fügte Kurt hinzu. »Was immer es sein mag, freiwillig werden sie dieses Geheimnis niemals preisgeben. Also müssen wir uns etwas anderes einfallen lassen, um diesem Ort einen Besuch abzustatten.«

»Und genau das kommt überhaupt nicht in Frage«, sagte Rudi Gunn. »Damit Sie wissen, wovon ich rede, schicke ich Ihnen sämtliche verfügbaren Informationen über die chinesischen Horchposten, Sonobojen und was wir über die Frequenz ihrer Patrouillenfahrten und ihre Überwachungsmöglichkeiten wissen. Sie werden selbst sehen. Es ist ein äußerst dichter Schutzschirm, praktisch undurchdringlich. Das Letzte, was wir brauchen können, ist ein internationaler Zwischenfall, der damit endet, dass einer von Ihnen in einem chinesischen Gefängnis landet.«

Kurt hörte aufmerksam zu und registrierte jedes Wort. Schließlich nickte er in Joes Richtung. *Botschaft ist angekommen.*

Als Nächstes drang ein Rascheln von Papier aus dem Lautsprecher. »Ich werde bei einer anderen Besprechung erwartet«, sagte Rudi Gunn. »In ein paar Stunden melde ich mich wieder.«

Er trennte die Verbindung, und Kurt erhob sich. Die anderen gähnten ausgiebig, aber ihr Teamchef war plötzlich hellwach. Ehe er dazu kam, diesen Wandel zu erklären, klopfte es an der Tür. Kurt öffnete sie, und vor ihm stand der Empfangschef des Hotels mit einer Nachricht in der Hand.

Kurt nahm sie entgegen und überflog sie.

»Was ist das?«

»Eine Art Vorladung«, sagte Kurt. »Man bittet uns um einen Besuch in der Bezirkspräfektur der Nationalen japanischen Polizei.«

»Ich bin plötzlich todmüde«, meinte Joe Zavala und gähnte demonstrativ. »Ich glaube, ich brauche dringend ein ausgiebiges Nickerchen.«

Kurt schüttelte den Kopf. »Tut mir leid, Amigo, aber du bist die Hauptattraktion. Sie wollen sich mit dir über den Knaben unterhalten, der es geschafft hat zu verschwinden, ehe der Komodowaran ihn verspeisen konnte. Du bist der Einzige, der ihn direkt zu Gesicht bekam und daher möglicherweise identifizieren kann.«

Joe streckte sich. »Ich glaube, bei dieser Gelegenheit könnte ich auch gleich erzählen, wie ich die vierbeinige Bestie im Graben besiegt habe.«

Kurt verdrehte die Augen, während Gamay aufstand und gähnte. »Jetzt macht sich der lange Flug auch bei mir bemerkbar.«

»Bei mir ebenfalls«, schloss Paul sich an. »Wir ruhen uns aus, während du mit der Polizei redest.«

»Tut mir leid«, sagte Kurt. »Von Ausruhen kann leider keine Rede sein. Ihr müsst sofort anfangen.«

»Mit was denn?«, fragte Gamay.

»Damit, nach einer Möglichkeit zu suchen, wie man sich unbemerkt ins Ostchinesische Meer schleichen kann.«

Paul Trout legte den Kopf auf die Seite, als habe er nicht richtig verstanden. Seine Frau runzelte die Stirn und sah Kurt Austin verwirrt an.

»Aber Rudi hat uns doch gerade eben ausdrücklich verboten, etwas Derartiges zu versuchen«, erwiderte Gamay.

»Ich glaube, seine genauen Worte waren, so etwas komme überhaupt nicht in Frage«, sekundierte Paul.

Seine Lippen sagten nein, aber seine Augen sagten ja«, ...derte Kurt.

Du konntest seine Augen gar nicht sehen.«

Ich konnte sie mir aber vorstellen«, erwiderte Kurt. ...s meinst du denn, weshalb er uns alle Daten über die ...hesischen Marinepatrouillen und das Netz von Sono-...en rüberschickt? Er hofft, dass wir eine Lücke im ...utzschirm finden, die wir für unsere Zwecke nutzen ...nnen.«

Gamay verschränkte die Arme vor der Brust und schüt-...te den Kopf. »Das ist aber nicht das, was ich aus der ...terhaltung herausgehört habe.«

»Hören ist das eine, Verstehen das andere«, sagte Kurt. ...Vir kommunizierten über eine offene Leitung. Jeder hät-...mithören können. Wirf in ein paar Minuten einen Blick ... deine verschlüsselte E-Mail-Box. Wenn du dort keine ...achricht von Rudi findest, darfst du den ganzen Nach-...ittag verschlafen. Aber ich glaube eher, dass du ihn mit ...rbeit verbringen wirst.«

Gamay und Paul ließen sich müde in ihre Sessel zurück-...inken, streckten die Beine und massierten sich die Schlä-...en, um die Müdigkeit zu vertreiben.

Kurt ging zur Tür und hielt sie für Joe Zavala auf. »Dass ...ch den langen Flug verschlafen habe, war wohl doch nicht ...so dumm, oder?«

11

Die Nachricht von Kriminalkommissar Nagano empfahl Kurt und Joe, für den Weg zur Polizeidienststelle eine möglichst verschlungene Route zu wählen. Nachdem sie zwei verschiedene U-Bahn-Züge benutzt und ein Taxi angehalten hatten, standen sie nach einem kurzen Fußmarsch vor dem Präfekturgebäude.

»Sieht nicht wie das Zwölfte Revier in D. C. aus«, stellte Joe ein wenig erstaunt fest.

Das Bauwerk hatte keinerlei Ähnlichkeit mit der typischen amerikanischen Polizeistation. Die Außenmauern waren in allen Farben des Regenbogens angestrichen. Immerhin hatten sich die Erbauer für Pastelltöne entschieden, um der Würde des Gebäudes ein wenig Rechnung zu tragen. Vor dem Eingang stand ein Polizeibeamter in Galauniform und weißen Handschuhen. In der rechten Hand hielt er einen langen lackierten und polierten Holzstab. Er rührte sich nicht, blinzelte nicht und schien nicht einmal zu atmen, während die Passanten an ihm vorbeieilten.

»*Ritsuban*«, sagte Kurt. »So wird diese Art des Wachestehens genannt. Einerseits soll der Beamte den Eingang bewachen, aber gleichzeitig signalisiert er den Bürgern, dass die Augen der Polizei überall sind. Seine einzige Waffe ist der lange Stock, um bei potentiellen Gegnern nur geringen Schaden anzurichten.«

»Das ist beruhigend zu wissen«, sagte Joe.

»Bei Kenzo Fujihara hat es offenbar nichts genützt.«

Sie benutzten den Eingang und gelangten in ein Foyer mit rautenförmigem Grundriss. Zwei Türen führten weiter ins Gebäude hinein, und durch zwei andere Türen gelangte man wieder zurück auf die Straße. Statt einem diensthabenden Beamten sahen sich Kurt und Joe einigen Bildschirmen gegenüber sowie einem Computer, der sie auf Japanisch offenbar nach ihren Wünschen fragte.

Kurt blieb vor einem der Flachbildschirme stehen. Er erinnerte ihn an die Monitore in den Abflug- und Ankunftshallen eines Flughafens, nur dass darauf ausschließlich japanische Schriftzeichen zu sehen waren.

Joe tippte auf eine freie Stelle des Bildschirms und wurde mit einem Optionsfenster belohnt, über das er die Sprache wechseln konnte. Zwei Versionen Englisch standen zur Wahl, amerikanisches und britisches.

Joe tippte auf das amerikanische Flaggensymbol.

»Willkommen in der Polizeistation von Yamana«, sagte die weiblich klingende Computerstimme auf Englisch. »Bitte nennen Sie den Grund Ihres Besuchs.«

»Wir haben um zwei Uhr eine Verabredung mit Kriminalkommissar Nagano«, sagte Kurt.

»Bitte nennen Sie Ihren Namen und Ihre Nationalität und blicken Sie in die Optik der Kamera.«

»Kurt Austin … Amerikaner.«

»Joe Zavala … Amerikaner.«

Die Elektronik verstummte, während die Informationen verarbeitet wurden.

»Das hier würde Hiram gefallen«, flüsterte Joe feixend. »Er und Max könnten dem Begriff ›Flotter Vierer‹ zu einer ganz neuen Bedeutung verhelfen.«

Hiram Yaeger war das amtierende Computergenie der NUMA. Er hatte einige der fortschrittlichsten Computersysteme entwickelt, die die Welt je gesehen hatte. Max war seine genialste Schöpfung. Mit den schnellsten Prozessoren bestückt und mit einem besonderen Programm arbeitend, das Hiram selbst entwickelt hatte, war Max eine einzigartige Maschine mit echter künstlicher Intelligenz, einem wachen Verstand und sogar einem Sinn für Humor.

Ein angenehmer Glockenton erklang, und die Tür rechts von ihnen öffnete sich. »Der stellvertretende Bezirkspolizeidirektor Kriminalkommissar Nagano hat Ihre Verabredung bestätigt. Bitte treten Sie ein.«

Kurt und Joe stiegen drei Treppenstufen hinauf und befanden sich in einem Raum, in dem eine unüberschaubare Anzahl Frauen und Männer vor Monitoren saßen und auf Computertastaturen einhämmerten. Grundriss und Innenarchitektur wirkten offen und modern. Edelstahlelemente und Punktstrahler waren im Großraumbüro effektvoll verteilt. Nirgendwo konnte Kurt Staub oder andere Schmutzspuren entdecken. Er sah keine zerfledderten und mit Verbrecherporträts gefüllten Fotoalben, keine schmuddeligen Fingerabdruckstationen oder überfüllte Arrestzellen. Das überraschte ihn nicht, da Japan sich der niedrigsten Kriminalitätsrate aller Industriestaaten rühmen konnte. Das lag teilweise daran, dass Japan eine reiche Nation war, teilweise auch an der erfolgreichen Polizeiarbeit, hauptsächlich aber an dem kollektiven, gerne als typisch japanisch bezeichneten Ordnungssinn, der das Leben der Bevölkerung von der Kindheit bis ins hohe Alter bestimmte.

Abgesehen von ein paar flüchtigen Blicken, wurden sie von der umfangreichen Bürobelegschaft so lange ignoriert, bis ein Japaner in schwarzer sportlich geschnittener Bügelfaltenhose sowie schneeweißem Oberhemd und schmaler grauer Krawatte zwischen den Schreibtischen auf sie zukam, um sie zu begrüßen.

Der Mann war hochgewachsen und hatte die Statur eines austrainierten Triathleten. Der Mund in seinem breiten Gesicht war von einer tiefen Falte umgeben, und sein Kinn wies ein tiefes Grübchen auf. Sein schwarzes, kräftiges Haar war kurz geschnitten.

»Ich bin Kriminalkommissar Nagano«, stellte sich der Mann vor.

Kurt revanchierte sich, indem er seinen und Joe Zavalas Namen nannte. Gleichzeitig deutete er eine höfliche Verbeugung an, aber Nagano schüttelte ihm, anstatt sich ebenfalls zu verbeugen, nach westlicher Manier die Hand. Bei seinem Händedruck drängte sich Kurt der Vergleich mit einem stählernen Schraubstock auf.

»Es ist mir eine Ehre, Sie beide kennenzulernen«, erwiderte Nagano. »Bitte, folgen Sie mir.«

Er geleitete sie durch den Saal in ein kleines Büro, das ebenfalls hochmodern eingerichtet war. Auf seine Aufforderung hin ließen sich Kurt und Joe in zwei freie Sessel nieder.

»Das ist bei Weitem die effizienteste Polizeistation, die ich je gesehen habe«, sagte Joe anerkennend.

»Nein, nein«, wehrte Nagano ab. »Es ist noch sehr viel Arbeit nötig, um sie auf den geforderten Standard zu bringen. Aber wir geben uns alle Mühe.«

Joe sah sich um und suchte vergeblich nach einem Makel. Kurt Austin erklärte ihm später, dass die jedem Japaner anerzogene Bescheidenheit ihm verbot, ein Kompliment anzunehmen, wenn er nicht absolute Perfektion erreicht hatte.

Und doch hatte Joe mit seinem Lob nicht übertrieben. Das Gebäude war ein Kunstwerk, sein Inneres ein Hightechwunderland. Jede Oberfläche war poliert und glänzte; sogar der Waffenschrank, an dem sie auf dem Weg zu Naganos Büro vorbeigegangen waren, erinnerte an eine Ausstellungsvitrine auf einer Waffen-Verkaufsmesse für die gehobene Kundschaft.

»Ihre Eingangshalle war interessant«, sagte Kurt. »Wäre es nicht einfacher, eine Empfangsdame oder einen Beamten vom Dienst dorthin zu setzen?«

»Einfacher gewiss«, gab Nagano zu, »aber eine Vergeudung von Arbeitskraft. Wie Sie wahrscheinlich wissen, schrumpft die Bevölkerungszahl Japans. Indem wir die Begrüßungsphase automatisieren, sparen wir Arbeitszeit ein, die an anderer Stelle viel besser genutzt werden kann.«

»Wie verträgt sich das mit der traditionellen *Ritsuban*-Praxis?«

Diesen scheinbaren Widerspruch kommentierte Nagano mit einem Achselzucken. »Diese gehört in die Kategorie Verbrechensverhütung«, erklärte er, »obgleich in vielen Präfekturen darüber nachgedacht wird, diese Praxis zu beenden oder den Wächter durch eine elektrische Puppe zu ersetzen.«

»Damit wäre die Welt um eine wichtige und sicherlich beliebte Einrichtung ärmer«, sagte Kurt.

»Zumindest würde Ihr automatischer Beamter vom Dienst mehrere Sprachen beherrschen«, sagte Joe, der sich noch immer im Komplimentier-Modus befand.

»Eine absolute Notwendigkeit«, bekräftigte der Polizeioffizier. »Wie jedermann weiß, werden die meisten Verbrechen in Japan von Ausländern begangen.«

Kurt Austin bemerkte den Anflug eines Lächelns in

Naganos Miene. Offenbar war diese Bemerkung ein Insiderwitz.

Zu dieser Feststellung fiel Joe Zavala keine passende Erwiderung ein. »Wie dem auch sei«, meinte er schließlich, »wir freuen uns jedenfalls, hier zu sein und all das kennenzulernen.«

»Vielen Dank«, sagte Nagano. »Aber ich muss Sie trotzdem bitten, sofort wieder abzureisen.«

»Wie bitte?«, fragte Kurt.

»Sie müssen Japan mit der ersten Maschine verlassen«, wiederholte Nagano. »Wir werden Sie und Ihre Freunde zum Flughafen geleiten.«

»Ist das so etwas wie eine Abschiebung?«, wollte Kurt wissen.

»Es geschieht zu Ihrer eigenen Sicherheit«, sagte Nagano. »Wir haben die Männer, die Ihre Leute gestern angegriffen haben, identifiziert. Man könnte sie zusammenfassend als ehemalige Ausführungsorgane der Yakuza bezeichnen. Schläger und Auftragsmörder.«

Nachdem er Joes Beschreibung des Mannes gehört hatte, der von dem Waran verletzt worden war, war Kurt nicht im Mindesten überrascht. Er wusste, dass die Yakuza ein Faible für großflächige Tätowierungen hatten. Trotzdem stellte er die offensichtliche Frage. »Weshalb sollten sich die Yakuza für die Forschungen eines exzentrischen Wissenschaftlers interessieren?«

»Ehemalige Yakuza«, verbesserte Nagano. »Man könnte von einer Gruppe Abtrünniger reden.«

»Mit anderen Worten«, sagte Kurt, »so etwas wie bezahlte Söldner oder Miet-Killer.«

Nagano nickte zustimmend. »Früher, in der japanischen Geschichte, wurden sie *ronin* genannt. Das ist die Bezeichnung für einen Samurai ohne einen Adligen, dem er dient. Sie haben ein Nomadenleben geführt. Als Krieger, die man mieten konnte. Diese Männer – ehemalige Yakuza – kann man mit ihnen vergleichen. Es sind Mörder, Attentäter, ohne einen Herrn und Meister, die sich nach eigenem Gutdünken aussuchen, für wen sie arbeiten. Früher waren sie an bestimmte Yakuza-Organisationen gebunden, aber vor einigen Jahren ist es uns gelungen, viele dieser kriminellen Netzwerke zu zerreißen. Deren Anführer wanderten ins Gefängnis oder fanden den Tod, aber die Mitglieder in den unteren Rängen entgingen der Verhaftung, tauchten unter und waren sich selbst überlassen. Nun verfolgen sie ihre ganz persönlichen Ziele und machen ihre eigenen Geschäfte. In vieler Hinsicht sind sie heute wesentlich gefährlicher als je zuvor.«

»Haben Sie irgendeine Vermutung, für wen sie arbeiten?«

Nagano schüttelte den Kopf. »Zweifellos wurden sie für eine beträchtliche Summe angeheuert; ihre Anzahl und die Art, wie sie ihren Angriff ausführten, lässt darauf schließen. Aber wer sie bezahlt hat und weshalb ... dazu konnten wir bisher nicht den geringsten Hinweis zutage fördern. Man muss sich nur die Art und Weise ansehen, wie dieser Überfall durchgeführt wurde. Allein der Einsatz von Booten lässt darauf schließen, dass der Auftraggeber über nahezu unbegrenzte Mittel verfügt.«

Kurt wusste, dass es irgendetwas mit dem Ostchinesischen Meer und den Erdstößen zu tun hatte, die Fujihara dort aufgespürt hatte, aber ohne zusätzliche Informationen war es vollkommen sinnlos, weitere Vermutungen anzustellen.

»Die Sache ist die«, fuhr Nagano fort, »Sie und Ihre

Freunde konnten den Angriff vereiteln. Daher kann mit einer Art Vergeltungsaktion gerechnet werden.«

»Von Seiten desjenigen, der diese *ronin* engagiert und bezahlt hat«, sagte Joe.

»Oder von den Angreifern selbst«, sagte Nagano. »Sie haben sie blamiert. Sie zum Gespött gemacht. Sie werden alles versuchen, um ihr Gesicht zu retten.«

»So viel zu Ihrer Feststellung, dass alle Verbrechen in Japan von Ausländern begangen werden«, sagte Kurt.

»Traurig, ja.«

Nagano schob einen Aktenordner über den Tisch zu Joe hinüber. »Sie sind der Einzige, der einen von den Kerlen aus der Nähe sehen konnte. Es würde uns helfen, wenn Sie sich diese Bilder ansehen könnten.«

Joe nahm den Ordner vom Tisch und schlug ihn auf. Anstatt Fahndungsfotos oder Fotos von Überwachungsaktionen sah er farbige Symbole und Muster auf Rücken und Schultern eines Mannes.

»Yakuza haben die Angewohnheit, ihre Haut mit umfangreichen Tätowierungen zu verzieren«, erklärte Nagano. »Bestimmte Gruppierungen bevorzugen besondere Symbole als eine Art Erkennungszeichen. Haben Sie schon mal eins dieser Motive gesehen?«

Kurt blickte über Joes Schulter auf die Bilder. Jede Tätowierung war ein kleines Kunstwerk und unterschied sich von allen anderen. Einige enthielten Vogelschwingen und Drachen, andere Flammen und Schädel. Eine Tätowierung bestand aus kaleidoskopartig angeordneten Farben und Schwertern.

»Keins von diesen«, sagte Joe und legte das erste Blatt um. »Oder von diesen.«

Er blätterte langsam weiter, überflog dabei die Bilderreihen und hielt plötzlich inne. »Dies ist das Muster«, sagte er. »Genauso sah der Typ aus, der vor den Drachen flüchten konnte. Natürlich hat er dabei ein Stück Haut eingebüßt.«

Nagano nahm das Blatt aus dem Ordner. »Ich hatte es mir schon fast gedacht«, sagte er. »Das ist Ushi-Oni, der Dämon.«

»Der Dämon?«, fragte Joe.

»Sein richtiger Name ist unbekannt«, erklärte Nagano. »In unserer Mythologie bedeutet das Wort *oni* so viel wie Dämon. Ein Ushi-Oni ist ein Ungeheuer mit dem Kopf eines Bullen und furchterregenden Hörnern. Als er seine ersten Auftragsmorde beging, hinterließ dieser Mann am Tatort stets ein Bild dieses Monsters, das er mit dem Blut seiner Opfer zeichnete. Im Gegensatz zu den meisten Mitgliedern des Syndikats macht ihm das Töten Spaß. Es bereitet ihm Vergnügen und bringt ihm eine Menge Geld ein.«

»Fantastisch«, sagte Kurt. »Da Sie jetzt wissen, wer er ist, können Sie ihn doch aufstöbern und verhaften, und wir brauchen nicht abzureisen.«

Nagano legte die Zeichnung zur Seite. »Ich wünschte, es wäre so einfach. Diese Männer sind wie Herbstlaub im Wind. Unmöglich zu verfolgen, geschweige denn einzufangen. Hinter Ushi-Oni sind wir schon seit Jahren her.«

»Komodowarane sind giftig«, meinte Joe. »Da dieser Kerl gebissen wurde, würde ich darauf tippen, dass er als Nächstes entweder ein Krankenhaus aufsucht oder sogar in einer Leichenhalle gefunden wird.«

»Es trifft zu, dass diese Echsen giftig sind«, bestätigte Nagano, »aber darüber haben wir uns heute Morgen mit einem Experten unterhalten. Wir erfuhren, dass die Echse ihr Gift nicht bei jedem Biss abgibt. Eine eilige Attacke, so wie Sie es beschrieben haben, die nur eine vergleichsweise kleine Verletzung zur Folge hatte, würde wohl kaum tödlich sein.«

»Wie steht es mit der schlechten Mundhygiene, für die Komodowarane berüchtigt sind?«, fragte Kurt. »Soweit ich gehört habe, tummeln sich ganze Heerscharen von Bakterien zwischen ihren Zähnen.«

»Auch das ist richtig«, sagte Nagano, »und höchstwahrscheinlich hat sich Ushi-Oni eine Infektion geholt und wird hohes Fieber bekommen haben. Aber mit Hilfe einer ausreichend hohen Dosis Antibiotika wird er den Biss mit einiger Sicherheit überleben. Was bedeutet, dass Sie und Ihre Freunde weiterhin in Gefahr schweben und mit dem rechnen müssen, was ich zu Beginn angedeutet habe.«

Kurt lehnte sich zurück. Offensichtlich gab es eine Lösung des Problems. Eine Lösung, die Nagano wahrscheinlich im Sinn hatte, denn sonst hätte er sie wohl niemals gebeten, ihn in der Polizeistation aufzusuchen. »Diese Gefahr würde eliminiert werden, wenn wir Ihnen dabei helfen würden, ihn aus dem Verkehr zu ziehen.«

Nagano enthielt sich zunächst einer Reaktion.

»Deshalb haben Sie uns auch empfohlen, nicht auf direktem Weg zu unserem Rendezvous zu kommen«, fuhr Kurt fort. »Um sicherzugehen, dass wir nicht verfolgt werden.«

Der Kriminalkommissar deutete eine leichte Verbeugung an. »Sie haben einen scharfen Verstand. Und ja, zum Glück sind Sie nicht verfolgt worden. Zumindest von niemandem außer meinen vertrauenswürdigsten Beamten.«

»Dann seien Sie genauso klug und lassen Sie sich von uns helfen«, sagte Kurt.

»Und wie wollen Sie das bewerkstelligen?«

Das war für Kurt offensichtlich. »Wie Sie schon feststellten, ist es eine umfangreiche Operation gewesen. Zum Einsatz kamen mehrere Boote. Mindestens ein Dutzend Männer und ein umfangreiches Waffenarsenal inklusive diverser Brand- und wahrscheinlich auch Splittergranaten. Und all das musste auf irgendeine Weise unbemerkt ins Gebirge geschafft werden. Also ist wohl davon auszugehen, dass die Attacke von langer Hand vorbereitet war. Ihr Ziel war eindeutig – vollständige Vernichtung. Ein solches Unternehmen kostet ein kleines Vermögen. Und trotz der vielzitierten Ganovenehre und des Sprichworts, dass keine Krähe der anderen ein Auge aushackt, trauen Kriminelle einander nicht über den Weg. Das bedeutet, dass niemand bezahlt wird, ehe der Auftrag vollständig ausgeführt wurde. Zumindest wird nicht der volle Preis bezahlt.«

Nagano runzelte nachdenklich die Stirn, und er presste die Lippen zu einem schmalen Strich zusammen. Dann sah er Kurt fragend an. »Wollen Sie damit andeuten, wir sollten auf einen bedeutenden Geldtransfer achten?«

Kurt nickte. Die Andeutung eines Lächelns glitt über sein Gesicht. »Ich glaube, dass Sie selbst eine solche Möglichkeit längst in Erwägung gezogen haben.«

»Das haben wir«, bestätigte Nagano, in dessen Fantasie wahrscheinlich in diesem Augenblick das entsprechende Szenarium ablief. »Aber wie sollte Ihre Hilfe bei dieser Geschichte aussehen?«

»Bringen Sie Fujihara und die anderen Überlebenden in ein sicheres Versteck. Lassen Sie über die Medien verbreiten, dass er seinen Verletzungen erlegen ist. Sie könnten zusätzlich erwähnen, dass zwei oder drei Amerikaner ebenfalls das Leben verloren haben und die anderen sich in einem kritischen Zustand befinden. Namen brauchen Sie nicht zu nennen. Die Anzahl reicht vollkommen.«

»Und dann?«

»Das kann ich nicht mit Sicherheit sagen«, meinte Kurt, »aber wenn ich ein ehemaliger Yakuza-Killer wäre, den Biss eines Komodowarans auskurieren und mir alle vier Stunden Antibiotika in eine Armvene pumpen müsste, würde ich auf Zahlung meines Resthonorars bestehen.«

Nagano beendete Kurts Gedankengang. »Und da die Zahlung einer hohen Differenz noch ausstehen dürfte, wird sich der Dämon wohl oder übel aus seinem Versteck herauswagen müssen, um zu kassieren.«

»Genau«, sagte Kurt.

»Und wenn mit Scheck bezahlt wird«, nannte Joe eine nicht ganz ernst zu nehmende Möglichkeit, »oder elektronisch per Internet?«

»Die Summe wäre viel zu groß«, sagte Nagano. »Sie würden niemals das Risiko eingehen, dass eine Clearingabteilung der Regierung ihr Geld abfängt und seinen Weg verfolgt. Solche Geschäfte werden persönlich von Mann zu Mann abgewickelt. Und zwar wird es in aller Öffentlichkeit stattfinden, um sicherzustellen, dass keine der beiden Seiten Gewalt anwendet. Das ist der übliche Weg.«

Kurt vervollständigte sein Angebot. »Wenn Sie in Erfahrung bringen können, wo der Transfer stattfindet, begleiten wir sie gerne, identifizieren für Sie den Dämon und überlassen Ihnen den Rest.«

Nagano sah Joe fragend an. Er war schließlich derjenige, der den Dämon aus der Nähe gesehen hatte.

»Auf jeden Fall«, bekräftigte Zavala. »Es wird mir ein Vergnügen sein.«

Nagano schwieg und ließ sich das Angebot durch den

Kopf gehen. Schließlich nickte er. »Ihnen eilt der Ruf ungewöhnlichen Mutes voraus. Ihre gestrigen Aktionen bestätigen das auf überzeugende Weise.«

»Das ist keine Frage von Mut«, wehrte Kurt ab. »Wir tun nur, was jeder in dieser Situation tun würde.«

»Sie schaffen es bereits vorzüglich, ein Kompliment abzuwehren und zu relativieren«, stellte Nagano verblüfft fest. »Wie ausgesprochen japanisch das ist! Doch ... wie dem auch sei, trotz Ihres Mutes habe ich einige Mühe, einen überzeugenden Grund zu finden, weshalb Sie bereit sein können, sich freiwillig einer solchen Gefahr auszusetzen. Ich hoffe, dahinter steckt mehr als nur der Wunsch, sich selbst zu beweisen.«

»Zuerst einmal haben wir keine Lust, einen Angriff auf unser Leben untätig hinzunehmen«, begann Kurt Austin. »Und außerdem müssen wir die Möglichkeit in Betracht ziehen, dass unsere Ankunft diese Maßnahme ausgelöst hat. Sie haben Ihre eigenen Gründe, weshalb Sie den Dämon schnappen wollten. Wir interessieren uns brennend dafür, wer ihn bezahlte und weshalb.«

»Sie meinen, Ihre Regierung möchte es wissen.«

»Auch das.«

Nagano war ein alter Kämpe. Er konnte seine Mitmenschen sehr schnell ziemlich genau einschätzen. Kurt Austin und Joe Zavala vermochte er zu verstehen. Er spürte, dass sie aus dem gleichen Holz geschnitzt waren wie er selbst. Nimmermüde Regierungsangestellte, die es vorzogen, Dinge in Gang zu bringen und zeitnah zu erledigen, anstatt darauf zu warten, dass die dafür zuständige Bürokratie knirschend in die Gänge kommt.

Der Kriminalkommissar ordnete einige Papiere auf seinem Schreibtisch zu adretten Stapeln. »Einverstanden«,

sagte er. »Aber ich muss Sie leider davon in Kenntnis setzen, dass es keine komplette Falschmeldung sein wird.
Kenzo Fujihara ist heute Morgen gestorben, ohne das Bewusstsein noch einmal wiedererlangt zu haben. Seine Lunge war zu stark verbrannt.«

Kurt biss die Zähne zusammen. Das hatte er erwartet.

»Verdammt«, flüsterte Joe.

Kurts Blick wanderte von Joe zu Nagano. »Können Sie
seine restlichen Leute irgendwo in Sicherheit bringen – für
den Fall, dass Ihr Dämon auf die Idee kommt, dass er seinen Job noch nicht vollständig erledigt hat?«

»Das habe ich bereits getan«, erwiderte Nagano. »Da ist
nur ein Haar in der Suppe, wie ihr Amerikaner zu sagen
pflegt.«

»Und das wäre?«

»Fujiharas Leibwache. Oder genauer, seine Leibwächterin.«

»Akiko«, sagte Joe und sah den Japaner gespannt an.
»Ich hatte die ganze Zeit gehofft, dass wir sie wiedersehen.
Ist sie hier?«

»Genau das ist der Punkt«, meinte der japanische Polizeioffizier. »Sie ist verschwunden. Sie hat neben Fujiharas
Bett gesessen, als er verschied. Es schien, als habe sein Tod
sie besonders tief getroffen, aber dann ist sie verschwunden, ehe wir ihr einige Fragen zum Geschehen stellen
konnten. Das kam uns verdächtig vor, daher sicherten wir
an der Waffe, die sie bei sich hatte, ihre Fingerabdrücke.
Und wie sich bald herausstellte, hat Akiko ein ellenlanges
Vorstrafenregister. Außerdem gibt es in Tokio mehrere
Haftbefehle auf ihren Namen, und ihr werden enge Verbindungen zu den dortigen Yakuza nachgesagt.«

»Und sie kam mir wie ein richtig nettes Mädchen vor«,

sagte Joe perplex. »Meinen Sie, dass sie in diese Angelegenheit verwickelt ist?«

»Wir können es nicht ausschließen«, erwiderte Nagano.

»Ich kann es«, erklärte Kurt Austin mit Nachdruck. »Allein schon aufgrund der Art und Weise, wie sie für Fujihara gekämpft hat. Sie fing sich zwei Treffer ein, die mit Sicherheit tödlich gewesen wären, wenn sie nicht eine kugelsichere Weste getragen hätte.«

»Ich kann Ihnen nur berichten, was in den Akten vermerkt ist«, gab Nagano zurück. »Sie hat selbst etwas von einem Geist an sich. Sie wuchs als Waise auf. Ein echtes Straßenkind, das nur überleben konnte, weil es gelernt hatte, die bürgerlichen Regeln zu übertreten. Unglücklicherweise führt ein solches Leben oft in die Schwerstkriminalität.«

»Oder für jene, die einen starken Charakter haben, in ein neues Leben.«

»Vielleicht«, sagte Nagano und fügte hinzu: »Wenn sie mit Ihnen Verbindung aufnehmen sollte, erwarte ich, umgehend darüber informiert zu werden.«

»Sie wird sich nicht bei uns melden«, sagte Kurt. »Würde sie so etwas beabsichtigen, wäre sie nicht von der Bildfläche verschwunden. Aber wenn ich mich irren sollte, und sie lässt tatsächlich von sich hören, dann erfahren Sie es. Darauf gebe ich Ihnen mein Wort.«

»In Ordnung«, sagte Nagano. »Ich werde meine Informanten entsprechend unterrichten. Wenn uns die Götter gewogen sind, wird sich schon bald irgendetwas ergeben, und beide Parteien – Sie und ich – werden bekommen, was auf unseren Wunschzetteln steht.«

12

Als ein schrill pfeifender, verschwommener Fleck schoss das schneeweiße Gebilde blitzartig durch die Landschaft. Sich wie eine riesige Schlange windend, verschwand es in einem Tunnel. Als es am anderen Ende herauskam, wurde es von einem erderschütternden Donnerschlag begleitet, dem sogenannten »Tunnelknall«.

Gamay Trout saß in dem zwölf Wagen langen Triebwagenzug im achten Wagen auf einem Fensterplatz. Trotz seiner Geschwindigkeit und des Fahrtlärms draußen war es im Wageninneren flüsterleise und die Fahrt selbst so ruhig und gleichmäßig, als schwebte der Zug über den Schienen.

»Ich bin froh, dass wir Tokio hinter uns lassen können«, sagte sie aufatmend. »Vor allem nach dem, was Kurt uns erzählt hat.«

Paul, der neben ihr saß, reckte den Hals, um sich zu vergewissern, dass sich niemand in Hörweite befand. Die Tokaido-Shinkansen-Eisenbahnlinie war die originale Hochgeschwindigkeitszugstrecke Japans. Und auch wenn sie die meistbenutzte Hochgeschwindigkeits-Eisenbahnroute der Welt war, gab es im Erster-Klasse-Wagen des Nachtexpress stets eine Menge freier Plätze.

»Du sprichst mir aus der Seele«, sagte er. »Andererseits war es alles andere als ein Scherz, als Rudi meinte, sich an den chinesischen Patrouillen unbemerkt vorbeizuschleichen, sei beinahe unmöglich. Sieh dir das nur an.«

Auf dem Klapptisch vor ihm stand ein offenes Notebook. Paul hatte den größten Teil der Zugfahrt damit verbracht, die Informationen zu studieren, die Rudi Gunn ihnen per verschlüsselter E-Mail geschickt hatte. Er drehte den Bildschirm in Gamays Richtung.

Gamay justierte die Neigung des Bildschirms und sah eine detaillierte Karte des Ostchinesischen Meeres. Gekrümmte Linien überschnitten sich hier und da. Sie stellten die Routen und aktuellen Positionen chinesischer Seeschiffe dar. Breitere Streifen waren grau eingefärbt. Sie markierten die bekannten Routen, auf denen chinesische U-Boot-Abwehrflugzeuge ihre Patrouillenflüge absolvierten. Eine lange Reihe rot eingefärbter und einander überlappender Kreise demonstrierte, dass im Netzwerk der Sonobojen nicht die kleinste Lücke klaffte, die sie hätten ausnutzen können.

»Sie machen keine halben Sachen«, stellte sie fest.

»Dieser Grad an Sicherheits- und Überwachungsmaßnahmen bestätigt, dass sie dort irgendetwas zu verbergen haben«, erwiderte Paul. »Aber zu versuchen, an dieser Masse geballter Elektronik vorbeizuschleichen, wäre vergebliche Liebesmüh. Genauso gut könnten wir ihnen eine E-Mail schicken und unsere Ankunft ankündigen und gleichzeitig unsere Zelle im Gefängnis in Shanghai reservieren.«

»Ich würde dir so gern widersprechen ... «, setzte sie zu einer Erwiderung an.

Ihre Stimme versiegte. Sie fragte sich, ob sich eine andere Möglichkeit anbot. Vielleicht brauchten sie es gar nicht von Japan aus zu versuchen. Sie könnten sich dem fraglichen Gebiet von Süden nähern. Sie verschob die Karte und entdeckte in dieser Richtung weitere Marinepatrouillen. Die Chinesen überließen wirklich nichts dem Zufall. Dann fiel ihr etwas anderes auf. »Was ist mit der offiziellen Schifffahrtsroute?«

»Was soll damit sein?«

»Shanghai ist einer der am häufigsten frequentierten Häfen Asiens. Wenn wir eine Passage an Bord eines Frachters buchen könnten …«

»Um unterwegs zu einem erfrischenden Bad im Ozean über Bord zu springen und hinzuschwimmen, wenn wir auf halbem Weg dort sind?«

»Nicht wir selbst«, sagte sie. »Aber angenommen, wir werfen etwas über Bord. Etwas, das mit Kameras, Sonar und mit einer Vorrichtung ausgestattet ist, die in der Lage ist, Funksignale vom Schiff zu empfangen und in Steuerbefehle umzuwandeln.«

Pauls Miene hellte sich merklich auf. »Wir müssten es am Ende dort unten zurücklassen.«

»Der Verlust dürfte zu verschmerzen sein, wenn wir auf diesem Weg das Geheimnis lüften können«, gab sie zu bedenken.

»Das ist ein gutes Argument«, gab Paul zu. »Aber da ist noch immer das Problem, auf die Schnelle eine Passage auf einem Frachter nach China zu buchen – was einiges Aufsehen erregen könnte – und ein ziemlich sperriges ROV an Bord zu schmuggeln, ohne jemanden auf die Idee zu bringen, unser Gepäck zu kontrollieren. Und ganz davon zu schweigen, es über Bord zu bugsieren, ohne dass die Schiffsmannschaft misstrauisch wird.«

»Aber nicht, wenn wir eine Passage auf der Osaka-Shanghai-Fähre buchen.«

Sie drehte den Computer zu ihm um, auf dessen Monitor die Schifffahrtsroute der Fähre rot markiert war. »Wenn diese Darstellung zutrifft und aktuell gültig ist, dann passiert die Fähre das Zielgebiet mit einem Abstand von höchstens fünf Meilen.«

»Damit wäre unser erstes Problem gelöst«, sagte Paul. »Was ist mit dem ROV?«

Gamay trommelte mit den Fingern auf der Klapptischplatte. »Daran arbeite ich noch.«

Ein Grinsen breitete sich auf Pauls Miene aus. »Ich glaube, dafür habe ich die Lösung«, sagte er. »Wann legt diese Fähre ab?«

Gamay verband das Notebook mit dem Internet und rief den Fahrplan auf. »Sie verkehrt zwei Mal wöchentlich. Zu ihrer nächsten Fahrt startet sie morgen Mittag.«

»Ich denke, dann bleibt uns noch ausreichend Zeit«, sagte Paul.

»Für was?«

»Hast du schon mal etwas von dem *Remora* gehört?«

»Meinst du den Fisch?«, fragte sie. »Er wird auch Schiffshalter genannt. Er ist mit der Stachelmakrele verwandt. Ja, den kenne ich.«

»Ich meine nicht den Fisch«, sagte Paul. »Sondern Joes jüngstes technisches Wunderwerk, das allerdings von diesem Fisch inspiriert wurde. Es ist eins unserer neuesten ROVs.«

Gamay schüttelte den Kopf. Ihr fiel es schwer, mit Joe Zavalas endloser Folge von Unterwasserfahrzeugen Schritt zu halten, aber der Name vermittelte ihr eine gewisse Vorstellung davon, wie dieses Vehikel funktionierte. »Der oder das *Remora,* wie man will. Klingt interessant.«

»Das Letzte, was ich hörte, war, dass dieses ROV vor

Hawaii getestet wurde«, sagte Paul. »Wenn sie das gute Stück noch nicht in seine Kiste verpackt und in die Staaten zurückgeschickt haben, kann Rudi es uns mit der nächsten Maschine herüberschicken. Uns würde ausreichend Zeit zur Verfügung stehen, um unsere Tickets zu besorgen und unseren kleinen blinden Passagier in Position zu bringen.«

13

Der Raum war steril, kalt und hell erleuchtet. Auf einem stählernen Tisch in der Mitte lag ein Körper ohne Kopf.

»Männlich, ein Meter achtzig groß«, sagte ein chinesischer Techniker. Er trug einen weißen Laborkittel und eine randlose Brille, sein Schädel war glattrasiert. Sein Name lautete Gao-zhin, aber genannt wurde er meistens nur Gao. Er war Walter Hans fähigster Ingenieur. »Hautfarbe: kaukasisch«, fügte Gao hinzu. »Offensichtlich haben wir noch kein Gesicht und kein Haar.«

Walter Han ging in die Knie, um den Körper eingehend zu inspizieren. Der Geruch von verbranntem Kunststoff stieg ihm von der Haut in die Nase. Die Haut selbst sah aus, als sei sie von einem hauchdünnen Ölfilm bedeckt. »Sie müssen den Produktionsprozess noch einmal überarbeiten«, sagte er. »Es gibt einige Mängel. Und zwar an den falschen Stellen. Es sind Mängel, die nicht tolerierbar sind.«

Gao widersprach nicht. Das würde er natürlich niemals tun, da er für Han arbeitete, aber sein Gesichtsausdruck verriet, dass er diese Kritik nicht unwidersprochen auf sich sitzen lassen wollte. »Das Material, das die Körperelemente umhüllt, ist in seiner Struktur äußerst komplex«, verteidigte er sich, »es muss sich bewegen und verformen lassen wie lebendige Haut, die sich dem Spiel der darunterliegenden Muskeln anpasst. Selbst mit einem 3-D-Drucker und den neu entwickelten Polymeren ist es äußerst schwierig, eine realistische, naturgetreue Hauttextur zu erschaffen.«

»Mit welchen Schwierigkeiten Sie zu kämpfen haben, interessiert mich eigentlich nicht«, sagte Han. »Ein Blinder würde feststellen, dass diese ›Haut‹ künstlich ist. Allein ihr Geruch verrät sie. Aber falls jemand nahe genug herankäme, um sie zu berühren, würde ihm sofort auffallen, dass die Arme, Beine und der Oberkörper vollkommen unbehaart sind. Und dann auch, dass der Körper keinerlei Unregelmäßigkeiten, kein Muttermal, keine Sommersprossen oder auch nur winzige Narben aufweist.«

»Diesen Punkt haben wir nicht berücksichtigt«, gab Goa zu.

»Dann denken Sie jetzt darüber nach«, befahl Walter Han. »Überarbeiten Sie die Vorgaben für die Haut. Versetzen Sie sich in die Person eines Künstlers, der ein Modell vor sich hat, das er porträtieren will. Die Haut sollte nicht makellos sein; sie sollte in der Armbeuge Falten aufweisen oder Runzeln, die im Alter oder in Folge von Verletzungen entstanden sind. Und solange wir nicht mit voller Absicht jemanden erschaffen, der sich durch bestimmte genetische Besonderheiten auszeichnet, sollte der Körper zumindest an den herkömmlichen – oder nennen Sie es von mir aus auch: an den klassischen – Stellen ausreichend mit Haaren bedeckt sein.«

Gao nickte, während er sich Notizen machte. »Ich verstehe. Wir werden …«

»Und wenn Sie schon mal dabei sind, sollten Sie auch wegen des Geruchs etwas unternehmen. Hier drin stinkt es wie in einem Lager für Autoreifen.«

Gao reagierte angemessen schuldbewusst. »Ja, Sir. Wir werden dieses Problem sofort in Angriff nehmen.«

»Gut«, sagte Walter Han. »Wie steht es mit der Skalierbarkeit? Können wir unterschiedliche Körpergrößen und Staturen herstellen?«

»Die mehrschichtige künstliche Haut und die Muskeln umschließen eine Art inneres Gerüst«, erläuterte Gao. »Im Gegensatz zu den Fabrikmodellen können diese inneren Gerüste hinsichtlich des Gewichts und der Gewichtsverteilung in einem Bereich von einem Meter vierzig bis zwei Meter zehn variiert werden. Sobald das Gerüst komplett ist, fertigen wir mit 3-D-Druckern die Körperelemente an. Wir können sogar ein Chassis mehrmals verwenden. Wir greifen zwecks nachträglicher Korrekturen und neuer Körperelemente darauf zurück, zum Beispiel wegen einer Veränderung der Kopfform und der Länge von Gliedmaßen und Torso.«

»Hervorragend«, sagte Han. »Machen Sie sich an die Arbeit. Ich komme morgen wieder her, um mir die Verbesserungen anzusehen.«

Zufrieden mit Gaos neu aufgeflammtem Arbeitseifer, wandte sich Han zur Tür, zog sie auf und ging hindurch. Mit einem schnellen Schritt wechselte er aus dem hellen Labor mit seinen glatten, sauberen Wänden in einen aus solidem Fels roh herausgehauenen Tunnel.

Der Verbindungsgang war dunkel. Notdürftig beleuchtet von einigen wenigen LEDs an einer Wand des Ganges. Sie verströmten einen grellen weißen Lichtschein, aber die schmutzigen Felswände waren schwarz von Kondenswasser und verschluckten das Licht, wo es auftraf.

Han bewegte sich vorsichtig, um zu vermeiden, sich den Kopf an einem niedrigen Felsvorsprung anzustoßen oder über eine unebene Stelle auf dem Boden zu stolpern. Der Felstunnel, dem Han folgte, führte mit deutlichem Anstieg aufwärts. Auf seinem Weg passierte Walter Han einige Nebenräume, die aus dem Fels herausgesprengt waren, und gelangte schließlich in einen weitläufigen, offenen Bereich, der von Tageslicht erhellt wurde.

Als er aus dem Tunnel heraustrat, befand er sich nicht unter freiem Himmel, sondern in einer riesigen leeren Lagerhalle. Vom Alter gezeichnete Wellblechwände ragten um ihn herum auf. Gedämpftes Licht strömte durch Fenster, die sich hoch über ihm befanden – einige waren geborsten und zum Teil aus den Rahmen herausgebrochen, der Rest war mit dem Schmutz vieler Jahre bedeckt. Ein Stapel teilweise verrotteter Holzbalken lag in einem Winkel der Halle, und nicht weit von der Tunnelmündung fristete ein dreirädriges Fahrrad, das offenbar seit einer halben Ewigkeit nicht mehr bewegt worden war, sein trauriges Dasein.

Hans Erscheinen scheuchte zwei Tauben auf. Sie starteten von ihren Ruheplätzen hoch oben in den Dachverstrebungen, und das Flattern ihrer Schwingen hallte seltsam laut in dem weitgehend leeren Raum wider. Han verfolgte, wie sie einen weiten Kreis durch die Luft zogen und sich einen anderen Sitzplatz suchten.

Wie die Techniker ihm berichteten, hatten sich die Tauben schon vor ein paar Tagen in die Halle verirrt und bisher keinen Weg nach draußen gefunden. Han fühlte sich bei seiner Mission, die er zurzeit durchführte, ähnlich wie sie. Gleichgültig, wohin er sich wandte, sie erschien ihm zunehmend wie eine Falle, in der er sich selbst gefangen hatte.

Er hatte seinerzeit erfreut die Chance genutzt, Wen Li als ausführendes Organ zu dienen, aber vieles hatte sich seitdem verändert und zunehmend verkompliziert.

Während er sich zwischen tiefen Wasserpfützen einen Weg zum Ausgang suchte, summte sein Mobiltelefon. Er griff in die Innentasche seiner Jacke und holte das schlanke schwarze Gerät hervor. Auf dem Display war keine Nummer zu sehen, lediglich ein Codewort zeigte an, dass es sich um einem verschlüsselten Anruf von einem anderen Telefon seines persönlichen Netzwerks handelte.

Er drückte auf die Taste mit dem grünen Telefonhörersymbol und nahm den Anruf an.

»Wo warst du?«, fragte eine Stimme ohne lange Einleitung. »Ich habe heute Vormittag mindestens zehn Mal versucht, dich zu erreichen.«

Der Dämon klingt, als ob er ein wenig von der Rolle ist, dachte Han. »Wo ich mich aufhalte und weshalb, geht dich nichts an. Weshalb rufst du an?«

»Um dich daran zu erinnern, dass du mir einiges schuldest.«

»Du kennst die Abmachung«, erwiderte Han. »Zuerst brauche ich eine Bestätigung, dass deine Bemühungen erfolgreich waren. Bis dahin ...«

»Ich schicke dir einen Link«, sagte Ushi-Oni. »Er liefert dir alles, was du wissen möchtest.«

Das Telefon zwitscherte, als der Link ankam. Walter Han hielt es hoch, um das Display zu betrachten. Was er sah, war eine japanische Nachrichtensendung, in deren Verlauf gemeldet wurde, dass die Brandkatastrophe auf der Burg elf Menschen das Leben gekostet habe, darunter seien drei der vier Amerikaner und der Eigentümer der Burg, Kenzo Fujihara. Mehrere andere Personen befänden sich in einem derart kritischen Zustand, dass mit ihrem Tod gerechnet werden müsse.

In dem Video stand der Reporter vor dem Krankenhaus

und berichtete weiter, dass intensive Ermittlungen zur Ursache des Großbrands im Gange seien, dass bisher jedoch nur wenige Informationen vorlägen.

»Du solltest mir für einen solchen Job eigentlich einen Bonus zukommen lassen.« Ushi-Oni keuchte und bekam einen heftigen Hustenanfall, nachdem er geendet hatte.

»Bist du krank?«, wollte Han wissen.

»Ich bin verletzt worden«, antwortete Ushi-Oni. »Aber ich habe meinen Auftrag erledigt. Jetzt bist du an der Reihe. Ich will mein Geld.«

Han fragte sich, wie schwer der Dämon verletzt sein mochte. Wahrscheinlich hatten die Dämpfe auch seine Lunge verätzt. »Du erhältst, was ich dir zugesagt habe. Aber ich muss mir vorher eine Bestätigung für diese Information beschaffen.«

»Tu, was du glaubst tun zu müssen«, sagte Ushi-Oni. »Aber solange warte ich nicht. Es hat Überlebende gegeben. Für den Fall, dass die Wahrheit zutage gefördert wird, muss ich untertauchen. Ich will mein Geld noch heute.«

»Ich habe andere Dinge zu tun«, sagte Han.

»Denk nicht einmal im Traum daran, dass du mich übers Ohr hauen kannst«, schnappte der Dämon. »Das haben schon Bessere als du versucht und dafür mit dem Tod bezahlt.«

Das Letzte, womit Han sich herumschlagen wollte, war ein rachsüchtiger, skrupelloser Auftragsmörder. Das Geld selbst war bedeutungslos. Worauf es ihm ankam, war das Prinzip. Er war der Herr des Verfahrens und ließ sich von niemandem Vorschriften machen. »Ich zahle dich heute aus. Vielleicht habe ich sogar einen weiteren Job für dich – falls du in der Lage bist, ihn gegebenenfalls zu übernehmen.«

Für einige Sekunden herrschte Stille, dann erklang wieder die heisere Stimme des Dämons. »Zuerst die Bezahlung. Danach können wir uns weiter unterhalten.«

»Natürlich«, sagte Han. »Ich teile dir den Ort mit, wo das Geld übergeben wird. Dafür musst du dich angemessen in Schale werfen.«

»Ich komme nicht zu dir.«

»Es ist neutrales Territorium«, betonte Walter Han. »Das Sento. Vertrau mir. Du wirst dort viele deiner alten Freunde antreffen.«

Sento war von dem japanischen Verb »kämpfen« abgeleitet. Gleichzeitig war es aber auch die Bezeichnung für ein traditionelles japanisches Badehaus. In diesem besonderen Fall war *Sento* jedoch der Name eines illegalen Clubs und Glücksspielpalastes. Spielcasinos waren in Japan verboten. Das bedeutete jedoch nicht, dass sie nicht existierten.

»Na schön«, lenkte Ushi-Oni ein. »Wir treffen uns dort. Und keine Tricks.«

Han brauchte nicht zu solchen primitiven Mitteln zu greifen. Das Sento war ein exklusives Etablissement und residierte unauffällig und verschwiegen in einem der Außenbezirke Tokios. Frequentiert wurde es vorwiegend vom Geldadel, von den jungen Reichen, die immer neue Nervenkitzel suchten, außerdem von Kriminellen, die Stil und Klasse hatten, und gelegentlich auch von Politikern.

Betrieben wurde es von einem der mächtigen Yakuza-Kartelle, und es war wohl davon auszugehen, dass auch Gangster zu den Gästen gehörten, aber keiner von ihnen unterhielt irgendwelche Verbindungen mit Ushi-Oni oder sympathisierte mit ihm. Ihr einziges Bestreben bestand darin, dass nichts ihre Geschäfte störte, und um das zu gewährleisten, beschäftigten sie eine kleine Armee von be-

waffneten Wächtern und hatten für andere Sicherheitsmaß-
nahmen gesorgt.

Jeder, der das Etablissement betrat, wurde auf Waffen
und versteckte Mikrofone durchsucht. Nach Hans Einschätzung war es der sicherste Ort auf der gesamten Insel,
um seine Geschäfte mit dem Dämon abzuschließen.

14

Konzentriert blickte Paul Trout geradeaus. In einen schwarzen Nasstauchanzug gehüllt und mit einem Vollgesichtshelm auf dem Kopf, hatte er am Rahmen des *Remora* Halt gefunden und klammerte sich daran fest, so gut er konnte. Es fühlte sich an, als raste er auf einem Schlitten bei starkem Gegenwind die mit Schnee bedeckte Steilflanke eines Berges hinunter. Seine Hände krampften sich um die beiden Stahlstangen, die rechts und links aus dem Korpus der Maschine herausragten. Die Füße hatte er in eine Nische vor dem Austrittstrichter des Antriebsaggregats gezwängt. Dicht hinter den Füßen rotierte der Propeller, umhüllt von einer runden Verkleidung.

»Du solltest lieber das Tempo drosseln«, sagte Paul in das Mikrofon in seinem Helm. »Wenn ich auch nur ein winziges Stück weiter abrutsche, werde ich mich nach neuen Zehen umsehen müssen.«

Das Signal wurde zur Meeresoberfläche übertragen, von wo ein Verstärker es zu Gamay sendete, die das ROV von einem Boot aus steuerte, das gut einhundert Meter entfernt durch die Wellen pflügte. Ihre Antwort kam leicht verzerrt aus dem Lautsprecher in seinem Helm. »Du hattest darauf bestanden, auf Tauchstation zu gehen.«

»Das nächste Mal überlasse ich dir den Sieg bei einer solchen Diskussion.«

Während er sich so dicht wie möglich an die Hülle des ROV schmiegte, riskierte Paul einen Blick zur Seite. In weiter Ferne in den trüben Fluten der Bucht von Osaka konnte er vage die Bugwelle von Gamays Boot ausmachen: ein weißer Streifen vor einem dunklen Hintergrund.

Obgleich er nur in zwanzig Metern Tiefe unterwegs war, erschien die Wasseroberfläche über seinem Kopf wie ein verschwommener Schatten. Dichter Schiffsverkehr wirbelte Sand und Schlick im Hafen auf, während die Abwässer aus den Wohnbezirken und die teilweise giftigen industriellen Rückstände für ein explosionsartiges Algenwachstum sorgten und die Fische verscheuchten, die diese Art von Unterwasserflora gewöhnlich in großen Mengen verzehrten.

»Ich kann kaum etwas erkennen«, sagte er. »Wie weit draußen sind wir?«

»Wir haben noch eine Viertelmeile vor uns«, antwortete sie. »Ich muss gleich den Kurs ändern und von der Fähre abdrehen. Aber ich führe dich genau zur Rumpfmitte. Gib mir Bescheid, sobald du sie sehen kannst. Ab diesem Punkt übernimmst du das Kommando, und ich ändere meinen Kurs entsprechend deiner Anweisungen.«

»Soll das heißen, dass ich bestimmen kann, wohin du steuern sollst?«, fragte Paul ungläubig. »Das ist ja was vollkommen Neues.«

»Gewöhn dich lieber nicht daran«, riet sie ihm. »Ich ändere jetzt den Kurs. Für dich müsste jeden Moment der Rumpf der Fähre in Sicht kommen.«

Während er sich nur mit Mühe gegen die Kraft des Wassers behauptete und die Sekunden zählte, hielt Paul den Kopf hoch und den Blick nach vorn gerichtet. Während er nicht mehr erkennen konnte als graugrüne Dunkelheit, gab es eine Menge zu hören: das hochfrequente elektrische

Singen des von Batterien angetriebenen Propellers des Remora-ROV, das leiser werdende Summen von Gamays Boot, während es sich entfernte, und dann ein tiefes Brummen, das direkt vor ihm erklang.

»Ich kann die Maschinen der Fähre hören«, meldete er.

»Kannst du sie auch schon sehen?«

»Noch nicht«, antwortete er. »Aber mir wird plötzlich sonnenklar, weshalb Tümmler im Laufe ihrer Entwicklung ein natürliches Sonar entwickelten.«

»Wasser ist nun mal das ideale Medium für akustische Wellen. Darin pflanzen sie sich am schnellsten fort«, erwiderte sie. »Gib mir Bescheid, sobald du etwas siehst. Ich gehe jetzt mit deiner Geschwindigkeit runter.«

Paul spürte, wie das ROV langsamer wurde, und obgleich sie von vorneherein nur wenige Knoten schnell waren, ließ der Zug an seinen Armen, mit denen er sich in Position hielt, merklich nach.

In einiger Entfernung nahm er vertraute Konturen wahr. »Ich glaube, ich habe sie jetzt vor mir«, sagte er. »Sieht so aus, als ob sie Bilgenwasser abpumpen. Würdest du mich zehn Grad weiter nach links lenken? Mir wäre es lieber, wenn ich nicht direkt unter der Fähre wäre.«

Das gesamte Propellergehäuse schwenkte zur Seite, und das kaulquappenförmige ROV drehte sich. »Ausgezeichnet«, lobte Paul. »Und jetzt zwanzig Sekunden lang geradeaus. Dann bring mich auf zehn Meter Wassertiefe und geh mit dem Antrieb auf null.«

Der Rumpf der Fähre kam nun in Sicht. Das Schiff war eine echte Veteranin mit zwanzig Jahren Kanalüberquerungen unterm Kiel. Unterhalb der Wasserlinie waren die Stahlplatten früher einmal mit roter Schutzfarbe konserviert worden, doch Rost und eine Schicht maritimer Ablagerungen ergaben ein vielfarbiges Fleckenmuster. Bei einem Tiefgang von fünfeinhalb Metern hatte Paul ausreichend viel lichte Höhe über sich, um ungehindert manövrieren zu können.

»Achtung ... jetzt!«

Der Motor stoppte sofort, und Paul und das *Remora* schwebten die letzten Zentimeter bis unter den Kiel des Fährschiffs, wo sie zur Ruhe kamen.

Paul schaltete eine Taucherlampe ein. »Und nun zum handwerklichen Teil unseres Unternehmens.«

Mit einer Verbindungsleine zum *Remora*, die an seinem linken Fußgelenk befestigt war, verließ Paul seinen Platz auf dem ROV und stieg zum überhängenden Schiffsrumpf empor. Unter ein großes Schiff zu tauchen, war eine interessante Erfahrung, die Paul bis zu diesem Moment noch völlig neu war. Den Arm nach oben auszustrecken und den Schiffsrumpf zu berühren, fühlte sich an, als griffe er nach einer Wolke.

»Ich habe Kontakt«, meldete er.

»Wie kommst du dir mit dreißigtausend Tonnen Stahl über dem Kopf vor?«, wollte Gamay wissen.

»Ich bin für das Archimedische Prinzip und die Auftriebsgesetze dankbar und wäre ziemlich verärgert, wenn sie während der nächsten zehn Minuten außer Kraft gesetzt würden.«

Während er sich am Rumpf entlangtastete, fand Paul den Punkt, den er suchte. Es war ein Bereich in Bugnähe, in dem, wie die Ingenieure der NUMA errechnet hatten, das *Remora* dem geringsten dynamischen Druck ausgesetzt wäre, sobald die Fähre ablegte und Fahrt aufnahm. »Ich bin unter der Andockzone.«

»Und wie sieht es aus?«, fragte Gamay.

»Sie ist zurzeit noch mit einer Seepockenkolonie besetzt«, berichtete Paul. »Offenbar hält die Shanghai Ferry Company nicht viel davon, ihre Schiffe gelegentlich auch mal zu säubern.«

Diese Schicht mariner Flora und Fauna war der eigentliche Grund für Paul Trouts Ausflug auf dem *Remora*. Das ROV sollte magnetisch an jedem Schiff mit stählernem Rumpf anhaften, aber auf einer Schicht hartschaliger Krebse und Muscheln hätte es nur einen unsicheren Halt. Um sicherzustellen, dass es an Ort und Stelle blieb, bis sie bereit wären, es einzusetzen, müsste Paul einen Bereich des Rumpfs von dem störenden Belag befreien.

Zu diesem Zweck war der Einsatz eines Nadelentrosters unumgänglich. Die äußere Erscheinung dieses elektrisch betriebenen Werkzeugs erinnerte an ein Sturmgewehr komplett mit Schulterstütze, einem vertikalen Handgriff und einem langen Lauf, an dessen Ende sich ein Titanmeißel befand. Sobald Paul den Entroster aktivierte, würde der Meißel mit hoher Frequenz vor und zurück schwingen. Paul brauchte nur entsprechenden Druck auszuüben und die Meißelklinge durch die Krebs- und Muschelkolonie zu schieben, um sie abzukratzen und den glatten Stahl darunter freizulegen.

»Auf geht's«, sagte er.

Er schaltete das Gerät ein, und es begann zu vibrieren. Paul suchte sich einen geeigneten Startpunkt, setzte den Meißel auf eine nicht allzu dicht besiedelte Rumpffläche und schob ihn vorwärts. Er paddelte mit den Beinen, um den Druck auf das Gerät aufrecht zu erhalten, und nun vollbrachte die Klinge wahre Wunder, wanderte über die Stahlplatten und löste die Krebse und Muscheln streifenweise vom Untergrund.

Gamay meldete sich wieder. »Wie dick ist die Schicht?«

»Mindestens zehn Zentimeter«, antwortete Paul.

»Erstaunlich, wie schnell sich allerlei Meeresgetier auf einem Schiffsrumpf festsetzt«, sagte Gamay. »Wusstest du, dass die Rümpfe von neuen Schiffen bereits vierundzwanzig Stunden nach dem Stapellauf mit einem dünnen Film von Mikroben bedeckt sind?«

»Das wusste ich nicht«, sagte Paul. »Aber eines ist sicher: Das, was ich vor mir habe, sind keine Mikroben.«

Während sich Paul auf seine Arbeit konzentrierte, verfiel Gamay in einen Monolog zum Thema Seepocken. Sie sprach darüber, dass die Römer Bleiplatten benutzten, um ihre Schiffe vor Holzwürmern zu schützen, und dass die Briten aus dem gleichen Grund die Schiffsrümpfe ihrer Segelschiffflotten mit Kupfer verkleideten. Sie erwähnte außerdem, dass Zinn ein wirkungsvoller Schutz vor der Ansiedlung von Meeresorganismen sei, jedoch nur deshalb, weil es giftig war und das Meerwasser erschreckend stark verseuchte.

Paul achtete kaum auf den Vortrag seiner Frau. Er konzentrierte sich ausschließlich darauf, dass der Elektromeißel stets im wirkungsvollsten Winkel über den Schiffsrumpf glitt und die Kolonie hartschaliger Organismen von den Stahlplatten abschälte. Er säuberte eine quadratische Fläche von etwa einem halben Meter Seitenlänge, danach eine kleinere Fläche gut drei Meter hinter dieser und schließlich eine dritte Fläche, die sich unmittelbar vor der größten befand.

Als er seine Arbeit beendete, beherrschte er den Umgang mit dem Nadelentroster so ausgezeichnet, als habe er in seinem ganzen Leben nie etwas anderes getan.

»Zu beobachten, wie schnell die Ansiedlung von Meereslebewesen, speziell Seepocken, stattfindet, ist faszinierend«, beendete Gamay ihren Vortrag.

»Das ist es ganz bestimmt«, pflichtete Paul ihr bei, wobei er sich darüber bewusst war, nicht ein Drittel dessen, was sie erzählt hatte, wiederholen zu können. »Und der Reinigungsprozess ist sicherlich nicht weniger aufregend. Zumindest bereitet er genauso viel Vergnügen wie der Einsatz einer Schneefräse, um einen Bürgersteig im winterlichen Maine freizuräumen.«

»Bist du schon fertig?«

»Na klar.« Er hängte den Entroster wieder an seinen Utensiliengürtel. »Ich werde jetzt das *Remora* in die vorgesehene Position bugsieren. Halte dich bereit, um auf mein Zeichen die Magneten einzuschalten.«

Das *Remora* manuell durch das stille Hafenwasser zu steuern glich einem weiteren kräfteraubenden Unternehmen. Das ROV hatte dank justierbarer Ballasttanks keinen Auftrieb, was bedeutete, dass es praktisch gewichtslos war, aber allein durch seine Dimensionen war es so träge, dass Paul nahezu außer Atem geraten war, nachdem er es mit reiner Muskelkraft in die vorgesehene Position gezogen, geschoben und gestemmt hatte.

»Aktiviere den Hauptmagneten.«

Während er das *Remora* genau unter dem ersten von Seepocken und Muscheln befreiten Schiffsrumpfbereich in Stellung hielt, spürte er, wie das ROV leicht erzitterte, dann ein paar Zentimeter in die Höhe gezogen wurde und am Schiffsrumpf festklebte. Der Hauptmagnet war ein großer kreisrunder Teller auf der Bugoberseite des *Remora*, ähnlich dem Saugnapf seines Namensgebers aus dem Tierreich.

»Du kannst auch die beiden anderen Magnete einschalten.«

Vorderer und hinterer Magnet entfalteten ihre Wirkung und fixierten das ROV an Ort und Stelle. Paul überprüfte seinen Sitz, indem er mit beiden Händen eine Verstrebung ergriff, die Füße gegen den Schiffsrumpf stemmte und mit aller Kraft an dem Gitterrahmen zog. Das ROV gab keinen Millimeter nach.

Er ließ die Verstrebung los und entfernte sich mit kraftvollen Beinschlägen vom Rumpf der Fähre. »Eine stählerne Seepocke wurde erfolgreich installiert«, meldete er den erfolgreichen Abschluss seiner Mission. »Ich bin unterwegs zu dir.«

»Fantastisch«, antwortete Gamay. »Ich warte auf der Backbordseite der Fähre in rund einhundert Metern Entfernung. Direkt dir gegenüber. Schwimm im rechten Winkel zur Längsachse des Rumpfs, und du findest mich auf Anhieb. Du solltest dir allerdings nicht allzu viel Zeit nehmen, denn die Fähre, auf der wir unsere Überfahrt gebucht haben, wird bestimmt nicht auf uns warten.«

15

Die Sonne war bereits unter dem Horizont versunken, als der hochglänzende Bentley Mulsanne Speed die Autobahn verließ und in eine schmale Straße abbog, die aus dem Metropolbereich Tokios heraus und in ländliche Gefilde führte.

Der Mulsanne, eine ultraluxuriöse Limousine mit fünfhundert PS, war das jüngste Flaggschiff des berühmten britischen Automobilherstellers. Er war groß, vor allem nach japanischen Maßstäben, und hatte die für diese Marke typische wuchtige Form, die von sparsamen stromlinienförmigen Konturen spektakulär aufgelockert wurde. Das Design signalisierte Geschwindigkeit und Kraft – und weckte beim Betrachter die Vermutung, dass die DNS eines Abrams Kampfpanzers unter dem aufwendig angebrachten Mirror-Finish seiner teilweise aus Aluminium gefertigten Außenhülle verborgen war.

Kurt Austin und Joe Zavala hatten es sich im Fond des Dreihunderttausend-Dollar-Straßenkreuzers bequem gemacht.

»Mein erstes Haus war kleiner als dieser rollende Palast«, stellte Kurt fest und schaute sich bewundernd im Passagierabteil um, das als geräumig zu bezeichnen einer Beleidigung gleichgekommen wäre.

»Es dürfte auch um einiges weniger gekostet haben«, fügte Joe hinzu.

Die Fahrt war zügig, sanft und leise genug, um sich wie in einem Tiefenentspannungstank vorzukommen. Die Fahrgastkabine war ein Traum aus cremefarbenem Leder und Mahagonitäfelung. Die Sitze umschmiegten die Reisenden wie überdimensionierte Wiegen. Als Kurt die Lehne seines Sessels mit einem Knopfdruck nach hinten neigte, schob sich von unten eine Fußablage unter seine Beine.

Joe folgte seinem Beispiel, streckte sich aus und verschränkte die Hände hinter dem Kopf. »Zu schade, dass wir nur dann so angenehm reisen, wenn wir verdeckt operieren und am Ziel unser möglicher Untergang droht.«

Kriminalkommissar Nagano hatte von einem Informanten erfahren, dass die Übergabe einer bedeutenden Geldsumme in den Räumen eines illegalen Spielcasinos am Stadtrand von Tokio stattfinden sollte. Der Informant war sich nicht sicher, ob Ushi-Oni der Zahlungsempfänger wäre, aber Zeitpunkt und Ort entsprachen den Tatsachen.

Mit Hilfe anderer Kontakte hatte er Kurt und Joe Zutritt zum Casino verschaffen können, wo sie als reiche amerikanische Geschäftsleute aufzutreten gedachten. Das war der einfache Teil des Plans. Der schwierige Teil bestand darin, den Dämon, falls sie ihm begegnen sollten, unbemerkt mit einem Peilsender zu präparieren.

»Wenn irgendjemand misstrauisch wird, kommen wir nicht mehr lebend aus dem Laden heraus«, warnte Kurt.

»Wenigstens werden wir in unseren Särgen eine gute Figur machen«, sagte Joe.

Kurt quittierte diese Bemerkung mit einem amüsierten Lachen. Joe trug einen körpernah geschnittenen Armani-Anzug aus Seide. Er hatte schmale Revers und betonte ausgezeichnet seine athletische Figur. Unter dem eleganten schwarzen Jackett schimmerte ein kastanienbraunes seidenes Oberhemd. Und um seine äußere Erscheinung effektvoll zur Geltung kommen zu lassen, hatte er die Dreitagestoppeln in seinem Gesicht zu einem schmalen Van-Dyke-Bart rasiert. Er verhalf ihm zu einer leicht satanischen Ausstrahlung.

»Wenn du in der Unterwelt ankommst, werden sie dich fälschlicherweise für einen Angehörigen des Managements halten.«

»Genau das ist doch ein Teil meines Plans«, sagte Joe triumphierend, »nur für den Fall, dass ich nicht so gut war, wie ich angenommen hatte. Du hingegen wirst mit Sicherheit glatt als Chefkellner durchgehen.«

Kurt nahm den bissigen Kommentar mit einem Lächeln zur Kenntnis und schenkte sich eine passende Erwiderung, denn vollkommen daneben lag sein Freund nicht. Er hatte sich für einen zweireihigen weißen Smoking mit seidenem Schalkragen, ein schneeweißes Smokinghemd und eine elegante Fliege entschieden. Humphrey Bogart in *Casablanca* ließ grüßen.

Im Gegensatz zu Joe Zavala war er glattrasiert, hatte seine Koteletten jedoch ein wenig länger gelassen. Außerdem war sein silbergraues Haar schwarz gefärbt, um ein allzu schnelles Wiedererkennen zu erschweren. »Wie weit ist es noch bis zum Sento?«

Kriminalkommissar Nagano, mit einer Chauffeursuniform ausstaffiert, drehte sich auf dem Fahrersitz kurz um und blickte über die Schulter. »Nicht mehr als fünf Minuten. Lange genug, um Sie noch einmal zu fragen, ob Sie dieses Risiko tatsächlich eingehen wollen.«

»Es ist der einzige Weg«, sagte Kurt.

Joe nickte bekräftigend.

Nagano richtete den Blick wieder auf die Straße vor ihm. »Sie müssen sich über eines im Klaren sein: Sobald Sie das Etablissement betreten haben, kann ich Ihnen nicht mehr helfen. Aus Gründen, die auf der Hand liegen, ist die Polizei nicht in der Lage, in einem Laden wie diesem eine Razzia zu veranstalten, ohne ein Blutbad auszulösen.«

»Ich rechne gar nicht mit Gewaltexzessen«, sagte Kurt. »Wenn der Betrieb so streng geführt wird, wie Sie es beschreiben, wird Ushi-Oni nicht bewaffnet sein.«

»Er kann töten, ohne eine Schusswaffe oder ein Messer zu verwenden«, sagte Nagano. »Das schafft er mit den bloßen Händen oder mit etwa einhundert verschiedenen alltäglichen Gegenständen. Jemanden zu töten ist für ihn eine Kunstform. Seien Sie bloß vorsichtig und achten Sie vor allem darauf, dass er nicht mitbekommt, wenn Sie ihm den Peilsender anhängen.«

Kurt Austin nickte. In seiner Tasche steckten zwei Münzen; in jeder befand sich ein raffinierter Mikrosender. Joe hatte zwei gleiche Münzen bei sich. Der Plan sah vor, eine in die Tasche des Dämons zu schmuggeln und die andere in die Tasche dessen, für den er arbeitete und der ihn bezahlte; danach sollten die beiden verfolgt werden, sobald sie das Gebäude verließen, und außerhalb des Spielclubs verhaftet werden. Wer immer ihnen in diesem Augenblick am nächsten war, sollte sie unschädlich machen. Da Ushi-Oni mit Joe bereits in einen Kampf Mann gegen Mann verwickelt gewesen war und ihn möglicherweise sofort erkannte, hatte Kurt die Absicht, sich als Erster an ihn heranzumachen.

»Wir werden uns schon gebührend in Acht nehmen«, versprach Kurt. »Gibt es sonst noch etwas, das wir wissen sollten?«

»Nur dass von Anfang an alles glattgehen sollte«, sagte Nagano. »Mein Informant hat dafür gesorgt, dass Sie auf die Liste gesetzt wurden. Den Angaben zufolge ist Ihr Freund Joe ein Boxpromoter aus Las Vegas. Und Sie werden auf der Liste als Manager eines Hedgefonds geführt, der an Joes Boxstall beteiligt ist. Websites, Adressen und andere wichtige Backgrounddetails wurden entsprechend arrangiert für den Fall, dass jemand Ihre Identitäten überprüft. Ich denke aber, dass die Clubbetreiber eher daran interessiert sein werden, Sie beide an die Spieltische zu locken. Daher eilt Ihnen der Ruf voraus, leidenschaftliche Spieler zu sein und des Öfteren hohe Summen zu verlieren.«

»Zumindest dieser Teil unserer Legende trifft hundertprozentig zu«, meinte Kurt feixend. Er spürte den prallen Geldbeutel in seiner Tasche. Jeder von ihnen hatte eine Million Yen bei sich – sie entsprachen knapp über zehntausend Dollar –, aber das würde nur für den Anfang ausreichen. Sobald sie ihre Barschaft durchgebracht hätten, würde die Geschäftsleitung des Sento Konten auf ihre Namen einrichten und ihnen Kredite für das Zehnfache gewähren.

»Wo könnten wir Ushi-Oni am ehesten antreffen?«, wollte Kurt Austin wissen.

»Das lässt sich unmöglich vorhersagen. Aber er ist jemand, der eine besondere Vorliebe für Gewalt und Brutalität hat. Halten Sie am besten unter den Zuschauern rund um die Kampfarena nach ihm Ausschau.«

»Boxen zeichnet sich nicht unbedingt durch Brutalität aus«, meinte Joe.

»Es wird auch nur ein Boxkampf stattfinden«, sagte Nagano. »Über fünf Runden. Er ist lediglich eine Art Vorspiel. Anschließend dürfte es um einiges blutiger werden. Es tut mir aufrichtig leid, dass Sie wahrscheinlich miterleben müssen, wie jemand im Ring stirbt. Sie müssen es unbedingt geschehen lassen, weil sonst Ihre Tarnung auffliegen würde.«

»Meinen Sie Zweikämpfe auf Leben und Tod?«, fragte Kurt.

»Nicht unbedingt«, erklärte Nagano, »ich meine den Einsatz von Waffen, die tödlich sein können. Messer, Schwerter, Ketten. Es werden tödliche Duelle veranstaltet, vorwiegend zwischen den Mitgliedern der Organisation, die sich irgendwelche Fehler geleistet oder ihrem Verein geschadet haben. Sie haben die Chance, durch einen solchen Zweikampf ihre Ehre wiederherzustellen. Aber diejenigen, die unterliegen ... ach, lassen Sie es mich anders ausdrücken: Was Sie in Kürze erleben werden, ist nichts für Zartbesaitete.«

Die nächsten beiden Minuten verbrachten sie schweigend, während sie die letzte Viertelmeile an einem vier Meter hohen stählernen Gitterzaun entlangfuhren, der in eine wehrhafte Ziegelmauer einbetoniert war. Schließlich gelangten sie zu einer Einfahrt, die durch ein massives Tor gesichert wurde.

Männer in schwarzen Anzügen, unter deren Sakkos sich die Konturen großkalibriger Waffen abzeichneten, überprüften ihre Personalien und Referenzen, kontrollierten mit Spiegeln das Chassis ihres Wagens und umkreisten den Bentley mit zwei Hunden, die auf die Suche nach Sprengstoff dressiert waren. Anschließend wurden sie von den Torwächtern durchgewunken.

Eine lange Zufahrt führte durch einen weitläufigen, sorgfältig gepflegten Ziergarten. Farbenfroh blühende Büsche, kunstvoll geschmiedete Laternen und Kirschbäume, die ihre volle Blütenpracht entfalteten, säumten den Fahrweg. Als sie sich dem Gebäude näherten, rollten sie über eine malerische Holzbrücke, die einen Teich überspannte, in dem kapitale Kois majestätisch ihre Bahnen zogen.

Die traditionellen Wahrzeichen der japanischen Kultur – Gartenbau, Kirschblüte und Koizucht – rückten in den Hintergrund, als sie das Hauptgebäude erreichten. Sein modernes Design wurde durch eine Fassade aus getöntem Glas unterstrichen. Eine mächtige Platte aus glattem Beton lag wie ein riesiger Deckel auf dem zweistöckigen Bauwerk. Die Krümmung der Fassade ließ auf einen Rundbau schließen, dessen hintere Hälfte in einem Hügel verschwand, der mit Gras bewachsen war.

»Ein postmoderner Luftschutzbunker«, sprach Kurt Austin den ersten Gedanken aus, der ihm beim Anblick dieser ungewöhnlichen Konstruktion in den Sinn kam.

»Eher ein ultraeffizientes Gebäude, das konstruiert wurde, um die natürlichen temperaturregelnden Eigenschaften der Erde zu nutzen«, sagte Joe.

»Du bist ein hoffnungsloser Optimist«, meinte Kurt mit einem Anflug von Spott.

»Was Sie hier vor sich sehen, ist nur der obere Abschnitt«, sagte Nagano. »Dieser Bau hat die Grundform eines Stadions. Er ist rund und innen hohl, aber anstatt vom Boden aufzuragen, befindet er sich zum größten Teil unter der Erdoberfläche.«

Während der Vorbereitungen für diesen Besuch, die in der Zentrale der Polizeipräfektur stattgefunden hatten, die Nagano leitete, hatte Kurt mehrere Luftaufnahmen gesehen, die gemacht wurden, bevor die Bauarbeiten an dem Gebäude abgeschlossen waren. Hinter den Hügeln erstreckte sich eine natürliche Senke. Die Hügel und das von

Menschenhand errichtete Bauwerk umschlossen sie und deckten sie zu.

Genau genommen, war es ein Hotel, aber Unterbringungsmöglichkeiten wurden ausschließlich in den oberen Etagen angeboten. Weiter unten ereigneten sich die dunkleren – lichtscheuen – Aktivitäten des Betriebs: Glücksspiel, Prostitution und Drogenhandel. Im Parterre befand sich die Kampfarena. Sie war die Hauptattraktion und dank der Glaswände von praktisch jedem Punkt des Gebäudes aus einzusehen.

Der Bentley wurde langsamer, als sie sich dem Eingang näherten. Ein Hoteldiener kam auf den Wagen zu, aber Nagano winkte ab und parkte nicht weit vom Eingang entfernt.

»Wünschen Sie uns Glück«, sagte Kurt Austin.

»Dafür haben Sie die Münzen«, erwiderte Nagano, stieg aus und öffnete ihnen die Tür.

Kurt stieg ebenfalls aus dem Wagen, knöpfte sein Dinnerjackett zu und wartete auf Joe Zavala. Während Nagano auf seinen Platz hinter dem Lenkrad zurückkehrte und den Bentley auf den angrenzenden Parkplatz lenkte, stiegen die beiden NUMA-Vertreter die Eingangsstufen hinauf und gelangten in ein Foyer, das an Eleganz mit der Lobby jedes internationalen Fünfsternehotels hätte mithalten können.

Ein auf Hochglanz polierter Marmorboden, Kristallleuchter und moderne Möbel verliehen dieser sich in beiden Richtungen kreisrund ausdehnenden Empfangsebene eine Atmosphäre gediegener Eleganz. In einer Nische des Foyers musizierten leise ein Pianist und eine Violinistin, während hochgewachsene Frauen in leichten Kleidern umherschlenderten und von Silbertabletts gefüllte Champagnergläser anboten.

»Netter Laden«, sagte Kurt. »Ich kann gar nicht glauben, dass du heute Abend mein Date bist.«

Joe zupfte seine Manschetten zurecht. »Was meinst du, wie ich mich fühle?«

Sie wurden durch den Sicherheitsbereich geleitet, wo ihnen die Mobiltelefone abgenommen und in kleinen Schließfächern deponiert wurden. Danach wurden ihnen die Schlüssel der Schließfächer ausgehändigt.

Darauf folgte ein Sicherheitscheck mit Hilfe eines Stabs, wie er auch auf Flughäfen zum Einsatz kam. Er gab einen pulsierenden Piepton von sich, als er an Kurt Austins linker Körperseite entlanggeführt wurde. Er angelte die Peilsender aus der Hosentasche und legte sie auf die offene Handfläche, sodass der Sicherheitswächter sie sehen konnte.

Der Mann grinste. Die Fünf-Yen-Münze mit ihrem typischen gelblichen Glanz und dem kleinen Loch in der Mitte galt in ganz Japan als Glücksbringer. Der Wächter hatte solche Münzen schon häufig gesehen; viele Glücksspieler hatten mindestens eine davon in der Tasche.

»Sie bringen Glück«, sagte Kurt und bot dem Wachmann eine Münze an. Dieser schüttelte ablehnend den Kopf, und die Münze wanderte zurück in Kurts Hosentasche.

Nach abgeschlossener Überprüfung ging Kurt geradewegs auf die nächste Hostess zu. Er nahm ein Champagnerglas von ihrem Tablett, bedankte sich mit einem Lächeln und blickte sich um.

Joe erschien einen kurzen Augenblick später an seiner Seite. »Ziemlich viel Betrieb.«

»Wie im alten Rom. Brot und Spiele haben die Menschen schon immer in Scharen angelockt. Warum sollte es ausgerechnet hier in Japan anders sein?«

»Getrennt marschieren?«

Kurt nickte. »Ich gehe dort entlang«, sagte er und deutete mit einem Kopfnicken in die entsprechende Richtung. »Lass uns ein paar Runden drehen und nachsehen, was auf den einzelnen Etagen los ist. Gleichzeitig können wir nach Ausgängen suchen für den Fall, dass wir schnell verschwinden müssen. Und wenn wir uns nach einer Stunde nicht über den Weg laufen sollten, treffen wir uns wieder hier am Piano. Tu dir keinen Zwang an und verballere ein paar Scheine. Je schneller wir ins Minus absteigen, desto eher kriegen wir einen Ringplatz für den Kampf.«

Joe ließ den Blick über die Schar der Gäste schweifen. »Ich glaube, ich mische mich mal unters Volk und werfe ein bisschen mit Bargeld um mich. Wenn mich nicht alles täuscht, wimmelt es hier von Frauen, die ein dickes Spesenkonto zu schätzen wissen.«

Kurt prostete Joe zu und schaute ihm nach, als er im Gedränge verschwand. Nachdem er sich ein letztes Mal in der Lobby umgesehen hatte, wandte er sich in die andere Richtung. Dabei ließ er sich Zeit. Ohne Eile schlenderte er weiter, in einer Hand ein schlankes Champagnerglas, die andere Hand in der Hosentasche, zwischen den Fingern seine beiden Glück bringenden Münzen.

Joe Zavala wanderte durch das ringförmige Gebäude und studierte unauffällig die Gesichter der Gäste, die ihm entgegenkamen, während er so tat, als interessiere er sich ausschließlich für die Kunstwerke an den Wänden. Obgleich er Kurt die bestmögliche Beschreibung gegeben hatte, war Joe der Einzige, der Ushi-Oni aus der Nähe gesehen hatte, und das bedeutete, dass Joe mit höherer Wahrscheinlichkeit als Kurt den Mann entdecken würde, den sie suchten.

Nachdem er die Runde durch das obere Stockwerk beendet hatte, ging er zur inneren Wand und blickte durch eine der deckenhohen Glasscheiben. Tief unten, mindestens vier Stockwerke weit entfernt, befand sich die Kampfzone. Rund anstatt quadratisch, wurde sie teilweise von einer Batterie Tiefstrahler verdeckt, die von einem Metallgerüst herabhingen, das mit Führungsdrähten an den Wänden befestigt war und über einen Laufsteg erreicht werden konnte.

Zurzeit waren die Scheinwerfer noch ausgeschaltet, und die Arena war leer – desgleichen die Sitzreihen, die sie umgaben. Er müsste Ushi-Oni erst einmal woanders suchen.

Kurt Austin hatte sich ein zweites Glas Champagner genommen, als er die Casinoetage betrat. Weder hatte er bis zu diesem Moment irgendetwas aufgestöbert, das einem unter hohem Fieber leidenden Auftragsmörder ähnelte, noch hatte ein einziger Yen von dem Geld, das die japanische Bundespolizei ihm zur Verfügung gestellt hatte, das grüne Filztuch eines Spieltisches gesehen. Allmählich wurde es Zeit, das zu ändern.

Er ging an mehreren Blackjack-Tischen vorbei, verfolgte einige Minuten lang das Treiben an einem Würfeltisch, der drei Reihen tief von Spielern umlagert wurde, und wanderte dann durch einen langen Gang, der mit altmodischen Maschinen gesäumt war, die klapperten und klingelten, während schwere glänzende Stahlkugeln hinter ihren Glasscheiben herumtanzten und Neonlampen hektisch flackerten.

Casinobesucher standen vor den Maschinen und starrten sie an, als seien die Geheimnisse des Universums in ihnen zu finden, und ignorierten Kurt vollständig, während er ihre Gesichter inspizierte.

»Pachinko?«, fragte eine Stimme.

Kurt wandte sich um. Eine aufreizend gekleidete Hostess deutete auf eine Maschine, die in diesem Moment von keinem Spieler benutzt wurde.

»*Arigato*«, antwortete Kurt. »Danke. Im Augenblick nicht.«

Er durchquerte den Pachinko-Saal und fand einen freien Platz an einem der Pai-Gow-Pokertische. Er schob seine Million über den Tisch, erhielt einen Stapel transparenter Jetons und platzierte die meisten dicht neben dem »Bat«. Die Karten fielen mit atemberaubender Geschwindigkeit auf den Tisch.

»Neun«, sagte die Kartengeberin und sah Kurt fragend an. Einige weitere Karten wurden ausgeteilt, und sie schob einen Stapel Jetons neben den, der bereits vor ihm stand.

Kurt lächelte zufrieden, ließ alle Jetons auf dem Tisch liegen und wartete auf die nächste Hand. Er erhielt eine weitere Natural Nine. Es war der höchste und unschlagbare Treffer. Die Kartengeberin hatte eine Acht und mit einem Punkt verloren. Seine Jetonstapel wuchsen um das Doppelte.

Er spürte, dass er eine Glückssträhne hatte – trotz des Plans, schnell und hoch zu verlieren – und verschob sein Kapital und setzte es stattdessen auf die Kartengeberin. Genau genommen, wettete er in diesem Moment gegen sich selbst. Diesmal hatte er eine 4 und die Kartengeberin eine 7. Im Prinzip hatte die Kartengeberin gewonnen, aber Kurt durfte kassieren.

Die Jetonstapel wurden abermals verdoppelt und dann zu ihm hinübergeschoben. »Das Tisch-Limit wurde erreicht«, sagte die Kartengeberin. Mit drei Blättern war sein Kapital auf acht Millionen Yen angewachsen.

Staunend betrachtete Kurt seinen Gewinn. *So etwas würde niemals passieren, wenn es mein eigenes Geld wäre*, überlegte er.

Er entschied, niedrigere Beträge zu setzen, bis sein Glück sich zum Schlechten wendete, steckte einen großzügigen Betrag in den Tronc und schob ein paar Jetons in die Tischmitte. Während die nächsten Karten aus dem Spender glitten, spürte er, wie jemand hinter ihn trat. Eine Hand mit makellos gepflegten Fingernägeln legte sich sanft auf seine Schulter. Er drehte sich halb um und erkannte die Angestellte aus dem Pachinko-Saal. Sie war ihm zum Pokertisch gefolgt.

»Sie sind ein richtiger Glückspilz«, zwitscherte sie.

Kurt grinste. So musste es wohl sein, wenn die Lockvögel bereits seine Nähe suchten. »Bis jetzt läuft's ganz gut«, erwiderte er.

Er schickte die Frau nicht weg. Ihre Anwesenheit würde dazu beitragen, dass er weniger auffiel, und ihre Schönheit würde die Blicke auf sie ziehen, und nicht auf ihn. Damit wäre es für ihn einfacher und erheblich gefahrloser, sich umzuschauen und ihre Zielperson zu suchen.

Das nächste Blatt verlor, was Kurt mit einer gewissen Erleichterung registrierte, aber er hatte bereits ein kleines Vermögen gewonnen und müsste noch weitaus mehr verlieren, ehe er um einen Kredit bitten könnte.

Er machte ein weiteres Mal seinen Einsatz und fuhr fort, den Raum nach irgendeinem Hinweis auf die Anwesenheit Ushi-Onis abzusuchen. Anfangs geriet ihm nichts Ungewöhnliches in den Blick. Dann aber, an einem Spieltisch ihm genau gegenüber und teilweise durch den Tischcroupier verdeckt, bemerkte er ein vertrautes Gesicht. Da es durch die rauchgeschwängerte Luft nur verschwommen zu erkennen war, kniff er die Augen zusammen, um ganz sicher sein zu können.

»Sie haben schon wieder gewonnen, Sir«, sagte die Kartengeberin.

»Verdammt«, flüsterte Kurt. Der halbblaute Fluch war keine unwillkürliche Reaktion auf den jüngsten unerwünschten Gewinn, sondern auf ein Gesicht, das er an diesem Ort niemals wiederzusehen erwartet hätte. Am nächsten Tisch auf der anderen Seite eines breiten Mittelgangs saß Akiko – Meister Kenzos Leibwächterin, die bis eben noch als verschwunden gegolten hatte.

Sie trug elegante Kleidung, war stark geschminkt und rauchte eine lange, dünne Zigarette, während ihr Blick von den Karten vor ihr auf dem Spieltisch wiederholt in jeden Winkel des Saals sprang.

Kurt konnte sich mehr als einen Grund denken, weshalb sie sich für einen Besuch dieses Etablissements entschieden hatte, und keiner dieser Gründe wollte ihm auch nur im Mindesten gefallen.

16

DAS SENTO

Walter Han stand in einer von ihm gemieteten privaten Suite in der oberen Etage des Sento. Er warf einen kurzen Blick durch die deckenhohen Fenster. Von seinem Aussichtspunkt aus konnte er auf die unteren Etagen des runden Gebäudes hinabschauen. Nach und nach fanden sich die Zuschauer ein. Und sogar er hätte sich gern den Kampf angesehen, aber das Geschäft ging vor.

Er hatte einen Gast in seiner Suite – Ushi-Oni –, zu dem er sich wieder umdrehte. Es war deutlich zu sehen, dass der Dämon überhaupt nicht in Form war. »Ist alles mit dir in Ordnung, mein Freund? Oder gehört diese Leidensmiene zu deiner Tarnung?«

»Ich muss mich von meinen Blessuren erholen. Mich hat's ziemlich heftig erwischt«, erwiderte Oni. »Ein Grund mehr, dass du endlich zahlst, was du mir schuldest.«

Bei diesen Worten verzerrte sich sein Gesicht für einen winzigen Moment. Man hätte meinen können, dass er die Zähne fletschte. Mit diesen Muskelzuckungen sowie gelblich verfärbten Augen und einem glänzenden Schweißfilm auf der Haut hatte Oni mehr und mehr Ähnlichkeit mit seinem Namensvetter.

»Du wirst dein Geld schon bekommen«, sagte Han. »Aber vorher habe ich noch ein Angebot für dich. Das Honorar für den Job, den du erledigt hast. Oder das Zehnfache für eine einfachere, aber ungleich wichtigere Geschichte.«

»Ich habe genug von deinen Jobs«, sagte der Dämon. »Der letzte einfache Auftrag hätte mich beinahe das Leben gekostet. Daher zahl mich jetzt endlich aus, damit ich untertauchen kann.«

»Unterzutauchen wird dir diesmal nicht allzu viel helfen«, sagte Han.

»Was meinst du damit?«

»Die Staatspolizei hat endlich deine Beschreibung«, antwortete Han. »Sie wissen, wie du aussiehst. Und sie werden dich schon bald finden. Und wenn es dazu kommt, werden sie dir eine Menge Verbrechen anhängen, von denen du die meisten tatsächlich begangen hast.«

»Du … hast ihnen doch nicht etwa …«

»Warum sollte ich so etwas tun, wenn ich noch immer deine Hilfe brauche?«

»Woher wissen sie dann …

»Du hast doch selbst davon gesprochen, dass es Überlebende gab.«

Onis Gesicht nahm einen ganz neuen Farbton an. Gleichzeitig veränderte sich auch sein Ausdruck. Darin mischten sich jetzt Wut und Übelkeit. Er sah plötzlich so krank aus, wie er sich fühlte.

Han fuhr fort: »Wenn du deine Tage auf der Flucht von einem Versteck zum anderen fristen möchtest, dann brauchst du etwas mehr als nur das, was man bescheidenen Wohlstand nennt. Du brauchst ein neues Leben, eine neue Identität und genug Geld, um bis in alle Ewigkeit keinen Finger mehr rühren zu müssen.«

Aus der Brusttasche seines Jacketts holte Han einen zusammengefalteten Bogen Papier. Während er ihn mit zwei

Fingern hielt, wedelte er damit vor Onis Nase herum, der anfangs zögerte, dann jedoch zugriff und Han das Papier aus der Hand riss.

Oni faltete den Bogen auseinander und sah vor sich eine unglaublich detailreiche Zeichnung von seinem Gesicht bis hin zu der Narbe in seiner Oberlippe, deren Form an einen Angelhaken erinnerte. Unter der Porträtskizze befand sich eine Reihe von Zeichnungen, die seine Tätowierungen zeigten. Sie waren ebenfalls überraschend präzise.

Rasend vor Wut, zerriss er das Papier in winzige Fetzen, die er Han entgegenschleuderte, sodass dieser für einen Augenblick in einem Konfettiregen stand.

Han zuckte ungerührt die Achseln. »Ich bin sicher, dass die Polizei über ausreichend viele Kopien verfügt.«

»Das macht nichts.«

»Du weißt, dass das Gegenteil der Fall ist«, schnappte Han. »Es bedeutet, dass deine Zeit abgelaufen ist. Dein Regiment als Dämon, der in der Nacht erscheint und sein tödliches Werk vollbringt, ist vorbei. Und was noch schlimmer ist für dich – du hast keine Freunde mehr. Es ist niemand mehr da, der dir hilft. So sieht das Leben eines *ronin* aus – am Ende stirbst du einsam und allein. Ich biete dir einen Ausweg an, wenn du bereit bist, etwas dafür zu tun, aber dazu musst du mir etwas besorgen.«

»Und was soll das sein? Noch einen Kopf auf einem Silbertablett?«

»Das machst du doch gratis«, sagte Han. »Was ich jetzt brauche, sind Informationen über ein vor langer Zeit verschollenes Schwert.«

»Ein Schwert?«

»Ich nehme an, du hast schon einmal vom Honjo Masamune gehört.«

»Natürlich habe ich das«, erwiderte Oni beinahe beleidigt. »Schließlich ist es das berühmteste Schwert Japans. Und was soll damit sein? Es gilt seit dem Ende des Zweiten Weltkriegs als vermisst. Entweder haben die Amerikaner es mitgenommen oder ...«

»Ja, so lautet die offizielle Darstellung«, sagte Han. »Ich kenne sie auswendig. Am Ende des Krieges verlangten die Amerikaner, dass sämtliche Waffen, darunter auch zeremonielle und historische Schwerter, abgegeben werden sollten. Viele Angehörige der reichen Klasse ärgerten sich jedoch über diese Anordnung und kämpften darum, ihre Schwerter behalten zu dürfen, aber Iemasa Tokagawa glaubte damals, dass Japan nur dann eine gesicherte Zukunft habe, wenn man mit den Amerikanern zusammenarbeitete. Er trennte sich von seiner Sammlung und übergab sie den Siegern; vierzehn unbezahlbare Schwerter waren das, darunter auch das Honjo Masamune. Die Waffen wurden zu einer Polizeistation in Tokio gebracht und später von einem amerikanischen Sergeant namens Coldy Bimore abgeholt. Die Waffen verschwanden und wurden nie wieder aufgefunden. Eigentlich ein klarer Fall, nur mit dem Unterschied, dass es bei den Amerikanern keinen Hinweis darauf gibt, dass die Schwerter in eine Liste aufgenommen wurden. Außerdem existieren keinerlei Hinweise darauf, dass ein amerikanischer Soldat dieses Namens in jenen Tagen während der Besatzungszeit irgendwo in Japan im Dienst der Army, der Navy oder der Luftwaffe gestanden hatte.«

»Was offensichtlich eine Lüge ist«, sagte Oni.

»Natürlich ist es eine Lüge«, bekräftigte Han. »Aber wessen Lüge? Ich habe Informationen, die auf etwas anderes hindeuten als auf ein Doppelspiel der Amerikaner.«

Oni kniff die Augen zu schmalen Schlitzen zusammen.

Der Haken mit dem Köder war offensichtlich geschluckt worden. Jetzt brauchte Han seinen Fang nur noch einzuholen. Oni wollte die Geschichte unbedingt glauben. Er wollte die legendäre Waffe sehen und berühren. Er wollte sie festhalten, sie vielleicht sogar hin und her schwingen. Und warum sollte er den Wunsch nicht haben? Was spräche dagegen? Jeder Künstler wünscht sich, die Werke der Meister betrachten zu können. Maler interessierten sich für die Pinselstriche eines Picasso oder van Gogh; Bildhauer besuchten den *David*, um den Marmor zu berühren, auch wenn es verboten war. Ushi-Oni hatte sein Leben den Waffen und dem kalten Stahl verschrieben. Das Honjo Masamune in der Hand zu halten wäre eine transzendente Erfahrung.

»Welche Information?«

»Aufzeichnungen der Tokagawa-Familie und ein geheimes Kommuniqué, das für ein Mitglied des Kizokuin, wie das Oberhaus des japanischen Reichstags genannt wurde, bestimmt war, zu dem Iemasa Tokagawa gegen Ende des Zweiten Weltkriegs als Abgeordneter gehört hatte. Beide Zeugnisse erzählen eine ganz andere Geschichte.«

»Rede weiter.«

»Iemasa Tokagawa hatte tatsächlich den Wunsch und die Absicht, mit den Amerikanern zusammenzuarbeiten, aber andere Mitglieder seiner Familie wollten nichts davon wissen. Sie verfolgten andere Absichten. Sie ließen Kopien herstellen und versuchten, die unbezahlbaren Schwerter durch die billigen Fälschungen zu ersetzen. Tokagawa bemerkte die Täuschung im letzten Moment, und dann kam es zum Kampf. Mehrere Mitglieder seiner Familie kamen bei den Streitigkeiten ums Leben. Er erkannte, dass die Schwerter und ihr Besitz nicht nur für die Familie von

Bedeutung waren und sie mit Stolz erfüllten, sondern dass sie auch ein Symbol waren, das dem japanischen Widerstand Halt gab. Außerdem konnten sie dazu beitragen, dass die Idee von einem größeren, besseren Japan wieder auflebte. Wie er in seinem Brief ausführte, hoffte Tokagawa, dass es dazu käme, und gleichzeitig fürchtete er sich davor, aber er hatte während des langen Krieges erleben müssen, wie sehr die Menschen unter seinen Auswirkungen hatten leiden müssen. Er entschied, dass die Schwerter irgendwo versteckt werden müssten, damit sie durch ihre Existenz nicht dazu beitrugen, einen Aufstand auszulösen. Er benachrichtigte ein Mitglied des Oberhauses, und die Schwerter wurden abgefangen. Repliken wurden an ihrer Stelle übergeben, aber die Täuschung fiel auf, und so ist die Geschichte von dem amerikanischen Sergeant mit dem seltsamen Namen erfunden worden.«

»Was geschah mit den Schwertern?«, fragte Oni.

»In seinem Brief verlangt Tokagawa, dass sie einem Shintō-Priester übergeben und in einem der Tempel versteckt werden sollen.«

Oni schüttelte entrüstet den Kopf. »Unmöglich. Eine Kriegswaffe in der Hand eines Priesters.«

»So scheint es.«

»In welchem Tempel? Wo? Es gibt Tausende.«

Han machte einen tiefen Atemzug. »Welcher Tempel gemeint war, wurde nie erwähnt«, gab er zu. »Aber aus anderen Briefen aus dieser Zeit geht hervor, dass die Tokagawa-Familie bereits in einer Zeit lange vor dem Krieg einen bestimmten Tempel am Fuß des Mount Fuji unterstützt hatte. Übrigens ein ziemlich obskurer Tempel. Aber wenn man etwas Wertvolles verstecken oder einen nationalen Schatz in Sicherheit bringen und ihn nicht selbst aufbewahren will, dann ist es nur logisch, dass man ihn jemandem anvertraut, den man kennt und zu dem man schon früher eine enge Beziehung unterhalten hat.«

Oni nickte, aber das Misstrauen, mit dem er diese Darstellung zur Kenntnis nahm, war ihm anzumerken. »Wie kommt es, dass niemand sonst diese Information ausgegraben hat? Schatzjäger sind seit dem Moment hinter dem Honjo Masamune her, als es spurlos verschwand.«

»Ich habe Zugang zu Aufzeichnungen, die sonst niemand zu Gesicht bekommt«, sagte Han. »Es sind vorwiegend Regierungsdokumente. Du solltest wissen, dass japanische Ermittler genau diese Möglichkeit bereits im Jahr 1955 ins Auge fassten, aber zu diesem Zeitpunkt war Japan von Amerika vollständig abhängig.«

Er holte sich bei einer der jungen Frauen, die mit den Silbertabletts zwischen den Gästen herumdefilierten, ein Glas Champagner. »Kredite aus Washington ermöglichten dem Land den Wiederaufbau. Die Exporte in die Vereinigten Staaten nahmen sprunghaft zu, und es entstand eine neue Klasse reicher Geschäftsleute, während amerikanische Kriegsschiffe, Kampfflugzeuge und Soldaten das Land vor dem Russischen Bären und dem Chinesischen Drachen beschützten. In Anbetracht dieser Situation entschieden die damaligen Machthaber, dass nichts geschehen dürfe, das diese Beziehung gefährdete. Vor allem sei das plötzliche Wiederauftauchen einer traditionsbeladenen Waffe zu vermeiden, die eng mit dem japanischen Nationalismus, den alten Shoguns und den früheren Herrscherdynastien verhaftet war, die Japan in diesen Krieg gedrängt hatten. Andererseits konnten sie das Verschwinden der Waffe nicht erklären, ohne die Beteiligung der Tokagawa-Familie zu offenbaren. Daher taten sie das, was alle guten Politiker in einer solchen Situation zu tun pflegen: Sie vergruben die Information unter mondhohen Stapeln bürokratischen Papierkriegs und sorgten dafür, dass Spuren nicht verfolgt und Hinweise ignoriert wurden und das Thema und damit die Wahrheit in der Versenkung verschwand.«

»Bist du dir dieser Fakten sicher?«, wollte Ushi-Oni von seinem Vetter wissen.

»Hundertprozentig sicher ist gar nichts«, sagte Walter Han. »Aber wenn sich die Schwerter nicht im Besitz der Mönche befinden, dann sind sie für immer verschollen. Da bleibt allerdings noch immer die Frage nach dem Tagebuch. Es soll Masamune und seinen Nachfahren gehören. Es enthält seine Geheimnisse. Seine Methoden, um derartige Meisterwerke zu schaffen.«

Oni schien das zu akzeptieren, aber er blieb wachsam. »Du hast dich eigentlich nie für das Sammeln solcher Antiquitäten interessiert. Warum willst du ausgerechnet jetzt damit anfangen?«

»Ich bin nicht hierhergekommen, um deine Fragen zu beantworten«, sagte Han. »Aber drücken wir es einfach so aus, dass mir plötzlich die Unabhängigkeit meines Mutterlandes am Herzen liegt. Und wenn du tust, was ich von dir verlange, dann werde ich dir nicht nur zu Reichtum verhelfen, sondern auch zu einem vollkommen neuen Leben und einem vollständigen Straferlass für deine kriminellen Vergehen.«

»Jetzt weiß ich, dass du lügst«, sagte Oni. »Ich glaube, ich hole mir nur, was du mir schuldig bist, und sehe zu, dass ich schnellstens verschwinde.«

Han zuckte die Achseln. Er hatte alles versucht, Ushi-Oni sein Angebot schmackhaft zu machen. Dann eben nicht. Er holte eine kleine Scheibe aus der Tasche. Sie war größer als ein normaler Spielbankjeton, bestand aus Messing und hatte eine achteckige Form. Sie lag schwer in seiner Hand. Auf einer Seite war eine Zahl eingraviert, auf der anderen das Gesicht eines Drachen.

»Dieser Marker deckt alle Zahlungen ab, die sich aus deinem Vertrag ergeben«, sagte er. »Du kannst ihn an jedem Spieltisch benutzen. Du erhältst dafür Jetons mit hohem Nennwert, mit denen du spielen kannst. Oder wenn du das nicht möchtest, kannst du mit dem Marker auch gleich zum Käfig gehen. Dort zahlt man dich in amerikanischer oder europäischer Währung aus, da deren Banknoten einen höheren Nennwert haben und in einer Anzugtasche leichter Platz finden. Solltest du es dir doch noch anders überlegen, behalte diesen Marker und ruf mich an. Sobald du bereit bist, unterhalten wir uns dann über das neue Angebot.«

Han legte den Spezialjeton auf den Tisch neben dem Fenster. Oni machte einen Schritt vorwärts und nahm die goldene Scheibe an sich. Er spürte ihr Gewicht in seiner Hand, während er sich die Optionen, die sich anboten, durch den Kopf gehen ließ.

Er hatte nur einen flüchtigen Seitenblick für Walter Han übrig, dann blickte er wieder auf das lebhafte Treiben in der untersten Etage. Seine fiebrig glänzenden Augen weiteten sich. »Nein«, flüsterte er.

»Du hast die Wahl.«

Aber Oni hörte weder zu, noch erkundigte er sich nach den Bedingungen des neuen Kontrakts. Dafür starrte er mit weit aufgerissenen Augen auf eine Gestalt in der Etage unter ihnen. »Das kann nicht wahr sein!«

Er steckte die Münze ein, machte kehrt und stürmte zur nächsten Tür.

Han war versucht, ihn festzuhalten, aber dann zog er es vor, dem Dämon nicht zu nahe zu kommen. Jedenfalls nicht, solange er sich in einem derart erregten Zustand befand.

Oni drängte sich an ihm vorbei, schnappte sich beim Hinausgehen ein Weinglas, zertrümmerte den Kelch an der Wand und rannte hinaus in die Eingangshalle.

17

Nachdem er sich eine Stunde lang umgeschaut und den Grundriss eingeprägt hatte, kehrte Joe Zavala in die Nische in der Nähe des Eingangs zurück. Der Pianist machte soeben eine Pause, und der Klang eines Geigensolos schwebte durch den Raum.

Da er Kurt nirgendwo entdecken konnte, ließ er sich durch das einladende Lächeln einer der zahlreichen Hostessen zu einem zweiten Glas Champagner verführen und machte es sich in einem der freien Clubsessel bequem. Den Besuchern im Foyer wandte er den Rücken zu, konnte jedoch deren Spiegelbilder in der polierten Seitenwand des Klaviers ausgiebig und ohne aufzufallen inspizieren. Es war die perfekte Möglichkeit, die Menge zu beobachten, ohne selbst gesehen zu werden.

Er studierte jedes Gesicht, das die Nische passierte, und hielt Ausschau nach Kurt. Aber es war nicht Kurt, den er sah. Stattdessen entdeckte er einen Mann, der geradewegs auf ihn zukam. Er hatte irgendetwas in der Hand, das Joe auf Anhieb nicht identifizieren konnte.

Joe wusste in diesem Moment, dass seine Tarnung aufgeflogen war. Hin- und hergerissen zwischen Kämpfen und Flüchten, wozu seine Instinkte ihm rieten, blieb er ganz ruhig und wartete ab, während die wie geistesgestört erscheinende Gestalt näher kam.

Im letzten möglichen Moment wich Joe zur Seite aus und schleuderte den Inhalt seines Champagnerglases in

Ushi-Onis Gesicht. Kurzfristig geblendet, ging Ushi-Oni Stichattacke gegen Joe gründlich daneben, und der scharfkantige Stiel des teilweise zertrümmerten Champagnerglases bohrte sich in die weiche Rückenlehne des Sessels. Aber er schlang seinen freien Arm um Joes Hals, nahm ihn in einen Schwitzkasten und zielte mit dem Weinglasstiel auf seinen Hals.

Die Spielbankbesucher, die das Geschehen hatten verfolgen können, stießen einen kollektiven Seufzer des Entsetzens aus und wichen zurück.

Joe war eindeutig im Nachteil. Er konnte seinem Gegner nicht gefährlich werden, aber seine Reaktionen waren absolut fehlerfrei. Er blockte den Glasstiel mit dem Unterarm ab, handelte sich dabei eine kleine Wunde ein und umklammerte Onis Handgelenk. Seine andere Hand schmetterte das Champagnerglas auf den Schädel des Angreifers, fügte ihm eine blutende Wunde zu und stachelte seine Wut noch stärker an.

Oni befreite seinen Arm aus Joes Griff und holte zu einem weiteren Stoß aus. Aber Joe war schneller. Er setzte einen Fuß auf die Seitenwand des Konzertflügels, und dann – anstatt vor Oni zurückzuweichen – warf er sich ihm kraftvoll entgegen.

Der Rand der Sessellehne erwischte Oni in Magenhöhe, und er stolperte rückwärts. Der Sessel kippte um, aber Joe sprang auf die Füße und holte zu einem Tritt gegen Onis Gesicht aus und traf, sodass Speichel und Blut aus dem Mund des Dämons herausgeschleudert wurden.

Oni rollte sich zur Seite ab, um dem Tritt einen Teil seiner Wucht zu rauben, stand auf und leckte sich das Blut von den Lippen.

Joe blickte ihm direkt in die Augen, streckte eine Hand

aus und gab Ushi-Oni ein Zeichen, es noch einmal zu versuchen.

Oni griff an, rempelte Joe um und landete auf ihm. Joe wuchtete ihn über sich hinweg, wechselte mit ihm die Position und rammte Oni die Faust in die Seite.

Der Dämon versuchte noch einmal, Joe in den Schwitzkasten zu nehmen, aber Joe bohrte ihm einen Ellbogen in die Magengrube und kam frei.

Mission ausgeführt, dachte Joe. Er stand auf, wurde jedoch sofort von mehreren Mitgliedern des Sicherheitsdienstes des Spielcasinos zu Boden gerungen. Sie waren aus allen Richtungen zusammengeströmt und hatten sich auf Joe Zavala und den Dämon gestürzt.

Joe konnte durch das Gewirr von Armen und Beinen nicht viel erkennen, aber er spürte den Schock eines Tasers und das Gefühl der Leichtigkeit, das plötzlich einsetzte, als er von mehreren kräftigen Händen vom Fußboden hochgehoben wurde.

Er und Oni wurden aus der Lobby herausgeschafft, während die Gaffer und die Violinistin ihnen Platz machten. Das Letzte, was er sah, war ein Mann, der sie bat, wieder zu spielen, um die Gäste zu beruhigen. Und dann wurde er in einen dunklen Korridor geschleift und in einem Raum mit Betonwänden, Steinfußboden und einer Tür aus Stahl liegen gelassen.

Ushi-Oni wurde auf die gleiche Weise von Männern abgefertigt, die keine Ahnung hatten, wer er war. Obgleich seine Hände gefesselt waren, schaffte er es jedoch, einem von ihnen ein Knie in den Unterleib zu rammen und ihn zu Boden zu strecken. Das brachte ihm einen Schock des Tasers ein, woraufhin er für einen kurzen Moment benommen war und noch unkontrollierter vor Wut schäumte. Während er auf dem Fußboden lag, malte sich Oni mehrere verschiedene Möglichkeiten aus, wie er seine Widersacher quälen würde, sollte sich ihm dazu die Gelegenheit geben.

Sie durchsuchten ihn nach Waffen und fanden stattdessen etwas anderes: den goldenen Jeton. Nur die wichtigsten und vom Casino besonders hochgeschätzten Gäste konnten solche Marker vorweisen.

Damit endete die raue Behandlung. Die Wächter sahen einander verlegen an und halfen Ushi-Oni aufzustehen und sich in einen Sessel zu setzen.

Ehe sie auch nur eine Frage stellen konnten, ging die Tür auf. Zwei Männer standen auf der Schwelle. Der erste Mann hieß Hideki Kashimora; er war der Yakuza-Unterführer, der das Casino leitete. Der andere Mann war Walter Han.

18

Hideki Kashimora stand in dem schmucklosen Raum und kochte vor Wut. Er war ein breitschultriger Mann Mitte vierzig und leitete den Club für das Syndikat. Er sammelte das Geld, achtete darauf, dass der Schleier der Verschwiegenheit um jeden Preis erhalten wurde, und sorgte mit unbarmherziger Härte dafür, dass seine Befehle buchstabengetreu ausgeführt wurden – was nicht getan zu haben diejenigen, die so dumm waren, sich mit ihm anzulegen, gewöhnlich in dem Augenblick bereuten, da sie in Zementfässern auf dem Grund der Bucht von Tokio endeten

Und dennoch, während Gewalt für Kashimora zur zweiten Natur geworden war, verspürte er ein eisiges Frösteln, wenn er in die fiebrigen Augen Ushi-Onis blickte. Wenn auch nur die Hälfte der Geschichten, die über den Dämon erzählt wurden, zutrafen, dann machte ihn das zu dem gefährlichsten Auftragsmörder in Japan. Sein Hang, mit seinen Opfern vorher zu spielen, war eine Form von Abartigkeit, die sogar ein Boss der Yakuza missbilligte. Töten war Geschäft, kein Vergnügen. Aber für Ushi-Oni war es offenbar beides.

»Ich dulde nicht, dass der Betrieb in meinem Club gestört wird«, sagte Kashimora.

»Ich bin sicher, dass unser Freund Oni dafür einen triftigen Grund hatte«, erwiderte Walter Han.

»*Ihr* Freund«, korrigierte Kashimora. »Oni hat seine Brücken zum Syndikat schon vor einigen Jahren abgebrochen.«

»Das Syndikat«, murmelte Ushi-Oni. Er spuckte Blut auf den Boden, um seine tiefe Abscheu zu unterstreichen.

»Ich sollte Sie in den Ring schicken, damit Sie dort beenden, was Sie begonnen haben.«

»Tun Sie's«, verlangte Oni.

Han ergriff das Wort. »Wer war dieser Mann, den du attackiert hast?«

»Erkennst du ihn nicht?«, fragte Oni. »Er ist einer von den Leuten, die ich für dich töten sollte.«

»Was für ein Unsinn!«, rief der Casinochef. »Dieser Mann ist ein Boxpromoter aus Las Vegas.«

Oni lachte. »Er ist kein Promoter. Er ist ein waschechter amerikanischer Regierungsagent.«

»Was für ein Agent?«, platzte Kashimora heraus. »Und weshalb ist er hierhergekommen?«

»Sie brauchen sich keine Sorgen zu machen«, beruhigte Han ihn. »Wenn Oni recht hat, dann ist es nicht das Casino, dem das Interesse gilt.«

»Was dann?«

»Oni wurde wiedererkannt. Ich kann nur vermuten, dass sie hierhergekommen sind, um ihn aus dem Verkehr zu ziehen.«

»Sie?«, fragte Kashimora misstrauisch. »Sie glauben, sie sind zu mehreren hier?«

»Würden Sie sich ganz allein in eine Festung wie diese hier wagen?«

Kashimora raste vor Wut. Er ignorierte Oni und konzentrierte sich auf Han. »Sie haben diesen Halbwilden in meinen Betrieb mitgebracht und die Kontrolle über ihn verloren. Sie lassen es zu, dass sich amerikanische Agenten an Ihre Fersen heften, ohne mich vor ihnen zu warnen. Ich sollte Sie beide töten.«

»Töten Sie nur den Amerikaner und werfen Sie ihn in Ihren Koiteich«, empfahl Ushi-Oni. »Oder besser noch, lassen Sie mich es tun.«

»Nein«, entschied Han. »Wir müssen in Erfahrung bringen, ob er allein herkam.«

»Das festzustellen wird schwierig, wenn nicht gar unmöglich sein«, sagte Kashimora. »Aus offensichtlichen Gründen gibt es hier keine Überwachungskameras.«

»Dann foltern Sie ihn oder prügeln Sie die Wahrheit aus ihm heraus«, sagte Ushi-Oni und kam auf die Füße.

Hideki Kashimora gefiel es ganz und gar nicht, dass sich der Dämon in seinem Etablissement aufhielt. Der Mann neigte viel zu sehr zu unnötiger Gewalt. Außerdem war er um einiges zu eigenwillig. »Am liebsten würde ich Sie beide vor die Tür setzen«, sagte er. »Wenn die Amerikaner auf der Suche nach Ihnen hergekommen sind, kann ich nur hoffen, dass sie sich verziehen, sobald Sie hinausgeworfen wurden.«

»Und jede Information mitnehmen, die sie auf ihrer Reise erhalten haben«, gab Han zu bedenken. »Inklusive der Hinweise, wer alles hier verkehrt und weshalb. Glauben Sie bloß nicht, dass diese Informationen nicht über kurz oder lang die Polizei erreichen.«

»Wegen der Polizei mache ich mir keine Sorgen«, erklärte Kashimora stolz. »Aber ich denke, ich sollte alle Fremden auffordern zu verschwinden.«

»Ich habe eine bessere Idee«, sagte Han. »Stellen Sie den Amerikaner doch in den Ring. Lassen Sie ihn um sein Leben kämpfen. Sorgen Sie dafür, dass sein Gesicht über sämtliche Bildschirme dieses Ladens flimmert. Wenn er allein ist, kriegen Sie nichts anderes als einen spannenden Zweikampf. Aber wenn er irgendwelche Kollegen oder

Helfer mitgebracht hat, dann werden sie ihm bestimmt zu Hilfe kommen und versuchen, ihn zu retten. Verteilen Sie ihre Männer an den richtigen Punkten, und Sie können den ganzen Verein auf einen Schlag schnappen.«

19

Kurt Austin sammelte seine Jetons ein, verließ den Glücks-
tisch und schlenderte durch den Spielsaal. Wie zufällig kam
er zu Akikos Tisch und blieb hinter ihr stehen. »Was bringt
eine hübsche junge Frau wie Sie dazu, einen Ort wie diesen aufzusuchen?«, fragte er. »Andererseits sagt mir irgendetwas, dass dies die falsche Frage ist.«

Beim Klang seiner Stimme zuckte sie zusammen, und
ihr Rücken wurde steif.

»Karte?«, fragte die Kartengeberin.

Akiko reagierte nicht.

»Wünschen Sie noch eine Karte?«

»Sie sind bei sechzehn«, meinte Kurt zu ihr.

Akiko spielte Blackjack. Sie konzentrierte sich wieder
auf das Spiel und streckte instinktiv die Hand nach einer
weiteren Karte aus. Mit einem roten König kam sie auf
sechsundzwanzig Punkte, und die Kartengeberin strich
ihre Jetons ein.

»Jetzt wäre ein günstiger Moment, um aufzustehen und
wegzugehen«, schlug Kurt vor. »Und ich meine nicht nur
das Spiel.«

Sie erhob sich und drängte sich an Kurt vorbei, ohne
ihm in die Augen zu blicken.

Er folgte ihr, holte zu ihr auf und passte, als er neben ihr
war, seine Schritte ihrem Tempo an. »Herrscht zwischen
uns neuerdings Sendepause?«

»Sie stören meine Kreise«, sagte sie.

»Womit?«

Sie sah ihn fragend an. »Woher wissen Sie über diesen Ort Bescheid?«

»Ein kleines Vögelchen erzählte mir davon. Und woher kennen Sie ihn?«

»Dies war mein Zuhause«, sagte sie. »Mein Gefängnis.«

Kurt ergriff ihren Arm und drehte sie zu sich herum. »Was erzählen Sie da? Muss ich das verstehen?«

»Ich bin das Eigentum Kashimoras gewesen«, erwiderte sie geradeheraus. »Das ist nichts Besonderes. Sie besitzen viele Menschen. Aber ich war so etwas wie eine Kapitalanlage, ein Objekt, das sich amortisierte, und ich tat, was man von mir verlangte. Sie können sich gewiss vorstellen, wozu ich benutzt wurde. Aber wie sich herausstellte, hatte ich eine gewisse Begabung für die Kampfkunst, und als sich die Gelegenheit ergab, etwas mehr zu sein als nur eine Prostituierte, ergriff ich sie beim Schopf. Ich brachte mir alles bei, was ich wusste. Ich studierte die verschiedenen Kampftechniken, die Samurai und die Gewohnheiten eines Kriegers. Durch eine zufällige Begegnung lernte ich Meister Kenzo kennen, und als es sich ergab, dass ich von hier weggehen konnte, tat ich es und blieb bei ihm. Aber sie haben mich gefunden. Und verfolgt.«

Kurt begann nach und nach zu verstehen. »Glauben Sie etwa ...«

»Sie haben mich gefunden«, wiederholte sie. »Weil ich versuchte, ihnen zu entfliehen, bestraften sie meine Familie. Kenzo versuchte, mich vor mir selbst zu schützen, und jetzt ist er tot. Daher werde ich alles in Ordnung bringen, selbst wenn ich dabei sterben muss.«

Trotz allem, was Kriminalkommissar Nagano ihm erzählt hatte, überraschte ihn die Geschichte. Er war noch nicht völlig überzeugt, aber in ihren Augen lag ein Ausdruck absoluter Entschlossenheit.

»Kashimora«, sagte er, nur um ganz sicher zu sein. »Das ist der Mann, der diesen Laden leitet.«

Sie nickte. »Es gefällt ihnen ganz und gar nicht, wenn sie Kapital verlieren, sei es lebendig oder nicht. Und sie lassen es sich nicht gefallen, dass Leute ihnen Dinge wegnehmen. Ich dachte, ich sei frei, aber ich werde niemals frei sein, daher werde ich meinem Feind gegenübertreten und mit ihm sterben, wenn es sein muss«, sagte sie. »An Ihrer Stelle würde ich darauf achten, nicht mit mir zusammen gesehen zu werden. Sie könnten auf die Idee kommen, Sie aufgrund dessen zu töten, was ich zu tun beabsichtige.«

Eine Gruppe von Gästen kam ihnen ein wenig zu nahe, und Kurt zog Akiko mit sich auf die schräge Rampe, die nach oben führte. Inzwischen käme er zu seiner Verabredung mit Joe ohnehin zu spät.

»Hören Sie«, sagte er. »Sie machen einen Riesenfehler. Ich bin kürzlich für ein paar Stunden bei der Polizei gewesen und habe dort einiges in Erfahrung bringen können. Die Männer, die uns angegriffen haben, waren ehemalige Mitglieder der Yakuza, gehören jedoch schon lange nicht mehr dazu. Und sie haben die Wasserburg nicht angegriffen, um Sie zurückzuholen oder um an Kenzo ein Exempel zu statuieren. Sie wollten nichts anderes, als ihn daran hindern, uns die Informationen zu geben, die wir uns von ihm erhofften.«

Sie sah Kurt an, als wünschte sie sich sehnlichst, ihm glauben zu können.

»Vertrauen Sie mir«, beteuerte er. »Was geschehen ist, war nicht Ihre Schuld. Ausgelöst wurde der Angriff durch unseren Besuch und durch das, was Fujihara im Meer entdeckt hatte. Es hat mit Erdbeben und mit diesen Z-Wellen zu tun, die er gefunden hat.«

Sie sah Kurt ungläubig an. »Vor diesen Leuten bin ich geflüchtet. Ich kenne ihre Geheimnisse. Ich weiß Dinge, die, wenn es nach ihnen geht, auf keinen Fall ans Licht kommen dürfen.«

Kurt schüttelte den Kopf. »Wenn sie sich an Sie erinnert hätten, wären Sie in dem Moment getötet worden, als sie in die Burg eindrangen. Ich versichere Ihnen, Sie brauchen sich deshalb nicht schuldig zu fühlen.«

»Ich weiß nicht, ob ich das so einfach glauben kann.«

»Denken Sie während der Taxifahrt nach Hause darüber nach«, sagte er. »Sie verlassen jetzt diese gastliche Stätte.«

»Weshalb?«

»Nur für den Fall, dass diese Leute sich doch noch an Sie erinnern. Bis jetzt konnten Sie sie täuschen.«

Mittlerweile hatten sie die obere Etage erreicht und näherten sich der Nische, in der das Klavier stand. Joe war nirgendwo zu sehen, aber dass keine Musik zu hören war und einige Angestellte damit beschäftigt waren, Glassplitter vom Fußboden aufzusammeln und die Möbel zurechtzurücken, ließ darauf schließen, dass es zu einem Zwischenfall gekommen war. Angehörige des Sicherheitsdienstes mit Minihörern in den Ohren, die sich mit mehreren Gästen unterhielten, bestätigten die Vermutung.

»Bleiben Sie nicht stehen, sondern gehen Sie weiter«, sagte Kurt, als sie die Nische passierten und er eine andere Richtung einschlug.

»Ich dachte, ich solle das Gebäude verlassen.«

Kurt drehte sich nicht um. »Keiner von uns beiden verlässt diesen Laden, jedenfalls nicht, solange wir keinen eigenen Weg nach draußen finden.«

Sie gingen weiter, kehrten ins untere Stockwerk zurück und schlugen die Richtung zu dem dicht bevölkerten Casinobereich ein. Als sie dort eintrafen, erschienen auf den Bildschirmen die Listen der Kampfpaarungen, auf deren Ausgang gewettet werden konnte.

In dem für den ersten Kampf des Abends reservierten Feld waren Joes Porträt und der falsche Name zu sehen, dem man ihm verpasst hatte.

»Was haben diese Symbole zu bedeuten?«, fragte Kurt seine Begleiterin.

»Sie zeigen an, mit welchen Waffen gekämpft wird. Nunchakus, Stäbe, Kurzstäbe. Sieben Runden à drei Minuten oder bis einer der Gegner nicht mehr aufsteht. Keine Aufgabe.«

Sämtliche Überlegungen, Ushi-Oni aufzustöbern und zu ermitteln, auf wessen Lohnliste er stand, rückten in den Hintergrund, als Kurt sich einem anderen Problem zuwandte. »Ich brauche Ihre Hilfe.«

»Um was zu tun?«

»Um Joe zu retten.«

20

Kurt Austin und Akiko schlängelten sich durch die Zu-
schauermenge, während die Tiefstrahler in der Kampfarena
aufflammten.

»Wie lange dauert es noch, bis die Kämpfe anfangen?«,
wollte Kurt Austin wissen.

»Zwanzig Minuten«, sagte sie.

Überall im Casinosaal sammelten die Spieler ihre Jetons
ein und suchten sich geeignete Plätze, von denen aus sie
das Spektakel verfolgen konnten.

Kurt ließ sich im Strom der Sportbegeisterten treiben.
Akiko war bei ihm, wurde jedoch langsamer. »Bleiben Sie
in meiner Nähe.«

»Sie können nicht in die Arena gehen«, warnte sie. »Das
ist genau das, was sie von Ihnen wollen.«

»Ich gehe zur Arena«, sagte er. »Aber nicht so, wie sie es
vielleicht erwarten. Zuerst einmal müssen wir von der
Bildfläche verschwinden.«

Eine versteckte Tür öffnete sich in der Wand am Ende
des Rundgangs, und eine Serviererin mit einem Tablett gefüllter Cocktailgläser kam heraus.

»Da ist die Hintertür«, sagte Kurt. »So eine gibt es in
jedem Hotel.«

Er ging mit Akiko darauf zu, lehnte sich daneben an die
Wand und wartete. Es dauerte nicht lange, bis die Tür
abermals aufschwang und eine zweite Serviererin mit einem
vollen Tablett herauskam.

Sie würdigte sie keines Blickes und suchte sich einen Weg durch die Gästeschar zu einem Spieltisch. Ehe die Tür ins Schloss fiel, waren Kurt und Akiko blitzschnell hindurchgeschlüpft.

Sie gelangten in einen schmucklosen Verbindungsflur. In einer Richtung konnten sie eine Getränkeausgabe erkennen, in der anderen Richtung befanden sich leere Umkleideräume. Als sich im Korridor Schritte näherten, zog Kurt seine Begleiterin in einen der Umkleideräume, schlüpfte mit ihr ganz hinein und schloss die Tür.

Nachdem die Schritte die Tür passiert hatten und verhallten, wusste Kurt, dass sie allein waren. »Sie sind hierhergekommen, um sich zu rächen«, sagte er. »Welchen Plan hatten Sie? Wie sollte diese Rache aussehen?«

Sie holte eine kleine Kunststoffampulle aus einer versteckten Tasche ihres Cocktailkleids. Sie schraubte die Kappe ab, und mehrere weiße Tabletten rollten auf ihre Handfläche. »Gift«, sagte sie. »Es wirkt sehr langsam und verschafft mir genügend Zeit, um den Club zu verlassen, ehe die Wirkung sich bemerkbar macht. Niemand hätte auch nur geahnt, wer der Täter ist.«

»Was dagegen, wenn ich mir dies ausborge?«, fragte er.

Sie bugsierte die Tabletten wieder in das Kunststoffröhrchen und reichte es Kurt. »Nur zu. Zwar weiß ich nicht, wie Ihnen das weiterhelfen könnte, aber wenn Sie meinen.«

»Eine Kalaschnikow wäre mir zwar um einiges lieber«, sagte er. »Aber dies hier lässt sich einfacher und unauffälliger transportieren, vor allem wenn man an die abendlichen Bekleidungsvorschriften denkt.«

»Sie scheinen sich sehr sicher zu sein«, sagte sie.

»Das bin ich auch«, bestätigte er. »Wir brauchen nichts

anderes zu tun, als uns beim Manager in aller Form zu beschweren. Ich denke, dass er die Angelegenheit genauso sieht wie wir. Aber um an ihn heranzukommen, müssen wir uns zumindest äußerlich anpassen. Wenn Sie so nett wären und sich eine passende Serviererinnenuniform anziehen würden, wäre das schon ein erfolgversprechender Anfang.«

Akiko musste mehrere Spinde öffnen, ehe sie die richtige Uniform fand und sich ohne eine Spur von Scham auszuziehen begann. Kurt wandte ihr den Rücken zu, um ihr ein Minimum an Privatsphäre zu schaffen, dabei durchsuchte er mehrere Spinde, bevor er fand, was er suchte: ein weiteres Tablettenröhrchen, das Akikos Röhrchen zum Verwechseln ähnlich sah.

Er ließ es in seiner Tasche verschwinden und drehte sich um.

»Wollen Sie sich nicht umziehen?«, fragte die Japanerin.

»Noch nicht«, antwortete er.

»Dieser weiße Smoking sticht aber überall heraus«, sagte sie. »Sie werden uns sofort entdecken, wenn Sie den Raum betreten.«

»Das hoffe ich doch.«

In einem anderen Umkleideraum unterhalb der Arena wurde Joe Zavala angewiesen, sich für den Zweikampf umzuziehen. Zur Auswahl standen verschiedene Trikots und Martial-Arts-Kombinationen. »Ich nehme an, dass Sie in Sachen Rüstung … sagen wir frühes Mittelalter … nicht gerade viel im Angebot haben, oder?«

Der Witz verfehlte seine Wirkung vollkommen. Keiner von den Sicherheitsleuten verzog auch nur die Miene. Sie hatten von Kashimora den Befehl erhalten, ihn für das

Duell auszustaffieren und mit Gewalt in die Arena zu schaffen, falls er sich weigerte, freiwillig anzutreten. Darüber hinaus waren sie gehalten, kein Wort mit ihm zu wechseln.

Angesichts der bescheidenen Auswahl entschied sich Joe für einen etwas weiter geschnittenen Martial-Arts-Zweiteiler. Das weich fließende graue Oberteil war mit einem V-Ausschnitt ausgestattet, und die Hose hatte einen elastischen Bund, damit der Träger uneingeschränkte Bewegungsfreiheit hatte.

Mehrere Waffen standen zur Verfügung, mit denen er sich vertraut machen konnte. Er nahm ein Paar Nunchakus von einem Tisch und wirbelte sie abwechselnd mit der rechten und der linken Hand herum, aber ohne intensives Training waren sie für den Benutzer mindestens genauso gefährlich wie für den Gegner. Nachdem er sich damit beinahe selbst das Gesicht verunstaltet hätte, legte er sie schnell wieder beiseite.

Der Lärm der Zuschauer drang durch die geschlossene Tür zu ihnen. Er schwoll abwechselnd an und wieder ab, während eine Stimme auf Japanisch mit viel Theatralik den bevorstehenden Kampf ankündigte.

»Es wird Zeit«, sagte einer der Wächter.

Sie nahmen ihn die Mitte, hielten ihn eisern fest und marschierten zum Ausgang.

Die Tür wurde geöffnet, und eine Woge aus Zuschauergebrüll und gleißendem Licht rollte über ihn hinweg. Joe versuchte, sich blinzelnd zu orientieren, während sie ihn vorwärts auf eine ansteigende Rampe stießen.

Er betrat eine kreisrunde Kampfzone, die von einer zwei Meter hohen Wand umgeben war. Sie erinnerte Joe an eine Stierkampfarena, nur dass der Boden aus Holzplanken bestand, die mit dunklen Flecken übersät waren – vermutlich waren es Reste von Blut aus früheren Zweikämpfen.

»Das ist ja sehr ermutigend«, murmelte er mit einem Anflug von Galgenhumor.

»Ihr solltet auf mich wetten«, sagte Joe zu den Wächtern in seiner Ecke. »Ich bekomme bestimmt eine gute Quote.«

Keiner der beiden reagierte auch nur, und als Joes Gegner durch eine Öffnung in der hinteren Wand der Arena hereinkam, verstand Joe auch weshalb. Der Mann war ein Monster. Um die zwei Meter groß und von Kopf bis Fuß mit Muskeln bepackt. Gewichtsmäßig ein Sumoringer der Meisterklasse, figürlich aber das absolute Gegenteil, besaß er doch anstatt einer extrem negativen Taille mächtige ausladende Schultern, die sich zu einem sicherlich betonharten Waschbrettbauch verengten. Getragen wurde diese menschliche Kampfmaschine von einem baumdicken Beinpaar.

»Vergesst es, Jungs«, sagte Joe. »Ich würde auch nicht auf mich setzen.«

Die Wächter hinter ihm konnten sich ein verhaltenes Kichern nicht verkneifen, aber Joe hätte in diesem Moment kaum glücklicher sein können. Schließlich wusste er, dass er nicht allein war. Irgendwann und irgendwie würde Kurt versuchen, ihn aus seiner Zwangslage zu retten. Er brauchte nur lange genug durchzuhalten, um Kurt dazu die Gelegenheit zu geben. Und in dieser Situation wäre ein schwerer, langsamer Schläger als Gegner einfacher auf Distanz und in Schach zu halten als ein schnell reagierender und wendiger Kampfkunstmeister.

Joe wurde in die Ringmitte gestoßen. Waffen wurden zur Auswahl angeboten. Joe entschied sich für einen Stab ähnlich dem, den er benutzt hatte, um über die Komodo-warane hinwegzusetzen. Die japanische Herkules-Version bevorzugte ein Paar Kurzstäbe.

Ein Hupsignal ertönte, und das Duell begann. Joe hielt den Stab vor sich hoch, während der Riese ohne zu zögern angriff. Joe erwischte ihn mehrmals mit der Stabspitze und bremste seinen Vormarsch.

Sein Gegner steckte die ersten beiden Treffer weg, als hätten sie nicht die geringste Wirkung gehabt. Auf den dritten Stoß antwortete er jedoch mit einem wilden Gegen-angriff. Indem er eine Geschwindigkeit entwickelte, die für jemanden mit einer solchen Körpermasse schier unglaub-lich war, brachte er den linken Kurzstab nach unten und nagelte die Spitze von Joes Kampfstab auf dem Ringboden fest, während er gleichzeitig mit dem anderen Stab aus-holte und Joes Schädel anpeilte.

Joe duckte sich gerade noch rechtzeitig, wobei er ein deutliches Pfeifen hörte, als der Stock über seinen Kopf hinwegwischte. Den Zuschauern entfuhr ein Seufzer, wäh-rend Joe sich zurückzog und seine Verteidigungsposition wieder einnahm.

»Immer langsam, mein großer Freund«, sagte er. »Liefe-re den Leuten wenigstens eine kleine Show, ehe du mir den Schädel einschlägst.«

Er hätte genauso gut zu einer Wand sprechen können. Der Mann reagierte weder mit einem Lächeln noch verän-derte sich der Ausdruck seiner Augen. Er griff einfach noch einmal frontal an.

Diesmal ließ Joe sich einfach fallen, schob den Stab zwi-schen die Beine seines Gegners und hebelte ihn mit einem kräftigen Ruck zur Seite. Die Knie des massigen Mannes knickten ein, und er sackte zu Boden.

Anstatt den Mann zu verletzen, bestand Joes nächste Aktion darin, ihn zu entwaffnen. Er schwang seinen Stab wie ein Neuner-Eisen, traf den Kurzstab in einer Hand seines Widersachers und beförderte ihn bis in die dritte Tribünenreihe hinauf. Zuschauer schossen von ihren Sitzen hoch und verrenkten sich, um dem wirbelnden Wurfgeschoss auszuweichen, und Joe belohnte ihre Reaktionen mit einem spöttischen Lachen.

Dieses kleine Intermezzo gab dem Mann Gelegenheit, wieder auf die Beine zu kommen. Joe hoffte, dem Riesen möge klar geworden sein, dass er sich ganz bewusst auf seine Waffe konzentriert hatte anstatt auf seinen Kopf.

Ehe sie wieder aufeinander losgehen konnten, ertönte die Hupe und kündigte das Ende der Runde an.

Der riesige Japaner kehrte in seine »Ecke« zurück, wo ihm der Schweiß vom Oberkörper abgewischt wurde. Die Wächter in seiner »Ecke« starrten Joe nur wortlos an. Er fand eine Wasserflasche, die vor der Wand stand, trank einen kleinen Schluck und lehnte sich dann an die Wand, um sich so gut wie möglich auszuruhen.

Zum ersten Mal hatte er Gelegenheit, die Zuschauer eingehender zu studieren. Es herrschte eine fast intime Atmosphäre. Die Sitze reichten für etwa eintausend Personen. Sie umringten ihn in steilen Etagen, und jeder Platz war besetzt.

Er hielt Ausschau nach Kurt, konnte ihn jedoch nirgendwo entdecken. Was er jedoch registrierte, waren die Wachleute, die an jedem Einlass und in jedem Gang zwischen den Sitzblöcken Posten bezogen hatten. Für Kurt gab es keinerlei Möglichkeiten, in die Arena zu gelangen, ohne vorher abgefangen zu werden. Dieser Umstand dürfte Kurt mittlerweile aufgefallen sein. Es bedeutete, dass

Joe den Kampf fortsetzen musste, bis Kurt einen anderen Weg fand, ihm zu Hilfe zu kommen.

Das Hupsignal für Runde zwei ertönte. Joe stellte die Wasserflasche auf den Bretterboden und ging langsam zur Ringmitte. »Beeil dich«, murmelte er. »Ich kann nicht ewig mit Godzilla tanzen.«

21

In einer Luxussuite oberhalb der Arena stand Walter Han hinter einer der deckenhohen Glasscheiben und verfolgte aufmerksam das Kampfgeschehen. Die Glaswand dämpfte den Lärm der Zuschauer und die Geräusche der wuchtigen Körpertreffer und der aufeinanderprallenden Waffen. Während er die Sitzreihen durch ein Opernglas absuchte, registrierte er keinerlei Anzeichen, dass eine Rettungsaktion im Gange war.

»Tut sich etwas?«, fragte Kashimora.

»Noch nicht«, antwortete Han.

»So viel zu Ihrem Plan, ihn aus seiner Deckung hervorzulocken«, sagte Kashimora mit einer Mischung aus Spott und Überheblichkeit.

Han ließ das Opernglas sinken, legte es auf einen Tisch und begann, auf und ab zu gehen. Die Ankunft des Amerikaners beunruhigte ihn. Nicht nur weil man ihm versichert hatte, sie seien alle tot oder im Krankenhaus, sondern auch, weil sie in seiner nächsten Nähe zugeschlagen hatten. Er rühmte sich gerne seines Überlebensinstinkts, und dieser sagte ihm in diesem Moment, dass er in Gefahr schwebte.

Er berichtete Kashimora alles, was er wusste. »Der Beschreibung zufolge, die Ihr Türsteher liefern konnte, suchen Sie einen Mann namens Austin. Er müsste einen auffälligen weißen Smoking tragen. Der Mann unten im Ring ist sein Kollege oder Freund. Nach dem zu urteilen, was ich von den beiden weiß, wird keiner den anderen im Stich lassen.«

Dafür hatte Kashimora nur ein müdes Grinsen übrig. »Wie mutig und tapfer. Aber wie ich bisher immer feststellen konnte, flattern solche großartigen Eigenschaften schnell durchs nächste Fenster hinaus, wenn das Risiko zu groß wird. Wenn Austin erkennt, was für ihn gut ist, dann ist er bereits auf der Suche nach einem Weg, auf dem er dieses Gebäude gefahrlos verlassen kann.«

»Ich nehme doch stark an, dass Ihre Männer das zu verhindern wissen, oder?«, sagte Han.

»Natürlich«, bekräftigte Kashimora. »Verlassen Sie sich darauf, für die Amerikaner gibt es nicht die geringste Möglichkeit zu entkommen.«

Walter Han nickte zufrieden. »Dann verabschiede ich mich und lege alles Weitere in Ihre Hände.«

»Sie verlassen uns?«

Han wusste, dass er sich zu diesem Zeitpunkt nicht allzu souverän verhielt und keinesfalls den Eindruck vermittelte, die Situation fest im Griff zu haben, aber er musste schnellsten von hier verschwinden. Wenn er ins Licht der Öffentlichkeit gezerrt wurde, würde der gesamte Plan scheitern. Und die Parteibonzen in China würden ihn bereitwillig opfern, um sich selbst zu retten. »Welchen Zweck hätte es, wenn ich noch bliebe? Sie haben es doch selbst gesagt: Für die Amis gibt es keine Möglichkeit zu fliehen.«

Kashimora hatte sich mit seinen eigenen Worten eine Falle gestellt, in die er auch sofort hineingetappt war. »Wenn diese Angelegenheit ein schlechtes Ende für uns nimmt, werden Sie einiges zu hören bekommen«, drohte er.

»Offenbar vergessen Sie, in welcher Position Sie sich befinden«, sagte Han. »Ich habe mit Leuten zu tun, die im Syndikat um einiges höher rangieren als Sie. Meine Freundschaftsdienste sind ausgesprochen gefragt, und das schon seit Jahren.« Er legte eine Hand auf den Türknauf, ohne auf ausdrückliche Erlaubnis zu warten. »Wenn der Amerikaner hier irgendwelche Freunde hat, dann erwarte ich, dass Sie diese finden und eliminieren. Wenn nicht, dann schaffen Sie wenigstens denjenigen, der da unten gerade im Ring steht, beiseite und verwischen Sie jede Spur seiner Existenz.«

Kashimora war sichtlich verärgert, versuchte aber gar nicht erst, Walter Han am Gehen zu hindern. »Nehmen Sie diesen Verrückten gleich mit«, sagte er. »Und hüten Sie sich, ihn noch einmal hierher mitzubringen.«

Han öffnete die Tür und winkte Ushi-Oni. Gemeinsam gingen sie hinaus.

Kashimora starrte einige Sekunden lang in ohnmächtiger Wut auf die geschlossene Tür. Dann angelte er das Opernglas vom Tisch und richtete es auf die Arena. Er sah nichts, weswegen er sich hätte Sorgen machen müssen, und ließ das Glas sinken. Als eine Cocktailkellnerin hereinkam, deutete er mit der freien Hand auf sein leeres Glas.

»Scotch.«

Er ließ sich in einen Polstersessel fallen, während sie sein Glas auffüllte und es vor ihm auf den Tisch stellte. Ohne sich zu bedanken, setzte er das Glas an die Lippen und leerte es zur Hälfte. Die feurige Flüssigkeit brannte sich ihren Weg in seinen Magen, und Kashimora fühlte sich schlagartig besser.

Er stellte das Glas zurück auf den Tisch und wandte seine Aufmerksamkeit wieder dem Zweikampf zu. Die zweite Runde war im Großen und Ganzen genauso verlaufen wie die erste. Der vor Muskeln strotzende Riese war im Angriffsmodus, und der schmale Amerikaner wich ihm ständig aus und hielt ihn auf Distanz.

»Möglich, dass Han recht hat«, murmelte der Clubbesitzer halblaut. »Vielleicht wartet er tatsächlich auf Rettung.«

»Dann sollten wir ihn lieber nicht enttäuschen«, sagte eine Stimme hinter ihm.

Kashimora fuhr in seinem Sessel herum. Der amerikanische Akzent war unverkennbar, der weiße Smoking bestätigte, wer gesprochen hatte. Kashimora bemerkte, dass der Mann nicht bewaffnet war, jedoch fröhlich lächelte.

»Sie müssen Austin sein.«

»Der bin ich«, bestätigte der Mann und ließ sich in einen Sessel fallen.

»Wie sind Sie hereingekommen?«

»Überraschend leicht«, antwortete Austin lässig. »Nun, da die meisten Ihrer Männer nach mir Ausschau halten, sind die Flure so gut wie verlassen. Und Ihre Wachen an den Türen abzulenken war das reinste Kinderspiel.«

»Ich brauche keine Wächter, die mich beschützen«, sagte Kashimora, holte eine stumpfnasige Pistole hervor und richtete sie auf die Brust des Amerikaners.

Anstatt furchtsam zu reagieren oder zumindest Erschrecken zu zeigen, deutete Austin mit den Händen eine Geste an, als würde er kapitulieren. Dabei behielt er sein ausgesprochen fröhliches Grinsen bei. Das war nicht die Miene eines unterlegenen Mannes. »Ich würde an Ihrer Stelle nicht abdrücken.«

»Sie werden sich wünschen, dass ich es getan hätte, wenn Sie zusammen mit Ihrem Freund in die Bucht von Tokio geworfen werden und ertrinken.«

»Und Sie werden sich wünschen, mir aufmerksam zugehört zu haben«, erwiderte der Amerikaner, »wenn Ihr Herz unkontrolliert zu flattern beginnt und aus ihren Arterien Blut austritt und jede Nische und jeden Winkel Ihres Körpers füllt.«

»Wovon reden Sie?«

»Was mit mir geschieht, geschieht auch mit Ihnen«, sagte Austin. »Entweder bleiben wir beide am Leben, oder wir sterben. Es kommt allein auf Sie an.«

»Das sind bloß Lügen – und ein armseliger Versuch zu bluffen. So etwas funktioniert hier nicht.«

Austin hielt eine leere Kunststoffampulle hoch und warf sie seinem unfreiwilligen Gastgeber zu. Kashimora fing sie mit der freien Hand auf. Einige winzige Tropfen klebten an der Innenwand des Röhrchens.

»Dieses kleine Gefäß war mit Heparin gefüllt«, sagte Kurt. »Einem starken Blutverdünner. Man kann es durchaus mit Rattengift vergleichen. Sie haben mit Ihrem Getränk eine tödliche Dosis konsumiert. Genug, um einen Mann, der drei Mal so groß ist wie Sie – ich denke zum Beispiel an den Burschen, der da unten meinem Freund ans Leder will – , umzubringen. Der Alkohol mag den Geschmack zwar überdeckt haben, aber ich könnte mir vorstellen, dass Sie im Augenblick ein metallisches und bitteres Aroma in Ihrem Mund schmecken.«

Kashimora fuhr mit der Zungenspitze über seine Zähne und nahm die Reste einer unangenehm schmeckenden Flüssigkeit wahr. Er wusste, wie Rattengift wirkte. Er hatte es selbst schon bei Widersachern und Konkurrenten benutzt.

»Wahrscheinlich spüren Sie in diesem Augenblick auch, wie Ihnen warm wird«, fuhr Austin fort. »Ihr Herz wird in

Kürze rasen, wenn es nicht schon längst damit angefangen hat.«

Kashimoras Gesicht fühlte sich erhitzt an. Sein Herz klopfte heftig – zu heftig. Schweiß trat ihm auf die Stirn und sammelte sich zu einem Rinnsal, das an seinen Schläfen herabrann. »Sie kommen hier niemals lebend raus.«

Austin hob eine Augenbraue. »Das werde ich, wenn Sie mich zur Tür begleiten. Und wenn Sie bereit sind, das zu tun, dann verabschiede ich mich an der Einfahrt mit einem festen Händedruck von Ihnen und lasse dabei das Gegenmittel in Ihrer Hand zurück.«

»Oder ich könnte Sie erschießen und Sie durchsuchen.« Kashimora spannte die Pistole, riss sie hoch und zielte auf Kurt Austins Kopf.

»Glänzende Idee«, lobte Austin. Er zeigte Austin eine Handvoll Tabletten. Es waren insgesamt fünf Stück in unterschiedlicher Form und Farbe. »Es ist eine von diesen«, sagte er. »Aber wenn Sie sich irren, dann nehmen Sie mehr Gift auf und sterben sogar noch früher.«

Kashimora konnte kaum fassen, was in diesem Moment ablief. Mitten im Herzen der Yakuza-Festung, wo jeder Ausgang überwacht und gesichert war und sich fünfzig bewaffnete Männer auf der Suche nach ihm befanden, hatte Austin es geschafft, das Blatt gegen das Haus zu wenden.

»Legen Sie die Pistole auf den Boden und schieben Sie die Waffe zu mir herüber«, befahl Austin.

Der Casinoboss schüttelte den Kopf. Es musste eine andere Möglichkeit geben.

Austin schaute auf seine Armbanduhr. »Wenn Sie noch länger warten, wird es irgendwann zu spät sein.«

Kashimora versuchte, seiner Angst Herr zu werden, aber sie war überwältigend. Sein Herz schlug jetzt wie ein

Dampfhammer; ein Schweißfilm glänzte auf seiner Stirn. Er wischte sich das Gesicht mit einem Ärmel seines Jacketts ab und legte die Pistole auf den Teppichboden. Mit einem Fußtritt beförderte er sie zu Austin hinüber. »Was soll ich tun? Die Wachen von ihren Posten zurückrufen?«

Austin hob die Pistole auf. »Ich glaube, das würde Ihren Leuten erst recht verdächtig vorkommen.«

»Was dann?«

»Zuerst einmal nehme ich mir Ihr Telefon«, sagte Austin. »Meins wurde nämlich konfisziert. Und dann werden Sie mir helfen, meinen Freund aus diesem Boxring herauszuholen. Und Sie werden es auf die altmodische Art und Weise tun. Mit der Hand.«

22

Das Hupsignal ertönte, und Runde vier begann. Joe fiel auf Anhieb auf, dass sich sein Gegner für eine neue Taktik entschieden hatte. Der Mann war nicht mehr so sehr auf Angriff erpicht. Er versuchte nicht mehr, dem Kampf mit einem einzigen vernichtenden Treffer ein schnelles Ende zu machen. Stattdessen hielt er sich zurück und wartete darauf, dass Joe die Initiative ergriff. Vielleicht war er müde. Oder die Notwenigkeit für diese Taktik ergab sich aus Joes Fähigkeit, seinen bisherigen Attacken erfolgreich ausgewichen zu sein.

Joe blickte seinem Gegner in die Augen. Der Mann forderte Joe durch Handzeichen auf, ihn anzugreifen. Joe schüttelte den Kopf. Der Mann, dessen Miene nichts darüber verriet, was in seinem Innern vorging, wiederholte seine Geste, schwang den Schlagstock, als wolle er Joe dazu animieren, die Initiative zu ergreifen. Joe hingegen ließ sich nicht provozieren, und die Kampfhandlungen kamen zum Stillstand.

Dass die Kämpfer einander nur noch lauernd umkreisten, weckte zunehmend den Unmut der Zuschauer. Erste protestierende Pfiffe erklangen. Kurz darauf wurde ein Sprechchor angestimmt. Joe verstand die Worte zwar nicht, aber er spürte, wie sich die Atmosphäre elektrisch auflud.

Plötzlich geriet der Boden unter seinen Füßen in Bewegung. Nicht zur Seite, sondern in vertikaler Richtung. Die Außenwand des kreisrunden Kampfrings wurde mit Hilfe einer Hydraulik angehoben und stieg in die Höhe. Die Bretter des Ringbodens, lamellenartig angeordnet, schoben sich übereinander. Lediglich eine runde Fläche in der Mitte von etwa zweieinhalb Metern Durchmesser blieb in ihrer ursprünglichen Lage. Was vorher eine großzügige kreisrunde Arena gewesen war – die den Kämpfern genügend Bewegungsspielraum geboten hatte –, verwandelte sich nun in einen Trichter, der die Kämpfer zwang, fast bis auf Tuchfühlung aufeinander zuzurücken und zu versuchen, sich im Nahkampf zu bezwingen.

Joes unüberwindbar erscheinender Gegner nahm diese Entwicklung mit einem Grinsen zur Kenntnis. Ihm konnte sie nur recht sein, und er begab sich in Kampfhaltung in die Mitte des Trichters.

Joe Zavala behielt seine Position bei und kauerte sich nieder, als das Gefälle des Ringbodens zunahm. Er ging so tief hinunter wie möglich, um seinen Schwerpunkt nach unten zu verlagern, stützte zusätzlich noch eine Hand auf die sich zusammenschiebenden Bretter, damit er nicht das Gleichgewicht verlor. Aber als die Neigung des Bodens fünfundvierzig Grad überschritt, begannen seine Füße, deren Sohlen schweißnass waren, unaufhaltsam zu rutschen.

Der Sprechchor der Zuschauer wurde lauter, unkontrollierter. Sie konnten kaum erwarten, dass Joe den Halt verlor und in die Arme des Riesen stürzte.

Joe wusste, dass er sich nicht länger halten konnte. Es war nur noch eine Frage von wenigen Sekunden, bis die Reibung seiner Fußsohlen, die ihn auf der Schräge hielt, von der Schwerkraft überwunden würde.

Anstatt untätig zu bleiben und diesen Moment so lange wie möglich hinauszuschieben, richtete er sich plötzlich auf und startete durch. Aber er rannte nicht direkt auf seinen Gegner zu, sondern wählte den Weg schräg über die Trichterwand und abwärts. Da er auf diese Weise das Tempo steigerte, gelangte er auf der gegenüberliegenden Seite die Schräge hinauf wie ein Rennwagen in einer überhöhten Kurve.

Der japanische Muskelmann zielte mit seinem Kurzstab auf Joes Füße, aber Joe setzte elegant über diese Attacke hinweg und schmetterte seinem riesigen Opponenten die Stange gegen den Hinterkopf, als er ihn passierte.

Der Mann brach zusammen und stürzte schwer zu Boden, während Joe auf dem schrägen Ringboden an Höhe gewann. Er war gerade im Begriff, einen zweiten Tempovorstoß zu inszenieren, als der Boden unter seinen Füßen wegsackte. Und das im wahrsten Sinne des Wortes.

Das pneumatische Zischen verriet die Ursache, aber Joe hörte es zu spät. Mehrere Ventile waren geöffnet, und der aufgestaute Druck, der den Ringboden angehoben hatte, war bereits freigesetzt worden. Die Bodenbretter fielen in ihre ursprüngliche Position zurück, und Joe krachte auf den harten Untergrund.

Benommen wälzte er sich auf die Seite. »Verdammt! Das ist nicht fair!«

Er schaute hoch und sah seinen Gegner auf sich zustürmen. Die mit Muskeln bepackte Kampfmaschine ergriff den Stab und riss ihn Joe aus der Hand. Fast im selben Moment raste sein Ende mit tödlicher Wucht auf Joes Gesicht zu.

Joe ging in Deckung. Sein Boxerinstinkt ließ ihn den linken Arm hochreißen, um seinen Kopf zu schützen. Der Stab traf seinen angespannten Bizeps und seinen Unterarm, streifte jedoch auch seine Kopfseite.

Joes hatte das Gefühl, als hätten sich seine Beine in

Wackelpudding verwandelt. Eine Stimme in seinem Kopf trieb ihn an, aufzustehen und zu flüchten, sie wurde jedoch von dem schrillen Klingeln in seinen Ohren übertönt.

Er versuchte, hochzukommen und wegzukriechen, ehe er auf die Seite kippte und auf den Rücken rollte. So blieb er liegen und starrte senkrecht nach oben. Kein Ringrichter erschien, um ihn auszuzählen, über ihm war nur der grelle Lichtschein der Tiefstrahler zu sehen: ein perfektes gleißendes Quadrat mit einem undurchdringlichen schwarzen Zentrum.

Für eine Sekunde erschien der Riese in seinem Blickfeld, beugte sich über Joe und schirmte das Licht ab. Aber die Hupe erklang, und der Mann richtete sich auf und entfernte sich, anstatt Joe endgültig auszuschalten.

»Die ritterlichen Tugenden haben offenbar doch überlebt«, murmelte Joe halblaut.

Während er auf den Brettern lag und darauf wartete, dass er seine Beine wieder benutzen konnte, fiel von oben ein Objekt zu ihm herab. Joe glaubte zuerst, dass ihm seine Phantasie etwas vorgegaukelt hatte, aber der Gegenstand schlug neben ihm auf dem Ringboden auf, hüpfte in die Höhe und rollte dann ein Stück, bis er gegen seinen Brustkorb prallte.

Joe wälzte sich halb auf die Seite, um nachzusehen, was zu ihm herabgeworfen worden war. Er tastete mit den Fingern über die Ringbretter und klaubte den Gegenstand auf. Es war eine Fünf-Yen-Münze aus Messing mit einem Loch in der Mitte. Ein Glücksbringer.

Joe stieß einen stummen Freudenschrei aus. Hoffnungsvoll blickte er zu den Zuschauerreihen hinauf, während die Tiefstrahler erloschen.

23

»Werfen Sie ihm das Seil hinunter!«, rief Kurt Austin.

Er, Akiko und Kashimora standen hoch oben über der Kampfarena auf dem Laufsteg, der die Gitterkonstruktionen miteinander verband, an denen die Tiefstrahler befestigt waren. Akiko hatte dort ein langes Nylonseil gefunden, das bei Reparaturarbeiten an der Kampfringbeleuchtung zum Sichern der Techniker benötigt wurde. Sie ließ ein Ende über das Geländer bis auf den Boden des Kampfrings hinab.

»Ich kann nur hoffen, dass er es bemerkt«, sagte sie. »Nach diesem letzten Treffer ist er vielleicht noch benommen und kann nicht klar denken.«

»Wenn es etwas gibt, das härter ist als Diamant, dann dürfte es Joe Zavalas Schädel sein«, meinte Kurt. »Ich denke, er ist vollkommen okay.«

Kurt hatte beobachten können, wie Joe die Münze aufgesammelt und hochgesehen hatte. Er wusste, dass sein Freund die richtigen Schlussfolgerungen ziehen würde.

»Geben Sie mir das Gegenmittel, sobald er hier oben ist?«, fragte Kashimora nervös.

»Nicht bevor wir diese gastliche Stätte unversehrt hinter uns gelassen haben«, erwiderte Kurt.

Das Seil spannte sich. Ein zweifacher kräftiger Ruck verriet ihm, dass Joe bereit war.

»Okay«, sagte Kurt. »Ziehen wir ihn hoch.« Zu dritt begannen sie, das Seil einzuholen. Hand über Hand. Mit gleichmäßigem Zug, der jeder Crew einer Segeljacht Ehre gemacht hätte, verhalfen sie Joe zu seinem erhofften Aufstieg in die Freiheit, aber es war ein langer Weg bis hinauf zur Beleuchtungsbühne, und Joe brachte immerhin fast zweihundert Pfund auf die Waage.

Als er den halben Weg geschafft hatte, hielt Kashimora abrupt inne. Er sackte auf ein Knie herab und presste eine Hand auf die Brust. Der Schweiß tropfte ihm von der Stirn, und er hechelte kurzatmig. »Ich brauche das Gegenmittel.«

»Nehmen Sie das Seil sofort wieder in die Hand!«, befahl Kurt.

»Nicht bevor Sie mir die Pillen geben!«

Es gab nicht viel, was Kurt in dieser Situation tun konnte. Joe war viel zu schwer, als dass er hätte versuchen können, ihn ohne Kashimoras Mithilfe heraufzuhieven. Wenn Kurt losließ, würde Akiko seinen Freund wohl kaum alleine festhalten und vor dem Absturz bewahren können. »Ich gebe Ihnen die Pillen, sobald er über das Gelände klettert. Und jetzt ziehen Sie gefälligst wieder!«

Da Kurt beide Hände am Seil hatte und seinen Platz am Geländer nicht verlassen konnte, nutzte Kashimora die günstige Gelegenheit, warf sich auf ihn, schob eine Hand in Kurts Smokingtasche und suchte nach den Pillen. Der heftige Zusammenprall ließ beide Männer beinahe übers Geländer kippen. Das Seil rutschte durch Kurts Hand, und Joe sackte um fast einen Meter ab, ehe Kurt wieder richtig zupacken konnte.

»Her mit dem Gegenmittel!«, kreischte Kashimora mit überkippender Stimme.

Kurt schenkte sich eine Erwiderung. Er rammte Kashimora rückwärts gegen das Geländer, schlang das andere

Ende des Seils um seinen Leib und stieß ihn in die Tiefe. Der schwergewichtige Gangster war nicht besonders gelenkig und schnell, aber in seiner Verzweiflung gelang es ihm, sich mit einem Fuß am Geländer zu verhaken. Damit stoppte er seinen Absturz. Er und Joe hielten sich nun gegenseitig in der Schwebe.

Kurt angelte die orangefarbenen Tabletten aus der Innentasche seines Smokings. »Dies sind die Pillen, die Sie brauchen.«

»Bitte«, flehte Kashimora.

»Zuerst eine Frage«, sagte Kurt. »Wer hat Ushi-Oni für seine Dienste bezahlt?«

»Wie bitte?«

Kurt holte mit der Hand aus, als ob er die Tabletten in die Dunkelheit schleudern wollte.

»Warten Sie«, jammerte Kashimora. »Es war Han!«

»Han wer?«

»Walter Han.«

»Ein Yakuza?«

»Nein, nein.« Kashimora schüttelte heftig den Kopf. »Er ist Chinese ... ein Geschäftsmann ... sehr reich.«

Kurt war noch nicht zufrieden. Er wollte mehr wissen, obgleich die Zeit knapp wurde und er sich beeilen musste. »Warum sollte ein wohlhabender Geschäftsmann einen Auftragsmörder engagieren?«

»Keine Ahnung.«

Kurt ließ ein wenig Seil nach.

»Ich schwöre es!«, rief Kashimora. »Und jetzt geben Sie mir die Tabletten!«

Stablampen flammten auf. Ihre Lichtkegel geisterten unten durch die Arena, als Angehörige des Sicherheitsdienstes nachschauten, ob ein Defekt die Beleuchtung lahmgelegt hatte. Damit war die Fragerunde beendet. Kurt warf die Tabletten über das Geländer. »Sie finden, was Sie suchen, unten im Ring«, sagte er. »Ich wünsche eine gute Reise.«

Bei diesen Worten löste er Kashimoras Fuß mit einem Tritt vom Geländer des Laufstegs. Der fette Gangster, der noch immer in der Seilschlinge steckte, stürzte ab – allerdings in Zeitlupe, da er durch Joes Gewicht gebremst wurde. Er landete mit einem dumpfen Laut und nicht besonders heftig auf den Brettern, befreite sich von seinen Fesseln und begann hektisch nach den orangefarbenen Pillen zu suchen.

Hoch oben über seinem Kopf halfen Kurt und Akiko Joe Zavala über das Geländer.

»Danke für die Liftfahrt«, sagte Joe. »Hab ich richtig gesehen, dass auf der anderen Seite jemand in die Tiefe gerauscht ist, oder habe ich mir das nur eingebildet?«

»Wir haben uns nur von unnötigem Ballast befreit«, sagte Kurt.

»Von unnötigem Gewicht und unserem Passierschein, um von hier zu verschwinden«, präzisierte Akiko.

Joe starrte sie an und blinzelte entgeistert. »Akiko? Sie hier? Dieser Kerl muss mich härter erwischt haben, als ich anfangs angenommen hatte.«

»Ich erkläre dir alles später«, versprach Kurt. »Zuerst einmal müssen wir für ein wenig Ablenkung sorgen. Geben Sie mir mal diesen Feuerlöscher.«

Akiko löste einen rot lackierten Druckbehälter aus seiner Wandhalterung und reichte ihn Kurt Austin. Der Behälter war mit Trockenlöschschaum gefüllt. Kurt zog den Sicherungsstift heraus, legte den Ventilhebel um und warf die Stahlflasche in den Kampfkäfig hinab. Geradezu majestätisch sank sie abwärts, eine weiße Schaumwolke hinter sich herziehend, bis sie wie eine Bombe in der Ringmitte aufschlug.

»Feuer!«, rief Akiko mit Panik in der Stimme auf Japanisch. »Feuer!«

Die Lichtkegel der Stablampen konzentrierten sich auf die herabsinkende Löschschaumwolke. Im flackernden Lichtschein sah sie wie wallender Rauch aus, der sich zügig ausbreitete, als ob in den unteren Etagen des Spielclubs ein Feuer ausgebrochen wäre. Nacktes Chaos herrschte, als die Gäste um Hilfe rufend vollkommen kopflos durcheinanderrannten.

»Sehen wir zu, dass wir verschwinden«, sagte Kurt.

Sie tasteten sich über den Steg und kletterten durch die Servicetür in der gegenüberliegenden Bretterwand. Von dort gelangten sie in einen ebenfalls für die Servicetechniker reservierten Tunnel. An einer Gabelung entschieden sie sich für die Abzweigung nach rechts, erreichten eine weitere Tür und traten schließlich in die Nacht hinaus.

Mittlerweile flammte hinter ihnen die Beleuchtung im Zuschauerraum auf. Jede Tür wurde als Fluchtweg benutzt. Gäste stürmten in Scharen hinaus. Eine nicht enden wollende Autokolonne rollte in Richtung Haupttor.

»Ich kann mir nicht vorstellen, dass Sie mit einem Wagen hergekommen sind, oder etwa doch?«, sagte Kurt zu Akiko. »Vielleicht mit einem dieser klassischen Oldtimer aus Fujiharas Sammlung?«

»Nein«, antwortete sie und schüttelte den Kopf. »Aber wir könnten einen stehlen.«

Kurt blickte zur Ausfahrt. Dort herrschte zu viel Betrieb. Es wimmelte von Wächtern, und auf den Zufahrten käme jeden Moment der Verkehr zum Erliegen.

»Zu riskant«, sagte Kurt. »Sie kontrollieren jeden Wagen, der das Anwesen verlässt. Wir sollten irgendeine Möglichkeit finden, uns von hier zu empfehlen, ohne uns verabschieden zu müssen. Mir nach.«

Er führte sie von dem Gebäude weg und in die Dunkelheit des Ziergartens.

»Möglicherweise haben sie hier draußen Überwachungskameras aufgestellt«, warnte Joe.

»Ich glaube kaum, dass im Augenblick jemand im Haus ist, der verfolgt, was sie aufzeichnen«, erwiderte Kurt. »Aber wir sollten sobald wie möglich über den Zaun klettern.«

»Und was dann?«, wollte Akiko wissen.

»Wir halten irgendeinen Wagen an – wenn wir Glück haben, einen Luxusschlitten, in dem wir uns nach Belieben ausstrecken können.«

»Ein Bentley wäre ganz nett«, sagte Joe.

Kurt grinste in der Dunkelheit. »Genau das dachte ich auch gerade.«

Sie suchten sich einen Weg durch das Gelände und erreichten den vier Meter hohen schmiedeeisernen Zaun. Kurt holte das Mobiltelefon hervor, das er Kashimora abgenommen hatte. Er wählte eine Nummer und wartete auf Antwort.

Kaum dass Nagano den Anruf angenommen hatte, begann er zu reden. »Hier ist Kurt. Wir sind auf der Westseite des Anwesens am Zaun in der Nähe der Zufahrtsstraße. Können Sie dorthin kommen und uns abholen?«

»Ich bin weiter unten auf der Straße«, antwortete Nagano. »Hier rauscht ein Wagen nach dem anderen vorbei. Was ist passiert?«

»Das erkläre ich Ihnen, wenn Sie hier sind«, sagte Kurt.

»Aber machen Sie schnell, sonst verfüttern sie uns an die Kois.«

Kurt hörte über das Telefon das sonore Röhren des auf Touren kommenden Bentleymotors. Es war ein beruhigender Klang.

Nachdem er das Telefon wieder in die Tasche gesteckt hatte, streckte er die Hände nach den Gitterstäben des schmiedeeisernen Zauns aus.

»Lass das!«, rief Joe Zavala.

Kurt fuhr zu ihm herum und sah, dass Joe auf gut getarnte Drahtleitungen deutete, die sich aus einer offenbar hohlen Querstange dicht über der gemauerten Zaunbasis hervorschlängelten. »Meinst du, der Zaun steht unter Strom?«

»Sieht so aus«, sagte Joe. »Der zweite Draht könnte an einen Sensor angeschlossen sein. Eines dürfte klar sein: Sobald wir den Zaun berühren, wissen sie, wo wir sind.«

Kurt blickte zum Haupthaus zurück. Hundegebell drang an seine Ohren, die Lichtkegel starker Stablampen wischten suchend über das Gartengelände. »Sie werden sich sowieso in Kürze zusammenreimen, was passiert ist und wo wir sind. Kannst du die Leitung kurzschließen oder kappen?«

Joe suchte nach einem Schwachpunkt. »So wie es aussieht, ist nichts zu machen.«

»Sie kommen«, meldete Akiko.

Das traf auch auf Nagano zu. Unten am Beginn der Zufahrtstraße kam ein Scheinwerferpaar in Sicht. Kurt konnte das typische Röhren des Bentleymotors hören, während sich der Wagen rasend schnell näherte. Er angelte das Telefon aus der Tasche und wählte die Nummer des Japaners.

»Wir sitzen hinter einem elektrischen Zaun fest. Sie sind

unsere einzige Hoffnung, hier rauszukommen. Der untere Teil des Zauns besteht aus einer Ziegelmauer. Sie müssten irgendwie eine Lücke schaffen, damit wir hinauskriechen können.«

Hinter sich hörten sie bereits die lauten Rufe der Wachleute mit den Suchhunden.

»Ich sehe Sie«, sagte Nagano. »Treten Sie lieber zurück.«

Kurt gab Joe und Akiko mit der Hand ein Zeichen, sich vom Zaun zurückzuziehen, während der Bentley das Tempo drosselte, einen weiten Bogen beschrieb, das Hindernis ins Visier nahm und wieder beschleunigte.

Er rammte die Barriere wie ein Drei-Tonnen-Dampfhammer, verbog das Eisengitter und, was viel wichtiger war, sprengte eine gut einen halben Meter breite Öffnung in die gemauerte Basis.

Ein Staubwolke wallte hoch, angestrahlt von den Scheinwerfern der zur Planierraupe umfunktionierten Luxuslimousine. Die Lichtkegel der Verfolger schwangen herum und konzentrierten sich jetzt auf sie, während auch die Hunde losgelassen wurden. Unter wütendem Gebell stürmten sie in Richtung Zaun.

»Los!«, befahl Kurt.

Nagano setzte mit dem Bentley zurück und nahm dabei einige lose Ziegelsteine mit. Joe schlängelte sich durch die Öffnung. Akiko folgte ihm, während Kurt dicht hinter ihr die Nachhut bildete.

Als er jenseits des Zauns auf die Füße kam, stiegen Joe und Akiko bereits in den Wagen ein, und die Hunde kamen im Licht der Stablampen auf einem Rasenhügel in Sicht.

Kurt rannte ein paar Schritte und riss die Beifahrertür

des Bentleys auf, während die ersten Vierbeiner unter dem Eisenzaun hindurchkrochen. Er warf sich in den Wagen und zog die Tür hinter sich zu, vor deren Fensterscheibe bereits die gefletschten Reißzähne mehrerer Hunde erschienen.

»Bringen Sie uns von hier weg!«

Nagano hatte den Fuß bereits auf dem Gaspedal. Die Reifen des Bentleys drehten auf dem losen Geröll sekundenlang durch, katapultierten den Wagen dann in einer Staubwolke vorwärts – und nun ließen sie die Wächter und die kläffende Hundemeute schnell hinter sich.

»Hoffentlich ist dies keine Einbahnstraße«, sagte Joe.

»Keine Sorge«, erwiderte Nagano. »Sie mündet auf eine Landstraße. Dort haben wir dann freie Fahrt.«

Kurt drehte sich halb um und blickte durch die getönte Heckscheibe. »Werden wir verfolgt?«

»Soweit ich erkennen kann, nein«, sagte Nagano, während er in den Rückspiegel schaute.

Joe und Akiko richteten sich auf und versperrten ihm die Sicht.

»Das ist höchst sonderbar«, meinte Nagano. »Ich kann mich erinnern, zwei vollständig bekleidete Passagiere abgesetzt zu haben. Jetzt habe ich drei Fahrgäste, und einer trägt einen Pyjama. Bitte bestätigen Sie mir, dass dieses ganze Theater nicht deshalb stattfand, weil einer von Ihnen die falsche Frau geküsst hat.«

»Diesmal nicht«, versicherte Joe.

Kurt Austin schaltete sich ein. »Sir, ich möchte Ihnen Akiko vorstellen. Akiko, dies ist Kriminalkommissar Nagano von der japanischen Polizei. Ich glaube, er ist auf der Suche nach Ihnen.«

Ihre Miene verdüsterte sich für einen kurzen Moment,

aber sie sagte nichts. Nagano schwieg ebenfalls, begann dann aber verhalten zu lachen. »Das muss ein interessanter Abend gewesen sein.«

»Das war er ganz sicher«, bestätigte Kurt. »Es kommt nicht jeden Tag vor, dass man zehn Millionen Yen gewinnt, eine schöne Frau findet und seinen besten Freund vor dem sicheren Tod rettet, nur um danach von Männern mit Gewehren und Hunden gejagt zu werden.«

»Glauben Sie ihm kein Wort«, sagte Joe. »Solche Dinge passieren hier mit erschreckender Regelmäßigkeit.«

Akikos Blick wanderte zwischen Joe und Kurt hin und her. Ihre Miene entspannte sich, und sie lachte leise. Es war die erste heitere Reaktion, die Kurt bei ihr beobachten konnte. »Und vergessen Sie nicht«, fügte sie hinzu, »dass wir sozusagen als großzügige Dreingabe einen hochrangigen Yakuza-Boss vergiftet haben.«

»Sensationell«, sagte Joe. »Das sollte unsere Lebenserwartung doch um einiges erhöhen, oder?«

»Von Vergiften kann eigentlich keine Rede sein«, wandte Kurt ein. »Ich habe im Umkleideraum ein Fläschchen mit Koffeintabletten gefunden. Leute, die zehn Stunden am Tag auf den Beinen sein müssen, konsumieren sie gewöhnlich, um wach und fit zu bleiben. Akiko hat fünf Stück davon zerbröselt und in seinen Drink gerührt. Dank des Koffeinschocks und seiner eigenen Einbildungskraft ist es ihm wahrscheinlich so vorgekommen, als würde ihm jeden Moment das Herz aus der Brust springen.«

»Vielleicht brennt er trotzdem darauf, sich zu rächen«, warnte Nagano.

»Das kann ich mir nicht vorstellen«, wiegelte Kurt ab. »In diesem Fall müsste er offen zugeben, dass er uns zu unserer Flucht verholfen hat.«

Nagano, der sich wieder auf die Straße vor ihnen konzentrierte, nickte. »Wenn ich mir vorstelle, was es kosten wird, diesen Wagen zu reparieren, kann ich nur hoffen, dass Sie mehr erreicht haben, als unter den Yakuza ein wenig Unruhe zu stiften.«

Kurt wurde ernst. »Wir haben herausgefunden, wer den Angriff bezahlt hat. Ein chinesischer Geschäftsmann namens Han.«

Naganos Kopf ruckte nach rechts. Er starrte Kurt irritiert an. »Walter Han?« Als er den Namen aussprach, klang die Stimme des Kriminalkommissars eine halbe Oktave tiefer als sonst. »Nein, nein, das kann nicht sein. Das haben Sie ganz bestimmt missverstanden.«

»Ich weiß, was ich gehört habe«, sagte Kurt. »Er hat Ushi-Oni dafür bezahlt, Kenzo Fujiharas Burg zu überfallen.«

»Das ergibt überhaupt keinen Sinn«, sagte Nagano immer noch ungläubig.

»Weshalb?«, fragte Joe. »Wer ist dieser Han?«

»Han ist ein Industrieller und im Hightech-Business tätig«, erklärte Nagano. »Seine Firmen stellen Flugzeugteile und Motoren aller Art her. Außerdem beliefert er Fabriken hier und in China, mit hochentwickelter Robotertechnik. Er hat auch erheblichen politischen Einfluss. Er fordert, dass China und Japan ihre Jahrhunderte alte misstrauische Haltung zueinander aufgeben und stattdessen zusammenarbeiten sollen. Er ist eine Persönlichkeit, zu deren engem Bekanntenkreis Premierminister und Präsidenten gehören. Jemand von diesem Kaliber verkehrt nicht bei den Yakuza.«

»Wie sollte dann einer dieser Yakuza-Bosse ausgerechnet auf seinen Namen kommen?«, fragte Kurt.

»Was weiß ich?«, sagte Nagano. »Er hat ihn erfunden, ohne zu ahnen, dass dieser Name tatsächlich existiert.«

»Dafür, dass er seiner Fantasie entsprungen sein soll, ist der Name ziemlich ungewöhnlich«, sagte Joe. »Halb westlich, halb chinesisch.«

»Han wurde in letzter Zeit häufiger in den Nachrichten erwähnt«, sagte Nagano. »Er hat vor Kurzem an einem Staatsbankett teilgenommen. In dieser Woche eröffnet er eine neue Produktionsstätte in Nagasaki. Aus diesem Anlass soll er eine neue Kooperationsvereinbarung zwischen Japan und China unterzeichnen.«

»Wollen Sie damit andeuten, dass Kashimora den Namen nur deshalb nannte, weil er Walter Han irgendwann vorher zufällig im Fernsehen gesehen hatte?«

»Möglich wäre es.«

Kurt überlegte kurz und schüttelte den Kopf. »Das glaube ich nicht. In Augenblicken höchster Anspannung und Gefahr geschehen oft die verrücktesten Dinge: Der Geist reagiert auf den urtümlichsten aller Triebe – er denkt nur noch ans Überleben. Und wenn ich mir ins Gedächtnis rufe, in welcher Klemme Kashimora sich befand, dann wette ich, dass er in diesem Moment keinen anderen Gedanken hatte, als um jeden Preis seine Haut zu retten.«

Nagano sah ihn skeptisch an. »Also, wenn Sie recht haben sollten, wäre das eine sehr schlechte Nachricht«, sagte er schließlich. »Es würde nämlich bedeuten, dass wir mit unseren Ermittlungen in einer Sackgasse stecken und sie abbrechen können.«

»Weshalb?«, wollte Joe wissen.

»Weil ich an Han nicht herankomme«, erklärte der Kriminalkommissar. »Er hat eine doppelte Staatsangehörigkeit und außerdem Freunde in den allerhöchsten Kreisen.

Damit und mit seinem Vermögen erfreut er sich einer Art inoffizieller diplomatischer Immunität. Ihn zum Objekt einer Ermittlung zu machen wäre vollkommen sinnlos. Meine Vorgesetzten würden sie noch im Ansatz abwürgen, und ich würde bis zu meiner Pension zum Routinedienst in irgendeinem abgelegenen Dorf in den Bergen abkommandiert werden.«

»Demnach ist er unantastbar«, sagte Kurt.

Nagano verzog schmerzlich das Gesicht und nickte. »Ich fürchte, genau so ist es.«

»Was wäre denn, wenn auch Ushi-Oni ihn als Auftraggeber nennen würde?«, fragte Joe. »Wenn gleich zwei Yakuza Han mit kriminellen Machenschaften in Verbindung bringen, könnten Ihre Vorgesetzten es sich kaum erlauben, auf Ermittlungen zu verzichten.«

»Schon möglich«, sagte Nagano, »aber in diesem Fall stünden wir wieder vor dem Problem, Ushi-Oni finden zu müssen. Wir wissen noch immer nicht, wo wir mit der Suche anfangen sollen. Und nach dieser Sache wird er zunächst einmal von der Bildfläche verschwinden.«

»Nicht wenn Sie Ihr Überwachungsnetzwerk aktivieren«, sagte Joe. »Er hat nämlich eine der Münzen bei sich.«

Alle Blicke richteten sich auf Joe.

»Während sich Kurt die Zeit mit Kartenspielen vertrieben hat, habe ich nämlich fleißig gearbeitet.«

Kurt hob eine Augenbraue. »Soweit ich mich erinnere, hast du in der Arena des Todes um dein Leben gekämpft. Und ich durfte dich retten.«

»Ach ja, stimmt«, sagte Joe. »Aber was meinst du, wie ich in dieser Arena gelandet bin?«

»Jemand muss dich erkannt haben.«

»Genau«, sagte Joe. »Und zwar Ushi-Oni persönlich.

So ungern ich es zugebe, er hat mich eher entdeckt als ich ihn. Aber als ich ihn im letzten Moment davon abhalten konnte, mir einen kostenlosen Luftröhrenschnitt zu verpassen, erkannte ich, dass er mir die perfekte Chance verschafft hatte, ihn zu markieren. Während wir miteinander rangen, bugsierte ich die Münzen in eine seiner Taschen. Davon ausgehend, dass er sie wohl kaum in einen Wunschbrunnen geworfen hat, sollten Sie momentan keine Probleme haben, ihn zu verfolgen.«

Kurt deutete eine Verbeugung vor seinem Freund an. »Ich muss mich für mein vorschnelles Urteil entschuldigen und gestehen, dass ich tief beeindruckt bin.«

»Ich schließe mich an«, sagte Nagano.

»Wir helfen Ihnen, den Burschen dingfest zu machen«, bot Kurt Austin dem Japaner an.

»Sehr freundlich, aber das ist nicht nötig«, erwiderte Nagano. »Sie haben schon genug getan. Ushi-Oni ist zu gefährlich. Ich kann es nicht darauf ankommen lassen, dass am Ende Ihr Blut an meinen Händen klebt, wie es heute beinahe geschehen wäre. Ich trommle ein paar meiner Männer als Verstärkung zusammen. Wir nehmen Ushi-Onis Spur auf und ziehen ihn sobald wie möglich aus dem Verkehr.«

»Okay«, sagte Kurt. »Sie haben Ihre Spur, wir haben die unsrige. Ich hoffe, dass Sie uns nicht daran hindern, Mr. Hans Aktivitäten unter die Lupe zu nehmen.«

Nagano schüttelte den Kopf. »Wie ich bereits angedeutet habe, Sie finden ihn in Nagasaki. Er wird übermorgen anlässlich der Eröffnung seines an der Küste gelegenen Zweigwerks dort sein und eine Rede halten. Aber nehmen Sie sich in Acht. Egal, was man ihm vorwirft, er ist auf jeden Fall eine sehr mächtige Persönlichkeit und international bestens vernetzt. Aber wenn er tatsächlich Ushi-Oni engagiert hat, dann ist er noch viel gefährlicher, als ich jemals gewagt hätte anzunehmen.«

24

AUF DER SHANGHAI-OSAKA-FÄHRE
IM OSTCHINESISCHEN MEER

Gamay Trout suchte sich einen Weg durch den engen Korridor auf dem Hauptdeck der *Sou Zhou Hao* – so lautete der Name der Fähre, die einmal wöchentlich zwischen Osaka und Shanghai verkehrte –, indem sie sich an Menschen, Gepäckstapeln und anderen Gegenständen vorbeizwängte, die den Durchgang versperrten. Weil die Fahrzeit mit sechsundvierzig Stunden relativ kurz war und die meisten Passagiere – im Wesentlichen waren es kinderreiche Familien, Rentner und Rucksacktouristen – über ein nur bescheidenes Reisebudget verfügten, waren einzelne Kabinen doppelt und dreifach belegt. Sehr oft teilten sich sechs oder acht Personen einen Raum, der während einer Karibikkreuzfahrt kaum für zwei Personen als angemessen komfortabel eingestuft worden wäre, um ihn als günstigen Schlafplatz zu nutzen.

An diesem Vormittag herrschte in den Korridoren besonders lebhafter Betrieb, da Passagiere, die gewöhnlich zum Oberdeck hinaufstiegen, um frische Luft zu schnappen, es wegen des grauen Himmels und eines eisigen Regens für sinnvoller erachteten, unter Deck zu bleiben.

Als sie schließlich in ihre Kabine zurückkehrte, fand sie Paul an einem Tisch sitzend vor, der viel zu klein für ihn war. »Wie läuft's?«

Paul beugte sich über eine Seekarte und zeichnete ihre augenblickliche Position darauf ein. »Ich habe herausbekommen, wo wir sind, aber dann fing ich an, mich zu fragen, wo du geblieben warst.«

»Ich musste aus dem Gedächtnis navigieren«, erklärte sie. »Die Übersetzung der englischen Texte auf den Hinweisschildern ist häufig missverständlich. Ihren Beschreibungen zu folgen ist gelegentlich das reinste Glücksspiel.«

Sie reichte ihm eine Tasse, die mit einer heißen Flüssigkeit gefüllt war.

»Kaffee?«

»Grüner Tee«, erwiderte sie. »Der Kaffee, der im Restaurant angeboten wurde, machte einen eher seltsamen Eindruck auf mich. Und von den Kaffeeautomaten hat keiner meinen Sauberkeitsanforderungen entsprochen. Außerdem soll grüner Tee gesund sein. Und mit der Teezubereitung kennen sich die Menschen in diesen Breiten bekanntlich bestens aus.«

Mit einem enttäuschten Blick nahm Paul ihr die Tasse aus der Hand.

»Der Tee ist okay«, beteuerte Gamay. »Wenn dir davon schlecht wird, kann nur der Seegang daran schuld sein.«

Er nickte schicksalsergeben. »Wie ist die Lage oben?«

»Auf dem Deck ist niemand zu sehen«, antwortete sie. »Es ist auch zu kalt und unfreundlich, um sich draußen aufzuhalten.«

»Die Götter meinen es offensichtlich gut mit uns«, sagte er. »Wir sind nur noch ein paar Meilen vom Zielgebiet entfernt und damit näher dran, als ich angenommen hatte. Ich denke, wir sollten unseren elektronischen Schiffshalterfisch aufwecken und uns vergewissern, dass alle Systeme einsatzbereit sind.«

»Bin schon dabei.«

Gamay ließ sich am Tisch nieder und schaltete ihr Notebook ein, während Paul das Kabinenfenster öffnete. Kalte Luft drang herein und frischte die Atmosphäre in der engen Wohnzelle auf.

»Wer braucht Kaffee, wenn einem salzige Meeresluft um die Nase weht?«, fragte Gamay.

»Ich, zum Beispiel«, sagte Paul. Er stand am Fenster und holte ein eng aufgeschossenes Kabel aus ihrem Gepäck. An seinem Ende befestigte er eine wasserfeste Transmittereinheit und ließ diese durch das offene Fenster ins Wasser hinab. Sie glitt am Schiffsrumpf abwärts und wurde vom Fahrtwind zum Heck gedrückt, bis sie die Meeresoberfläche berührte und eintauchte.

»Transmitter ist im Wasser«, sagte Paul. »Jetzt können wir nur hoffen, dass niemand aus dem Fenster schaut und sich fragt, warum diese schwarze Schnur an der Außenseite des Schiffs herunterhängt.«

»Ich glaube, deswegen brauchst du dir keine Sorgen zu machen«, sagte Gamay. »Soweit ich es überblicken konnte, haben sich alle Passagiere auf diesem Schiff im Salon versammelt, falls der Saal auf dem Hauptdeck diese hochtrabende Bezeichnung verdient. Ich bin sendebereit.«

»Alles klar.«

Sie tippte eine Tastenfolge auf dem Keyboard und schickte einen Befehl zum *Remora*, der das ROV zum Leben erweckte. Nach einer kurzen Verzögerung wurde sie mit einem Antwortsignal vom ROV und einem Fernsteuerungsfenster auf ihrem Bildschirm belohnt. Das Fenster sah wie das Bedienungsfeld eines Videospiels mit virtuellen Steuerelementen und Drehknöpfen am unteren Rand eines Kamerabildes aus. Eine Reihe von Anzeigeinstrumenten am rechten Rand des Fensters lieferte die Messdaten eines Magnetometers und anderer Sensoren, mit denen das *Remora* bestückt war.

»Alle Systeme arbeiten im grünen Bereich«, meldete sie. »Ich trenne das *Remora* jetzt vom Rumpf.«

Per Knopfdruck wurden die Elektromagneten im Rumpf des *Remora* deaktiviert, und das ROV sank herab, schwenkte nach rechts ab und entfernte sich von den rotierenden Schrauben der Fähre. Für einige Sekunden waren auf dem Bildschirm nur noch dichte Wasserwirbel zu erkennen, bis das *Remora* aus dem schäumenden Kielwasser des Schiffes auftauchte.

»Wie lautet der neue Kurs?«, fragte Gamay.

»Das Zielgebiet befindet sich südlich von unserer augenblicklichen Position«, sagte Paul nach einem Blick auf seine Seekarte. »Nach meiner Berechnung müsste ein Kurs von eins-neun-null unseren neugierigen Freund genau ins Zentrum führen.«

Gamay programmierte den Kurs, veränderte den Tauchwinkel und überließ der Elektronik des *Remora* den Rest. Die Entfernung zum Zielgebiet betrug etwa drei Meilen. Um diese Zone zu erreichen, würden sie gut zwanzig Minuten brauchen. »Hoffentlich sind die Batterien vollständig aufgeladen.«

Paul hatte dafür nur ein nachsichtiges Grinsen übrig. »Das war das Erste, was ich überprüft habe, als wir das Schätzchen am Flughafen in Empfang genommen haben.«

Da nur wenig zu tun war, während das Unterseevehikel durch die Dunkelheit kreuzte, begann Gamay die Anzeigeinstrumente aufzurufen und die Werte zu überprüfen. Dabei fiel ihr auf Anhieb etwas auf, das ihr höchst seltsam vorkam.

»Sieh dir dies mal an«, sagte sie.

Paul beugte sich zu ihr hinüber. »Was meinst du? Was ist so besonders daran?«

»Bei der Eingabe des Kurses habe ich auch gleichzeitig die Geschwindigkeit programmiert. Danach sollte unser elektrischer Schiffshalterfisch mit elf Knoten unterwegs sein. Seine augenblickliche Position lässt jedoch darauf schließen, dass er kaum sieben Knoten schafft. Folglich gibt es da unten eine Gegenströmung, die sich bremsend auswirkt.«

»Das dürfte aber nicht sein«, sagte Paul und blickte auf seine Karten. »Betrachtet man unsere augenblickliche Position und berücksichtigt die Jahreszeit, sollte die Strömung für uns eigentlich eine Hilfe sein und dem *Remora* zusätzlichen Schub nach Süden geben.«

»Das mag sein«, sagte Gamay. »Aber was wir haben, ist das nautische Äquivalent eines vier Knoten starken Gegenwinds.«

»Das könnte eine Erklärung dafür sein, dass wir uns während der letzten vier Stunden nördlich der Schifffahrtsstraße bewegen anstatt auf ihrer Südseite. Gibt es beim Bodenprofil schon irgendwelche Auffälligkeiten?«

Gamay tippte einen weiteren Befehl ein. Eine graphische Darstellung des Meeresbodens unterhalb des *Remora* erschien auf dem Bildschirm. »Platt wie ein Pfannkuchen.«

»So viel zu meiner Theorie von einem unterseeischen Gebirgszug.«

»Wir sind nach wie vor einige Meilen vom Zielgebiet entfernt. Da kann sich noch einiges ändern.«

Paul schüttelte den Kopf. »Falls dort unten ein neuer Gebirgskamm entstünde, müssten wir längst kleine Grate und Falten in der Sedimentschicht auf dem Meeresgrund sehen. Außerdem wäre ein deutlicher Anstieg des Geländes zu verzeichnen.«

Gamay studierte die angezeigten Werte und suchte nach einem Hinweis auf das, was Paul soeben beschrieben hatte, konnte jedoch nichts entdecken, das auf ein Gefälle hingewiesen hätte. »Warten wir ab, was das *Remora* uns liefert, ehe wir irgendwelche neuen Theorien entwickeln.«

»Viel mehr als das können wir sowieso nicht tun«, sagte Paul.

Gamay lehnte sich zurück, griff mit einer Hand nach ihrer Teetasse und ließ die andere über die Tastatur fliegen. Wie zum Zeitvertreib rief sie mittels entsprechender Befehle eine Fülle weiterer Messdaten auf: virtuelle Topographie, Wassertemperaturen und Schwankungen des Salzgehalts. Der Computer ordnete die Informationen zu einer Serie von Schaubildern und Kurvendiagrammen, aber die Daten ergaben keinen Sinn.

»Irgendetwas stimmt nicht mit den Instrumenten«, stellte Gamay stirnrunzelnd fest, richtete sich auf und stellte die Teetasse neben der Tastatur auf den Tisch.

»Was meinst du?«

»Wenn auf das Temperaturprofil Verlass ist, dann wird das Wasser wärmer, je tiefer das *Remora* hinabtaucht.«

Paul trat hinter sie und blickte ihr über die Schulter. »Könnte es sein, dass das *Remora* auf eine Thermokline gestoßen ist?«

»Eigentlich nicht«, erwiderte Gamay. »Es gab keine abrupte Veränderung, keinen Temperatursprung, sondern einen langsamen, stetigen Anstieg von etwa einem Grad alle siebzig Fuß. Das deutet auf einen kontinuierlich ablaufenden Vermischungsprozess hin. Wir haben es nicht mit separaten Grenzschichten zu tun.«

»Wie steht es mit dem Salzgehalt?«, fragte Paul.

Gamay schaltete mit einem Tastendruck auf einen anderen Sensor um, dessen Messdaten auf dem Monitor erschienen. »Diese Angaben sind noch verrückter als das Temperaturprofil. So unglaublich es klingt, aber die Messdaten lassen nur eine Schlussfolgerung zu: Der Salzgehalt nimmt mit zunehmender Tauchtiefe ab.«

»Das ist nicht möglich. Kannst du mit einem Diagnoseprogramm überprüfen, ob die Sensorsonden ordnungsgemäß funktionieren? Vielleicht sind sie falsch justiert.«

Gamay kannte das ROV nicht gut genug, um Sensorprobleme zu suchen, geschweige denn sie per Fernbedienung zu lösen. »Joe hätte damit sicherlich keine Schwierigkeiten, wenn er hier wäre«, sagte sie. »Ich habe lediglich in einer Kurzlektion gelernt, wie man dieses Ding steuert.«

»Schick das ROV nach oben«, schlug Paul vor. »Nicht ganz bis zur Meeresoberfläche, sondern nur um hundert Fuß oder hundertzwanzig.«

»Welchen Sinn soll das haben?«

»Wenn die Sensoren defekt sind, müsste die Temperatur weiter ansteigen«, sagte er, »wenn sie aber störungsfrei arbeiten und wir tatsächlich ein auf dem Kopf stehendes Temperaturprofil vor uns haben, müsste das Wasser logischerweise wieder kälter werden.«

»Raffiniert«, sagte sie grinsend. »Das gefällt mir.«

Gamay veränderte den Tauchwinkel und versetzte das ROV in Auftauchfahrt. »Die Temperatur sinkt, der Salzgehalt nimmt zu. Folglich arbeiten die Sensoren korrekt. Was nun?«

»Geh wieder auf den alten Kurs«, sagte Paul achselzuckend.

Zufrieden, aber gleichzeitig verwirrt, veränderte Gamay

das Tauchprofil abermals und schickte das *Remora* zurück in Richtung Meeresboden. In etwa einhundertsiebzig Metern Tiefe fing sie das *Remora* in Horizontalposition ab, sodass sie sich einen eher allgemeinen Überblick über eine weite Fläche Meeresgrund verschaffen konnten, bevor sie eine genauere Überprüfung des Zielgebiets starteten.

»Immer noch tischeben«, meinte Gamay nach einem kurzen Rundumblick.

»Erstaunlich«, sagte Paul. »Die Oberhemden, die ich aus der Reinigung zurückbekomme, sind häufig nicht annähernd so glatt und faltenlos.«

»Also kein Unterwassergebirgszug«, konstatierte Gamay, »aber dafür Temperaturwerte und Salzgehaltsangaben, die jeder Logik widersprechen. Gibt es dafür irgendeine einleuchtende Erklärung?«

»Nicht hier und nicht jetzt«, sagte Paul. Er warf einen Blick auf die Seekarte. »Du näherst dich mit dem *Remora* dem Epizentrum der von Fujihara aufgezeichneten Erdbeben. Geh auf einen mehr westlichen Kurs.«

Sie nahm die entsprechenden Änderungen vor, und die Anzeige wechselte. »Wir zeichnen etwas Neues auf.«

»Grate und Hügel?«, fragte er hoffnungsvoll.

»Tut mir leid, Paul, es ist eine Senke. Auf den ersten Blick würde ich auf eine Unterwasserschlucht tippen.«

Laut der Information der Karte befand sich eine gleichförmige glatte Ebene unter ihnen. Aber die vom Meeresboden reflektierten Signale des Sonars meldeten einen tiefen V-förmigen Einschnitt. Die Spitze des V deutete wie ein Pfeil auf Shanghai. »Ich denke, wir sollten uns diese Spalte ein wenig genauer ansehen.«

Gamay nahm bereits eine entsprechende Kursänderung vor und manövrierte das ROV in die Vertiefung.

»Die Temperatur steigt weiterhin an«, sagte sie. »Und der Salzgehalt sinkt.«

Die Erscheinung widersprach jeder Logik. Kaltes, salzhaltigeres Wasser war dichter als warmes Süßwasser. Es sank daher auf den Grund der Weltmeere, verteilte sich und füllte die unterseeischen Täler und Schluchten auf gleiche Weise, wie Gletscher sich zwischen den Spitzen hoher Gebirgsformationen ausbreiteten.

Auf dem Grund jedes Ozeans sammelten sich eisig kalte Tümpel, dort herrschten stark salzhaltige Strömungen. Ozeanographen betrachteten sie als Flüsse, da sie sich konstant in eine Richtung bewegten, nicht selten sogar den Erdball umrundeten und sich nicht mit dem restlichen Ozean vermischten.

Als das *Remora* in die Senke eindrang, schaltete Gamay seine Suchscheinwerfer ein. Sediment wirbelte durch die Lichtkegel und erinnerte an winterliches Schneegestöber.

»Eintausend Fuß«, gab Gamay durch.

»Für welche Tauchtiefe ist das *Remora* ausgelegt?«

»Dreitausend Fuß oder gut eintausend Meter«, sagte sie. »Aber Joe hat das ROV konstruiert und gebaut, daher dürfte es wohl das Doppelte schaffen.«

Die Sonaranzeige teilte ihnen mit, dass sich der Einschnitt zusehends verengte.

»Wir bekommen ein ziemlich genaues Bild vom Untergrund«, sagte Gamay. »Sollen wir auf die große Besichtigungstour gehen?«

»Wir haben schließlich dafür bezahlt«, sagte Paul. »Dann brauchen wir auch nicht darauf zu verzichten.«

Gamay lenkte das *Remora* auf einen neuen Kurs. »Ich muss jetzt richtig gegen die Strömung ankämpfen«, sagte sie. »Die Strahlruder stehen in fünf Grad Tauchposition, damit wir unsere Tauchtiefe halten.«

»Heißt das etwa, die Strömung verläuft in der Senke aufwärts?«

Gamay nickte. »Es kommt mir so vor, als ob wir in eine Art Gegenwelt eingetaucht sind, in der alles zur normalen Welt entgegengesetzt geschieht.«

Paul deutete auf einen Punkt der Sonaranzeige. »Kannst du feststellen, was das ist?«

Gamay steuerte auf eine seltsame Erhebung auf dem Grund der Senke zu. Das *Remora* musste heftig kämpfen, um in ihre Nähe zu gelangen. Dabei tanzte es auf und ab und hin und her wie ein Sturmvogel in einem Orkan. Je mehr sich der Abstand zum Zielobjekt verringerte, desto deutlicher waren trotz des Sedimentwirbels, der das Wasser trübte, die Umrisse eines aus dem Schlick aufragenden Kegels zu erkennen. Als es ihn überquerte, wurde das *Remora* heftig zur Seite geschoben und weggestoßen.

Ehe Gamay das ROV zurücklenken und auf den alten Kurs bringen konnte, erschien auf dem Sonarschirm ein weiteres kegelförmiges Objekt. Und dahinter ein drittes.

»Was haben wir denn hier?«, fragte Gamay.

»Ich glaube, ich weiß es«, sagte Paul, »aber bleib möglichst auf Kurs.«

Als sie der Senke folgten und dabei hin und her schwenkten, während sie sich verbreiterte, stießen sie auf Dutzende und Aberdutzende dieser aufrecht stehenden Spitzkegel.

»Ich versuche, mir einen genaueren Eindruck von diesen Dingern zu verschaffen«, kündigte Gamay an.

Mit dem Elektroantrieb auf »Full Power« arbeitete sich das *Remora* an einen der Kegel heran. Die Kamera konzentrierte sich auf seinen oberen Abschnitt. Sedimentwölkchen wurden aus der Spitze ausgestoßen und stiegen zur Meeresoberfläche auf. Der Anblick erinnerte lebhaft an einen aktiven Vulkan kurz vor dem Ausbruch.

»Das ist ein ozeanischer Geysir«, sagte Paul. »Und ebenso wie ein oberirdischer stößt er Wasser aus.«

»Eine hydrothermale Quelle?«

»Das könnte sie sein. Ich wüsste nicht, was sonst.«

»Dann sollten wir einmal über der Spitze in Position gehen«, sagte Gamay. »Dort können wir feststellen, wie viel Wasser ausgestoßen wird, und eine Wasserprobe nehmen.«

»Gute Idee«, sagte Paul.

Gamay ließ das *Remora* aufsteigen und manövrierte es über das Zentrum des Kegels. Das Tauchboot wurde sofort von den ausströmenden Wassermassen erfasst. Das Bild, das die Kamera übermittelte, schwankte und zitterte, als das Boot ruckartig nach oben und aus dem Zentrum weggestoßen und hochgewirbelt wurde, so ähnlich wie ein Papierfetzen in der flirrenden Thermik eines heißen Sommertags.

Gamay lenkte das Mini-U-Boot von der aufsteigenden Wassersäule weg und brachte es wieder unter ihre Kontrolle. »Die Wassertemperatur in dieser Wolke beträgt fast fünfundneunzig Grad Celsius«, sagte sie nach einem kurzen Blick auf die übermittelten Messwerte. »Der Salzgehalt ist gleich null.«

Paul kehrte auf seinen Platz zurück und kratzte sich nachdenklich am Kopf. »So etwas wie dies hier ist mir noch nie begegnet.«

»Denk an die Schwarzen Raucher auf dem Mittelatlantischen Rücken«, schlug sie vor.

»Die sind mit dieser Erscheinung kaum zu vergleichen«, sagte er. »Was sie ausstoßen, ist eine giftige Brühe, die alle möglichen Sulfide und sonstigen gefährlichen Chemikalien in hoher Konzentration enthält. Im Prinzip handelt es sich um vulkanischen Rauch. Wenn ich mir dieses chemische Profil ansehe, könnte man das Wasser nach dem Abkühlen in Flaschen füllen und als besonders exotische Delikatesse in den Handel bringen.«

»Oder wir sorgen dafür, dass es so heiß bleibt und benutzen es zum Aufbrühen von Kaffee«, witzelte sie.

»Das hört sich schon viel besser an«, sagte er. »Wie viele von diesen Kegeln konntest du zählen, ehe wir uns auf diesen einen konzentriert haben?«

»Mindestens fünfzig«, sagte sie.

»Lass uns mal nachschauen, ob es noch mehr sind.«

Gamay brachte das Remora erneut auf Gegenkurs, und es folgte für weitere zwanzig Minuten dem Verlauf der Schlucht. In dieser Zeitspanne zählten sie mehr als einhundert Kegelformationen. Die Hügelkette schien kein Ende zu nehmen.

»Das ROV nähert sich offenbar einem Eisenvorkommen«, sagte Gamay und deutete mit einem Kopfnicken auf die Anzeige des Magnetometers. »Aber die Verbindung droht abzureißen.«

»Lenk das Remora in diese Richtung«, sagte Paul. »Aber achte darauf, dass wir uns der Grenze des Übertragungsbereichs der Fernsteuerung nähern. Wir müssen jeden Moment damit rechnen, das ROV zu verlieren.«

Sie justierte abermals den Kurs, aber die Bildschirmansicht zerbröselte regelrecht, als Pixel zu flackern begannen und erloschen, während die Funkverbindung zusammenbrach. Dann erstarrte das Bild und klärte sich.

»Bleib auf Kurs« drängte Paul.

»Der Grund steigt auf«, meldete Gamay.

Der Bildschirm fror ein und wurde gleich wieder klar, während das *Remora* ungebremst in einen Sedimenthaufen hineinrauschte.

»Du hast Bodenkontakt«, stellte Paul überflüssigerweise fest.

Gamay führte bereits mit der Steuerung verschiedene Manöver durch. »Bitte keine neunmalklugen Beifahrerkommentare. Die kann ich jetzt nicht gebrauchen.«

Die Kollision löste einen momentanen Blackout aus, aber die Funkverbindung wurde nach mehreren angespannten Momenten wiederhergestellt. Als sich das Bild wieder zusammenfügte, war die Kamera auf ein weitläufiges Durcheinander metallener Trümmer gerichtet.

»Irgendetwas muss einmal dort unten gewesen sein«, sagte Paul.

»Ich finde, es sieht aus wie eine Konstruktion, etwas Technisches«, sagte Gamay. Verbogene Stahlplatten und Rohrleitungen waren deutlich zu erkennen. Was immer es gewesen sein mochte, nun war es halb im Schlick vergraben.

Gamay richtete die Scheinwerfer auf ihren Fund und betätigte die Zoomfunktion der Kamera. Das Videobild flackerte, und etwas Neues erschien auf dem Display. »Das ist ein Arm!«

Er schien weiß zu sein und deutete von der Kamera weg ins Dunkel der Schlucht. Der Anblick erinnerte an farbloses, ausgebleichtes Fleisch. Aber die Form war zu perfekt und gleichmäßig, und das Licht der ROV-Scheinwerfer wurde von seiner glatten und wie poliert erscheinenden Oberfläche reflektiert. Am Ende des Arms fanden sie eine Hand und mechanische Finger.

»Interessant.«

Während das Remora weiter im Schwebezustand verharrte, wirbelten seine Strahlruder das lose Sediment auf. Als Nächstes kam eine Schulter in Sicht, und dann schälte sich ein Gesicht aus dem abgelagerten Schlick. Makellos geformt und porzellanweiß, füllte es den gesamten Bildschirm aus. Paul und Gamay kamen sich wie Archäologen vor, die auf eine Statue der Athene gestoßen waren.

»Sie ist wunderschön«, sagte Paul.

»Sie ist eine Maschine«, erwiderte Gamay.

»Auch Maschinen können schön sein.«

Gamay nickte. Das traf in vielerlei Hinsicht zu, erschien jedoch in dieser Situation seltsam verstörend. Die Maschine war zu menschenähnlich. Sie schien zu leben, obgleich sie sich nicht rührte. Das Gesicht hatte einen traurigen Ausdruck. Die Augen waren weit geöffnet und blickten zur Meeresoberfläche hinauf, als hofften sie auf Rettung, die jedoch nicht zu der Gestalt vorgedrungen war.

Dieses einsame Gesicht war das letzte Bild, das die Kamera des ROV aufzeichnete, ehe die Funkverbindung zum Laptop endgültig abbrach.

25

Wen Li wählte seine Schritte mit Bedacht, als er den Tian'anmen-Platz – den Platz des Himmlischen Friedens – überquerte. Früher Schneefall hatte den Boden weiß bestäubt. Er färbte den Himmel grau und sprenkelte die Pelzmützen und dunkelgrünen Uniformmäntel der Soldaten, die als Ehrenwache vor dem gigantischen Mausoleum am südlichen Ende des Platzes standen, in dem der einbalsamierte Leichnam Mao Zedongs ausgestellt war.

Wen lächelte versonnen, als er an ihnen vorbeiging. Einem alten Witz zufolge konnte niemand mit Sicherheit entscheiden, ob sie Vandalen vom Eindringen abhalten oder den Geist des Großen Vorsitzenden Mao am Herauskommen hindern sollten.

Natürlich war Letzteres der Fall. Mao und der wahre Kommunismus gehörten der Vergangenheit an. China hatte sich in dieser Zeit grundlegend verändert und zu einer ungestüm vorwärtsstrebenden kapitalistischen Großmacht entwickelt. Dies war die Gegenwart. Und, in Wens Augen, war das Imperium die Zukunft – die Weltherrschaft.

Er passierte den Punkt, wo sich jene berühmte Szene abgespielt hatte, als Maos Panzer wegen eines einzelnen Demonstranten gestoppt hatten, der glaubte, er könne die Macht des Staates aufhalten. Nichts erinnerte mehr an die Tat dieses Mannes. Niemand wusste mehr, wie er hieß und ob er noch am Leben war. Dieser Moment hatte nur im Gedächtnis der Menschen überdauert, die an diesem Aufstand ideell und aktiv teilgenommen hatten.

Wen erreichte sein Ziel am westlichen Rand des Platzes: ein riesiges monolithisches Bauwerk. Er stieg eine breite Rampe dreifach gestaffelter Treppenstufen hinauf, ging zwischen wuchtigen fünfundzwanzig Meter hohen hellgrauen Marmorsäulen hindurch und betrat die Große Halle des Volkes.

Das monströse Bauwerk war über dreihundertfünfzig Meter breit und maß von der Vorder- bis zur Rückfront zweihundert Meter. Sein gewölbtes Dach war mit glasierten gelben und grünen Ziegeln bedeckt und überspannte eine Fläche von 180 000 Quadratmetern. Der architektonische Koloss war damit größer als das amerikanische Capitol, die Westminster Hall in London oder sogar das gigantische Smithsonian Museum auf der Mall in Washington, D. C.

In seinem Innern barg er mehrere – etwa dreißig – große Hör- und Vortragssäle mit so skurrilen Namen wie der Versammlungshalle des Nationalen Volkskongresses. Um Letztere gruppierten sich Hunderte von Büros, Konferenzräumen und Schreibsälen. Wens offizielles, ihm von der Partei zugewiesenes Büro lag am südlichen Ende der Großen Halle des Volkes.

Die Wachen nahmen Haltung an, als Wen Li auf sie zukam, und dann wurde er, ohne aufgehalten zu werden, durch die Sperre geschleust. Am Ende des Korridors traf er auf einen alten Freund, der vor der Tür seines Büros auf ihn wartete.

»Admiral«, sagte er, während er eintrat, »welchem Umstand verdanke ich dieses Vergnügen?«

»Ich habe Neuigkeiten für Sie«, erwiderte der Admiral. »Und ich muss eine Warnung loswerden.«

Wen hatte großen Einfluss in der Partei, und doch gab es zahlreiche in ihren Reihen, die mit seiner Vision von der Zukunft Chinas nicht einverstanden waren und die Meinung vertraten, dass Tempo und Richtung der augenblicklichen Entwicklung ausreichten. Sie weigerten sich, die Grenzen anzuerkennen, die ihnen durch den amerikanischen Imperialismus gesetzt wurden.

»Eine Warnung?«, fragte Wen. »Betrifft sie meine Person, oder ist sie eher allgemein zu verstehen?«

»Beides«, sagte der Admiral. »Aber ich denke, wir sollten uns vielleicht in Ihrem Büro unterhalten.«

Wen öffnete die Tür, und die beiden Männer durchquerten das Vorzimmer und gelangten in Wens Allerheiligstes: ein Treibhaus, das mit Topfpflanzen, die von der Decke herabhingen, Stapeln alter Bücher und mit betagten Möbeln einfachster Machart gefüllt war.

Wen lud den Admiral ein, in einem Polstersessel Platz zu nehmen, während er seine Pflanzen inspizierte und versorgte. »Die Hitze ist nicht gut für sie«, sagte er. »Sie trocknet die Blätter aus. Aber die Kälte bekommt ihnen auch nicht.«

»Das Gleiche könnte man über Männer wie uns sagen«, meinte der Admiral. »Haben Sie jemals daran gedacht, aus eigener Entscheidung zurückzutreten?«

Wen stellte die Gießkanne auf den Boden. »Für uns gibt es keinen Ruhestand«, sagte er. »Wir sterben auf unseren Posten … auf die eine oder andere Art.«

»Aber gewöhnlich erst dann, wenn wir einen großen Fehler gemacht haben«, bemerkte der Admiral lachend.

Wen stimmte in das Lachen ein. Ein größerer Fehler

konnte in der Volksrepublik weitaus mehr als nur das Ende einer Karriere besiegeln. »Wollen Sie damit andeuten, dass mir ein solcher Fehler unterlaufen ist?«

»Es gibt Gerüchte, dass Sie mit Walter Han eine Partnerschaft eingegangen sind«, sagte der Admiral. »Und dann ist da noch Ihre geheime Operation im Ostchinesischen Meer, die uns Sorgen bereitet.«

»Was ist damit?«, fragte Wen herausfordernd. »Es war ein Experiment, das im vergangenen Jahr abgebrochen und endgültig zu den Akten gelegt wurde.«

»Ja«, sagte der Admiral. »Und auf Ihre Bitte habe ich auch erhebliche Mittel aufgewendet, um die Region abzuschirmen. Aber was immer Ihre Leute da unten getrieben haben, es hat eine höchst unwillkommene Aufmerksamkeit erweckt.«

»Werden Sie konkret, Admiral. Was werfen Sie mir vor?«

»Zuerst einmal gibt es Probleme mit der Fischerei. Eins Komma fünf Milliarden Menschen brauchen eine große Menge Lebensmittel. Unsere Fischereiflotte ist die größte der Welt, und unsere Kutter kreuzen in sämtlichen Ozeanen der Erde, aber die Küstengebiete des Ostchinesischen Meeres waren von jeher unsere ergiebigsten Fischgründe. Das ist jetzt nicht mehr der Fall. Seit Beginn Ihrer Experimente sind die Fangquoten von Monat zu Monat kontinuierlich zurückgegangen. Die Männer, die die Fischereiflotten dirigieren, beklagen sich ... und das immer lauter.«

»Ich rechtfertige mich nicht vor irgendwelchen Fischern«, sagte Wen eisig. »Außerdem waren unsere Aktivitäten auf den Meeresgrund beschränkt. Wir haben Tiefseebohrungen durchgeführt. Das wissen Sie genau. Nichts von dem, was wir unternommen haben, konnte dem aquatischen Ökosystem der Ozeane irgendwelchen Schaden zufügen.

Viel eher dürfte die von Shanghai und seinen zehntausend Fabriken ausgehende Umweltverschmutzung dafür verantwortlich sein und nicht eine so kleine, räumlich begrenzte Operation, die meine Leute außerdem längst abgeschlossen haben.«

Der Miene des Admirals war zu entnehmen, dass er diese Antwort erwartet hatte. »Haben Sie wirklich sämtliche Aktivitäten eingestellt?«

»Sie wissen, dass ich das habe.«

»Wie kann es dann sein, dass meine Schiffe ein amerikanisches Unterseeboot aufgespürt haben, das in nächster Nähe der von Ihnen abgesperrten Zone operierte?«

Wen konnte sich gerade noch fangen, ehe er sich zu einer heftigen Reaktion hinreißen ließ. »Ich könnte Ihnen die gleiche Frage stellen, Admiral, da es Ihre Aufgabe ist, dafür zu sorgen, dass die Amis sich von dort fernhalten. Wann genau ist das geschehen?«

»Heute am frühen Morgen«, antwortete der Admiral. »Wir fingen eine codierte Funknachricht auf einer, wie wir wissen, von den Amerikanern benutzten Frequenz auf. Es war ein schwaches, nicht sehr weit reichendes Signal. Außerdem meldeten unsere Sonobojen die Anwesenheit eines Schiffes, das jedoch sofort wieder verloren ging, ehe wir es genau orten konnten.«

Wen war zugleich verärgert und verwirrt. »Wie konnte sich ein amerikanisches Unterseeboot durch Ihren Verteidigungsschirm schleichen?«

»Das war kein gewöhnliches Überwasserschiff«, sagte der Admiral. »Die Signatur, die wir aufgefangen haben, deutet auf ein kleines ferngesteuertes Unterseeboot hin.«

»Das von einem Überwasserschiff abgesetzt oder von einem Flugzeug abgeworfen worden sein musste«, sagte

Wen Li. »Daher frage ich noch einmal: Warum wurde es nicht verhindert?«

Der Admiral schluckte kommentarlos den versteckten Vorwurf eines möglichen Dienstvergehens. »Ich versichere Ihnen, Genosse, kein amerikanisches Flugzeug oder Schiff ist in unser Hoheitsgebiet eingedrungen. Aber ein ROV wurde eindeutig aufgespürt.«

Wen atmete tief durch. Der Admiral war ein Freund. Er war sicherlich nicht persönlich erschienen, nur um ihm eine Lüge aufzutischen. Hätten die Sicherheitskräfte geschlampt und den Amerikanern ein Eindringen erlaubt, wäre seine erste Reaktion gewesen, diesen Vorfall zu verschleiern und sämtliche Berichte und aufgezeichneten Daten zu löschen, um sich die Peinlichkeit einer offiziellen Untersuchung zu ersparen. »Sie können also mit Sicherheit ausschließen, dass irgendwelche amerikanischen Schiffe in der Nähe waren?«

»Das kann ich.«

Die Antwort auf seine Frage traf ihn wie ein Blitz. Er hätte es wissen müssen, ehe er seinem alten Freund auf die Zehen trat. Das Vehikel war der einzige Hinweis, den er brauchte: ein kleines Unterseeboot, das ohne Hilfsschiff in seiner Nähe operierte. Dahinter mussten die NUMA-Agenten stecken, die nach Japan gekommen waren, um sich mit dem einsiedlerischen Geologen zu treffen.

Walter Han hatte es nicht geschafft, die Amerikaner zu eliminieren, obwohl er das Gegenteil behauptet hatte. Nun würde Wen Li sich persönlich darum kümmern.

Er stand auf – als Zeichen, dass er das Treffen beendete. »Ich weiß zu würdigen, dass Sie mich persönlich aufgesucht haben, Admiral. Ich versichere Ihnen, dass es dort unten für die Amerikaner nichts zu finden gibt. Nichtsdestotrotz werden meine Leute sich dieser Verletzung unserer territorialen Rechte annehmen und entsprechend darauf reagieren.«

Der Admiral erhob sich ebenfalls. »Seien Sie vorsichtig, Wen. Dies ist nicht mehr die Nation, die es früher einmal war. Mit Reichtum geht immer Macht einher, und dieser Reichtum hat während der letzten zwanzig Jahre enorm zugenommen. Die Partei hat ihre absolute Macht eingebüßt. Andere Stimmen äußern sich mittlerweile genauso laut oder sogar noch lauter. Das ist nun mal der Preis des wirtschaftlichen Erfolgs.«

Wen verstand die Warnung. Die Bonzen und Magnaten, die riesige Vermögen erworben hatten, und jene, die an ihren Rockschößen hingen und in ihrem Schatten prosperierten, waren daran interessiert, dass nichts den Wirtschaftsexpress zum Entgleisen bringen konnte. Sie brauchten sich keine Sorgen zu machen. Wenn sein Plan aufging, dann würde der Zug seine Fahrt nicht nur ungehindert fortsetzen, sondern das vor ihm liegende Gleis wäre auch frei, so weit das Auge blicken konnte.

Genauso würde es geschehen, sagte er sich. Aber zuerst müsste er die Gefahr, die seinem Vorhaben drohte, eliminieren.

26

Paul Trout stand auf dem Oberdeck der Fähre und betrachtete das Wolkenkratzerpanorama von Shanghai. Es war eine wunderschöne Stadt. Eine ultramoderne Metropole mit glitzernden Bauwerken aus Stahl und Glas, mit Hochgeschwindigkeitszügen und mehrspurigen Autobahnen. Paul freute sich darauf, sie zu erkunden ... falls sie jemals dort ankämen.

»Hast du eine Ahnung, weshalb es nicht weitergeht?«, fragte Gamay.

Sie waren noch etwa eine Meile vom Kai entfernt und lagen, die Maschinen blubberten im Leerlauf vor sich hin, mitten im Hafen, während Containerschiff auf Containerschiff in beiden Richtungen an ihnen vorbeirauschte. Zwei Stunden zuvor war ein Lotse an Bord gekommen, aber die Fähre hatte sich bisher keinen Zentimeter weiter gerührt.

»Nein«, sagte Paul. »Die Maschinen laufen nach wie vor. Und ich habe niemanden von der Mannschaft gesehen, der irgendwelche Servicearbeiten ausführte. Vielleicht müssen wir nur abwarten, bis wir an der Reihe sind. Shanghai ist schließlich der meistfrequentierte Hafen der Welt, musst du wissen.«

»Du hast sicher recht«, erwiderte sie. »Aber ich habe das ungute Gefühl, dass dies hier kein Vorgang ist, der zur üblichen Routine gehört.«

Paul musste einräumen, dass ihre Bedenken nicht aus der Luft gegriffen waren. Unter der überschaubaren Anzahl Passagiere – vorwiegend Rucksacktouristen und ältere Leute im Pensionsalter –, die sich für dieses gemütliche und vor allem vergleichsweise billige Transportmittel entschieden und auf dem Oberdeck versammelt hatten, um sich den spektakulären Anblick Shanghais von der Seeseite nicht entgehen zu lassen, herrschte angeregtes Gemurmel. Vor allem dem chinesischen Anteil der Fahrgäste, die offenbar in die Heimat zurückkehrten, war eine gesteigerte Nervosität anzumerken. Die Japaner und die wenigen westlichen Touristen hingegen schienen die Verzögerung nach der eintönigen Überfahrt als willkommene Abwechslung zu begrüßen.

Als ein Patrouillenboot auf sie zuhielt, richteten sich die Augen aller Schaulustigen auf dem Oberdeck darauf. Das gefährlich aussehende Schiff, das mit seinem grauen Farbanstrich nahezu vollkommen mit der Wasseroberfläche verschmolz, war mit zahlreichen Geschützen und Raketenwerfern bewaffnet und glich einer schwimmenden Festung. Am Flaggenstock flatterte ein Wimpel der chinesischen Kriegsmarine.

»Irgendein Vögelchen flüstert mir, dass dies kein Boot der Hafenbehörde ist«, sagte Gamay ahnungsvoll. »Was hältst du davon, wenn wir wieder unter Deck gehen und uns etwas zu essen holen?«

»Gute Idee«, sagte Paul. »Außerdem glaube ich, dass ich irgendetwas in unserer Kabine zurückgelassen habe.«

Sie schwangen sich die Rucksäcke auf die Schultern, schlängelten sich an den letzten Passagieren vorbei, die zum Oberdeck aufstiegen, und eilten die Treppe ins Schiffsinnere hinunter. Sie gelangten auf ihr Deck und folgten dem Korridor, der nun menschenleer war.

Als sie sich ihrer Kabine näherten, kam eine Durchsage über die Sprechanlage. Zuerst auf Chinesisch, dann auf Japanisch und schließlich auf Englisch: »Alle Passagiere werden gebeten, ihre Kabinen aufzusuchen. Halten Sie bitte Ihre Reisepässe und Ihr Gepäck für die Einreisekontrollformalitäten bereit.«

»Das ist der Beweis, den ich gebraucht habe«, sagte Paul. »Wir müssen uns verstecken. Oder irgendwie ungesehen von diesem Schiff runterkommen.«

Paul öffnete die Tür und schlüpfte in die Kabine.

Gamay folgte ihm und schloss sofort die Tür hinter sich. »Ich bin mir nicht ganz sicher, ob unsere Kabine der geeignete Ort ist, um auf Tauchstation zu gehen.«

»Wir bleiben nur kurze Zeit hier«, sagte er, ging zum Fenster und schaute auf die schmutzig grauen Fluten des Hafens hinunter. »Aber das Schicksal meint es gut mit uns. Das Patrouillenboot hat auf der anderen Seite der Fähre festgemacht. Hol das Sendekabel aus dem Rucksack und binde es an irgendetwas fest, das unser Gewicht tragen kann.«

»Hast du vor zu schwimmen?«, wollte Gamay wissen. Ihre Miene verriet, dass ihr diese Vorstellung überhaupt nicht gefiel.

»Nur wenn nichts anderes mehr möglich sein sollte«, sagte Paul. »Aber jetzt sollten wir uns beeilen. Uns bleibt nicht mehr viel Zeit.«

Auf dem Unterdeck stand der Kapitän der Fähre neben der Lukentür und hatte Mühe, sich seine Nervosität nicht anmerken zu lassen. Er beobachtete, wie ein Ende der Gangway zu dem Patrouillenboot herumschwang und unterhalb der Lukentür eingehakt wurde. Zwanzig bewaffnete

Soldaten kamen über den schmalen Laufsteg, dichtauf gefolgt von mehreren Offizieren und einem Mann in Zivilkleidung.

Ein Grund für den Stopp war dem Kapitän nicht genannt worden, und er hütete sich, danach zu fragen. Um seine Nerven zu beruhigen, sagte er sich immer wieder, dass er alles ausgeführt hatte, was ihm befohlen worden war, und dass sich, soweit er wusste, diesmal keinerlei Schmuggelgut an Bord seines Schiffes befand.

Hinter den Soldaten und ihren Offizieren war der ältere Mann in Zivilkleidung zu sehen – sie bestand aus einem zerknautschten Anzug, der schon bessere Tage gesehen hatte, aber nichtsdestotrotz ausgesprochen bequem erschien. Der Mann kam langsam über die Gangway, eine Hand am Seilgeländer, um auf dem schwankenden Steg das Gleichgewicht nicht zu verlieren. Als er die Fähre betrat, nahmen die Offiziere und ihre Männer respektvoll Haltung an.

»Mein Name ist Wen Li«, sagte der ältere Mann zum Kapitän. »Wissen Sie, wer ich bin?«

Die Nervosität des Kapitäns steigerte sich schlagartig. Parteibonzen statteten den alten Fährschiffen im Hafen gewöhnlich keine Besuche ab – und wenn doch, dann nicht ohne einen triftigen Grund. Wie ein Kadett vor seinem ersten Einsatz behielt er seine stramme Haltung bei. Schweißperlen suchten sich ihren Weg durch sein schwarzes Haar und perlten vereinzelt über seine Stirn. »Es ist mir eine Ehre, Sie an Bord begrüßen zu dürfen, Minister. Ich bin stets zu Ihren Diensten. Was kann ich heute für die Partei tun?«

Wen schenkte ihm ein freundliches Lächeln. »Sie können sich getrost entspannen, Kapitän. Ich bitte Sie nur, auf die Sicherheit des Schiffes zu achten, bis meine Männer mit zwei von Ihren Passagieren gesprochen haben.«

Aus der Innentasche seines Anzugjacketts holte Wen ein zusammengefaltetes Dokument und reichte es dem Kapitän. Darauf waren zwei Namen zu lesen – Namen, die für den Kapitän seltsam klangen –, europäisch oder amerikanisch.

Der Kapitän rief nach dem Zahlmeister. Sekunden später kannten sie die Kabinennummer der beiden Reisenden. »Ich führe Sie persönlich dorthin«, sagte der Kapitän.

Sie stiegen drei Decks hinauf und marschierten durch den breiten Korridor, der das Deck teilte. Einige vereinzelte Passagiere kamen ihnen entgegen, gafften sie neugierig an und machten dann dem Kapitän eilig Platz, als sie die bewaffneten Soldaten dicht hinter ihm entdeckten.

Ein kurzer Blick zurück verriet dem Kapitän, dass ihm höchstens ein Drittel des Trupps folgte. Er vermutete, dass sich die anderen Soldaten im Schiff verteilt hatten, um mögliche Fluchtwege zu versperren.

Die Nummern auf den Kabinentüren überprüfend, blieb der Kapitän eine Tür von der Kabine entfernt stehen, die sie suchten. »Dies ist sie«, sagte er, deutete auf die Tür und trat beiseite.

Wen nickte und gab einem der Offiziere ein Zeichen. Die Soldaten rückten vor. Pistolen wurden gezogen, Schlagstöcke bereitgehalten. Ein Mann trat zurück, holte mit einem Fuß aus und machte einen schnellen Schritt. Sein wuchtiger Tritt traf die Tür neben der Klinke. Die Tür flog auf, als sich das billige Türschloss nach der brutalen Attacke regelrecht auflöste. Zwei Soldaten stürmten mit gezückten Schlagstöcken über die Schwelle.

Kein Kampf entspann sich. Keine erschreckten Rufe

wurden laut. Keinerlei Aufforderungen, die Hände zu heben und nicht an Gegenwehr zu denken, waren zu hören. Lediglich hektisches Stimmengemurmel der Soldaten. Sie brauchten nur Sekunden, um das winzige Bad und den schmalen Wandschrank zu kontrollieren.

Einer der Soldaten erschien wieder im Korridor. »Die Kabine ist leer«, meldete er. »Sie sind ausgeflogen.«

Wen Li ging durch die Tür, und der Fährkapitän folgte ihm. Die Unordnung, die in der Kabine herrschte, fiel ihnen sofort ins Auge. Möbel waren verschoben worden, Kleidung und Schuhe lagen neben zwei in aller Hast geleerten Reiserucksacktaschen, deren Inhalt anscheinend durchwühlt und zurückgelassen worden war.

Ein dünnes schwarzes Kabel war an einem Bettrahmen verknotet worden. Es verlief zur anderen Seite der Kabine, spannte sich zum Fenster und verschwand hinter einem fadenscheinigen Vorhang, der im Durchzug flatterte.

Wen legte eine Hand auf das Kabel und folgte ihm, indem er daran entlangfuhr. Er zog den Vorhang zur Seite und stellte fest, dass der innere Fensterrahmen verbogen war. Er war mit Gewalt aufgehebelt worden.

Der Kapitän begutachtete den Schaden. »Die Fenster lassen sich höchstens zwanzig Zentimeter weit öffnen.«

»Offensichtlich war der Spalt nicht klein genug, um sie aufzuhalten«, sagte Wen.

Der Kapitän blickte hinaus. Das Kabel hing an der Seitenwand des Schiffes gerade herab und verschwand im dunklen Hafenwasser. Es konnte kein Zweifel bestehen, was geschehen war.

»Sie sind im Wasser«, informierte Wen die Offiziere, die abwartend an der Kabinentür standen. »Lassen Sie die Boote auslaufen, damit nach ihnen gesucht wird. Sofort!«

»Die Entfernung bis zum Ufer beträgt eine Meile«, erwiderte einer der Offiziere. »Eine starke Strömung herrscht, und das Wasser ist um diese Jahreszeit eisig kalt. Wenn sie tatsächlich versucht haben sollten, diese Strecke schwimmend zu bewältigen, werden sie ertrinken.«

Wen Li schüttelte den Kopf. »Diese Amerikaner gehören zur NUMA. Das sind ausgebildete Taucher und hervorragende Schwimmer. Möglicherweise verfügen sie auch über technische Hilfsmittel. Ich denke an kompakte Kreislauftauchgeräte oder Sauerstoffflaschen. Diese Leute sollten nicht unterschätzt werden. Ich möchte, dass das Ufer auf mindestens einen Kilometer Länge von der Polizei überwacht wird. Außerdem soll sich jedes Boot, das Sie auftreiben können, an der Suche beteiligen.«

Der Kapitän verfolgte, wie der Offizier sein Sprechfunkgerät einschaltete und die entsprechenden Befehle gab. In der Zwischenzeit schaute sich Wen Li noch einmal in der Kabine um, warf einen kurzen Blick in die Rucksäcke und verließ den kleinen Raum ohne einen weiteren Kommentar.

Die Soldaten folgten ihm, und der Kapitän blieb allein in der Kabine zurück.

Er blickte noch einmal aus dem Fenster. Von einem oder zwei Schwimmern war nichts zu sehen, aber der Motor des Patrouillenboots, das sich auf der anderen Seite der Fähre befand und sich anschickte, das Schiff zu umrunden, war deutlich zu hören.

Amerikanische Agenten. Ausgebildete Taucher. Hochrangige Mitglieder der Partei auf seinem Schiff.

Das war mehr an aufregenden Ereignissen, als er in all den Jahren seines Dienstes auf diesem Schiff erlebt hatte. Im Augenblick fragte er sich, was hier eigentlich genau geschah, aber nachdem ihm keine einleuchtende Erklärung einfallen wollte, entschied er, dass es wahrscheinlich besser war, wenn er es gar nicht wusste.

27

Gamay Trout hörte das Plätschern des Hafenwassers, das den Rumpf des Schiffes umspülte. Es dauerte nicht lange, bis das beruhigende und pulsierende Geräusch vom Motorenlärm des Patrouillenboots übertönt wurde. Es kam in zügiger Fahrt um den Bug der Fähre herum, rauschte dann an der Steuerbordseite entlang und drosselte sein Tempo erst, als es sich dem Kabel näherte, das unterhalb des Fensters ihrer Kabine hin und her schwang.

Gamay kauerte hoch über dem Kabel und grinste. »Es war eine geniale Idee, das Kabel aus dem Fenster heraushängen zu lassen, als ob wir über Bord gegangen wären. Jetzt denken sie, dass wir zum Ufer schwimmen, und dürften während der nächsten Stunden vollauf damit beschäftigt sein, uns zu suchen.«

Mit einigen zig Metern schwerer Eisenkette aufgewickelt auf der Winde, war es im Ankerkettengehäuse eng und ölig. Alles andere als ein idealer Aufenthaltsort für Klaustrophobiker und dazu extrem ungemütlich, war es für ihre augenblickliche Situation trotzdem ein ideales Versteck.

»Mir wäre ein Plätzchen irgendwo im Frachtraum auf jeden Fall lieber gewesen«, sagte Paul, »aber die Soldaten, die hier plötzlich herumwimmelten, haben meine Meinung geändert.«

Sie hatten im letzten Moment im vorderen Teil des Frachtraums einem Soldatentrupp ausweichen können und sich von ihrem ursprünglichen Fluchtplan verabschiedet, als dem ersten Trupp gleich ein zweiter folgte.

Sich vor den Soldaten in Sicherheit bringend, waren sie weiter zum Schiffsbug vorgedrungen und auf das Kettengehäuse gestoßen. Sie hatten die Serviceklappe geöffnet und waren hineingeklettert. Als Paul die Klappe wieder schloss, achtete er darauf, dass der Schließmechanismus nicht einrastete. In diesem Fall hätten sie sich nicht mehr aus eigener Kraft daraus befreien können.

»Deine Idee war wirklich die Krönung«, sagte Paul anerkennend. »Ich hätte meine Schuhe nicht ausgezogen, wenn du nicht darauf bestanden hättest.« Er wackelte mit den Zehen, um seine Feststellung zu unterstreichen.

Gamay hatte empfohlen, ihre Schuhe, die Rucksäcke und ihre sonstigen Siebensachen mit Ausnahme des Laptops, den Paul in einen Plastiksack eingewickelt und unter seinem Hemd versteckt hatte, in der Kabine zurückzulassen. »Niemand ergreift schwimmend die Flucht und nimmt sein gesamtes Gepäck mit«, sagte Gamay. »Es hätte unsere wahren Absichten verraten. Ich bin nur froh, dass sie diesen Köder offenbar geschluckt haben.«

»Kannst du erkennen, was sie im Augenblick tun?«, fragte Paul.

Die schwere Kette füllte fast den gesamten Innenraum des Gehäuses aus. Das Ende, an dem der Anker befestigt war, hing aus einer Öffnung, Klüse genannt, heraus. Durch einen schmalen Spalt zwischen Kette und Schiffsrumpf konnte Gamay den größten Teil der Steuerbordseite überblicken. »Sie bewegen sich nach achtern«, meldete sie, »und kontrollieren den Bereich unter dem Hecküberhang.«

Einen Augenblick später verschwand das Patrouillenboot außer Sicht. Gleichzeitig näherte sich in schneller

Fahrt vom Ufer ein zweites Boot der Fähre, wenig später gefolgt von einem dritten. »Offenbar haben sie Verstärkung angefordert«, sagte Gamay.

Kurz darauf drang aus der Ferne ein dröhnender Knall an ihre Ohren, leicht gedämpft und verzerrt vom stählernen Rumpf des Fährschiffs. Während der nächsten Sekunden wiederholte sich der Knall mehrmals. Jeder schien weiter entfernt als der vorhergehende zu sein. Die Schallwellen brachten die stählerne Hülle der *Su Zhou Hao* zum Schwingen, sodass es den beiden in ihrem Versteck so vorkam, als säßen sie in einer riesigen Trommel.

»Was hat das deiner Meinung nach zu bedeuten?«, fragte Gamay besorgt.

»Sie betätigen sich als Fischer«, sagte Paul. »Und zwar mit Dynamit oder Granaten.«

»Wollen Sie uns aus dem Wasser sprengen?«

Paul nickte. »Keine dumme Strategie, wenn man bedenkt, wie schnell es einen Taucher auf diese Weise erwischen kann, wenn er den Druckwellen ungeschützt ausgesetzt ist.«

Weil Seewasser Druck- und Schallwellen in direkter Umgebung der jeweiligen Quelle nahezu unvermindert weiterleitete, konnte die Explosion einer Granate in dreißig Metern Entfernung durchaus Trommelfelle zum Platzen bringen oder Gehirnerschütterungen auslösen. Bei noch geringerem Abstand konnte sie tödlich sein.

Die Explosionen dauerten während der nächsten zwanzig Minuten sporadisch an, wenn nicht sogar noch länger, aber sämtliche Geräusche von draußen wurden überlagert, als die Maschinen der Fähre wieder in Betrieb gesetzt wurden.

Nicht lange, und das Schiff begann sich vom Fleck zu

bewegen. »Sieht so aus, als wollten sie mit der Fähre doch noch irgendwo anlegen.«

»Mir wäre um einiges wohler, wenn sie uns nach Japan zurückbringen würden«, sagte Paul, »selbst unter diesen ungemütlichen Bedingungen. Aber so viel Glück wird uns nicht beschieden sein. Sie machen an irgendeinem Kai fest, okay. Dann lassen sie die Passagiere von Bord gehen und werden die Zollkontrolle genauestens im Auge haben und nach uns Ausschau halten.«

»Und wenn sie uns nicht in der Warteschlange entdecken«, sagte Gamay, »oder uns nach diesen Wasserbomben nicht im Hafen treiben sehen?«

»Dann werden sie das Schiff ein weiteres Mal durchsuchen«, sagte Paul. »Was bedeutet, dass wir entweder hier drinbleiben müssen, bis die Fähre nach Osaka zurückkehrt – was einige Tage oder länger dauern könnte, falls sie das Schiff unter Quarantäne stellen –, oder dass wir irgendeinen anderen Weg finden müssen, von diesem Kahn zu verschwinden, ohne Aufmerksamkeit zu erregen.«

»Ich bin für frische Luft«, entschied Gamay. »Ich weiß, dass sie das Schiff lediglich am Kai festmachen, aber wenn sie richtig vor Anker gehen wollen, möchte ich lieber nicht hier drin sein.«

»Unseren Ohren würde es nicht gut bekommen, und die Verletzungsgefahr ist auch nicht zu unterschätzen«, sagte Paul. »Wir wissen, dass sie den Frachtraum bereits inspiziert haben. Ich denke, wir sollten dorthin zurückkehren und uns einen Container suchen, in dem wir uns verstecken können.«

»Gute Idee«, sagte Gamay. »Dann nichts wie los.«

Sie brauchten zwanzig Minuten, um sich vom Ankerkettengehäuse bis zum Frachtdeck vorzuarbeiten, wo sie einen unverschlossenen Container fanden, der zu drei Vierteln mit Reissäcken gefüllt war.

Sie krochen auf die Säcke, verschoben einige so, dass sie eine Wand bildeten, die bis zur Decke des Containers reichte und einem potentiellen Betrachter einen bis zum Rand gefüllten Frachtbehälter vorgaukelte. Und dann warteten sie. Unter diesen Bedingungen zu atmen stellte kein Problem dar, weil Reistransporte stets eine gründliche Belüftung verlangten, um der Bildung von Kondenswasser vorzubeugen, das eine verstärkte Schimmelbildung begünstigte und die gesamte Ladung verdorben hätte.

Am Ende legte die Fähre an, und ein Trupp Hafenarbeiter kam an Bord, um mit dem Löschen der Ladung zu beginnen. Es dauerte Stunden. Irgendwann wurde das Tor des Containers geöffnet – wahrscheinlich um den Inhalt zu überprüfen – und kurz darauf wieder geschlossen. Dann wurde der Frachtbehälter aus dem Schiff und auf einen Tieflader gehievt und abtransportiert.

Als jede Bewegung zur Ruhe kam, schätzte Gamay, dass sie etwa zehn Meilen zurückgelegt hatten. »Offenbar wurde unsere Notbehausung in einem Lager abgestellt«, vermutete sie.

Sie lauschten angestrengt in die lastende Stille hinein, konnten jedoch keinen Laut hören.

»Wir sollte schnellstens nachschauen, wo wir uns befinden«, drängte Gamay.

Paul ließ sich nicht lange bitten, schlängelte sich auf den Reissäcken in eine Nische des Containers, wo er durch eins der Belüftungsgitter einen Blick nach draußen werfen konnte. »Ich tippe auf eine Lagerhalle«, sagte er. »Zumindest kann ich in unserer näheren Umgebung nichts anderes erkennen als noch mehr Container.«

»Wenn da draußen im Augenblick Ruhe herrscht, sollten wir die Gelegenheit nutzen.«

Nachdem sie einige Säcke beiseitegeräumt hatten, öffneten sie das Containertor einen Spalt breit. Ihr vorübergehendes Reisequartier stand tatsächlich in einer Lagerhalle. Sie war bis auf die trüben Lichtpunkte einer Notbeleuchtung dunkel und erschien vollkommen verlassen.

»Alles klar«, sagte Gamay. »Ich würde vorschlagen, wir sollten versuchen, das amerikanische Konsulat zu erreichen. Wenn wir es unbemerkt dorthin schaffen, können wir unsere Informationen nach Washington schicken und brauchen nicht mehr um unser Leben zu fürchten.«

28

Mit Hilfe der Peilmünze verfolgte Kriminalkommissar Nagano Ushi-Oni. Sie war ein geniales Exemplar elektronischer Technik, benutzte zur Signalübertragung die Mobilfunkfrequenz und sendete nur alle dreißig Sekunden einen Impuls und war daher für ihren unfreiwilligen Träger, der nicht ahnte, dass er verfolgt wurde, so gut wie unmöglich zu entdecken.

Auf lange Strecken wurde das Signal von dem dichten nationalen Netz der Mobilfunkmasten übertragen, aber so nahe bei seiner Zielperson benutzte Nagano einen speziellen Empfänger, um die von der Münze gesendeten GPS-Koordinaten aufzuzeichnen.

Das Signal führte ihn aus Tokio hinaus und auf eine kurvenreiche Bergstraße. Als der Berufsmörder an einer Raststätte Halt machte, um zu tanken und die Toilette aufzusuchen, schlich sich Nagano an seinen Wagen heran und platzierte einen zweiten Peilsender unter der Stoßstange für den Fall, dass Oni die Münze in seiner Tasche verlor oder als Zahlungsmittel benutzte.

Mit einem zweiten Peilsender an Ort und Stelle ging Nagano auf größere Distanz zu seiner Zielperson, achtete darauf, dass er selbst unsichtbar blieb, und wartete auf einen günstigen Moment, um den ehemaligen Yakuza zu verhaften.

Zu seiner Überraschung setzte Ushi-Oni seine Fahrt ins Gebirge fort, gelangte in die Ausläufer des Fuji-san, bog dort frühzeitig in eine unscheinbare, offenbar wenig benutzte Seitenstraße ab und hielt an, nachdem er ihr etwa eine Stunde lang gefolgt war.

Nagano studierte das Satellitenbild, das er mit Hilfe von Ushi-Onis GPS-Daten auf sein Tablet und auf das Navigationsgerät seines Wagens heruntergeladen hatte. Zu sehen war darauf nicht mehr als eine bewaldete Bergschulter. Ein gelbes Icon zeigte ein kleines Gasthaus unter den Baumwipfeln an. Desgleichen ein sogenanntes *onsen* – eine heiße Mineralquelle mit traditionellem Badeteich. Außerdem befand sich in ihrer Nähe ein Shintō-Schrein.

Nagano fuhr an dem Gasthaus vorbei, folgte der Straße noch für einige Kilometer, ehe er am Straßenrand parkte. Als eine halbe Stunde verstrichen war, ohne dass sich einer der beiden Peilsender vom Fleck bewegt hatte, wendete er und näherte sich unauffällig dem Gasthaus.

Ushi-Onis Wagen stand neben etwa zwanzig weiteren Pkw auf dem Parkplatz. Der offensichtliche Gästeansturm überraschte Nagano auf den ersten Blick überhaupt nicht – beides, heiße Quellen und Shintō-Schreine, waren beliebte Besuchsziele. Einige lockten alljährlich Zigtausende von Besuchern an, was jedoch auf diesen Schrein gewiss nicht zutraf, weil er von geringerer Bedeutung und daher als Touristenziel so gut wie unbekannt war.

Laut den Informationen, die er aus dem Internet aufrufen konnte, waren Schrein und Quelle noch nicht einmal für die Öffentlichkeit zugänglich. Angesichts dieser Tatsache fand Nagano es dann doch sehr seltsam, dass Ushi-Oni ausgerechnet diesen Ort aufsuchte.

Er überprüfte die Position des ersten Peilsenders für den

Fall, dass Ushi-Oni nur hierhergekommen war, um sein Fahrzeug zu wechseln. Die Peilmünze sendete ihre Impulse aus dem Innern des Gasthauses.

Überzeugt, dass Ushi-Oni sich dort aufhielt, bog Nagano auf den Parkplatz ein, suchte sich einen Parkplatz, von dem aus er das Gasthaus im Blick hatte, und rief seinen vertrauenswürdigsten Untergebenen an. »Ich habe den Dämon bis zu einem Schrein in den Bergen verfolgt«, teilte er ihm mit. »Nehmen Sie zwei Ihrer besten Männer und kommen Sie hierher. Wir verhaften ihn, sobald Sie hier sind.«

Nachdem er davon ausgehen konnte, dass er schon bald Verstärkung erhielt, lockerte Nagano seine Krawatte und richtete sich auf eine, wie er hoffte, kurze Wartezeit ein.

Ushi-Oni stand in einem kleinen Zimmer, drückte sich mit dem Rücken an die Wand und lugte durch einen schmalen Spalt zwischen Vorhang und Fensterrahmen hinaus. Als ihm auf dem Parkplatz und auf der Straße nichts Verdächtiges auffiel, schloss er den Vorhangspalt und zog sich vom Fenster zurück.

Er öffnete eine schlanke Schatulle, nahm ein Paar Wurfmesser heraus und verstaute sie in dafür vorgesehenen Futteralen seines leger geschnittenen Jacketts. Er klappte die Schatulle zu und schob sie in eine Innentasche. Nach einem Blick auf die Uhr verließ er das Zimmer. Er hatte noch Zeit. Und zwar reichlich.

Er durchquerte den Speiseraum des Gasthauses und gelangte auf einen schmalen Pfad, der zur Quelle führte. Hier zog er sich vollständig aus, duschte gründlich und ließ sich anschließend in das sprudelnde Wasser der natürlichen heißen Quelle gleiten. Er lehnte sich mit dem Rücken an den schwarzen nassen Stein, der das Badebecken umrahmte, während der Dampf ihn einhüllte und alles, was sich außerhalb des Badebeckens befand, seinem Blick entzog.

Nach einigen Minuten erschien eine Gestalt auf dem Weg und schälte sich aus den wabernden Dampfschwaden. Der Neuankömmling trug einen weißen Mantel und eine seltsam geformte Kopfbedeckung, die als Krähenhut oder *karasu* bekannt war. Der Mann war ein Shintō-Priester.

»*Shinsoku*«, begrüßte Ushi-Oni den Mann und verwendete einen Begriff, der übersetzt *Diener der Götter* bedeutete. Diese Bezeichnung war für all jene reserviert, die sich um den Erhalt und die Pflege der Schreine kümmerten. »Mir kamen bereits erste Zweifel, dass Sie erscheinen würden.«

Der Priester betrachtete Onis bunte Tätowierungen. »Haben Sie sich bei uns gemeldet?«

»Ja«, sagte Oni.

»Sie haben um das Reinigungsritual gebeten«, sagte der Priester.

»Wer sonst hätte es dringender nötig als ich?«, fragte Ushi-Oni.

Der Priester nickte. »Es ist meine Pflicht, Sie zu unterweisen.«

»Ich habe bereits gebadet«, sagte Ushi-Oni. »Was muss ich als Nächstes tun?«

»Ziehen Sie Ihren Mantel an und folgen Sie mir. Ich werde es Ihnen zeigen.«

Ushi-Oni stieg aus dem Wasser, griff nach einem Mantel, der mit mehreren anderen an einem kunstvoll geschnitzten Garderobenständer hing, und schlüpfte mit den Füßen in ein Paar Sandalen. Er faltete seine Kleidung zu einem Paket zusammen, das er sich unter den Arm klemmte, und folgte dem Priester auf einem Weg, der sie in den Wald führte, weg von dem Gasthaus und hinauf zum Schrein.

Sie wanderten zwischen hohen Bambusbüschen etwa einen Kilometer weit, bis sie zu einer Folge zinnoberrot lackierter Tore gelangten, die *torii* genannt wurden. Jeder Torflügel hing an einem hohen Pfosten mit traditionellem orangefarbenem Anstrich. Auf den Pfosten ruhte ein schwarz lackierter Querbalken – *kasagi* genannt – mit nach oben gerichteten Enden, an denen Öllaternen hingen, die den Pfad mit ihrem flackernden Licht erhellten.

Auf das erste *torii* folgten ein zweites und ein drittes und dann noch mehrere andere. Einige waren alt und zeigten Anzeichen des Verfalls. Andere waren neueren Datums. Sie trugen als geschnitzte Inschriften die Namen der Familien, von denen sie in der Hoffnung gespendet worden waren, im Streben nach Reichtum von den Göttern begünstigt zu werden.

»Trifft es zu, dass die Familie Tokagawa einst diesen Schrein unterstützt hat?«, fragte Ushi-Oni.

»Tokagawa?«, wiederholte der Priester. »Nein, ich fürchte das ist eine Legende.«

Sie erreichten die Anhöhe, und der Weg senkte sich ab. Nachdem sie das letzte Tor durchschritten hatten, gelangten sie zum eigentlichen Schrein. Es war ein kleines Bauwerk mit einem Dach, unter dem ein Altar stand. Ein mit Wasser gefüllter Trog befand sich an der Seite, und zwei aus Stein gemeißelte Löwenhunde bewachten den Eingang.

Ushi-Oni wollte weitergehen.

»Sie müssen sich vorher waschen«, gebot ihm der Priester Einhalt.

In Ushi-Oni loderte für einen kurzen Augenblick Zorn darüber hoch, dass jemand ihm vorschreiben wollte, was er zu tun habe. »Ich hatte Ihnen doch gesagt, dass ich bereits gebadet habe.«

»Ihre Hände müssen absolut rein sein«, beharrte der Priester.

Widerstrebend legte Ushi-Oni seine Kleider ab und tauchte die Hände ins Wasser. Im Gegensatz zu dem heißen Bad, aus dem er soeben gestiegen war, war es eiskalt.

Er zog die Hände aus dem Wasser, schüttelte sie ab und starrte den Priester wütend an. »Ich habe eine Opfergabe mitgebracht.«

»Sie müssen auch den Mund ausspülen«, verlangte der Priester.

Ushi-Oni ignorierte die Aufforderung und holte den Spezialjeton hervor, den Han ihm gegeben hatte. Und den vorerst nicht einzulösen er entschieden hatte.

»Was ist das?«, fragte der Priester.

»Ein Überbleibsel aus meinem früheren Leben.«

Der Priester musterte ihn mit strenger Miene. Er erinnerte an einen missbilligenden Schulmeister. »Sie haben eine kriminelle Vergangenheit.«

Und eine ebensolche Zukunft, dachte Ushi-Oni. »Ich möchte mich von dem trennen, was ich bin, und mich als ein anderer neu erfinden. Ist es nicht genau das, weshalb man diesen Ort aufsucht?«

»Das ist es«, bestätigte der Priester. Er griff nach einer Schöpfkelle, füllte sie mit Wasser und reichte sie seinem Besucher. »Aber vorher müssen Sie den Mund ausspülen. Das ist Vorschrift.«

Ushi-Oni hatte das Gefühl, seine Rolle lange genug gespielt zu haben. Er schlug dem alten Mann die Schöpfkelle wütend aus der Hand, raffte seinen Mantel auf der Brust zusammen und zog ihn mit einem Ruck zu sich heran.

»Sie sind von einem bösen Geist besessen«, sagte der Priester.

»Du hast ja keine Ahnung«, knurrte Ushi-Oni. »Und jetzt bring mich zum Altar. Ich möchte mir ansehen, was die Tokagawa-Familie dem Schrein überlassen hat.«

Der Priester versuchte sich aufzubäumen, aber er war zu schwach, um sich aus Ushi-Onis Griff zu befreien. »Es gibt dort nichts zu sehen«, stammelte der Priester. »Nichts, was einen Dieb reizen könnte. Dort finden Sie nichts als die Weisheit, die Sie doch verschmähen.«

»Das zu beurteilen, solltest du mir überlassen«, sagte Ushi-Oni.

Der Priester versuchte noch einmal, Ushi-Onis Hand abzuschütteln, aber Ushi-Oni stieß ihn voller Wucht gegen den Wassertrog und betäubte ihn. Der schmächtige Mann wurde schlaff und sackte zusammen, während Oni seinen Mantel öffnete. Mehrere Schlüssel hingen an einer dünnen Kette um den Hals des Priesters.

Oni packte die Schlüssel und zerrte so heftig daran, dass die Kette zerriss.

Der Priester stieß einen unterdrückten Schmerzensschrei aus. Ushi-Oni legte eine Hand auf seinen Mund und brach ihm mit einer ruckartigen Bewegung seines Arms das Genick.

Er ließ den Körper achtlos zu Boden sinken und blickte sich suchend um. Ein kalter Wind fuhr raschelnd durch die Bambussträucher, ansonsten aber blieb es im Wald still.

Sicher, dass er allein und unbeobachtet war, schlüpfte Oni aus seinem Mantel, streifte den Mantel des Priesters von dessen Leichnam ab und zog ihn sich selbst über die

Schultern. Der Mantel saß hauteng, da Oni bedeutend größer war als der tote Priester. Und sosehr er sich auch bemühte, er konnte die Kopfbedeckung nicht so zurechtrücken, dass es halbwegs normal aussah. Er schob sich den schmalen Riemen unters Kinn und ließ den Krähenhut so schief, wie er war.

Ehe er den Schrein verließ, bugsierte er den nackten Priester in den Wassertrog. »Jetzt kannst du dich waschen, solange du willst, *shinsoku*.«

Nachdem er den Beweis für sein erstes Verbrechen versteckt hatte, warf Oni den Messingspieljeton in Richtung des Altars, hob seine zusammengefalteten Kleider auf und setzte seinen Weg zum Shintō-Kloster hoch oben auf der Bergspitze fort.

Kriminalkommissar Nagano atmete erleichtert auf, als der weiße Van auf der Straße wendete und neben ihm anhielt. Sein zuverlässigster Mann – der gleichzeitig sein Stellvertreter war – sowie zwei Polizeibeamten in Zivil stiegen aus.

»Ist er noch dort?«, fragte der Leutnant.

Nagano deutete auf den Berg. »Er ist zum Schrein aufgestiegen.«

Der Leutnant verzog skeptisch das Gesicht. »Was hat ein Mann wie Ushi-Oni in einem Shintō-Schrein zu suchen?«

»Ich habe meine Zweifel, dass er dort um Vergebung seiner Sünden bitten will«, sagte Nagano.

»Sind Sie sicher, dass er es ist?«

»Ich habe ihn zweimal gesehen. Es ist der Mann, den Zavala beschrieben hat«, bekräftigte Nagano. »Ich will ihn lebend schnappen. Vorzugsweise dort oben im Wald, wo keine weiteren Besucher anzutreffen sind.«

Der Polizeileutnant nickte. Er hatte eine Pistole und

einen Lähmstab bei sich – Letzterer war im Prinzip nichts anderes als ein besonders starker Taser mit langem Stiel –, mit dem sich größere Menschenansammlungen wirkungsvoll unter Kontrolle halten ließen. Die beiden Zivilbeamten waren mit Heckler&Koch-Maschinenpistolen ausgerüstet. Sie basierten auf der berühmten MP5 und besaßen einen deutlich kürzeren Lauf, womit sie die ideale Waffe für Nahkampfsituationen waren.

Nagano zog seine eigene Pistole. Er war des Wartens überdrüssig. »Gehen wir.«

Sie bewegten sich schnell und leise, passierten das verlassene *onsen* und folgten dem mit Bambussträuchern gesäumten Pfad bergauf zu den *torii*-Toren. Ohne Zwischenfall erreichten sie den Schrein. Dort legten sie eine kurze Pause ein, sicherten die Umgebung und schauten sich sorgfältig um. Alles, was sie auf Anhieb fanden, war der Bademantel des Hotels, der zusammengerollt und unter dem Altar versteckt worden war.

»Den muss er getragen haben«, sagte Nagano. »Offenbar hat er sich wieder umgezogen und trägt seine eigene Kleidung.«

»Sehen Sie sich dies hier an«, rief einer der Männer in Zivil. Er stand vor dem Wassertrog.

Nagano war mit schnellen Schritten bei ihm, und gemeinsam holten sie den toten Priester aus dem Wasser.

»Fangen Sie noch immer das Signal auf?«, wollte Naganos Stellvertreter wissen.

Nagano warf einen Blick auf das Display seines Tablets. Hier in den Bergen waren die Mobilfunkmasten nur dünn gesät, aber mit Hilfe des gezielten Such-Modus konnte er die Peilmünze lokalisieren. »Er müsste oben im Bereich des Klosters sein.«

Sie eilten auf dem Pfad weiter und gelangten zum Eingang des Klostergebäudes, dessen vordere Tür weit offen stand. Einige Kerzen flackerten im leichten Wind, der sich unter dem geschweiften Dach fing. Ein kleines Feuer loderte in einer offenen Feuerstelle, aber Ushi-Oni war nirgendwo zu sehen. Und auch sonst niemand.

»Das gefällt mir nicht«, meinte Naganos Stellvertreter. »Hier ist es viel zu still.«

»Wo sind die Priester?«, fragte einer der Männer in Zivil.

Darauf wusste Nagano keine Antwort. Einige der kleineren Schreine wurden nur gelegentlich von Priestern betreut oder ganz sich selbst überlassen, aber der Andachtsraum und die brennenden Kerzen sagten ihm, dass dies nicht auf diesen Schrein zutraf. Er legte den Sicherungsflügel seiner Pistole um. »Ich glaube, wir müssen mit dem Schlimmsten rechnen.«

Der Leutnant nickte. »Wohin jetzt?«

Nagano zog den Scanner zurate. Der rote Punkt, der die Position der Peilmünze anzeigte, stand still und blinkte regelmäßig. »Er muss sich im hinteren Teil aufhalten. Schauen wir mal nach.«

Sie gingen durch eine kleine Vorhalle und stießen auf die Leiche eines weiteren Priesters. Der Tote lag in einer Blutlache dicht hinter einem Flügel der Eingangstür. Drei Tote fanden sie im angrenzenden Raum. Zwei weitere Tote und zwei durchwühlte Räume bestätigten den Polizisten, dass Ushi-Oni sich offensichtlich in einem Blutrausch befand.

Nagano hielt inne und beschrieb vor seinem Hals eine Geste, als führte er einen Schwertstreich aus. Sämtliche Gedanken an die Möglichkeit, Ushi-Oni lebend zu fangen, hatten sich verflüchtigt. Sie würden auf ihn schießen, sobald sie ihn erblickten. Wenn er nicht tödlich getroffen wurde und am Leben blieb, dann sollte es so sein. Aber wenn nicht... dann bekam er nur, was er verdiente.

Geduckt schlich Nagano weiter. Sie näherten sich dem Ende der Halle. Das blinkende Icon auf Naganos Display verriet ihnen, dass Ushi-Oni sich in einem Raum links von der Halle aufhielt.

Zum ersten Mal drang auch das Geräusch einer Bewegung an Naganos Ohren. Er wappnete sich für den entscheidenden Moment, holte tief Luft, katapultierte sich vorwärts und sprengte mit einem wuchtigen Fußtritt die Tür auf.

Er gewahrte eine schwarz gekleidete Gestalt, die zusammengekauert vor einem Schreibtisch saß. Er brachte die Pistole in Anschlag und wollte abdrücken, als die Gestalt sich drehte. Was Nagano sah, war nicht das Gesicht eines Mörders, sondern einen weiteren älteren Priester.

Der Mann war mit einem Stromkabel an den Sessel gefesselt worden. Auf dem Schreibtisch vor dem Gefangenen lag ein zusammengefaltetes weißes Gewand. Auf dem weißen Stoff glänzte ein kleines rundes Objekt mit einem Loch in der Mitte. *Der als Münze getarnte Peilsender.*

Diese Erkenntnis kam zu spät. Ein Schmerzensschrei hinter ihm bestätigte es ihm.

Nagano wirbelte rechtzeitig herum, um eine Schwertklinge blitzen zu sehen, als sie seinen Stellvertreter enthauptete und einem anderen Mann den Arm abtrennte.

Der dritte Polizist lag bereits auf dem Boden. Ein Wurfmesser steckte in seinem Rücken.

Nagano feuerte sofort, schoss jedoch daneben, und die Kugel bohrte sich, ohne irgendwelchen Schaden anzurichten, in die Wand auf der anderen Seite der Halle. Das

Schwert traf die Pistole, ehe Nagano ein zweites Mal abdrücken konnte. Es kappte seine Fingerspitzen und schleuderte die Pistole quer durch den Raum.

Nagano streckte sich nach der Waffe und versuchte, sie mit der rechten Hand zu ergreifen, aber Ushi-Oni war schneller. Ein Tritt gegen seine Rippen warf Nagano auf die Seite. Er rutschte über den Fußboden und wurde vom Schreibtisch gestoppt. Gleichzeitig spürte er die Spitze des antiken Schwerts an seinem Hals.

Er erstarrte, während der Dämon höhnisch grinsend auf ihn herabblickte. Er erwartete, jeden Augenblick durchbohrt zu werden, aber stattdessen brach Ushi-Oni in schallendes Gelächter aus und hielt ihn weiter in Schach wie ein Insekt, das auf einer Nadel aufgespießt werden sollte.

»Suchst du danach?«, fragte Ushi-Oni. Während er die Peilmünze vom Kleiderstapel angelte.

Nagano sagte nichts. Er hielt seine verletzte Hand fest, um die Blutung zu stoppen, und zermarterte sich verzweifelt den Kopf nach einem Weg, wie er an seine Pistole kommen könnte. Die bittere Wahrheit war jedoch, dass jede Bewegung seinerseits zur Folge hätte, dass die Schwertspitze seinen Hals aufschlitzen würde.

Ushi-Oni drehte das Schwert kaum merklich, und schon sickerte Blut an Naganos Hals hinab. »Hast du wirklich angenommen, ich würde nicht bemerken, dass du mich verfolgst? Ich hatte dich bereits weit unter mir auf der Bergstraße entdeckt. Ich habe an der Tankstelle auf dich gewartet und beobachtet, wie du den Peilsender an meinem Wagen deponiert hast. Ich muss zugeben, dass ich mir den Kopf darüber zerbrochen hatte, wie du mich überhaupt aufspüren und verfolgen konntest. Dann fand ich deinen allerliebsten kleinen Glücksbringer.«

Bei diesen Worten hielt Oni die Münze hoch und wog sie dann in der Hand. »Beinahe echt«, fügte er hinzu. »Dem Original sehr, sehr ähnlich. Aber nicht ganz so schwer wie ein echtes Exemplar. Und kein Glücksbringer, sondern für dich eher das Gegenteil.«

Er schleuderte den winzigen Peilsender und traf Nagano mitten ins Gesicht.

»Nur zu, töten Sie mich«, sagte Nagano. »Damit können Sie sich nicht retten. Sie haben Mönche und Polizisten getötet. Nach diesem Blutbad werden Sie sich nirgendwo verstecken können. Jetzt nicht mehr, da Sie Ihr Gesicht gezeigt haben.«

Anstatt ihn zu töten, bückte Oni sich, hob den Elektroschocker auf und schlug damit leicht in seine freie Handfläche, als ob er sein Gewicht testen wollte. »Wenn sie erst einmal sehen, was du tust«, sagte er, »werden sie mich ganz vergessen.«

Damit rammte er Nagano den Schocker vor die Brust und verpasste ihm einen schweren elektrischen Schlag. Danach einen zweiten und schließlich einen dritten. Nagano konnte nichts anderes tun, als jeden Treffer ohne Gegenwehr einzustecken und zu versuchen, die Schmerzen zu ertragen.

Er hielt mehrere Minuten lang durch, doch dann senkte sich ein gnädiger schwarzer Vorhang auf seine Welt herab und deckte sie zu.

29

Die Stadt Nagasaki liegt eingebettet zwischen den Bergen und dem Ozean an der westlichen Spitze Kyūshūs, der drittgrößten Hauptinsel Japans. Da seit ihrer Gründung nur begrenzter Raum zur Verfügung stand, um sich auszubreiten, hatte man schon frühzeitig damit begonnen, die Wohnviertel auf den Berghängen zu errichten, wo sie einander über eine schmale Bucht hinweg zuwinken konnten.

Ihre geographische Lage verleiht der Provinzmetropole ein physisch nahezu greifbares altweltliches Flair, wie man es auch in den traditionsreichen Straßen San Franciscos finden kann. Verstärkt wird diese Atmosphäre durch den betriebsamen Hafen und die rote Hängebrücke, die Kyūshū mit der Insel Hirado verbindet und eine frappierende Ähnlichkeit mit der Golden Gate Bridge aufweist.

Kurt Austin, Joe Zavala und Akiko, die japanische Leibwächterin von Kenzo Fujihara, erreichten die Stadt mit einem anderen Prachtstück aus Fujiharas Oldtimersammlung. Diesmal war es ein 1972er Skyline GT-R. Die viertürige Limousine war einer der ersten auf der Insel produzierten Wagen, die das Herz der Sammler höher schlagen ließen. Trotzdem war er, verglichen mit dem Bentley, geradezu spartanisch ausgestattet.

»Man könnte meinen, dass der Trend unserer automobilistischen Ausrüstung in die falsche Richtung geht«, meinte Joe, der entspannt auf dem Rücksitz lümmelte, »aber ich glaube, dass ich dieses Gefährt einem Bentley allemal vorziehe.«

Akiko, die es sich auf dem Beifahrersitz bequem gemacht hatte, wandte sich zu Joe um. »Es freut mich zu hören, dass Ihnen dieses Modell gefällt«, sagte sie. »Dies ist der erste Wagen, den ich für Meister Kenzo restaurieren durfte. Es war mir geradezu eine Herzensangelegenheit.«

»Seine Linienführung ist klassisch und aggressiv zugleich«, sagte Joe. »Genauso wie ich es bei Autos am liebsten habe.«

Kurt verdrehte die Augen und lenkte den Wagen die Brückenrampe hinauf. »Ein Mietwagen hätte es genauso getan. Auf jeden Fall hätte er mit einer besseren Heizung aufwarten können.«

Akiko schüttelte heftig den Kopf. »Mietwagen sind mit zu viel Automatik ausgerüstet. Und wussten Sie, dass die Autofirmen jede Ihrer Bewegungen mit Hilfe von RFID-Transpondern und Signalen aus Satellitenradioempfängern aufzeichnen können? Sie brauchen kein LoJack- oder irgendein anderes System, um Sie zu überwachen. Und viele Fahrzeuge jüngerer Produktion sind mit ferngesteuerten Bedienungssystemen ausgerüstet. Sie können einen mit einem Befehl von einem beliebigen Computerterminal auf der Straße, die man gerade befährt, stranden lassen.«

Kurt Austin grinste. Verschwörungstheoretiker hatten etwas an sich, das ihm das Herz wärmte. »Was sie wahrscheinlich niemals tun würden, solange jeder ihrer Kunden seine Kreditkartenrechnungen begleicht. Aber wie dem auch sei, wir wollen uns niemandem mit üblen Absichten nähern. Unser gesamter Plan basiert darauf, mit Walter Han unter vier Augen sprechen zu können.«

»Und was gedenkst du zu tun, damit es dazu kommt?«, fragte Joe Zavala.

»Ich gehe einfach zu ihm hin und bitte ihn ganz offen um Hilfe.«

Kurt äußerte sich nicht weiter zu diesem Thema. Sie nahmen die Hirado-Brücke, überquerten die Bucht von Nagasaki und fuhren dann hinunter bis zu einem ausgedehnten Werksgelände, das sich hinter den Kais erstreckte. Der funkelnde Komplex aus Stahl und Glas bedeckte eine Fläche von einhundert Morgen und erinnerte eher an die futuristische Verwaltungszentrale einer hochentwickelten Zivilisation als an eine Fabrik. Sachlich nüchterne Betonbauten waren wie ein Universitätscampus arrangiert. Sie umschlossen einen Skulpturengarten komplett mit Spazierwegen und schmalen Bachläufen, in denen glasklares Wasser leise plätschernd über bunte Kieselsteine strömte. Eine Rundstrecke, auf der automatisierte Fahrzeuge getestet wurden, war hinter den Fabrikgebäuden zu erkennen. Die lange Gerade der Prüfpiste verlief parallel zum Meeresufer.

»Das ist Hans neue Produktionsstätte«, erklärte Kurt. »Sie gehört seiner Firma China-Nippon Robotics, einem Joint Venture mit einer Gruppe reicher japanischer Investoren. Die Anlage wird morgen offiziell eröffnet. In einer ersten von zwei feierlichen Zeremonien. Der japanische Premierminister, der Bürgermeister von Nagasaki und mehrere Abgeordnete des Parlaments werden daran teilnehmen. Jeder darf eine kurze Rede halten, was, wie man von Politikern gewöhnlich erwarten kann, bedeutet, dass die Teilnehmer an der Zeremonie eine Menge belangloses Geschwafel zu hören bekommen.«

»Sie sind alle nur deswegen hergekommen, weil feierlich ein Band zerschnitten wird?«, fragte Joe ungläubig.

»Es steht noch etwas mehr auf dem Programm«, sagte Kurt. »Ein Kooperationsabkommen zwischen China und Japan soll hier ebenfalls morgen unterzeichnet werden. Nicht in der Fabrik, sondern an einem besonderen Ort, den sie ziemlich prosaisch Freundschaftspavillon getauft haben. Er wurde ebenfalls mit Walter Hans Geld erbaut.«

»Eine perfekte Demonstration dafür, wie man Freunde gewinnt und Nationen in seinem Sinn beeinflussen kann«, sagte Joe.

»Genau«, pflichtete Kurt ihm bei. »Aber uns bietet sich damit die Chance, unbemerkt Informationen zu sammeln. Sie inszenieren die gesamte Geschichte wie eine Industriemesse. Beide Ereignisse sind für jedermann zugänglich. Und das schließt uns mit ein.«

Kurt suchte sich seinen Weg durch die engen Straßen, erreichte das Fabrikgelände und wurde zu einer Tiefgarage geleitet. Nachdem er einen freien Parkplatz gefunden hatte, stiegen sie aus, begaben sich zu einem Lift und befanden sich plötzlich in einem dichten Menschengewimmel.

Lichter flackerten, wohin man schaute, kleine Maschinen schoben sich hier und da langsam durch die Besucherschar, und ein holographisches Gesicht, das auf eine Nebelwand projiziert wurde, begrüßte sie. »Die Zukunft ist näher, als Sie denken...«, sagte seine elektronisch aufgezeichnete Stimme.

Bunte Neonleuchten und pulsierende Musik erweckten den Eindruck eines Clubs. Künstliche Arme und Hände mit lackierten Fingernägeln ragten aus einer Wand und warteten darauf, ergriffen und geschüttelt zu werden.

Akiko sah sich mit entsetzt geweiteten Augen um.

»*Akumu*«, flüsterte sie das japanische Wort für *Albtraum*. »Das ist wie der siebente Kreis der Hölle.«

Kurt bemerkte ihre Reaktion. Es war nicht Angst oder Unbehagen, sondern nur eine Mischung aus Resignation und Ekel, wie man sie bei einem frommen Menschen erwarten würde, der sich nach Sodom und Gomorrha verirrt hat. »Betrachten Sie das Ganze als eine günstige Gelegenheit, neue Erfahrungen zu machen. Zumindest werden Sie am Ende wissen, was Ihnen entgeht.«

»Oder wem ich mich ganz bewusst entziehe«, sagte sie.

Nachdem sie sich am Empfang angemeldet und ihre Namensschilder abgeholt hatten, erhielten sie drahtlose Kopfhörer, die sich auf eine bestimmte Sprache einstellen ließen. Während sie sich den Informationsständen und Präsentationsvitrinen der ausstellenden Produktionsfirmen näherten, starteten in ihren Kopfhörern die Erläuterungen zum jeweiligen Warensortiment, das sie vor sich hatten.

An der ersten Station erwartete sie eine Aufzählung der Vorteile und Segnungen einer hochentwickelten Robotertechnik und Automatisierung. »Eine zukunftsorientierte Robotik wird den Menschen weitgehend von dem Zwang befreien, mühselige Arbeiten auszuführen«, erklärte die künstliche Stimme in ihren Kopfhörern. »Schon in zehn Jahren wird unsere Robotik die Eintönigkeit langer Autofahrten, die knochenbrechende Arbeit in Lagerhäusern, den Transport und die Anlieferung schwerer Paketsendungen oder die Müllbeseitigung ersetzen. Selbst der Straßenbau wird von riesigen Maschinen übernommen und die Menschheit von dieser Last befreien.«

»Aber auch vom Empfang ihrer Gehaltsschecks«, fügte Joe sarkastisch hinzu.

»Sehe ich es richtig, dass du kein Fan der Automatisierung bist?«, fragte Kurt.

»Ganz sicher nicht, wenn sie mich überflüssig macht.«

»Jetzt denken Sie genauso wie ich«, sagte Akiko.

Sie spazierten zu einem anderen Bereich der Ausstellung, wo sich eine größere Menschenmenge versammelt hatte. »Hier sehen Sie die Dienstversion unseres neuesten menschlichen Helfermodells – die Serviceeinheit HAM 9X.«

Als die Beleuchtung aufflammte, erblickten sie eine menschliche Gestalt in der Uniform einer Kammerzofe. Das Gesicht hatte weiche Züge und wirkte realistisch, wenn auch ein wenig ausdruckslos. Die Augen leuchteten hell. Die Lippen waren dunkelrot und verführerisch geschwungen.

»Mein Name ist Ny Nex«, stellte sich der Roboter vor, wobei seine Lippen sich bewegten, während er sprach. Ein Augenzwinkern folgte, das vor allem die Männer in der Zuschauergruppe begeisterte. »Ich bin da, um all Ihre Bedürfnisse zu befriedigen.«

Kurt war von dem menschlichen Tonfall der Stimme verblüfft. Sie klang weder, als sei sie elektronisch aufgezeichnet, aber auch nicht wie von einem Computer erzeugt. Er ging näher heran und studierte die Maschine eingehend. In einer simulierten Küche spülte und trocknete sie Geschirr ab, leerte mehrere Einkaufstüten mit Lebensmitteln und verteilte diese auf die für sie reservierten Plätze in Schränken und Schubladen. Dann begann sie, eine Kanne frisch gemahlenen Kaffees aufzubrühen, ohne ein einziges Körnchen Kaffeemehl zu verschütten.

»Ich glaube, wir haben die Lösung für deinen chronischen Freundinnen-Mangel gefunden«, sagte Kurt zu Joe.

Akiko sah Joe von der Seite an, während Joe heftig den Kopf schüttelte und lautstark protestierte. »Ich schraube zwar gerne an Maschinen herum, aber ich habe nicht das geringste Interesse daran, mit ihnen auszugehen.«

»Wie schön«, sagte Akiko mit vor Sarkasmus triefender Stimme. »Nicht lange, und wir brauchen für nichts mehr einen Menschen. Dann kann jeder für sich allein ein vollkommen abgeschottetes Leben führen, umgeben und versorgt von einer Schar mechanischer Diener.«

»Das gilt nicht für mich«, sagte Joe. »Ich ziehe menschliche Gesellschaft vor.«

Kurt musste lachen. Joe war ihm noch nie derart in die Enge getrieben vorgekommen. Er warf einen Blick auf die Uhr. »Wir sollten zusehen, dass wir schnellstens zu dieser Feier kommen, wenn wir hören wollen, was Walter Han der Welt zu verkünden hat.«

Sie setzten ihren Weg fort, passierten mehrere mindestens ebenso interessante Ausstellernischen und gelangten schließlich zum Festsaal. Dort gab es nur noch Stehplätze. Oben auf dem Podium stand Walter Han hinter einem Rednerpult und sprach nicht über Robotik, sondern über die vielfältigen Möglichkeiten einer Zusammenarbeit zwischen Japan und China.

»Die beiden großen Mächte Asiens werden im nächsten Jahrhundert die Welt verändern, aber vorher müssen wir unsere Beziehungen überprüfen und neue Wege zu einer allumfassenden Zusammenarbeit in allen Bereichen suchen. Die Vergangenheit sollte vergessen sein. Die Fehler, die im vorigen Jahrhundert gemacht wurden, sollten vom Mantel der Geschichte zugedeckt werden, um den Erfolg unserer Verhandlungen über eine gemeinsame Zukunft nicht zu gefährden.«

»Ein interessantes Thema, wenn man sich die heftigen Spannungen im Südchinesischen Meer und die Streitigkeiten über die Senkaku-Inseln ins Gedächtnis ruft«, bemerkte Joe mit gesenkter Stimme.

Han kam auch auf dieses Thema zu sprechen. » ... Die chinesische Regierung ist entschlossen, mehrere festgefahrene Situationen mit neuem Leben zu füllen, und hat bereits erste Schritte in dieser Richtung eingeleitet«, sagte er. »Zurzeit wird ein neuer Vorschlag erarbeitet, der Japan die vollständige Kontrolle über die in Frage stehenden Inseln zugesteht. Wir werden nicht länger über Kleinigkeiten in Streit geraten, wenn eine enge Partnerschaft beiden Nationen weitaus mehr Gewinn verspricht.«

Applaus brandete auf.

»Er redet, als läge die gesamte Macht in seinen Händen«, staunte Akiko.

»Nagano deutete an, er habe einen beinahe-diplomatischen Status.«

»Aber haben Sie die Worte gehört, die er verwendet hat? Japan die Kontrolle über die eigenen Inseln *zugestehen*?« Akiko war zutiefst verletzt. »Die Arroganz trieft ihm aus allen Poren.«

Kurt widersprach nicht. Er drehte sich zu Han um und hörte ihm weiter zu. Dieser beendete schließlich seine Rede, und das Band wurde durchgeschnitten. China-Nippon Robotics war offiziell im Geschäft, und die Eröffnungsparty begann.

Während die politischen Würdenträger verschwanden – sie wurden von ihren Sicherheitsteams von der Bühne herunter eskortiert –, mischte sich Walter Han unter die Gäste, schüttelte rechts und links Hände, die ihm entgegengestreckt wurden, und blieb gelegentlich für einen

Augenblick stehen, um mit Bekannten einige Worte zu wechseln.

»Ich glaube, es wird Zeit, dass ich mich vorstelle«, sagte Kurt.

Joe trat zur Seite, um ihm Platz zu machen. »Wir warten draußen vor der Halle auf dich. Viel Glück.«

Das Auditorium leerte sich, während Kurt durch den Mittelgang schlenderte. Je länger Han aufgehalten wurde, desto intensiver bemühte er sich, den Ort des Geschehens zu verlassen. Dort gab es nichts mehr für ihn zu holen. Die nächsten Hände schüttelte er deutlich flüchtiger und beschränkte Gespräche auf nur wenige Worte. Einen Mann, der ihn in eine Unterhaltung verwickeln wollte, fertigte er mit einem knappen Lächeln ab und wandte sich zum Gehen, um feststellen zu müssen, dass Kurt ihm den Weg versperrte.

»Walter Han«, sagte Kurt und streckte eine Hand aus. »Wie gut, dass ich Sie noch persönlich ansprechen kann. Übrigens, Ihre Rede war ganz hervorragend.«

Hans Gesicht glich einer Maske, der an Reaktion nicht viel zu entnehmen war, aber für einen kurzen Moment zeigte sie doch einen überraschten Ausdruck. »Tut mir leid«, sagte Han. »Aber kenne ich Sie?«

»Nicht persönlich«, erwiderte Kurt. »Mein Name ist Austin. Kurt Austin. Ich bin der Chef des Special Projects Department bei der NUMA – der National Underwater and Marine Agency mit Sitz in Washington, D. C. Sie und ich, wir sind einander noch nie persönlich begegnet, aber ich – oder ich sollte lieber sagen, mein Techniker-Team –, also wir interessieren uns brennend für Ihre Arbeit.«

Hans Reaktion wechselte von irritiert zu freundlich entgegenkommend. »Tatsächlich?«

Kurt spielte seine Rolle perfekt. »Wir benutzen bei unseren Tiefseeunternehmungen eine zunehmende Zahl mit Robot-Technik ausgestatteter und anderweitig automatisierter Unterwasserfahrzeuge. Zurzeit bereiten wir eine wichtige Untersuchung anormaler Erscheinungen vor, die wir im Ostchinesischen Meer aufgespürt haben.«

Kurt hoffte, Han einen Schock zu versetzen, aber die Erwähnung des Ostchinesischen Meers rief bei dem Mann keinerlei Reaktion hervor. Er blieb wortkarg und undurchsichtig.

»China-Nippon Robotics würde es als Ehre betrachten, mit einer derart bedeutenden und angesehenen Organisation wie der NUMA zusammenarbeiten zu können«, erwiderte Han. »Tatsächlich können wir mehrere seegängige Modelle anbieten, die sich nutzbringend bei der Pipeline-Inspektion und bei Tiefseebohrungen einsetzen lassen und möglicherweise für Sie interessant sein könnten. Rufen Sie am Montag mein Büro an. Ich mache Sie mit meinem Betriebsdirektor bekannt.«

»Ich fürchte, Montag wird zu spät sein«, sagte Kurt. »Wir starten schon morgen. Unseres Erachtens ist die Lage so bedrohlich, dass wir keine Zeit verlieren dürfen.«

»Weshalb diese Eile?«, fragte Han und runzelte die Stirn, um Interesse zu simulieren.

»Die von mir angesprochenen Anomalien sind geologischer Natur«, erläuterte Kurt. »Es handelt sich um eine auffällige Serie bislang unerklärlicher Erdbeben. Im Hinblick auf die in der Vergangenheit gerade in dieser Region beobachteten Tsunamis und andere tektonische Katastrophen sind wir der Meinung, dass die von uns geplanten Untersuchungen nicht aufgeschoben werden dürfen. Mit anderen Worten, wir müssen schnellstens in Erfahrung bringen, was dort unten vor sich geht. Sehen Sie eine Chance, dass wir uns etwas später – aber noch im Laufe dieses Tages – eingehender darüber unterhalten können?«

Han schüttelte den Kopf. »Auf keinen Fall. Aber hinterlassen Sie Ihre Kontaktdaten in meinem Büro. Sollte sich eine Möglichkeit ergeben, Ihnen behilflich zu sein, wird CNR ihre Ressourcen gerne zur Verfügung stellen.«

Er ergriff abermals Kurts Hand. »Viel Glück. Schauen Sie sich gründlich um. Ich muss mich zu meinem Bedauern entschuldigen.«

Danach drängte sich Han an Kurt vorbei. Er eilte durch den Saal, gefolgt von einem Tross seiner Leute – vorwiegend Techniker und Leibwächter –, und verschwand in der Vorhalle.

Kurt machte keinerlei Anstalten, ihm zu folgen, sondern kehrte zu Joe und Akiko zurück.

»Nun?«, fragte Joe Zavala. »Konntest du den Baum schütteln?«

»Das schon, aber nur ein wenig«, antwortete Kurt Austin. »Unglücklicherweise entpuppte er sich als solide Eiche. Han zuckte nicht mal mit der Wimper.«

»Hast du dick genug aufgetragen?«

»Noch ein wenig dicker, und wir wären bis zu den Knien drin versunken.«

»Vielleicht hatte Kriminalkommissar Nagano recht«, sagte Akiko. »Um bei Ihrer Baum-Metapher zu bleiben, vielleicht sind wir auf dem Holzweg?«

Kurt war nicht bereit, sich so schnell geschlagen zu geben. »Wir sollten abwarten, welche Wirkung meine Andeutungen entwickeln. Wenn er an dieser Geschichte beteiligt ist, wird er reagieren, auf die eine oder andere Weise.«

»Und wenn er sauber ist und nichts damit zu tun hat?«

»Dann kehrt er in sein Büro zurück und wird sich über den verrückten Amerikaner köstlich amüsieren, und wir müssen ganz von vorne anfangen.«

30

Walter Han begab sich ohne weitere Unterbrechung von der Eröffnungsfeier direkt in sein Büro. Er schloss die Tür hinter sich und sank in seinen Schreibtischsessel. Er ließ sich das soeben Erlebte noch einmal ausführlich in allen Details durch den Kopf gehen. Irgendetwas musste gegen die Einmischung Austins und der NUMA unternommen werden.

Er legte einen Finger auf den in seine Schreibtischplatte eingebauten Scanner. Nachdem dieser seine Identität bestätigt hatte, öffnete er mit einem Klicken die Schreibtischschlösser. Han zog die zweitoberste Schublade auf, holte ein Spezialtelefon heraus und stöpselte es in eine dafür vorgesehene Buchse im Seitenrahmen seines Laptops ein.

Er tippte einen kurzen Befehl auf der Tastatur und startete ein Verschlüsselungsprogramm. Anschließend wählte er eine Telefonnummer. Ein gelbes Icon erschien auf dem Bildschirm, während die Verbindung hergestellt wurde. Das Symbol färbte sich grün, sobald die Verschlüsselungscodes registriert und als korrekt akzeptiert wurden.

»Diese Leitung ist abhörsicher«, sagte eine Stimme am anderen Ende.

»Abhörsichere Leitung«, wiederholte Han. »Verbinden Sie mich mit dem Minister.«

»Einen Moment.«

Während er wartete, lockerte Han seine Krawatte, die ihm plötzlich die Luft abzuschnüren schien. Anschließend schenkte er sich einen Drink ein und genehmigte sich einen tiefen Schluck aus dem Glas.

Die Stimme drang aus dem Lautsprecher des Computers. »Der Minister ist in der Leitung, Sir. Sprechen Sie.«

Die Leitung wurde freigeschaltet, und er war mit Wen Li verbunden, der in seinem Büro in Peking saß. »Wir haben ein Problem«, kam Walter Han ohne Umschweife zum Grund seines Anrufs. »Wir müssen die Operation abblasen.«

Für einige Sekunden war in der Leitung lediglich ein Rauschen zu hören, dann erklang Wen Lis Stimme. »Wir haben an mehreren Fronten Probleme«, räumte Wen ein, »aber für eine Umkehr ist es zu spät. Dinge wurden in Bewegung gesetzt, die nicht mehr aufgehalten werden können.«

»Uns droht das Risiko einer unmittelbaren Bloßstellung«, sagte Han. »Kurt Austin sprach mich heute direkt an. Er erwähnte eine geologische Anomalie auf dem Grund des Ostchinesischen Meeres.«

»Das würde mich nicht überraschen«, erwiderte Wen Li, »außer dass Sie mir versichert haben, dass Austin eliminiert worden sei.«

Han hatte seit dem Vorfall im Spielcasino natürlich gewusst, dass die NUMA-Agenten am Leben waren, aber er hatte es versäumt, diese Information an Wen Li weiterzuleiten. »Aufgrund der Begleitumstände bin ich zu der Überzeugung gelangt, dass sie in dem Feuer umgekommen waren«, sagte er. »Offenbar war die Nachricht von ihrem Tod eine Falschmeldung. Stattdessen setzten sie ihre Ermittlungen fort. Ziemlich amateurhaft, das Ganze.«

»Aber immer noch so raffiniert, dass Sie darauf hereingefallen sind.«

Innerlich raste Han vor Wut. »Vielleicht ist Ihnen die wahre Dimension dessen, was ich Ihnen soeben mitgeteilt habe, nicht bewusst. Austin war hier. In meinem Betrieb! Er kam persönlich zu mir – schritt dreist auf mich zu –, nur Sekunden, nachdem ich dem japanischen Premierminister die Hand geschüttelt und meine Rede beendet hatte. Das kann kein Zufall gewesen sein. Es kann nur bedeuten, dass sie CNR und mich mit den Ereignissen im Serpent's Jaw in Verbindung gebracht haben. Sie haben die Absicht, die Region zu überprüfen. Und das dürfte sie auch zur Abbaustätte führen.«

»Ein Bluff«, wiegelte Wen ab.

»Wie können Sie sich dessen so sicher sein?«

»Weil sie sich dort längst schon umgeschaut haben«, erklärte Wen, »und nichts fanden.«

Han war perplex. Offenbar war er nicht der Einzige, der wichtige Informationen für sich behalten hatte. »Wie und wann ist das geschehen?«

»Gestern«, erwiderte Wen. »Wir haben Signale aufgefangen, die von einem ROV gesendet wurden. Sie stammten von einem Sonar und waren unregelmäßig, wahrscheinlich aufgrund der geringen Größe des Tauchboots, aber wir sind uns so gut wie sicher, dass sie die ursprüngliche Abbaustätte gefunden haben.«

Han fasste sich an den Kopf und begann, mit den Fingerspitzen eine Schläfe zu massieren, um den pochenden Schmerz zu lindern. »Wie konnte das geschehen? Ich hatte angenommen, dass Marineeinheiten der Volksbefreiungsarmee diese Region abgeriegelt haben.«

Als Wen den offensichtlichen Misserfolg dieser Maßnahme einräumte, war ein Ausdruck der Bewunderung in seiner Stimme nicht zu überhören. »Ich gebe zu, dass sie einen ganz neuen Weg gefunden haben, unsere Sperren zu umgehen. Dazu benutzten sie eine Methode, die uns niemals in den Sinn gekommen wäre. Aber rückblickend betrachtet, dürfte sich ihre Entdeckung als vollkommen unbedeutend erweisen.«

»Ganz sicher nicht, wenn es ihnen gelingt, die Information nach Washington zu übermitteln.«

»Dazu wird es nicht kommen«, versprach Wen Li. »Die NUMA-Agenten halten sich momentan hier in Shanghai auf. Es ist nur eine Frage der Zeit, bis wir sie in Gewahrsam nehmen. Wir werden sie wegen Spionage anklagen und als Verhandlungsmasse benutzen. Und zu ihrer Enttäuschung werden sie feststellen, dass sie ihr Leben für nichts riskiert haben. Sogar eine gezielte sorgfältige Suche mit Hilfe präziser Sonarkarten, umfangreicher Videoaufzeichnungen und eines leistungsfähigen Tiefensonars wird keine brauchbaren Ergebnisse bringen. Die eigentlichen Arbeiten werden unter dem Meeresgrund in den Stollen ausgeführt, die von Ihren Maschinen geschaffen wurden, zu tief für jedes herkömmliche Sonargerät.

Bestenfalls haben die Amerikaner eine unterseeische Bergbaumaßnahme aufgespürt, die durch eine geringfügige geologische Aktivität beschädigt wurde und die Zerstörung eines Unterwasserhabitats zur Folge hatte, das nun von Gesteinstrümmern teilweise begraben in der Schlucht liegt. Welches Ziel mit dem Bergbau verfolgt wurde und was es mit dem Goldenen Adamant auf sich hat, bleibt ihnen weiterhin verborgen. Und wenn es ihnen tatsächlich gelingen sollte, diese Rätsel zu lösen, haben wir die japanische Regierung unter Kontrolle, und Sie und Ihre Leute können auf Hokkaido so viel Goldenes Adamant zutage fördern, wie Sie wollen. Natürlich vorausgesetzt, dass Sie das dort vermutete Vorkommen auch finden.«

Han sah sich in die Defensive gedrängt. »Wir stehen dicht davor«, beteuerte er. »Die antiken Schwerter und Masamunes Tage- und Arbeitsbuch, in dem der Schmelz- und Schmiedeprozess beschrieben wird, dürften schon in Kürze in meinem Besitz sein. Diese Objekte werden uns auf direktem Weg zu der Mine führen, aus der Masamune den Grundstoff für seine Waffenproduktion erhalten hat. Aber nichts von alledem wird uns von Nutzen sein, wenn die NUMA-Agenten in Shanghai oder ihre hier tätigen Kollegen uns entlarven.«

Wen Li verstummte für einige Sekunden, wie es häufig vorkam, wenn sie eine Go-Partie spielten. Han nutzte den Moment, um sich einen zweiten Drink einzuschenken.

Schließlich ergriff der alte Mann wieder das Wort. »Sie sagen, Austin sei zu Ihnen gekommen?«

»Er hat mich gebeten, ihm bei seiner Untersuchung zu helfen.«

»Ein gewagter Schachzug«, sagte Wen. »Er hat offenbar versucht, Sie aus dem Gleichgewicht zu bringen.«

»Ich versichere Ihnen, er hat nichts erfahren.«

»Dennoch ist die Taktik, die er in diesem Spiel verfolgt, bewunderungswürdig. Und man kann aus ihr eine Menge lernen.«

»Was, zum Beispiel?«

»Erinnern Sie sich noch an die erste Lektion in Unternehmensführung?«, fragte Wen. »Die günstigsten Gelegenheiten ergeben sich immer dann, wenn sich Ihr Gegner oder Konkurrent in irgendeiner Weise übernimmt. Dann lässt er sich am einfachsten aus dem Weg räumen. Austins

Aggressivität macht ihn verwundbar. Ich glaube, wir können nen diese Arroganz als Waffe gegen ihn benutzen.«

»Und wie?«

»Bei unserem Angriff auf den japanischen Premierminister wollten wir gewisse Elemente amerikanischer Herkunft einsetzen. War das nicht unser Plan?«

»Wir haben zwei Agenten geschnappt«, bestätigte Han. »Die amerikanische Regierung nimmt an, dass sie sich unerlaubt von der Truppe entfernt haben.«

»Sehen Sie zu, dass Sie die beiden schnellstens loswerden«, sagte Wen. »Ihre erwiesene Pflichtverletzung würde ihre späteren Aktionen in einem fragwürdigen Licht erscheinen lassen. An ihrer Stelle werden wir andere mit besserem Ruf und eindrucksvollerem Lebenslauf einsetzen.«

»Meinen Sie etwa …«

»Genau das tue ich«, sagte Wen. »Was könnte für uns besser sein, als wenn ein bekannter Amerikaner, der früher einmal für die CIA gearbeitet hat, dabei beobachtet werden kann, wie er den japanischen Premierminister tötet, während dieser einen Freundschaftsvertrag mit China unterzeichnet? Ein kollektiver Wutschrei der japanischen Öffentlichkeit wäre die Folge. Es würde die Neuorientierung der beiden Staaten erst recht besiegeln.«

Han spürte, wie sich seine Sorgen schlagartig in Luft auflösten und frische Energien in ihm freigesetzt wurden. Der Erfolg ihres Vorhabens rückte in greifbare Nähe. »Sie haben wie immer recht, Lao-Shi. Ich bitte um Verzeihung, dass ich diese einzigartige Chance nicht schon früher erkannt habe. Austin hat uns mit seinem dreisten Auftritt direkt in die Hände gespielt.«

31

Das ohrenbetäubende Mahlen eines schweren Motors machte jegliche Unterhaltung unmöglich, als der Doppeldeckerbus, dessen Dach entfernt worden war, auf einer viel befahrenen Straße in Shanghai schwerfällig beschleunigte.

Moderne Gebäude glitten auf beiden Seiten vorbei, während elegant gekleidete Kauflustige die Bürgersteige bevölkerten, in den Händen Einkaufstaschen der exklusivsten Markenprodukte. Ein Stück voraus hatte ein Bautrupp die äußere Fahrspur wegen umfangreicher Reparaturarbeiten gesperrt, wodurch der Verkehr auf Schritttempo heruntergebremst wurde.

Paul Trout stand in der unteren Busetage, einen Arm hochgereckt und die Hand in der Schlaufe eines Haltegurts, der von der Zwischendecke herabhing. Gamay saß auf dem Fensterplatz neben ihm. Nachdem sie die Lagerhalle unbemerkt hatten verlassen können, hatten sie sich in einem kleinen Modegeschäft in einer Seitenstraße so unauffällig wie möglich neu eingekleidet und sich gleichzeitig den Kopf darüber zerbrochen, wie sie am besten ungesehen zum Konsulat gelangen könnten.

Die mögliche Lösung dieses Problems fand Paul in einer Broschüre, mit der Shanghai Bus Tours Werbung für Stadtrundfahrten machte. Zwei Stunden später stiegen er und Gamay in einen grellbunt bemalten Autobus, der kurz darauf zu einer gemütlichen Spazierfahrt durch die malerische Stadt startete.

Der Bus, der sie und die anderen Touristen – darunter viele Amerikaner und Europäer, zwischen denen sie nicht weiter auffielen – durch den dichten Verkehr kutschierte, war verhältnismäßig komfortabel.

Die Fahrtroute führte vorbei an historischen Tempeln, palastartigen Regierungsbauten und sogar an einem weitläufigen Betonbauwerk, in dem sich einmal der größte Schlachthof der Welt befunden hatte. Es war aufwendig renoviert worden und beherbergte nun Luxusläden, Edelboutiquen und Restaurants, von denen einige ausschließlich vegane oder vegetarische Gerichte anboten.

Am Oriental Pearl Tower, dem berühmtesten Gebäude Shanghais, legten sie einen kurzen Zwischenstopp ein. Die futuristische Konstruktion im Stadtteil Pudong, die aus elf – von schlanken, unterschiedlich hohen Säulen getragenen – Kugeln bestand, ist mit vierhundertachtundsechzig Metern der zurzeit dritthöchste Fernsehturm Asiens und der fünfthöchste der Welt. Bis zur Fertigstellung des Shanghai World Financial Centers war er sogar das höchste Bauwerk Chinas.

»Der Turm sieht aus wie ein wissenschaftliches Experiment, das ein wenig aus dem Ruder gelaufen ist«, meinte einer der Fahrgäste.

»Oder wie ein gestrandetes Buck-Rogers-Raumschiff«, meinte ein anderer.

Paul und Gamay taten so, als seien sie von allem, was sie sahen, zutiefst beeindruckt, dabei interessierten sie sich ausschließlich für die letzte Etappe der Rundfahrt. Diese führte durch die City von Shanghai und genau an dem

Gebäude vorbei, in dem sich das amerikanische Konsulat befand.

Diesem Block näherten sie sich jetzt, wobei das durch die Straßensperre erzwungene Kriechtempo der Autoschlangen ihnen ermöglichte, die Umgebung ausgiebig zu studieren. Was sie zu sehen bekamen, war jedoch alles andere als ermutigend.

»So viel zu unserem Plan, uns ins Konsulat zu schleichen«, flüsterte Gamay enttäuscht.

Paul nickte mit grimmiger Miene. Eine Heerschar von chinesischen Polizisten und Soldaten war rund um das Gebäude und an jeder Straßenkreuzung in seiner Nähe und Zufahrt postiert. Barrikaden waren errichtet worden, und Angehörige der chinesischen Verwaltungsorgane, erkennbar an ihrer identischen uniformähnlichen Dienstkleidung, kontrollierten die Reisepässe und Personalausweise aller Personen, die das Konsulat aufsuchen wollten. »Das alles geschieht gewiss nur im Namen der allgemeinen Sicherheit.«

Vor einer roten Ampel musste der Bus anhalten. Während der Fahrer darauf wartete, dass die Ampel auf Grün schaltete, bemerkte Paul ein anderes Touristenpaar, das sich lebhaft für die Überwachungsmaßnahmen interessierte. »Haben Sie eine Ahnung, weshalb es da draußen von Soldaten wimmelt?«

Das Paar wandte sich zu ihm um. Aus den Ahornblatt-Abzeichen, die beide an ihren Jacken trugen, schloss er, dass sie in Kanada zu Hause waren. »In den Nachrichten war von Terroristen die Rede, die einen Anschlag geplant haben sollen«, sagte die Frau. »Es ist schrecklich. Die Polizei ist heute Morgen in unserem Hotel erschienen, und mir wurde berichtet, dass sie auch die Konsulate Kanadas und Großbritanniens sichern. Uns kam schon der Gedanke, dass wir uns für unseren Urlaub wohl lieber ein anderes Reiseziel hätten aussuchen sollen. Aber jetzt können wir noch nicht einmal nach Hause zurückkehren oder unsere Freunde in Peking besuchen, weil sie den Flughafen und den Bahnhof geschlossen haben.«

»Davon hatte ich noch gar nichts gehört«, sagte Paul. »Eigentlich wollen wir morgen zurückfliegen.«

Die Frau lächelte schicksalsergeben. »Dann sollten Sie lieber bei Ihrer Fluggesellschaft nachfragen, Sonny. Mir hat man angedeutet, dass wir uns innerlich darauf vorbereiten sollten, möglicherweise eine ganze Woche hier festzuhängen.«

Paul seufzte und zuckte gleichmütig die Achseln, als hätten er und Gamay es mit nicht mehr als einer kleinen Störung ihrer Reisepläne zu tun. »Ich denke, das sollte ich wohl lieber tun«, sagte er. »Darf ich Ihr Telefon benutzen? Ich fürchte, unser Smartphone ist gestohlen worden.«

Pauls allgemeiner Eindruck von kanadischen Bürgern war der, dass sie stets ausgesprochen hilfsbereit waren. Und dass sie die bei weitem höflichsten Menschen waren, denen er auf seinen Reisen begegnet war.

»Das wird Ihnen nicht viel nützen«, sagte der Ehemann der Frau. »Sie haben in der ganzen Stadt auch das Mobilfunknetz ausgeschaltet.«

»Und das Internet wurde ebenfalls gesperrt«, wusste die Frau zu berichten. »Im Augenblick ist es so, als ob wir in die Steinzeit zurückkatapultiert worden wären.«

»Oder zumindest bis 1993«, meinte ihr Ehemann.

Paul quittierte diese Korrektur mit einem Lachen. Offenbar lag die Steinzeit nicht allzu weit zurück. »Funktioniert denn wenigstens noch das Festnetz?«

»Das haben wir benutzt«, sagte die Kanadierin. »Als wir heute Morgen vom Hotel aus telefonierten.«

Paul bedankte sich für die Information und ließ sich auf den freien Platz neben Gamay sinken. »Rate mal.«

»Ich hab's gehört«, sagte sie. »Jemand ist offenbar im Begriff, sämtliche Register zu ziehen. Meinst du, das alles geschieht wegen uns?«

»Scheint so«, sagte er. »Wenn die ganze Stadt in einen elektronischen Tiefschlaf versetzt wurde, dürften wir große Probleme haben, die vom *Remora* aufgezeichneten Informationen hinauszuschmuggeln. Wir können noch nicht einmal ein Internetcafé benutzen, wie wir es damals in Cajamarca gemacht haben.«

Gamay enthielt sich eines Kommentars, sie hatte offenbar etwas entdeckt, das ihr Interesse weckte. »Nicht alles befindet sich im Tiefschlaf.«

Sie deutete auf einen kleinen Fernsehschirm in der Rückenlehne des Vordersitzes. Er empfing offenbar das internationale Programm von CNN. Zu sehen war eine Live-Übertragung. Ein Reporter berichtete von der Sperrung des Internetzugangs und der terroristischen Bedrohung.

»Die Rundfunksender sind offenbar noch freigeschaltet«, sagte sie. »Sie haben ihre eigenen Satelliten. Außerdem direkte Verbindungen zu ihren Stationen in Washington und New York. Wenn wir eine dieser Verbindungen nur für eine Minute benutzen könnten …«

Sie brauchte den Satz nicht zu beenden. Paul wusste genau, worauf sie hinauswollte. »Wird ziemlich riskant sein, aber mir ist im Nachrichtengeschäft noch nie jemand begegnet, der sich nicht gewünscht hätte, die Welt mit einer Sensationsmeldung zu erschüttern. Wenn wir ein ausreichend verlockendes Angebot machen, finden wir vielleicht jemanden, der unter Umständen bereit wäre, uns zu helfen.«

»Und wenn wir auch noch jemanden mit einem Übertragungswagen auftreiben könnten«, fügte sie hinzu, »bräuchten wir noch nicht einmal den Fuß in ein Gebäude zu setzen, das relativ einfach und schnell umstellt werden kann.«

Paul drehte sich um und konzentrierte sich wieder auf den Reporter auf dem Bildschirm. »Das dürfte nicht allzu schwierig sein. Erkennst du den Drehort?«

»Sollte ich?«

»Wir sind vor zwei Stunden dort gewesen«, antwortete er. »Was du im Hintergrund siehst, ist der Oriental Pearl Tower. Lass uns aussteigen und auf schnellstem Weg dorthin zurückkehren.«

Sie trennten sich an der nächsten Haltestelle von der Touristengruppe, hielten ein Taxi an und nannten den Tower als Ziel. Als sie auf dem Parkplatz ausstiegen, kamen sie sich vor, als hätten sie einen Lotterie-Jackpot gewonnen. Die Übertragungswagen von sieben verschiedenen Fernsehsendern parkten vor dem in den Himmel ragenden Gebäude und benutzten das berühmte Wahrzeichen Shanghais als Hintergrund für ihre Aufnahmen.

Paul und Gamay schlenderten lässig an den ersten beiden Sendewagen vorbei und betrachteten die Satellitenschüsseln auf ihren Dächern mit jener Art von gespannter Vorfreude, mit der man in einem Sternerestaurant auf die Vorspeise des bestellten Feinschmeckermenüs wartet.

»Diese Fahrzeuge gehören zu hiesigen Lokalsendern«, sagte Gamay mit Blick auf die Logos, die auf den Seitenwänden der Kleinbusse in ihrer Nähe prangten. »Wir brauchen einen amerikanischen Sender. CNN oder Fox oder ...«

Sie verstummte. Paul und sie hatten sich einer Reporterin genähert, die gerade Vorbereitungen für eine neue Aufnahme traf. »INN«, fuhr sie fort. »Indie Network News. Die sind perfekt. Der gesamte Sender lebt von Verschwörungstheorien.«

Paul musste grinsen. »Seit wann siehst du dir diesen Quatsch an?«

»Das ist mein heimliches Vergnügen, wenn ich mal wieder bis tief in die Nacht arbeiten muss«, gab sie zu. »Dies und Rocky Road Ice Cream von Haagen-Dazs.«

»Das erklärt die Mengen von leeren Kartons, die ich immer in unserem Mülleimer finde«, sagte er. »Versuchen wir unser Glück mit dieser Reporterin, sobald sie ihre Aufnahme beendet hat.«

Sie gingen auf die Reporterin und ihren Kameramann zu, wobei sie darauf achteten, nicht durchs Bild zu laufen. Gaffend wie neugierige Touristen, warteten sie ab, bis der Scheinwerfer ausgeschaltet wurde und die Reporterin sich von ihrer Ohrhörer-Mikrofon-Kombination befreit hatte.

»Unterleg den gesprochenen Kommentar mit einer Sequenz von diesen Armeehubschraubern, die vorhin vorbeigeflogen sind«, sagte sie zu dem Kameramann. »Das macht die ganze Geschichte um einiges interessanter.«

»Wird gemacht«, antwortete der Kameramann.

Während er begann, die Ausrüstung zusammenzupacken, ging die Reporterin aufs Heck des Übertragungswagens zu. Gamay fing sie ab, bevor sie die Tür öffnen und einsteigen konnte. »Mrs. Anderson«, rief sie. »Entschuldigen Sie, dass ich Sie so mir nichts dir nichts anspreche, aber ich bin ein großer Fan von Ihnen. Ihre Dokumentation über das, was in Wirklichkeit unter dem Hoover Staudamm verborgen ist, war faszinierend.«

Melanie Anderson knipste ein Lächeln an, das ihren Ärger über diese Belästigung kaschieren sollte – was jedoch nicht vollständig gelang. »Danke«, sagte sie. »Aber ich muss Ihnen leider gestehen, dass ich noch nie in Nevada war. Für diesen Beitrag haben wir Schnittmaterial benutzt, das für Illustrationszwecke lange vorher aufgenommen wurde. Aber es freut mich, dass es Ihnen gefallen hat. Das zeigt, dass wir einen guten Job gemacht haben.« Ein Ausdruck von fröhlichem Zynismus schlich sich in ihre Stimme. »Soll ich irgendwas mit einem Autogramm verzieren, oder soll ich mich für ein Selfie in Positur stellen?«

»Ein Autogramm wäre wunderbar«, sagte Gamay und hielt ihr einen kleinen Notizblock und einen Kugelschreiber hin. Die Reporterin ergriff beides und brachte den Kugelschreiber in Schreibposition, um dann innezuhalten, als ob sie darüber nachdächte, was sie schreiben solle.

Gamay hatte in aller Eile eine Nachricht auf den Notizblock gekritzelt, die erklärte, wer sie seien und dass sie Hilfe bräuchten.

Die Reporterin schaute hoch. »Ist das ein Witz? Haben die Jungs im Sender Sie damit hergeschickt, um mich ein bisschen reinzulegen?«

»Ich versichere Ihnen«, sagte Gamay, »dass es alles andere als ein Scherz ist. Bitte, können wir uns in Ihrem Wagen unterhalten?«

Die Reporterin schwieg einen Moment und rührte sich nicht, dann öffnete sie die Tür des Wagens, während sie ihrem Kameramann zurief: »Charley, sei so nett und gib mir eine Minute, okay?«

Der Kameramann nickte. Und Paul und Gamay folgten der Reporterin in den Übertragungswagen.

Das Heckabteil der fahrbaren Sendestation erinnerte an

das Innere eines Krankenwagens, allerdings mit dem Unterschied, dass der Raum anstatt mit medizinischem Gerät mit Computern und Fernsehtechnik vollgestopft war.

Es herrschte eine drangvolle Enge, aber immerhin gab es zwei winzige Sitzplätze. Die Reporterin ließ sich auf einem nieder, Gamay auf dem anderen. Paul lehnte sich gegen einen Geräteschrank und ging in die Hocke, um mit dem Kopf nicht ständig am Wagendach anzustoßen.

»Mal sehen, ob ich alles richtig verstanden habe«, begann Melanie Anderson. »Sie beide sind Angestellte einer geheimen Agentur der amerikanischen Regierung und werden von den Chinesen gesucht. Und dieser gesamte Internet- und Mobiltelefon-Blackout wurde nur ausgelöst, um zu verhindern, dass Sie mit Ihrem Bürochef in Washington Kontakt aufnehmen. Ist es das?«

»Genau genommen«, sagte Gamay, »ist die NUMA keine Geheimagentur. Sie arbeitet ausgesprochen öffentlich.«

»Zumindest ich habe noch nie von ihr gehört«, sagte Melanie Anderson.

»Man kann auch nicht behaupten, dass wir aggressiv für uns werben«, sagte Paul.

»Okay, schön«, sagte die Reporterin. »Aber die chinesische Regierung möchte Sie um jeden Preis aufhalten, selbst wenn sie dazu ganz Shanghai auf null schalten muss.«

»Ich weiß, dass es vollkommen verrückt klingt«, sagte Gamay.

»Aber es erklärt, weshalb Sie zu mir gekommen sind«, erwiderte Mrs. Anderson. »Verrückt ist mein Geschäft. Glücklicherweise haben meine Produzenten genug bescheuerte Ideen, um mindestens drei Sender auf Trab zu halten. Wir brauchen keine Hilfe von Seiten der Öffentlichkeit.«

»Dies ist aber kein Spiel und auch keine künstlich aufgebauschte Sensationsnummer«, wiederholte Gamay. »Wir sind keine Geheimagenten und keine Spione. Ich bin Meeresbiologin, und Paul, mein Ehemann, ist Geologe. Wir haben in chinesischen Gewässern Videosequenzen und Sonarmessungen aufgezeichnet, die darauf hindeuten, dass eine von Menschen – höchstwahrscheinlich Chinesen – ausgelöste Umweltkatastrophe auf uns zukommt. Die chinesische Regierung ist auf unsere Aktivitäten aufmerksam geworden, nachdem wir in Shanghai eingetroffen sind. Jetzt ist man auf der Suche nach uns und unternimmt alles, um uns daran zu hindern, diese Informationen nach Washington weiterzuleiten.«

»Das alles ist schön und gut«, sagte die Reporterin, »aber soweit ich weiß, können die Chinesen innerhalb ihrer Hoheitsgewässer tun und lassen, was sie wollen, was ebenso für uns gilt. Was sollte es ihnen ausmachen, wenn Sie irgendwelche Anzeichen für ein industrielles Unglück aufgespürt haben? Welchen Unterschied würde es machen? Sie könnten auf *Exxon Valdez* und *Deepwater Horizon* zeigen und sagen, wir sollten uns lieber um das kümmern, was in unserem Hinterhof im Argen liegt, anstatt uns darüber zu beklagen, was bei ihnen gelegentlich schiefläuft.«

»Normalerweise würde ich Ihnen jederzeit beipflichten«, sagte Gamay, »aber ganz gleich, was da unten erreicht werden sollte, sie haben im Zuge dessen ein Problem geschaffen, das nicht nur das Ostchinesische Meer oder die chinesische Küste oder sogar den westlichen Pazifik in Mitleidenschaft zieht. Es betrifft sämtliche Ozeane der Welt und sorgt für einen rasanten Anstieg des Meeresspiegels. Vergessen Sie die globale Erwärmung und die prognostizierten zwei oder drei Zentimeter Anstieg pro Jahrzehnt –

in diesem Fall geht es um drei Meter pro Jahr, und der Anstieg beschleunigt sich. Schon jetzt sind tief liegende Inseln vom Untergang bedroht. Einige Küstengebiete müssen damit rechnen, innerhalb von nur einem halben Jahr überflutet zu sein, und zwar *ständig*.«

Bei Gamays Worten ging ein Ruck durch Melanie Anderson. »Die Welt geht unter«, sagte sie, als ob sie sich eine Schlagzeile vorstellte. »Wie schlimm wird es sein?«

»Das lässt sich nicht mit Sicherheit vorausbestimmen«, sagte Gamay. »Vor allem dann nicht, wenn die Chinesen eine genaue Untersuchung verhindern. Aber wenn Sie eine Vorstellung davon haben, wie wichtig die Ozeane für die Lebensmittelproduktion, für das Wettergeschehen und sogar die Stabilität einzelner Nationen sind, werden Sie erkennen, dass dies die Einstiegsphase einer Katastrophe von ungeahnten Ausmaßen sein könnte.«

»›Ungeahnte Ausmaße‹«, sagte die TV-Reporterin. »Nicht schlecht. Damit könnten Sie glatt in mein Business wechseln. Sie hätten eine tolle Karriere vor sich.«

»Mrs. Anderson«, sagte Gamay streng.

»Nennen Sie mich Mel.«

»Ich sage die Wahrheit«, beteuerte Gamay. »Denken Sie darüber nach. Die Chinesen haben den Zugang zum Internet gesperrt, sie haben die Mobiltelefone lahmgelegt und jedes westliche Konsulat mit Soldaten und Polizei umstellt. Sie haben sogar die Flughäfen und die Bahnhöfe geschlossen. Hier geht es nicht darum, etwas auszusperren; es geht darum, etwas festzuhalten, um es nicht nach außen dringen zu lassen. Und dieses Etwas sind die Informationen, die wir haben. In diesem Augenblick sind Sie und Ihre Satellitenschüssel unsere einzige Hoffnung, die Informationen nach Amerika zu übermitteln.«

Während Gamay an das Heldenhafte einer solchen Hilfe-leistung appellierte, wählte Paul eine andere Taktik. »Es wäre die Story Ihres Lebens«, sagte er. »Das ist Pulitzer-Preis-Material. Und, was noch wichtiger ist, Ihre Visiten-karte für den Einstieg bei einer der großen Fernsehgesell-schaften. Sie könnten schon im nächsten Jahr 20/20 moderieren und bräuchten nicht mehr über Bigfoot oder Entführungen durch fremde Wesen von anderen Sternen zu berichten. Vielleicht bekämen Sie sogar Ihr eigenes Nachrichtenformat.«

Die Reporterin lachte. »Möglich wäre es. Vorausgesetzt, Sie beide sind keine Spinner.«

»Wir haben ein Video und Sonardaten«, sagte Gamay, ließ sich von Paul den Laptop geben und reichte ihn wei-ter. »Sehen Sie sich alles an und urteilen Sie selbst.«

32

Rudi Gunn traf im Weißen Haus ein, nachdem er aus heiterem Himmel dorthin zitiert worden war. Dass man ihm keine weiteren Informationen zukommen ließ, legte die Vermutung nahe, dass sein Besuch nicht sehr angenehm verlaufen würde.

Nach einer kurzen Wartezeit wurde er ins Oval Office geleitet, wo er respektvoll an der Tür stehen blieb, bis er aufgefordert wurde, Platz zu nehmen. Der Präsident saß hinter dem imposanten Schreibtisch und überflog durch die funkelnden Gläser einer altertümlich anmutenden Lesebrille auf seiner Nasenspitze einen Text. Neben seinem Sessel stand Vizepräsident Sandecker.

James Sandecker war für Rudi Gunn normalerweise ein willkommener Anblick, da er die NUMA geleitet hatte, bevor er das Angebot annahm, in die zweithöchste Position innerhalb der amerikanischen Administration aufzurücken. Aber Sandeckers Gesicht war ernst, und Rudi spürte nichts von der warmen, freundlichen Ausstrahlung seines ehemaligen Chefs.

Der Präsident legte die Papiere beiseite, nahm die Brille ab und musterte Rudi Gunn über den Schreibtisch hinweg mit einem kritischen Blick. »Rudi, Sie wissen, welchen Respekt ich vor der NUMA im Allgemeinen und vor Ihrem Führungsstil im Besonderen habe. Daher widerstrebt es mir zutiefst, Ihnen diese Frage zu stellen, aber ... was, in Gottes Namen, treiben Ihre Leute da in Asien?«

»Entschuldigen Sie, Mr. President«, sagte Gunn, »aber ich bin mir nicht ganz sicher, auf was genau sich Ihre Frage bezieht?«

»Das State Department wurde geradezu mit Protestnoten überschüttet, aus denen hervorgeht, dass Ihr Special Projects Team in Japan ein verheerendes Chaos angerichtet haben soll. Ihre Leute wurden dabei beobachtet, wie sie mit örtlichen Gangstern verkehrt haben, denen vorgeworfen wird, eine regierungsfeindliche Sekte zu unterstützen und eine eintausend Jahre alte Burg niedergebrannt zu haben. Mittlerweile erhalten wir geheime Nachrichten aus China, dass sämtliche Verbindungen mit Shanghai gekappt wurden und ein dichtes Netz über die Stadt gespannt wurde, um zwei weitere auf eigene Faust agierende Mitglieder der NUMA aufzustöbern, die sich wie Spione ins Land geschlichen haben.«

Gunn hatte damit gerechnet, dass ihm früher oder später ein heftiger Wind ins Gesicht wehen würde. »Sie handeln nicht auf eigene Faust, Mr. President. Sie arbeiten an dem Fall des Meeresanstiegs und verfolgen Hinweise, die den Verdacht nahelegen, dass China für das verantwortlich sein könnte, was wir weltweit beobachten.«

»Im Zuge ihrer Aktivitäten haben sie offenbar chinesische Souveränitätsrechte verletzt.«

Rudi Gunn zuckte nicht einmal mit der Wimper. »Ich habe sie angewiesen zu tun, was sie für nötig erachten, um Antworten auf ihre Fragen zu erhalten. Dafür übernehme ich selbstverständlich die volle Verantwortung.«

Der Präsident war sichtlich verärgert.

Sandecker glaubte, einen Kommentar abgeben zu müssen. »Ich sagte Ihnen ja, dass Rudi den Schwarzen Peter nicht weitergeben würde.«

»Versuchen Sie nicht, ihn zu decken, Jim.«

»Dazu braucht er mich nicht. Er sagt Ihnen ganz offen und präzise, was Sache ist.«

Der Präsident wandte sich um und fixierte Rudi Gunn wieder. »Haben Sie eine Vorstellung, wie schwierig die Lage im Augenblick ist? Wie heikel die japanisch-amerikanischen Beziehungen sind? China bearbeitet die Japaner seit einem Jahr auf allen Ebenen mit massivem Druck, sich einem rein asiatischen Wirtschaftsblock und einem militärischen Bündnis anzuschließen. Die Dinge sind in Bewegung geraten, und grundlegende Veränderungen kündigen sich an. Vor neun Monaten haben sie ihren Streit wegen ungesühnter Kriegsverbrechen während des Zweiten Weltkriegs beendet. Vor einem halben Jahr begannen sie mit Verhandlungen über einen Friedensvertrag. Vor drei Monaten veranstalteten sie zum ersten Mal in ihrer Geschichte ein gemeinsames Marinemanöver. Und morgen werden sie ein weit reichendes Kooperationsabkommen unterzeichnen. Und in der nächsten Woche wird das japanische Parlament darüber abstimmen, ob der Vertrag über gegenseitige Kooperation und Sicherheit zwischen Japan und den Vereinigen Staaten weiterhin gelten soll.«

»Ich kann nicht erkennen, dass ...«

Der Präsident schnitt ihm das Wort ab. »Jede unerwünschte Aktion, die den Vereinigten Staaten angelastet werden kann, wäre zu diesem Zeitpunkt Öl ins Feuer. Die Bilder vom Brand des alten Gemäuers in den japanischen Alpen sind seit zweiundsiebzig Stunden auf sämtlichen nationalistischen Websites in Japan zu finden.«

Rudi Gunn wartete, bis er sicher sein konnte, dass der

Präsident alles losgeworden war, was ihm auf der Zunge brannte. »In dieser Angelegenheit kann ich nicht viel tun, Mr. President. Die Burg ist nicht von unseren Leuten angezündet worden. Sie wurde in Brand gesetzt, um ihre Bewohner und die Mitglieder meines Teams zu töten. Wir nehmen an, dass der Mordbefehl aus China kam.«

»Ich verstehe.«

»Was die Aktivitäten in Shanghai betrifft«, fügte Rudi Gunn hinzu, »so wäre zu sagen, dass meine Leute in einer Angelegenheit ermitteln, die weitaus katastrophalere Auswirkungen haben könnte als jede politische Schlappe oder Neuordnung. Tatsache ist auf jeden Fall, wenn dieser Meeresanstieg unkontrolliert andauert, dann dürfte der Wechsel politischer Bündnisse und die Unterzeichnung neuer internationaler Verträge im Grunde nichts anderes sein als eine Umsortierung der Liegestühle auf dem Sonnendeck der *Titanic*.«

Der Präsident winkte ungehalten ab. »Ich möchte von diesem verdammten Anstieg des Meeresspiegels nichts mehr hören. Damit ist mir Jim schon oft genug auf die Nerven gegangen. Meiner Meinung nach sind Sie beide ein wenig verrückt.«

»Ja, Mr. President, vielleicht sind wir das.«

Der Präsident sah Rudi eine ganze Weile an und wandte sich dann an Sandecker. »Sie haben sich drüben bei der NUMA eine verdammt sture Truppe zusammengesucht.«

Sandecker grinste. »Und darauf bin ich auch verdammt stolz.«

»Wir werden sehen, was uns das einbringt«, sagte der Präsident. »In der Zwischenzeit, Rudi, können Sie mir vielleicht dies hier erläutern.«

Ohne ein weiteres Wort der Erklärung richtete der Präsident eine Fernbedienung auf die gegenüberliegende Wand des Büros. Nach einem Knopfdruck glitt ein Teil der Wand zur Seite und gab den Blick auf einen HD-Monitor frei.

Ein kurzes Video startete. Zu sehen war das verschwommene Bild einer Unterwasserkamera. Am Seitenrand des Bildschirms erschienen verschiedene Messdaten.

»Diese Aufnahme wurde von einem unserer ROVs gemacht«, gab Rudi unumwunden zu.

Das Video flackerte, zuckte und war offenbar in großer Hast zusammengeschnitten worden. Drei Sekunden lang sahen sie wirbelnde Wassermassen, durchsetzt mit Sedimentwolken. Dann erfolgte ein Schnitt, und die nächste Sequenz war ein Sonarbild von einer, wie es schien, langen Reihe kegelförmiger Erhebungen auf dem Meeresboden. Auf einer Nahaufnahme von einem dieser Berge war zu erkennen, dass aus seiner Spitze Wasser herausschoss – wie bei einem Geysir. Schließlich folgten mehrere kurze Videosequenzen von einem unterseeischen Trümmerfeld, die mit den Aufnahmen von einem weißen Roboterarm und einem Robotergesicht endeten.

»Woher haben Sie das?«, wollte Gunn wissen.

Sandecker beantwortete die Frage. »Es wurde heute Morgen ohne Kommentar oder Erklärung vom Indie News Network gesendet. Sie behaupten, dass sie gehackt wurden, aber interessanterweise begann die Übertragung mit einer Serie von Ziffern. Wenn man diese Ziffern zusammenfügt, erhält man am Ende die NUMA-ID-Codes für Paul und Gamay Trout.«

»Und das sind doch, wenn ich mich nicht irre, Ihre in Shanghai verschwundenen Agenten, oder?«, sagte der Präsident.

»Ja, Mr. President.«

Sandecker sprach den Gedanken aus, der auch schon durch Rudi Gunns Kopf geisterte. »Sie haben die beiden möglicherweise geopfert, Rudi. Ich hoffe, dass es die Sache wert war.«

»Sie müssen dieser Meinung gewesen sein«, sagte Rudi, »sonst hätten sie dies nicht gesendet. Jetzt ist es an uns herauszufinden, was das Ganze zu bedeuten hat. Und Paul und Gamay dort herauszuholen.«

»Das werden wir ganz sicher nicht tun«, sagte der Präsident mit Nachdruck. »Wir werden noch nicht einmal ihre Anwesenheit in dem Land einräumen.«

»Sie zu leugnen, dürfte ziemlich schwierig sein, wenn sie geschnappt werden«, sagte Rudi.

»Da hat er nicht ganz unrecht«, meinte Sandecker halblaut.

Ein Ausdruck mühsam im Zaum gehaltenen heftigen Zorns erschien für einen kurzen Moment im Gesicht des Präsidenten. »Sie bringen uns in eine schwierige Situation.«

»Dafür entschuldige ich mich«, sagte Rudi Gunn. »Aber es ist in unser aller Interesse, Paul und Gamay dort herauszuholen, ehe die Chinesen ihrer habhaft werden und sie aus dem Verkehr ziehen.«

»Aber nicht, wenn wir damit Öl ins Feuer gießen«, sagte der Präsident. »Das Beste, was wir tun können, ist, die Bedeutung dieser Affäre herunterzuspielen und überhaupt nicht zu reagieren. Wenn die Chinesen zu der Überzeugung kommen, dass wir uns nicht dafür interessieren, verlieren sie vielleicht ebenfalls das Interesse.«

»Oder sie verscharren Paul und Gamay heimlich in namenlosen Gräbern.«

»Ein Risiko, das sie mit vollem Bewusstsein eingegangen sein werden, als sie in China eingedrungen sind.« Der Präsident schaltete den Flachbildmonitor aus und schloss die Wandöffnung. »Das wäre vorerst alles.«

Rudi Gunn hatte ausreichend viel Zeit bei der Navy verbracht, dass es ihm zur zweiten Natur geworden war, zum Wegtreten aufgefordert zu werden, nachdem er abgekanzelt worden war. Aber das linderte keineswegs den schmerzhaften Stich, der ihm mit dem Tadel versetzt worden war. Er erhob sich. »Danke, Mr. President.«

»Warten Sie, Rudi«, sagte Sandecker. »Ich bringe Sie hinaus.«

Rudi Gunn verließ das Oval Office mit Sandecker an seiner Seite.

»Sie wissen, dass ich sie niemals ohne triftigen Grund auf diese Mission geschickt hätte«, sagte Rudi zu seinem alten Mentor.

Sandecker nickte und strebte mit schnellen Schritten zum Ausgang, die Hände auf dem Rücken. »Ich habe das Protokoll der Konferenz über den Meeresanstieg selbst gelesen. Und ich bin mir der Dringlichkeit der zu treffenden Maßnahmen durchaus bewusst. Das gilt auch für den Präsidenten, aber ihm sind die Hände politisch gebunden. Ehe halb Florida unter Wasser steht, wird es einfach niemand für notwendig halten, etwas zu unternehmen.«

Rudi kannte das Spiel. Er und Sandecker hatten sich stets bemüht, sich da nicht mit hineinziehen zu lassen. »Ich würde das Vertrauen des amerikanischen Volks missachten, wenn ich untätig herumsäße und darauf wartete, bis es dazu kommt.«

»Ja, das würden Sie«, sagte Sandecker. »Also holen Sie aus diesem Video an Information heraus, was Sie finden können, und wir werden sehen, was wir tun müssen. Wenn wir etwas mehr haben als nur ein paar undeutliche Bilder, gibt es vielleicht eine Basis, von der aus wir aktiv werden können. Zumindest könnten wir die Wahrheit ans Licht bringen. Eindeutig und zweifelsfrei nachzuweisen, dass China hinter dieser Sache steckt, wäre ein wichtiger Schritt in die richtige Richtung. Aber wir müssen auch wissen, wie und weshalb sie das Ganze in Gang gesetzt haben und wie schlimm es tatsächlich werden kann.«

»Können wir vielleicht ein Unterseeboot dorthin in Marsch setzen, um uns einen genaueren Überblick zu verschaffen?«

»Keine Chance«, sagte Sandecker. »Die Chinesen haben die Frequenz ihrer Patrouillenfahrten verdoppelt, seit Paul und Gamay diese Aufnahmen gemacht haben. Wir würden eine militärische Auseinandersetzung riskieren, wenn wir noch einmal in ihre Hoheitsgewässer eindrängen.«

»Womit sich die ohnehin schon angespannte allgemeine politische Lage noch mehr verschlechtern würde«, sagte Rudi. »Ich verstehe.«

Sie setzten ihren Weg bis ins Foyer des Weißen Hauses fort, wo Rudi kurz stehen blieb und aussprach, was ihm keine Ruhe ließ. »Ich werde meine Leute da draußen, wo sie der Tod erwartet, nicht im Stich lassen.«

Sandecker sah ihn ernst an. »Ich teile Ihre Sorge, Rudi. Ich habe Paul und Gamay seinerzeit an Bord geholt. Und sie in den ersten Einsatz geschickt. Aber schließlich muss man die Realität akzeptieren. Wir haben in dieser Angelegenheit wahrscheinlich keine Wahl.«

Rudi Gunn hatte sich im Laufe seiner Karriere häufig Rat bei James Sandecker geholt und von seinem immensen Wissen profitiert. Aber zum ersten Mal, seitdem sie sich kennengelernt hatten, war er grundlegend anderer Meinung als der Admiral. »Ich lasse sie nicht hängen.«

»Dann sollten Sie lieber einen Weg finden, sie nach Hause zu holen, ohne alles nur noch schlimmer zu machen.«

33

Kurt Austin blieb vollkommen ruhig, während er sich die neuesten Nachrichten über Paul und Gamay Trout anhörte. Rudi Gunn nahm kein Blatt vor den Mund, als er sie weitergab. Keiner der beiden wrang verzweifelt die Hände oder schlug sich *mea culpa* rufend vor die Brust. Und doch spürte jeder von ihnen das Gewicht der Verantwortung, die auf ihren Schultern lastete. Als erfahrenen Profis waren ihnen derartige Szenarien nicht fremd.

»Sehen Sie irgendeinen gangbaren Weg, sie möglichst bald und in einem Stück in die Heimat zurückzubringen?«, fragte Kurt Austin geradeheraus.

»Ich halte zurzeit Ausschau nach einem geeigneten Ansatz, nach Möglichkeiten, die mir helfen könnten, eine solche Operation mit einiger Aussicht auf Erfolg durchzuführen«, sagte Rudi Gunn. »In der Zwischenzeit haben wir die Daten analysiert, die sie uns geschickt hatten. Die Hügel in dem Video sehen zwar aus wie Vulkane, aber es sind keine. Sie stoßen nichts anderes als Wasser aus. Keinen Schwefel, kein Arsen, kein Karbon, nichts, das man bei einem aktiven Vulkan erwarten würde. Nur heißes Süßwasser und winzige Mengen von Spurenelementen.«

»Wie groß sind sie?«, fragte Joe Zavala. »Auf dem Video ist es nur schwer zu erkennen.«

»Laut den Sonardaten hat der Kegel direkt vor der

Kamera etwa die Höhe eines zwanzigstöckigen Gebäudes«, sagte Rudi. »Was die anderen Hügel betrifft, da sind wir uns nicht ganz so sicher, aber sie haben anscheinend die gleichen Ausmaße.«

»Wie viel Wasser geben Sie ab?«, fragte Kurt. »Genug, um das auszulösen, was wir beobachtet haben?«

»Auf Grundlage einer dreidimensionalen Sichtanalyse des Geysirs in nächster Nähe der Kamera und einer Schätzung der Geschwindigkeit und des Volumens der ausgestoßenen Wassermenge haben wir eine Ausströmrate von nahezu einer halben Million Kubikfuß pro Minute errechnet. Damit Sie eine halbwegs realistische Vorstellung von diesem Wert haben: Der Ausfluss von zehn dieser Jets entspricht der Wassermenge, die an einem regnerischen Tag die Niagarafälle hinabstürzt.«

»Und mit wie vielen Jets haben wir es zu tun?«, fragte Joe.

»Das wissen wir nicht«, gab Rudi zu. »In der Videosequenz, die Paul und Gamay geschickt haben, zählten wir etwa vierzig, aber der Zeitindex der Aufnahme zeigt, dass sie das Video bearbeitet haben. Es muss ursprünglich viel länger gewesen sein.«

»Sie wollten uns offenbar nur die Highlights zeigen«, sagte Joe.

»Scheint so«, bestätigte Rudi Gunn. »Im Augenblick rufen wir sämtliche verfügbaren Satellitendaten ab, die jedoch erst einmal aufbereitet werden müssen. Aber als erster Hinweis auf das, was da unten vor sich geht, ist in der in Frage kommenden Region der Ostchinesischen See eine Aufwölbung zu beobachten, die auf den Wasserzufluss hinweist und sich in alle Himmelsrichtungen ausbreitet. Im System der dort vorhandenen Strömungen verursacht sie ein wahres Chaos. Unter normalen Bedingungen verläuft zwischen Taiwan und Okinawa eine nach Norden gerichtete Strömung. Diese wurde mittlerweile nach Osten abgelenkt und durch einen nach Süden ablaufenden Zufluss ersetzt. Die Auswirkungen sind nachhaltige Störungen des Wettergeschehens, das dort bislang herrscht. So treten in der Gegend verstärkt dichte Nebelbänke in bisher nebelfreien Gebieten sowie sintflutartige Regenfälle in bislang trockenen Regionen und starker frühzeitiger Schneefall in weiten Teilen Chinas auf.

Die Ausströmung nach Norden ist derart umfangreich, dass wir Veränderungen des Salzgehalts und der Wassertemperatur bis hinauf in die Bering-Straße verzeichnen. Die Entsalzung des Japanischen Meeres erfolgt derart rasant, dass es in ein oder zwei Monaten kaum mehr sein wird als ein Süßwassertümpel.«

»Woher kommen diese Wassermengen?«

»Das festzustellen ist zurzeit unser vordringliches Ziel«, sagte Rudi Gunn. »Aber um diese Frage eindeutig beantworten zu können – geschweige denn den Vorgang zu stoppen oder zumindest zu bestimmen, wie lange er andauern wird –, müssen wir genau wissen, was die Chinesen da unten tun. Was mich zu meiner nächsten Frage bringt: Sind Sie weitergekommen? Können Sie irgendwelche Erfolge melden?«

Kurt erläuterte, auf welche Art und Weise sie sich an Walter Han herangemacht hatten, und verschwieg nicht, dass es ihnen nicht gelungen war, den Mann durch eine direkte Konfrontation aus dem Gleichgewicht zu bringen. »Wir haben gegen ihn nicht mehr in der Hand als die Aussagen eines unbedeutenden Mitglieds der Yakuza, der sich damit das Leben retten wollte.«

»Möglicherweise haben Sie mehr, als Sie ahnen«, sagte Rudi. »Ich gehe gerade Ihren Bericht durch. Dort heißt es, dass seine Firma darauf spezialisiert ist, Robotersysteme zu entwickeln und Roboter zu bauen.«

»Das ist richtig«, bestätigte Kurt Austin.

»Ich schicke Ihnen ein Standfoto aus dem Video, das Paul und Gamay übermitteln konnten.«

Kurt blickte gespannt auf den Computermonitor und wartete. Der Link erschien, und er klickte darauf. Dort, in Schwarzweiß, erschienen Roboterarm, -schulter und -schädel, die von der Kamera des *Remoras* aufgezeichnet worden waren.

»Kommt Ihnen das bekannt vor?«, fragte Rudi Gunn.

»Sogar sehr bekannt«, antwortete Kurt. »Offenbar hat Joes zukünftige Ehefrau eine Zwillingsschwester.«

»Sie hatte eine Zwillingsschwester«, korrigierte Rudi. »Dieser Roboter lag halb verschüttet auf dem Grund des Canyons nicht weit von den geologischen Anomalien entfernt, die Paul und Gamay entdeckt haben.«

»Was hatte er da unten zu suchen?«

»Es scheint, als hätten sie dort ein Unterwasserbergbauprojekt betrieben. Da unten liegen noch jede Menge weitere Trümmer herum, unter anderem auch die Überreste eines Unterwasserhabitats, das zerdrückt wurde wie eine Blechdose.«

»Haben Sie eine Idee, was sie dort unten gesucht haben können?«, fragte Joe Zavala.

»Ich fürchte nein. Aber was es auch war, es muss wertvoll gewesen sein. Aus eigenen Erfahrungen wissen wir, dass Unterwasserbergbau gewöhnlich fünfzig bis einhundert Mal so teuer ist wie bodengebundener Bergbau. Mit anderen Worten, selbst wenn sie da unten eine solide Platin- oder Goldader gefunden hätten, wären sie weitaus billiger davongekommen, wenn sie das Erz dort sich selbst überlassen hätten. Es herauszuholen, würde sie mehr kosten, als die gesamte Ausbeute einbringt.«

»Dann muss es sich um etwas handeln, das einen höheren Handelswert hat als Gold.«

»Unsere Geologen untersuchen das bereits«, sagte Rudi. »Aber zurzeit stecken sie in einer Sackgasse. Sie können nichts präsentieren, das einen solchen Aufwand lohnen würde.«

»Irgendetwas bringt mich zu der Vermutung, dass die Chinesen zur gleichen Schlussfolgerung gelangt sind«, sagte Joe. »Ich finde, es sieht dort aus, als hätten die Chinesen ihre Bemühungen ein für alle Mal aufgegeben und die Abbaustätte fluchtartig verlassen.«

»Das ist richtig«, sagte Rudi. »Nichts in dem Video deutete darauf hin, dass eine Wiederaufnahme der Arbeiten in Erwägung gezogen wurde.«

Kurt lehnte sich zurück. Irgendetwas ergab für ihn keinen Sinn. Er wandte sich an Akiko. »Wann genau hat Ihr Meister Kenzo zum ersten Mal die Z-Wellen und die Erdstöße entdeckt?«

»Vor fast einem Jahr«, antwortete sie und bestätigte, was Kurt Austin bereits wusste.

»Ich dachte es mir fast«, sagte er und drehte sich zu Rudi Gunn um. »Sie haben ein schnelleres Internet als wir, Rudi. Bitte tun Sie uns einen Gefallen. Nehmen Sie CNR unter die Lupe und bringen Sie in Erfahrung, wann das Unternehmen gegründet wurde.«

Eine kurze Pause entstand, ehe Rudi sich mit der Antwort zurückmeldete. »Die Partnerschaft wurde vor elf Monaten in einer Pressemeldung bekannt gegeben.«

Kurt nickte. »Und wann streckte China die Fühler nach Japan aus und begann, die erkalteten Beziehungen nach und nach wieder aufzuwärmen?«

»Ebenfalls vor elf Monaten«, sagte Rudi. »Genau genommen, ist es sogar exakt am Tag der Gründung von CNR zu ersten offiziellen Kontakten gekommen.«

Kurt konnte in Ansätzen erkennen, welche Schlussfolgerungen sich aus dieser Antwort ziehen ließen, hatte jedoch keine Idee, was der Grund für eine solche auffällige Annäherung gewesen sein könnte. Was dies betraf, so konnte er nur raten. »Die Chinesen würden sich niemals derart ins Zeug legen und keinerlei Mühen scheuen, nur um ein stillgelegtes Bergbauunternehmen zu verschleiern oder um wegen einer fehlgeschlagenen Operation nicht das Gesicht zu verlieren. Nein, sie vertuschen die Wahrheit, weil ihre Operation noch immer läuft. Nur mit dem Unterschied, dass sie sich vom Grund des Ozeans auf eine der Inseln Japans verlagert hat.«

»Eine kühne Theorie«, sagte Rudi.

»So kühn ist sie gar nicht«, widersprach Kurt. »Alle Akteure stehen bereit. Walter Han und seine Roboter. Die chinesischen Diplomaten. Ein freundlicher Trend in den diplomatischen Beziehungen der beiden Länder, der ein immer rasanteres Tempo entwickelt. Alles angestoßen von den Chinesen, nachdem sie siebzig Jahre lang Schuldeingeständnisse und Reparationszahlungen für die japanische Aggression während des Zweiten Weltkriegs gefordert haben.«

»Worauf willst du hinaus?«, fragte Joe.

»Was immer sie in der Tiefseeschlucht gesucht haben mögen, sie glauben es nunmehr hier – in Japan oder in japanischen Gewässern – finden zu können. Han ist so etwas wie eine sich weltoffen und liberal gebende Verlängerung des chinesischen Staates. Die Verbesserung der diplomatischen Beziehungen ist die Tarnung, unter der sie ihre eigentlichen Ziele verfolgen. Und CNR ist das Werkzeug, das zum Einsatz kommt, sobald sie finden, wonach sie suchen.«

»Und was soll das sein?«

»Ich habe nicht den allerleisesten Schimmer«, gab Kurt Austin zu.

»Ich werde Ihre Theorie an unsere Geologen weiterreichen«, versprach Rudi Gunn. »Vielleicht fällt denen dazu etwas ein. Meine vordringliche Sorge gilt zunächst einmal Paul und Gamay und ihrer unversehrten Rückkehr sowie der Frage, auf was die Chinesen unten auf dem Meeresgrund gestoßen sind und wie der Wasserzufluss schnellstens gestoppt werden kann. Und unsere einzige Möglichkeit, diese Ziele zu erreichen, besteht darin, Walter Han die Daumenschrauben anzulegen.«

»Verstehe«, sagte Kurt.

»Mir ist es egal, ob uns die Politik am ausgestreckten Arm verhungern lässt«, fügte Rudi Gunn hinzu. »Wir müssen wissen, was er vorhat. Finden Sie's heraus, auch wenn Sie dazu in seine Fabrik einbrechen und ihn mit Ihren eigenen Händen entführen müssen.«

»Ich glaube nicht, dass es nötig ist, zu derart drastischen Mitteln zu greifen«, warf Akiko ein.

Kurt drehte sich zu ihr um. Sie hatte sein Telefon in der Hand, ein Text war auf dem Display erschienen.

»Diese Nachricht kam soeben an«, fuhr Akiko fort. »Stellen Sie sich vor, Walter Han möchte Sie sehen. Er lädt Sie zum Dinner ein.«

34

»Es ist eine Falle«, stellte Joe Zavala fest. »Das ist dir doch klar, oder?

»Natürlich ist es eine Falle. Aber es ist auch ein gutes Zeichen. Es zeigt, dass wir Han stärker aus dem Gleichgewicht gebracht haben, als ich gedacht hatte. Und es lohnt sich, das Risiko einzugehen, weil sich damit die Chance für uns bietet, einen ausführlichen Blick in diese Fabrik zu werfen.«

»Er wird dir mit Sicherheit nichts zeigen, was ihn belasten könnte«, gab Joe zu bedenken. »Aber er könnte dir eine schmerzhafte Lektion erteilen, sobald sich die Türen hinter euch geschlossen haben.«

»Das ist ein Risiko, das ich eingehen muss«, sagte Kurt. »Außerdem wäre es unhöflich, seine Einladung auszuschlagen. Zumal ich ihn wegen eines Treffens ziemlich heftig bedrängt und mit Nachdruck darauf bestanden habe, dass es unbedingt noch heute stattfinden müsse.«

»Unhöflich sicher. Aber andererseits auch klug. Man könnte vielleicht sogar sagen: vernünftig.«

Kurt lachte. »Seit wann war Vernunft jemals unsere starke Seite?«

Joe quittierte diese Frage mit einem Grinsen, Akiko hingegen verzog sorgenvoll die Miene. »Ich kann nicht fassen, dass Sie beide das Ganze wie einen Witz behandeln. Wahrscheinlich wird er versuchen, Sie zu töten.«

Kurt schüttelte den Kopf. »Er kann mich kaum in seine

brandneue Fabrik einladen und während eines Rundgangs verschwinden lassen. Schlimmstenfalls rechne ich mit einigen kaum verhüllten Drohungen, mit Einschüchterungsversuchen und möglicherweise auch mit halbgaren Speisen, an denen ich mir den Magen verderbe. Und wenn er Fliegen mit Honig fangen will anstatt mit Essig, dann könnte er unter Umständen sogar auf die Idee kommen, mit einem Dollarbündel zu winken und zu versuchen, mich zu schmieren.«

»Unfälle passieren immer wieder«, beharrte sie.

»Weshalb Sie und Joe auch draußen bleiben müssen.«

»Jetzt hat es dich wirklich erwischt«, sagte Joe Zavala. »Ich lasse dich ganz sicher nicht offenen Auges in eine Falle laufen.«

»Ich brauche hier draußen jemanden, der Hilfe holen kann, wenn ich in Schwierigkeiten gerate«, sagte Kurt. »Auf dem Berghang oberhalb des Fabrikgeländes gibt es einen Punkt, von dem aus man alles überblicken kann. Du kannst zwar nicht in die Fabrik hineinschauen, aber du kannst auf alle möglichen Gefahren achten und die Neuneins-eins anrufen, wenn ich den Zapfenstreich versäume.«

Joe nahm diese Rollenverteilung stirnrunzelnd zur Kenntnis. »Das heißt, dass ich untätig herumsitze, während du deinen Spaß hast.«

»Ich sollte Sie begleiten«, sagte Akiko. »Mein Job war es in den letzten Jahren, Kenzo Fujihara zu beschützen. Jetzt fühle ich mich verpflichtet, für Sie das Gleiche zu tun.«

Kurt lächelte nachsichtig. »Ich weiß dieses Angebot zu schätzen, aber ich glaube, ich komme in dieser Angelegenheit ganz gut allein zurecht.«

»Meinen Sie wirklich?«, fragte die Japanerin skeptisch.

»Was ist, wenn Ihre Gastgeber anstatt Englisch anfangen

Japanisch oder Chinesisch zu sprechen? Wollen Sie nicht wissen, was sie reden? Sie könnten einen Hinterhalt planen oder sich irgendwelche geheimen Dinge mitteilen, die Ihnen verborgen bleiben. Ich würde einfach zuhören und ihnen gleichzeitig den Rücken freihalten.«

»Da hat die Lady nicht ganz unrecht«, sagte Joe.

Akiko fuhr fort, ihre Vorzüge aufzuzählen. »Ich bin ziemlich geschickt darin, Männer abzulenken, wenn Ihnen das je nach Situation eine Hilfe sein sollte. Und falls es zu einem Kampf kommt, dann weiß ich mich zu wehren.«

Kurt nickte. »Daran habe ich nicht die geringsten Zweifel.« Er rechnete zwar nicht mit einer gewalttätigen Auseinandersetzung, aber dass die Sprachbarriere seinen Handlungsspielraum erheblich einschränkte, war unbestreitbar. Hinzu kam, dass Akikos unerwartetes Erscheinen an seiner Seite Walter Han sicherlich aus dem Konzept bringen würde. »Sie haben mich überzeugt. Aber wir brauchen noch unbedingt ein passendes Outfit für Sie.«

Nach einer ausgedehnten Shopping-Runde durch einige der exklusivsten Designer-Boutiquen Nagasakis waren sie angemessen ausstaffiert, und die NUMA musste einige tausend Spesen-Dollar verschmerzen.

Kurt trug einen zweireihigen Smoking und ein elfenbeinfarbenes Hemd mit französischen Manschetten. Akiko hatte sich für ein matt glänzendes graues Kleid entschieden, dessen Säume mit einem kunstvollen Blumenmuster bestickt waren. Der Ausschnitt ging an den Schultern in weite Ärmel über, die elegant herabflossen und bis über die Handgelenke reichten.

»So ein Kleid habe ich noch nie besessen«, sagte Akiko.

»Sie sehen einfach umwerfend aus«, stellte Kurt bewundernd fest.

»Ich kann nicht behaupten, dass ich mich darin ausgesprochen wohlfühle.«

Kurt lachte verhalten. »Ich vermute, sich darin wohlzufühlen ist auch nicht der entscheidende Grund, weshalb es getragen wird.«

Da sie Joe Zavala den Skyline GT-R überließen, mieteten sie eine Limousine, um die Fabrik zu erreichen. Sie bogen auf den Firmenparkplatz ein und parkten unter einem Lichtmast etwa zwanzig Meter vom Eingang entfernt. Da das Personal längst Feierabend gemacht hatte und der Parkplatz leer war, wirkte der Komplex vollkommen verlassen.

Ehe sie aus dem Wagen ausstieg, holte Akiko ein schlankes Messer aus Kohlenstofffaser aus ihrer Unterarmtasche. Es sah wie ein Brieföffner mit Sägeschliff aus. Sie versteckte es in einem Ärmel ihres Kleides.

»Ich ziehe es vor, immer auf alles vorbereitet zu sein«, sagte sie. »Sie sollten lieber auch etwas Entsprechendes mitnehmen.«

Kurt hielt einen metallisch glänzenden Schreibstift hoch. »Ich war von jeher der Überzeugung, dass die Schreibfeder stärker ist als das Schwert.«

»Ich glaube, dass Sie in diesem Punkt einer Falschinformation aufgesessen sind«, sagte Akiko.

»Ich brauche nichts anderes zu tun, als die Kappe zu drehen, und schon überträgt dieser Stift alles, was in seiner Umgebung gesagt wird, zu Joe.«

»Eine Geheimwaffe Ihrer Regierung?«

»Nicht ganz. Tatsächlich habe ich dieses vielseitige Spielzeug in einem dieser Elektronikläden ein Stück weiter gefunden, gerade während Sie Ihr Kleid ändern ließen. Zweitausend Yen wollte der Händler dafür haben. Das sind weniger als zwanzig Dollar nach dem augenblicklichen Wechselkurs.«

Kurt drehte die Kappe. »Wir sind am Einsatzort, Amigo. Kannst du uns hören?«

Joes Stimme drang aus den Wagenlautsprechern. »Von hier aus habe ich eine ungehinderte Sicht auf den Parkplatz und den Eingang«, meldete er. »Ich behalte den Wagen im Auge, während ihr in der Fabrik seid. Versucht wenigstens, euer Vergnügen ohne mich in Grenzen zu halten.«

»Wir tun unser Bestes«, versprach Kurt Austin.

Kurt drehte ein weiteres Mal an der Kappe des Schreibstifts, und die Verbindung wurde unterbrochen. Er und Akiko stiegen aus dem Wagen, schlossen ihn ab und gingen zum Eingang des Fabrikgebäudes. Ein Torwächter empfing sie dort und geleitete sie hinein. Walter Han erwartete sie in der Fabrikhalle.

»Ich kann Ihnen gar nicht sagen, wie froh ich bin, dass Sie doch noch die Zeit fanden, uns zu empfangen«, begrüßte Kurt den Industriellen. »Dies ist Miss Akiko. Sie ist eine Art japanische Statthalterin der NUMA. Sie stellt die Kontakte zu den einheimischen Regierungsdienststellen her.«

Han deutete eine Verbeugung an. Sein Blick taxierte sie von Kopf bis Fuß, dann stellte er seinen Assistenten vor. »Dies ist Mr. Gao-zhin, mein Chefingenieur.«

Gao hatte einen glattrasierten Schädel, der das Licht der Deckenbeleuchtung reflektierte. Er trug eine Baumwollhose, ein weißes Oberhemd mit Button-down-Kragen und eine wuchtige Brille, auf deren Gläsern Kurt grüne Icons aufleuchten und wieder verschwinden sah. Ein dünner Draht führte von dem Brillengestell zu einem Ohrhörer und weiter zu einem Akkugehäuse an seinem Gürtel. Die

Brille war offenbar ein tragbarer Computer. Und die Icons gehörten zu einem Überkopf-Display, das nur Gao sehen konnte.

Eine Schnur lag um seinen Hals, an der eine besondere Art von Medaillon hing. Das Objekt sah wie eine überdimensionale Plakette mit mehreren kleinen Bedienungsknöpfen an beiden Seiten aus, mit zwei blinkenden LEDs und einer mit einem Gitter versehenen Vertiefung, in der sich eine Kombination aus Mikrofon und Lautsprecher befand. In seiner Brusttasche steckten mehrere Schreibstifte, eine schlanke Stablampe und ein Laserpointer. Um seinen linken Oberarm hatte er einen Köcher mit einem weiteren elektronischen Gerät geschnallt, wahrscheinlich einen Fitness-Monitor. Aber Kurt konnte es nicht genau erkennen.

Akiko musterte ihn voller Abscheu, als hätte er die Pest. »Man könnte ihn glatt für einen Androiden halten«, murmelte sie leise.

»Dabei hat er Sie angestarrt, als würde er sämtliche Elektronik für einen Kuss von Ihnen freudig auf den Müll werfen. Vielleicht ist der Reiz, einen Menschen aus Fleisch und Blut zu berühren, doch stärker, als man glaubt.«

Nach diesen Worten veränderte sich Akikos Haltung von Grund auf. Derart gekonnt, mimte sie gesteigertes Interesse an Gao, dass sogar Kurt es beinahe für echt hielt.

Einstweilen beschränkten sie ihre Kommunikation auf belangloses Geplauder. »Das Abendessen wird zurzeit im Speisesaal der Geschäftsleitung vorbereitet«, setzte Walter seine Gäste ins Bild. »Was meinen Sie, vielleicht haben Sie vorher noch Lust auf einen Rundgang durch den Betrieb.«

»Das ist eine gute Idee«, sagte Kurt.

Walter Han ging voraus und führte sie in eine weitläufige Fabrikhalle. Auch wenn es bereits lange nach der normalen

Arbeitszeit war, konnten sie beobachten, dass Feierabend für Dutzende von Maschinen offenbar ein Fremdwort war. Sie bewegten sich mit geisterhafter Zielstrebigkeit durch die Fabrikhalle und transportierten Werkstücke von einer Montagestation zur anderen. Andere waren in einer Fertigungsstraße tätig und schweißten und schraubten Komponenten zusammen.

»Was genau produzieren Sie hier eigentlich?«, wollte Kurt Austin wissen.

»Robotik für andere Fabriken.«

»Also im Prinzip Maschinen, die andere Maschinen herstellen«, sagte Kurt. »Man könnte es auch einen automatisierten Zeugungsprozess nennen.«

»Nicht ganz«, sagte Han. »Der Konstruktionsprozess und bestimmte Abschnitte der Fertigung werden von menschlichen Angestellten ausgeführt. Aber auch diese Tätigkeiten werden eines Tages automatisiert sein.«

»Menschliche Angestellte?«, fragte Akiko. »Wollen Sie damit sagen, dass Roboter ebenfalls Angestellte für Sie sind?«

»Es ist nur eine Redensart, um dem Kind einen Namen zu geben«, sagte Han. »Die Wahrheit ist, dass Roboter die Menschheit von den stumpfsinnigsten und gefährlichsten Tätigkeiten befreien. Die meisten der von den Maschinen übernommenen Arbeiten möchte eigentlich kein Mensch auf die Dauer ausführen. Zum Beispiel einhundert Mal am Tag die gleichen fünf Schrauben eindrehen oder die gleichen zehn Schweißpunkte setzen, und das tagaus tagein ein Leben lang; oder Gestein von den Wänden dunkler Stollen in gefährlichen unterirdischen Bergwerken abschlagen, wo sich die Temperaturen in für Menschen nahezu unerträglichen Bereichen bewegen und tödliche Unfälle

an der Tagesordnung sind. Ich kann sogar Maschinen anbieten, die sich opfern, sodass kein Polizist oder Soldat
mehr gezwungen ist, sich in einer Schusslinie aufzuhalten.«

»Meinen Sie Robot-Soldaten?«, fragte Kurt.

»So könnte man sie nennen«, erwiderte Han.

»Das möchte ich sehen.«

Han durchquerte den Montagebereich und gelangte in
einen weiten freien Abschnitt, der sich unter ihnen ausbreitete wie der Fußboden einer riesigen Kongresshalle. Sie
bewegten sich auf einem Brückensteg, der sich durch den
gesamten Raum spannte, und schauten auf Attrappen und
Testszenarien hinunter.

Die Menge und Vielfalt an Hightech-Gerät war überwältigend. Überall flimmerten Bildschirme, und kleine und
große Maschinen führten die verschiedensten Arbeiten
durch.

Über einem von Mauern umgebenen Bereich blieben
sie stehen. Unter ihnen befand sich die Attrappe eines
Apartmentgebäudes ohne Dach. »Starten Sie die Demonstration«, befahl Walter Han.

Gao zog das Gerät aus der Armbinde und tippte mehrmals auf sein Display. Lampen flammten auf, und die Szene-
rie unter ihnen wurde erhellt. Ein Dutzend Gliederpuppen
waren dort verteilt, einige versteckt, andere vollkommen
ungeschützt. In der Mitte des Szenariums stand ein
menschlicher Angestellter. »Hier handelt es sich um eine
klassische Geiselnahme«, erläuterte Han. »Acht Terroristen,
sieben Geiseln.«

Die Haustür des Gebäudes wurde von einem kleinen
Rammbock auf Schienen aufgebrochen. Er suchte sich
einen Weg hinein und wurde von mehreren bewaffneten

Terroristenpuppen unter Beschuss genommen. Funken sprühten, als die Kugeln die Panzerplatten trafen.

»Scharfe Munition?«, fragte Kurt Austin verblüfft.

»Natürlich«, erwiderte Han. »Aber mit reduzierter Pulverladung. Wir wollen vermeiden, dass Querschläger Schaden anrichten und jemand tödlich getroffen wird.«

»Was ist mit Ihrem Angestellten da unten?«, fragte Kurt. »Woher wissen die Maschinen, dass sie nicht auf ihn schießen sollen?«

»Er trägt einen Identifikator um den Hals«, sagte Han. »Dieser signalisiert den Robotern, nicht auf ihn zu schießen. Ähnliche Vorrichtungen können bei kombinierten Attacken von Menschen und Robotern zum Zuge kommen. Der Einsatz von Robotik reduziert die Todesfälle durch sogenanntes freundliches Feuer um fünfundneunzig Prozent.«

»Beeindruckend«, sagte Kurt.

Unter ihnen auf dem Hallenboden folgten noch andere Maschinen mit Waffen im Anschlag dem Rammbock. Anstelle von Rädern hatten sie sechs Beine und kletterten locker über jedes Hindernis hinweg. Sehr schnell nahmen sie die erste Welle von Terroristen ins Visier, schalteten sie aus und drangen weiter ins Gebäude vor.

»Sie finden ihre Ziele mit Hilfe einer Kombination aus Wärmesensoren, Schallwellen und Kameras«, erklärte Han. »Außerdem kommunizieren sie miteinander. Was einer von ihnen weiß, wissen alle anderen ebenfalls.«

Die vorwärtsmarschierenden Maschinen hielten inne, um die durch die Wände dringende Wärmestrahlung im nächsten Raum zu analysieren, und brachen durch die Mauer. Eine heftige Schießerei entspann sich, die bereits nach wenigen Sekunden beendet war.

»Und sozusagen im Handumdrehen«, sagte Han, »sind die Terroristen tot und die Geiseln gerettet. Nicht einer von ihnen hat einen Treffer abbekommen.«

Kurt war ehrlich beeindruckt. »Wie schaffen die Maschinen es, zwischen Terroristen und Geiseln zu unterscheiden?«

»Wir nennen diesen Prozess Diskriminator-Funktion«, sagte Han. »Es ist eine Kombination aus Gesichtserkennungsmustern, die zu den Gefangenen passen – die ja bekannt sind –, Wärmesensoren und einem Waffen-Identifizierungsprogramm, das dem Prozessor ermöglicht zu bestimmen, welche Menschen bewaffnet sind und welche nicht.«

»Genial.«

»Und diejenigen, die beschädigt wurden, können repariert oder ersetzt werden. Niemand braucht sich über eine zerstörte Maschine zu beklagen.«

Neben ihnen druckte ein Terminal soeben ein Gefechtsprotokoll aus. Han überflog es und fasste seinen Inhalt zusammen. »Einundzwanzig Geschosstreffer bei mehreren Robotern. Zwei Maschinen wurden nur geringfügig beschädigt. Ein vergleichbarer Angriff unter Einsatz menschlicher Polizisten oder Soldaten hätte den Tod mehrerer Personen und mindestens der Hälfte der Geiseln zur Folge gehabt. Diese Tatsachen stehen zweifelsfrei fest und sind unumstößlich.«

»Im Gegensatz zum Schlupfwinkel der Terroristen«, scherzte Kurt.

»Warbots wie diese nehmen den Soldaten die gefährlichsten Aufgaben im aktiven Kampfeinsatz ab«, erläuterte Han.

»Warbots?«

»Ein treffende Bezeichnung, nicht wahr?«

»Aber dies ist eine Polizei-Demonstration«, gab Kurt zu bedenken.

»Ja, das stimmt«, räumte Walter Han ein, »aber am Ende werden ganze Armeen von Maschinen in den gefährlichsten Regionen der Erde kämpfen. Sie sind robuster, tödlicher und zuverlässiger. Sie können vierundzwanzig Stunden am Tag im Einsatz sein und kämpfen, und das an sieben Tagen in der Woche. Dabei brauchen sie keinen Schlaf und auch keine medizinische Betreuung. Sie werden menschliche Todesfälle und Kollateralschäden auf ein Minimum reduzieren und jahrzehntelanges Leiden verwundeter und traumatisierter Soldaten und ihrer Familien eliminieren.«

»Sie werden natürlich den Tod auf die gegnerische Seite tragen.«

»Das trifft nicht zu«, sagte Han. »Roboter sind nicht nur weitaus präziser und minimieren daher den Umfang des Kollateralschadens, sie sind auch menschlicher. Ein Roboter hat keine Gefühle. Er wird sich niemals an Gefangenen rächen, weil sie möglicherweise seine Kameraden ausgeschaltet haben. Er wird wegen schrecklicher Kriegserlebnisse niemals den Verstand verlieren und in einen Blutrausch verfallen und wahllos um sich schießen. Und ein Roboter wird weder seine Gefangenen vergewaltigen oder misshandeln, noch wird er stehlen oder plündern.«

Kurt nickte. Er hatte diese Argumente schon von beiden Seiten gehört. Einige befürchteten, dass Robot-Soldaten außer Kontrolle gerieten. Andere wiesen darauf hin, dass menschliche Soldaten von Gefühlen geleitet wurden und unter Stress litten und daher anfällig dafür waren, die Kontrolle über sich selbst zu verlieren. Wie in vielen ähnlichen

Situationen war niemand in der Lage, mit Sicherheit zu prophezeien, was wirklich geschehen würde, bevor der konkrete Fall eintrat.

Sie setzten den Rundgang fort und gelangten zu einer ganz anderen Demonstration. Unter ihnen in der Halle war eine Anzahl Maschinen damit beschäftigt, einen Schnellstraßenabschnitt anzulegen. Eine Maschine brach mit einem Presslufthammer die alte Zementdecke auf. Eine andere Maschine kratzte die Trümmer mit einer Baggerschaufel zusammen und lud sie in einen fahrerlosen Lastwagen, der, nachdem er auf engstem Raum gewendet hatte, ohne mit irgendeinem Hindernis zu kollidieren, den Schutt wegschaffte und durch ein Tor am anderen Ende der Kongresshalle verschwand.

»Während es bis zur Aufstellung einer Roboterarmee sicherlich noch einige Jahrzehnte dauern dürfte«, sagte Han, »warten sich selbst lenkende Fahrzeuge bereits hinter der nächsten Ecke.«

»Es gibt sie längst«, sagte Kurt.

»Ein paar«, räumte Walter Han ein. »Aber die nächste Generation geht weit über das hinaus, was schon heute existiert. CNR hat sogar einen fahrerlosen Rennwagen entwickelt. Er wird sich mit den besten Rennfahrern der Welt messen und sie mühelos deklassieren.«

»Wird er ferngesteuert?«, fragte Kurt.

Han schüttelte den Kopf. »Das Fahrzeug ist autonom. Es funktioniert ohne Unterstützung von außen, nimmt seine eigenen Bewertungen vor und trifft seine eigenen Entscheidungen.«

»In den Straßen einer Stadt herumzukurven mag ja ganz nett sein«, gab Kurt zurück, »aber einen Rundkurs mit Höchstgeschwindigkeit zu bewältigen und sich bis an die Leistungsgrenze eines Wagens heranzutasten, ist etwas vollkommen anderes. Ich habe selbst des Öfteren in einem Rennwagen gesessen. Glauben Sie mir, es ist eine um vieles gefährlichere Angelegenheit.«

Hans Erwiderung folgte umgehend: »Ich versichere Ihnen, Mr. Austin, trotz Ihres glühenden Wunsches, auch weiterhin an der Spitze der Nahrungskette zu stehen, wird es dazu kommen, dass Roboter mit künstlicher Intelligenz den Menschen in jeder vorstellbaren Hinsicht überlegen sein werden. Sie werden schon bald unsere Kampfjets lenken, unsere Schiffe navigieren und gesunkene Wracks vom Grund des Ozeans heraufholen. Und, jawohl, auch unsere Rennwagen steuern. Außerdem werden sie all das auf überlegene Weise praktizieren.«

Kurt hörte höflich zu, aber er hatte Han die ganze Zeit beobachtet und etwas Interessantes bemerkt. Auf seine letzte Bemerkung hin hatte Han schnell und leicht ungehalten reagiert. Der Mann war absolut cool geblieben und hatte sich perfekt unter Kontrolle gehabt, bis Kurt die Leistungen seiner Maschinen in Frage stellte. Seine blitzartige Antwort, seine aufgeblähten Nasenflügel und die tief gerunzelten Krähenfüße in Hans Augenwinkeln hatten Kurt den Beweis geliefert. Er hatte endlich einen Knopf gefunden, mit dem sich der Mann aus der Reserve locken ließ. Und diesen Knopf würde er unbarmherzig betätigen.

»Ich bin sicher, dass Sie dieses Ziel eines Tages erreichen werden«, bemerkte er in herablassendem Tonfall, »aber wir beide werden alte Männer sein, bis ein Roboter es schafft, einen Menschen auf einer Autorennstrecke zu besiegen. Maschinen vollbringen sicherlich viele Dinge, aber was ihnen immer fehlen wird, sind Instinkt und Urteilsfähigkeit.«

Han schaffte es nur kurz, seine Zunge im Zaum zu halten, dann grinste er amüsiert. »Haben Sie Lust, diese Theorie zu überprüfen?«

»Nichts lieber als das«, erwiderte Kurt. »Was schlagen Sie vor?«

»Wir haben auf dem Fabrikgelände eine Rennstrecke«, sagte Han. »Und in der Garage steht der Prototyp unseres Robot-Wagens neben zwei anderen Sportwagen, die für den Einsatz mit menschlichen Fahrern bestimmt sind. Sollten Sie bereit sein, sich mit unserem Prototyp zu messen, können wir vielleicht auf den Ausgang dieses Rennens wetten, um das Ganze ein wenig interessanter zu machen.«

»Diese Chance würde ich gern sofort ergreifen«, sagte Kurt, »aber Sie sind ein Milliardär und ich bin nur ein kleiner Regierungsbeamter mit einem begrenzten Einkommen. Deshalb müssten wir auf etwas anderes wetten als auf eine Geldsumme.«

Han wischte Kurts Erwiderung mit einer Handbewegung beiseite. »Wenn Sie gewinnen, wird CNR Ihnen großzügig jeden Arbeitsroboter zur Verfügung stellen, den Sie bei Ihrer Expedition gebrauchen können.«

»Und wenn ich verliere?«

»Das ist einfach«, sagte Han. »In diesem Fall brauchen Sie nichts anderes zu tun als einzugestehen, dass die Maschine besser ist als der Mensch.«

35

Kurt Austin hatte mit High-End-Sportwagen gerechnet, speziell für den Einsatz auf einer Rennpiste präpariert, mit nachträglich eingebauten Überrollbügeln sowie weitgehend profillosen Rennreifen und zur Gewichtsersparnis von allem befreit, was für den reinen Fahrbetrieb nicht benötigt wurde. Als er Walter Hans Garage betrat, erblickte er drei Fahrzeuge, die um einiges exotischer aussahen.

»Dies sind Toyotas«, sagte Han mit unverhohlenem Stolz. »Allerdings werden Sie diese Exemplare wohl kaum bei Ihrem Autohändler um die Ecke finden.«

»Ich glaube, selbst wenn sie in irgendeinem Verkaufssalon angeboten würden, könnte ich mir keines dieser Wunderwerke leisten«, sagte Kurt.

»Höchstwahrscheinlich nicht«, pflichtete Han ihm bei. »Dieser Wagen ist ein Sondermodell und kam im vergangenen Jahr in Le Mans zum Einsatz. Sein mit Zwillingsturbolader aufgemöbelter Sechszylindermotor bringt 968 PS auf die Piste, die wir jedoch für unsere speziellen Zwecke auf 700 Pferdestärken reduziert haben.«

»Ich denke, das ist auch mehr als genug.«

Kurt ging auf das im Licht der Garagenbeleuchtung funkelnde orange-weiße Prachtstück zu. Der Wagen selbst war eine einzigartige Demonstration hoher Ingenieurskunst. Das vordere Ende erinnerte an ein tödliches Raubtier – eine spitze Nase war durch Kohlefaserelemente mit den Kotflügeln verbunden. Die Radkästen umschlossen

Hochgeschwindigkeitsreifen und verschwanden im Chassis wie die Ausläufer einer Brandungswelle. In der Mitte befand sich ein Cockpit in Tropfenform. Die Windschutzscheibe lieferte dem Fahrer einen uneingeschränkten Panoramablick auf das vor ihm liegende Geschehen, während das Heck von einem wuchtigen Spoiler und drei vertikalen Flossen beherrscht wurde, die den Wagen stabilisierten.

»Wenn ich es nicht besser wüsste, würde ich schwören, dass dieses Geschoss auch fliegen kann.«

»Wenn Sie ihm zu heftig die Sporen geben, wird es das auch«, warnte Han.

»Ich werde mich in Acht nehmen«, versprach Kurt.

Eine halbe Stunde später hatte Kurt sich umgezogen und saß angeschnallt im Fahrersitz. In einen schwer entflammbaren Overall gehüllt, durch einen Fünf-Punkt-Gurt gesichert und mit einem Helm mit getöntem Visier auf dem Kopf war er einsatzbereit.

Das Cockpit war für jemanden von Kurt Austins Körpermaßen eine enge Angelegenheit. Es umgab und schützte ihn mit gefrästen Aluminiumelementen und einem gepolsterten Überrollkäfig. Mehrere leicht zu erreichende Kippschalter ragten aus einer kleinen Konsole zu seiner Linken. Das Lenkrad konnte von der Lenksäule abgenommen werden und erschien in Kurts Händen geradezu winzig. Der doppelt turboaufgeladene V-6-Motor schüttelte den Wagen durch, als Kurt aufs Gaspedal tippte.

Während Hans Assistent den automatisierten Rennwagen vorbereitete, machte sich Kurt mit den Instrumenten vertraut. Die Pedale befanden sich im Fußraum derart dicht nebeneinander, dass er sie, wenn er wollte, mit einem Fuß gleichzeitig bedienen konnte – was für bestimmte Manöver nützlich war. Und doch hatte es – wenn es unbeabsichtigt geschah – den gegenteiligen Effekt. Was er tunlichst vermeiden wollte. Die Schaltwippe der automatischen Kupplung war griffgerecht am Lenkrad positioniert. Die Bedienung war simpel. Er betätigte einen Schalter im Armaturenbrett, und die vier taghellen Scheinwerfer erhellten die Piste vor ihm – eine tiefschwarze Asphaltdecke, markiert mit abwechselnd orangefarbenen und weißen Rüttelstreifen.

»Der Roboter kennt die Strecke«, informierte Han seinen Gast. »Um das Ganze fair zu gestalten, gebe ich Ihnen fünf Runden, damit Sie sich einen gründlichen Eindruck verschaffen können. Machen Sie sich mit dem Wagen vertraut. Holen Sie alles aus ihm heraus. Versuchen Sie aber, ihn nicht vor die Begrenzungsmauer zu setzen oder in die Bucht von Nagasaki zu lenken. Vor Kurve fünf, in die Sie kurz vor Ende der Runde kommen, sollten Sie Respekt haben. Sie ist berüchtigt. Die Fahrbahn fällt zur Außenseite hin ab, daher müssen Sie damit rechnen, dass die Reifen weniger Grip finden. Wenn Sie in den Zaun rauschen, überschlägt sich der Wagen, und Sie können sich glücklich schätzen, wenn Sie diesen Tiefflug überleben.«

Han griff in den Wagen und legte zwei zusätzliche Schalter um. »Dieser startet die Telemetrie-Funktion«, erläuterte er. »Und dieser hier aktiviert die gesprochenen Navigationshinweise.«

»Reden Sie von einem Navi? In einem Rennwagen?«

»So ähnlich wie bei Ihrem Mobiltelefon, jedoch weitaus genauer«, antwortete Han. »Das System teilt Ihnen mit, welche Kurven vor Ihnen liegen und wie sie beschaffen sind – enger oder großer Radius, kurz oder lang –, damit Sie keine unangenehme Überraschung erleben. Es ist genauso, als säße ein Navigator neben Ihnen auf dem Beifahrersitz, wie es bei Rallyes üblich ist, wenn nächtliche Hochgeschwindigkeitsprüfungen gefahren werden.«

»Im normalen Straßenverkehr finde ich diese Kommentare nur nervig«, meinte Kurt, »aber in diesem Fall glaube ich, dass ich eine kleine Hilfe gut gebrauchen kann.«

Während Han zurücktrat, klappte ein Mechaniker die gewichtsreduzierte Kohlefasertür herunter und drückte sie in den Rahmen, bis sie mit einem leisen Klicken einrastete. Mit nach oben gerichtetem Daumen gab er dann das Okay-Zeichen. Kurt lenkte den Wagen langsam auf die Rennstrecke und nutzte die ersten beiden Runden, um sich die Position der Instrumente einzuprägen und sich an die Navigatorstimme – weiblich – sowie an die extrem direkte und schnell reagierende Lenkung zu gewöhnen.

In der dritten Runde brachte er die Gegengerade mit einhundert Meilen in der Stunde hinter sich, neben sich die Bucht von Nagasaki, deren Fluten die gleißenden Lichter der Stadt reflektierten. Er bremste vorsichtshalber schon frühzeitig für Kurve fünf, doch als die Fahrbahn nach rechts wegsackte, während die Rennstrecke nach links schwenkte, fühlte sich der Wagen trotzdem an, als würde er sich jeden Moment vom Untergrund lösen und im Tiefflug die Bucht ansteuern. Die nächsten beiden Runden absolvierte er mit jeweils höherem Tempo als die vorhergehende. Dann bog er zu den Boxen ab, bereit, das Wettrennen zu beginnen.

Er stoppte zehn Meter von Hans Leuten entfernt, die soeben eine gelb-blaue Version des Wagens an den Start schoben, in dem Kurt saß. Die Lackierung war unterschiedlich, und er war von vorne bis hinten mit den CNR-Logos vollgepflastert, aber abgesehen von einigen zusätzlichen Antennen, sahen die Fahrzeuge identisch aus.

Kurt stieß seine Tür auf. Trotz der nächtlichen Kühle herrschte bereits eine glühende Hitze im Cockpit. Er nahm den Helm ab, um frische Luft an seinen Kopf zu lassen.

Akiko kam zu ihm. »Versuchen Sie etwa wegen mir, den Helden zu spielen?«

»Den Helden? Wegen Ihnen?«

»Indem Sie das Prinzip des Menschseins in seiner epischen Schlacht gegen die drohende Vorherrschaft der Technologie verteidigen.«

Kurt musste lachen. »Das würde ich nur zu gerne bejahen, aber ich will ganz ehrlich sein – im Grunde versuche ich nur, unseren Gastgeber ein wenig aus dem Gleichgewicht zu bringen. Behalten Sie ihn im Auge, während ich da draußen meine Runden drehe.«

Sie beugte sich in den Wagen und hauchte ihm einen Kuss auf die Wange. »Viel Glück.«

Der Robot-Wagen sprang an, und sobald der Motor mit einem bedrohlichen Fauchen rundlief, kam Walter Han zu Kurt Austin herüber. »Sind Sie bereit?«

»Bereiter geht's nicht.«

»Gut«, sagte Han. »Wir müssen das Ganze ein wenig abkürzen. Ein Gewitter ist offenbar im Anmarsch, und wir wollen nicht, dass ein Fahrzeug draußen auf der Strecke ist, wenn es zu regnen anfängt.«

Kurt nickte.

»Genießen Sie Ihre Fahrt«, sagte Han. »Der Erste, der die Ziellinie überquert, hat gewonnen.«

Kurt setzte wieder den Helm auf, zog den Kinnriemen stramm und nickte. Die Türen wurden geschlossen und die Wagen in versetzter Formation aufgestellt, mit zehn Metern Vorsprung für Kurt.

Die Lichter der Startampel an einem Mast neben der

Rennpiste sprangen von Rot auf Gelb um ... blieben für einige Sekunde bei Gelb ... und zeigten schließlich Grün.

Kurt hechtete regelrecht aus seinem Boxengang heraus und schaltete rasend schnell hoch. Die versetzte Startformation gestattete den beiden Wagen, die Boxen mit Höchsttempo zu verlassen, ohne Gefahr zu laufen, am Ende der Startgeraden, wo sie sich verengte, zu kollidieren. Da er deutlich schneller unterwegs war als während seiner Proberunden, flog ihm die erste Kurve regelrecht entgegen.

»Rechts siebzig«, verkündete das Navigationssystem.

Kurt trat hart auf das Bremspedal und spürte, wie sich der Reifengummi in den Straßenbelag krallte. Sein Körper wurde nach vorn geworfen und von den Gurten, die ihn sicherten, aufgefangen. Er kurbelte am Lenkrad, um den Wagen in der Spur zu halten, pendelte zwischen der orangefarbenen und der weißen Fahrbahnbegrenzung hin und her und gab wieder Vollgas, während er aus der Kurve herauskam.

Der Wagen machte einen derartigen Satz vorwärts, dass Kurt in seinem Sitz nach hinten geschleudert wurde. So hatte er sich früher einmal gefühlt, als er mit einer F/A-18Hornet von einem Flugzeugträger gestartet war.

»Schikane links«, meldete die Navigatorstimme.

Ein weiteres Bremsmanöver und ein abrupter Geschwindigkeitsabfall folgten. Kurt riss das Lenkrad scharf nach links, dann wieder zurück nach rechts. Dies war der langsamste Teil der Rennstrecke, auf den eine kurze Gerade und eine weitere Kurve folgten.

»Links vierzig.«

Diese Kurve bot keinerlei Schwierigkeiten, und Kurt hielt sein Tempo durch die gesamte Biegung, obgleich der Wagen kurz vor dem Ende auszubrechen drohte.

»Rechts dreißig.«

Kurt hatte den Navigator während der Übungsrunden als Ablenkung empfunden, aber nun, da er den Wagen und seine eigenen Reflexe aufs Äußerste belastete, begann er ihn als ausgesprochen hilfreich zu schätzen. Er lieferte ihm die Hinweise genau im richtigen Moment und lenkte seinen Blick auf den Scheitelpunkt der Kurve. Damit befreite er seinen Geist von allem, das ihn zu diesem Zeitpunkt hätte ablenken können.

Er ließ die vierte Kurve hinter sich, rammte den Fuß aufs Gaspedal und schaltete sich rasend schnell durch die Gänge. Die Gegengerade war lang, verlief anfangs bergauf, bis sie eine in diesem Moment menschenleere Beobachtungsbrücke passierte, hinter der die Piste in schnurgerader Linie leicht abfallend zur Kurve fünf führte.

»Links siebzig abfallend.«

Kurt bremste scharf, spürte, wie ihm das Blut ins Gesicht schoss, und beschrieb einen weiten Bogen, ehe er auf die Innenseite der Kurve wechselte. Wie während jeder der vorangegangenen Runden geriet der Wagen auch jetzt ins Driften und wurde von der unsichtbaren Fliehkraft zum Zaun und dem davorliegenden Haltestreifen gezogen. Da der Wagen auf den Punkt zuhielt, den seine Augen fixierten, behielt Kurt den Blick auf die Innenkurve gerichtet.

Die restliche Runde bot keinerlei Schwierigkeiten mehr, und Kurt raste mit neun Sekunden Vorsprung vor dem Robot-Wagen über die Start-und-Ziel-Linie.

»Das war die erste Runde, also warten noch vier«, murmelte Kurt mit zusammengebissenen Zähnen vor sich hin.

Von der erhöhten Beobachtungsplattform im Boxenbereich aus verfolgte Walter Han, wie sein Zehn-Millionen-Dollar-

Bolide Kurt Austin durch den Rundkurs jagte. Zu seinem Ärger verlief die zweite Runde für den fahrerlosen Boliden noch schlechter als die erste. Als die beiden Wagen über die Ziellinie schossen, hatte sich Kurts Vorsprung auf knapp über zehn Sekunden vergrößert.

Han blickte zu Gao-zhin. »Irgendetwas scheint mit dem Wagen nicht zu stimmen«, sagte er. »Wie kommt es, dass Austin ihn schlagen kann?«

»Mit dem Wagen ist alles in Ordnung«, erwiderte Gao. »Austin hatte fünf Runden, um seine Reifen aufzuheizen. Unser Wagen fährt mit kaltem Gummi und hat in den Kurven geringeren Grip. Hinzu kommt, dass der Computer die Geschwindigkeit begrenzt. In Runde drei herrschen bei uns die gleichen Bedingungen. Wir holen ihn in Runde vier ein und überholen auf der ersten Geraden. Wenn das Rennen beendet ist, dürfte unser Wagen einen Vorsprung von zwanzig Sekunden haben. Er kann uns noch nicht einmal gefährlich werden.«

»Ich hoffe, Sie haben recht«, sagte Han. »Es wäre besser für Sie. Ich mag es gar nicht, in einer solchen Situation in Verlegenheit gebracht zu werden. Schalten Sie die Sicherheitsprotokolle ab, um auf Nummer sicher zu gehen.«

Gao sah seinen Chef skeptisch von der Seite an und führte schließlich aus, was von ihm verlangt worden war. Er legte einen Schalter um und schickte dem Wagen den Befehl, sämtliche Sicherheitsparameter zu ignorieren und um jeden Preis zu gewinnen.

36

Aus der Cockpitperspektive von Kurt Austins Wagen betrachtet, verlief die dritte Runde im Wesentlichen genauso
wie die ersten beiden. Aber zu Beginn der vierten Runde
konnte er erkennen, dass der Robot-Rennwagen allmählich zu ihm aufholte. Das grelle Licht seiner Scheinwerfer
füllte dauerhaft seinen Rückspiegel aus. Vier diamantweiße
Lichtpunkte ließen keinen Zweifel: Der Jäger näherte sich
seiner Beute.

Die strahlend weißen Lampen vollbrachten mehr, als
ihn nur zu ärgern. Sie behinderten Kurts Nachtsicht, zwangen seine Pupillen, sich zusammenzuziehen und schränk-
ten auf diese Weise seine Fähigkeit ein zu erkennen, was
sich im Randbereich seiner eigenen Schweinwerferkegel
befand.

Nachdem die vierte Runde begonnen hatte, kamen die
Lichter stetig näher, und Kurts Fahrmanöver wurden zunehmend unpräziser. Er ließ sich in den Kurven eins und
zwei zu weit hinaustragen und geriet in der Schikane auf
beiden Fahrbahnseiten auf die Rüttelstreifen.

Wütend über sich selbst trat er am Ausgang der nächsten Kurve zu früh und zu heftig aufs Gaspedal und verlor
beinahe die Kontrolle über den Wagen. Dem emotions-
losen Computer, der ihn verfolgte, unterlief kein solcher
Fehler, und der Abstand zwischen ihnen verringerte sich
auf vier Sekunden.

»Rechts dreißig«, sagte die Navigatorstimme an. Kurt

fror seine Emotionen ein und kehrte zu seiner vorherigen eiskalten Fahrweise zurück. Er bewegte das Lenkrad nun flüssiger, konnte das Tempo in der Kurve ein wenig steigern und beschleunigte in den einzelnen Gängen fast bis in den roten Drehzahlbereich, bevor er schaltete.

Der Robot-Wagen war im Begriff, die Lücke zwischen ihnen zu schließen.

Zu diesem Zeitpunkt röhrten sie die Gegengerade hinunter und auf die gefährlichste Kurve des Rundkurses zu. Die Nase des Robot-Wagens war so dicht an Kurts Heckflügel, dass seine Scheinwerfer Kurt nicht mehr im Rückspiegel blendeten. Er nutzte seinen Windschatten und wartete auf den richtigen Moment, um an ihm vorbeizuziehen. Und es gab nur wenig, was Kurt dagegen hätte tun können.

»Nun komm schon«, knurrte Kurt mit zusammengebissenen Zähnen. »Tu, was du nicht lassen kannst, und überhol mich!«

»Links siebzig, abfallend.«

Die Kurve kam rasend schnell näher. Kurt musste bremsen. Er zog rüber zur Innenseite der Kurve und trat aufs Bremspedal.

Der Robot-Wagen machte dasselbe, aber Kurt hatte eher gebremst, als der automatisierte Wagen es beabsichtigt hatte. Die Nase des rollenden Roboters krachte ins Heck von Kurts Rennmaschine.

Kurt wurde mit einem Ruck vorwärtsgeschoben und driftete aus der Spur. Sein Wagen geriet für einen Moment ins Schwimmen, aber als Kurt eine knappe Lenkbewegung ausführte, griffen die Rennreifen wieder, und der Toyota fing sich und blieb auf der Ideallinie.

Mit dem Fuß auf dem Bodenblech umrundete Kurt das

breite Hufeisen am Ende der Strecke und gelangte wieder auf die Zielgerade.

Der Robot-Wagen war nach der Karambolage zurückgefallen, aber er holte schon wieder zu ihm auf, allerdings nicht so zügig wie während der vorangegangenen Runde. Während der Kollision war seine Nase beschädigt worden, wodurch seine Aerodynamik beeinträchtigt war. Soweit Kurt es beurteilen konnte, hatte die Fahrtüchtigkeit seines eigenen Wagens jedoch nicht gelitten.

Er brachte die Zielgerade mit Höchsttempo hinter sich und jagte an den Boxen und an der Beobachtungsplattform vorbei. Dabei erhaschte er einen kurzen Blick auf Walter Han und seinen Assistenten, die am Geländer lehnten und auf ihn herabstarrten. »Immer diese rücksichtslosen Menschen am Steuer ... eine Frechheit.«

Oben auf der Plattform stand Walter Han fast der Schaum vorm Mund. »Ich hatte Sie gewarnt. Wehe Ihnen, wenn Sie das Rennen verlieren!«

Gao überwachte die Telemetrie. »Ich kann jetzt nichts dagegen tun. Sie wollten, dass die Sicherheitsprotokolle deaktiviert werden. Und genau dort lag die Gefahr.«

»Überholen Sie ihn, Gao!«

»Der Wagen wird es auf der Gegengeraden ein weiteres Mal versuchen, aber Austin legt im Augenblick seine schnellste Runde vor. Er lernt verdammt schnell.«

»Dann sollten wir vielleicht darauf verzichten, ihm weiterhin zu helfen. Was meinen Sie?«, sagte Walter Han.

»Woran denken Sie?«

»Daran, das Navigationssystem auszuschalten.«

»Er wird auf die Ansage warten und frontal gegen die Begrenzungsmauer krachen«, warnte Gao.

»Er wollte doch beweisen, dass Menschen besser fahren können als Maschinen. Geben wir ihm die Gelegenheit dazu.«

Gao atmete tief durch. »Wenn Sie ihn hier töten, wird seine Regierung misstrauisch reagieren.«

»Bestimmt nicht, wenn es ein Unfall ist.«

»Wen Li hat Ihnen befohlen, den Amerikaner am Leben zu lassen!«, widersprach Gao. »Und ihn als Sündenbock zu benutzen.«

Walter Han bekam einen Wutanfall. Er raffte Gaos Hemd auf der Brust zusammen und zog den Mann zu sich heran, bis ihre Gesichter einander fast berührten. »Tun Sie, was ich sage! Schalten Sie die Navigation aus!«

Han ließ ihn los, und Gao richtete den Blick auf die Rennstrecke. Austin lenkte den Wagen gerade durch die Schikane und näherte sich der vierten Kurve. Gao wartete einige Sekunden lang, dann legte er den Schalter um.

Kurt Austin rechnete damit, dass Hans Wagen vielleicht abermals versuchen würde, ihn abzuschießen, aber ihm kam auch nicht für den Bruchteil einer Sekunde in den Sinn, das Rennen abzubrechen. Er war mehr denn je entschlossen, Walter Han einen Denkzettel zu verpassen.

Mit Bravour bewältigte er die vertrauten Kurven im ersten Abschnitt des Rundkurses und lenkte seinen Wagen mit einer Mischung aus geduldigem Abwarten und gebremster Aggression. Sein orange-weißer Toyota folgte diesmal einer perfekten Linie und fegte mit atemberaubendem Tempo den Anstieg hinauf.

»Rechts vier …«, sagte die Navigatorstimme und brach seltsamerweise mitten im Wort ab.

Kurt zog in die Kurve hinein, ließ zu, dass die Innenräder den Rüttelstreifen touchierten, wo die Reifen mehr Reibung fanden, und passierte den Scheitelpunkt der Kurve nahezu mit Höchstgeschwindigkeit. Auf der Gegengeraden holte er alle Reserven aus dem Motor heraus und ließ zu, dass die Nadel des Drehzahlmessers auch auf diesem Streckenabschnitt zitternd bis in den roten Bereich wanderte, während er unter dem nächtlichen Himmel dem Ziel entgegenraste.

Die orangefarbenen und weißen Streifen am Rand der Piste wischten vorbei und verschmolzen zu ununterbrochenen Begrenzungslinien. Die Bucht von Nagasaki war ein funkelnder Lichtteppich, während der Robot-Wagen auf seiner Spur blieb und mit jedem Sekundenbruchteil näher kam.

Kurt raste unter der verlassenen Brücke hindurch und wappnete sich für die fünfte Kurve. Der Motorenlärm seines Verfolgers füllte seine Ohren und deckte jedes andere Geräusch zu. Seine Hände lagen leicht auf dem Lenkrad, und sein Fuß war bereit, jeden Moment vom Gaspedal zur Bremse zu wechseln, sobald die Navigator-Ansage aus dem Lautsprecher drang.

Kurt brauchte nur die Dauer eines Lidschlags, um zu begreifen, dass keine Ansage kommen würde. Er gewahrte flüchtig die Brems- und Schleuderspuren der vorangegangenen Runde. Im Kopf rechnete er sich aus, dass er zu schnell und bereits zu dicht vor der Kurve war.

Er trat mit voller Kraft aufs Bremspedal. Das Antiblockiersystem verhinderte ein Schleudern, aber eine Wolke blauen Qualms stieg von der Piste auf. Die Sicherheitsgurte schnitten tief in Kurts Schultern, und er stieß einen unterdrückten Schmerzlaut aus, während er das Lenkrad drehte und den Fuß auf dem Bremspedal ließ.

Sein Toyota wurde blitzartig langsamer, brach jedoch gleichzeitig zur Seite aus. Der Gummiqualm wallte hoch, als wäre eine Bombe gezündet worden.

Da er keine andere Wahl hatte, nahm er den Fuß vom Bremspedal und gab stattdessen Gas, um die Kontrolle über den Wagen zurückzugewinnen. Dieser schlingerte zwar weiter, blieb jedoch auf dem Asphalt. Die Reifen fanden Widerstand, und das Fahrzeug schoss vorwärts zum Innenrand der Piste. Es wechselte zum Innenfeld und erwischte beinahe den Robot-Wagen, als dieser an ihm vorbeiflog und in die Qualmwolke eintauchte.

Da seine Sensoren durch den Qualm teilweise geblendet wurden und sein Sicherheitsprogramm gesperrt war, wartete der automatisierte Rennwagen zu lange, bis er seine eigenen Bremsen einsetzte. Er segelte durch die Qualmwolke, ging schleudernd in die Kurve und krachte gegen die äußere Begrenzungsmauer der Rennpiste. Die Kohlefaserplatten auf seiner rechten Seite zersplitterten und wirbelten in alle Richtungen. Der Spoiler wurde vom Heck abgerissen. Er flog wie ein Tomahawk über die Mauer und versank in der Bucht von Nagasaki. Der Wagen selbst prallte von der Mauer ab und rutschte in ein Kiesbett, wo er stehen blieb.

Kurt Austin war bereits auf der Grasnarbe des Innenfelds zum Stehen gekommen. Er war unversehrt und einsatzbereit und stand absolut perfekt, um die letzten Sekunden des automatisierten Wagens verfolgen zu können. Er sah, wie er im Kiesbett abgebremst wurde. Zwei seiner Scheinwerfer waren erloschen, die anderen beiden beleuchteten die Piste.

Als es für Kurt schon danach aussah, als ob – was den Ausgang des Rennens betraf – auf Unentschieden erkannt werden müsste, begannen die Räder des Robot-Wagens zu rotieren und einen Weg aus dem Kiesbett zu suchen und auf die Piste zurückzukehren.

»Oh, ich glaube nicht, dass ich das zulassen kann«, sagte er halblaut.

Er brachte den Motor seines eigenen Renners auf Touren, legte den ersten Gang ein und gab Gas. Der Start war langsam und schwerfällig und sorgte für mindestens siebzig Meter aufgewühlter Grasnarbe, ehe Kurt seinen Boliden auf den richtigen Kurs gebracht hatte.

Ein kurzer Rundumblick machte Kurt klar, dass er den Robot-Wagen unmöglich abfangen könnte, wenn er auf den Rundkurs zurückkehrte und ihn durch die lange Hufeisenkurve jagte, daher entschied er sich für eine Abkürzung und lenkte den Toyota quer über das Innenfeld zur gegenüberliegenden Seite.

Während er auf die Ziellinie zusteuerte, riskierte er einen kurzen Blick zur Rennpiste hinüber. Hans Wagen nahm Tempo auf, verlor jedoch auf seinem Weg diverse Karosserieteile. Sie waren zum selben Punkt unterwegs, näherten sich ihm jedoch aus unterschiedlichen Richtungen. Eine Karambolage war nur noch eine Frage von Sekunden.

Kurt behielt den Fuß auf dem Gaspedal, gelangte auf die Asphaltdecke, wo seine Räder wieder genügend Reibung fanden, und schoss diagonal über die Ziellinie. Der Robot-Wagen oder das, was von ihm noch übrig war, überquerte die Linie eine halbe Sekunde später.

Indem er die Bremsen wieder blockierte, kam Kurt nach kurzer Schleuderphase zum Stehen. Dem Robot-Wagen gelang dieses Manöver natürlich weitaus präziser und eleganter. Er stoppte etwa dreißig Meter entfernt auf der Piste.

Kurt entriegelte die Tür, die langsam aufklappte, und öffnete den Schnellverschluss seines Sicherheitsgurts. Er wand sich aus dem Schalensitz.

Während sich Akiko im Laufschritt näherte, nahm er seinen Sturzhelm ab und befreite sich von der Feuerschutzhaube. Unterdessen rannten mehrere von Walter Hans Leuten zu dem lädierten Prototypen hinüber, der das Rennen als zweiter Sieger beendet hatte.

»Sind Sie okay?«, fragte Akiko leicht außer Atem.

»Mir ging es niemals besser«, antwortete Kurt Austin, obgleich er in Schweiß gebadet war und einen Gestank wie ein verbrannter Autoreifen verströmte.

»Ich kann nicht glauben, dass Sie tatsächlich gewonnen haben«, sagte die Japanerin und ergriff seine Hände. »Sie sind wirklich und wahrhaftig verrückt.«

»Ich verliere nun mal nicht so gern«, sagte Kurt und streckte einen Zeigefinger in die Höhe. »Eins zu null für den Menschen.«

Han und sein Assistent kamen von der Plattform herunter. Sie waren bei weitem nicht so begeistert. »Sie haben gar nichts gewonnen«, protestierte Han. »Das war ein klarer Verstoß gegen die Regeln. Von einer Fahrt quer über das Innenfeld war niemals die Rede.«

»Dabei haben Sie noch kurz vor dem Start gesagt, wer als Erster die Ziellinie überquert, sei der Sieger«, erwiderte Kurt. »Ich kann mich nicht erinnern, etwas über die Bedingungen gehört zu haben, wie dies geschehen sollte.«

Han presste kurz die Lippen zusammen. In seinen Augen brannte nackte Wut, während er Kurt anstarrte. »Dieses Chaos beweist überhaupt nichts.«

Kurt grinste hinterhältig. »Da bin ich anderer Meinung. Es beweist, dass Roboter besiegt werden können. Und dass Menschen nicht die Einzigen sind, denen Fehler unterlaufen und die daher eine Gefahr darstellen.«

Han raste innerlich vor Zorn, als Kurt ihn mit seinen eigenen Worten in die Defensive drängte, aber es gab nichts, womit er sich hätte wehren können.

Ein leiser Glockenton drang aus Gaos Medaillon, und er warf einen kurzen Blick auf das Display. »Das Dinner ist bereit. Falls überhaupt noch jemand Lust auf ein Abendessen hat.«

Han stand mit verkniffener Miene neben seinem Assistenten. Er hatte anscheinend jeglichen Appetit verloren. Gao machte ein Gesicht, als ob er lieber an jedem anderen Ort als an diesem gewesen wäre. Akiko spannte sich unmerklich, während ihre freie Hand nach dem Messer im Ärmel ihres Kleides tastete. Nur Kurt Austin zeigte ein strahlendes Lächeln.

»Ich habe einen Mordshunger«, erklärte er. »Nichts regt meinen Appetit stärker an als ein Wettrennen, das ich gewinne.«

37

Joe Zavala parkte auf einem malerischen Aussichtspunkt an der Straße, die sich in Serpentinen in die Berge hinaufschlängelte. Von dort bot sich ihm ein grandioser Blick auf den Nagasaki Harbor, die Küstenstraße und die CNR Fabrik, die einen großen Teil des Küstenabschnitts für sich beanspruchte.

Er stellte ein schweres Stativ auf, das eine Kamera mit starkem Teleobjektiv trug. Sozusagen als Rückversicherung hatte er auch noch einen leistungsfähigen Armeefeldstecher eingepackt. Mit Walter Hans Produktionsstätte wie auf einem Präsentierteller vor sich hatte er beobachten können, wie Kurt und Akiko vor dem Gebäude parkten, begrüßt und hineingeleitet wurden. Er hatte sogar einen Teil des Wettrennens auf der Teststrecke hinter der Fabrik mitbekommen. Als er sah, dass Kurt bei der Kollision nicht zu Schaden gekommen war und vollkommen unversehrt aus seinem Fahrzeug stieg, hatte er ein kurzes Dankgebet zum Himmel geschickt. Während er dem Geschehen hatte untätig zusehen müssen, hatte er wahrscheinlich mehr gelitten als sein Freund im Cockpit des Rennwagens. Die meisten Menschen hätten spätestens zu diesem Zeitpunkt die Nase voll gehabt, aber Joe Zavala kannte seinen Freund zu gut, um erwarten zu können, dass Kurt den Besuch beendete.

Nachdem das Rennen beendet war und in der Fabrik und ihrer Umgebung einstweilen Ruhe eingekehrt war, nutzte Joe diese Pause, um in ein ziemlich fades Sandwich zu beißen, das er aus einem Automaten geholt hatte. »Das ist mal wieder typisch für mich«, murmelte er zwischen einigen Bissen vor sich hin. »Ich bin mutterseelenallein auf einer Klippe gestrandet, während Kurt mit einer bildschönen Frau diniert und einen Millionen Dollar teuren Sportwagen zerlegen darf.«

Er lehnte sich gegen den Kotflügel des Skyline GT-R, legte das Sandwich beiseite, griff zum Fernglas und warf einen Blick hindurch. Er stellte die beiden Optiken scharf und machte mit dem Glas einen Schwenk über die Gegend rund um die Fabrik.

Abgesehen von dem Rennen, hatte sich auf dem Fabrikgelände nichts getan. Kurts Mietwagen stand allein und unbenutzt auf dem Parkplatz. Ansonsten rührte sich in der näheren und weiteren Umgebung nichts. Joe hatte noch nicht einmal einen Sicherheitstrupp auf Patrouillengang zu Gesicht bekommen. Aber China-Nippon Robotics verfügte wahrscheinlich über automatische Systeme und verzichtete dafür auf menschliche Wächter, die für jeden Beobachter sichtbar ihre Runden drehten.

Schließlich ließ Joe das Fernglas sinken und sah auf die Uhr. Es war kurz nach zehn. Kurt hatte angekündigt, dass er und Akiko um Mitternacht zurückkehren würden, ganz gleich, wie ihr Besuch verlaufen wäre. Sollten sie sich bis zu diesem Zeitpunkt nicht gemeldet haben, hatte Joe die Aufgabe zu entscheiden, was geschehen sollte, und eventuell Hilfe anzufordern.

Um sich der polizeilichen Hilfe zu versichern, hatte Joe zu Beginn seines Wachdienstes versucht, Kriminalkommissar Nagano anzurufen. Bei dieser Gelegenheit erfuhr er, dass sich der Kommissar im Einsatz befand und bis zu seiner Rückkehr nicht zu erreichen sei.

Die Stimme des Beamten, der ihm diese Auskunft gab, hatte einen seltsamen Klang. Joe schrieb es der Tatsache zu, dass der Beamte die englische Sprache nicht perfekt beherrschte und Mühe hatte zu übersetzen, was er ihm mitteilen wollte. Trotzdem konnte er das ungute Gefühl nicht abschütteln, dass irgendetwas nicht so lief, wie es laufen sollte.

Ungeachtet dessen hatte er noch einen Plan B in petto: einen Kofferraum voll professioneller Feuerwerkskörper, die er auf die Fabrik abschießen würde, während er gleichzeitig die Feuerwehr von Nagasaki alarmierte und um Hilfe bat.

Es mochte keine besonders raffinierte Idee sein, und sie war auch nicht sehr elegant, aber sie würde funktionieren. Joe hatte nicht etwa vor, ein paar Knallfrösche zu zünden oder bengalische Feuer abzubrennen. In seiner umfangreichen Kollektion befanden sich Flaschenraketen mit dem Kaliber von Geschützgranaten, Sternenregen und Feuerräder, die auf dem Dach der Fabrik landen sollten, wo sie grün, rot und weiß aufflammten und sozusagen als Zugabe dichte Rauchwolken erzeugten. Und wenn das Dach der Fabrik scheinbar in Flammen stand, würde Hans Personal es nicht wagen, die Feuerwehren wieder wegzuschicken. In ihrem Schlepptau würde Joe sich unbemerkt in die Fabrik schleichen.

Allerdings hoffte er, dass es nicht dazu kommen würde. Seine Erfahrungen hatten ihn jedoch das Gegenteil gelehrt. »Komm schon, Kurt«, murmelte er. »Dies ist nicht der geeignete Abend, um sich die Zeit mit Drinks und erlesenen Speisen zu vertreiben.«

Kurz nachdem er das Fernglas heruntergenommen und beiseitegelegt hatte, entdeckte Joe Zavala etwas Neues. Es war eine dunkle Limousine, die sich auf der unbeleuchteten Zufahrtsstraße der Fabrik näherte.

Er richtete das Fernglas sofort auf den Wagen und verfolgte, wie er eine Straßenlaterne passierte und eine Laderampe an der Gebäudeseite ansteuerte. Joe, der auf der Stoßstange des Datsun gesessen hatte, sprang auf und suchte sich einen Punkt, von wo aus er einen besseren Blick auf die Laderampe hatte.

Die Limousine setzte rückwärts an die Rampe heran. Ein Mann stieg aus und kletterte auf die Rampe. An einer Tür neben der Laderampe betätigte er eine Klingel und begann, als nicht augenblicklich eine Reaktion erfolgte, mit den Fäusten gegen die Tür zu trommeln.

Über der Tür flammte eine Lampe auf und erhellte die Laderampe und den Bereich vor der Tür, aber Joe konnte von dem Mann nicht mehr sehen als seinen Rücken.

Die Tür wurde geöffnet. Ein Wachmann erschien, und ein kurzer Dialog entspann sich. Offensichtlich wurden nicht allzu freundliche Worte gewechselt.

Der Wachmann kehrte ins Gebäude zurück, und der ungehaltene Besucher wartete. Seine Ungeduld war ihm sogar auf diese Entfernung anzumerken.

»Dreh dich um«, flüsterte Joe beinahe flehend. »Was hast du schon zu verlieren?«

Der Mann rührte sich nicht vom Fleck, und Joe nutzte diesen kurzen Augenblick, um das Stativ mit der Kamera hochzuheben und es zu seinem neuen Beobachtungspunkt zu schleppen.

Als das Stativ wieder festen Stand hatte und die Kamera eingerichtet war, wurde wenig später abermals die Tür geöffnet. Diesmal erschien Walter Han selbst. Er kam heraus und ging zu der geparkten Limousine. Der Kofferraum wurde aufgeklappt, und Han holte einen länglichen Holzkasten heraus. Er legte den Kasten auf das Wagendach und öffnete ihn.

Joe justierte so präzise wie möglich die Entfernungseinstellung der Kamera und konnte schließlich den Inhalt des Holzkastens identifizieren. Es war ein glänzendes Schwert.

»Eine seltsame Tageszeit, um mit wertvollen Sammlerstücken zu handeln«, flüsterte Joe.

Nach einigen Sekunden nickte Han zustimmend, und der Kasten wurde zugeklappt.

Joe erwartete, dass er schon in wenigen Sekunden keine Chance mehr haben würde, den Fahrer der Limousine zu identifizieren. Er wagte sich näher an die Felskante heran, aber er konnte den Blickwinkel nicht ausreichend verändern, um das Gesicht zu sehen. Dann bemerkte er einen großen konvexen Spiegel an einem Ende der Laderampe. Mindestens einen solchen Spiegel gab es in nahezu jeder Ladezone. Sie halfen den Lastwagenfahrern beim Rangieren und ermöglichten ihnen, ihre Fahrzeuge so dicht wie möglich an die Rampe zu bugsieren, ohne mit ihr zu kollidieren.

Joe richtete das Kameraobjektiv auf den Spiegel, zoomte ihn so nahe wie möglich heran und fokussierte die Kameraoptik neu. Die Vergrößerung war so enorm, dass die geringste Erschütterung des Stativs das Bild auf dem Kameradisplay auf und ab tanzen ließ, daher ließ Joe die Kamera los und betrachtete den kleinen Bildschirm freihändig.

Diesmal waren seine Bemühungen von Erfolg gekrönt, und Joe erkannte den Fahrer auf Anhieb: Ushi-Oni. Dann machte er eine weitere überraschende Entdeckung. Ushi-Oni war nicht alleine gekommen: Ein Mitfahrer lehnte am Fenster der hinteren Seitentür des Wagens, als ob er schliefe.

Joe erkannte schwarzes Haar und wusste schlagartig, wer da unten in der Limousine saß. »Kommissar Nagano!«

Kein Wunder, dass er in seinem Büro nicht anzutreffen war und dass sein Assistent so besorgt geklungen hatte. Er lag halb auf dem Rücksitz von Ushi-Onis Wagen. Wie Joe außerdem erkennen konnte, hatte man ihm den Mund mit einem weißen Plastikstreifen zugeklebt.

Die Aktivitäten auf dem Parkplatz vor der Fabrik nahmen deutlich zu. Weitere Schwerter wurden aus dem Kofferraum geholt und ausgepackt. Einige steckten in Futteralen aus Leder, andere waren noch zusätzlich in Holzkisten verpackt worden. Ein offenbar altes Buch mit Ledereinband wurde auf die Motorhaube gelegt und aufgeschlagen. Han warf einen kurzen Blick hinein und nickte abermals zustimmend. Schließlich gab er seinen Wachen mit der Hand ein Zeichen. Das Einfahrtstor wurde geöffnet, und Ushi-Oni stieg in seinen Wagen und lenkte ihn hindurch.

38

Kurt Austin hatte den Waschraum der Garage aufgesucht, wo er duschte und sich wieder in einen salonfähigen Zustand versetzte. Zehn Runden im heißen Cockpit eines Rennwagens hatten seine Schweißproduktion so über die Maßen angekurbelt, dass er keinen trockenen Faden mehr am Leib hatte. Nachdem er wieder in sein Oberhemd geschlüpft war, unterzog er sein Äußeres in einem Spiegel einer sorgfältigen Überprüfung, als sein Mobiltelefon mit einem Summton auf sich aufmerksam machte.

Er zupfte die Smokingfliege zurecht, strich eine Falte unterhalb des Hemdkragens glatt und angelte das Telefon von der Ablage unter dem Spiegel. Joe Zavala meldete sich, kaum dass Kurt die Verbindung hergestellt hatte.

»Ich hasse es, wieder mal der Spielverderber zu sein«, sagte Joe, »aber ihr habt Besuch von jemandem, der eure Party stören will. Ushi-Oni ist soeben am Hinterausgang der Fabrik vorgefahren.«

Kurt dachte nicht einmal daran, Joe zu fragen, ob er sich dessen vollkommen sicher sei. Er hätte ganz sicher nicht angerufen, wenn er daran gezweifelt hätte. »Also ist es Nagano trotz Peilsender nicht gelungen, sich an seine Fersen zu heften.«

»Ich wünschte, das wäre der Fall«, sagte Joe bedauernd, »aber es sieht so aus, als ob sich das Blatt gewendet hätte und der Jäger vom Gejagten ausgeschaltet wurde. Ich habe Nagano auf dem Rücksitz von Onis Limousine gesehen.

Auf dem Mund ein Streifen Klebeband und die Hände gefesselt.«

»War er am Leben?«

»Kann ich nicht sagen. Er bewegte sich nicht.«

Kurt schaltete die Freisprechfunktion des Telefons ein, klemmte es sich unters Kinn und zog sein Dinnerjackett an. »Wo ist der Wagen jetzt?«

»Er fuhr durchs Tor und parkte hinter dem Ladebereich neben einem kleineren Gebäude.«

»Wie kommt man dorthin?«

»Du musst bis zur südwestlichen Ecke des Gebäudes gehen, in dem du dich momentan aufhältst.«

Kurt musste irgendeine Art von Ablenkung inszenieren. Er hatte eine Idee, die sich optimal mit den Utensilien kombinieren ließ, die Joe zur Verfügung standen. »Ich werde versuchen, schnellstens dorthin zu kommen. Geh in Position und halte dich bereit. Wenn sie das Gebäude verlassen, folge ihnen. Wenn sie sich nicht rühren und drinbleiben, dann gib mir zwei Minuten und starte das Feuerwerk.«

»Ich dachte mir, dass du wahrscheinlich Hilfe brauchen könntest«, sagte Joe. »Ich bereite jetzt die Abschussbasis für die erste Salve vor.«

»Zwei Minuten«, wiederholte Kurt warnend. »Keine Sekunde länger.«

Joe bestätigte, dass er ihn verstanden hatte, und trennte die Verbindung. Kurt verstaute das Telefon in der Innentasche seines Dinnerjacketts, richtete die französischen Manschetten, damit sie die vorgeschriebenen anderthalb Zentimeter aus dem Smokingärmel herausschauten, und verließ den Waschraum.

Akiko, die draußen gewartet hatte, unterhielt sich leise mit Gao. Walter Han war nirgendwo zu sehen.

»Ist die Einladung zum Dinner noch aktuell?«

»Ich bringe Sie zum Speisesaal«, sagte Gao. »Mr. Han wird Ihnen gleich Gesellschaft leisten.«

Kurt nickte und ergriff Akikos Hand. »Nur zu. Gehen Sie voraus. Wir folgen Ihnen.«

Gao durchquerte die Garage und steuerte auf die Türen zu, die in das Gebäude führten. Auf der Suche nach den Utensilien, die er für sein Vorhaben brauchte, ließ Kurt den Blick aufmerksam hin und her wandern. Auf ihrem Weg schlängelten sie sich zwischen Werkbänken hindurch. Werkzeugkisten mit sämtlichen mechanischen Hilfsmitteln der modernen Kfz-Technik waren vor einer Wand aufgestapelt, aber Kurt suchte nach einem ausgesprochen simplen Werkzeug.

Als er entdeckte, was ihm vorschwebte, gab er Akiko ein Zeichen, indem er leicht ihre Hand drückte.

Sie drehte den Kopf zur Seite und sah ihn fragend an.

Er deutete mit einem vielsagenden Kopfnicken auf Gao.

Die Augen der Japanerin weiteten sich.

Er hob eine Hand. *Warten Sie.*

Sie erreichten eine der Innentüren. Gao holte seine Schlüsselkarte hervor und hielt sie vor den Sensor. Die kleine Kontrolllampe neben der Tür wechselte von Rot auf Grün, und die Verriegelung sprang mit einem hörbaren Klicken auf.

Aber ehe er über die Schwelle treten und hindurchgehen konnte, versetzte ihm Kurt einen Handkantenschlag auf einen Punkt zwischen Halsansatz und Schulter. Die Handkante traf Gaos Oberschulterblattnerv und löste eine Suprascapularis-Lähmung seiner rechten Körperhälfte aus. Schlagartig hatte Gao das Gefühl, als ob alles, was sich auf der rechten Seite seiner Wirbelsäule befand, vollständig abgestorben sei, und sackte benommen zu Boden. Ein rechter Haken unter das Kinn schickte ihn endgültig bis zehn auf die Bretter.

»Der ist erst einmal weggetreten«, stellte Kurt zufrieden fest, nachdem er ihn kurz untersucht hatte, und nahm ihm die Schlüsselkarte aus der Hand. »Suchen Sie etwas, womit man ihm die Hände fesseln kann.«

Akiko entschied sich für ein Stromkabel und begann, Gao fachgerecht zu verschnüren. »Was tun wir jetzt?«, fragte sie. »Sie wissen, dass sie uns beobachten. Hier sind überall Kameras installiert. Denen entgeht nichts.«

»Was bedeutet, dass wir uns beeilen müssen.«

Kurt war mit wenigen schnellen Schritten bei einer der Werkbänke. An einem Ende stand ein Abfalleimer, der mit ölgetränkten Lappen gefüllt war. WD-40-Sprühdosen lagen kreuz und quer auf der Werkbank.

»Schnappen Sie sich eine der WD-40-Dosen, richten Sie den Sprühstrahl auf die Lappen und drücken Sie so lange auf das Ventil, bis die Dose leer ist«, wies er sie an.

Alles, was er jetzt noch brauchte, war ein Funken, der stark genug war. Diesen fand er bei der Batteriekarre, mit deren Hilfe sie die Motoren der Rennwagen angelassen hatten.

Während Akiko die Putzlumpen mit dem Schmiermittel tränkte, schob Kurt die Karre zur Werkbank hinüber, schaltete die Batterie ein und drückte die Kabelenden gegeneinander. Ein Funkenregen spritzte in alle Richtungen.

»Könnte es sein, dass ich plötzlich genau weiß, was Sie vorhaben?«

»Die Kerle haben Sie und Ihren Meister Kenzo ausgeräuchert«, sagte er. »Jetzt revanchieren wir uns dafür und tun mit ihnen das Gleiche.«

Kurt Austin ging um Akiko herum, hielt die Kabel hoch und führte sie in die Ölwolke, die aus der Sprühdose ausgestoßen wurde. Eine kurze Berührung der beiden Enden erzeugte einen neuen Funkenregen, und die Sprühdose verwandelte sich in einen kleinen Flammenwerfer.

Akiko hielt das Ventil kurz offen, ehe sie die Dose fallen ließ. Mittlerweile hatte sich der mit den Öllappen gefüllte Mülleimer in einen Feuerkessel verwandelt.

Kurt beförderte ihn mit einem gezielten Tritt unter eine Werkbank, damit das Feuer nicht gelöscht wurde, wenn die Sprinkler an der Hallendecke aktiviert wurden. Akiko warf die WD-40-Dose für alle Fälle hinterher.

»Lassen Sie uns lieber verschwinden«, entschied Kurt und eilte zur Tür.

»Und wohin, wenn ich fragen darf?«, erkundigte sich Akiko mit ruhiger Stimme, als ob derartige Situationen zu ihrem normalen Tagesablauf gehörten.

»Zur südwestlichen Ecke des Gebäudes«, antwortete Austin. »Joe hat dort einen Minibus gesehen, in dem Kriminalkommissar Nagano sitzt. Ich glaube, wir können zweifelsfrei davon ausgehen, dass er den Chauffeur nicht aus freiem Willen hierher begleitet hat.«

Kurt benutzte die Schlüsselkarte, um die Tür zu öffnen, zertrümmerte die Glasscheibe eines Feuermelders und zog den Alarmknauf heraus. Lichter begannen zu blinken, und eine Sirene stimmte ihr durchdringendes Heulen an.

»Warten Sie«, sagte Akiko.

Sie rannte in die Werkstatt zurück.

»Kommen Sie schon«, trieb Kurt sie an. »Wir haben keine Zeit.«

Sekunden später kehrte sie zurück, den bewusstlosen Gao hinter sich her schleifend.

»Ihm drohte keine Gefahr. Das Schläfchen hätte er sicher überlebt«, sagte Kurt. »Dieser moderne Bau brennt ganz sicher nicht genauso wie Ihre alte Burg.«

»Ich hatte nicht die Absicht, ihn zu retten«, erwiderte die Japanerin. »Wir brauchen einen Türstopper, wenn wir richtig Ärger machen wollen.«

Sie verkeilte den Bewusstlosen zwischen Tür und Türpfosten, wodurch der Türdurchgang offen blieb und die Halle sich mit Qualm füllte.

»Gute Idee«, sagte Kurt zu seiner Begleiterin. »Aber jetzt sollten wir uns schnellstens auf den Weg machen.«

Sie verließen den Ort des Geschehens und rannten durch einen langen Verbindungsgang nach Südwesten. Am Ende dieses Korridors standen sie plötzlich vor einer verschlossenen Feuertür, aber Gaos Schlüsselkarte öffnete auch diesen Ausgang. Sie durchquerten einen Raum, in dem offensichtlich die verschiedenen Prototypen der CNR entworfen wurden. Er war mit maßstabsgerechten Modellen und Computerworkstations angefüllt. Danach gelangten sie in eine Art Lobby mit mehreren Fahrstühlen sowie Türen auf drei Seiten – und auch der Tür, durch die sie hereingekommen waren.

Kurt eilte zu der Tür am anderen Ende der Halle und öffnete auch sie mit der Schlüsselkarte. Vor ihm erstreckte sich ein langer Korridor. Er sah vor sich nur Türen zu mehreren Büros und einen Konferenzraum.

Er wandte sich zu Akiko um, die ihn zu sich winkte. Sie hatte einen Fluchtplan für Notfälle gefunden, der an eine Wand gepappt worden war. Darauf befand sich der Grundriss der gesamten Etage.

»Ein dreifaches Hoch auf die japanische Version der Gewerbeaufsicht«, sagte Kurt.

Akiko blickte sich in dem Raum um und verglich das, was sie sah, mit dem Plan. »Das müsste der Raum sein, den wir suchen.«

Sie rannten zur Tür auf der rechten Seite, öffneten sie und blickten in einen langen Flur, der sich über die gesamte Front des Gebäudes erstreckte. Während sie seinem Verlauf im Sprinttempo folgten, sah Kurt die ersten von zahlreichen Leuchtkugeln und Phosphorraketen, die auf den Rasen vor der Fabrik herabregneten. »Es geht doch nichts über ein Feuerwerk«, sagte er. »Vor allem wenn es genau im richtigen Moment stattfindet.«

39

Joe Zavala hatte die Hälfte seines Feuerwerkarsenals auf Hans Fabrik abgeschossen, als er mit seinem Mobiltelefon die Notrufnummer der Feuerwehr wählte. Indem er sich der phonetischen Übersetzung bediente, die Akiko für ihn vorbereitet hatte, erklärte er, dass die CNR-Fabrik in Flammen stehe und eine Explosion drohe. Zumindest hoffte Joe, dass dies der Inhalt dessen war, was er der Notrufannahme mitzuteilen versuchte. Er wiederholte den Text noch zwei Mal, brach sich dabei fast die Zunge ab und beendete das Gespräch.

Dann holte er die zweite Batterie Startröhren aus dem Kofferraum, lud auch diese mit den großkalibrigen Flaschenraketen und richtete sie schräg abwärts auf das Fabrikdach vor ihm statt senkrecht in den Himmel. Ein Druck auf den Knopf zündete sämtliche Treibsätze gleichzeitig.

Der Massenstart hüllte den Aussichtspunkt mit wallenden Wolken grauen Qualms ein. Durch die Schwaden konnte Joe rote, weiße und violette Explosionen über dem Fabrikgebäude beobachten. Eine weitere Rakete, diese mit einem Pferdeschweif-Effekt, schlug auf dem Dach ein und zerplatzte zu einem goldenen Sternenregen. Zwischen dem Krachen und Knattern der Feuerwerkskörper konnte Joe schließlich die Sirenen der Feuerwehrwagen ausmachen, die sich bereits in den Außenbezirken der Stadt befanden und jeden Moment auf der Fabrikzufahrt in Sicht kommen müssten.

»Das dürfte ausreichen«, murmelte er zufrieden.

Dann nahm er die Kamera vom Stativ, klappte Letzteres zusammen, verstaute beides mitsamt dem Fernglas in den Kofferraum des Skyline und setzte sich hinters Lenkrad.

Die Sirenen wurden von Sekunde zu Sekunde lauter; er konnte die zuckenden Blaulichter eine oder zwei Meilen von der Fabrik entfernt auf der Hauptstraße erkennen, aber jetzt war es ein anderes Geräusch, das seine Aufmerksamkeit erregte.

Er sah sich suchend um und entdeckte über der Nagasaki Bay einen Lichtpunkt, der auf die Fabrik zusteuerte. Um das Chaos komplett zu machen, war ein Helikopter erschienen und setzte offenbar zur Landung an.

Joe startete den Motor und lenkte den Wagen mit durchdrehenden Reifen auf die Bergstraße. Wenn Hans Leute den japanischen Kriminalkommissar mit einem Hubschrauber herausholten, würde Joe ihn nie wiedersehen.

Gao-zhin war bereits wieder zu sich gekommen, als Walter Han und drei seiner Wachleute ihn fanden. Rauch wallte durch die offene Tür in den breiten Flur, und die Sprinkler versprühten einen dichten Wassernebel, der jedoch ohne Wirkung blieb, weil die Brandherde unter den Werkbänken zu gut versteckt waren.

»Befreien Sie ihn von seinen Fesseln«, befahl Han einem der Männer. »Und holen Sie jemanden, der das verdammte Feuer löscht!«

»Was ist passiert?«, fragte Gao benommen.

»Was meinen Sie denn, was passiert ist?«, schnappte Han. »Austin und die Frau haben Sie überrumpelt und den gesamten Laden in Brand gesetzt.«

Mittlerweile hatte ein Wachmann Gaos Hände losgebunden, ihn aufgerichtet und an die Wand gelehnt. Gao massierte seine Handgelenke, dann seinen Hals. »Vielleicht haben sie erkannt, dass ich sie per Video im Visier hatte.«

Han griff nach dem Medaillon, das um Gaos Hals hing. Es war unversehrt. Die Computerbrille, die er getragen hatte, lag ein paar Schritte entfernt auf dem Boden.

»Wenn sie tatsächlich bemerkt hätten, dass Sie Aufnahmen von ihnen machen, hätten sie wohl kaum Ihre Kameras zurückgelassen. Nein, dies hier war eine Verzweiflungstat. Sie entfachten ein Feuer, um die Polizei ins Gebäude zu holen. Damit wollten sie die Aufmerksamkeit auf uns lenken. Aber das macht nichts. Tatsächlich nützt es uns sogar, weil wir damit mehr Indizien haben, die wir gegen sie verwenden können. Haben Sie genug Videomaterial zusammenbekommen?«

Gao nickte. »Wir haben längere Bildsequenzen, Sprachaufzeichnungen, Bewegungsstudien. Alles, was wir brauchen, um ein Replikat herzustellen.«

»Gut«, sagte Han. »Ein Hubschrauber ist hierher unterwegs. Kehren Sie auf die Insel zurück und setzen Sie alle Hebel in Bewegung, um die Doppelgänger fertigzustellen und zum Leben zu erwecken.«

»Verstehe ich Sie richtig, dass Sie mehr als nur ein Replikat haben wollen?«

»Oni hat uns ein unbezahlbares Geschenk gemacht: Ich meine den Polizisten, der Austin geholfen hat, nach Tokio zurückzukehren. Ich möchte von ihm ebenfalls ein Replikat. Mit ihm in unserer Gewalt und seinem Replikat unter unserer Kontrolle wird es für die Polizei um einiges schwieriger, uns aufzuhalten, wenn wir den entscheidenden Schritt tun.«

Kurt und Akiko schafften es unbehelligt bis zur Lagerhalle. Dahinter befand sich die Laderampe.

Indem er sich abermals der Schlüsselkarte Gaos bediente, öffnete Kurt die letzte Tür. Eine Treppe führte in die Halle hinunter, wo Türme von Holzkisten und technischem Gerät aller Art den Eindruck einer miniaturisierten, aber zu diesem Zeitpunkt toten Stadt vermittelten.

Mehrere Fahrzeuge standen am fernen Ende der Halle.

»Wir müssen irgendeine Möglichkeit finden, von hier zu verschwinden, sobald wir uns Nagano geholt haben«, sagte Kurt. »Schauen Sie sich um, ob Sie irgendwo die Schlüssel von einem dieser Pkw oder Trucks finden.«

»Wenn nicht, kann ich einen kurzschließen«, sagte Akiko.

»Okay«, gab Kurt zurück. »Und wenn wir es uns aussuchen können, dann wäre etwas Solides, womit wir notfalls Stahltore und Ziegelmauern niederwalzen können, richtig nett, wenn nicht sogar absolut perfekt.«

»Ich tue mein Bestes«, versprach Akiko.

»Nach allem, was wir hier gesehen haben, brauche ich Sie sicherlich nicht eigens darauf aufmerksam zu machen, aber achten Sie auf alles, was nach automatisierter, sich selbst steuernder Technik aussieht. Wenn Han Maschinen einsetzen kann, um eine mit Waffen ausgerüstete Festung zu stürmen, dann ist es ihm auch ein Leichtes, alles, was mit Batterien betrieben wird und mit Kameras bestückt ist, zu etwas umzufunktionieren, das ihm heimlich Informationen über seine Gegner liefert. Ich denke an Bewegungsmelder, Infrarotscanner und so weiter.«

Akiko nickte und entfernte sich schnell und leise, um ihre Suchexpedition zu starten. Kurt schlug die andere Richtung ein. Sein Ziel war der Hinterausgang. Für einen

Moment presste er ein Ohr gegen die Tür und lauschte, dann öffnete er sie einen Spalt breit. Er sah Ushi-Oni, der gerade einige von Hans Wachmännern herumkommandierte. Er bellte wütende Befehle, während die Männer sich beeilten, den Kofferraum der Limousine zu leeren.

Zuerst holten sie einige längere schlanke Holzkästen heraus. Dann andere längliche Objekte in Lederhüllen. Die Kisten und die Lederfutterale stapelten sie erstaunlich behutsam auf einen Rollwagen, ehe sie die hintere Tür der Limousine öffneten und Kriminalkommissar Nagano herauszogen. Dabei behandelten sie ihn bei Weitem nicht so sorgsam wie den Kofferrauminhalt.

Naganos Beine gaben nach, und er sackte zu Boden. Dabei registrierte Kurt anhand der Nummernschilder, dass die Limousine offenbar zum Wagenpark der Regierung gehörte.

Einer der Männer brüllte Nagano an. Ein zweiter versetzte ihm einen Fußtritt, als sie versuchten, ihn auf die Beine zu stellen und zu zwingen, aus eigener Kraft zu stehen.

Wenigstens lebte er noch.

Kurt hoffte, dass einige der Männer die Schätze wegschafften, die sie ausgeladen hatten, aber sie blieben zusammen an Ort und Stelle. Und Kurt erkannte wenig später weshalb. Ein Helikopter sank vom Nachthimmel auf einen freien Teil der Betonfläche herab.

»Fünf gegen einen. Das nenne ich Überzahl.« Er suchte nach einer Möglichkeit, das Kräfteverhältnis ein wenig auszugleichen, und entschied sich, einen Gabelstapler zu benutzen.

Das mit einem Elektromotor betriebene Fahrzeug zu starten war einfach. Es zu lenken war ein wenig schwieriger. Aber er brauchte nicht so präzise zu navigieren wie während des Rennens auf dem Rundkurs.

Er setzte zurück, wendete und beschleunigte. Gleichzeitig aktivierte er die Hydraulik und fuhr am Hubmast den Gabelträger mit den beiden Zinken hoch, um sie als Angriffswaffen einzusetzen.

Er drehte eine Proberunde in der Lagerhalle, verließ sie durch eine offene Tür und nahm Ushi-Oni aufs Korn.

Der Dämon bemerkte ihn im letzten Moment und brachte sich mit einem verzweifelten Satz in Sicherheit. Zwei seiner Männer hatten weniger Glück. Die Tragzinken erwischte sie wie ein Zwillingsrammbock; dabei hatten sie Glück im Unglück: Sie wurden nicht aufgespießt.

Kurt setzte sofort zurück und lenkte nach rechts. Das dreirädrige Fahrzeug wendete überraschend schnell und praktisch auf der Stelle, dann schaltete die bis in Brusthöhe hochgefahrene Lastgabel einen weiteren von Hans Männern aus, indem sie ihn einfach beiseitefegte und ihm dabei mehrere Rippen brach.

Erste Schüsse fielen, ehe Kurt eine weitere Attacke fahren konnte. Querschläger, die ihm um die Ohren flogen, zwangen ihn, seine exponierte Position auf dem Fahrersitz des Gabelstaplers aufzugeben. Er sprang ab und rannte geduckt in Deckung. Als er wieder aufblickte, war der letzte Wachmann Walter Hans soeben im Begriff, Nagano zum Landeplatz des Hubschraubers zu schleppen.

Kurt erhob sich, um ihm zu folgen, aber Ushi-Oni versperrte ihm den Weg. Anstelle einer Pistole hatte er ein glänzendes *katana*-Schwert in der Faust.

Er schwenkte die Waffe vor Kurts Nase drohend hin und her. »Für den Samurai war eine Klinge wertlos, wenn sie einen Mann nicht mit einem einzigen Hieb halbieren konnte. Sie überprüften die Qualität ihrer Waffen gewöhnlich bei Gefangenen oder Verbrechern. Ich werde dieses Schwert an dir überprüfen.«

Er machte einen Ausfallschritt vorwärts, holte gleichzeitig mit dem Schwert aus und führte einen diagonalen Abwärtshieb aus. Kurt zog sich mit einem schnellen Sprung hinter den stehenden Gabelstapler zurück, und die Klinge prallte gegen den stählernen Käfig, der den Fahrer vor herabstürzenden Teilen der jeweiligen Traglast schützen sollte. Nach einer geeigneten Verteidigungswaffe Ausschau haltend, entdeckte Kurt ein Winkeleisen mit Haken zum Fixieren der Ladung auf den Tragarmen, das in einer Halterung seitlich am Fahrersitz steckte.

»Das wird dir auch nicht helfen«, kommentierte Oni spöttisch. Er wiederholte seinen Angriff und zielte auf Kurt Austins Kopf.

Kurt duckte sich und riss gleichzeitig das Brecheisen hoch. Es lenkte die Klinge ab und bewahrte ihn vor einem Treffer. Aber das Schwert kam aus der anderen Richtung zurück und prellte Kurt den Kuhfuß aus der Hand. Ein dritter Schwertstreich zwang ihn ein weiteres Mal, zu Boden zu hechten.

Er rollte sich ab, kam hoch und blutete. Sein Abenddress war zerfetzt, desgleichen sein Oberhemd, und aus einer Wunde in der Rückseite seines Oberarms quoll Blut hervor. Die Schwertspitze hatte eine derart feine Schnittwunde hinterlassen, dass Kurt kaum etwas davon spürte.

»Der nächste Schwertstreich wird dich deinen Kopf kosten«, kündigte Oni an.

Kurt bezweifelte es nicht, aber der Lärm der heranrasenden Feuerwehrwagen und des im Landeanflug befindlichen Hubschraubers machte ihm Hoffnung. »An Ihrer Stelle würde ich schnellstens von hier verschwinden. Wenn Sie für den Rest Ihres Lebens im Knast sitzen, werden Sie das Geld, das Walter Han Ihnen zahlt, kaum ausgeben können.«

Kurts Worte versetzten den Dämon in rasende Wut. Erneut pfiff die Schwertklinge durch die Luft. Kurt wich zur Seite aus und achtete darauf, dass der Gabelstapler sich zwischen ihm und Oni befand. Versuchte Oni sein Glück auf der einen Seite, bewegte Kurt sich zur anderen. Es war eine wirkungsvolle Verteidigungsstrategie, wenn mit baldiger Verstärkung zu rechnen war. Aber Kurt konnte nicht warten. Er musste angreifen. Am besten sofort.

Seine einzige Waffe war in diesem Augenblick der Gabelstapler. Er griff in den Schutzkäfig hinein, drückte mit einer Hand auf das Fahrpedal und kurbelte mit der anderen an dem kleinen Lenkrad. Der Gabelstapler bewegte sich zur Seite und drehte sich unkontrolliert. Oni machte mit einem der Tragzinken unsanft Bekanntschaft und wurde zur Seite gewischt, aber dann näherten sich weitere Mitarbeiter das Wachdienstes.

Kurt hatte keine andere Wahl. Er schwang sich wieder in den Fahrersitz, schaltete auf Rückwärtsfahrt und entfernte sich von Oni und den Wachmännern, während der Helikopter auf dem Landefeld aufsetzte. Er kehrte schnellstens in die Lagerhalle zurück, wo er sofort umzingelt wurde, doch nur für einen kurzen Moment, weil Akiko erschien und mit einem schweren Lastwagen durch die Kistenstapel brach.

Während Walter Hans Männer vor der Kistenlawine in Deckung gingen, kletterte Kurt Austin ins Führerhaus des Lkw, und Akiko setzte rückwärts aus der Halle. Sie überquerte den Parkplatz, walzte durch die Einfahrt und bog auf die Zufahrtsstraße ab, auf der ihnen die Feuerwehrfahrzeuge entgegenkamen.

»Fahren Sie weiter«, rief Kurt. »Halten Sie nicht an, auch nicht für die Polizei.«

Während sich die Japanerin auf die Straße konzentrierte, holte Kurt sein Mobiltelefon aus der Tasche, »Joe, wo bist du? Sie haben Nagano im Hubschrauber mitgenommen.«

»Ich hab's gesehen«, erwiderte Joe Zavala. »Ich versuche, an ihm dranzubleiben und sein Kennzeichen festzustellen. Aber das Problem ist, dass es keine Straße mehr gibt, auf der ich ihn weiterverfolgen kann.«

»In welche Richtung fliegen sie?«

»Nach Südwesten. An der Bucht entlang.«

Die Art und Weise, wie Joe Zavala den Skyline in der Gewalt hatte, als er ihn über die Straßen der ländlichen Randbezirke Nagasakis prügelte, stand Kurt Austins Fahrkünsten auf der CNR-Teststrecke in nichts nach. Hinzu kam, dass er im Gegensatz zu seinem Freund auch noch all die Probleme meistern musste, die der alltägliche Straßenverkehr bereithielt: andere Autos mit unberechenbaren Fahrern, Schlaglöcher an den unmöglichsten Stellen und Fußgänger, die sich nicht um Verkehrsregeln scherten. Immer wieder wurde er zu riskanten Überholmanövern gezwungen, wenn schwerfällige Autobusse oder Lkw seine Fahrspur verstopften und er den Hubschrauber vorübergehend aus den Augen verlor, weil er kurzzeitig hinter Bäumen verschwand.

Um den Kontakt zu seinem Jagdobjekt nicht zu verlieren, folgte er einer Einbahnstraße bergab gegen die Fahrtrichtung. Ihr Verlauf verriet ihm, dass sie sich zur Küste hinunterschlängelte.

Vor einer Biegung versperrte ihm ein hohes Gebäude die Sicht. Sekunden später kam am Ausgang der Kurve ein

Kleinwagen in gemütlichem Tempo direkt auf ihn zu. Ein wildes Hupkonzert überlagerte den Motorenlärm, und Joe konnte im letzten Moment in den Rinnstein ausweichen, wo er beinahe einen Feuerhydranten mitnahm. Danach nutzte er die erste Gelegenheit, um auf eine zweispurige Straße abzubiegen.

»Wo willst du hin?«, murmelte er und verrenkte sich fast den Hals, als er dem flüchtenden Hubschrauber nachblickte.

Schließlich entdeckte er ihn wieder weit draußen über dem Wasser; sein Kurs führte ihn hinaus aufs Meer.

Er fand eine weitere Straße – unbefestigt und nicht besonders vertrauenerweckend –, gab Gas und legte nur Sekunden später eine Vollbremsung hin, als die Lichtstrahlen seiner Scheinwerfer von einem Schild reflektiert wurden, das das Ende der Straße markierte. Die Reifen radierten tiefe Furchen in den Straßenbelag, der aus einer dünnen Geröllschicht bestand. Nur wenige Zentimeter vor einem knapp zwanzig Meter tiefen Abgrund kam der Skyline GT-R zum Stehen.

Joe schnappte sich das Fernglas vom Beifahrersitz und schälte sich aus dem Wagen. Er konnte den Helikopter noch für etwa eine halbe Minute am nächtlichen Himmel verfolgen. Dann erloschen seine Positionslichter, er wurde von der Dunkelheit verschluckt und tauchte nicht wieder auf, obgleich Joe Zavala für mindestens weitere zwanzig Minuten den Himmel mit seinem Fernglas absuchte.

40

Die Räumlichkeiten der geowissenschaftlichen Abteilung befanden sich im Tiefparterre der NUMA-Zentrale in Washington, D. C. Dass die Earth Studies dort unten residierten, hatte ausschließlich praktische Gründe. Da die Arbeit der Abteilung stark experimentorientiert war, nahm sie sehr viel Raum ein und verfügte über einen umfangreichen Maschinenpark und andere großkalibrige Einrichtungen wie zum Beispiel großvolumige Behälter – teilweise sogar mit Swimming-Pool-Maßen –, die mit Wasser, Sand, Lehm und verschiedenen anderen Bodenarten gefüllt waren.

Tsunami-Studien, seismographische Analysen und die genaue Untersuchung verschiedener Erosionsformen machten es erforderlich, dass Teile des Labors künstlichen Erdbeben, Schlechtwetterphasen und Überschwemmungen ausgesetzt waren, und niemand konnte sich mit dem Gedanken anfreunden, dass die Ausläufer einer Kawenzmann-Simulation durch die Decke sickerten und auf die Schreibtische der Mitarbeiter in der darunterliegenden Etage tropften.

Als Rudi Gunn den Fahrstuhl verließ und den Laborbereich betrat, hielt er auf dem ohnehin schon glatten Fußbodenbelag vorsichtshalber Ausschau nach Wasserpfützen. Er fand nichts dergleichen und ging weiter zur Geologie-Abteilung, wo zwei der fähigsten NUMA-Köpfe die ganze Nacht hindurch bis in die frühen Morgenstunden gearbeitet hatten. Sein Weg führte ihn zuerst zu Robert Henleys Schreibtisch.

Henley war einer der Meeresgeologen, die unter Paul Trouts Ägide arbeiteten. Hager und bleich wie ein Gespenst, trug Henley sein blondes Haar lang und seinen Bart sogar noch länger. Damit sah er wie ein dem Hungertod geweihter nordischer Prinz aus.

»Guten Morgen, Henley.«

»Ist es schon so weit? Ich hatte gehofft, dass es draußen noch dunkel ist.«

»Gerade geht die Sonne auf. Es war eine freudige Überraschung, als ich sozusagen zur Begrüßung Ihre Nachricht erhielt. Wenn ich sie richtig verstanden habe, können Sie und Priya mir etwas zeigen.«

»Wir glauben zu wissen, woher das Wasser kommt, das in den Ozean austritt.«

»Das ist eine gute Nachricht«, sagte Rudi Gunn.

Henleys Miene war ernst. »Sie sollten mit einer solchen Bewertung lieber warten, bis Sie sämtliche Details kennen«, sagte er. »Priya kann es Ihnen erklären. Es war ihre Theorie, der wir gefolgt sind.«

Henley streckte die magere Hand aus und drückte auf den Knopf der Sprechanlage. »Rudi ist hier«, sagte er. »Sind Sie bereit, ihm zu berichten, was wir gefunden haben?«

»Ich bin gleich bei Ihnen«, erwiderte eine Stimme auf Englisch.

Während Henley einige Papiere auf seinem Schreibtisch ordnete, sah Rudi schon von Weitem, wie Priya Kashmir um die Flurecke bog und sich näherte.

Priya war Inderin, in Mumbai geboren, aber in London

aufgewachsen. Ein Jahr hatte sie in Oxford verbracht, ehe sie zum MIT gewechselt war. Sie hatte dunkle Augen, hohe Wangenknochen und ausgeprägte volle Lippen. Ihr mahagonifarbenes Haar trug sie zurzeit schulterlang, und ein kleiner Diamant glitzerte in ihrem rechten Nasenflügel, wo sie sich vor Kurzem ein Piercing hatte setzen lassen.

Es wäre einfach gewesen, sie als schön zu bezeichnen. Einfach und ein Bärendienst. Sie besaß sämtliche klassischen Schönheitsattribute und zeigte ein verführerisches Lächeln, aber ihre Schönheit war neben ihrem Intellekt absolut zweitrangig und vielleicht sogar drittrangig im Vergleich mit ihrer Zielstrebigkeit und ihrem Ehrgeiz.

Priya hatte ihr Studium am MIT als Beste ihrer Klasse abgeschlossen, während sie gleichzeitig eine Stiftung gründete, die es sich zur Aufgabe machte, Kindern aus armen Familien auf dem Land Lernmaterial zur Verfügung zu stellen. Sie war auch eine beachtliche Athletin, errang zahlreiche Trophäen im Kurzstreckenlauf und im Schwimmen. Praktisch nebenbei erwarb sie ihren Master of Arts.

Rudi Gunn hatte sie schon nach einem einzigen Bewerbungsgespräch engagiert, und es sollte nur noch wenige Wochen dauern, bis sie bei der NUMA anfangen würde, als sie sich bei einem schrecklichen Autounfall eine schwere Wirbelsäulenverletzung zuzog. Fünf Operationen und sechs Monate schmerzhaftester Rehabilitations-Therapien hatten es nicht geschafft, ihre Beweglichkeit wiederherzustellen – obgleich ein Anflug von Gefühl in ihre Zehen zurückgekehrt war, was sie neue Hoffnung schöpfen ließ.

Vor die Wahl gestellt, an Bord zu kommen oder ihr Genesungsprogramm fortzusetzen, hatte sie Rudi Gunns Angebot angenommen, mit der Arbeit anzufangen, und war bisher die meiste Zeit in Hiram Yaegers Computerlabor tätig gewesen. Dabei hatte sie die besondere Fähigkeit entwickelt, sich bei der Lösung von Problemen auf Bereiche zu konzentrieren, die von anderen gerne übersehen wurden. Aus diesem Grund hatte Rudi sie für die Dauer von Pauls Abwesenheit dem Geologie-Team zugeteilt.

Sie saß in ihrem Rollstuhl und kam, angetrieben von kraftvollen Armstößen, zügig durch den Flur. Den Rollstuhl hatte sie selbst entworfen. Er war dem entsprechenden Sportgerät nachempfunden, das mit Vorliebe von behinderten Leistungssportlern benutzt wurde – und wurde allein durch Muskelkraft angetrieben anstatt von einem Batteriepack.

Lässig gekleidet, mit einem hellgrauen ärmellosen Top und Bluejeans, kam sie zu Rudi Gunn und Robert Henley. Letzterer konnte die Augen nicht von ihr lassen. Was Priya nicht entging. »Was starren Sie so, Robert?«

»Sorry«, sagte Henley. »Ich kann einfach nicht entscheiden, um was ich Sie mehr beneide – um Ihre perfekte Sonnenbräune oder um Ihre muskulösen Arme.«

Priya sah den Geologen überrascht an und lächelte. »Das ist das netteste Kompliment, das ich je gehört habe. Die braune Hautfarbe habe ich von meiner Mum und meinem Dad. Die Bizeps sind allein mein Produkt. Fahren Sie für eine Weile in einem dieser Dinger durch die Gegend, und Sie werden im Nullkommanichts zu einem richtigen Athleten.«

»Ich würde es nicht mal aus meinem Zimmer herausschaffen«, gestand Henley. »Meine Arme sind wie nasse Nudeln.«

Rudi räusperte sich und rückte ins Zentrum der Aufmerksamkeit. »Wenn ich richtig informiert wurde, haben Sie beide etwas herausgefunden. Trifft das zu?«

»Ja«, sagte Priya. »Aber ich bin mir nicht sicher, ob es eine gute Neuigkeit ist.«

»Ich habe ihn schon gewarnt«, warf Henley ein.

»Gefühlsäußerungen können erst einmal warten«, sagte Rudi. »Zuerst brauchen wir Antworten. Was haben Sie anzubieten?«

Priya schaltete auf einen streng sachlichen Tonfall um. »Fangen wir mit dem an, was wir nicht gefunden haben. Die erste Möglichkeit, die wir ins Auge fassten, war ein unterseeischer Grundwasserleiter, den die Chinesen ungewollt angezapft haben. Er hätte unglaublich groß sein und unter massivem Druck stehen müssen, um ein solches Geysirfeld entstehen zu lassen, wie Paul und Gamay es beschrieben und aufgezeichnet haben. So etwas auf lange Sicht zu verbergen ist, gelinde ausgedrückt, sehr schwierig. Wir haben uns daraufhin einige Karten angesehen, die von den Japanern im Laufe entsprechender Meeresbodenuntersuchungen angefertigt wurden. Das dargestellte Gebiet reicht nicht sehr weit in chinesisches Territorium hinein, aber nichts deutet auf eine größere Menge unter Druck stehenden Grundwassers unter der Kontinentalplatte hin. Also sind wir weiter in die Tiefe vorgedrungen.«

An dieser Stelle ergriff Henley das Wort. »Wir ›borgten‹ uns ein paar Daten von einem Ölsuchunternehmen aus, das die Region schon vor einigen Jahren kartographiert hatte. Bevor der Ölpreis in den Keller sackte, suchte man nach tiefer liegenden Quellen. Diese Firma trieb es auf die Spitze. Sie interessierte sich für Kohlenwasserstoffvorkommen mehrere Meilen unterhalb des Meeresgrunds. Ich spreche von Lagern, die eigentlich nicht profitabel ausgebeutet werden können, es sei denn, der Ölpreis steigt in schwindelerregende Höhen. Einhundertfünfzig Dollar pro Barrel oder mehr.«

»Und?«

»Kein Öl«, sagte Henley. »Nur ein paar unbedeutende Erdgaslager auf der chinesischen Seite.«

»Und was ist mit Wasser?«, fragte Rudi Gunn.

»Auch kein Wasser, aber sie haben eine größere Anzahl vertikaler Spalten oder Risse gefunden, die tief in die Erdkruste eintauchten, tiefer jedenfalls, als sie mit ihren Untersuchungen vordringen konnten.«

»Vertikale Spalten?«

»Und zwar Spalten eines Typs, wie er mir noch nie zuvor begegnet ist«, sagte Henley und machte aus seiner Verwunderung kein Hehl. »Es gibt in sämtlichen geologischen Datenbanken nichts, was sich mit diesen Erscheinungen vergleichen lässt. Es sieht aus, als sei man bei der Untersuchung auf eine ganz neue Art von Gestein gestoßen. Hochinteressant und sicherlich einer gründlichen Analyse wert, aber kein unterseeischer Süßwasserozean.«

»Das brachte uns dazu, noch tiefer zu graben«, setzte Priya fort. »Und ich suchte nach Möglichkeiten nachzuprüfen, was sich dort unten befindet, ohne ein ROV hinunterschicken zu müssen. Wir kamen überein, nach Kenzo Fujiharas Z-Wellen Ausschau zu halten. Und wir haben sie gefunden. Offenbar verfügen einige der leistungsfähigeren Erdbebenwarten über die entsprechende technische Ausrüstung, um sie aufzuspüren, aber die Computerprogramme, die sie steuern, haben sie bisher immer ausgefiltert.«

»Weshalb?«

»Weil die Muster, die sie erzeugen, mit den Signalen identisch sind, die von Untertagebergbausystemen erzeugt werden, die mit hochintensiven Schallwellen arbeiten.«

»Geht es um Bergbau?«

Priya nickte.

»Also das ist es, was die Chinesen da unten betrieben haben.«

»Es scheint so«, bestätigte Priya. »Ich fürchte jedoch, dies ist nicht die interessanteste oder verblüffendste Neuigkeit. Als wir die reinen, ungefilterten Daten abriefen und sie von einem Programm überprüfen ließen, das Robert entwickelt hatte, konnten wir die Tiefe und Richtung der Z-Wellen bestimmen. Und was wir gefunden haben, war schlichtweg unglaublich. Die Z-Wellen breiten sich vertikal nach unten in die Erdkruste aus und kehren auch vertikal wieder zurück.«

»Und wie tief dringen sie ein?«, wollte Rudi wissen.

Henley übernahm es zu antworten. »Durch die Kruste und den oberen Mantel bis in einen Bereich hinein, der Mantelübergangszone genannt wird. Mindestens zweihundertsechzig Kilometer unter der Erdoberfläche. Am unteren Rand der Mantelübergangszone werden die Z-Wellen von dichterem Gestein reflektiert und zur Oberfläche zurückgeworfen. Dabei erzeugen sie in beiden Richtungen – hinein und heraus – eine harmonische Schwingung. Und diese Vibration übt eine nachhaltige – zerstörerische – Wirkung auf ein spezielles Mineral innerhalb der Mantelübergangszone aus.«

»Von welchem Mineral reden wir?«

»Schon mal etwas von Ringwoodit gehört?«

»Ring-woo-dit?« Rudi schüttelte den Kopf.

»Es handelt sich um ein kristallines Mineral ähnlich dem Olivin, das ausschließlich unter extrem hohem Druck entsteht. Zu finden ist es in der Mantelübergangszone unter der oberen Mantelschicht. Im Jahr 2014 fanden Geologen, die einen Diamanten untersuchten, der durch eine vulkanische Eruption den Weg zur Erdoberfläche gefunden hatte, in seinem Innern einen Einschluss aus Ringwoodit. Zu ihrer Überraschung jedoch nicht nur dieses Mineral; es enthielt auch noch eine besondere Form von Wasser.«

Priya Kashmir übernahm es, Henleys Ausführungen zu beenden. »Dieser Fund führte zu weiteren Untersuchungen. Nämlich festzustellen, wie viel Ringwoodit in der Mantelschicht vorhanden ist und wie viel davon Wasser enthält. Die Forschungsgruppen, die sich mit dieser Frage befassten, benutzten seismische Aktivitäten als Ultraschallgeneratoren und maßen die Ergebnisse über einen Zeitabschnitt von mehreren Monaten. Sie entdeckten, dass die gesamte Mantelübergangszone – mehr als zweihundert Kilometer dick – mit Ringwoodit durchsetzt ist und der größte Anteil davon Wasser enthält beziehungsweise bindet. Normalerweise befindet es sich unter immensem Druck und wird durch die Gesteinsschichten darüber eingekapselt. Man kann sich das Ganze vorstellen wie Sprudelwasser in einer verschraubten Flasche. Aber durch die chinesischen Bergbauaktivitäten sind Risse im Gestein entstanden – bis hinein in die Mantelübergangszone. Der Verschluss ist zerbrochen – der Druck wurde freigesetzt.«

»Und das Wasser offenbar ebenfalls«, sagte Rudi, als er begriff, worauf die Erklärung hinauslief. »Das unter diesem ungeheuren Druck durch die Erdkruste aufsteigt. Das würde auch das Geysirfeld erklären, das wir in der Videosequenz gesehen haben. Und wir erhalten eine vage Vorstellung davon, wie dieser Vorgang gestoppt werden kann oder wie schlimm es noch wird. Ich weiß nicht, weshalb Sie einen so deprimierten Eindruck machen. Ich betrachte das Ganze keinesfalls als schlechte Nachricht.«

»Aber das sollten Sie vielleicht«, sagte Robert Henley. »Wir haben es hier nicht mit einer Ölquelle zu tun, die verschlossen werden kann, oder mit einem unterirdischen See, aus dem noch für einige Zeit Wasser austritt und der irgendwann austrocknet. Die Mantelübergangszone enthält eine Riesenmenge Wasser. Eine beinahe *unauslotbare* Menge – um einen nautischen Begriff zu benutzen.«

»Ich brauche Zahlen«, sagte Rudi Gunn. »Mit welcher konkreten Wassermenge müssen wir rechnen?«

»Etwa mit dem Dreifachen dessen, was die Weltmeere, sämtliche Flüsse und Seen inklusive der Polkappen enthalten. Wenn alles zur Erdoberfläche austräte, würden sämtliche Festlandmassen der Erde komplett überflutet. Das Ergebnis wäre ein Wasserplanet, eine glänzende blaue Kugel ohne auch nur eine einzige Insel. Sogar der Gipfel des Mount Everest, des höchsten Berges der Erde, hätte noch viertausend Meter Wasser über sich.«

Rudi Gunn ließ sich zu keiner spontanen Reaktion hinreißen. Er wusste, dass Henley dazu neigte, Katastrophen vorauszusagen – er ähnelte Hamlet, dem Dänenprinzen, und zwar nicht nur im Aussehen, denn auch er hatte eine durch und durch pessimistische Weltsicht. Aber der Mann war ein erstrangiger Wissenschaftler. Er manipulierte keine Zahlen, sondern pflegte im Grunde nichts anderes zu tun, als seine Prognosen am jeweiligen schlimmstmöglichen Resultat zu orientieren.

Priya Kashmir hingegen war die ewige Optimistin. Es gehörte zu ihrer Natur, daran zu glauben, dass nichts so schlecht war, wie es auf den ersten Blick erschien, und dass es nichts gab, was man nicht irgendwie in den Griff bekommen konnte. Daher richtete Rudi seine nächste Frage an sie. »Wie wahrscheinlich ist eine solche Entwicklung?«

»Nicht sehr«, antwortete Priya mit einem Seitenblick zu Henley. »Aber wenn nur fünf Prozent des in der Mantelübergangsschicht gebundenen Wassers zur Erdoberfläche gelangen ... na ja, dann wird der Meeresspiegel um etwa siebenhundert Meter ansteigen.«

»Siebenhundert Meter?«, sagte Rudi ungläubig.

Priya nickte.

»Und wie groß ist die Wahrscheinlichkeit, dass fünf Prozent Wasser aus dieser Gesteinsschicht freigesetzt werden?«

Priya zuckte die Achseln. »Das lässt sich unmöglich beantworten. Niemand hat bisher ein solches Phänomen beobachtet. Im Grunde wissen wir nicht genau, was im Augenblick geschieht. Nur eines ist absolut sicher – es wird schlimmer. Der Meeresanstieg hat sich während des letzten halben Jahres beschleunigt, desgleichen in den letzten neunzig Tagen und weiter während der letzten fünf Wochen. Was Prognosen betrifft ... also, es ist im Grunde nur ein Rechenexempel. Eine fünfprozentige Freisetzung ist wahrscheinlicher als eine zehnprozentige. Vier Prozent sind noch wahrscheinlicher. Drei ... zwei ... ein Prozent ... Sie können es sich aussuchen. Ein einprozentiger Zufluss ist um einiges wahrscheinlicher als ein fünfprozentiger. Aber selbst in dieser Größenordnung – wenn nur ein einziger Tropfen von hundert aus der Mantelübergangszone zur Erdoberfläche aufsteigt – wird sich der Meeresspiegel um einhundertdreißig Meter heben.«

Henley konnte diese Prophezeiung mit weiteren düsteren Katastrophenszenarien untermauern. »Jede größere Küstenstadt der Welt wäre verloren, und nicht nur sie. Hinzu käme die halbe Landmasse Südamerikas, der größte Teil Nordeuropas sowie große Teile Nordamerikas, vor allem im Süden und entlang der dicht besiedelten Küsten.

Ganz zu schweigen von den am dichtesten besiedelten Bereichen Asiens und Indiens. Zwei Milliarden Menschen wären zur Umsiedlung gezwungen. Aber es wird nirgendwo genügend Platz übrig sein, wo sie sich niederlassen könnten, und es gibt nichts, womit man sie ernähren kann, selbst wenn sie eine Heimat fänden. Und als wäre das noch nicht schlimm genug ...«

Rudi Gunn schnitt ihm einfach das Wort ab. Was er in diesem Moment nicht brauchen konnte, war, dass Henley deprimierende Details aufzählte, was weiterhin mit der Menschheit geschehen würde. Wichtiger war, einen Weg zu finden, um diese Entwicklung zu stoppen. »Haben wir irgendeine Möglichkeit, irgendein Mittel, um diese aus dem Untergrund drohende Springflut aufzuhalten oder uns irgendwie davor zu schützen?«

»Auch das lässt sich nicht mit Sicherheit sagen«, meinte Priya. »Wir hätten sicherlich eine bessere Vorstellung von unseren Möglichkeiten, wenn wir wüssten, was genau die Chinesen da unten getrieben haben. Dabei müssen wir damit rechnen, dass sie etwas ausgelöst haben, was sich nicht mehr rückgängig machen lässt. Es ist, als hätten sie einen Geist aus der Flasche befreit, der sich jetzt weigert, dorthin zurückzukehren.«

Rudi studierte für einen Augenblick ihre Miene. Darin sah er Entschlossenheit, gepaart mit vernichtender Erkenntnis. Besser als er oder Henley wusste Priya, dass es Mächte gab, die der menschliche Wille – und auch jegliche noch so raffinierte Technologie – nicht kontrollieren konnte.

»Fassen Sie sämtliche verfügbaren Daten in einem Bericht zusammen«, verlangte Rudi Gunn schließlich. »Mehr noch, liefern Sie mir zwei Berichte. Einen mit sämtlichen technischen Daten und eine simplere Version, die von Laien und Politikern leichter verstanden wird. Ich brauche beides in spätestens einer Stunde.«

»Haben Sie die Absicht, damit an die Öffentlichkeit zu gehen?«, fragte Priya.

»Nein«, erwiderte Rudi. »Ich versuche etwas wesentlich Gefährlicheres. Ich werde diese Informationen nach China senden.«

41

Konzentriert blickte Kurt Austin auf die Karte, als könnte er sie allein mit der Kraft seines Willens zwingen, das Ziel von Walter Hans Helikopter zu enthüllen.

»Der Helikopter folgte diesem Kurs«, erklärte Joe Zavala und zeichnete mit der Maus eine Linie auf den Bildschirm. »Er überflog dieses Gebäude und entfernte sich in dieser Richtung über den Hafen hinweg aufs Meer.«

Die Linie verlief nach Südwesten.

»Vielleicht bringen sie Kommissar Nagano nach China«, nannte Akiko eine Möglichkeit.

»Wenn es so wäre, hätten sie einen seltsamen Kurs gewählt«, sagte Kurt. »Shanghai ist die nächste Stadt und wäre das logische Ziel, und das liegt im Westen.«

»Das ist viel zu weit entfernt«, sagte Joe. »Es war nur ein kleiner Helikopter. Ein Kurzstreckenmodell. Bis nach Shanghai müsste es mehr als fünfhundert Meilen zurücklegen. Unmöglich für die Maschine, das chinesische Festland von hier aus zu erreichen. Jedenfalls nicht im Direktflug.«

»Was ist mit Nachtanken?«, fragte Kurt.

Joe lehnte sich zurück. »Mir ist nichts aufgefallen, das darauf hingedeutet hätte, dass die Maschine in der Luft betankt werden kann, aber das schließt natürlich eine Zwischenlandung auf einem Schiff keinesfalls aus.«

»Genau daran hatte ich gedacht«, sagte Kurt. »Deshalb habe ich die Ship-tracker-Website aufgerufen.«

Nach dem Klick auf einen Button erschienen Position und Fahrtrichtung jedes Schiffes im Umkreis von einhundert Meilen um den Nagasaki Harbor auf dem Bildschirm. Die Karte reichte einhundert Meilen weit und konnte – wenn nötig – erweitert werden, aber das Problem war schon bald augenfällig.

»Da draußen müssen Hunderte Schiffe unterwegs sein«, sagte Akiko.

»Besitzt Walter Han nicht eine Jacht?«, fragte Joe.

Kurt sah online nach. »Genau genommen drei.«

»Scheint die richtige Adresse zu sein, um mit der Suche zu beginnen.«

Kurt tippte die Identifikationsnummern der Han-Jachten ins Suchfenster und erfragte die jeweiligen Positionen. Die Antwort erhielt er auf einer Weltkarte. »Eine Jacht liegt in Monaco, eine in Shanghai und eine wird zurzeit in Italien renoviert und modernisiert.«

»Demnach können wir seine Jachten als Flugziele ausschließen«, stellte Joe fest.

Kurt rief wieder den Startbildschirm auf. Indem er in schneller Folge auf einige Tasten tippte, startete er eine neue Suche. Diesmal eliminierte er alle Schiffe unter fünftausend Bruttoregistertonnen und löschte alle Schiffe, deren technische Möglichkeiten für eine Hubschrauberlandung nicht ausreichten. »Damit bleiben immerhin noch neunundvierzig Schiffe in einem Einhundert-Meilen-Radius übrig.«

»Wir können unmöglich neunundvierzig Schiffe durchsuchen.«

»Einige Schiffe lassen sich allein aufgrund ihrer Nationalität ausschließen«, sagte Kurt, während er weitertippte. »Wenn man davon ausgeht, dass Han niemals auf einem Schiff unter amerikanischer oder europäischer Flagge landen würde, reduziert sich die Anzahl der Möglichkeiten auf sechsundzwanzig.«

»Wie viele davon befinden sich zurzeit auf diesem Kursvektor?«, fragte Joe.

Kurt rief mit dem nächsten Tastenbefehl Joes Kurslinie wieder auf. »Neun«, meldete er überrascht. »Das nächste Schiff ist vierzehn Meilen entfernt im Norden und hat Kurs auf Nagasaki. Nicht hinaus aufs Meer.«

»Der Helikopter könnte den Kurs geändert haben«, gab Akiko zu bedenken. »Immerhin wissen wir, dass er seine Positionslichter ausgeschaltet hat.«

Kurt sah Joe fragend an. »Ist dir das nicht seltsam vorgekommen?«

»Nicht, wenn er nicht beobachtet werden wollte«, sagte Joe. »Verfolgen konnte ich ihn nur mit Hilfe seiner Positionslichter. Sobald sie gelöscht waren, verschwand der Vogel im wahrsten Sinne des Wortes vom Himmel.«

»Aber woher konnten Han oder der Pilot wissen, dass du ihnen auf den Fersen warst?«, fragte Kurt.

Nachdenklich runzelte Joe die Stirn. »Du hast recht. Das konnten sie gar nicht wissen. Warum also haben sie die Lichter ausgeschaltet?«

Kurt hatte eine Idee. »In welcher Höhe waren sie schätzungsweise unterwegs?«

»Eher niedrig«, antwortete Joe, »weniger als eintausend Fuß.«

»Waren sie im Steigflug?«

»Nicht dass ich wüsste. Sie flogen geradeaus und blieben, wie es aussah, in gleicher Höhe.«

Kurt wandte sich wieder der Karte auf dem Laptopbildschirm zu.

»Hast du eine Theorie?«, wollte Joe wissen.

Kurt nickte. Er sprang wieder zum Kursvektor zurück. »Ich glaube, sie sind so tief geflogen, weil sie von Nagasaki aus nicht mit einem Radar erfasst werden wollten. Und sie schalteten nicht deshalb die Lichter aus, weil sie nicht von dir gesehen werden wollten, sondern weil überhaupt niemand sie beobachten sollte. Und der einzige Grund für eine solche Flugweise ist der, dass man in Sichtweite vom Festland aus landen will und niemand etwas davon mitbekommen soll.«

Kurt suchte nach einer Insel, nicht nach einem Schiff. Aber auch an Inseln herrschte kein Mangel.

»Gunkanjima«, sagte Akiko.

Kurt und Joe schauten vom Bildschirm zu der Japanerin hoch.

»Kriegsschiff-Insel«, übersetzte sie. »Ihr offizieller Name lautet Hashima. Sie liegt ein paar Meilen vor der Küste. Die Insel war früher ein Steinkohlebergwerk. Früher einmal wohnten dort Tausende Arbeiter. Bergleute und ihre Familien. Die Insel wurde im Laufe der Zeit so dicht mit Betonbauten und Hafenanlagen befestigt, dass sie am Ende wie eine Festung erschien, die die Zufahrt zur Stadt sicherte. Darum hat man ihr diesen Spitznamen gegeben.«

Sie deutete auf Kurts Bildschirm, auf dem die Insel eingezeichnet war. Sie war sechzehn Meilen von Walter Hans Fabrik entfernt, aber weil sich ihr der Ausläufer der japanischen Hauptinsel entgegenschob, betrug der Abstand zur Küste nur wenige Meilen.

Kurt hatte schon von Hashima Island gehört. Sie galt als das dem Verfall preisgegebene Relikt einer längst versunkenen Ära und wurde oft als einer der gespenstischsten, einsamsten Orte der Welt bezeichnet. »Ich hatte angenommen, sie hätten die Insel längst in eine Touristenfalle umgewandelt.«

»Das hatten sie auch«, berichtete Akiko. »Sie war als Besuchsziel bis vor etwa einem Jahr ausgesprochen beliebt. Doch dann ergaben Messungen extrem hohe Werte an Asbeststaub, Arsen und anderen Giftstoffen im Erdboden und im Mauerwerk. Die Touristen, die in dieser Ministadt herumliefen, wirbelten diese Giftstoffe auf und atmeten sie ein.«

Kurt rief einen Zeitungsartikel über die rätselhafte Insel auf. »Die Bezirksregierung verhängte vor etwa elf Monaten eine totale Besuchersperre, drei Wochen nachdem Han und CNR ihre neue Fabrik eröffnet hatten. Irgendetwas sagt mir, dass das Ganze kein Zufall war.«

»Sich auf einen Zufall zu berufen ist das Vorrecht der Vertrauenswürdigen«, sagte Joe. »Alle anderen müssen damit leben, unter Verdacht zu stehen.«

Kurt überprüfte noch einmal den Flugkurs, den Joe in Erinnerung hatte. Er führte direkt nach Hashima Island, aber … »Auf der Flugroute liegen auch noch andere Inseln«, stellte Kurt Austin fest. »Takashima und Nakanoshima.«

»Takashima wurde befestigt und ist bewohnt«, informierte Akiko ihn. »Auf der Insel steht ein Museum. Außerdem gibt es dort ein kleines Hotel und größere Wohnhäuser.«

»Es dürfte schwierig sein, dort mit einem Hubschrauber zu landen, ohne aufzufallen«, sagte Joe.

»Nakanoshima ist jedoch nur ein kleiner Felsbuckel im Meer«, fügte sie hinzu. »Dort gibt es nicht einmal einen geeigneten Landeplatz.«

Während er sich das Satellitenbild einprägte, nickte Kurt Austin. »Wenn sie wirklich irgendwo da draußen sind, dann kommt als Landeplatz eigentlich nur diese Kriegsschiff-Insel in Frage.«

»Die Tatsache, dass sie kurz nach Hans Ankunft für die Öffentlichkeit geschlossen wurde, reicht mir als Beweis«, sagte Joe. »Aber weshalb hat er sich die Mühe gemacht, einen solchen Inselstandort einzurichten? Hier auf dem Festland besitzt er eine weitläufige, bestens verteidigte und bewachte Fabrik.«

»Weil er irgendetwas zu verbergen hat«, sagte Kurt, »etwas, dessen Entdeckung während einer japanischen Sicherheitsinspektion oder durch neugierige Fremde er nicht riskieren konnte.«

Kurt schüttelte den Kopf. »Damit stecken wir in einer Sackgasse. Han hat hier Freunde in den allerhöchsten Kreisen, sonst wäre es ihm niemals gelungen, die Insel schließen zu lassen. Alles, was wir bisher erreicht haben, ist, dass wir auf uns aufmerksam gemacht haben. Jetzt verbergen sie, was immer sie im Schilde führen, und verfüttern Nagano an die Haifische. Wir sind die einzige Hoffnung des Kriminalkommissars, und das bedeutet, dass wir auf die Insel kommen müssen, und zwar schnellstens.«

42

Drei Stunden später saßen Kurt Austin, Joe Zavala und
Akiko in einem Dreißig-Fuß-Bowrider mit starkem Innen-
bordmotor und überquerten die Bucht von Nagasaki. Der
v-förmige Rumpf schnitt durch die kabbeligen Wellen,
während sie einem Kurs folgten, der sie aufs Meer hinaus
und von der dunklen Insel wegführte.

Die Zeit war zu knapp bemessen, um die übliche High-
techausrüstung beim NUMA-Gerätewart zu bestellen, daher hatte Kurt mit Akikos Hilfe einen einschlägigen Aus-
statter ausfindig gemacht, der alle Arten von Wasser- und
Segelsportausrüstung im Angebot führte. Dort hatte er
das Powerboot, eine Tauchergrundausrüstung und noch
anderes technisches Gerät gemietet. Als besonderer Glücks-
fall erwies sich der Inhaber der Vermietung, der mit seinem
ausgeprägten technischen Verständnis Kurts Sonderwün-
sche erfüllen konnte. Natürlich hatte Kurt versprochen,
alles in heilem Zustand wieder zurückzugeben. Sollte
irgendetwas zu Schaden kommen, würden die Kosten von
der NUMA übernommen werden. Im Umgang mit den
meist missmutigen Mitarbeitern der Spesenbuchhaltung
hatte er schließlich ausreichend Erfahrung. Bisher hatte er
sie immer von der Notwendigkeit des von ihm getriebenen
Aufwands überzeugen können.

Akiko nahm den Platz am Ruder ein, während Kurt

Windrichtung und -stärke überprüfte und Joe die Tauch-ausrüstung für den Einsatz vorbereitete.

»Drehen Sie nach Nordwesten«, sagte Kurt. »Behalten Sie diesen Kurs für etwa zwei Meilen bei und machen Sie dann wieder kehrt in Richtung Insel.«

Akiko drehte das Ruderrad nach rechts, und das Boot legte sich in die Kurve. Als es wieder in Geradeausfahrt schwenkte und sich in die Horizontale aufrichtete, kam Joe vom Heck nach vorne.

»Ich bin mir zwar sicher, dass du genau weißt, was du tust, Amigo, aber die Insel liegt in dieser Richtung.« Er deutete mit dem Daumen über die Schulter hinter sich. »Und so wie es aussieht, haben wir eine verdammt lange Schwimmdistanz vor uns.«

»Das muss man dir lassen – wie immer wachsam wie ein Schießhund«, sagte Kurt, »aber nachdem ich Gelegenheit hatte, Hunderte Satellitenbilder und andere Fotos zu studieren, kann ich dir verraten, dass Schwimmen nicht die Art der Fortbewegung ist, mit der wir dorthin gelangen werden.«

Er holte den Laptop hervor und zeigte Joe eine Luftauf-nahme mit höchster Auflösung. »Die gesamte Insel wird von einem etwa fünfzehn Meter hohen Hafendamm kom-plett umschlossen, und der sorgt für Wellen, die dagegen anrennen und von ihm gebrochen werden, und kompli-zierten bis gefährlichen Strömungen, die durch dieses Hindernis entstehen. Wenn wir nicht gegen die Felsen und die Basis der Mauer geschmettert werden und so sofort zu Tode kommen, werden wir auf jeden Fall von der Strö-mung erfasst, daran entlanggerissen und in die Bucht zu-rückgewirbelt.«

Joe nickte. »Es gibt dort einen Kai und Stützpfeiler am

entfernteren Ende. Außerdem Treppen an drei verschiedenen Punkten. Die könnten wir doch benutzen.«

»Der Kai ist aus Beton und für ein größeres Schiff konstruiert«, sagte Kurt. »Von den Stützpfeilern sind nur noch ein Haufen Betontrümmer am äußersten Ende der Insel übrig. Und du weißt, was die Surfer sagen: Landspitzen ziehen die hohen Wellen an. Wir müssten gegen die Strömung und gegen die Brecher ankämpfen. Und was die Treppen betrifft, diese bieten die offensichtlichsten Zugangsmöglichkeiten auf der gesamten Insel. Wenn Han kein Narr ist, dürften die Treppen rund um die Uhr elektronisch unter Beobachtung stehen. Wahrscheinlich hat er dort auch noch Wachtposten aufgestellt, seien es welche aus Fleisch und Blut oder künstliche. Bei ihm muss man schließlich mit allem rechnen.«

»Weshalb schleppen wir dann die ganze Tauchausrüstung mit?«

»Wir brauchen eine Möglichkeit, wie wir die Insel schnellstens verlassen können, sobald wir dort unsere Mission beendet haben«, sagte Kurt. »Wenn wir Nagano finden und es schaffen, ihn herauszuholen, ehe die Gezeiten wechseln, erwartet uns ein angenehmer Ritt in die Bucht.«

»Ich höre mit Vergnügen, dass wir sogar eine Rückzugsstrategie haben«, sagte Joe in einem von Ironie triefenden Tonfall. »Dass vorausgedacht wird, beweist eine gewisse geistige Reife auf Seiten der Planungsinstanz. Aber wie kommen wir überhaupt auf die Insel?«

»Hast du dich nicht gefragt, weshalb ich ausgerechnet dieses Boot ausgesucht habe?«

»Es hat eine schöne Farbe. Und es sieht schnittig und elegant aus.«

»Außerdem liegt es stabil im Wasser, entwickelt eine

hohe Zugkraft und ist als Schleppfahrzeug ideal. Deshalb wird es mit Vorliebe von den Adrenalin-Junkies bei ihrem neuen Transport eingesetzt.«

»Und welcher sollte das sein?«

»Ich denke an Wingboarding.«

Joe Zavala starrte Kurt Austin mit großen Augen an. »Wingboarding?«

»Es ist so ähnlich wie Parasailing, nur hat man dabei anstelle eines runden Fallschirms einen lenkbaren Flächenfallschirm über dem Kopf und eine Art überdimensionales Wakeboard unter den Füßen.«

Jetzt konnte sich Joe auch erklären, was das tragflächenähnliche Brett zu bedeuten hatte, das quer über dem Bootsheck lag und an beiden Seiten weit über den schlanken Bootsrumpf hinausragte. Er hatte Kurt beim Einsteigen ins Boot keine Fragen dazu gestellt, weil er geglaubt hatte, es sei ein Teil der regulären Ausstattung, zum Beispiel wenn das Boot zum Hochseeangeln benutzt wurde.

»Soll das etwa heißen, dass wir fliegend auf die Insel gelangen?«

»Nein, wir *gleiten* auf die Insel«, korrigierte Kurt seinen Freund. »Wir stehen auf der Tragfläche, dem sogenannten Wingboard, das an einem Parasail-Schirm hängt. Beides ist durch eine Schleppleine mit dem Boot verbunden und wird von ihm hochgezogen. In unserem Fall wird Akiko das Boot lenken, während wir an Höhe gewinnen und uns dann in Richtung Insel schleppen. Wir kappen das Schleppseil etwa eine Meile weit draußen über dem Meer und reiten auf dem Seewind bis zur Insel. Anstatt aus dem Wasser aufzutauchen und an Land zu kriechen wie ein Amphibien-Duo, fallen wir wie ein Eulenpaar vom Himmel.«

»Und was ist, wenn sie über Radar verfügen?«

»Das wage ich zu bezweifeln«, sagte Kurt. »Die Insel gilt allgemein als vollkommen verlassen und für die Öffentlichkeit gesperrt. Sie werden dort kein Radarsystem, keinen konventionellen Suchscheinwerfer oder irgendetwas anderes Großes und Auffälliges installiert haben. Ganz sicher nichts, was sofort ins Auge fällt und ihre Anwesenheit verraten würde. Bestenfalls benutzen sie ein Überwachungssystem, bei dem versteckte Kameras und Bewegungsmelder zum Einsatz kommen. Aber ihre Aufmerksamkeit wird nach draußen gerichtet sein. Sie werden auf Eindringlinge achten, die sich von See aus der Insel nähern. Womit sie auf keinen Fall rechnen dürften, ist jemand, der sich bereits auf der Insel befindet und sich für das interessiert, was auf ihr vorgeht. Das Zentrum der Insel – ich denke an den Eingang zum Bergwerk – werden sie wohl kaum unter besonderer Beobachtung haben.«

»Demnach fliegen wir über ihre wahrscheinlich gesicherte Grenze hinweg, und was dann?«

Kurt holte aus einem Tragesack ein Objekt hervor, das wie eine Skibrille mit seltsam geformten Gläsern aussah. »In den Sichtscheiben befinden sich Infrarotsensoren. Wenn wir uns der Insel von oben nähern, liefern sie uns einen umfassenden Überblick. Was immer Walter Hans Leute da unten treiben – sie brauchen Licht, Strom und Maschinen. All diese Dinge erzeugen Wärme. Wärme, die man auf einer ansonsten kalten und verlassenen Insel leicht aufspüren kann.«

Joe nickte verstehend. »Wir suchen die Insel ab, während wir uns im Anflug befinden, und folgen dann der Wärmespur, als wäre sie die Yellow Brick Road im *Zauberer von Oz*.«

»Ich konzentriere mich auf die Suche«, sagte Kurt. »Du

machst den Piloten. Ich verlasse mich darauf, dass du uns dorthin fliegst. Und eine perfekte Landung hinlegst. Und zwar auf dem Dach eines dieser Gebäude.«

In schwarze Neoprenanzüge gehüllt, nahmen Kurt Austin und Joe Zavala ihre Positionen auf dem vier Meter breiten Tragflügel am Heck des Powerboots ein. Sie standen nebeneinander in Schritthaltung, mit einem Fuß vorne und dem anderen hinten und seitlich ausgestellt. Es war eine Haltung, in der sie ihr Gleichgewicht halten und die volle Kontrolle über den Tragflügel ausüben konnten.

Ein Gerätesack, den sie zwischen sich auf dem Wakeboard deponiert und gesichert hatten, damit er sich nicht selbstständig machte, enthielt neben Stablampen, die sie jedoch nur im äußersten Notfall benutzen könnten, die kompakten Sauerstoffflaschen, Tauchermasken und Schwimmflossen, die sie brauchten, um die Insel schwimmend hinter sich zu lassen, sobald sie Kriminalkommissar Nagano gefunden hatten und in Erfahrung bringen konnten, welche Absichten Han mit seinen augenblicklichen Aktivitäten verfolgte.

Sie schoben die Füße in dafür vorgesehene Halteschlaufen und ergriffen ein Paar Lenkschnüre, die ihnen erlaubten, das Wingboard auf Kurs zu halten und den Auftrieb des Parasail-Schirms zu steuern, der sich über ihren Köpfen aufblähen würde. Ein kurzes Video, das Kurt im Internet gefunden und heruntergeladen hatte, demonstrierte ihnen, wie sich der Tragflügel lenken ließ. Grundsätzlich galten für ihn die gleichen physikalischen Gesetze wie für ein Wakeboard, nur mit dem Unterschied, dass Letzteres über Wasser glitt und ein Wingboard durch die Luft schwebte.

»Das sieht nicht allzu schwierig aus«, sagte Joe, der ihrem Jungfernflug dennoch mit einer gewissen Skepsis entgegensah. Aber es war ja nicht das erste Mal, dass sie im Zuge ihrer Tätigkeit für die NUMA vollkommenes Neuland betraten. »Lehnt man sich nach links, wandert das Board nach links; will man nach rechts, muss man sein Körpergewicht nach rechts verlagern.«

»Wie nahe soll ich Sie heranbringen?«, fragte Akiko.

Kurt hatte bereits eine entsprechende Berechnung angestellt. »Ich denke, zwei Meilen wären ideal. Geben Sie uns ein Zeichen – einen Schlenker mit dem Boot zum Beispiel –, wenn Sie diesen Punkt erreicht haben. Dann ziehen wir die Reißleine.«

Ihre Augenbrauen ruckten hoch. »Zwei Meilen? Das ist aber noch ziemlich weit draußen.«

»Laut den Informationen, die ich im Internet finden konnte, hat dieses Fluggerät einen Gleitfaktor von zwölf zu eins. Wenn wir die gesamte Länge des Schleppseils nutzen, befinden wir uns in einer Höhe von etwa fünfzehnhundert Fuß über Ihnen. Also hoch genug für dreieinhalb Meilen Flugstrecke. Aber angesichts des Gegenwinds und der Tatsache, dass wir keine Zeit hatten, uns mit diesem Ding vertraut zu machen, und erst noch lernen müssen, es zu lenken, halte ich ein Sicherheitspolster für angebracht. Ich denke, zwei Meilen sind in diesem Fall ausreichend.«

Akiko nickte, warf einen Blick auf ihren GPS-Empfänger und schaute dann über die Schulter zu den beiden Männern. »Sind Sie bereit?«

Joe fasste sich an den Kopf und überprüfte den Sitz einer Brille, die er sich bereits auf die Stirn geschoben hatte. Es war ein ganz besonderes Nachtsichtmodell. Während Kurts Brille für die Suche nach Wärmequellen ideal war, besaß Joes Brille einen leistungsfähigen Restlichtverstärker. Wenn sie sich der Insel weit genug genähert hätten, würde Joe die Brille bis vor die Augen herunterschieben und nach einem geeigneten Landeplatz Ausschau halten.

Als er sicher sein konnte, dass die Nachtsichtbrille einsatzbereit war, gab Joe seinem Freund mit einem Daumen das Okay-Zeichen und ergriff mit beiden Händen das Lenkseil auf seiner Tragflächenseite.

Kurt folgte seinem Beispiel. »Schleppseil lösen.«

Mit der linken Hand am Speichenrad des Ruders schaute Akiko zum Bootsheck. Sie legte die rechte Hand auf den Hebel neben ihrem Sitz und zog daran.

Die Klammern, die das Wingboard samt Schleppseil und den Parasail-Schirm fixierten, schnappten auf, und der Parasail-Schirm entfaltete sich knatternd hinter Kurt und Joe, blähte sich auf, als er sich mit Luft füllte, und stieg über ihren Köpfen hoch. Sein Auftrieb bewirkte, dass sich die Leinen spannten, sie nach hinten rissen und das Wingboard unter ihren Füßen aus den Führungsschienen zogen.

Innerhalb eines Sekundenbruchteils hoben sie vom Boot ab und schwangen sich in die Höhe, während sich das Schleppseil von der Kabeltrommel im Bootsheck abwickelte.

Sie stiegen überraschend schnell, da Board und Schirm reichlich Auftrieb entwickelten. Als das Schleppseil auf seine gesamte Länge abgerollt war, sah Kurt das Lichtermeer von Nagasaki in seiner ganzen Pracht wie einen funkelnden Teppich unter sich, während er von dem Boot nicht mehr erkennen konnte als den weißen Schimmer der Heckwelle, die es hinter sich herzog.

Indem sie ihre Aktionen synchronisierten, übten er und

Joe einige Manöver. Das Wingboard reagierte wunschgemäß in perfektem Einklang mit dem Parasail-Schirm über ihren Köpfen, was nicht verwunderte, da dieser üblicherweise mit zwei Personen das Doppelte des Gewichts trug, das einem Wingboard zugemutet werden konnte. Der Himmelsritt durch die kühle Nachtluft verlief ohne die geringsten Störungen in perfektem Gleichmaß. Für Extremsportfanatiker hätte dieser Trip ewig dauern können, aber Kurt Austin und Joe Zavala konnten es kaum erwarten, endlich wieder festen Boden unter den Füßen zu haben und den Job zu erledigen, der vor ihnen lag.

»Bis jetzt ist alles noch pillepalle«, sagte Joe. Er brauchte seine Stimme nicht anzustrengen, weil in dem Luftpolster zwischen Wingboard und Parasail-Schirm vom Rauschen des Fahrtwinds nichts zu hören war. »Interessant wird es erst in dem Moment, wenn wir das Zugseil abwerfen. Wingboard und Parasail-Schirm sind versetzt angeordnet wie die Tragflächen eines antiken Doppeldeckers. Solange dar Parasail-Schirm mit Luft gefüllt ist, haben wir alles unter Kontrolle und können den Apparat steuern. Aber wenn unsere Reisegeschwindigkeit zu weit absinkt und der Schirm in sich zusammenfällt, dann stecken wir ganz schön in der Sch …«

Kurt blickte nach oben zu den eleganten Umrissen des Schirms, der sich wie ein Halbmond über ihnen spreizte. »Wenn es so weit kommen sollte, ziehen wir die Notleine und werfen das Board ab. Dann schrumpft zwar die Strecke, die wir oben bleiben können, aber dafür kommen wir mit dem Fallschirm einigermaßen sicher runter. Hast du schon einen geeigneten Landeplatz ausgeguckt?«

»Ich habe mir das Satellitenbild genau angesehen«, sagte Joe. »Ich habe auf der Insel vierzig Gebäude mit flachem

Dach gezählt. Jedes würde sich als Landeplatz eignen. Welches ich am Ende ansteuere, hängt von unserem Anflugwinkel ab. Ich entscheide mich erst, wenn wir ganz nahe dran sind.«

»Egal wo du runtergehst, ich bin auf jeden Falls dabei«, sagte Kurt. *Was bleibt mir auch anderes übrig*, dachte er und grinste verkniffen.

Er nahm die Hand von der Querstange seines Steuerseils und schaltete das Sprechfunkgerät ein, das er sich wie eine überdimensionale Armbanduhr um den Unterarm geschnallt hatte, und rief Akiko. »Nehmen Sie wieder Kurs auf die Insel. Achten Sie auf Ihr GPS-Gerät und machen Sie einen kleinen Schlenker, wenn wir bei zwei Meilen Abstand sind. Wir kappen dann das Schleppseil und legen den Rest des Weges aus eigener Kraft zurück. Sobald Sie spüren, dass wir nicht mehr am Boot hängen, holen Sie das Seil ein und kehren Sie in die Wasserstraße zwischen der Insel und Nagasaki zurück.«

»Okay«, drang die Stimme der Japanerin aus dem Minihörer, den Kurt sich ins Ohr geklemmt hatte. »Viel Glück.«

Die Lichter unter ihnen verblassten, und die Kiellinie beschrieb einen Schwenk nach links. Einige Sekunden verstrichen, bevor das Schleppseil sie in die gleiche Richtung zog. Sich gemeinsam nach links lehnend, manövrierten Kurt und Joe ihr Fluggerät in die Kurve. Während sie wieder auf geraden Kurs gingen, erschien die Insel in ihrem Gesichtsfeld. Doch in diesem Augenblick war sie nicht mehr als ein dunkler Schatten in dem gedämpften Schimmer der leicht bewegten See.

Gleichzeitig spürten sie, wie sie schneller wurden. Ein paar Sekunden später vollführte das Boot ein abruptes Schlängelmanöver.

»Das ist unser Signal«, sagte Kurt. »Wird schon schief-gehen.«

Er streckte die Hand aus und erfasste einen roten Hebel, mit dem sich im Notfall die Verbindung zwischen Wing-board und Schleppseil trennen ließ. Er zog an dem Hebel, aber ein Sicherheitssperrriegel verhinderte ein endgültiges Lösen der Verbindung. Erst als er ein zweites Mal an dem Hebel zog, sprang die Kupplung endgültig auf.

Das Seil kam mit einem metallischen Singen frei. Wing-board und Parasail-Schirm, von ihren Fesseln befreit, stie-gen auf und wurden deutlich langsamer.

Indem sie sich wie Snowboarder, die sich in eine Steil-hangabfahrt stürzen, nach vorne beugten, versetzten Kurt und Joe ihr Gerät in einen leichten Sinkflug. Die Kiellinie des Powerboots verschwand unter ihnen, als Akiko ab-drehte und sich entfernte, und schon bald war das einzige Geräusch, das Kurt und Joe hören konnten, der Wind, der an ihnen vorbeistrich, und dann kam noch das Rauschen des Blutes in ihren Ohren dazu.

»Es herrscht leichter Querwind«, sagte Joe. »Wir trei-ben nach Süden ab.«

Sie lehnten sich nach links, und das Brett kippte unter ihnen zur Seite. Für einen winzigen Moment fühlte es sich für sie so an, als würde es unter ihren Füßen wegrutschen, doch dann wurde offensichtlich, wie genial die Konstruk-tion aus zwei Tragflächen war, als der Parasail-Schirm über ihnen jedes überzogene Manöver des Wingboards korri-gierte.

Nachdem sie die Winddrift ausgeglichen hatten, steuer-ten sie für etwa dreißig Sekunden gegen und schwenkten dann auf ihren alten Kurs zurück. Das Gefühl war un-glaublich. Kurt Austin hatte in seinem Leben bisher über zweihundert Absprünge mit verschiedenen Fallschirmtypen ausgeführt. Er hatte sich mit einem Wingsuit im Basejumping versucht und war sogar eine ganz besondere Art von Einwegluftgleiter namens Lunatic Express geflogen, aber all diese Absprünge waren entweder mit hoher Geschwindigkeit und einem erhöhten Gefahrenmoment oder langsam und ausgesprochen friedlich erfolgt. Dieser Flug mit dem Wingboard lag irgendwo dazwischen. Einerseits verlief er weitgehend kontrollierbar, indem der Flugkörper – das Board – auf die geringste Gewichtsverlagerung reagierte, andererseits wohnte ihm, was die Geschwindigkeit betraf, eine gewisse Eleganz inne. Sie bewegten sich mit rund vierzig Meilen in der Stunde vorwärts, anstatt pfeilschnell vom Himmel zu stürzen, wie er es seinerzeit in einem Wingsuit getan hatte. »Das ist genauso, als würde man durch den Himmel surfen«, stellte er begeistert fest und musste an den Silver Surfer des gleichnamigen Marvel-Comics denken.

Joe grinste nicht weniger breit als Kurt. »Wenn wir diese Nacht lebend überstehen, mache ich diese Art der Fortbewegung zu meinem neuen Hobby.«

Kurt blickte auf die Zeituhr an seinem Handgelenk und dann auf den Höhenmesser. »Achthundert Fuß, und wir sind knapp über eine Minute in der Luft. Das heißt, dass wir die Hälfte des Weges geschafft haben.«

Während sie sich ihrem Ziel stetig näherten, wurde der zerklüftete Schatten der Insel größer und schien vor ihnen aus dem Meer aufzusteigen. Obgleich vollkommen im Dunkeln und nicht mehr als eine konturlose Masse, war ihre bedrohliche Ausstrahlung nahezu körperlich spürbar. Kurt konnte dort winzige Streifen weißer Gischt erkennen, wo das Meer gegen die Uferbefestigungen brandete. Als sich die ersten niedrigen Bauten aus der nächtlichen Schwärze schälten, erschienen sie wie die Bastionen einer Raubritterburg aus grauer Vorzeit.

»Ich glaube, es wird Zeit, etwas gegen unsere Blindheit zu tun«, sagte Kurt.

Er zog sich mit einer Hand die Gläser seiner Infrarotbrille über die Augen, während Joe das Gleiche mit seiner Nachtsichtbrille machte.

Plötzlich war die Insel unter Joe in ein milchig grünes Licht gebadet, in dem sich graue Schatten abzeichneten. Er konnte die Umrisse der Gebäude ausmachen, die engen mit Kletter- und Schlingpflanzen zugewucherten Gassen zwischen ihnen und überall kleine und große Geröllhaufen eingestürzter Mauern. Je näher sie der Insel kamen, desto deutlicher waren die Anzeichen vollständigen Verfalls zu erkennen.

Die Insel war im Jahr 1974 aufgegeben worden. Einige der Gebäude hatten sich schon zu diesem Zeitpunkt in einem völlig verwahrlosten Zustand befunden. Im Laufe ihrer Existenz waren mehrere Taifune und Hunderte Unwetter über die Insel hinweggefegt, und noch jetzt war ihr deutlich anzusehen, wie sie darunter gelitten hatte. Die Betonhüllen der Gebäude standen zwar noch, aber sie zerfielen rapide. Sämtliche Fenster waren zertrümmert, und die Pflanzen, die in den Rissen und Spalten Halt gefunden hatten, gaben sich alle Mühe zu zersprengen, was von den Ruinen noch übrig war.

»Kannst du mir irgendetwas über den Zustand der Dächer erzählen?«

»Nein. Oder besser, noch nicht«, sagte Joe und lehnte sich ein weiteres Mal nach links. »Wir sind noch zu weit entfernt.«

Für Kurt hingegen war die Insel so gut wie unsichtbar. Die nackten Betonmauern der Gebäude waren kälter als das Wasser des Ozeans ringsum, sodass die Insel wie ein schwarzer Abgrund in einem dunkelgrauen Feld erschien. Hier und da waren winzige helle Punkte zu erkennen, die auf vereinzelte Wärmequellen hinwiesen, aber aufgrund ihrer Größe entschied Kurt, dass es wahrscheinlich kleine Tiere oder Vögel waren, die auf der Insel lebten.

»Siehst du irgendeine Spur von der Yellow Brick Road?«, fragte Joe.

»Noch nicht einmal einen einzigen Munchkin oder geflügelten Affen«, musste Kurt ihn enttäuschen.

Er suchte die Insel systematisch ab, aber um jeden Zentimeter Grundfläche zu nutzen, waren die Häuser so dicht nebeneinander erbaut worden, dass er nicht bis aufs Straßenniveau hinunterblicken konnte. »Können wir vielleicht einen kleinen Schwenk nach rechts versuchen und dann gegen den Wind zurückkommen? Wir müssen wissen, was uns möglicherweise in den Gassen zwischen den Bauten erwartet.«

»Dann sollten wir uns beeilen«, sagte Joe. »Die Insel kommt rasend schnell näher.«

Sie verlagerten ihr Körpergewicht synchron nach rechts, und das Wingboard beschrieb eine elegante Kurve. Kurt konnte einen weitgehend ungehinderten Blick zwischen zahlreiche Gebäude erhaschen. Dabei entdeckte er einen matt leuchtenden Bereich und merkte sich, wo sich der Schein befand. »Schaffen wir es vielleicht noch ein Stück weiter?«

»Nicht länger als zehn Sekunden«, sagte Joe, »dann müssen wir unbedingt umkehren.«

Joe begann in Gedanken einen Countdown, während

Kurt den Blick hin und her wandern ließ und nach irgendwelchen Anzeichen von Aktivität suchte.

»Das war's«, meldete Joe, als er bei »null« ankam. »Scharf nach links.«

Joe legte sich mit dem Körper in die Kurve und spürte, wie Kurt das Gleiche tat. Während sie auf die Reaktion des Wingboards warteten, zogen sie an den Steuerseilen, sodass der doppelstöckige Gleiter hochstieg und gleichzeitig abdrehte. »Trimmen! Und geradeaus!«

Sie sanken jetzt schneller als zuvor und steigerten ihre Fluggeschwindigkeit. Die See blieb unter ihnen zurück, und die erste Reihe von Menschenhand erbauter Behausungen glitt nicht allzu weit entfernt unter ihrem Board vorbei.

»Wir sind zu schnell.«

Ein Zug an der Kontrollschnur des Parasail-Schirms stoppte den Sinkflug für einen Augenblick. Der Gleiter wurde angehoben, während seine Geschwindigkeit im selben Moment abnahm. Als sie wieder auf Kurs waren und den Sinkflug fortsetzten, erkannte Joe, dass sie im Begriff waren, die Landezone deutlich zu verfehlen.

»Das sieht überhaupt nicht gut aus«, sagte er. »Wir werden übers Ziel hinausschießen und gegen die Bergkette in der Mitte der Insel krachen. Wir müssen nach links ausweichen, die Insel vollständig überqueren und auf der freien Fläche am vorderen Ende landen.«

Joe ließ seinen Worten umgehend Taten folgen und setzte zu einem scharfen Schwenk an. Kurt reagierte sofort. Machte es ihm nach, und das Wingboard kurvte rasant auf die Lücke zwischen der Felswand und dem höchsten Gebäude auf der Insel zu.

Zu Joes Verblüffung vertraute Kurt noch immer auf seine Brille, die ihm ausschließlich thermale Abbilder seiner

Umgebung lieferte, befolgte jedoch Joes Anweisungen buchstabengetreu, während er weiterhin auf der Insel nach verräterischen Wärmequellen suchte.

»Du kannst dich wieder aufrichten«, sagte Joe.

Sie rauschten auf die Lücke zwischen der zentralen Bergspitze und einem hohen Gebäude links davon zu. Joe rechnete sich aus, dass die Lücke auf jeden Fall breit genug war und keinerlei Korrekturmanöver nötig wären, um sie gefahrlos zu passieren.

Plötzlich zog Kurt mit einem heftigen Ruck an den Lenkseilen. »Umdrehen! Schnell!«, rief er.

»Was? Warum?«

»Scharf links«, befahl Kurt und ließ sich weit nach links fallen.

Joe reagierte in gleicher Weise, und sie änderten die Flugrichtung des Wingboards. Es wurde eine Wende um einhundertachtzig Grad. Dabei büßten sie eine Menge Tempo und Vorwärtsschwung ein und riskierten beinahe einen Absturz.

Bäume, die seinerzeit auf dem Dach eines der Apartmenthäuser angepflanzt worden waren, um die Umgebung für die dort Lebenden ein wenig einladender zu gestalten, schleiften an der Unterseite des Wingboards entlang, und Joe suchte das Gelände vor ihnen nach einem geeigneten Ersatzlandeplatz ab.

Er entdeckte ein breites Dach etwa siebzig Meter direkt vor ihnen, musste jedoch erkennen, dass sie es bis dorthin niemals schaffen würden.

»Wir müssen nach rechts«, sagte er.

Sie bogen in diese Richtung ab, sanken weiter und setzten auf dem Dach eines anderen Gebäudes auf. Die Landung war so hart, dass sie wieder hochkatapultiert wurden, weiterrutschten und dann eine volle Drehung ausführten, nachdem die rechte Spitze des Wingboards mit einem Belüftungsrohr Kontakt bekommen hatte.

Joe wurde aus den Bindungen gerissen, die seine Füße fixierten und in Position hielten. Er stürzte auf das Dach, schlug einen Purzelbaum, rollte ein Stück weiter und verlor dabei seine Nachtsichtbrille.

Er blickte aus seiner liegenden Position auf und sah das Wingboard über das Dach gleiten, zur Ruhe kommen und hochsteigen, als sich eine Windbö unter dem Parasail-Schirm fing. Kurt stand noch immer in seinen Bindungen und raffte den Schirm so schnell er konnte zusammen.

Joa kam auf die Füße, rannte zu seinem Freund hinüber, erwischte das andere Ende des Parasail-Schirms und hängte sich mit seinem ganzen Gewicht daran. Der matratzenförmige Parasail-Schirm fiel in sich zusammen, und das Wingboard kam zur Ruhe und blieb liegen.

Ehe Joe die brennende Frage loswerden konnte, weshalb sich Kurt in letzter Sekunde zu einem solchen riskanten Manöver hatte hinreißen lassen, stieg auf der anderen Seite der zentralen Bergspitze ein Helikopter in den Nachthimmel und donnerte über ihre Köpfe hinweg. Dabei war von der Maschine mehr zu hören als zu sehen, da sie ihre sämtlichen Positionslichter gelöscht hatte.

»Tut mir leid, dass ich Anflug und bilderbuchmäßige Landung vermasselt habe, aber ich entdeckte gerade noch rechtzeitig die Wärmeblase der Motoren, ehe wir den Berg überquerten«, sagte Kurt. »Wären wir nur ein paar Sekunden länger auf unserem ursprünglichen Kurs geblieben, hätten wir aus ihren Rotoren Kleinholz gemacht. Wie wir nach einem solchen Kontakt ausgesehen hätten, wage ich mir lieber nicht vorzustellen.«

»Hoffentlich haben sie uns nicht gesehen«, sagte Joe und blickte in die Nacht. Der Motorenlärm des Helikopters war deutlich zu hören. Er flog in geringer Höhe und folgte einem geraden Kurs. Seine Positionslichter waren noch immer ausgeschaltet, und er entfernte sich von der Insel. Nichts deutete darauf hin, dass sie von seinem Piloten oder seinen anderen Insassen bemerkt worden waren. »Offenbar haben sie unseren Ausweichlandeplatz als Helipad benutzt. Verdammt enge Verhältnisse, um dort zu starten und zu landen. Wenn ich der Pilot wäre, würde ich mir mehr Sorgen wegen eines ausreichenden Seitenabstands machen, als darauf zu achten, was über mir ist oder was von oben runterkommt.«

»Sie wären längst zurückgekehrt, wenn sie uns entdeckt hätten«, sagte Kurt. »Sehen wir lieber zu, dass wir diesen Fallschirm verschwinden lassen.«

Kurt umwickelte das dicke Stoffbündel mit den Lenkseilen. Joe hob den Rand des Wingboards an und half Joe, den Parasail-Schirm darunterzuschieben. Anschließend vergewisserte sich Joe, dass ihr Kampfrucksack die Landung heil überstanden hatte, und schwang ihn sich über die Schulter. Dann orientierten sie sich und berieten sich kurz über ihre nächsten Schritte.

In der Ferne flammten die Lichter des Helikopters auf, als er einen kleinen Schwenk landeinwärts machte und auf die Stadt zusteuerte. »Anscheinend sehen sie keine Notwendigkeit, noch einmal zurückzukommen«, stellte Joe erleichtert fest. »Aber die wichtige Frage ist: Haben sie Nagano an Bord?«

Kurt schüttelte den Kopf. »Es würde keinen Sinn ergeben, ihn erst hierher mitzunehmen und ihn dann gleich wieder von hier wegzubringen. Dies war ein Pendelflug.

Ein Eiltransport. Er ist auf jeden Fall hier, und wahrscheinlich trifft das auch auf deinen alten Freund Ushi-Oni zu. Sie dürfen den Hubschrauber nicht allzu lange auf der Insel parken, ohne Gefahr zu laufen, dass er irgendjemandem auffällt.«

43

Ushi-Oni stand vor einem der Gebäude, die vom Verfall gezeichnet waren, und schaute dem Hubschrauber nach. Er wünschte sich, in diesem Augenblick ebenfalls in der Maschine zu sitzen, aber Han hatte ihn angewiesen zurückzubleiben, und versprochen, dass er schon bald mit der Bezahlung zurückkehren werde, vorausgesetzt die Schwerter seien echt.

Ich kann nur hoffen, dass sie das verdammt noch mal auch sind, dachte Ushi-Oni. Er hatte immerhin drei Polizisten und ein halbes Dutzend Shintō-Priester und -Mönche getötet, um sie in seinen Besitz zu bringen.

Er betrachtete das Schwert in seiner Hand. Es war das berühmte Honjo Masamune, wenn man dem Glauben schenken wollte, was ihm die Mönche kurz vor ihrem Tod verraten hatten. Ushi-Oni war sich dessen nicht sicher. Er konnte nicht leugnen, dass die Waffe leicht war. Mehr noch, wenn er sie hin und her schwenkte, schien es, als habe sie überhaupt kein Gewicht. Und wie sie glänzte!

Er stand inmitten von Ruinen. Wohin er seinen Blick auch richtete, er sah nur Bauschutt, Betontrümmer und ein nahezu undurchdringliches Geflecht von Schling- und Kletterpflanzen. Wolkenberge türmten sich aufeinander, und die Wolkendecke sank tiefer, während sich das angekündigte Unwetter näherte. Aber das Schwert fing das wenige Mondlicht ein, das durch die Wolkendecke schimmerte, und verstärkte es.

Es gab Gerüchte, dass Masamune zermahlene Edelsteine in seine Klingen eingearbeitet habe. Oni war sich nicht sicher, ob es zutraf, denn er konnte nichts dergleichen erkennen. Außerdem wären die Waffen durch einen solchen Akt spröde und damit für jeden Kampf nutzlos geworden – und doch leuchtete das Schwert, das er in der Hand hielt, in der Dunkelheit.

Eine verrostete Stahltür öffnete sich hinter ihm, und Walter Hans leitender Wissenschaftler, Gao-zhin, schob den Kopf heraus. Sein Gesicht hatte etwas Wildes, Ungezügeltes. Wie die Umgebung, in der sie sich befanden. Er erinnerte Ushi-Oni in diesem Augenblick an eine Ratte, die aus ihrem Loch herausschaute.

»Sie müssen mitkommen«, forderte Gao ihn auf. »Han will, dass alle sich drinnen aufhalten.«

Ushi-Oni schüttelte den Kopf. Für enge geschlossene Räume hatte er nichts übrig. Eine Folge der langen Zeit, die er in verschiedenen Gefängnissen gesessen hatte. Außerdem schwitzte er plötzlich. Das Fieber kehrte zurück. Er brauchte unbedingt stärkere Antibiotika. »Gehen Sie rein. Ich bleibe noch hier draußen.«

»Wie Sie wollen«, sagte Goa. »Aber wir brauchen jetzt das Schwert. Wir müssen im Labor seine chemische Zusammensetzung analysieren.«

Anstatt Gao das Schwert zu reichen, streckte Oni es dem kleinwüchsigen Wissenschaftler entgegen, bis seine Spitze nur einen Zentimeter vor Gaos Brust zitterte. »Erst nachdem ich ausgezahlt wurde.«

Gao wich zurück und ging auf sichere Distanz zur Klinge. Er musterte Oni ein letztes Mal kommentarlos, dann zuckte er die Achseln, zog sich ins Treppenhaus zurück und schloss die verwitterte Holztür hinter sich.

Oni nahm seine Umgebung in Augenschein. Viel war von dort aus, wo er in diesem Moment stand, nicht zu erkennen, nur verlassene Wohntürme und in der Mitte der Insel ein zerklüfteter Bergrücken, der von den Bergleuten ausgehöhlt worden war. Dennoch schien es, als wartete die Inselruine darauf, irgendwann wieder zum Leben erweckt zu werden, um wenigstens einen Teil ihrer alten Würde zurückzugewinnen.

Oni konnte den Regen bereits riechen, der jeden Augenblick einsetzen würde, aber es machte ihm nichts aus. Vielleicht half er sogar, sein Fieber zu senken. Während er wahllos eine Richtung einschlug, überquerte er den freien Platz, auf dem der Hubschrauber gelandet war, und wanderte in die Dunkelheit.

44

Kurt Austin war auf dem Bauch dicht an den Dachrand des Gebäudes herangerutscht. Er studierte das Gelände durch seine Infrarotbrille. Der Berg in der Mitte der Insel ragte rechts von ihm auf, während ein neun Stockwerke hoher Apartmentblock die linke Seite beherrschte. Eine Fußgängerbrücke aus Beton, mehrere Stockwerke unter ihrem Standort, spannte sich über die Lücke zwischen Berg und Wohnturm.

Die ihnen zugewandte Seite der Bergkette war dunkel. Nirgendwo war eine Wärmequelle zu sehen. Die Betonbrücke wirkte noch dunkler, weil sie die am Tag gespeicherte Wärme längst abgestrahlt hatte und stärker abgekühlt war. Und die leere Hülle des Betonbaus auf der anderen Seite erschien wie eine Ansammlung aufeinandergestapelter leerer Gefängniszellen.

Joe robbte weiter, bis er Kurt eingeholt hatte und neben ihm liegen blieb.

Kurt drehte sich halb zu ihm um. »Hast du die Nachtsichtbrille gefunden?«

Joe schüttelte den Kopf. »Nein. Sie muss über die Dachkante gerutscht und hinuntergefallen sein.«

»Besser sie als wir.«

»Das stimmt«, sagte Joe. »Siehst du irgendetwas?«

»Da unten auf dem Platz zwischen den Gebäuden ist ein heller ovaler Fleck zu erkennen«, sagte Kurt. »Ich tippe auf Restwärme des Helikopters. Er muss während der letzten drei Stunden dort unten gestanden haben.«

»Hast du etwas von den Passagieren gesehen?«

»Noch nicht. Auch keine Spur von einem Belüftungsgitter oder einem Türdurchgang mit Wärmestrahlung. Die Bauten, die ich von hier aus sehen kann, sind allesamt dunkel.«

»So viel zu der viel besungenen Yellow Brick Road«, sagte Joe.

Während Kurt sich wieder auf die verlassenen Bauten konzentrierte und sie nach Lebenszeichen absuchte, setzte Regen ein. Zuerst waren es nur vereinzelte Tropfen, die leise auf seine Schultern trommelten und durch seine Haare sickerten. Aber schon bald fielen sie zahlreicher und stetiger. Zwar zuckten vereinzelte Blitze auf, und gelegentlich rollte ein Donner über die Meeresbucht, aber es war kein tropischer Wolkenbruch, der sich auf sie ergoss, sondern ein kalter grauer Dauerregen, der sicherlich die ganze Nacht anhalten würde.

Kurt ließ sich dadurch jedoch nicht von der vor ihm liegenden Aufgabe abhalten. Nacheinander studierte er die Bauten in ihrer näheren Umgebung. Stockwerk für Stockwerk ließ er den Blick an den Fensterhöhlen entlangwandern. Er fand den verschachtelten Gebäudekomplex beeindruckend. Ihn in dieser Form zu erbauen musste Jahrzehnte gedauert haben. Einige Gebäude waren so dicht nebeneinander errichtet worden, dass die Gassen zwischen ihnen kaum breit genug waren, um einem Fahrradfahrer Platz zu bieten. Andere Bauten waren regelrecht miteinander verflochten worden, indem Außenwände eingerissen oder durchbrochen wurden, um Flure und Korridore zu verlängern. So war die Insel im Laufe ihres Lebens in die Höhe gewachsen – aber nicht nur das. Auch ihre Grundfläche hatte stetig zugenommen, wie alten kartographischen Darstellungen zu entnehmen war, da der in den Kohleminen anfallende Abraum auf der Insel abgelagert wurde und im günstigsten Fall als Fundament für neue Wohnprojekte gedient hatte.

Walter Hans Leute konnten sich in jedem dieser Gebäude verstecken. Zumindest war dies Kurts erster oberflächlicher Eindruck.

»Diese Bauten sind noch heruntergekommener, als ich angenommen hatte«, sagte er. »Ein Abbruchunternehmen könnte hier wahre Orgien feiern.«

»Wahrscheinlich braucht man diese Leute gar nicht«, sagte Joe. »Einige der Bauten sind doch schon längst von selbst weitgehend in sich zusammengefallen.«

Joes Worte brachten Kurt auf den entscheidenden Gedanken. »Ich glaube, ich weiß, wo sie sich verkrochen haben.«

»Hast du irgendetwas entdeckt?«

»Das nicht«, gab Kurt zu. »Aber wenn du die Absicht hättest, diese Insel als Versteck zu benutzen, würdest du dir dann ein Gebäude aussuchen, das jeden Moment einstürzen könnte? Das dir keinen Schutz vor Regen bieten würde? Oder durch dessen Fensterhöhlen der Wind pfeift?«

Joe grinste. »Wahrscheinlich nicht. Meinst du, sie sind in den Untergrund gegangen?«

Kurt nickte. »Auf dieser Insel wurde jahrzehntelang Kohle in Massen aus dem Boden geholt. Dieses Bergwerk wird mehrere Eingänge haben und über breite Stollen verfügen, in denen es warm und trocken ist.«

»Klingt verlockend«, sagte Joe. »Dann lass uns sofort nachschauen.«

Die erste Möglichkeit, die sie fanden, um das Dach zu verlassen, war eine Feuertreppe, die an der Außenseite des Hauses befestigt war. Die verrostete Metallkonstruktion hatte sich bereits an mehreren Stellen aus der Verankerung gelöst. Sie war ganz und gar unsicher und auf keinen Fall empfehlenswert.

Kurt versetzte der Treppe einen Tritt, und das ramponierte Gebilde erzitterte auf der gesamten Länge. »Dieses Ding kann nicht mal nur einen von uns tragen.«

»Dann müssen wir uns wohl einen anderen Weg suchen«, sagte Joe.

Er tastete sich über das Dach, während ihm das Blitzfeuerwerk des Tropengewitters die Orientierung erleichterte. Eine Stablampe aus dem Gerätesack zu holen und zu benutzen wagte er nicht, weil ihr Licht sie jedem elektronischen Sensor oder menschlichen Beobachter verraten hätte. Dabei fand er schließlich eine Stelle, wo eine der Betonplatten, aus denen das Dach bestand, abgesackt war und wie eine abwärtsführende Rampe in das Gebäude hineinragte. Die regennasse Oberfläche der Platte war von aufgeweichtem Moosbewuchs glitschig, und sie arbeiteten sich darauf zentimeterweise hinab ins Hausinnere und legten die letzten Schritte rutschend zurück.

Das Innere des Gebäudes war eine Welt für sich. Sie roch erstickend nach Moder und Verfall. Regenwasser sickerte durch Hunderte Risse und Spalten in der Decke. Unkrautpflanzen und Schlinggewächse, deren Samen der Wind bis in diese Höhe hinaufgewirbelt hatte, wucherten in den Nischen. Eine zentimeterdicke Schicht aus Staub, vermoderten Pflanzenresten und Geröll bedeckte den Boden.

»Die Hauswirtschaft ist offenbar im Dauerstreik«, meinte Kurt mit einem Anflug von Galgenhumor.

In dem lichtlosen Betonbau war die Infrarotbrille zwar nutzlos, aber sie fanden einen Zugang zum Treppenhaus, hebelten die Tür auf und stiegen zu einer schmalen Brücke hinab, die zwei Gebäude miteinander verband.

»Wenn wir diesen Übergang benutzen, kommen wir bis zur Straße runter, ohne uns unter freiem Himmel bewegen zu müssen«, sagte Kurt.

»In dieser Ruine ist es zwar nicht viel trockener als draußen«, fügte Joe hinzu und stieg über ein weiteres Rinnsal Regenwasser hinweg, »aber zumindest bleiben wir hier weitgehend außer Sicht.«

Sie überquerten den Laufgang mit aller gebotenen Vorsicht und wichen so gut wie möglich den klaffenden Löchern und tiefen Rissen aus, die keinen Zweifel daran ließen, dass der Brücke kein allzu langes Dasein mehr beschieden sein mochte. Immerhin schafften sie es noch unbehelligt bis zur anderen Seite. Dort ging Kurt auf ein Knie hinunter und gab Joe mit einem Handzeichen zu verstehen, dass er warten solle.

»Ich habe mich geirrt«, flüsterte Kurt.

»Du? Nein. Niemals.«

Kurt nickte. »Aber ja. Nicht jeder ist hier unsichtbar. Auf dem Berghang ist eine Patrouille unterwegs. Zwei Männer. Von dort oben werden sie uns entdecken, sobald wir uns ins Freie hinauswagen.«

Bei strömendem Regen unter freiem Himmel Wache zu stehen oder Patrouillengänge zu machen war eine miserable Routine. Das wusste jeder Soldat, der jemals gezwungen wurde, einen solchen Dienst zu versehen.

Hans Männer dachten genauso. Sie führten zwar ihre Befehle aus, aber es musste ihnen nicht gefallen. Sie begannen damit, indem sie den mittleren Berg der Gipfelkette erstiegen, der die Insel beherrschte. Sich durch das dichte Unterholz zu kämpfen war beinahe noch schwieriger, als sich über die regennassen und ausgetretenen Stufen zu bewegen. Sie erreichten die Bergspitze und nahmen ihre Positionen ein.

»Siehst du irgendetwas?«, fragte der Anführer der beiden.

Sein Partner schüttelte den Kopf. »Meine Ausrüstung ist nicht in Ordnung«, sagte er und nahm seine Nachtsichtbrille ab. »Ich sehe nichts anderes als Lichtblitze.«

Der Anführer schlug die Kapuze seines Regenumhangs zurück und trat zu seinem Begleiter hinüber. Beide trugen Nachtsichtbrillen, aber deren Optiken waren bei Regen sehr viel weniger effizient. Wie jede stark reflektierende Substanz beugte und brach Regenwasser einfallende Lichtstrahlen. Das Gelände bei strömendem Regen zu betrachten war genauso verwirrend wie der Blick in ein Kaleidoskop.

Der Anführer warf einen prüfenden Blick durch die Nachtsichtbrille seines Untergebenen, dann gab er sie ihm zurück. »Du musst eine gröbere Auflösung wählen.«

Er nahm die gleiche Justierung bei seiner eigenen Nachtsichtbrille vor. Die Blitze waren ein anderes Problem, auch wenn sie schon wieder weit entfernt waren, da sie mit dem Gewitter weitergezogen waren. Die Brillen hatten eine Sicherheitsautomatik, die dafür sorgte, dass ihre Träger nicht geblendet wurden. Aber trotzdem verschwammen für einige Sekunden sämtliche Konturen auf dem Display der Brillenoptik, sobald ein Blitz am Himmel aufleuchtete.

»Weshalb sind wir überhaupt hier draußen?«, fragte der

erste Wächter, setzte seine Brille wieder auf und zog sich die Kapuze seines Regencapes über den Kopf.

»Weil der Boss will, dass du hier draußen die Augen offen hältst«, sagte eine Stimme.

Hans Männer fuhren herum, aber sie reagierten zu spät. Den einen erwischte ein kräftiger Baumast mitten im Gesicht, der andere knickte nach einem wuchtigen Schlag in die Magengrube nach vorne ein und streckte nach einem anschließenden Faustschlag auf den Hinterkopf alle viere von sich.

Als wie wieder aufwachten, waren sie gefesselt und geknebelt und an einen Baumstamm gebunden worden. Außerdem fehlten ihnen ihre Waffen, die Regenponchos und die Nachtsichtbrillen.

In die Regenkleidung gehüllt, die sie Hans Wachtposten abgenommen hatten, sahen Kurt Austin und Joe Zavala nicht mehr so auffällig fehl am Platze aus. Sie überquerten den Berg, fanden auf der Rückseite eine weitere Treppe und gelangten auf ihr an seinen Fuß. Durch seine Infrarotbrille spürte Kurt erneut den Fleck Restwärme auf, der von dem Helikopter übrig geblieben war. Der Regen absorbierte die restliche Wärmestrahlung, und so war es nur noch eine Frage von Sekunden, bis von dem Fleck nichts mehr zu sehen wäre.

Er wandte seine Aufmerksamkeit den Berghängen jenseits des Landefeldes zu. Mehrere Öffnungen hatte man in den Fels gebrochen, die jedoch allesamt verschlossen waren. Für das unbewehrte menschliche Auge sahen sie alle absolut identisch aus, aber durch die wärmestrahlenempfindliche Brille betrachtet, war nicht zu übersehen, dass eins der Tore magentafarben schimmerte.

»Drüben auf der anderen Seite des Feldes«, sagte Kurt. »Der Stollen ganz weit links außen. Den sollten wir uns auf jeden Fall näher ansehen.«

»Von Wächtern ist dort nichts zu sehen«, stellte Joe fest.

»Dann sollten wir auch lieber nicht warten, bis möglicherweise doch noch einer erscheint.«

Kurt klappte die Brillenoptiken hoch und startete zu einem Sprint quer über den freien Platz. Er erreichte den Tunneleingang und presste sich daneben gegen die Felswand. Joe, der ihm wie ein Schatten gefolgt war, blieb dicht hinter ihm. Ein kurzer Blick durch die Infrarotbrille verriet Kurt, was er wissen wollte. »Das Tor strahlt Wärme ab. Demnach ist der Stollen in Betrieb.«

Joe blickte zum Himmel, von dem nach wie vor der Regen in unverminderter Gleichmäßigkeit herabrauschte. »Warm und trocken«, sagte er. »Das könnte mir gefallen.«

Kurt nickte. »Nicht nur dir.« Sie öffneten das Tor aus verwittertem Holz einen Spalt breit und schlüpften in den Tunnel dahinter.

Der Untergrund verwandelte sich nach und nach in eine Schlammwüste, während Ushi-Oni seine Besichtigung der Insel fortsetzte. Noch nie hatte er sich an einem Ort befunden, an dem Verfall und Untergang derart allgegenwärtig waren. Die dadurch erzeugte morbide Stimmung entsprach seinem Wesen, und so genoss er sie in vollen Zügen. Die einsturzgefährdeten Gebäude, die Schutthaufen und die gespenstische Leere sandten Signale aus, deren bizarrer Schönheit er sich nicht entziehen konnte. Er verstand ihre Botschaft.

So wird die Welt aussehen, nachdem der Mensch sie verlassen hat, dachte er. *Es wird nicht lange dauern, bis die Natur die unbedeutenden Spuren beseitigt hätte, die die Menschheit auf dem Planeten hinterlassen hatte. Damit würde sie kurzen Prozess machen.*

Der Wind frischte auf, während er sich dem Hafendamm näherte und das Pulsieren der Brandung an seine Ohren drang. Er entschied, dass er genug gesehen hatte, machte schon Anstalten, zum Labor zurückzukehren, und blieb dann abrupt stehen.

Ein mattes Leuchten war in dem Trümmerfeld, das sich vor ihm ausbreitete, zu erkennen. Für einen Moment fixierte er den winzigen Lichtpunkt, dann ging er darauf zu. Das Licht verschwand, dann war es plötzlich wieder da.

Mit dem Samuraischwert, von dem er sich nicht hatte trennen wollen, attackierte er einen Strauch, der ihm den Weg versperrte. Von der rasiermesserscharfen Klinge durchtrennt, fielen seine Äste herab. Die Lichtquelle war nun deutlicher zu erkennen. Oni blickte auf einen winzigen Sichtschirm, der mit einer schwachen LED-Kontrollleuchte gekoppelt war.

Er bückte sich und hob seinen Fund auf. Er wusste auf Anhieb, was er in der Hand hatte: eine offenbar beschädigte Nachtsichtbrille. Die vordere Schutzscheibe fehlte, und der Sichtschirm hatte einen Sprung, aber die beiden Optiken funktionierten noch. Offensichtlich entsprachen sie dem Typ Nachtsichtgeräte, wie sie vom Militär und der Polizei bei nächtlichen Kommandounternehmen verwendet wurden.

Oni blickte sich um, rechnete schon damit, jeden Moment erschossen oder zumindest angegriffen zu werden, aber nichts dergleichen geschah. Dennoch, ein solches Hightechgerät fiel nicht einfach vom Himmel wie ein ...

Die Worte verstummten in seinem Geist. Er blickte zu

dem verlassenen Apartmentturm hoch, vor dem er stand. Der Regen verhüllte ihn mit einer dichten Wolke aus Dunst und Wassertropfen. Der Beschädigung der Brille nach zu urteilen musste sie aus großer Höhe herabgestürzt sein. Eine Seite war zerkratzt und hatte eine tiefe Delle, die andere Seite erschien vollkommen unversehrt. Offenbar waren auch Teile der Brille abgebrochen. Und obwohl er auch die Umgebung seines Fundes reflexartig abgesucht hatte, waren die Trümmer nirgendwo zu sehen.

Vielleicht ist die Brille trotz allem doch vom Himmel gefallen.

Er schaltete die beschädigten Optiken aus, hängte die Brille an seinen Gürtel und machte sich auf den Weg, um einen Zugang zu dem Gebäude zu suchen.

45

Nachdem sie alle Argumente abgewogen hatten, die gegen einen solchen Schritt sprachen, entschieden sich Kurt Austin und Joe Zavala dafür, in den Tunnel einzudringen. Dabei hofften sie, kein für sie unsichtbares Warnsignal auszulösen. Angesichts von Walter Hans ausgeprägter Begeisterung für elektronische Spielereien aller Art, waren sie sich fast sicher, dass er auch an dieser Stelle ausgeklügelte Warnsysteme installiert hatte. Aber dieses Risiko mussten sie eingehen. Im ersten Abschnitt machte der Tunnel einen scharfen Knick, ehe er sich absenkte und in den Berg hineinführte. Dicht hinter dem Eingangstor hatten die ursprünglichen Betreiber des Bergwerks einen Bodenwulst hinterlassen, der die gesamte Breite des Tunnels einnahm. Er sollte verhindern, dass auf diesem Weg Wasser in die Stollen eindrang, aber der Regen bildete schnell tiefe Pfützen und folgte als schmales Rinnsal dem Verlauf des Tunnels und stürzte nach mehreren Metern über den Rand eines vertikalen Schachts in die Tiefe. Eine Art Fahrstuhl, der in den Schacht eintauchte, machte einen verlassenen und seit längerer Zeit unbenutzten Eindruck.

»Das Ding sieht aus, als wäre es seit Jahren nicht mehr in Betrieb gewesen«, sagte Joe.

Durch seine Infrarotbrille warf Kurt einen kurzen Blick in den Schacht und schüttelte den Kopf. »Keine Spur von Wärmestrahlung in diesem Schacht. Dort unten ist niemand. Offenbar haben sie sich tiefer in den Berg zurückgezogen.«

Sie setzten ihren Weg fort und stießen auf die ersten Anzeichen, die die Vermutung nahelegten, dass der Tunnel benutzt wurde. Die alten Stromkabel waren ersetzt und an der Tunnelwand entlang gespannt und befestigt worden. Sie versorgten nun eine Kette moderner LEDs mit Strom, die den Stollen mit gedämpftem Licht erhellten.

Als sie zu einer Tunnelgabelung kamen, studierte Kurt den Boden mit Hilfe der Infrarotbrille. Die Restwärme von Fußspuren war deutlich zu erkennen. Die meisten Fußgänger hatten sich offensichtlich für die linke Abzweigung entschieden. Kurt folgte ihnen.

Joe legte seinem Freund eine Hand auf den Arm. »Bist du ganz sicher?«

»Das ist unsere Yellow Brick Road«, flüsterte Kurt. »So wie es aussieht, herrscht hier reger Verkehr.«

Sein Vertrauen in die Richtigkeit seiner Entscheidung wurde reichlich belohnt, als sie zu einer mit Kunststoff beschichteten, dreifach gesicherten Doppeltür kamen. Die Klinke der einen Türhälfte leuchtete geradezu. Sie musste noch vor Kurzem von einer Person aus Fleisch und Blut benutzt worden sein.

Kurt klappte seine Brille nach oben. »Für den Umbau hat Han offenbar keine Kosten und Mühen gescheut.«

Joe nickte. »Irgendein Vögelchen sagt mir, dass die Räumlichkeiten nicht für die Unterbringung von Gästen vorgesehen sind.«

Kurt legte eine Hand auf die Türklinke. »Nicht abgeschlossen«, flüsterte er nach einem kurzen Test. »Gehen wir rein.«

Während sie die Waffen, die sie Walter Hans Wächtern auf dem Berghang abgenommen hatten, entsicherten, schickten sie sich an, den Raum hinter der Tür zu betreten.

Behutsam und im Zeitlupentempo drückte Kurt die Klinke nach unten, bis ihm ein Klicken verriet, dass der Riegel die Tür freigab. Er drückte sie auf und spürte einen Hauch kühler Luft in seinem Gesicht, da in dem Raum dahinter ein höherer Luftdruck herrschte als im Tunnel.

Er schob die Tür so weit auf, dass Joe seine Waffe durch den Spalt stecken konnte. Aber in dem Raum befand sich niemand, den sie hätten in Schach halten müssen, weil er ihnen den Eintritt verwehrte. »Leer«, stellte Joe fest. »Schauen wir uns um.«

Joe trat als Erster über die Schwelle. Kurt folgte ihm und schloss die Tür so leise und behutsam, wie er sie geöffnet hatte. Niemand war in dem Raum zu sehen, aber er enthielt eine Vielzahl von Ersatzteilen aller Art. Komplizierte Maschinen, deren Verwendung sich den Eindringlingen nicht auf den ersten Blick erschloss, waren stellenweise auf dem glatten Boden festgeschraubt worden. An den Wänden standen Regale, die mit vorgefertigten Bauelementen gefüllt waren: Gyroskope, Servomotoren, Roboterarme und -beine.

»Dein Freund Han sollte sich mal mit jemandem über seine Vorliebe für Roboter unterhalten, die geradezu an Besessenheit grenzt«, meinte Joe mit leisem Spott.

»Und über eine ganze Menge anderer Dinge auch noch«, fügte Kurt hinzu.

Während Joe die Teile in den Regalen untersuchte, ging Kurt weiter in den Raum hinein und entdeckte in der Mitte einen ultramodernen 3-D-Drucker. Wer immer ihn benutzt haben mochte, man hatte ihn nicht ausgeschaltet. Und er fühlte sich so warm an, als wäre er kurze Zeit vorher noch in Betrieb gewesen.

Kurt tippte mit einer Fingerspitze auf den kleinen Bildschirm in der Mitte eines Armaturenbretts. Eine Reihe von chinesischen Schriftzeichen erschien neben einem langen Unterstrich, auf dem ein Passwort eingetragen werden musste. Kurt vergeudete keine Zeit mit Rateversuchen und ging weiter.

Neben dem 3-D-Drucker stand ein Tisch, dessen Platte um fünfundvierzig Grad geneigt war. Darauf lag eine Gestalt, die mit einem Laken bedeckt war. Kurt zog das Laken zur Seite und erwartete, Nagano darunter zu finden, schlimmstenfalls gefoltert und tot. Stattdessen erblickte er aber die halbfertige Hülle eines humanoiden Roboters. Kein Gesicht, keine Körperplatten, nur ein Rahmen mit Gliedmaßen, elektrischen Kabeln und Drahtleitungen – und mit einer Energiezelle. Außerdem registrierte er einen flachen Luftsack, der die Brust bedeckte, sowie einen flexiblen Flüssigkeitstank.

Joe kam herüber, zwei Roboterarme in der Hand. »Kann ich dir eine Hand leihen?«

»Sehr lustig.«

»Dr. Frankenstein würde sich an diesem Ort gewiss zu Hause fühlen.«

Kurt nickte, deckte das unfertige Robotermodell mit dem Laken zu und ging in den hinteren Teil des Raums. Er blieb vor der äußersten Wand stehen und erkannte, dass sie aus Rauchglas bestand. Er klappte die Infrarotoptiken vor die Augen und sah auf der Glaswand lediglich die Reflexion seiner eigenen Wärmestrahlung.

Er schob die Brille wieder hoch und presste sein Gesicht gegen das Glas, schirmte die Augen vor den Reflexionen ab und versuchte zu erkennen, was sich auf der anderen Seite befand. Viel konnte er nicht sehen, aber er hörte etwas. Oder genauer, er spürte etwas. Eine Schwingung, die durch das Glas drang. Ein Murmeln, als ob mehrere Personen auf der anderen Seite leise miteinander redeten.

Er gab Joe ein Zeichen, zu ihm herüberzukommen. »Hörst du das?«

Joe presste ein Ohr gegen die Glasscheibe. »Eine Unterhaltung?«

»Zu monoton«, sagte Kurt kopfschüttelnd. »Es sind dieselben Worte, die ständig wiederholt werden. Das klingt eher wie Gesang oder wie ein Gebet.«

»An Naganos Stelle würde ich in diesem Moment sicher um Hilfe beten«, sagte Joe.

Sie suchten eine Tür und stellten fest, dass eine der Wandplatten durch einen magnetischen Federdruckverschluss an Ort und Stelle fixiert wurde. Ein Druck dagegen entriegelte den Verschluss, und Kurt zog die Tür auf.

Das Murmeln wurde lauter, aber nicht deutlicher. Kurt ging weiter in den Raum hinein. Ringsum lagen weitere unfertige Maschinen mit Laken bedeckt auf medizinischen Behandlungstischen, und am Ende des Raums standen zwei Gestalten vor hochauflösenden Bildschirmen. Sie beobachteten und imitierten, was sie auf dem Bildschirm sahen und hörten. Es waren dieselben Phrasen, die von beiden Gestalten unermüdlich wiederholt wurden und als ständiger Redestrom durch die Glaswand gedrungen waren.

Kurt fasste seine Pistole fester und trat näher heran. Die Gestalten reagierten nicht darauf, dass er sich ihnen näherte. Als befänden sie sich in einem Trancezustand.

Er fand einen Lichtschalter an der Wand, brachte die Pistole in Anschlag und hielt inne. Seltsamerweise erkannte er den Satz, den sie wiederholten. Sie sprachen Englisch. Und was noch seltsamer war, er erkannte die Stimme, die den Satz wiederholte.

»Japan wird niemals ein Bündnis mit China eingehen«, sagte die Gestalt auf dem Bildschirm.

»Japan wird niemals ein Bündnis mit China eingehen«, wiederholten die davorstehenden Gestalten.

Kurt betätigte den Schalter. Die Beleuchtung flammte auf. Keine der Gestalten reagierte. Sie redeten weiter. Verstummten. Sagten etwas und verstummten, dann redeten sie wieder. Es klang wie eine Tonbandaufnahme, die als Endlosschleife abgespielt wurde.

Kurt ging um die beiden Gestalten herum und blieb vor ihnen stehen. Sie waren identisch, komplett mit widerspenstigem silbergrauem Haar, strahlend blauen Augen und einem Dreitagebart. Kurt kam es vor, als blickte er in einen Spiegel – in zwei Spiegel, um genau zu sein. Was er vor sich sah, waren zwei Roboterversionen seiner selbst.

Ushi-Oni erreichte das oberste Stockwerk der Apartmentturmruine. Die Treppenflucht zum Dach war durch einen Schutthaufen versperrt, aber er konnte durch ein Loch in der Decke die Wolken erkennen, die durch gelegentliches Wetterleuchten erhellt wurden. Er tastete sich dorthin und erklomm die halb abgesunkene Dachplatte und verharrte. Dann ließ er den Blick über das gesamte Dach schweifen, ehe er sich ins Freie hinauswagte. Das Dach war leer.

Er überwand das letzte Stück der Platte und kletterte in den Regen hinaus und richtete sich auf. Er sah nirgendwo Soldaten oder Polizisten oder Fallschirme, aus denen er hätte schließen können, dass die Insel angegriffen wurde, aber dort war etwas, das nicht dorthin gehörte: ein breites, flaches Objekt, das im matten Licht glänzte und sich von jeder stumpfen und korrodierten Fläche auf dem Dach abhob.

Der vier Meter breite Gleitflügel sah aus wie etwas, das von einem Flugzeug abgebrochen war. Aber er war offenbar in einem Stück geblieben. Dann fand Ono den Parasail-Schirm, den man eilig daruntergestopft hatte.

»Austin«, stieß er halblaut hervor.

Er fuhr herum, kehrte eilig ins Gebäude zurück und stürmte durchs Treppenhaus abwärts, während die ersten Echos von Walter Hans Hubschraubermotoren an seine Ohren drangen. Han musste unbedingt gewarnt werden, sonst bestand die Gefahr, dass Austin alles zerstörte.

46

»Japan wird niemals ein Bündnis mit China eingehen.«

Kurt Austin lauschte den Worten und konnte kaum glauben, wie frappierend genau sie seiner Stimme ähnelten. Es war nicht mit dem seltsamen Eindruck zu vergleichen, der sich einem vermittelte, wenn man eine Tonbandaufnahme der eigenen Stimme zu hören bekam, sondern es klang, als ob die Stimme aus seinem eigenen Körper käme.

Der Bildschirm flackerte. Ein neues Video erschien. Es zeigte den japanischen Premierminister, der sich für die Verbesserung der politischen Beziehungen mit der Volksrepublik China aussprach.

»Dafür werden wir schon sorgen«, erwiderten Kurts automatisierte Doppelgänger.

Diesmal klangen die Stimmen irgendwie falsch, vor allem die des zweiten Roboters, der die Worte mit dem Anflug eines Lallens aussprach. Die Szene wiederholte sich auf dem Monitor.

»Dafür werden wir schon sorgen«, erwiderten die Roboter. Diesmal hatten ihre Stimmen größere Ähnlichkeit mit Kurts Stimme. Außerdem war ihr Tonfall drohender.

»Sie lernen«, sagte Kurt. »Und sie üben.«

»Wäre es nicht einfacher, sie mit einer elektronischen Aufzeichnung zu programmieren und es dabei zu belassen?«, fragte Joe. »Ich denke an diese elektronische Empfangsdame in Naganos Polizeirevier.«

»Diesem Roboter war auf den ersten Blick anzusehen, dass er eine Maschine war«, sagte Kurt. »Seine Lippen bewegten sich bei jedem Wort, das aus seinem Mund kam, aber das war eine reine Vorspiegelung, eine Simulation. Diese Roboter hier sprechen tatsächlich. Sie erzeugen Laute mit ausgeatmeter Luft und verleihen ihnen mit den Lippen ihre endgültige Form. Sie atmen, blinzeln und transpirieren sogar. Wenn ich nicht neben dir stünde, könntest du meinen, dass ich einer der beiden wäre.«

»Nicht ganz«, meinte Joe, »sie sehen besser aus als du.« Dann fügte er hinzu: »Seltsam, dass offenbar niemand in der Nähe ist, der ihre Fortschritte überwacht.«

Kurt deutete auf eine Reihe von Computer-Terminals und Servergehäusen, deren Kontrolllampen in der Dunkelheit blinkten. Die Videosequenzen wiederholten sich auf den Bildschirmen in einem ständig wiederkehrenden Kreislauf. »Die Computer überwachen und steuern den Vorgang. Maschinen kontrollieren einander. Sie trainieren sich gegenseitig. Und das vollkommen automatisch. Es ist ein sich ständig wiederholender Prozess. Sie kopieren, was sie sehen und hören, bis die Aktionen von denen ihrer menschlichen Vorbilder nicht mehr zu unterscheiden sind.«

Kurt hatte den Satz kaum beendet, als sich die Roboter in Bewegung setzten und einen anderen Raum betraten. Kurt folgte ihnen. Es war ein Simulator. Ähnlich dem, der sich in Walter Hans Fabrik in Nagasaki befand, nur erheblich kleiner. Dafür bestanden seine nach außen gewölbten Wände aus Bildschirmen, die gleichzeitig zu flackerndem Leben erwachten und das mosaikartig zusammengefügte Bild eines vertrauten Ortes zeigten.

»Das ist der Ausstellungspavillon, dessen Bau von Walter Han finanziert wurde«, sagte Kurt. »Der japanische Premierminister wird morgen dort erscheinen, um eine neue Kooperationsvereinbarung mit China zu unterzeichnen. Dieses Abkommen ist zurzeit in aller Munde.«

»Und das japanische Parlament wird in ein paar Tagen darüber abstimmen, ob der Vertrag über gegenseitige Kooperation und Sicherheit mit den USA widerrufen werden soll«, fügte Joe hinzu. »Die zeitliche Nähe zwischen diesen beiden Ereignissen erscheint, wohlwollend ausgedrückt, verblüffend.«

»Und das Ganze ist sicherlich kein Zufall«, sagte Kurt. »Aber soweit ich in der internationalen Presse verfolgen konnte, ist das Verteidigungsabkommen nicht in Gefahr. Die Japaner wünschen sich lediglich engere wirtschaftliche Kontakte mit China, sind jedoch an einem militärischen Bündnis nicht interessiert.«

Die Duplikate betraten Laufbänder, passten sich an deren Geschwindigkeit an und begannen auszuschreiten. Im gleichen Tempo veränderte sich die auf der Bildschirmwand dargestellte virtuelle Umgebung. Sie gelangten zu einem Nebeneingang und folgten einigen Korridoren bis zur großen Festhalle.

Dort mischten sie sich unter die virtuelle Besucherschar und warteten ab, während Abbilder des japanischen Premierministers und des chinesischen Botschafters auf dem Podium erschienen. Ein digitales Faksimile Walter Hans war ebenfalls auf dem Podium zu sehen, da er die Vereinbarung in die Wege geleitet hatte und ihm die Verbesserung der Beziehungen zwischen beiden Staaten zu verdanken war.

Die Zeremonie begann mit einem telegenen Händeschütteln der Vertragspartner. Anschließend setzte der chinesische Botschafter als Erster seine Unterschrift unter das Abkommen und gab dann den Füllfederhalter an den japanischen Premierminister weiter. Als dieser zur Unterschrift ansetzte, reagierten beide mechanischen Versionen Kurt Austins. Sie griffen in ihre Jacketts, holten Pistolenattrappen hervor und brachten sie in Anschlag.

»Japan wird niemals ein Bündnis mit China eingehen!« riefen sie und drückten ab.

Selbstverständlich fielen keine Schüsse. Weder wurden Platzpatronen gezündet noch ein virtueller Explosionsknall erzeugt. Zu hören war lediglich das Klicken der Abzugshebel, begleitet von einem Muster roter Punkte, die auf der Bildschirmwand erschienen, als das System mehrere Treffer bei dem Premierminister, dem Botschafter und einem anderen Politiker aufzeichnete. Nachdem sie ihr mörderisches Werk ausgeführt hatten, entfernten sich beide Roboter nach rechts, um zu flüchten.

An diesem Punkt endete die Simulation, und die zwei Maschinen verstauten ihre Pistolen in Schulterholstern und verfielen in einen Ruhezustand.

Das Bild der Videobildschirme wechselte und zeigte nun ein Hotelfoyer. Die künstlichen Doppelgänger durchquerten sie und gelangten zu zwei Sesseln, die offenbar für sie bereitgestellt worden waren. Sie setzten sich, schlugen die Beine übereinander und warteten. Ihre Bewegungen wirkten ganz und gar fließend und natürlich. Sie ruckelten nicht und machten überhaupt keinen roboterhaften Eindruck. Einer der beiden künstlichen Kurt Austins angelte sich sogar ein Magazin von einem Beistelltisch und befeuchtete die Finger mit der Zungenspitze, bevor er es aufschlug.

»Mir fehlen die Worte, so surreal ist das«, sagte Joe.

»Wenn Han dieses Szenarium tatsächlich durchzieht, wird die ganze Welt glauben, dass du den japanischen Premierminister getötet hast. Dann sieht es so aus, als sei Amerika bereit, keine Mittel zu scheuen, um Japan von der Annullierung des Vertrags abzuhalten und zu verhindern, dass China und Japan sich freundschaftlich aufeinander zubewegen.«

Kurt Austin nickte. »Er hatte mich in seiner Fabrik vor der Kamera und konnte mich die ganze Zeit aufnehmen. Damit hatte er genug Material, um dieses Programm zu entwickeln.«

»So viel zu der Frage, ob der Verteidigungsvertrag nicht in Gefahr ist«, fügte Joe hinzu. »Wenn die Welt Zeuge wird, wie du den japanischen Premierminister erschießt, werden die Befürworter einer Vertragsaufhebung einen Erdrutschsieg verzeichnen können.«

»Dazu wird es nicht kommen, wenn es uns gelingt, dieses Labor und alles, was sich darin befindet, zu zerstören.«

»Ich fürchte, das kann ich nicht zulassen!«, rief eine Stimme aus dem Dunkeln.

Die Worte kamen vom anderen Ende des Raums. Die Stimme gehörte Walter Han.

Kurt fuhr herum, aber da war niemand, nur der Lautsprecher einer Sprechanlage an der Wand. Hinter Joe schwang eine Tür auf. Drei Männer stürmten herein. Zwei weitere näherten sich vom anderen Ende des Raums, und Kurt ergriff die einzige Chance, die ihm noch blieb: Er nahm seine Duplikate ins Visier und eröffnete das Feuer.

Den ersten Roboter erwischte er mit mehreren Kugeln, aber die Maschine reagierte unglaublich schnell. Sie sprang aus ihrem Sessel auf und griff ihn an, wobei sie sich durch Treffer in Brust, Bein und Gesicht nicht aufhalten ließ.

Der Roboter holte Kurt so gekonnt wie ein Profiringer von den Füßen, warf ihn zu Boden und schlug ihm die Pistole aus der Hand.

Zu einem Handgemenge mit einer mechanischen Version seiner selbst gezwungen, traf Kurt den Solarplexus der Maschine mit einem Knie, aber der Treffer hatte nicht die geringste Wirkung. Er bekam einen Arm frei und feuerte eine rechte Gerade auf das mechanische Kinn ab. Seine Faust riss die künstliche Haut auf, aber darunter befanden sich lediglich Polstermaterial, Titanknochen und winzige hydraulische Motoren.

Als Revanche legte der Roboter Kurt eine Hand um den Hals und begann den Druck zu erhöhen. Die Blutzufuhr zu Kurts Gehirn wurde unterbrochen. Kurt tastete mit der freien Hand nach oben, krallte die Fingernägel in das künstliche Fleisch, drang ein und wühlte in der Masse herum – auf der Suche nach Leitungsdrähten, die er herausreißen könnte, um die Maschine zu stoppen.

Dazu sollte es jedoch nicht kommen. Er fand keine lebenswichtigen Organe, keine Druckpunkte oder Schwachstellen. Es gab keine Steckverbindungen, die er hätte trennen, keine Batterien, die er hätte herausholen können.

Als er kurz davor war, das Bewusstsein zu verlieren, verpasste Kurt der Maschine einen Kopfstoß und brach ihr die künstliche Nase, aber die Maschine betrachtete ihn nur weiter mit leerem Blick und verstärkte mit der Hand den Druck auf seinen Hals.

Während Kurts Welt sich schon verdunkelte, hörte er, wie Joe mit Hans menschlichen Wächtern kämpfte. Er sah Joe auf dem Boden liegen, wo er sich gegen drei Männer zur Wehr setzte. Einer von ihnen schlug ihm mit seiner Pistole auf den Schädel.

»Hören Sie mit dieser lächerlichen Rangelei auf, sonst werden Sie beide qualvoll starben«, rief Han ihnen eine laute Warnung zu.

Der Zweikampf stand auf die eine oder andere Art ohnehin kurz vor seinem Ende. Kurt entschied sich, am Leben zu bleiben und den Kampf bei anderer Gelegenheit fortzusetzen. Er ließ seinen künstlichen Gegner los und hob kapitulierend die Hände. Freundlicherweise versuchte der Roboter nun auch nicht mehr, seinen Hals zu zerquetschen, obgleich seine mechanischen Hände an Ort und Stelle blieben.

Nachdem im Simulator Ruhe eingekehrt war, kam Han herein. Deutlich war bei jedem Schritt das Klicken seiner Schuhe auf dem Fußboden zu hören. Er ging neben Kurt auf ein Knie herunter und untersuchte die Einschusslöcher in Brust und Gesicht des Austin-Duplikats.

»Wie kann man nur so dumm sein«, sagte er kopfschüttelnd. »Wie ich Ihnen bereits auf der Rennstrecke erklärt habe, ist ein Mensch für eine Maschine niemals ein ebenbürtiger Gegner. Meine Schöpfung – mein Kurt Austin – ist Ihnen in jeder Hinsicht überlegen. Er ist stärker, reagiert schneller und kann sich wirkungsvoller zur Wehr setzen. Und, was vielleicht am wichtigsten ist, er verspürt keine Schmerzen und kennt auch keine Furcht. Das ist etwas, von dem Sie sich schon bald wünschen werden, dass es Teil Ihrer begrenzten menschlichen Programmierung wäre.«

47

Gamay Trout musste feststellen, dass sie nicht einschlafen konnte. Es gab zu viel, das ihr durch den Kopf ging, zu viel, das sie nicht unter Kontrolle hatte.

Paul hingegen lag ausgestreckt auf dem Bodenblech des INN-Übertragungswagens und schlief so tief und friedlich, als läge er in einem luxuriösen Kingsizebett in der VIP-Suite des Four Seasons.

Gamay musste feststellen, dass sie von einem nahezu unkontrollierbaren Bedürfnis getrieben wurde, ihn zu wecken. Daher hielt sie sich lieber von ihm fern und suchte sich einen Platz am Schneidetisch. Mittlerweile war es drei Uhr morgens. Die feuchte Luft im Wagen hatte sich empfindlich abgekühlt. Bis auf die Notbeleuchtung auf dem abgesperrten Parkplatz war es draußen stockfinster.

Aus verständlichen Gründen nicht gewillt, ein Hotel zu benutzen, hatten sie den Kleinbus für den Abend als Unterschlupf genutzt. Aber das war keine Dauerlösung. Selbst wenn die Chinesen keine Ahnung hatten, wo sie sich aufhielten, würde früher oder später jemand vom Sender den Wagen benutzen oder ihn auftanken oder für eine weitere Übertragung vorbereiten.

Und selbst wenn nichts dergleichen geschähe, würde ihnen schon bald – dessen war sich Gamay vollkommen sicher – die Decke auf den Kopf fallen.

Während sie in die nächtliche Dunkelheit hinausblickte, nahm sie eine Bewegung wahr. Diesmal zögerte sie nicht, Paul einen Rippenstoß zu versetzen.

»Weshalb tust du das?«, fragte Paul, als er aus dem Schlaf hochschreckte.

»Jemand kommt.«

»Wer?«

»Das konnte ich nicht erkennen.«

»Ein Nachtwächter?«

Gamay sah ihn irritiert an. »Welcher Teil des Satzes ›das konnte ich nicht erkennen‹ bringt dich dazu, diese zweite Frage zu stellen?«

»Tut mir leid«, erwiderte er. »Ich glaube, ich schlafe noch halb.«

Er rollte seine Decke zusammen und stopfte sie unter einen Geräteschrank. Dann stand er auf und stieß sich den Kopf zum x-ten Mal an der niedrigen Wagendecke. »Jetzt bin ich richtig wach«, sagte er und ließ sich weder seinen Schmerz noch seinen Ärger anmerken.

Sie bezogen Posten hinter der Windschutzscheibe und suchten den dunklen Bereich außerhalb des Parkplatzes nach Anzeichen für einen ungebetenen Besucher ab. Doch sie konnten nichts dergleichen entdecken.

Ein gedämpftes Klopfen an der Hecktür ließ sie erschreckt zusammenzucken.

Paul streckte die Hand nach dem Türgriff aus.

»Paul«, flüsterte Gamay warnend.

»Kannst du mir verraten, was wir sonst tun können?«, fragte er ebenfalls im Flüsterton und mit einem Achselzucken. »Außerdem glaube ich kaum, dass Geheimpolizisten anklopfen, wenn sie irgendwo Einlass begehren.«

Er legte den Verschlusshebel um, und die Tür schwang

weit auf. Anstatt Polizisten oder Angehörige des Militärs stand Melanie Anderson vor ihnen, ein strahlendes Lächeln auf ihrem perfekt geschminkten Gesicht, als wollte sie ihr Publikum mit einer Sondersendung beglücken.

Sie kletterte in den Wagen und schloss die Tür hinter sich.

»Weshalb haben Sie angeklopft?«

»Auch wenn ich nur im Sensations-Business tätig bin, weiß ich doch, was sich gehört. Ich habe schließlich in meiner Jugend regelmäßig Miss Manners' Benimm-Kolumne gelesen.«

»Ihre Mum wäre bestimmt stolz auf Sie«, erwiderte Paul grinsend.

Sie stellte eine Thermotasse vor ihnen auf eine Ablage. »Ich habe Ihnen Kaffee mitgebracht. Sie müssen sich die Tasse teilen, aber es hätte seltsam ausgesehen, wenn ich für mich allein drei Tassen zu meinem Übertragungswagen über den Parkplatz balanciert hätte.«

»Wenn Sie wüssten, dass Paul im Augenblick für eine Tasse Kaffee glatt sterben würde, könnte ich auf die Idee kommen, dass Sie versuchen, ihn mir abspenstig zu machen«, sagte Gamay.

Paul trank einen Schluck und verzog das Gesicht, als habe er soeben heiliges Wasser aus dem Brunnen ewiger Jugend gekostet. »Oh, tut das gut«, sagte er andächtig und reichte Gamay die Tasse.

Vorläufig gab sie sich mit dem aromatischen Duft zufrieden. Dabei wandte sie sich wieder an Melanie. »Sie versprachen, bei Tagesanbruch zurückzukommen. Wenn mich meine Augen nicht vollkommen im Stich lassen, würde ich sagen, dass es noch nicht einmal früher Morgen ist.«

»Nicht meine Schuld«, sagte Melanie. »Mein Bürochef

rief an und meinte, ich soll mich so früh wie möglich melden. Er berichtete, wir seien abermals gehackt worden, und dass es mit meinem letzten Bericht zu tun habe.«

»Aber Sie wurden nicht gehackt«, sagte Gamay. »Wir haben uns das alles nur ausgedacht.«

»Was mich ziemlich gründlich um den Schlaf brachte, das kann ich Ihnen flüstern.« Melanie Anderson hielt einen Speicherstick hoch. »Als ich herkam, drückte mein Chef mir dies in die Hand und verabschiedete sich gleich wieder. Er meinte, er müsse einige dringende Reisevorbereitungen treffen für den Fall, dass er China vorzeitig verlassen müsse. Er riet mir, ich solle ernsthaft darüber nachdenken, das Gleiche zu tun.«

»Was ist auf dem Stick?«, wollte Paul wissen.

»Keine Ahnung«, antwortete Melanie Anderson. »Alles ist verschlüsselt. Aber der Hack fand in den Staaten statt. Unser Büro in New York wurde heimgesucht. Zwei Minuten lang kamen wir nicht an unseren Satelliten heran. Erst nachdem die Daten auf dem Stick waren, hatten wir wieder Zugriff auf den Satelliten. Es war derselbe, den wir auch benutzt haben, um Ihre Daten weiterzuleiten. Daher vermute ich, dass der Inhalt des Sticks für Sie bestimmt ist. Wollen Sie sich nicht mal ansehen, was es ist?«

Gamay nahm Melanie den Speicherstick aus der Hand, steckte ihn in die Schnittstelle ihres Laptops und schaltete diesen ein. Sekunden später erschien auf dem Bildschirm ein Login-Fenster. Sie tippte ihr NUMA-Passwort und wurde mit einer Datei-Liste belohnt.

»Das kommt von Rudi«, sagte sie und öffnete die erste Datei. Eine Präsentation wurde gestartet.

Paul konnte und wollte es nicht glauben. »Er schickt uns eine Power-Point-Präsentation? Anstatt falsche Pässe, Informationen über mögliche Verstecke und Fluchtrouten und Tickets für den Orient Express?«

Gamay lachte. »Du weißt aber schon ganz genau, dass dieser Zug gar nicht bis hierherfährt, oder?«

»Es sollte ein blöder Witz sein.«

Gamay überflog die erste Seite der Datei, die auf dem Bildschirm erschienen war. »Das Ganze sieht so aus, als hätte Priya in unserer Abwesenheit mit dem Geologie-Team zusammengearbeitet. Sie haben sich angesehen, was wir ihnen schickten, und sind sich offenbar ziemlich sicher, erklären zu können, woher das Wasser kommt. Ihrer Meinung nach haben Hans Bergbauaktivitäten eine tiefe Spalte erzeugt, durch die Wasser aus der Mantelübergangszone zum Meeresgrund aufsteigt.«

Paul beugte sich vor und starrte entgeistert auf den Bildschirm. »Das heißt, es kommt aus zweihundert Meilen Tiefe. Das kann nicht ihr Ernst sein.«

»Wasser unter enormem Druck«, sagte Gamay, während sie weiterlas und das Gelesene zusammenfasste. »Z-Wellen, erzeugt von Wassermassen, die von einem Mineral namens ... Ringwoodit freigesetzt werden.«

»Ringwoodit?«, wiederholte Paul fragend.

»Habe ich es richtig ausgesprochen?«

»Perfekt, es ist nur ...« Er zögerte. »Lies weiter.«

Gamay sah Paul argwöhnisch von der Seite an. Er hielt irgendetwas zurück. Aber anstatt ihn zu bedrängen loszuwerden, was er wusste, überflog sie die nächsten Textzeilen und lieferte die nächste Zusammenfassung. »Im Anhang findet ihr weitere Indizien und Berechnungen sowie zwei unterschiedliche Präsentationen. Die eine ist sehr technisch und wissenschaftlich gehalten, die andere eher allgemein. Aufgrund des enorm hohen Ringwoodit-Vorkommens und der besonderen Eigenschaften der Erdspalten lässt sich die Wassermenge, mit der wir rechnen müssen, nicht genau bestimmen. Aber wenn der Prozess unkontrolliert abläuft, besteht die hohe Wahrscheinlichkeit, dass bis zum Ende des Jahrzehnts ein Anstieg des Meeresspiegels um zweitausend Fuß im Bereich des Möglichen liegt.«

»Zweitausend Fuß?« Melanies Stimme klang heiser.

Gamay blickte auf den Bildschirm, um sich zu vergewissern, dass sie das Gelesene richtig wiedergegeben hatte. »Genau so steht es hier.«

»Lies weiter«, sagte Paul vollkommen ruhig.

»Andere Berechnungen sind reine Spekulation«, sagte sie und machte dort weiter, wo sie aufgehört hatte. »Dazu gehört auch ein theoretisches Weltuntergangs-Szenario, demzufolge die gesamte Erdoberfläche in fünfzig Jahren mit Wasser bedeckt sein wird. So extrem dieses Szenario auch erscheinen mag, die Möglichkeit, dass es tatsächlich eintritt, kann nicht ausgeschlossen werden. Aus bisher nicht näher erklärbaren Gründen erfolgt die Spaltenbildung ohne erkennbare Einflüsse von außen und beschleunigt sich stetig. Die Risse und Spalten pflanzen sich in alle Richtungen fort und breiten sich immer weiter aus. Jede neue Spalte gibt zusätzliches Wasser an ihre Umgebung ab. Was wiederum eine neuerliche Spaltenbildung auslöst.«

Die drei kauerten jetzt vollkommen gebannt vor Gamays Laptop.

»Und ich dachte immer, ich sei die Einzige, die den Leuten die verrückten Sachen auftischt«, sagte Melanie Anderson. »Weltuntergangs-Szenario? Die ganze Welt meterhoch mit Wasser bedeckt?«

»Ich weiß, dass es vollkommen irrational klingt«, sagte

Paul, »aber die Möglichkeit, dass die Wassermengen, die sich aus den Berechnungen ergeben, tatsächlich aus dieser Tiefe aufsteigen, sollte man keinesfalls von der Hand weisen. Ob man es glaubt oder nicht, aber in den tiefen Gesteinsschichten ist mehr Wasser anzutreffen, als in sämtlichen Ozeanen der Erde enthalten ist. Und zwar das Drei- bis Vierfache. Es ist an Minerale gebunden und befindet sich unter einem unglaublichen Druck. Als dieser Druck jedoch durch äußere Einflüsse verringert wurde und das Wasser sich seinen Weg zur Erdoberfläche suchte ...«

»Du weißt darüber Bescheid?«, unterbrach Gamay seine Ausführungen.

»Natürlich«, sagte Paul Trout. »Das ist Tiefengeologie im ersten Semester.«

»Warum hast du diese Möglichkeit nicht erwähnt, als wir die ersten Untersuchungen zum Anstieg des Meeresspiegels in Angriff nahmen?«

Paul zuckte die Achseln. »Ich hatte diese Möglichkeit anfangs sogar in Erwägung gezogen, sie aber schnell wieder verworfen. Der einzige Prozess, durch den Wasser aus solchen Tiefen an die Erdoberfläche befördert werden kann, wäre der Aufstieg einer riesigen Magmablase, gefolgt von Vulkanausbrüchen. Und verstärkte vulkanische Aktivitäten waren während des vergangenen Jahres nirgendwo zu beobachten.«

Gamay konzentrierte sich wieder auf die Daten, die von der wissenschaftlichen Abteilung der NUMA zusammengetragen worden waren. Eine Grafik zeigte die Risse im Tiefengestein, die von dem chinesischen Bergbauprojekt hervorgerufen worden waren. »Die Brüche und Spalten in der Kruste dringen in Tiefenbereiche hinab, in denen bisher keinerlei Messungen angestellt werden konnten. Wir können nun mit ziemlicher Sicherheit davon ausgehen, dass sie sich in sämtliche Richtungen ausbreiten.«

»Diesem Phänomen hat höchstwahrscheinlich der Geysir-Garten seine Existenz zu verdanken«, sagte Paul. »Wir konnten nicht erkennen, wie weit er reichte. Wer weiß, wie viele Geysire da unten existieren. Hunderte, vielleicht sogar Tausende. Und alle werden mit Wasser aus der Tiefe gespeist.«

Gamay hatte sich von dem Schock dieser Erkenntnis ein wenig erholt und ging schnell die anderen Dateien durch.

»Was suchst du?«, fragte Paul.

»Nach irgendeinem Hinweis, wie wir am besten von hier verschwinden können.« Sie entdeckte eine Datei mit der Bezeichnung *Instruktionen*. »Rudi hat uns eine Adresse geschickt, die wir aufsuchen sollen.«

»Ein Versteck, wo wir auf Tauchstation gehen können?«, fragte Paul hoffnungsvoll.

Gamay tippte die Ortsangaben in ein Suchfenster. »Ich bin mir nicht sicher.«

Melanie beugte sich vor, um einen Blick auf die Stadtkarte zu werfen. »Das ist das für Shanghai zuständige Büro des Ministeriums für Staatssicherheit. Und die örtliche Zentrale der Geheimpolizei.«

Paul lehnte sich zurück. »Und ich dachte immer, Rudi stünde auf unserer Seite.«

»Vielleicht meint er, das sei der letzte Ort, an dem man uns suchen würde.«

»Er fordert uns nicht auf, uns dort zu verstecken«, sagte Gamay und las weiter. »Wir sollen uns dort melden. Aber nur bei einem ganz bestimmten Mann namens Zhang. Genauer – bei einem General Zhang.«

Paul seufzte. »Also, das dürfte den Prozess gegen uns

beschleunigen und den zuständigen Organen die Zusammenstellung eines Erschießungskommandos erleichtern.«

»Wir müssen Rudi in dieser Angelegenheit vertrauen«, sagte Gamay. »Er hat offenbar irgendetwas ganz Besonderes im Sinn.«

Paul nickte. »Uns bleibt wohl nichts anderes übrig. Dürfen wir uns Ihren Wagen ausleihen?«

Melanie Anderson schüttelte den Kopf. »Und mich um die tollste Geschichte meines Lebens bringen? Das könnte Ihnen so passen. Kommt nicht in Frage. Sehen Sie lieber zu, dass Ihr Kaffee nicht kalt wird. Ich fahre.«

48

Walter Han verfolgte, wie die automatisierten Ebenbilder Kurt Austins zu den Werkbänken zurückkehrten und sich darauf ausstreckten. Ihre Bewegungen waren einerseits ebenso glatt und fließend und andererseits so vorsichtig und behutsam wie bei jedem Menschen aus Fleisch und Blut. Eine Maschine hinkte, weil ein Treffer aus Austins Pistole ihr Bein beschädigt hatte. Sie hüpfte auf die Werkbank, stützte ihr verwundetes Bein und hielt sich an der Kante der Werkbank fest, um das Gleichgewicht nicht zu verlieren, als sie das Bein ausstreckte. Eine rötliche Flüssigkeit tropfte aus den Schusswunden, sickerte auf das rechte Bein herab und verteilte sich als dünner Film auf dem Oberkörper.

Der zweite Roboter war unversehrt.

»Hydrauliköl?«, fragte Walter Han.

»Nein«, antwortete Gao-zhin. »Wir haben eine Gelschicht zwischen die künstliche Haut und die inneren Bauelemente gespritzt. Sie vermittelt bei der Berührung einen Eindruck von Elastizität und bewirkt, dass die Körpertemperatur stets konstante siebenunddreißig Grad Celsius beträgt. Wenn man der Maschine die Hand schüttelt, glaubt man die kräftigen Muskeln unter weicherem Fleisch spüren zu können – wie bei einem Menschen. Außerdem fühlt sich die Hand warm an. Einer der Techniker hat entschieden, das Gel so zu färben, dass es eine gewisse Ähnlichkeit mit echtem Blut hat – für den Fall, dass der Roboter beschädigt wird.«

Han konnte sich für solche Details begeistern. »Zahlen Sie dem Mann einen Bonus«, sagte er. »Von selbst wäre ich niemals auf diese Idee gekommen.«

Während er den Roboter versonnen betrachtete, hoffte Han beinahe, dass er während der Mission »verwundet« würde. Er würde Austin dann an genau der gleichen Stelle eine Schusswunde verpassen. Damit wäre jeder Zweifel an Austins Schuld ausgeräumt, wenn seine Leiche gefunden wurde.

Der Roboter knöpfte geschickt sein Hemd auf, sodass eine zweite Schusswunde zu sehen war. »Wie viele Treffer gab es insgesamt?«

»Vier in der primären Maschine. Ein Streifschuss traf das Backup-Exemplar«, sagte Gao. »Ich finde es unglaublich, dass Austin so schnell und so präzise feuern konnte. Obgleich die Streuung der Einschüsse ein Zufallsmuster zeigt. Ich glaube, die Amerikaner sprechen in einem solchen Fall von ›Glückstreffern‹.«

»Nicht glücklich für uns«, sagte Han. »Und ich glaube auch nicht, dass wir es mit Zufallstreffern zu tun haben. Austin ist sehr clever. Er erkannte schnell, was wir geplant hatten, und versuchte, die Maschinen außer Gefecht zu setzen, selbst wenn es ihn sein eigenes Leben gekostet hätte. Indem er vier unterschiedliche Bereiche des Roboters aufs Korn nahm, erhöhte er die Wahrscheinlichkeit, ihm einen bleibenden Schaden zuzufügen.«

»Dann können wir nur hoffen, dass ihm dies nicht gelungen ist«, sagte Gao und wandte sich an den Roboter. »Leg dich hin und streck dich aus. Sende deine Diagnose an den Hauptcomputer.«

Die Maschine ließ sich nach hinten sinken und kam zur Ruhe. Han hatte auf vollkommenem Realismus bestanden. Aus diesem Grund gab es keine Schnittstellen oder Elektrostecker im Bereich des Haaransatzes oder in bestimmten Körperzonen. Sämtliche Datenreparaturen und elektrischen Aufladevorgänge erfolgten drahtlos.

»Wir können jederzeit die Reserveeinheit einsetzen«, sagte Han.

»Das würde ich nicht tun«, widersprach Gao. »Diese Maschine hat zuerst mit dem Training begonnen. Sie macht größere und schnellere Fortschritte. Die Reserveeinheit ist ihr deutlich unterlegen.«

»Sie sind gleich.«

Gao schüttelte den Kopf. »Trotz der allgemeinen Auffassung, dass alle Maschinen identisch sind, trifft das ganz eindeutig nicht zu. Winzige Abweichungen bei der Konstruktion und Herstellung der Komponenten haben physische Unterschiede zur Folge. Das kann ein weniger leistungsfähiger Servomotor sein oder eine minimale Schwankung des hydraulischen Drucks. Selbst nur minimal unterschiedliche Betriebstemperaturen können maximale unterschiedliche physische Reaktionen hervorrufen. Wenn man dies mit der ganz speziellen Weise kombiniert, wie unser System künstlicher Intelligenz lernt, menschliche Aktivitäten zu kopieren – durch Anwendung des Trial-and-Error-Pinzips und ständige Anleitung von außen –, schält sich nach und nach die Überlegenheit der einen Maschine über die andere heraus.«

Das verstand Han sehr gut. Es überraschte ihn nur, wie groß die Unterschiede sein konnten. »Austin muss es gespürt haben. Deshalb konzentrierte er sich darauf, nur auf diesen einen zu schießen.«

»Sie trauen ihm mehr zu, als er tatsächlich zu leisten vermag.« Gao deutete auf die Gesichtswunde. »Austin hat einen Fehler gemacht, als er auf den Schädel feuerte. Er muss angenommen haben, dass die menschlich aussehende Maschine auch eine menschliche Physiologie hat, deshalb zielte er auf den Kopf, weil dort das Gehirn sitzen muss. Ich vermute, dass er hoffte, die Festplatte des Roboters oder seine CPU zu erwischen. Aber anders als bei den Menschen befindet sich das Gehirn unseres Roboters nicht im Schädel. Es hat einen versteckten Platz in der Nähe der rechten Hüfte, um ein gezieltes Ausschalten der zentralen Steuereinheit zu vermeiden. Alles, was Austin erreicht hat, war, die Gesichtsabdeckung zu verformen und einen optischen Prozessor zu beschädigen.«

Gao holte ein Skalpell hervor und schnitt die Haut am Hals des Roboters auf, ehe er die Gesichtsabdeckung, das Haar und die Kopfhaut abzog. Beides warf er in eine Abfalltonne. »Das alles ist nicht mehr zu gebrauchen.«

Er wandte sich an einen seiner Assistenten. »Bereiten Sie den 3-D-Drucker vor. Vergewissern Sie sich, dass er mit dem richtigen Polymer-Mix gefüllt ist. Wir brauchen eine neue Gesichtsabdeckung und eine untere Hautpartie für den rechten Unterschenkel. Außerdem einen optischen Prozessor und eine Reserve-Hydraulik.«

»Wie lange wird es dauern? Wir müssen in spätestens einer Stunde in der Luft sein.«

»Eine halbe Stunde«, sagte Gao. »Keine Minute länger.«

Han nickte. »Machen Sie sich an die Arbeit. Und Ihre restlichen Techniker sollen die Konstruktion eines Zavala-Duplikats in Angriff nehmen. Sie können ja den Austin-Ersatz als Chassis benutzen. Dann brauchen Sie nur noch Größe und Form anzupassen.«

»Wir werden keine Zeit haben, das Duplikat zu perfektionieren«, gab Gao zu bedenken. »Wir besitzen von Zavala kein Video und keinerlei Stimmmuster.«

»Er ist doch jetzt verfügbar«, sagte Han. »Sie können sich alles von ihm holen, was Sie brauchen. Es muss nicht perfekt sein. Aber ich wünsche, dass beide im Pavillon gesehen werden.«

Gao nickte. »Ich sorge dafür, dass es geschieht.«

»Gut«, sagte Han. »In der Zwischenzeit werde ich meine Geschäfte mit Ushi-Oni zum Abschluss bringen.«

49

Han traf Ushi-Oni in dem Stollen, wo der ehemalige Yaku-za-Berufskiller stand, in der Hand das Honjo Masamune.

»Austin und Zavala sind in Ketten gelegt worden«, sagte Oni. »Aber du solltest sie lieber sofort töten.«

»Damit muss gewartet werden.«

»Weshalb?«

»Aus einem ganz einfachen Grund. Wenn man sie jetzt tötet, wird irgendwann die Totenstarre einsetzen«, erklärte Han. »Außerdem werden ihre Leichen abkühlen. Und sie werden kalt und starr sein, wenn sie von der Polizei gefunden werden. Dies sind nur zwei Details, anhand derer leicht nachgewiesen kann, dass sie schon lange tot waren, ehe das Attentat begangen wurde. Damit müssten sie als Mordverdächtige ausgeschlossen werden, und es lässt jeden Verschwörungstheoretiker glaubhaft erscheinen, der meint, ein anderes Motiv für diese Tat präsentieren zu können. Er könnte sogar die Chinesen dafür verantwortlich machen. Ich hätte erwartet, dass jemand wie du auf solche Dinge achtet.«

Oni baute sich mit wildem, hasserfülltem Blick vor Walter Han auf. »Jemand wie ich weiß, dass man keine losen Enden herumliegen lässt. Deshalb bin ich niemals gefasst worden. Und das wird auch hier und jetzt nicht geschehen.«

»Sprich leiser«, verlangte Han und gewann die Kontrolle über die Situation zurück.

Oni tat, was von ihm verlangt wurde, schäumte jedoch weiter vor Wut. »Merk dir meine Worte«, zischte er, »sie haben dich gesehen, sie haben mich gesehen. Wenn die beiden noch länger am Leben bleiben, wird das für uns alle gefährlich sein.«

»In weniger als zwölf Stunden sind sie tot«, versprach Han. »Wenn du willst, kannst du es übernehmen, sie zu töten. Aber du erfährst von mir, wann und wie es geschehen soll. Anderenfalls lässt du noch mehr ›lose Enden‹ herumliegen. Vorerst bleiben sie jedoch am Leben. In der Zwischenzeit solltest du das Schwert aus der Hand legen, ehe du jemanden damit verletzt. Komm mit mir.«

Han machte Anstalten, tiefer ins Bergewerk hineinzugehen. Oni zögerte. »Warum unterhalten wir uns nicht draußen weiter?«

»Weil es in Strömen regnet und weil meine Leute dieses Schmuckstück, das du da in der Hand hältst, genau untersuchen müssen.«

»Ich habe es schon richtig liebgewonnen«, gab Oni zurück.

»Das siehst du möglicherweise ganz anders, wenn du hörst, was man sich darüber erzählt.«

Han ging durch den schmalen Tunnel in einen anderen Teil des Bergwerks voraus, den seine Leute übernommen und modernisiert hatten. Er öffnete eine dreifach gesicherte Tür, hielt sie weit auf und forderte Oni mit einer Handbewegung auf einzutreten.

Oni schüttelte den Kopf. »Du zuerst.«

»Wie du meinst.«

Han betrat ein weiteres Labor. Dieser Raum war deutlich kleiner als der Montagesaal, in dem die Roboter zusammengebaut wurden. Außerdem herrschte dort eine bedrückende Enge, weil er dicht an dicht mit Maschinen gefüllt war, deren Funktion jedem Metallurgen vertraut gewesen wäre.

Oni blickte sich misstrauisch um. »Wo sind wir? Was geschieht hier?«

»Meine Leute benutzen diese Geräte und Maschinen, um Erzproben zu analysieren, die wir aus Bergwerken und Steinbrüchen überall in Japan entnommen haben«, erklärte Walter Han. »Die meisten waren stillgelegt, viele schon seit Jahrhunderten.«

Seit fast einem Jahr arbeiteten sie in diesem Labor. Sie entnahmen Proben, führten Tests durch und bewahrten alles auf, was sie gefunden hatten. Die Früchte dieser Bemühungen befanden sich in Blechkanistern, die in Regalen am Ende des Raums aufgereiht waren. Die Anzahl der Kanister hatte ständig zugenommen, und wenn man die Sammlung betrachtete, drängte sich automatisch der Vergleich mit einem Regal auf, das mit Tausenden von Bierdosen gefüllt in der Getränkeabteilung eines Supermarkts stand, der glaubte, seine Kunden mit einem Überangebot an bestimmten Waren beeindrucken zu müssen.

»Was suchst du denn?«, wollte Oni wissen.

»Ein seltenes Erz, von dem wir annehmen, dass es hier in Japan vorkommt.«

»Und die Schwerter? Was haben sie damit zu tun?«

Han vermutete, dass Ushi-Oni sich mittlerweile alles zusammenreimen konnte. »Diese Waffen wurden von Meistern der japanischen Schwertschmiedekunst angefertigt. Misst man den zahlreichen Legenden, in denen ihre Schärfe, ihre Biegsamkeit und auch ihre weitgehende Rostfreiheit beschrieben werden, einen gewissen Wahrheitsgehalt zu, so ist nicht vollkommen auszuschließen, dass die

Legierung, aus der sie geschmiedet wurden, Spuren genau dieses Erzes enthält. Wenn unsere Vermutungen zutreffen und wir sämtliche in den Schwertern enthaltenen Erze identifizieren können, dann brauchen wir nur noch zu ermitteln, woher die alten Waffenschmiede ihr Erz bezogen, und schon sind wir auf der richtigen Spur.«

Während Walter Han berichtete, war einer seiner Angestellten gerade damit beschäftigt, einen sogenannten Plasma-Massenspektrometer für die Durchführung einer Analyse vorzubereiten. Das Untersuchungsobjekt war die Klinge eines der Schwerter, die Oni geliefert hatte.

Der Plasmabrenner flammte hinter einer dunkel getönten Glasscheibe auf. Die Lichtmenge, die durch das Glas drang, reichte noch immer aus, den gesamten Raum in ein grelles Licht zu tauchen. Die Materialprobe wurde mehrere Sekunden lang dem Lichtbogen ausgesetzt, in dem Temperaturen von bis zu 30 000° Celsius erreicht wurden, ehe der Strom abgeschaltet wurde.

Als die Waffe aus dem Spektrometer herausgeholt wurde, war ihre Spitze rot glühend und vom Schmelzprozess leicht deformiert. Während sie abkühlte, analysierten die Computer die in dem verdampften Metall enthaltenen Bestandteile und druckten ein entsprechendes Datenblatt mit sämtlichen Messwerten aus.

»Ist das der Grund, weshalb du Masamunes Tagebuch an dich bringen wolltest?«, fragte Oni.

Han nickte. »Darin sollten angeblich die Beschreibungen der geheimen Verfahren enthalten sein, derer Masamune sich bei der Herstellung seiner berühmten Klingen bediente und die er während seiner ewigen Suche nach der vollendeten Waffe entwickelt hatte. Wir hatten gehofft, dass wir in dem Buch einen Hinweis darauf finden würden, wo er das Erz gefunden hatte, aus dem er seine Schwerter gestaltete.«

»Und lieferte das Buch den gewünschten Hinweis?«

»Leider nein«, sagte Han. »Zum größten Teil enthält sein Tagebuch lediglich unsinnige philosophische Forderungen, ausschließlich Waffen herzustellen, die alles Böse vernichten und keinen Unschuldigen irgendwelchen Schaden zufügen.«

Oni lachte. »Vielleicht hat er auf seine alten Tage ein schlechtes Gewissen bekommen.«

»Möglich«, sagte Han. »Aber er glaubte, dass er genau dieses Ziel mit der Waffe erreicht hatte, die du in der Hand hältst.«

Oni runzelte die Stirn und betrachtete dann prüfend das glänzende Schwert. Er hatte offenbar nicht richtig verstanden, was Han meinte.

Daher lieferte Han ihm die gewünschte Erklärung. »Ob durch Zufall oder weil du ein geübtes Auge für erlesenes Handwerk besitzt, hast du als Andenken für deine Sammlung das wertvollste Schwert von allen ausgewählt. Dies ist keine simple Antiquität, wie es Tausende gibt, sondern dies ist das einzigartige, authentische Honjo Masamune.«

Oni grinste triumphierend. Er hatte es gewusst. Oder zumindest vermutet.

Han griff nach einem der anderen Schwerter und hob es hoch. Es besaß eine dunklere, dickere Klinge als das Schwert, das Oni in der Hand hielt. Der Klingenstahl hatte einen rötlichen Schimmer. Es war kein Rost, sondern ähnelte eher der Farbe welker Rosen oder getrockneten Blutes. »Dies ist die richtige Waffe für dich. Die Purpurklinge. So lautet der Name dieses Schwertes. Es stammt nicht aus der Werkstatt Masamunes, sondern wurde von einem anderen Meister geschmiedet. Sein Name lautet Muramasa.«

Oni hielt für einen Moment inne und sah Walter Han fragend an. »Muramasa?«

Han nickte. »Muramasa war angeblich Masamunes Schüler, was jedoch nicht als historisch gesichert gilt. Einig ist man sich jedoch dahingehend, dass sich Muramasa sein ganzes Leben lang bemühte, den großen Meister zu überflügeln und eine bessere Waffe herzustellen – stärker, widerstandsfähiger und tödlicher. Was diese letzte Eigenschaft betrifft, so ist ihm dies zweifellos gelungen. Diese Waffe, die Purpurklinge, war seine bei Weitem beste Kreation. Während der langen japanischen Geschichte war es für seine Fähigkeit berühmt, Leben zu vernichten und Reichtum aufzuhäufen. Es brachte jedem, der es besaß, Macht, Ruhm und Wohlstand. Sogar die Legende – die eigentlich dem Ansehen Muramasa schaden sollte – berichtet von seiner Überlegenheit.«

»Welche Legende soll das sein?«, fragte Oni mit einem misstrauischen Funkeln in den Augen.

»Muramasa wehrte sich dagegen, als Schüler des Meisters betrachtet zu werden«, sagte Han. »Er forderte Masamune zu einem Wettstreit heraus, um zu beweisen, dass er von beiden der bessere Waffenschmied sei. Masamune nahm die Herausforderung an, und beide kamen überein, dass die Mitglieder eines Shintō-Klosters das abschließende Urteil fällen sollten. Sie schmiedeten wunderschöne Schwerter und tauchten die Klingen vor den wachsamen Augen der Mönche aus dem Tempel in einen Fluss mit starker Strömung. Die Schneide war stromaufwärts gerichtet.

Unter den Augen der Mönche durchtrennte die Purpurklinge alles, was ihr von der Strömung entgegengetragen wurde – Krebse, Fische, Aale –, und alles wurde von ihr glatt zerschnitten. Am gegenüberliegenden Ufer des Flusses teilte das Schwert Masamunes – vielleicht war es sogar das Schwert, das du im Augenblick in der Hand hältst – das Wasser ohne die geringste Turbulenz, ohne jedoch irgendetwas Lebendiges zu verletzen. Nur Laub und anderes abgestorbenes Treibgut wurde zerteilt.«

Han hielt für einen kurzen Moment inne und fuhr dann fort: »Muramasa lachte über die Waffe des alten Mannes. In einer Version der Legende verspottete er sie als impotent. Als die Mönche die Wettstreitenden aufforderten, die Schwerter aus dem Wasser zu ziehen, tauchte die Purpurklinge Muramasas blutbefleckt auf. Von der Klinge Masamunes hingegen tropfte nur kristallklares Wasser herab.«

»Ein klarer Sieg«, sagte Oni.

»So könnte man annehmen«, sagte Walter Han. »Und Muramasa war gewiss auch dieser Meinung. Aber als die Mönche ihr Urteil verkündeten, wählten sie den alten Meister und nicht den Lehrling. Muramasas Purpurklinge wurde für blutrünstig und böse erklärt, weil sie alles zerstörte, was sie berührte, während Masamunes Schwert das Leben der Unschuldigen schonte. Ist das wirklich das Schwert, das du besitzen willst?«

»Der Unschuldigen«, wiederholte Oni voller Spott. »So etwas gibt es nicht.«

»Vielleicht nicht«, pflichtete Han ihm bei. »Aber in der Hand hältst du die Waffe eines Heiligen, nicht die Waffe eines Sünders. Wenn man wahre Macht genauso versteht, wie du und ich sie verstehen, wissen wir beide, welches Schwert wirklich überlegen ist.«

Oni betrachtete das Schwert in seiner rechten Hand und

streckte schließlich die Linke aus. Mit einem Fingerschnippen verlangte er, dass ihm das andere Schwert gereicht wurde.

Han warf es ihm in hohem Bogen zu, und Oni angelte es mit gekonntem Griff aus der Luft. In jeder Hand ein Schwert, verglich er sie miteinander, bewegte sie hin und her und vollführte verschiedene Paraden, als ob er sich mit einem unsichtbaren Gegner im Kampf maß.

»Diese Waffe fühlt sich schwerer an«, stellte er fest und studierte die Purpurklinge. »Irgendwie … gewichtiger … wirksamer.«

»Das Schwert passt zu dir«, sagte Han. »Das weißt du selbst.«

»Sehr schön«, sagte Oni. Ohne es anzukündigen, warf er das Honjo Masamune zu Walter Han hinüber.

Han streckte die Hand nach dem Schwertgriff aus, bekam ihn zu fassen und hob die andere Hand, um zu verhindern, dass es zu Boden fiel. Dabei umfasste er die Klinge mit zwei Fingern. Er zog sofort die Hand zurück, als Blut aus zwei Schnittwunden spritzte, die die rasiermesserscharfe Schneide verursacht hatte.

Er gab einen Schmerzlaut von sich, schüttelte die Hand und griff nach einem Lappen, um das Blut zu stoppen.

Oni lachte. »Zu schade, dass du weder ein Fisch noch ein Aal bist«, meinte er schadenfroh. »Dann hätte dich diese wundervolle Klinge unversehrt gelassen.«

Han reichte die Waffe seinem Labortechniker. »Führen Sie eine Analyse durch«, wies er den Mann im weißen Kittel an, »aber achten Sie darauf, dass die Waffe nicht beschädigt wird.«

»Hast du vor, dir ebenfalls ein Souvenir zu sichern?«, fragte Oni.

»Es ist ein Symbol«, erwiderte Han. »Auf das die Japaner sicherlich erfreut reagieren werden. Ebenso wie du. Das Honjo Masamune ist das Schwert unserer Vorfahren. Es repräsentiert von jeher die Macht und die Unabhängigkeit Japans. Dass es in diesem Augenblick wieder aus der Versenkung auftaucht, wird die japanische Öffentlichkeit beflügeln und die Menschen darin bestärken und ihnen helfen, die amerikanischen Fesseln abzustreifen, die sie tragen mussten, seitdem das Schwert verschwunden war.«

Oni lachte. »Und ich nehme an, dass ihnen gar nicht bewusst wird, dass die amerikanischen Fesseln durch chinesische ersetzt wurden. Jedenfalls nicht sofort.«

Offenbar hatte Oni zumindest diesen Teil des Plans begriffen.

»Das ist das Schöne an Symbolen«, sagte Han. »Man sieht sie am Himmel, wo sie strahlend leuchten. Die Menschen haben nur noch Augen für diese Zeichen. Sie werden von ihnen regelrecht verzaubert und bekommen nichts mehr von dem mit, was direkt neben ihnen geschieht.«

50

Kurt Austin und Joe Zavala waren tiefer in das Bergwerk hineingeschafft worden, wo man sie an ein armdickes Eisenrohr kettete. In seinem vertikalen Verlauf tauchte das Rohr abwärts in die scheinbar grundlose Tiefe des Schachts und verschwand aufwärts durch ein stählernes Gitter in der Tunneldecke.

Einander von Gesicht zu Gesicht gegenüberstehend, die Arme um das Rohr geschlungen und die Hände dahinter gefesselt sowie die Schachtöffnung links neben ihnen, waren sie in einem sehr sicheren Gefängnis eingesperrt. Es war so gut, dass Hans Männer die Schlösser nur ein zweites Mal überprüften, danach in den Tunnel zurückkehrten und Kurt und Joe sich selbst überließen.

»Es war schon irgendwie gespenstisch, dich mit dir selbst kämpfen zu sehen – und nicht nur im übertragenen Sinn«, sagte Joe.

»Noch gespenstischer war, den Kampf zu verlieren«, gestand Kurt Austin. »Menschen gegen Roboter, eins zu eins.«

»Was meinst du?«

»Nichts«, sagte Kurt. »Das ist nur der augenblickliche Spielstand.«

Joe ließ den Blick herumschweifen. Nur der matte Schein der LEDs in einiger Entfernung erhellte den Tunnel, aber das Licht reichte aus, um die nähere Umgebung zu erkennen. »Ich würde meinen, es hat für uns schon manchmal weitaus düsterer ausgesehen, aber genau genommen, scheint es auch nur so. Trotzdem, nett von unseren Freunden, uns hier allein zu lassen. Sie glauben offenbar, dass man nicht von hier fliehen kann.«

Kurt stemmte die Füße gegen die Wand und zog mit aller Kraft. Das Rohr gab ein paar Zentimeter nach, aber es löste sich nicht vollständig. »Wahrscheinlich ist es alle drei Meter in der Wand verankert.«

»Was bedeutet, dass du es wohl kaum losreißen kannst«, sagte Joe.

Kurt konnte ihm nicht widersprechen. »Brutale Gewalt zu benutzen ist nicht die einzige Möglichkeit, von hier wegzukommen.«

Er richtete sich auf und studierte das Gitter über ihnen in der Decke. Auch wenn es mit Schutt und anderem Abfall verstopft war, drang Wasser hindurch, tropfte hier und da herab und rann in einem breiten Rinnsal die Wand hinunter.

»Regenwasser«, sagte Kurt. »Dies ist ein Luftschacht, der bis zur Erdoberfläche reicht.«

Er fand einen Vorsprung und kletterte an der Wand empor, um zu überprüfen, wie stabil das Gitter war. Indem er sich an den Eisenrohren abstützte, lehnte er sich über den Schacht und streckte sich. Er stemmte sich mit der Schulter gegen das Metallgitter und drückte sich dagegen.

Ebenso wie das Eisenrohr kurz zuvor gab das Gitter ein kleines Stück nach, bis es auf einen Widerstand traf. Kurt verstärkte den Druck, aber sein Fuß verlor den Halt. Er sackte ab, wobei seine gefesselten Hände an dem Rohr herunterrutschten. Wenn er sich nicht rechtzeitig zur Seite gelehnt hätte, wäre er in den Schacht gestürzt.

Die Hände aufgeschürft und mit Rost befleckt, ließ sich

Kurt wieder auf den Boden sinken. »Wenn General Lasalle doch nur hier wäre.«

»Ich kann mich nicht erinnern, jemals den Namen Lasalle auf unserer Lohnliste gesehen zu haben«, sagte Joe.

»Er arbeitet für die Franzosen«, klärte Kurt seinen Freund auf.

»Dann befinden wir uns ohnehin außerhalb seines Zuständigkeitsbereichs.«

Kurt lachte. »Er hat wahrscheinlich schon längst das Zeitliche gesegnet. Als man ihn das letzte Mal sah, rettete er den Erzähler von ›Die Grube und das Pendel.‹«

»Ahaaa«, sagte Joe, als ihm ein Licht aufging. »Ist das nicht die Geschichte, in der die Ratten die Fesseln eines Gefangenen zernagen?«

»Genau die Geschichte meine ich«, sagte Kurt. »Nur sehe ich hier keine einzige Ratte.«

»Gegen diese Ketten könnten sie sowieso nicht viel ausrichten«, sagte Joe. »Aber es ist ein netter Gedanke.«

Kurt blickte nach unten, doch in dem Schacht war es so dunkel, dass er nach den ersten fünf, sechs Metern nichts mehr erkennen konnte. Er trat mit dem Fuß einen Stein am Rand der Öffnung los und lauschte, während er in den Schacht fiel.

Er hörte ein gelegentliches Poltern, wenn er an eine Schachtwand prallte, und am Ende ein Klatschen.

»Mit Wasser gefüllt«, sagte Joe.

»Ich denke, dass alle tiefer liegenden Etagen überflutet sind«, erwiderte Kurt. »Nach all den Jahren, in denen die Pumpen nicht mehr in Betrieb waren, ist das Meerwasser eingesickert. Wenn sich keine andere Möglichkeit ergibt, könnten wir versuchen, im Schacht hinunterzuklettern und durch einen Stollen nach draußen zu schwimmen.«

»Du vergisst offenbar das Eisenrohr, an das wir gefesselt wurden.«

»Das wird dort unten längst durchgerostet sein, zumal es von Salzwasser umspült wird.«

Joe veränderte seine Position und blickte ebenfalls in den Schacht. »Habe ich das jetzt richtig verstanden? Du willst in einen überfluteten Minenschacht springen, auf seinem Grund einen ebenfalls überfluteten Querstollen suchen, durch totale Dunkelheit schwimmen – unsere Hände sind mit Ketten gefesselt –, ohne eine Vorstellung, wohin der Stollen führt oder ob er eingestürzt ist oder durch Schutt blockiert wird. Und das alles mit der minimalen Chance, dass er irgendwo endet, von wo wir einen Weg in die Freiheit finden?«

Kurt spielte den Beleidigten. »Ich habe nicht von einer hohen Erfolgswahrscheinlichkeit gesprochen. Es war nur so eine Idee.«

»Mit einer Erfolgswahrscheinlichkeit gleich null«, sagte Joe. »Genau genommen, würde ich sogar von einer negativen Wahrscheinlichkeit sprechen, falls es so etwas überhaupt gibt. Denn selbst wenn wir auf diesem Weg auf einen anderen vertikalen Schacht stoßen würden, stünden wir immer noch vor dem Problem, mit gefesselten Händen an seinen glatten Wänden ans Tageslicht zu klettern.«

»Ich dachte eher daran, uns des Fahrstuhls zu bedienen, den wir gesehen haben, als wir das Bergewerk betraten«, sagte Kurt. »Mir ist zwar klar, dass die Maschinen nicht mehr funktionieren, aber das Schachtgerüst mit seinen Verstrebungen würde uns den Aufstieg enorm erleichtern, falls wir den Luftschacht finden, den wir auf dem Weg ins Bergwerk passiert haben.«

»Nochmal ein dickes Wenn«, sagte Joe. »Viel wahrscheinlicher ist, dass wir schwimmend in eine Sackgasse geraten, dort jämmerlich ertrinken und niemals aufgefunden werden.«

»Wenigstens braucht Han meinen Körper dann nicht in die Klamotten zu zwängen, die diese Roboter tragen, und uns dieses dreisteste Attentat seit dem Schuss auf den Erzherzog im Jahr 1914 in Österreich in die Schuhe zu schieben.«

»In diesem Fall kann man nur hoffen, dass es keinen neuen Krieg auslöst.«

»Der Krieg ist längst im Gange«, sagte Kurt. »Es geht um nichts anderes als um Einflussnahme. Und was das betrifft, inszeniert Han sein Meisterstück, wenn wir nicht irgendetwas dagegen unternehmen.«

»Präsentiere mir einen besseren Plan als einen Selbstmord in Raten, und ich bin dabei.«

Ehe Kurt darauf etwas erwidern konnte, blitzte der Lichtstrahl einer Stablampe im Tunnel auf. Nach einigen Sekunden waren zwei Gestalten undeutlich auszumachen, die etwas Schweres hinter sich herschleiften, während sie auf die Gefangenen zukamen.

Erst als sie vom grellen Lichtschein der Lampen nicht mehr geblendet wurden, erkannte Kurt das gelbliche Gesicht Ushi-Onis und eines anderen von Hans Männern. Zwischen ihnen befand sich eine reglose Gestalt, die sie unter die Arme gefasst hatten und deren Füße über den Felsboden scharrten. Es war Kriminalkommissar Nagano, der in diesem Augenblick kein Lebenszeichen von sich gab.

Sie lehnten den Japaner an die Wand und ketteten ihn ebenso wie Kurt und Joe an das Eisenrohr. Ushi-Onis Begleiter öffnete Joes Kettenschloss und zog ihn hoch in den Stand.

»Bin ich der Erste, der zum Frühstück darf?«, fragte Joe. »Fantastisch. Dann wünsche ich mir Eier mit Speck.«

Oni holte aus, schmetterte Joe den Handrücken so ins Gesicht, dass er auf die Knie sackte. Ehe Joe aufspringen konnte, um sich zu revanchieren, bohrte sich ihm etwas Spitzes und Kaltes in den Rücken. Er spürte, wie es den Nasstauchanzug zwischen seinen Schulterblättern aufschlitzte. Er ließ sich sofort zurückfallen und musste hinnehmen, dass sein Hals mit der Klinge eines Schwerts Bekanntschaft machte.

»Han hat mir befohlen, dich noch nicht zu töten«, sagte Oni. »Wenn du es allerdings eilig hast und zu schnell aufstehst, spießt du dich selbst auf … aber das musst du selbst wissen.«

Kurt konnte das Schwert deutlich sehen, es war eine andere Waffe als die, welche Oni kurz vorher in der Hand gehabt hatte. »Steh bloß nicht auf«, warnte er Joe, »wenn dir dein Leben lieb ist. Die Klinge geht durch dich hindurch wie ein heißes Messer durch Butter.«

»Hier, wo ich liege, fühle ich mich eigentlich recht wohl«, sagte Joe, während er abwartete, bis das Schwert zurückgezogen wurde, und erst dann richtete er sich langsam auf Hände und Knie auf. Als er sich umdrehte, sah er sich einer Gestalt gegenüber, die ihm wie ein Sendbote der Hölle vorkam.

»Glaube bloß nicht, dass ich dich vergessen habe«, sagte Oni. »Bei jeder Bewegung habe ich Schmerzen. Jedes Mal, wenn ein neuer Fieberschub meine Eingeweide verbrennt, muss ich an dich denken und verfluche dich. Ich werde mich für jeden Schmerz, für jede Sekunde Fieberqualen bei dir revanchieren. Darauf kannst du dich verlassen.«

»Genau genommen, liegt die Schuld eher bei diesem Komodowaran«, sagte Joe. »Ich bin eigentlich nur ein unbeteiligter Zuschauer gewesen.«

»Unser Plan sieht vor, dass dein Ebenbild bei einem Verkehrsunfall stirbt«, sagte Oni. »Das heißt, dass du bei lebendigem Leib verbrennst. Dir wird nicht mehr so lustig zumute sein, wenn die Flammen über dir zusammenschlagen und du schreiend um deinen Tod bettelst.«

Joe wurde weggezerrt, und Kurt konnte nichts anderes tun, als ihm untätig nachzuschauen. Dabei hoffte er, dass Joe den Hinweis verstanden hatte, den Ushi-Oni ihm unbeabsichtigt gegeben hatte.

Als Joe und die beiden Henkersknechte im Tunnel verschwunden waren, wandte sich Kurt an Nagano. »Kommissar, sind Sie okay?«

Nagano hob den Kopf. Sein Gesicht war schmerzverzerrt. Kurt konnte auf den ersten Blick keine Verletzung im Gesicht des Japaners entdecken, aber er bemerkte, dass seine Hand mit einem Verband umwickelt war, der nicht allzu fachgerecht aussah.

»Er hat … die Mönche getötet«, sagte Nagano mühsam. »Regelrecht hingerichtet hat er sie.«

»Ushi-Oni?«

Nagano nickte. »Sie hatten die Schwerter in Verwahrung. Wir glaubten, ihn in der Falle zu haben … Er hat auch meine Männer getötet. Und meine Finger erwischt.«

Nagano schien zu fantasieren. Er redete, ohne Kurt dabei anzusehen.

»Sie stellen jede Menge Fragen«, fuhr er fort, »von denen die meisten keinen Sinn ergeben. Aber wenn man nicht antwortet, verpassen sie einem einen elektrischen Schlag. Er wird durch die Ketten geleitet. Sie bearbeiten einen mit

Stromschlägen, bis man zusammenbricht, und dann fangen sie wieder von vorne an.«

»Welche Art von Fragen?«

»Alle möglichen«, antwortete Nagano. »Dann verlangen sie von einem, dass man etwas vorliest, dass man erzählt, dass man spricht, zornig oder ruhig. Es war wie ein Psychospiel. Überhaupt nicht wie ein Verhör. Mir kam es vor, als ob sie sich gar nicht dafür interessierten, was ich auf ihre Fragen antwortete.«

Kurt lehnte den Kopf an die Wand. »Sie wollten Ihre Stimme hören und aufzeichnen, wie Sie bestimmte Worte aussprechen, wie schnell oder langsam Sie reden.«

Nagano kniff die Augen zusammen und starrte Kurt an. »Weshalb?«

»Damit sie ein Duplikat von Ihnen anfertigen können, so wie sie von mir eins angefertigt haben.«

»Ein Duplikat?«

»Einen Roboter, der genauso geht und redet und aussieht wie Sie. Haben sie Sie nach Ihren persönlichen Daten gefragt? Ihnen Ihre Ausweise abgenommen?«

»Alles haben sie verlangt«, sagte Nagano, »sogar die Fingerabdrücke.«

Han machte wirklich keinen Fehler. Mit Naganos Polizeiausweis und einem Daumenabdruck als eindeutige Identifikation gelangte er an zahlreiche Orte, wohin ein Austin-Double ihm nicht folgen konnte. »Sie haben Joe geholt, um ihn der gleichen Behandlung zu unterziehen.«

Naganos verschleierter Blick klärte sich ein wenig. »Sie werden ihn erbarmungslos foltern, bis er ihnen die gewünschten Antworten gibt.«

Daran zweifelte Kurt nicht im Mindesten. Er musste schnellstens handeln. »Schaffen Sie es aufzustehen?«

Nagano versuchte, auf die Füße zu kommen, richtete sich halb auf und sackte dann zur Seite. »Ich glaube nicht.«

Kurt half ihm so gut es ging, wenigstens eine sitzende Position einzunehmen. »Machen Sie sich keine Sorgen, Ihre Kräfte werden zurückkehren. Vorläufig sollten Sie die Gelegenheit nutzen und sich ausruhen.«

Während Nagano sich eine möglichst bequeme Position suchte und tiefe Atemzüge machte, richtete Kurt sich auf, stellte sich auf den Schachtrand und umklammerte das Eisenrohr mit den Händen. Dann nahm er es zwischen die Füße und begann, vorsichtig abwärtszurutschen. »Geben Sie mir Bescheid, falls jemand kommen sollte.«

»Was haben Sie vor?«, fragte Nagano.

»Ich suche eine Ratte mit Zähnen aus Stahl.«

51

Joe Zavala stand in der Mitte eines anderen modern einge-
richteten Raums. Die helle Deckenbeleuchtung stach
schmerzhaft in seine Augen, die sich während der letzten
Stunden an die in seinem Gefängnis herrschende Dunkelheit gewöhnt hatten. Er blinzelte und konnte anfangs von
seiner Umgebung kaum etwas wahrnehmen.

»Wie lautet Ihr Name?«, fragte eine Stimme, die aus
einem versteckten Lautsprecher drang.

Joe erkannte die Stimme. Sie gehörte Gao-zhin, Walter
Hans engstem Assistenten in seiner Firma CNR. Er studierte den Raum durch schmale Augenschlitze. Nach und
nach erkannte er weiße Kunststoffwände und Einwegspie-
gel, die ihn auf allen Seiten umgaben.

Seine äußere Erscheinung wurde aufgezeichnet. Aus
jedem Blickwinkel. Kameras hinter den Einwegspiegeln
speicherten dreidimensionale Bilder von ihm, um auf der
Grundlage der auf diese Weise gewonnenen Daten seine
genauen Körpermaße zu berechnen. Sie digitalisierten ihn
in allen Details und ermöglichten so die Erschaffung eines
Ebenbildes seiner selbst, um es mit Kurts Replikat zu kombinieren. Es war offensichtlich. Oni hatte es ihm ungewollt
verraten, als er erwähnte, wie Joes Faksimile sterben würde.

Joe empfand das Ganze nicht als Spiel. Alles, was er
ihnen lieferte, könnte von ihnen manipuliert und benutzt
werden. Sämtliche Klangnuancen seiner Stimme könnten
digital voneinander getrennt und neu zusammengefügt

werden, um neue Worte, neue Sätze zu bilden. Selbst wenn er ihnen widersprach oder sie beschimpfte, lieferte er ihnen Material, dass sie verwenden könnten.

»Name!«, fragte Gao.

Joe musste irgendetwas erwidern. Er entschied sich für einen übertriebenen texanischen Akzent und antwortete in bester John-Wayne-Manier: »Nun, Pilger, du kannst mich rufen, wie du willst, aber ruf mich niemals zu spät zum Essen.«

Das letzte Wort war ihm kaum über die Lippen gekommen, als ein elektrischer Schlag durch seinen Körper zuckte. Der Schmerz war unerträglich, und Joe fand sich benommen auf dem Kunststofffußboden des Labors wieder.

»Der nächste Schlag dauert doppelt so lange«, informierte ihn Gao lapidar. »Und jetzt stehen Sie gefälligst auf und nennen Sie Ihren Namen.«

Joe blieb länger liegen, als nötig gewesen wäre. Han und seine Leute hatten es eilig. Ihnen lief die Zeit davon. Das war es, was der Wächter ihnen mitgeteilt hatte. Und daraus ergab sich für Joe die Chance, ihre Aktivitäten zu behindern und weiter zu verzögern.

Noch ein Elektroschock wurde ausgelöst. Joe zuckte zusammen und krümmte sich, als der Strom so durch ihn hindurchfloss, dass seine Muskeln sich zusammenzogen und für einen Moment vollkommen erstarrten. Unfähig, sich dagegen zu wehren, biss er sich auf die Zunge und entspannte sich erst wieder, als der Stromimpuls nachließ.

»Stehen Sie auf und nennen Sie Ihren Namen«, wiederholte Gao.

Schwerfällig kam Joe auf die Füße. Er blieb mit Absicht vornübergebeugt stehen. *Zeichnet das auf*, dachte er. Er hob den Kopf und zeigte ihnen eine fratzenhafte Miene.

Er verzerrte das Gesicht so heftig wie möglich. Um die Wirkung noch zu verstärken, lieferte er seinen Peinigern eine seiner besten Darstellungen von *Ich, Claudius – Kaiser und Gott,* indem er zusätzlich ein Stottern und einen Gesichts-Tick vortäuschte.

Er drehte sich von Kamera zu Kamera, damit bei der Aufzeichnung kein Detail verloren ging. Offenbar verfolgte Gao den Aufzeichnungsprozess nicht unmittelbar, denn er wiederholte seine Aufforderung ein weiteres Mal, ohne Joes Mienenspiel zu kommentieren.

»Nennen Sie Ihren Namen.«

»›Was ist ein Name?‹«, sagte Joe und klang dabei so britisch wie irgend möglich. »›Was uns Rose heißt, wie es auch hieße, würde lieblich duften ...‹«

Eine Pause entstand, und für einen Moment glaubte Joe, dass er vor weiteren Qualen verschont würde, aber der brennende Schmerz des elektrischen Schlags raste schon wieder durch seinen Körper. Diesmal kam er ihm noch heftiger vor und dauerte um einiges länger.

Irgendwo in einem Winkel seines Bewusstseins rührte sich die Erkenntnis, dass sie ihn wohl kaum töten würden, wenn sie hofften, seine Kopie benutzen zu können. Aber das tröstete ihn in diesem Augenblick wenig, als er sich auf dem Fußboden herumwarf wie ein Fisch auf dem Trockenen.

Er musste zwanzig lange Sekunden leiden, ehe die Stromzufuhr unterbrochen wurde. Joe zitterte am ganzen Körper, seine Zähne schmerzten, und speziell eine Plombe fühlte sich an, als ob sie geschmolzen sei. Sein Geist war vollkommen leer.

»Wir haben die Stromstärke dergestalt kalibriert, dass jeder Impuls einen starken Schmerz erzeugt, jedoch keine bleibenden Schäden hinterlässt«, erklärte Gao. »Wir können damit die ganze Nacht und den ganzen Tag fortfahren. Und jetzt stehen Sie auf und nennen Sie Ihren Namen. Und dann lesen Sie den folgenden Text laut vor.«

Auf einem Bildschirm erschienen die Zeilen eines Dokuments, und Joe versuchte, die Worte zu entziffern. Indem er so tat, als ob er kapitulierte, wälzte er sich auf Hände und Knie, suchte in Gedanken nach einer neuen Möglichkeit, die Aufzeichnung zu verfälschen, und richtete sich auf. Er konnte nicht einschätzen, wie lange sein Körper die Tortur aushielt, aber er war absolut sicher, dass er eher sterben würde, als ihnen irgendetwas zu geben, was ihnen bei der Verwirklichung ihres teuflischen Plans helfen würde.

Während er sich mit den Händen an das verrostete Eisenrohr klammerte und mit den Füßen an der Schachtwand abstützte, tauchte Kurt Austin den Schacht hinab. Er befand sich etwa dreieinhalb Meter unterhalb des Schachtrands, als er auf ein erstes Hindernis stieß. Es war einer der Felsanker, die das alte Eisenrohr an der Schachtwand fixierten.

Er steckte nach wie vor tief im Gestein, hatte sich jedoch gelockert. Sechzig Jahre Erosion und Korrosion hatten dies bewirkt. Indem er den Anker mit mäßigem Kraftaufwand hin und her bewegte und daran rüttelte, brach er ihn schließlich aus dem Fels heraus.

Er schaffte es, die Kette darüberzuschieben, und setzte seinen Abstieg fort. Der nächste Anker war vollständig durchgerostet, und Kurt hatte keine Mühe, ihn vollständig zu zerbrechen.

Weiter ging es. Je tiefer er vordrang, desto stärker war das Rohr von Rost befallen. Bei jedem Zentimeter, den seine Arme und die Kette daran entlangschrammten, lösten sich Staub und Rostflocken von seiner Oberfläche und rieselten als roter Schnee in die Tiefe. Und in regelmäßigen Abständen wurde die Kette von einer tiefen Kerbe im Rohr gestoppt.

Kurt hielt nach einem Kupplungsstück Ausschau, das zwei Rohrabschnitte miteinander verband. Während seiner langjährigen Tätigkeit, die im Wesentlichen darin bestand, die Wracks gesunkener Schiffe zu bergen oder Schiffe kontrolliert zu versenken, hatte er die Erfahrung gemacht, dass Korrosion zuerst an solchen Verbindungsstellen einsetzt. Gewöhnlich waren dies die Schwachstellen jedes Systems. Mikroskopisch kleine Risse und Lücken ermöglichten das Eindringen von Wasser und die Bildung von Rost. Mechanische Belastungen in Gestalt von Bewegungen hatten Ermüdungserscheinungen und Schäden der Montageelemente zur Folge. Selbst bei den ältesten Schiffen kapitulierten nicht die Rumpfplatten vor den zerstörerischen Umwelteinflüssen, sondern es waren regelmäßig die Nieten und die Schotten, die den Geist aufgaben und sich förmlich auflösten.

Angesichts des Regenwassers, das von oben in den Schacht eindrang, und dem gezeitenbedingten Ansteigen und Absinken des Meerwassers innerhalb des Schachts war Kurt sicher, schon bald eine Stelle zu finden, wo die Korrosion ganze Arbeit geleistet und ihr Wunderwerk vollbracht hatte. Möglicherweise machte die Verbindung rein äußerlich einen vollkommen gesunden Eindruck, doch das Metall wäre im Innern zerfressen wie ein durch Fäulnis ausgehöhlter Baumstamm.

Er suchte noch immer nach einer solchen Schwachstelle, als seine Füße in Wasser eintauchten. Er ließ sich fallen, kämpfte gegen den Auftrieb seines Nasstauchanzugs an und versank in tiefer Dunkelheit.

Die Kette schrammte am Rohr entlang, während er weiter abwärtsschwebte. Als unter seinem Daumen plötzlich eine Roststelle nachgab, wusste er, dass seine Suche erfolgreich gewesen war. Er tastete das Rohr ab, fand einen Punkt, wo die Korrosion die stärkste Wirkung entfaltet hatte, platzierte dort die Kette und zerrte mit einem heftigen Ruck daran.

Die hintere Hälfte des Rohrs zerbröselte, und er wiederholte seine Aktion. Weitere Rohrteile gaben nach, doch es waren noch nicht genug. Nun bewegte er die Kette wie eine Säge hin und her. Er konnte deutlich spüren, wie das vom Meerwasser angegriffene Metall nachgab. Ein kleines Stück hier, ein längerer Abschnitt dort.

Plötzlich brach die Kette durch das Rohr, und er war frei und schwamm los.

Mit einem kräftigen Beinschlag katapultierte er sich nach oben, tauchte auf und machte einen tiefen Atemzug.

Über sich konnte er einen Lichtkreis erkennen. Er hatte schätzungsweise fünfzehn Meter zurückgelegt. Dagegen würde die Kletterpartie, die jetzt vor ihm lag, das reinste Vergnügen werden.

Walter Han verfolgte die Schmierenkomödie in der Aufzeichnungskabine ohne den geringsten Anflug von Genugtuung oder Frohlocken. Zavala lag wieder auf dem Boden, nachdem er eine Menge weiterer Elektroschocks hatte ertragen müssen. Er hatte drei neue Akzente imitiert und einen irischen Limerick aufgesagt, ehe er abermals zusammengebrochen war.

Jetzt lag er da, heftig atmend, ansonsten aber reglos.

Seine Stirn war schweißnass. Han glaubte, kleine Dampfwolken von seinem Kopf aufsteigen zu sehen – angesichts der im Stollensystem herrschenden Kälte war dies kein ungewöhnliches Phänomen.

»Das reicht«, entschied er.

»Aber wir haben noch kein verwendbares Stimmmuster«, erwiderte Gao. »Genau genommen, haben wir überhaupt nichts, es sei denn Sie wollen, dass der Roboter Zeilen aus *Romeo und Julia* deklamiert oder Slogans aus amerikanischen Fernsehspots daherplappert.«

»Er hat Sie besiegt«, stellte Han fest. »Erkennen Sie das nicht?«

Gao-zhin starrte seinen Boss wortlos an.

»Er weiß, was Sie von ihm wollen«, erklärte Han, »und er ist bereit, eher zu sterben, als es Ihnen zu geben. Möglicherweise geht er sogar so weit, dass er Sie animiert, ihn mit voller Absicht zu töten.«

»Okay«, lenkte Gao ein. »Was soll ich dann Ihrer Meinung nach jetzt tun?«

»Streichen Sie ihn aus dem Ursprungsszenario«, sagte Han. »Stellen Sie die Körperelemente fertig und programmieren Sie Zavalas Duplikat so, dass es weitgehend stumm ist, es sei denn, es wird direkt angesprochen. Austins Faksimile wird die gesamte Kommunikation übernehmen. Es reicht vollkommen, dass Zavala zusammen mit ihm gesehen wird und die Kamera aufzeichnet, dass er den Fluchtwagen lenkt.«

Gao war die Wut über sein Versagen deutlich anzusehen, aber er protestierte nicht. »Ich kann ihm immerhin eine authentische amerikanische Stimme verpassen, nur für den Fall, dass er irgendetwas sagen muss.«

»Dann beeilen Sie sich aber damit«, befahl Walter Han.

»Und sagen Sie meinem Piloten Bescheid, dass wir bereit sind, die Insel in Kürze zu verlassen.«

Erschöpft, in Schweiß gebadet und darauf wartend, dass die Folter jeden Augenblick von Neuem begann, lag Joe Zavala auf dem Boden. Jeder Stromschlag war länger und schmerzhafter als der vorangegangene gewesen, jeder Muskelkrampf schlimmer als der, den er davor überstanden hatte. Er fühlte sich, als ob er einen vollständigen Triathlon absolviert und anschließend zur Entspannung noch einen Ringkampf mit einem Bären ausgeführt hätte – und das alles, ohne sich vom Fleck zu rühren.

Dies wird sicherlich ein ganz neuer Trend des Fitnesstrainings. Man verwandelt sich in einen Adonis, ohne sich mit irgendwelchen Kraftübungen aufzuhalten. Joe musste leise lachen, als ihm dieser Gedanke durch den Kopf ging, aber das Lachen tat so weh, dass es ihm beinahe den Atem raubte, daher unterdrückte er es so schnell wie möglich.

Da er sich darauf konzentrierte, tiefe Atemzüge auszuführen, um die Frequenz seines Herzschlags zu senken und das Zittern in seinen Beinen unter Kontrolle zu bekommen, dauerte es eine Weile, bis ihm auffiel, dass die nächste Serie Stromschläge überfällig war. Eine kurze Phase der Ruhe dehnte sich zu mehreren, und Joe blieb dort liegen, wo er sich gerade befand. Weder drangen Forderungen aus den Lautsprechern noch neue Drohungen. Und die Metallplatten auf seiner Haut erzeugten nicht einmal den Anflug eines elektrischen Kitzelns, geschweige denn einen starken Stromschlag.

Ein Gefühl der Genugtuung beflügelte seinen Geist. Sie hatten kapituliert. Er hatte sie gezwungen aufzugeben und war am Leben geblieben. Er hatte gewonnen.

Die Tür der Aufnahmekabine öffnete sich, und zwei von Hans Männern kamen herein, um ihn zu holen. Sie ergriffen seine Arme und zogen ihn auf die Füße hoch.

»Der wehrt sich nicht mehr«, stellte einer der Männer spöttisch fest.

Momentan sicher nicht, dachte Joe. Sogar das Aufrechtstehen fiel ihm in diesem Moment schwer.

Sie nahmen ihn in die Mitte, bugsierten ihn aus der Kabine und betraten den Tunnel. Ein seltsames Geräusch wurde von den feuchten, kahlen Felswänden reflektiert. Joe identifizierte es als Motorenlärm des Helikopters, der offenbar in diesem Augenblick startete. Han verließ die Insel, um seinen Plan in die Tat umzusetzen, während Kurt Austin und Nagano noch immer angekettet waren und Joe selbst kaum aus eigener Kraft gehen konnte. Sein Gedanke, einen Sieg errungen zu haben, erlitt einen gründlichen Dämpfer. Offensichtlich hatte er zu früh triumphiert.

Sie folgten dem Verlauf des Stollens, kamen durch eine Biegung und näherten sich dem Luftschacht. Erst in diesem Moment wurde Joe bewusst, wie schwach die Beleuchtung in dem Tunnel erschien, vor allem nach der Helligkeit in der Kabine, in der er gefoltert worden war. Er konnte Kurt und Nagano, die neben dem Eisenrohr, an das sie gefesselt waren, an der Wand lehnten, kaum erkennen. Doch in diesem Moment sprang es ihm geradezu ins Auge: Nur eine Gestalt saß dort. Kurt war verschwunden.

52

Als der Wächter begriff, dass ihm ein Gefangener abhandengekommen war, wurde Joe Zavala zu Boden gestoßen. Mit wenigen schnellen Schritten war er an der Wand, bückte sich und packte Nagano an der Schulter und schüttelte ihn. »Verdammt noch mal, wo ist Austin?«

»Was soll ich Ihnen sagen?«, erwiderte Nagano. »Er ist geflohen.«

»Wie? Wohin?«

»Er hat die Ketten abgestreift«, sagte Nagano. »Sie müssen sie ihm zu locker angelegt haben, darum konnte er sich befreien.«

»Und dann hat er Sie hier zurückgelassen?«

»Ja«, bestätigte Nagano, »dieser undankbare Mistkerl. Trotz der Hilfe, die er von mir bekommen hat.«

Kurt Austin hörte jedes Wort der Unterhaltung. Er war nur drei Meter weit entfernt und kauerte dicht unterhalb der Luftschachtöffnung im Boden des Stollens. Er wusste genau, was als Nächstes geschehen würde. Mit einem Fuß auf einem der Wandanker des Eisenrohrs und den linken Arm um das Rohr geschlungen, hatte er einen Stein aus der Schachtwand herausgebrochen und hielt ihn in der rechten Hand bereit.

»Unmöglich«, widersprach der Wächter.

Nagano wurde zur Seite gestoßen, und der Wächter richtete seine Stablampe in den Stollen. Dann beugte er sich über den Luftschacht, um einen Blick hineinzuwerfen.

Kurt schleuderte den Stein, als er das Gesicht des Mannes in der Schachtöffnung auftauchen sah. Der Stein traf sein Kinn, der Kopf flog nach hinten in den Nacken.

Nagano beförderte den Wächter endgültig zu Boden, indem er ihm mit einem gezielten Tritt die Beine unterm Hintern wegsäbelte.

Der Wächter sackte auf den Rand des Luftschachts, und Kurt streckte beide Hände aus, packte ihn bei der Schulter und zog ihn über die Kante. Der Mann kippte kopfüber in den Schacht, prallte auf dem Weg in die Tiefe mehrmals gegen die Schachtwand und landete schließlich im Wasser auf dem Grund des Schachts.

Gleichzeitig griff Joe den zweiten Wächter an, rammte ihn mit dem Kopf zuerst gegen die Tunnelwand. Beide stürzten zu Boden, wo Joe ihm einen Haken in die Nieren verpasste und mit einem Kopfstoß seine Kinnspitze traf.

Kurt kletterte aus dem Schacht heraus und kam Joe zu Hilfe, der sich mit seinem Gegner einen verbissenen Ringkampf lieferte. Die beiden NUMA-Vertreter brauchten nur wenige Sekunden, um den Kampf zu beenden.

»Du lässt auffällig nach«, sagte Kurt. »Eigentlich hättest du diesen Burschen in nicht mehr als drei Zügen schachmatt setzen müssen.«

»Ich bin nicht gerade in Topform«, entschuldigte sich Joe. »Während du ein gemütliches Bad nehmen konntest, musste ich den Auftritt meines Lebens absolvieren.«

Kurt fand die Schlüssel in einer Tasche des Wächters, schloss Joes Fesseln auf und danach seine eigenen und Naganos. Sie knebelten den Wächter, nahmen ihm seine Waffe ab und ketteten ihn an das Eisenrohr im Luftschacht.

»Was ist mit dem Kerl, der eine Runde schwimmen wollte?«, fragte Joe.

Nagano schüttelte den Kopf. »Ist noch nicht wieder aufgetaucht.«

Mit Kurt als Vorhut, der die Pistole des Wächters schussbereit in Anschlag hielt, schlichen sie so leise wie möglich durch den Tunnel und blieben erst stehen, als sie jemanden näher kommen hörten.

Sich in den Schatten einer Nische im Stollen drückend, beobachteten sie, wie ein anderer von Hans Männern, zwei längliche Holzkästen in der Armbeuge, näher kam. Der Mann war mit einem weißen Laborkittel bekleidet. Er trug eine Brille mit dicken Gläsern. Und er hatte lange Haare, die ihm ins Gesicht fielen.

Er erreichte eine der Kunststofftüren, wischte sich die Haare aus den Augen und drückte auf einen Knopf. Ein grünes Licht blinkte, und ein leichter Druck mit der freien Hand öffnete die Tür. Der Mann ging hinein und schloss die Tür hinter sich.

»Lass uns verschwinden, bevor er wieder herauskommt«, drängte Joe.

»Nicht so schnell«, bremste Kurt seinen Freund. »Ehe wir uns verabschieden, möchte ich wenigstens einen Blick hinter die Kulissen werfen. Das haben wir uns schließlich redlich verdient, oder?«

Kurt durchquerte den Tunnel und gelangte zu der kunststoffbeschichteten Tür. Als er die Hand auf denselben Knopf legte, den der Techniker kurz vorher benutzt hatte, wurde auch er mit einem grünen Licht belohnt. Behutsam drückte er die Tür auf und entdeckte den Techniker am anderen Ende des Raums, wo er soeben aus einem der Holzkästen ein glänzendes Schwert herausnahm und auf einen Tisch legte.

Kurt räusperte sich und spannte den Hahn der Pistole.

Der Techniker richtete sich ruckartig auf und hob instinktiv die Hände, als wüsste er genau, welche Bedeutung dieses Geräusch hatte.

»Sprechen Sie Englisch?«

Der Mann nickte.

»Sehr gut«, sagte Kurt, »das vereinfacht einiges. Auf die Knie.«

Der Techniker sank unbeholfen auf die Knie, behielt jedoch die Hände oben. Die Haare fielen ihm wieder in die Augen, und er versuchte erfolglos, sie zur Seite zu blasen.

»Vielleicht sollten Sie mal über einen Haarschnitt nachdenken«, empfahl Kurt dem Mann.

Der Techniker nickte, und Kurt streckte eine Hand aus und fischte das zweite Schwert aus seinem Transportbehälter. Die Waffe war bildschön. Sie schimmerte im Neonlicht der Laborbeleuchtung.

Die Tür schwang abermals auf, und diesmal schlüpften Joe und Nagano herein.

»Hast du dein Souvenir gefunden?«

Demonstrativ hielt Kurt das Samuraischwert hoch.

Nagano brauchte nur einen Blick darauf zu werfen und konnte seinen Namen nennen. »Gehen Sie bloß vorsichtig damit um. Sie halten einen nationalen Schatz in der Hand. Das Honjo Masamune. Es wurde siebzig Jahre lang von Shintō-Mönchen vor der Öffentlichkeit versteckt.«

Kurt Austin sah den Techniker fragend an. »Warum ist Walter Han an diesen Schwertern interessiert?«

Der Techniker deutete mit einem Kopfnicken auf die Waffe in Kurts Hand. »Dieses Schwert ist ein nationales Symbol Japans.«

»Und die anderen?«

Der Techniker zögerte. Kurt richtete die Schwertspitze

auf seinen Kopf. »Wenn Sie wollen, kann ich Ihnen gleich hier und jetzt einen Haarschnitt verpassen.«

Der Techniker legte seine zögernde Haltung sofort ab. »Wir untersuchen sie.«

»Offensichtlich.« Die Kollektion der Laborgeräte, die ringsum bereitstanden, war beeindruckend. »Weshalb? Was hofft Walter Han zu finden?«

»Eine Metalllegierung«, antwortete der Techniker. »Sie heißt Goldenes Adamant. Sie weist ... einzigartige Eigenschaften auf. Bislang ist sie ausschließlich in Vulkanspalten gefunden worden. Und zwar in extremer Tiefe. Man nimmt an, dass auch in Japan ein Vorkommen existiert. Möglicherweise unter dem Mount Fuji. Eines dieser Schwerter könnte aus dieser Legierung hergestellt worden sein. Wir sollten in Erfahrung bringen, woher diese Schwerter kamen, wie sie geschmiedet wurden, welche Metalle in ihnen enthalten sind, und welches Mengenverhältnis den verschiedenen Legierungen zugrunde liegt. Am wichtigsten war jedoch zu bestimmen, wo das Erz abgebaut wurde.«

Joes Augenbrauen ruckten hoch. »Endlich wissen wir, wonach Hans Leute auf dem Grund des Ostchinesischen Meeres suchten.«

»Sie meinen sicherlich die erste Förderstätte«, sagte der Techniker. »Aber dort war das Erzvorkommen schon nach kurzer Zeit erschöpft.«

»Und wie wurde es abgebaut?«

»Mit Hilfe von Ultraschallwellen und energiereichen Schwingungen, kombiniert mit einer Kohlenstoff-Silizium-Frackingflüssigkeit«, berichtete der Techniker. »Eine ausgeklügelte Fördertechnik ermöglicht uns den Bergbau in extremen Tiefen ohne den Einsatz von konventionellen Gesteinsbohrern.«

»Klingt einleuchtend«, sagte Kurt. »War Ihnen klar, dass Sie gleichzeitig enorme Mengen an Tiefenwasser zutage förderten?«

»Bei diesem Prozess wird immer Wasser freigesetzt«, sagte der Techniker. »Aber die Mengen sind vergleichsweise gering, so dass sie nicht ins Gewicht fallen.«

Kurt runzelte die Stirn. »Sie fallen nicht ins Gewicht? Wahrscheinlich ist Ihnen gar nicht bewusst, wie viel Wasser Sie durch Ihre Aktivitäten freigesetzt haben. Millionen Liter Wasser pro Sekunde werden durch die Erdspalten nach oben gepresst – genug, um sämtliche Küstengebiete der Welt in einem Jahr zu überfluten, wenn dieser Prozess nicht sofort gestoppt wird.«

»Unmöglich«, sagte der Mann.

»Sie werden schon in Kürze mit eigenen Augen sehen, wie möglich es ist«, versprach Kurt.

»Bestimmt nicht, wenn wir nicht schnellstens von hier verschwinden«, warnte Joe. »Jede Minute, die wir hier sinnlos vertrödeln, erhöht die Wahrscheinlichkeit, dass unsere Abwesenheit jemandem auffällt.«

Damit traf er den Nagel auf den Kopf. Kurt wandte sich wieder an den Techniker. »Als wir diese gastliche Stätte betraten – zugegebenermaßen auf ziemlich abenteuerliche Weise –, bestand unser Handgepäck aus einem Gerätesack. Leider ist mir der Gepäckschein im Zuge des Gefechts abhandengekommen, aber wenn Sie uns zeigen könnten, wo der Sack zurzeit deponiert ist ...«

Der Blick des Mannes irrte zu einem Wandschrank. Joe hebelte ihn auf und fand den Sack komplett mit Schwimmflossen, Tauchmasken und den kleinen Sauerstoffflaschen, die Kurt in einer plötzlichen Eingebung ihrer Ausrüstung für alle Fälle hinzugefügt hatte. Neben dem Sack lag sogar

noch die Infrarotbrille. »Alles vorhanden. Inklusive Funkgerät.«

»Siehst du auch unsere Waffen irgendwo?«

Joe öffnete zwei weitere Schränke. »Nein.«

»Dann nimm diese«, sagte Kurt und reichte Joe die er-
beutete Pistole. »Ich schnappe mir das Schwert. Ich denke,
nach all der langen Zeit in der Versenkung sollte es seinen
rechtmäßigen Besitzern zurückgegeben werden.«

Joe wirbelte die Pistole probeweise um den Zeigefinger,
während Kurt den Techniker mit einer Geste aufforderte,
seine Zelte im Labor abzubrechen. »Sie kommen mit uns.
Später werden Sie uns noch eine ganze Menge erklären
müssen.«

Nagano knebelte den Techniker und hakte das Sprechfunkgerät von seinem Gürtel los, während Kurt die Tür
öffnete und einen prüfenden Blick in beide Richtungen
des Tunnels warf. Soweit er erkennen konnte, war die Luft
rein. »Dann nichts wie los.«

Sie schlugen den Weg zum Ausgang ein und näherten
sich schon bald dem Versammlungsraum. Als sie ihn passierten, wurden plötzlich und ohne Vorwarnung die
Schwingtüren aufgestoßen, und zwei Arbeiter, die sich auf
Chinesisch unterhielten, kamen heraus.

Sie blieben wie angewurzelt stehen, als sie Kurt und Joe
und zwischen den beiden ihren geknebelten Kollegen entdeckten.

Kurt stieß den Techniker zur Seite und stürmte auf die
Eindringlinge zu, aber diese zogen sich geistesgegenwärtig
durch die Schwingtür zurück und verriegelten sie. Sekunden später erklang eine Alarmsirene, und die Lautsprecher
der Sprechanlage verkündeten eine zweisprachige Warnung: »Achtung! Achtung! Die Gefangenen sind geflohen!

Sie wurden zuletzt im Haupttunnel gesehen! Achtung! Achtung! Die Gefangenen sind auf der Flucht!«

Kurt kümmerte sich nicht mehr um ihre Geisel. Der Mann würde sie nur aufhalten. In diesem Moment konnten sie nichts anderes tun, als die Beine in die Hand zu nehmen. »Los! Tempo, Tempo!«, rief er, und zu dritt nahmen sie Kurs auf den Ausgang des Bergwerks.

53

Gao-zhin hielt sich noch in der Aufnahmekabine auf, als der Alarm ertönte und die Warnung über die Sprechanlage verkündet wurde. Er reagierte sofort und schaltete das Mikrofon ein. »Wo sind sie jetzt?«

»Im Haupttunnel. In Höhe des Versammlungssaals. Sie sind bewaffnet.«

Ushi-Oni stand neben ihm. »Lösen Sie den Alarm aus!«

»Wir sind nicht auf einer militärischen Basis«, schnappte Gao. »Wir haben keine speziellen Alarmroutinen.«

Die rasende Wut in Onis Augen jagte Gao einen derartigen Schrecken ein, dass er sofort verstummte. Er betätigte einen anderen Knopf der Sprechanlage, der ihn direkt mit dem zentralen Kontrollraum verband. »Hallo, Zentrale, hier ist Gao-zhin. Die Amerikaner konnten sich befreien. Sie haben eben gerade einen Techniker in der Nähe der Versammlungshalle angegriffen. Sofort sollten einige Männer in Marsch gesetzt werden, um sie zu suchen und zu neutralisieren.«

Für einen Moment herrschte Stille, ehe sich die Zentrale wieder meldete. »Unsere Leute kontrollieren zurzeit das Außengelände.«

»Rufen Sie sie zurück.«

»Das hätte zu diesem Zeitpunkt wenig Sinn. Wenn die Amerikaner bis in den Haupttunnel gelangen konnten, müssen wir mit einiger Wahrscheinlichkeit davon ausgehen, dass sie mittlerweile den Komplex verlassen haben.«

»Genau vor einem solchen Fall habe ich Han eindringlich gewarnt«, schäumte Oni. »Sie bringen unsere Pläne und die gesamte Organisation in Gefahr.«

»Ich glaube, dass Sie zu heftig reagieren«, sagte Gao. »Selbst wenn sie es geschafft haben sollten, das Bergwerk zu verlassen, sitzen sie immer noch auf der Insel fest. Von hier kommen sie nicht weg. Der Hubschrauber ist nicht mehr da. Und es gibt keine Boote. Wie sollen sie Ihrer Meinung nach von hier fliehen? Indem sie schwimmen?«

Oni funkelte ihn wütend an. »Das ist genau das, was sie tun werden. Was meinen Sie, weshalb sie in Nasstauchanzügen auf die Insel gekommen sind und Schwimmflossen und Tauchmasken bei sich hatten?«

»Unmöglich. Bis zum Festland müssten sie fast drei Meilen zurücklegen«, sagte Gao. »Die Strömung trägt sie ins offene Meer hinaus, ehe sie sich der Küste auch nur bis auf Rufweite genähert haben.«

»Diese Männer arbeiten im Ozean«, sagte Oni. »Das sind erfahrene Taucher. Wenn Sie tatsächlich glauben, dass sie es nicht bis zum Festland schaffen, sind Sie ein noch größerer Narr, als ich bisher angenommen hatte. Eine Stunde mit Schwimmflossen an den Füßen im Wasser, und sie haben das Festland erreicht. Sie werden kaum länger brauchen. Und noch eher schaffen sie es, wenn sie unterwegs von einem Boot aufgefischt werden.«

Nun begann Gao zu schwitzen. Plötzlich wurde ihm die Gefahr bewusst. Es gab tatsächlich keine Boote auf der Insel, und zwar auf ausdrückliche Anordnung Walter Hans. Das bedeutete aber auch, dass Austin, Zavala und Nagano nicht mehr gefasst werden konnten, sobald sie den Strand vor Nagasaki erreicht hätten. Er aktivierte die Sprechanlage. »Zentrale, wie viele Männer haben Sie zur Verfügung?«

»Nur noch zehn, um das Bergwerk zu sichern, plus Sie und die Techniker.«

Das würde im Ernstfall niemals ausreichen. »Aktivieren Sie die Warbots«, befahl Gao. »Sie sollen in den Aufspür- und Vernichtungs-Modus versetzt werden.«

»Aber unsere Leute sind doch gleichfalls da draußen.«

»Uns bleibt nicht mehr genug Zeit, um die Diskriminator-Funktion zu programmieren«, sagte Gao. »Stationieren Sie die Männer auf dem Hafendamm und geben Sie Befehl, dass sie die Treppen und die direkten Zugangsrouten zum Wasser überwachen sollen. Die Warbots werden sich verteilen und eine Kette bilden – und in dieser Formation werden sie die Amerikaner unseren Wachen in die Arme treiben. Wenn sie irgendetwas im Wasser entdecken, egal ob Menschen oder etwas anderes, sollen sie sofort auf Sicht schießen. Diesmal werden keine Gefangenen gemacht.«

»Jawohl. Ich wiederhole, keine Gefangenen.«

Gao vibrierte geradezu vor Adrenalin, aber Oni betrachtete ihn plötzlich mit einem ganz neuen Ausdruck von Respekt.

»Ich wusste gar nicht, dass es auch in Ihnen steckt.«

»Was meinen Sie? Was soll in mir stecken?«

»Der Instinkt und die Bereitschaft, absolut unbarmherzig zu töten …«

»In diesem Fall geht es nur um eines: sie oder wir«, erwiderte Gao. »Wir haben keine Möglichkeit, diese Insel zu verlassen. Wenn die Amerikaner das Festland erreichen, dann sind wir auf diesem winzigen Flecken ein für alle Mal gefangen.«

Das Festland war weit entfernt, während Kurt, Joe und Nagano in die Nacht hinausrannten. Der Himmel war nach wie vor bedeckt, und es regnete noch immer, aber inzwischen war es kühler geworden, und dichte Nebelschwaden hüllten den Berg hinter ihnen in der Mitte der Insel ein.

Etwa einhundert Meter vom Eingang zum Bergwerk entfernt – sie waren sich der Tatsache bewusst, dass die Jagd auf sie bereits eröffnet war –, gingen sie im ersten Gebäude, das sie auf ihrem Weg fanden, in Deckung.

In der Dunkelheit der Betonruine kauerten sie und hatten das Funkgerät, das sie dem Techniker abgenommen hatten, eingeschaltet. So hörten sie jede Anweisung, die an ihre Verfolger erging.

Kurt sah Nagano fragend an. »Was haben sie gesagt?«

»Mein Chinesisch ist ein wenig eingerostet«, meinte Nagano. »Aber soweit ich verstanden habe, war die Rede von Männern auf dem Hafendamm. Und von Kriegsmaschinen.«

Während er durch eine Maueröffnung des abbruchreifen Gebäudes hinausblickte, konnte Kurt Austin beobachten, wie die erste der von Nagano erwähnten »Kriegsmaschinen« aus dem Eingang zum Bergwerk auftauchte. Sie hatte die Ausmaße eines Rasenmähers und bewegte sich wie ein riesiges Insekt auf sechs Beinen vorwärts. Matt leuchtende LEDs – ihre Ähnlichkeit mit Augen war gespenstisch – wurden sichtbar, als sich die Maschine suchend hin und her drehte und dann auf sie zukam.

»Köpfe runter und nicht rühren«, befahl Kurt.

Sie machten sich hinter der Betonmauer der Ruine, die ihnen als erster Unterschlupf diente, so klein wie möglich. Als Kurt wieder einen Blick durch die Maueröffnung riskierte, hatte die Maschine abgedreht und marschierte in die entgegengesetzte Richtung.

»Wohin will dieses Ding?«, wollte Nagano wissen.

»Offenbar zum Hafen«, antwortete Kurt. »Wahrscheinlich, um uns auf dem Weg dorthin abzufangen.«

»Was genau war das für ein Apparat?«, fragte Joe.

»Han nennt ihn Warbot«, sagte Kurt. »Er hat in seiner Fabrik eine Vorführung für mich veranstaltet.« Er deutete auf die Pistole in Joes Hand und hielt das Schwert hoch, das er mit sich herumtrug. »Nach dem zu urteilen, was ich bei dieser Gelegenheit beobachten konnte, können diese Waffen nicht allzu viel gegen die Maschinen ausrichten.«

Kurt ging sofort wieder auf Tauchstation, als zwei weitere Maschinen aus dem Stollen herauskamen. Jede schlug eine andere Richtung ein. »Offenbar verteilen sie sich«, sagte er. »Es ist unmöglich festzustellen, wie viele von diesen Apparaten sie aufmarschieren lassen können, aber früher oder später wird einer auch uns mit seinem Besuch beglücken.«

»Es wird nicht einfach sein, zum Wasser zu gelangen, wenn sie wissen, dass wir diesen Weg einschlagen müssen«, sagte Joe. »Es gibt nur wenige Stellen auf der Insel, wo man das Meeresufer einigermaßen sicher erreichen kann. Insgesamt drei Treppen und der Hafenkai.«

»Ich glaube, wir können davon ausgehen, dass diese Punkte längst bewacht werden«, sagte Nagano.

Joe nickte. »Was bedeutet, dass wir vielleicht über den Hafendamm klettern und springen müssen.«

Kurt war sich nicht sicher, ob dies die beste Lösung ihres Problems wäre. »Was uns in diesem Fall erwartet, ist ein Sturz über zwanzig Meter hinunter in die tobende See, in der Felsenriffe und Betonklötze auf uns lauern. Man braucht nur den Rhythmus einer Welle falsch einzuschätzen, und schon findet man auf einem dieser Hindernisse einen schnellen Tod. Und selbst wenn wir heil im Wasser landen, riskieren wir, von den Brechern gegen die Mauer geschmettert zu werden, ehe wir uns aus der Brandungszone herausgekämpft haben.«

Nagano sah die beiden Amerikaner mit einem Ausdruck des Bedauerns an. »Ich habe vor Jahren mal an einem Triathlon teilgenommen, der in diesen Gewässern stattgefunden hat«, erzählte er. »Die Strömungen sind heimtückisch, und meine Hand kann ich zurzeit nicht benutzen. Ich glaube kaum, dass ich mich lange über Wasser halten kann, geschweige denn, dass ich den weiten Weg bis zum Festland schaffe. Sie sollten Ihr Glück ohne mich versuchen. Vielleicht kann ich diese Kriegsmaschinen für eine Weile ablenken, während Sie zu fliehen versuchen.«

Kurt schüttelte den Kopf. »Wir haben den weiten Weg hierher sicher nicht zurückgelegt, um Sie am Ende hier zurückzulassen. Außerdem, warum schwimmen, wenn wir fliegen können?«

Überzeugt, dass Austin, Zavala und Nagano das Bergwerk längst verlassen hatten, wagte Gao, die Sicherheit der Aufzeichnungskabine zu verlassen und das Kontrollzentrum aufzusuchen. Ushi-Oni begleitete ihn und ließ es sich nicht nehmen, mit dem Schwert, das Han ihm als Ersatz für das Honjo Masamune überlassen hatte, über die Stollenwände zu schrammen. Wo immer die Klinge über Einschlüsse aus Feuerstein wischte, sprühten Funken hoch.

»Muss das sein?«

Oni ignorierte die Frage und setzte sein nervtötendes Spiel fort, bis sie den Kontrollraum erreichten.

Die Männer, die dort ihren Dienst versahen, drehten sich erschreckt um, als Gao und Oni eintraten.

»Schon eine Spur von ihnen entdeckt?«, fragte Gao.

»Bis jetzt noch nicht.«

Gao ging zur nächsten Computerkonsole. Die Videoeinspeisungen von sechzehn verschiedenen Warbots verteilten sich auf vier Bildschirme. Eine zweite Welle von sechzehn weiteren Maschinen formierte sich soeben. Auf einem schematischen Luftbild von der Insel war zu beobachten, wie die Warbots sich auffächerten, während sie sich von dem Bergwerk entfernten.

Oni folgte ihm und betrachtete aufmerksam die Karte. »Sie lassen die Westseite der Insel vollkommen ungeschützt. Ich sehe dort keine der Kriegsmaschinen.«

Das war für Gao nichts Neues. »Auf dieser Seite der Insel gibt es keine Möglichkeit, auf einem sicheren Weg bis zum Wasser hinabzuklettern«, erwiderte er. »Abgesehen davon, kann ich mir nicht vorstellen, dass sie auf der Westseite der Insel ins Meer springen werden, wenn sie nach Osten schwimmen müssen, um das Festlandufer zu erreichen.«

»Sie, Gao-zhin, kämen wahrscheinlich nicht auf diese Idee«, sagte Oni, »aber Sie unterschätzen diese Männer noch immer.«

Gao schüttelte den Kopf. »Ganz und gar nicht. Ich weiß, dass sie professionelle Taucher sind, aber sie sind auch nicht dumm. Um die Insel herumzuschwimmen und gegen die Strömung anzukämpfen, verlängert die Strecke, die sie zurücklegen müssen, beträchtlich und macht sie gefährlicher. Aber in diesem Fall verringert sich die Wahrscheinlichkeit enorm, dass wir sie im Wasser aufspüren und erschießen. Sie werden sich zum nächsten Punkt begeben, um ins Meer zu steigen, und die Insel so schnell wie möglich hinter sich lassen. Und das heißt, dass wir sie auf der Ostseite suchen müssen.«

Oni trat zurück, und Gao gab einen neuen Befehl. »Die Roboter sollen einen weiten Bogen schlagen und der Uferlinie der Insel folgen. Die restlichen Roboter sollen sich Block für Block vorarbeiten und sie vor sich hertreiben. Versetzen Sie die Maschinen in den Bereichskontroll-Modus, damit sie die Zielobjekte umzingeln, sobald sie aufgespürt wurden.«

Der Controller zögerte. »Aber je weiter wir das Netz spannen, desto größer werden doch die Maschen, durch die Amerikaner hindurchschlüpfen können – was sie auch ganz sicher tun werden.«

»Die Warbots benutzen Weitwinkel-Infrarotsensoren«, sagte Gao zuversichtlich. »Zehn von ihnen können ein Suchgebiet abdecken, für das der Einsatz von einhundert Männern notwendig wäre.«

»Und wenn sich die Amerikaner in einem der Gebäude verstecken?«

»Dann spielen sie uns in die Hände. In ein paar Stunden wird die Operation in Nagasaki abgeschlossen sein. Der Premierminister und einige Mitglieder seines Kabinetts werden tot sein, und Austin, Zavala und Nagano stehen an der Spitze aller Fahndungslisten. Zu diesem Zeitpunkt gibt es keinen Ort mehr, zu dem sie fliehen können. Die ganze Welt wird nach ihnen suchen.«

Kurt Austin huschte von einer Gebäudeecke zur anderen. Warbots überwachten jede Straßenkreuzung in seiner Nähe. Andere marschierten an ihm vorbei und gingen auf der anderen Seite in Stellung.

Joe kam von der Rückseite des Gebäudes zurück. »Ein anderer ist auf der Rückseite.«

»Bewegt er sich in unsere Richtung?«

Joe schüttelte den Kopf. »Er steht nur an der Kreuzung herum.«

»Sie richten eine Zonenkontrolle ein«, sagte Nagano. »Zuerst riegeln sie jeden Fluchtweg ab, und erst dann beginnen sie mit der systematischen Suche. Wir würden es in einer solchen Situation genauso machen – wir nennen diese Technik einen doppelten Riegel.«

Kurt konnte sich erinnern, dass Walter Han seinerzeit erwähnt hatte, dass die Warbots die Polizei ersetzen könnten. »Das bedeutet, dass wir eingekesselt sind«, sagte er. »Wahrscheinlich mehrere Blöcke tief. Selbst wenn wir uns an den Warbots direkt vor uns vorbeischleichen könnten, würden wir anderen in die Arme laufen.«

Er machte einen tiefen Atemzug, ging in die Hocke, lehnte sich an die Hauswand und versuchte, sich vorzustellen, wo genau auf der Insel sie sich befanden. Während er sich Fotos und die Karte in Erinnerung rief, die er sorgfältig studiert hatte, nahm eine Idee in seinem Kopf Gestalt an. »Wir müssen die Treppe suchen«, sagte er schließlich. »Und zusehen, dass wir nach oben gelangen.«

»Und dann?«

»Wenn dies das Gebäude ist, das ich im Sinn habe, dann müssten wir auf dem Dach eine Verstrebung finden, die es mit dem nächsten Gebäude verbindet. Keine Brücke im eigentlichen Sinn, weil die Konstruktion eher stabilisierenden Charakter hat. Aber wenn wir vorsichtig sind, können wir sie vielleicht auf allen vieren überqueren.«

»Dann schaffen wir es möglicherweise, ungesehen an diesem Trupp auf der Kreuzung vorbeizukommen, aber was ist mit dem nächsten Absperrring?«, fragte Joe.

»Ich habe eine Idee, wie wir dieses Problem möglicherweise lösen können«, sagte Kurt.

Joe verzog das Gesicht. »Wenn dir das Gleiche vorschwebt, was mir gerade durch den Kopf geht, dann solltest du es lieber schnellstens aus deinem Bewusstsein streichen.«

»Es ist alles, was wir haben«, wehrte sich Kurt.

Nagano brachte sich mit einem Räuspern höflich in Erinnerung. »Würden Sie beide vielleicht so nett sein und einen im Dienst ergrauten Detektiv einweihen? Ich habe keine Ahnung, wovon Sie sprechen.«

»Wir müssen diese Warbots in dieses Haus locken«, sagte Kurt. »Und zwar so viele wie möglich.«

»Und dann?«

»Auf dem Dach befindet sich so etwas wie eine Brücke. Wenn die meisten Warbots zu diesem Gebäude strömen, um uns zu suchen, und die anderen die Ausgänge abriegeln, sollten wir in der Lage sein, zum Gebäude nebenan hinüberzukriechen und von hier zu verschwinden.«

»Müssen wir nicht damit rechnen, dass die Maschinen uns verfolgen?«, fragte Nagano.

»Ich glaube nicht«, sagte Kurt. »Hans Rennwagen war ausschließlich fähig, bekannte Taktiken zu verfolgen und sich dabei an bestimmte Regeln zu halten. Er blieb auf der Piste, während ich, salopp ausgedrückt, schummelte und quer übers Innenfeld rauschte. Wenn diese Warbots einem ähnlichen Programm gehorchen, werden sie gar nicht auf die Idee kommen, dass die verrostete Strebe auf dem Dach als Steg oder Brücke benutzt werden kann. Sie würden niemals versuchen, sie zu überqueren.«

Nagano nickte. »Und wenn sie unverrichteter Dinge wieder ins Parterre zurückkehren, sind wir längst mehrere Gebäude weitergezogen und hoffentlich auf dem Weg in die Freiheit.«

»Ein kluger Plan«, sagte Nagano. »Wir brauchen nichts anderes zu tun, als sie auf uns aufmerksam zu machen.«

»Ihr beide seht schon mal zu, dass ihr nach oben aufs Dach kommt«, bestimmte Kurt. »Ich signalisiere unseren mechanischen Freunden, dass wir hier sind.«

Während Joe und Nagano eine Treppe fanden, begab sich Kurt zum Haupteingang des Wohnturms und informierte sich, welche Position die beiden Roboter bezogen hatten. Der Warbot auf der linken Seite war ihm am nächsten. Wohl wissend, dass sie Kameras an Bord hatten, nahm er sich vor, eine möglichst gute Figur abzugeben. Er verließ das Haus durch einen Seiteneingang und verharrte – er tat so, als ob er vor Schreck stockstеif stehen bliebe, als der Warbot zu ihm herumfuhr.

Auf die Reaktion seines Gegners vorbereitet, hechtete er zur Seite, als ein roter Laserpunkt auf seiner Brust erschien und die ersten Schüsse abgefeuert wurden. Die Kugeln pfiffen nur wenige Zentimeter entfernt an seinem Kopf vorbei.

Kurt robbte in das Gebäude zurück und blieb auf Tauchstation, während sich die Maschine in seine Richtung zu bewegen begann. Während sie sich näherte, feuerte sie erneut.

»Das wär's«, murmelte er. »Du hast uns gefunden. Dann komm auch und hol uns.«

Als die Geräusche der Maschine zu hören waren, verließ Kurt seine Deckung und rannte zur Treppe. Er eilte die erste Treppenflucht hinauf, während der Warbot das Gebäude durch den Vordereingang betrat und mit der Suche begann, um ihn orten zu können.

Geräuschvoll überwand er vier Treppenabschnitte, ehe er für einen Augenblick innehielt. Er fand eine Maueröffnung, in der sich einmal ein Fensterrahmen befunden haben musste, und schaute in die Dunkelheit hinaus. Er konnte erkennen, wie unten auf der Straße weitere Maschinen auf das Haus zukamen.

Der Plan funktionierte perfekt – bis auf einen nicht ganz unwesentlichen Punkt. Die erste Maschine verfolgte ihn schneller, als Kurt erwartet hatte. Viel schneller. Sie befand sich mittlerweile nur noch zwei Treppenabschnitte unter ihm.

Kurt startete durch und überwand die nächsten Abschnitte im Laufschritt. Es gab keine Türen, die er hinter sich hätte zuschlagen können, keine Hindernisse, die er schaffen konnte, nichts, um den Vormarsch der Maschine entscheidend aufzuhalten. Andererseits wäre ein Versuch in dieser Richtung wahrscheinlich ohnehin sinnlos gewesen. Er hatte während der Demonstration in Walter Hans Fabrik schon gesehen, wie die Kampfmaschinen durch zahlreiche Türen hindurchgewalzt waren.

Als er die siebente Etage erreichte, hörte er, dass über ihm Joe und Nagano irgendetwas mit wuchtigen Schlägen bearbeiteten. »Wie läuft's da oben?«, rief er.

»Erste Fehleinschätzung«, antwortete Joe so laut, dass es durchs Treppenhaus hallte. »Die Tür zum Dach ist mit einem Vorhängeschloss gesichert. Wir versuchen gerade, es aufzubrechen. Aber okay, der Plan war von Anfang an dazu angetan, mindestens einen Schönheitsfehler zu haben.«

»Ein Problem würde ich mir gefallen lassen«, rief Kurt, »aber wir haben dann schon zwei. Der erste Warbot wartet nicht auf Verstärkung.«

»Dann sieh zu, dass du ihn bremst!«, verlangte Joe.

Leichter gesagt als getan, dachte Kurt und betrachtete das Schwert in seiner Hand. »Zu schade, dass Masamune nicht auch noch Raketenwerfer gebaut hat.«

»Sollen wir einen anderen Weg aufs Dach suchen?«, fragte Joe.

Kurt blickte sich um und entdeckte etwas, das möglicherweise nützlich sein könnte. »Nein«, rief er. »Bearbeitet weiter die Tür.«

»Was willst du tun?«

»Ich mache hier gleich den Kammerjäger.«

Während Joe und Nagano zwei Stockwerke über ihm damit fortfuhren, die Tür zum Dach aufzubrechen, attackierte Kurt mit dem Honjo Masamune das ramponierte Geländer im Treppenhaus. Nachdem er die verrosteten Metallstützen dicht über dem Boden gekappt hatte, wuchtete er die gesamte Konstruktion aus dem Weg.

Danach stocherte er in einem Schutthaufen herum, der aus den Trümmern einer Wand bestand, die den Kräften der Natur nicht standgehalten hatte und im Laufe der Jahre in sich zusammengefallen war. Auf dem Grund des Geröllhaufens fand er einen größeren Betonbrocken. Er war zu schwer, um angehoben und getragen zu werden, aber indem er sich auf den Fußboden setzte und mit den Füßen dagegenstemmte, konnte er ihn über den Treppenabsatz bewegen. Er schob ihn bis an den Rand des Absatzes und wartete.

Der Roboter befand sich zwei Treppenabsätze unter ihm, marschierte ein Stück, blieb stehen und orientierte sich mit Hilfe seiner Sensoren, dann marschierte er weiter. Dabei bewegte er sich wie ein Wesen von einem anderen Stern. Auf jedem Treppenabsatz hielt er inne und suchte die Umgebung nach verräterischer Wärmestrahlung ab.

Nur ein kleines Stück weiter.

Schließlich kam er um die Biegung. Dreieinhalb Meter unter Kurt tastete er sich auf den Treppenabsatz.

Mit wuchtigem Tritt beförderte Kurt den Betonbrocken über die Kante. Er stürzte senkrecht nach unten, erwischte den Roboter zwar nicht genau in der Mitte, verbog jedoch einige seiner Gliedmaßen und machte ihn im wahrsten Sinne des Wortes stellenweise vollkommen platt.

Seine sechs Beine streckten sich nach allen Seiten, und für einen kurzen Moment glaubte Kurt, dass er ihn zerstört hatte. Aber der Roboter bewegte sich wieder, und der Betonklotz rutschte von seinem Körper herab und auf den Boden. Von dem Gewicht befreit, sprang die Maschine auf die Füße.

»Eigentlich habe ich es schon immer gewusst, Kakerlaken sind nicht umzubringen.«

Offenbar wieder im Vollbesitz ihrer Fähigkeiten, richtete sich die Maschine auf, fand Kurt mit ihrem Zielerfassungs-Laser und eröffnete das Feuer.

Kurt brachte sich mit einem Sprung aus der Schussrichtung, aber er hätte sich gar nicht zu bemühen brauchen. Unter ihm erschütterte eine heftige Explosion das Treppenhaus.

Kurt riskierte einen Blick nach unten. Der Lauf der Warbotwaffe war seitlich abgeknickt, und was davon noch übrig war, hatte sich aufgespreizt. Die Waffe hatte sich selbst zerstört, als der Warbot das Feuer eröffnet hatte.

»Der Betonklotz hat offenbar den Lauf verbogen«, sagte Kurt. »Genau so hatte ich es geplant.«

Der Roboter war zwar nicht vollkommen zerstört, aber zumindest neutralisiert.

Kurt trennte sich von dem ermutigenden Anblick und stürmte weiter die Treppe hinauf. »Wir sind wieder in Führung«, rief er triumphierend. »Menschen gegen Roboter, zwei zu eins.«

Er gelangte ins oberste Stockwerk und stellte fest, dass die Tür offen stand – Joe und Nagano hatten sie endlich aufgebrochen. Er ging hindurch, drückte sie zurück in den Rahmen und trat in den Regen hinaus. Joe und Nagano standen am Dachrand und starrten auf die Lücke zwischen dem Wohnturm und dem benachbarten Gebäude.

Joe hielt mit der schlechten Nachricht nicht hinterm Berg. »Ich sag's dir nicht gerne, Amigo. Aber die Brücke kannst du vergessen.«

»Die Verstrebung sollte sich aber an Ort und Stelle befinden«, widersprach Kurt. Er wollte und konnte es nicht glauben.

Joe deutete auf die korrodierten Überreste einer Halterung, die höchstens zwanzig Zentimeter unterhalb der Dachkante aus dem Beton ragten. »Ich glaube, an dieser Stelle hat sie früher einmal ihren Dienst versehen.«

Kurt schüttelte bedauernd den Kopf. »Alte Fotos«, murmelte er. »Traue niemals einer alten Fotografie.«

Ein kurzer Blick über die Dachkante verriet Kurt, dass ein Dutzend Warbots zu ihnen unterwegs waren. Andere hatten zweifellos längst das Gebäude betreten. »Unglücklicherweise funktioniert der Rest unseres Plans absolut perfekt. Die Warbots kommen in Scharen.«

»Was nun?«, fragte Nagano.

Kurt betrachtete das Gebäude auf der anderen Seite. Die Lücke war nicht mehr als zwei Meter breit, und das Dach auf der anderen Seite war ein halbes Stockwerk niedriger als das, auf dem sie gerade standen. Er deutete mit dem Schwert über die Lücke zur anderen Seite. »Wir haben keine andere Wahl.«

Die drei Männer wechselten kurze Blicke, traten einige Schritte zurück und rannten dann los. An der Dachkante sprangen sie ab, katapultierten sich hoch und über die Lücke hinweg, ehe sie abwärts in die Dunkelheit stürzten.

»Warbot Nummer acht ist außer Betrieb und offline«, meldete der Controller.

Gao-zhin starrte auf einen leeren Bildschirm. »Was ist geschehen?«

»Ist das nicht offensichtlich?«, fragte Oni. »Das Gewehr ist explodiert. Der Lauf wurde beim Kontakt mit dem Betonklotz beschädigt. Ein menschlicher Soldat hätte das gewusst und um jeden Preis vermieden abzudrücken.«

»Die anderen werden sie aus dem Verkehr ziehen«, sagte Gao zuversichtlich. »Von diesem Dach kommen sie nicht herunter. Dort sind sie gefangen.«

Gao schaltete zur Videoeinspeisung einer anderen Maschine um, und sie konnten verfolgen, wie sie sich an dem defekten Warbot vorbeischob und die Treppe bis zum Dach hinaufstieg. Sie brach durch die Tür und suchte quadratmeterweise das Dach und das umliegende Gebiet ab.

Nach einer kurzen Pause ergriff der Controller wieder das Wort. »Keine Zielobjekte in Sicht.«

»Was ist mit den anderen Stockwerken?«, fragte Gao. »Es wäre doch möglich, dass sie umgekehrt sind und sich ein Versteck gesucht haben.«

Der Controller ging sämtliche Datenbildschirme durch. »Wir haben in jeder Etage des Gebäudes mindestens eine Maschine. In keiner Etage können wir eine Wärmestrahlung orten. Eine Bewegung ist ebenfalls nicht wahrzunehmen. So bitter es ist, aber wir haben sie verloren.«

Gao schob den Controller unsanft beiseite und kontrollierte selbst die Telemetrie-Daten. »Das ist unmöglich. Sie müssen doch irgendwo in diesem Gebäude sein.«

Dass Oni hinter ihm stand, ihm über die Schulter blickte und auf seinen Nacken atmete, machte alles nur noch schlimmer.

»Zeigen Sie mir eine Karte von der Insel«, verlangte der ehemalige Yakuza.

»Weshalb?«

»Tun Sie mir den Gefallen.«

Gao schäumte innerlich, aber er tat, was von ihm verlangt wurde. Der Bildschirm flackerte, und ein Drahtgittermodell von der Insel und allen auf ihr errichteten Bauwerken erschien. »Rote Punkte zeigen die Positionen der Warbots an«, erläuterte Gao. »Die meisten von ihnen haben sich in dem Gebäude versammelt, in dem die Amerikaner und Nagano sich gerade aufgehalten haben.«

Oni brauchte nur eine Sekunde, um zu erkennen, was er in diesem Moment tun musste. »Haben Sie irgendetwas, mit dem man diese Maschinen daran hindern kann, mich irrtümlich aufs Korn zu nehmen, wenn ich da draußen erscheine?«

»Einen Identifikator«, sagte Gao und deutete auf eine Art Garderobenständer neben der Computerkonsole, an dem mehrere Geräte an langen Tragbändern hingen. »Solange Sie einen von diesen Apparaten mit sich führen, halten die Maschinen Sie für freundlich gesonnen und krümmen Ihnen kein Haar.«

Oni lächelte erfreut. Er deutete mit der Schwertspitze auf Gao. »Geben Sie mir so ein Ding«, verlangte er. »Und nehmen Sie selbst auch eins.«

»Ich? Weshalb?«

»Weil ich genau weiß, wohin es die Amerikaner in diesem Augenblick zieht«, antwortete er. »Und Sie kommen mit mir.«

54

Nagano humpelte.

»Dieser Sprung war wohl ein wenig zu viel für Sie«, sagte Joe Zavala, während er den Japaner so gut wie möglich stützte.

Nagano zuckte vor Schmerzen zusammen und lächelte dann gequält. »Der Sprung an sich war ganz okay. Nur die Landung war nicht so toll.«

»Zwei anständige Sake Bomber auf dem Festland, und Sie sind so gut wie neu«, sagte Joe.

Nagano lachte, aber er musste sich wirklich eine Weile ausruhen. Kurt ging weiter, um sich in dem Gebäude umzusehen, darum suchten sie sich auf dem Boden eine Stelle, die nicht mit Abfall bedeckt war, wo sie sich niederlassen konnten, um auf seine Rückkehr zu warten.

Nach ein paar Minuten tauchte Kurt wieder auf. »Nirgendwo eine Spur von unseren mechanischen Freunden.«

»Glücklicherweise haben sie keine Flügel«, sagte Joe.

Kurt nickte und holte das NUMA-Funkgerät hervor. »Es wird Zeit, Hilfe anzufordern«, sagte er, schaltete es ein und wartete darauf, dass es sich mit dem Funknetz synchronisierte. Als ihm eine grüne Kontrollleuchte mitteilte, dass es einsatzbereit war, aktivierte er mit einem Knopfdruck die Sendefunktion. »Akiko, sind Sie irgendwo da draußen?«

Mehrere Sekunden verstrichen, ohne dass er eine Antwort erhielt.

»Wir können nur hoffen, dass sie ihr Gerät nicht über

Bord geworfen hat, bloß weil es ein Produkt moderner elektronischer Technik ist«, sagte Joe.

»Akiko, hier spricht Kurt, hören Sie mich? Wenn ja, dann drücken Sie auf den Sendeknopf an der Seite des Geräts.«

Ein Knistern im Lautsprecher, dann: »Ich weiß, wie man ein Funkgerät bedient, vielen Dank.«

»Schön, dass Sie noch immer zur Truppe gehören«, sagte Kurt. »Hatten Sie irgendwelche Probleme?«

»Abgesehen davon, dass ich die ganze Nacht Regenwasser schöpfen musste, nein.«

»Ich wünschte, wir könnten das Gleiche melden«, erwiderte Kurt. »Die gute Nachricht ist, dass wir Nagano befreit haben. Die schlechte ist, dass wir gejagt werden. Wir treffen uns auf halbem Weg. Können Sie das Boot kurzfristig in Position bringen?«

»Ja«, sagte sie. »Natürlich. Kein Problem.«

»Dann halten Sie nach uns Ausschau«, sagte Kurt. »Wir benutzen das Wingboard und den Paraschirm.«

»Ich sammle Sie auf, sobald Sie in den Bach fallen.«

Kurt bestätigte, dass er verstanden habe, schaltete das Funkgerät aus und verstaute es. »Die Verbindungsbrücke befindet sich drei Stockwerke unter uns. Sie ist unser nächstes Ziel. Los geht's.«

Sie eilten die Treppe hinunter und fanden den Steg, den sie bei ihrer Ankunft gefunden hatten. Nachdem sie sich vergewissert hatten, dass kein Roboter in der Nähe war, tasteten sie sich über die Brücke und gelangten in das Gebäude, auf dem sie seinerzeit gelandet waren. Sie fanden die Treppe und folgten ihr nach oben, bis sie das oberste Stockwerk erreichten. Dort benutzten sie die zur Hälfte eingesunkene Deckenplatte, die ihnen als Zugang zum Gebäude gedient hatte.

Da sie von Moder und Regenwasser glitschig war, hatten sie einige Mühe, sie zu überwinden.

Kurt kroch auf Händen und Knien aufwärts, erheblich behindert durch das Honjo Masamune in einer Hand, sodass Joe als Erster das obere Ende der Platte erreichte und sich durch die Öffnung in der Decke schlängelte.

Als Joe den Kopf hob, um in Bodenhöhe aufs Dach hinauszublicken, begann jemand, auf ihn zu schießen. Kugeln schlugen in der Nähe seines Kopfes ein, schleuderten kleine Wasserfontänen hoch und sprengten Betonsplitter aus dem Gebäudedach.

Joe ließ sich zurückfallen, rutschte auf der nassen Betonplatte nach unten und nahm Nagano und Kurt auf seinem Weg mit.

»Mit einem Empfangskomitee hatte ich nicht gerechnet«, gestand Kurt.

»Mal schauen, wer da wartet«, erwiderte Joe Zavala.

Er tastete sich auf der Betonplatte wieder nach oben, schob die 9mm-Pistole über den Rand der Öffnung und feuerte mehrmals in Richtung des vermuteten Ziels. Dabei hoffte er, seinen Gegner zumindest für einige Sekunden zwingen zu können, sich eine Deckung zu suchen.

Da er sich ein wenig Zeit verschafft hatte, um sich einen kurzen Eindruck zu verschaffen, lugte Joe aufs Dach hinaus und ließ sich gleich wieder zurücksinken.

»Roboter?«, fragte Kurt.

Joe schüttelte den Kopf. »Der Yakuza-Killer, in einer Hand eine Pistole, in der anderen dieses antike *katana*.«

»Ist er allein?«

»Hans Assistent Gao-zhin ist bei ihm.«

»Wirf deine Waffe raus und ergib dich«, hallte Onis Stimme über das Dach.

»Damit Sie uns den Mord an dem japanischen Premierminister anhängen können?«, rief Joe Zavala zurück. »Ganz sicher nicht. Vielen Dank.«

»Dann kommt heraus und kämpft«, sagte Oni. »Oder wartet, bis die Roboter da sind und euch zerfetzen. Mir ist das eine wie das andere recht.«

»Er hat uns eindeutig in der Falle«, stellte Nagano nüchtern fest.

»Und er hat absolut recht«, gab Kurt zu. »Die Lage verschlechtert sich rapide, wenn die Roboter hier oben eintreffen.«

»Also greifen wir an und hoffen auf unser Glück«, schlug Joe vor.

»Ich dachte, du hättest etwas gegen selbstmörderische Aktionen«, sagte Kurt.

»Im Prinzip trifft das auch zu«, sagte Joe. »Aber uns gehen allmählich die Optionen aus.«

»Ich habe eine Idee«, meinte Kurt und überlegte kurz. »Beschäftige ihn. Verwickle ihn in ein Gespräch. Feuere gelegentlich einen Schuss auf ihn ab, um ihn an dich zu erinnern.« Kurt hielt das Schwert hoch. »Ich mache mich von der Seite an ihn heran ... samuraimäßig.«

Während Kurt sich entfernte, um sich eine neue Position zu suchen, robbte Joe auf der Betonplatte zum Dach hinauf und feuerte einen einzigen Schuss ab, um das Gesprächsthema vorzugeben, sozusagen. »Dort oben gibt es nicht viel, das Ihnen auch nur geringen Schutz bieten könnte«, rief er. »Über Ihnen ist nur noch der Himmel, und Sie sind von allen Seiten angreifbar. Ein einziger Zufallstreffer reicht aus, und Sie sind ein toter Mann.«

»So viel Glück wirst du niemals haben«, antwortete Oni und lachte schallend. »Aber wenn du heraufkommen und dich mit mir messen willst, dann nur zu, ich erlaube es dir. Ich gebe dir sogar eine echte Chance und lasse dich ungehindert auf die Füße kommen.«

»Ich denke, dass er höchstwahrscheinlich lügt«, warnte Nagano.

Joe lachte. »Und ich vermute stark, dass Sie recht haben.«

Als Reaktion auf das Angebot schob Joe die Pistole durch die Öffnung und feuerte den nächsten Schuss ab.

Während Joe Zavala den Yakuza-Killer ablenkte, suchte sich Kurt einen Weg zur gegenüberliegenden Seite des Gebäudes. Ein kurzer Blick nach draußen verriet ihm, dass die Truppe sechsbeiniger Kampfroboter das Haus umzingelt hatte und Anstalten machte hineinzumarschieren.

Er zählte mindestens ein Dutzend dieser Maschinen. Von einer sorgfältigen, zeitaufwendigen Suche konnte keine Rede sein. Dies war ein geballter, vernichtender Sturmangriff.

»Die Zeit ist nicht auf unserer Seite«, flüsterte Kurt. »Dies ist der Moment für verzweifelte Maßnahmen.«

Er kletterte durch eine der Fensterhöhlen hinaus und gelangte zu einem Sims an der Hausmauer. Als er sich an diesem Sims entlanghangelte, stieß er schließlich auf die von Rost zerfressene Feuerleiter, die er und Joe während ihrer anfänglichen Suche nach einer Möglichkeit, ins Gebäude zu gelangen, gemieden hatten.

Er konnte hören, wie sich Joe mit Ushi-Oni unterhielt.

»Wenn uns die Roboter mit Blei vollpumpen, werden Sie das dem Gerichtsarzt kaum plausibel erklären können«, rief Joe.

»Wir werfen eure Leichen in den Kanal und überlassen es den Haien, euch zu beseitigen«, erwiderte Oni. »Die

Polizei kann dann so lange nach euch suchen, wie sie will. Mir ist es vollkommen gleichgültig.«

Kurt streckte die Hand nach der Feuerleiter aus und bekam ihr Geländer zu fassen. Die Konstruktion schwankte heftig, als er ein Bein über das Seitengeländer schob. Er wartete darauf, dass Joe einen weiteren Schuss abfeuerte.

Als der Knall über das Dach hallte, zog sich Kurt auf die Feuerleiter und gab sich alle Mühe, sie so gering wie möglich zu erschüttern. Die eisernen Sprossen knarrten und ächzten, aber sie gaben nicht nach.

Er begann mit dem Aufstieg. Dabei ging er mit äußerster Sorgfalt vor. Ein Handgriff, ein Fuß, dann der nächste Handgriff und die nächste Sprosse. Seine einzige Waffe war das Schwert, das er krampfhaft festhielt. Er durfte es auf keinen Fall verlieren.

Als er sich dem oberen Ende näherte, erzitterte die Leiter und entfernte sich ein Stück von der Hauswand. Die oberen Verankerungen, seit mindestens fünfzig Jahren jedem Regenguss am schutzlosesten ausgesetzt, hatten sich gelockert und steckten stellenweise in kleinen Löchern verwitterten Betons. Nur ein längeres Stück Draht, zu einer Acht geschlungen und mit den Überresten eines Wandankers verknotet, bewahrte die Feuerleiter davor, in ihrer gesamten Länge von der Hauswand wegzubrechen.

»So was entspricht ganz eindeutig nicht den gängigen Bauvorschriften«, flüsterte Kurt Austin mit einem Anflug von Galgenhumor und griff durch die Sprossen nach der Wand. Er fand einen Spalt, in den er zwei Finger zwängen konnte, und zog die Leiter an die Hauswand heran, bis sie mit einem metallischen Klirren dagegenstieß.

Auf dem Dach war nach wie vor eine angeregte Konversation im Gange.

»Ich denke, du solltest deine Munition aufsparen. Die Käfer müssen jeden Augenblick eintreffen.«

Joes Erwiderung bestand aus mehreren Schüssen in ausreichend langen Intervallen, um Kurt die Zeit zu verschaffen, die er brauchte.

Kurt schwang sich über die Randmauer und auf das Dach. Er packte das Honjo Masamune mit beiden Händen und nahm Kurs auf Ushi-Oni und Gao-zhin, die noch immer vor den Pistolenkugeln in Deckung gingen.

Gao sah ihn als Erster: »Achtung!«

Oni wirbelte herum, riss die Pistole hoch, um zu feuern, aber Kurt griff mit dem Samuraischwert an, schlug Oni die Pistole aus der Hand und nahm gleich ein Stück Daumen des Auftragskillers mit. In gewisser Weise war dies eine Revanche für das, was Oni dem japanischen Polizisten angetan hatte.

Die Pistole rutschte klappernd über das Betondach. Dabei lösten sich mehrere Schüsse, von denen jedoch keiner ein Ziel traf. Oni stieß einen Fluch aus und wich zurück.

Kurt musste sich umorientieren und Gao ins Visier nehmen, der in diesem Moment Anstalten machte, die Pistole an sich zu bringen. Er stoppte Gao mit einem Fußtritt gegen sein Kinn und schleuderte dann die Pistole mit der Spitze seines Schwertes quer über das Dach.

Oni wollte sich offenbar für die erlittene Schmach rächen. Mit der Purpurklinge zu einem mörderischen Hieb ausholend, stürmte er auf Kurt zu. Kurt wehrte den Schwertstreich ab und unterlief Onis zweiten Angriff, indem er mit einem schnellen Schritt zur Seite auswich. Doch obwohl das Blut in Strömen aus seinem halbierten Daumen drang, hatte Oni nichts anderes im Sinn, als um jeden Preis anzugreifen. Der Hass verlieh ihm nahezu magische Kräfte.

Kurt ging zum Gegenangriff über, zielte mit seinem *katana* auf Onis Kopf, aber der ehemalige Yakuza besann sich auf seine besonderen Tugenden, für die er berüchtigt war, zog sich zurück und antwortete mit einer Riposte, die Kurt beinahe das Schwert aus der Hand hebelte.

Kurt bekam das Schwert mit brutaler Gewalt frei. Aber ehe er sich wirkungsvoll zur Wehr setzen konnte, wurde er schon wieder angegriffen.

»Du bist ein Amateur«, spottete Oni. In seinen Augen lag der fanatische Glanz eines blutgierigen Schlächters. »Ich ziehe dir die Haut in Streifen ab und verarbeite dich zu Hackfleisch.«

»Das haben Sie schon beim ersten Mal nicht geschafft«, erwiderte Kurt mit einem Ausdruck maliziöser Höflichkeit, »und da hatte ich nur einen Schraubenschlüssel zur Verfügung.«

Oni umkreiste ihn mit erhobenem Schwert, täuschte gelegentlich einen Angriff vor und versuchte, Kurt mit seinem Spott abzulenken. »Diese Klinge musste zweihundert Jahre warten, um wieder Blut kosten zu dürfen. Heute wird sie sich daran sättigen können.«

Kurt war viel zu sehr damit beschäftigt, sich zu verteidigen, als dass er mit einer geistreichen Erwiderung hätte kontern können. Er parierte mehrere Attacken und versuchte sein Glück mit einem Gegenangriff, indem er tief in die Knie ging, sich mit einer Hand auf den Boden stützte und mit dem Schwert einen geraden Stoß ausführte, eine Parade mit der Bezeichnung »Passata-sotto«.

Oni brachte sich mit einem Rückwärtssprung vor der Klinge des Honjo Masamune in Sicherheit und rückte sofort wieder vor. Seine Attacken wurden immer hektischer, wilder, unkontrollierter. Funken flogen, als die Schwerter gegeneinanderprallten. Blut aus Onis Daumen verteilte sich auf seinem Schwertgriff und rann an der Klinge herab.

Kurt befand sich in der Defensive, und mit jedem Schwertstreich Onis wurde er näher zur Dachkante gedrängt. Gleichzeitig bemerkte er aus dem Augenwinkel, wie Gao sich kriechend der Pistole näherte.

»Joe!«, rief er. »Ich brauche Hilfe!«

Joe befand sich bereits auf dem Dach. Er stürzte sich auf Gao und konnte im letzten Moment verhindern, dass er die Pistole zu fassen bekam. Während sich zwischen ihnen ein verbissener Ringkampf entspann, startete Oni seinen nächsten Angriff.

Es begann mit einem geraden Stoß, vor dem Kurt noch rechtzeitig zurückweichen konnte.

Dann folgte eine Finte, die Kurt für einen Moment aus dem Gleichgewicht brachte. Auf dem regennassen Dach rutschte er aus und sank auf ein Knie herab.

Oni witterte seine Chance und fasste Kurts Kopf ins Auge. Die Purpurklinge mit beiden Händen gepackt, führte er einen Henkerstreich von oben nach unten aus, der Kurt zerteilen sollte.

Kurt riss das Honjo Masamune jedoch hoch und blockte Onis mörderischen Schwertstreich ab, aber das brachte ihn in eine vollkommen wehrlose Position.

Ohne die geringste Chance, auf die Füße zu kommen, schnellte Kurt nach vorn und rammte mit den Schultern Onis Oberschenkel. Er schlang den freien Arm um die Beine des Yakuza-Killers, hob ihn vom Boden hoch und warf sich nach hinten, wobei er Oni losließ, kurz bevor er auf den Rücken krachte.

Oni flog hilflos über die Randmauer, landete auf der Feuertreppe und klammerte sich verzweifelt an die verrosteten Eisensprossen. Die Leiter schwang zurück und wurde abrupt gestoppt, als sich der Haltedraht am oberen Ende spannte.

Kurt erhob sich und ging zum Rand des Daches. Oni blickte zu ihm hoch, einen seltsam starren Ausdruck im Gesicht. Die Purpurklinge Muramasas rutschte aus seiner Hand, prallte klirrend gegen die Leitersprossen und verschwand in der Dunkelheit.

Ushi-Oni presste eine Hand auf seine Leibesmitte. Als er sie wegzog, troff sie von seinem eigenen Blut. Die Purpurklinge hatte ihn erwischt, als er auf der Leiter aufgeschlagen war. Die Wunde mochte tief sein, aber nicht tödlich.

Kurt wartete nicht, bis er sich erholte oder eine andere Waffe zücken konnte. Mit einem schnellen Streich des Honjo Masamune durchschnitt er den Haltedraht und stieß die Leiter mit dem Fuß von der Gebäudemauer weg.

Sie schwang im Zeitlupentempo zurück, entfernte sich immer weiter von der Hauswand und gab ein Ächzen von sich, als sie in die Hausgasse zehn Stockwerke tiefer stürzte.

55

»Meine Roboter werden Sie ausradieren«, murmelte Gao-zhin. Er lag auf dem Dach, und Joe kniete auf seiner Brust, aber das hielt den Assistenten Walter Hans nicht davon ab, seinen Bezwingern zu drohen. »Sie können sicher schon hören, wie sie näher kommen. Wenn Sie hierbleiben, werden meine Maschinen Sie vernichten. Und wenn Sie fliehen, dann werden die Roboter unbarmherzig Jagd auf Sie machen und Sie am Ende zur Strecke bringen.«

Kurt ergriff den Identifikator, den sich Gao um den Hals gehängt hatte und brachte ihn an sich, indem er das Tragband zerriss, an dem er hing. »Ich würde mir an Ihrer Stelle eher den Kopf darüber zerbrechen, was mit Ihnen selbst geschieht, wenn Ihre Maschinen Sie finden, Mr. Gao.«

»Was ist das?«, fragte Nagano und deutete auf den Gegenstand in Kurts Hand.

»Ein Sender, der den Robotern mitteilt, auf wen sie schießen und wen sie ignorieren sollen«, antwortete Kurt. »Ich habe einen dieser Apparate in Hans Fabrik gesehen. Wie sich jetzt herausstellt, hat sich mein Besuch dort doppelt gelohnt. Die Demonstration war höchst aufschlussreich.«

Gao bäumte sich auf und wand sich hin und her, um sich aus Joes Umklammerung zu befreien. »Dieses Gerät beschützt aber nur einen von Ihnen.«

»Viel wichtiger ist doch, dass es Sie nicht beschützen

wird«, sagte Kurt. Er gab Joe ein Zeichen. »Du kannst ihn loslassen.«

Joe entließ Gao aus seinem Haltegriff, und der Techniker sprang auf und machte den verzweifelten Versuch, Kurt den elektronischen Sender aus der Hand zu reißen.

Kurt zog ihn zurück, bis er außer Reichweite war, und richtete die Schwertspitze auf Gaos Brust. Sie hielt Gao in Schach. »Außer der Haupttreppe gibt es in diesem Gebäude auch noch eine Nottreppe. Sie befindet sich in der nördlichen Ecke des Turms. Sie ist eng und nicht beleuchtet. Aber wenn Sie sich beeilen, schaffen Sie es vielleicht. Und möglicherweise gelingt es Ihnen sogar, sich an Ihren eigenen Maschinen vorbeizuschleichen und in Ihr unterirdisches Quartier zurückzukehren. Aber ich würde nicht mehr lange warten, wenn ich Sie wäre. Wie Sie gerade selbst erwähnten – sie sind schon hierher unterwegs.«

Gao starrte Kurt hasserfüllt an, aber nicht besonders lange. Dann meldete sich sein Überlebenswille, und er entfernte sich im Laufschritt, um die Nottreppe zu suchen.

»Finde ich nett, dass du ihm noch eine Chance gibst«, sagte Joe beeindruckt.

Kurt winkte ab. »Er hat keine Chance«, erwiderte er. »Aber für uns könnte ein wenig Ablenkung ganz nützlich sein. Hilf mir mal, das Board an den Dachrand zu schaffen. Wir müssen uns ziemlich todesmutig in die Tiefe stürzen, um ausreichend Tempo aufzunehmen.«

Gemeinsam schleiften sie die Tragfläche über das Dach und legten sie auf die Begrenzungsmauer auf der Vorderseite des Gebäudes. Dann halfen sie Nagano, auf die Tragfläche zu klettern. Durch die nach wie vor rasenden Schmerzen in seiner Hand, deren Finger ihre Kuppen eingebüßt hatten, und die Erschöpfung war der Japaner halb benommen und folgte den Anweisungen aufs Wort. Er kniete sich auf das Board und schob die Arme durch die Nylonschlaufen, die zum Tragen des Brettes dienten.

Kurt und Joe nahmen ihre bereits bekannten Positionen ein, falteten den Parasail-Schirm auseinander und warfen ihn in die Luft, bis er vom Wind erfasst wurde, sich füllte und hinter ihnen in die Höhe stieg.

Der Lärm von Pistolenschüssen brandete mehrere Stockwerke unter ihnen auf. Dann kam ein Feuerstoß aus einer automatischen Waffe, gefolgt von einem lauten Schrei. Zwei weitere kurze Feuerstöße hallten durch die Ruine, danach herrschte Stille.

»So viel zum Thema Ablenkung«, sagte Kurt lapidar. »Lass uns von hier verschwinden.«

»Wir müssen mit dem Ding vorwärtswippen«, sagte Joe. »So wie Snowboarder, die zu einer Abfahrt starten.«

Kurt hängte Joe den Identifikator um den Hals. »Du bist der Pilot. Sollten uns die Roboter sehen, ist es besser, wenn nicht du erschossen wirst.«

Als der Parasail-Schirm hinter und über ihnen vom Wind aufgebläht wurde und seine klassische Matratzenform annahm, verlagerten sie ihr Körpergewicht nach vorne, und die Tragfläche rutschte von der Mauer und sackte in die Tiefe. Sie beschleunigten rasant und ließen das Gebäude schnell hinter sich. Weiter sinkend und an Tempo gewinnend, kamen sie sich wie eine ganz besondere Adlerspezies vor, die ihren felsigen Horst zu einem nächtlichen Vergnügungsflug verlassen hatte.

Das Board und der Parasail-Schirm erzeugten sofort einen starken Auftrieb, während das Gewicht der drei Männer erheblichen Schwung erzeugte, der wieder für eine beachtliche Fluggeschwindigkeit sorgte.

Sie schwebten an der Vorderseite der Insel über die freie Fläche hinweg, wo der Helikopter gelandet war. In rasendem Tiefflug wischten sie über den Hafendamm und auf das offene Meer hinaus.

Wenn auch nur ein einziger Schuss auf sie abgefeuert wurde, konnte keiner von ihnen es hören.

Als die Insel hinter ihnen zurückblieb, nutzten sie ihre Geschwindigkeit, um aufzusteigen, aber wie bei jedem Gleiter, der keine Möglichkeit hat, sich mit einer Thermik in die Höhe tragen zu lassen, war diesem Versuch kein Erfolg beschieden. An Höhe zu gewinnen kostete sie in gleichem Maß Geschwindigkeit, und der nächste Temposinkflug verringerte ihre allgemeine Flughöhe wieder beträchtlich.

»Wir sinken schnell«, stellte Kurt fest.

»Es gibt nichts, was wir dagegen tun können«, sagte Joe in einem Anflug von Realismus. Er wollte seinen Gefährten keine falschen Hoffnungen machen.

»Hoffen wir, dass Akiko uns rechtzeitig ortet.«

Sich mit dem Wind treiben lassend, wurden sie zügig über den Kanal getragen. Aber es dauerte nicht lange, und sie flitzten dicht über den Wellen dahin und betätigten die Steuerleinen des Parasail-Schirms, um ein paar zusätzliche Sekunden Flugzeit zu gewinnen.

»Bereithalten für Notwasserung«, sagte Joe.

Das Wingboard huschte mit minimalem Kontakt über eine Welle hinweg, tauchte fast auf gesamter Breite in die nächste ein und wurde abrupt gestoppt. Kurt, Joe und Nagano flogen wie von einem Katapult abgefeuert kopfüber in die Wellen. Kurt tauchte ab, schmeckte Salzwasser auf den Lippen und kam rechtzeitig wieder hoch, um miterleben zu können, wie sich der Parasail-Schirm auf die bewegte See herabsenkte.

Joe tauchte unter dem Fallschirm auf, befreite sich von den Leinen und machte einige Schwimmzüge, um sich ein Stück von dem Fallschirm zu entfernen. Wassertretend hielt sich Nagano neben ihm an der Meeresoberfläche.

Da das im Innern hohle Wingboard schwimmfähig war, klammerten sich die drei an seinen Rand.

»Seht ihr etwas?«, fragte Kurt.

»Nein, aber ich höre was«, meldete Joe.

Eine Sekunde später drang das unverwechselbare Geräusch auch an Kurts Ohren. Ein Motorboot kam in schneller Fahrt auf sie zu. Zu erkennen war es in der Dunkelheit lediglich durch seine weiße schäumende Bugwelle. Erst im letzten Moment flammten seine Positionslichter auf.

Akiko lehnte sich über den Bootsrand, während sie neben dem Wingboard längsseits ging. »Es wurde auch Zeit, dass Sie zurückkommen«, sagte sie. »Bei diesem Regen läuft man Gefahr, sogar bei absolut ruhiger See abzusaufen.«

Kurt half Nagano, ins Boot zu klettern; Joe folgte ihnen. Ehe sie starten konnten, flogen ihnen GFK-Splitter um die Ohren, denn auf der Insel fielen Gewehrschüsse und schlugen in den Bootsrumpf ein.

Während sich Kurt im Boot auf den Bauch warf, gab er der Japanerin hektische Handzeichen. »Löschen Sie die Lichter! Und dann bringen Sie uns von hier weg!«

Akiko, die ebenfalls hinter dem Bootsrand in Deckung gegangen war, griff nach oben, schob den Gashebel nach vorn und drehte am Ruder. Das Boot wendete auf der Stelle und machte einen Satz in Fahrtrichtung, aber der Beschuss dauerte weiter an.

Kurt spürte, wie ein Geschoss seinen Arm streifte. Nahezu gleichzeitig zerschellte die Windschutzscheibe, und das Marinefunkgerät explodierte, als es einen Volltreffer erhielt. Der Heckbalken und das hintere Rumpfende fingen sich mehrere Treffer ein, ehe sie sich ganz außer Schussweite befanden.

Akiko beließ den Fahrthebel in Vollgasstellung.

»Sind alle okay?«, fragte Kurt.

Nagano nickte. Joe hatte sich eine blutende Fleischwunde im Oberschenkel eingefangen, war ansonsten jedoch unverletzt. Akiko pflückte sich Glasfiberscherben aus den Haaren.

Das Boot setzte seine Fahrt fort und legte eine sichere Distanz zwischen seine Insassen und die Warbots und die Gewehrschützen auf der Insel. Aber Qualm stieg aus dem Motorgehäuse auf. Sie legten noch etwa eine Meile zurück, ehe Flammen aus dem Motorgehäuse schlugen.

»Schalten Sie ihn aus!«, rief Joe und angelte sich den Feuerlöscher.

Akiko zog den Fahrthebel zurück in Nullstellung, und der Bug des Bootes sank ins Wasser zurück, während das Boot zu treiben begann. Es wurde stetig langsamer, bis sein Schwung schließlich ganz aufgebraucht war.

Joe öffnete die Klappe des Motorgehäuses und erstickte die Flammen mit dem Löschschaum. Ein Blick sagte ihm, dass sie festsaßen. »Das lässt sich nicht reparieren.«

»Was nun?«, fragte Akiko.

Kurt blickte zum Festland. Der Himmel über Nagasaki hellte sich allmählich auf. Der neue Tag kündigte sich an.

»Sie beide bleiben hier«, sagte er zu Akiko und Nagano. »Machen Sie sich bei einem vorbeifahrenden Schiff bemerkbar und bitten Sie darum, abgeschleppt zu werden. Joe und ich schwimmen an Land.«

»Das ist aber eine ganze Meile«, gab Akiko zu bedenken.

»Mindestens«, stimmte Kurt ihr zu. »Dann sollten wir hoffen, dass die Flut uns ein wenig hilft.«

56

Noch herrschte nächtliches Dunkel, als Paul und Gamay den um diese Zeit gespenstisch menschenleeren Platz des Volkes im Zentrum Shanghais überquerten.

»Früher gab es hier eine Pferderennbahn«, informierte Melanie Anderson sie. »Aber die Kommunistische Partei hat für Glücksspiele und Wetten nichts übrig, daher machte sie dem ein Ende und verwandelte das Gelände in einen Park.«

»Wie passend«, sagte Paul, »wenn man bedenkt, dass wir im Begriff sind, unsere Freiheit für eine vage Spekulation zu verwetten.«

Sie setzten ihren Weg durch den Park fort und näherten sich einem Regierungsgebäude. Es wurde von den Einheimischen »die Auster« genannt, weil die unteren Etagen hinter einem elegant geschwungenen Vorbau aus Glas und Beton, den man durchqueren musste, ehe man zum Eingang gelangte, vor dem Blick der Bürger verborgen waren.

Es gab keine Verzögerung. Alle wichtigen Entscheidungen waren getroffen worden. Jetzt hieß es nur noch abzuwarten und zu sehen, wie sich die Dinge entwickelten. Sie kamen zum Einlass und warteten geduldig, während Melanie Anderson ihre Ausweispapiere präsentierte, um den Wachmann vor dem Gebäude von ihrer aller Harmlosigkeit zu überzeugen.

»Warum gehe ich eigentlich nicht alleine hinein?«, sagte

Paul. »Wenn irgendetwas schiefgeht, habt ihr beiden immer noch die Chance zu fliehen.«

Gamay schüttelte den Kopf. »In guten wie in schlechten Zeiten – weißt du noch?«

»Dies sind eindeutig schlechte Zeiten.«

»Es wird schon alles glattgehen«, sagte sie. »Außerdem kann es im Gefängnis nicht schlimmer sein, als die Nächte in einem Kleinbus zu verbringen.«

»Wenn es nur tatsächlich so wäre«, sagte Paul. »Trotzdem ist eine ordentliche Glückssträhne bei uns mehr als überfällig, das ist wohl sicher.«

Sie betraten das Gebäude und kamen zu einem Kontrollposten, der vierundzwanzig Stunden am Tag besetzt war. Mehrere Wächter strömten zusammen und begannen, in ihrer Ausrüstung herumzuwühlen. »Ausweise, Passierscheine«, verlangte ein Wächter.

Melanie Anderson holte die Ausweiskarte ihres Senders hervor und versuchte, die Situation zu erklären. »Diese beiden Personen sind meine Mitarbeiter. Sie gehören zu meinem neuen Produktionsteam. Sie sind …«

Der Anführer der Sicherheitstruppe starrte Paul und Gamay mit stechenden Blicken an. Nach einigen Sekunden der Unentschiedenheit rief er etwas auf Chinesisch und winkte seine Leute zu sich. Nur einen kurzen Moment später waren die Amerikaner umzingelt.

»Wir sind hergekommen, um General Zhang aufzusuchen«, sagte Paul. »Wir sind hier, um uns zu stellen. Wir haben etwas, das er sich unbedingt ansehen muss.«

Melanie Anderson wiederholte die Sätze auf Chinesisch.

Der Anführer schüttelte den Kopf und griff zu einem Telefon. Die anderen Wächter zogen ihre Pistolen. Einer von ihnen versuchte, Paul zu zwingen, sich hinzuknien.

»Sie dürfen eintreten.«

Die Stimme drang aus dem Schatten. Alle Köpfe fuhren herum, alle Augen blickten in diese Richtung, und die hektische Betriebsamkeit endete schlagartig.

Aus der Tiefe der Lobby tauchte eine eher kleine, stämmige männliche Gestalt auf. Der Mann trug eine Offiziersuniform in der typischen erbsengrünen Farbe der Volksbefreiungsarmee. Seine Brust war mit Orden und Medaillen bedeckt, und seine Mütze – seine Tarnung – war so tief heruntergezogen, dass der Schirm die Augen vollständig verdeckte.

Die Angehörigen des Wachtrupps nahmen Haltung an.

»Durchsucht sie gründlich und bringt sie in mein Büro«, befahl der Offizier.

»General«, sagte der Truppführer, »diese beiden sind gesuchte Kriminelle. Sie gelten als Staatsfeinde und sind sofort zu verhaften.«

Der General musterte den Wächter mit strengem Blick. »Ich habe Ihnen einen Befehl gegeben.«

»Jawohl, General.«

Paul und Gamay verfolgten aufmerksam und noch angespannt den Gang des Geschehens, ständig auf dem Laufenden gehalten durch Melanie Andersons halblaut gemurmelte Simultanübersetzung der militärisch knapp gehaltenen Wortwechsel der beteiligten Personen. Sie brauchten jedoch keinen gesonderten Hinweis, dass sie General Zhang gefunden hatten.

»Ich vermute, dass Rudi hier trotz allem einen Freund hat.«

Gründlich gefilzt und um ihre gesamte Ausrüstung erleichtert, wurden sie ins Gebäude geleitet und von Melanie Anderson getrennt. Paul und Gamay wurden in ein Büro im siebten Stock geführt. Dort wurden sie sich zunächst einmal sich selbst überlassen.

»Was nun?«, fragte Paul.

»Wir warten«, sagte Gamay. »Und hoffen, dass General Zhang bereit ist, uns anzuhören.«

Paul hoffte es inständig. Er wusste, was davon abhing. Er wandte sich um und schaute aus einem großen Panoramafenster mit Blick über die Ausläufer und Nebengebäude des Komplexes, in dem sie sich befanden, und darüber hinaus auf den weitläufigen Versammlungsplatz. Der graue Morgen war mittlerweile angebrochen.

»Diese Fenster lassen sich nicht öffnen«, sagte General Zhang. »Sollten Sie also so etwas wie eine Flucht in Erwägung ziehen …«

Er kam durch die Tür herein, unter dem Arm einen Laptop. Paul wandte sich zu ihm um. Gamay erhob sich respektvoll aus ihrem Sessel.

»Wir hätten uns niemals gestellt, falls etwas Derartiges geplant war«, sagte Paul. »Sind Sie General Zhang?«

»Der bin ich«, erwiderte der General. »Und Sie beide sind Paul und Gamay Trout, Angestellte der NUMA und amerikanische Staatsbürger. Einige Leute würden Sie auch als Spione bezeichnen. Auf jeden Fall halten Sie sich hier illegal auf. Und ich muss Sie darüber informieren, dass dies ein schweres Vergehen ist und mit dem Tod bestraft werden kann.«

Paul bezweifelte allerdings, dass in einem solchen Fall gleich ein Erschießungskommando bereitstünde. Aber einige Jahre in einem chinesischen Gulag waren keinesfalls ausgeschlossen. »Wir hoffen, dass sich all das vermeiden lässt«, sagte Paul. »Wir sind nicht als Spione hier, sondern als Überbringer einer Botschaft. Deshalb hat Rudi Gunn mit Ihnen Kontakt aufgenommen. Er vertraut darauf, dass Sie sich anhören, was wir zu sagen haben.«

»Er vertraut mir?«, fragte der General. Dann lachte er verhalten, nahm seine Mütze ab und legte sie auf den Schreibtisch. »Aber nur, wenn er ein Narr ist.«

»Aber Sie kennen ihn doch«, sagte Gamay und sah ihn herausfordernd an. »Nicht wahr?«

»Rudi Gunn hat mir eine Nachricht geschickt. Er bat mich, Sie anzuhören. Mehr nicht, er bestürmte mich geradezu, Sie anzuhören, und erwähnte unsere früheren Kontakte im Verlauf der *Nighthawk*-Katastrophe. Sie beide waren ebenfalls darin involviert, wenn ich mich nicht irre.«

Paul und Gamay nickten bestätigend.

Der General ließ sich auf der Schreibtischkante nieder. »Ich habe gestern mit vielen Angehörigen Ihrer Regierung gesprochen. Die meisten kamen mir arrogant, streitsüchtig und starrköpfig vor. Aber Rudi hat sich meinen Respekt verdient. Er argumentierte mit Fakten und nicht mit Positionen. Er suchte echte Ergebnisse, anstatt Tatsachen zu verdrehen, um Druck auszuüben. Nur aus diesem Grund habe ich mich bereit erklärt, Sie anzuhören. Aber ich warne Sie, das ist alles, was ich zugesagt habe.«

Nun, da er die Beziehung zwischen Rudi Gunn und General Zhang besser verstand, regte sich bei Paul neue Zuversicht. »Rudi hat Ihnen seinerzeit erklärt, wie die Bombe entschärft werden konnte, die auf dem chinesischen Flugzeugträger deponiert war. Gamay und ich haben unser Leben riskiert, um Rudi Gunn diese Information zu verschaffen.«

»Bewundernswert«, sagte Zhang, »aber für mich vollkommen irrelevant. Sie waren damals nur daran interessiert, Ihre eigenen Städte vor dem Untergang zu retten.«

»Auch das trifft sicherlich zu«, sagte Gamay.

Zhang deutete auf die Stühle vor seinem Schreibtisch. »Nehmen Sie Platz. Und dann zur Sache«, sagte er. »Verraten Sie mir, was so wichtig sein könnte, dass Sie deswegen die Souveränität meines Landes verletzt und sogar Ihr Leben aufs Spiel gesetzt haben?«

»Ich glaube, es ist besser, wenn wir es Ihnen zeigen«, sagte Paul. Er streckte die Hand nach dem Laptop aus. »Darf ich?«

Zhang reichte ihn über den Tisch, und Paul klappte ihn auf, schaltete ihn ein und begann mit der Präsentation. Er ging systematisch die Daten durch und erklärte Schritt für Schritt, wie sie entdeckt hatten, dass sich der Anstieg des Meeresspiegels ungewöhnlich beschleunigt hatte, und welche Werte ihre Messungen ergaben; dass sie auf der Suche nach den Ursachen im Ostchinesischen Meer fündig geworden waren und einen direkten Zusammenhang mit dem Tiefseebergbauprojekt hatten herstellen können. Schließlich erläuterte er die wissenschaftlichen Erkenntnisse, aufgrund derer sie auf die Risse und Spalten in der kontinentalen Platte und auf die unermesslichen Wassermengen gestoßen waren, die in der Gesteinsschicht gebunden sein mussten, die Ringwoodit enthielt.

General Zhang folgte dem Vortrag aufmerksam, unterbrach ihn nur gelegentlich mit einer Frage, und wartete ansonsten geduldig, dass Paul zum Ende kam.

»Aus Ihrem Mund klingt das alles sehr plausibel«, stellte er dann fest, »aber warum sollte das Wasser weiterhin an die Erdoberfläche steigen, wenn der Bergbaubetrieb schon vor Jahren komplett eingestellt wurde?«

»Das wissen wir nicht«, gab Paul zu. »Aber lassen Sie die von uns ermittelten Daten von Ihren Geologen überprüfen. Weisen Sie sie an, dass sie beliebige Tests und Experimente durchführen. Am Ende werden sie zu den gleichen Schlussfolgerungen gelangen.«

»Soll ich etwa glauben, dass dies kein verzweifelter Trick ist, um uns zu entlocken, welches Ziel wir mit unserem unterseeischen Bergbauprojekt verfolgen?«

Seine Stimme troff vor Sarkasmus, aber Paul ahnte, dass dies eine routinemäßige Frage war, die sich aus der Rivalität ihrer politischen Systeme ergab. Während er überlegte, wie er auf diese Frage reagieren sollte, übernahm Gamay es, sie zu beantworten.

»General«, sagte sie höflich, »glauben Sie wirklich, dass wir unsere Freiheit wegen einer Lüge riskieren würden? Wenn sich herausstellt, dass wir uns geirrt haben, sperren Sie uns für Jahre ins Gefängnis, bis vielleicht einmal irgendein Tauschhandel vereinbart wird. Wir sind keine Spione, und wir sind auch keine Schachfiguren. Wir sind auf der Suche nach Antworten aus freiem Willen hergekommen. Erst als man uns auf den Pelz rückte und bedrohte, sind wir untergetaucht. Sie wollten wissen, was uns dazu bringen könnte, unser Leben zu riskieren und die Grenzen Chinas zu verletzen. Die Antwort ist simpel: das Bestreben, eine Katastrophe zu verhindern. Es ist der gleiche Grund, weshalb Rudi Gunn vor einem Jahr mit Ihnen Kontakt aufnahm, als Ihre Agenten das Containment Unit mit der Mixed-state-Materie aus der *Nighthawk* stahlen.«

Zhang schwieg. Er schien sich alles, was gesagt wurde, noch einmal durch den Kopf gehen zu lassen.

Paul Trout fügte einige weitere Überlegungen hinzu. »Als hochrangiger Funktionär des Chinesischen Ministeriums für Staatssicherheit sind Sie wahrscheinlich längst über alles informiert, was wir Ihnen mitgeteilt haben. In diesem

Fall müssen Sie lediglich entscheiden, was mit uns weiter geschehen soll. Aber wenn das, was Sie soeben gehört haben, für Sie vollkommen neu sein sollte, dann fragen Sie sich entweder, wie all das sozusagen direkt vor Ihrer Nase geschehen konnte, oder ob wir uns das alles aus den Fingern gesogen haben. Angenommen, dies ist der Fall, darf ich Ihnen dann vorschlagen, dass Sie die Einzelheiten unserer Geschichte überprüfen? Es gibt zahlreiche Möglichkeiten zu verifizieren, was wir Ihnen präsentiert haben. Die einfachste wäre, ein ROV in die Schlucht tauchen zu lassen und selbst nachzuschauen. Sie könnten außerdem Nachforschungen über Walter Han anstellen lassen und selbst in Erfahrungen bringen, welche Absichten er verfolgt.«

Die Augen des Generals verengten sich zu Schlitzen. »Walter Han? Meinen Sie den Industriellen?«

»Ja«, sagte Paul. »Wir haben Grund zu der Annahme, dass der halb verschüttete Roboter, der in dem Video zu sehen ist, aus seiner Produktion stammt. Und wir wissen zweifelsfrei, dass er seit unserer Ankunft in Japan alle Hebel in Bewegung gesetzt hat, um uns und unsere Kollegen daran zu hindern, den Dingen auf den Grund zu gehen.«

Der General senkte den Blick, zupfte an der Bügelfalte seiner Hose. Diese Neuigkeit beunruhigte ihn anscheinend mehr als alles andere, was sie ihm aufgetischt hatten. Er wandte sich zu den Fenstern um, die sich nicht öffnen ließen, und blickte wortlos hinaus, wie Paul es kurz zuvor getan hatte.

»Ich fürchte, Sie haben sich an den Falschen gewandt«, sagte er schließlich. »Wenn Walter Han involviert ist, dann werden diese Dinge von jemandem gesteuert, der eine wesentlich höhere Position einnimmt als ich.«

»Und welche Position könnte das sein?«, fragte Gamay.

General Zhang gab darauf keine Antwort.

Paul ergriff wieder das Wort. Ein zögerlicher Verbündeter war besser als ein sich selbstsicher gebender Feind, und er spürte, dass es genau das war, was sie gefunden hatten. »Ihre Aufgabe ist es doch, China zu schützen, nicht wahr?«

»Natürlich«, erwiderte General Zhang.

»Dann sollten Sie Folgendes bedenken«, sagte Paul. »Was wir Ihnen gezeigt haben, wird über kurz oder lang auch für den Rest der Welt offensichtlich werden. Der Meeresspiegel steigt, und das immer schneller. Die Ursache sind nahezu zweifelsfrei die Bergbauaktivitäten auf dem Grund des Ostchinesischen Meeres. Die Wahrheit wird irgendwann herauskommen, ob Sie es wollen oder nicht. Und in diesem Moment – und bestimmt nicht mehr allzu lange – sind Sie noch allein in der Lage zu steuern, wie diese Wahrheit an die Öffentlichkeit gelangen soll.«

Zhang hörte aufmerksam zu. »Fahren Sie fort.«

»Es gibt zwei Möglichkeiten«, sagte Paul. »Dieses Ereignis könnte sich zu einer gigantischen ökologischen Katastrophe ausweiten, die von der chinesischen Regierung ausgelöst wurde. Oder sie ist das Werk eines rücksichtslosen Großindustriellen, der aufgrund seiner Arroganz und seiner Geldgier die Welt an den Rand des Untergangs bringt.«

»Walter Han soll als Schuldiger abgestempelt werden«, sagte der General. »Ein Sündenbock soll gesucht werden. Ist es das, was Sie empfehlen?«

»*Sie sollen helfen, Chinas Gesicht zu wahren*«, korrigierte Paul. »Wenn Sie die Rolle des Helden übernehmen, indem Sie die Korruption in Ihren eigenen Reihen aufdecken und Walter Han als Schuldigen entlarven, können Sie Chinas guten Ruf retten. Selbst wenn er auf die eine oder andere Art von Ihrer Regierung unterstützt wird, könnten diese

Verbindungen vertuscht werden. Angesichts der derzeitigen Situation wird unsere Regierung sicherlich uneingeschränkt bereit sein, Uhre Beteiligung geheim zu halten. Aber Sie müssen schnell handeln und dafür sorgen, dass Sie Herr des Verfahrens sind.«

»Und Han den Wölfen zum Fraß vorwerfen«, sagte Zhang.

»Jemand muss der Schuldige sein. Warum nicht er?«

Zhang verschränkte die Arme vor der Brust und dachte nach. Für eine volle Minute rührte er sich nicht, dann legte er die Hände auf die Schreibtischplatte und erhob sich.

»Sie beide bleiben hier«, sagte er. »Ich habe die Wächter, die Sie hereinkommen sahen, in einen Zwangsurlaub geschickt. Keine Sorge, Ihnen wird nichts passieren. Genauso wenig Ihrer Freundin, der Fernsehreporterin. Niemand weiß von Ihrer Anwesenheit in diesem Gebäude, aber ironischerweise residieren die Leute, hinter denen Sie her sind, in diesem Gebäude einige Etagen über uns.«

Ohne ein weiteres Wort nahm Zhang seine Mütze vom Schreibtisch, setzte sie auf und ging durch die Tür hinaus.

General Zhang verließ den Fahrstuhl im neunten Stock des Gebäudes. Er schritt durch einen langen Korridor und gelangte zu einem Büro an seinem Ende. Ein internes Sicherheitskommando nahm stramme Haltung an, als er vor der Tür stehen blieb.

»Ist der Lao-Shi in seinem Büro?«, fragte er einen Zwei-Streifen-Corporal.

»Jawohl, General«, antwortete der Corporal. »Er darf nicht gestört werden.«

»Ich möchte ihn sprechen«, sagte Zhang.

»Aber, General, er …«

»Ich möchte ihn sprechen ... jetzt!«

Der Corporal verstummte. Nichts konnte für einen niedrigen Mannschaftsdienstgrad schlimmer sein, als einander widersprechende Befehle von hochrangigen Vorgesetzten ausführen zu müssen. Am Ende war die Entscheidung klar. Zhang war ein General, und Wen Li war ein Politiker. Die Uniform gab den Ausschlag. Er salutierte, öffnete die Tür und trat zur Seite.

Zhang ging hinein und traf Wen Li an, der auf seinem Sofa saß und die morgendlichen Fernsehnachrichten verfolgte ... aus Japan.

Wen Li machte sich nicht einmal die Mühe aufzublicken. »Ich habe Befehl gegeben, dass ich nicht gestört werden möchte.«

»Ich weiß. Das haben Sie«, sagte Zhang. »Ich habe den Befehl widerrufen.«

Wen war kein Prinzipienreiter – nur wenige in einer solchen Machtposition waren es, da sie es nicht nötig hatten –, aber ihm war anzumerken, wie er sich angesichts dieser Gehorsamsverweigerung innerlich anspannte.

»Gehen Sie, General«, sagte er herablassend. »Ich habe Sie nicht gerufen. Und falls Ihre Leute sich nicht doch noch als fähig erwiesen und die Amerikaner dingfest gemacht haben, habe ich nicht das geringste Bedürfnis mit Ihnen zu reden.«

Wen hatte jede militärische und polizeiliche Institution innerhalb der Regierung angewiesen, sich an der Suche nach den Amerikanern zu beteiligen. So viel Macht besaß er. Das war auch der Grund, weshalb Zhang in Shanghai stationiert war, während er lieber in Peking geblieben wäre, aber Wen hatte ihm diese Annehmlichkeit verweigert.

Er machte einen Schritt vorwärts. Und nahm noch einmal die Mütze ab. »Die Amerikaner wurden tatsächlich gefunden«, sagte er. »Und sie erzählen eine höchst interessante Geschichte.«

Erst jetzt schenkte Wen seinem Besucher seine ungeteilte Aufmerksamkeit. »Wo sind sie? Ich möchte sie sofort in meinem Büro sehen.«

»Das wird warten müssen.«

Wen stand auf, und das friedliche alte Gesicht verzog sich plötzlich zu einer hasserfüllten, bösartigen Fratze. »Sie wagen es, sich mir zu widersetzen? Ich hätte Sie wirklich für klüger gehalten.«

Zhang fragte sich, ob er einen Fehler machte. Wen Li war die zweitmächtigste Persönlichkeit im Staat und der Vater zahlreicher Missstände. Während der chinesische Premierminister die Nation führte und das Tagesgeschäft der Kommunistischen Partei wahrnahm, agierte Wen Li hinter den Kulissen und betätigte Hebel, von denen viele nicht einmal wussten, dass sie existierten. Er konnte Karrieren zum Erfolg führen oder scheitern lassen, ganz wie es ihm beliebte, sogar die von jemandem, der so prominent und wichtig war wie General Zhang.

Andererseits war China kein Ort für die Verzagten. Es glich eher dem alten Rom als modernen westlichen Regierungen. Macht wurde gehortet und ausgeübt. Sie wurde ergriffen und nicht übergeben. Und Zhang hatte jetzt einen Joker in der Hand, den es umsichtig auszuspielen galt. »Was treibt Walter Han in Ihrem Auftrag in Japan? Wir wissen, dass er einer Ihrer Statthalter ist.«

»Diese Frage wird Sie teuer zu stehen kommen, General.«

»Nichtsdestotrotz erwarte ich von Ihnen eine Antwort.«

Das Duell tobte weiter. Wen starrte seinen Besucher irritiert an. Er war es nicht gewohnt, dass seine Entscheidungen kritisch hinterfragt wurden.

Zhang wartete, nicht gewillt, auch nur einen Deut nachzugeben.

Schließlich wandte sich Wen Li ab, er ging zu einem kleinen Tisch und setzte sich in einen Sessel. Auf dem Tisch stand ein noch nicht beendetes Go-Spiel. Wen griff in einen Becher und angelte einen schwarzen Stein heraus.

»Lassen Sie die Hände dort, wo ich sie jederzeit sehen kann, Lao-Shi.«

»Verhaften Sie mich?«, fragte Wen.

»Das hängt davon ab, welche Absichten Walter Han in Japan verfolgt«, sagte Zhang. »Und von seiner Verbindung zu dem Grubenunglück am Schlangenmaul.«

»Ah ...«, sagte Wen. »Sie wissen also das ein oder andere bereits.« Er konzentrierte sich jetzt ausschließlich auf das Go-Brett und vermied es, Zhang anzusehen. Dann deutete er mit einem knochigen Finger auf den Fernsehbildschirm. »Sie sollten sich die Nachrichten nicht entgehen lassen«, sagte er. »Gleich werden Sie etwas Interessantes sehen.«

57

Kurt Austin und Joe Zavala stiegen an einem Kiesstrand
aus dem Wasser. Sie streiften die Schwimmflossen ab und
rannten wie Teilnehmer an einem Triathlon über den
Strand. Die Ähnlichkeit mit den Sportlern hatte spätestens
in dem Augenblick ein Ende, als sie sich nicht auf Renn-
räder schwangen, sondern das Seitenfenster eines nicht
weit von ihrer Landungsstelle geparkten Personenwagens
einschlugen, den Diebstahlalarm zum Schweigen brachten
und den Motor in Rekordzeit kurzschlossen.

Während sie über die Küstenstraße rasten, gab Kurt eine
Binsenweisheit von sich: »Wir müssen noch vor der Unter-
schriftszeremonie im Freundschaftspavillon sein.«

»Wir könnten auch zur Polizei gehen«, schlug Joe vor.

»Und was sollen wir dort erzählen?«, fragte Kurt. »Roboter, die genauso aussehen wie wir, werden versuchen,
den japanischen Premierminister zu erschießen? Sie werden
uns mit Beruhigungsmitteln vollpumpen und uns wegen
Wahnvorstellungen in die nächste Irrenanstalt stecken.«

»Zumindest kämen wir dann in den Genuss eines bom-
bensicheren Alibis«, meinte Joe. »Wir können kaum den
Premierminister erschossen haben, wenn wir zum gleichen
Zeitpunkt in der psychiatrischen Abteilung eines Kranken-
hauses vor uns hindämmerten.«

»Das würde weder den Premierminister retten noch

Han belasten«, sagte Kurt. »Und ich habe die Absicht, beides zu tun.«

»Wie?«

»Indem ich ihn auf frischer Tat ertappe. Und diesen Robotern vor laufenden Fernsehkameras die Masken von den Blechgesichtern reiße.«

»Tolle Idee«, sagte Joe, »Aber wenn wir eine Minute zu spät kommen ...«

»Ich weiß«, sagte Kurt, wechselte den Gang und kurvte durch den zunehmenden Verkehr. »Dann haben wir ihm ein weiteres Mal in die Hände gespielt.«

Nach etwa einer Meile hielt Kurt vor einem Supermarkt an, der noch geschlossen hatte. Er und Joe brachen ein und statteten der Abteilung für Herrenbekleidung einen kurzen Besuch ab. Sie rafften einige Teile zusammen, stürmten hinaus und fuhren eilends weiter.

»Wir sind eine regelrechte Zwei-Personen-Kriminalitätswelle«, stellte Joe mit einem Anflug von Selbstkritik fest. »In den letzten vierundzwanzig Stunden haben wir ein Boot, einen Wagen und eine Kollektion Herrenklamotten gestohlen. Wenn das so weitergeht, wird Nagano am Ende jedes Recht haben, genüsslich zu behaupten, dass hauptsächlich die Ausländer diejenigen sind, die in Japan die Gesetze übertreten.«

»Hoffen wir, dass er dazu in Kürze die Chance bekommt.«

Kurt fuhr weiter, bis die Dichte des Verkehrs ein motorisiertes Vorankommen unmöglich machte. In der näheren Umgebung des Pavillons wimmelte es von Besuchern, Medienvertretern und Sicherheitsdiensten. Jede Straße, mit der Kurt sein Glück versuchte, war entweder verstopft oder von der Polizei gesperrt.

»Lass den Wagen stehen«, empfahl Joe. »Wir sehen zu, dass wir zu Fuß weiterkommen.«

Kurt parkte, und sie stiegen aus und rannten. Nicht lange, und sie fanden sich in einer langen Warteschlange wieder und wurden durch einen Sicherheitscheck inklusive Metalldetektor geschleust, ehe sie den Pavillon betreten durften.

»Ich frage mich nur, wie die Roboter das schaffen«, flüsterte Joe.

»Wahrscheinlich sind sie durch die Hintertür hereingekommen«, sagte Kurt. »Ich wette, dass Naganos Papiere ihnen dabei entscheidend geholfen haben.«

»Was meinst du, wo wir sie treffen werden?«

»Was die anderen betrifft, bin ich mir nicht sicher«, sagte Kurt, »aber mein Doppelgänger wird mittendrin sein, wenn der Vertrag unterschrieben wird, damit die ganze Welt auch jedes Detail hautnah mitbekommt. Die anderen werden vermutlich einen Fluchtweg sichern. Die entscheidende Frage ist: Wie halten wir sie auf? Sie sind viel stärker als wir und weitgehend kugelsicher.«

Joe verzog das Gesicht zum Anflug eines qualvollen Lächelns. »Mit dieser Frage schlage ich mich herum, seit ich dich mit dir selbst ringen – und verlieren – sah.«

»Und?«

»Erinnerst du dich daran, wie man uns in Kenzos Burg durchsucht hat?«, fragte Joe. »Da haben sie doch einen starken Elektromagneten benutzt, um die Programmierung jedes elektronischen Geräts zu löschen, das wir offen oder versteckt bei uns trugen. Das Gleiche könnten wir mit unseren mechanischen Zwillingen machen.«

Kurt grinste – er konnte sich immer wieder aufs Neue für Joes technische Brillanz begeistern. »Kannst du so was auf die Schnelle zusammenbasteln?«

»Alles, was ich brauche, ist ein langer Stahlnagel, eine Verlängerungsschnur und eine freie Steckdose.«

Die Zeremonie hatte einen durch und durch feierlichen Charakter. Aber wie so vieles im Zusammenspiel von Politik und Öffentlichkeit wurden Ablauf und Gestaltung im Wesentlichen von den Bedürfnissen der Medien bestimmt. Fernsehkameras wurden aufgebaut. Fotografen mit ihren Stativen und Ausrüstungskoffern wurden die Plätze in der ersten Reihe zugeteilt. Reporter mit Mikrofonen und Aufnahmegeräten drängten sich Schulter an Schulter in der zweiten Reihe dahinter.

Walter Han beobachtete, wie alle Beteiligten zusammenströmten und das Gedränge zunahm. In ein paar Minuten wäre alles vorbei. Dann wäre er bereits unterwegs nach China – zu Ruhm und Ehre. Sein Herz raste vor ungeduldiger Erwartung.

Schließlich trafen auch der japanische Premierminister und der chinesische Botschafter ein.

Der Händedruck, den sie wechselten, dauerte volle dreißig Sekunden, damit jeder diesen historischen Moment in vollendeter Form einfangen konnte. Das begleitende Blitzlichtgewitter hatte eine geradezu hypnotische Wirkung.

Der Botschafter trat ans Rednerpult und gab eine kurze Erklärung ab. Er übergab das Mikrofon an den Premierminister, der eine längere Rede hielt. Walter Han stand mit einem stolzen Lächeln hinter ihnen, umringt von einigen anderen, die einen entscheidenden Anteil an der Vorbereitung dieses Ereignisses hatten.

Während alle Anwesenden ausschließlich auf die Politiker achteten, schaute Han blinzend in das grelle Licht der TV-Scheinwerfer und hielt Ausschau nach dem Austin-

Faksimile. Die drei Roboter befanden sich in diesem Augenblick bereits im autonomen Modus, wobei Austins Maschine programmiert war, ihre zornige Erklärung abzugeben und zu schießen, während die letzte Kopie der Vereinbarung unterzeichnet wurde.

Das Nagano-Faksimile würde in einem Korridor im hinteren Teil des Pavillons bereitstehen und den Ausgang sichern. Während das Zavala-Faksimile nur einen kurzen Auftritt zu absolvieren hatte – um zu gewährleisten, dass seine Anwesenheit von den Kameras aufgezeichnet wurde – und anschließend sofort zum Fluchtwagen zurückkehren sollte. Bei dem es sich, eleganterweise, um Naganos Zivilfahrzeug handelte, das Ushi-Oni übernommen hatte, als er Nagano aus dem Shintō-Tempel in den Bergen entführte.

Alles befand sich an Ort und Stelle. Der Plan war ausgezeichnet.

58

Das Nagano-Double stand in einem leeren Korridor nicht weit von dem Hintereingang zum Pavillon. Es hatte keine echten Gedanken im eigentlichen Sinne; seine Prozessoren hatten einfach entschieden, dass dies die Tür war, die am ehesten von Sicherheitsorganen gesperrt würde, sobald das Attentat stattgefunden hätte.

Das Double würde dort ausharren, bis die nächste Phase der Operation anliefe, und den Zugang zum Parkplatz offen halten. Sobald Austins Doppelgänger erschien, würden beide Einheiten das Gebäude gemeinsam verlassen. Schrittlänge und -tempo würden von den Bedrohungsaktivitäten bestimmt.

Bis zu diesem Moment würde es seinem Menschen-Mimikri-Programm folgen und dafür sorgen, dass die Tür unverschlossen blieb.

Seine optischen Prozessoren registrierten die Annäherung von zwei Wartungstechnikern und identifizierten sie anhand ihrer Arbeitskleidung. Eine untergeordnete Hilfsroutine im Programm entschied, dass sie keine Bedrohung darstellen, während eine dritte Routine das Faksimile freundlich lächeln und die Andeutung einer Verbeugung ausführen ließ.

Gleichzeitig versagte ein dritter Algorithmus, der Gesichter abtasten und, wenn möglich, erkennen sollte. Die

Ursache lag nicht darin, dass die Funktion nicht aktiviert war, sondern der Auslöser war, dass die Männer, die sich näherten, die Mützen, die sie trugen, tief genug heruntergezogen hatten, um ihre Gesichtszüge größtenteils zu verdecken.

Da noch immer kein Bedrohungspotential registriert wurde, verharrte die Maschine in ihrem passiven Status, und das Menschen-Mimikri-Programm hatte weiterhin Vorrang und bestimmte seine Aktionen.

Eine Subroutine dieses Programms begrenzte die Zeitspanne, in der die Einheit vollkommen stillstehen und geradeaus blicken konnte – zwei offensichtlich verräterische Anzeichen im Verhaltensmusterkatalog einer Maschinenexistenz. Nachdem es drei Sekunden lang die Annäherung der beiden Männer beobachtet hatte, wandte das Nagano-Faksimile den Blick ab, hob den angewinkelten linken Arm ein wenig an, während es die rechte Hand benutzte, um den Ärmelsaum über der Hemdmanschette ein wenig zurückzuziehen, damit Letztere die vorgeschriebenen anderthalb Zentimeter darunter hervorschauten.

Gleichzeitig lenkte es die optischen Sensoren auf die Uhr an seinem linken Handgelenk. Weder zeichnete es die Uhrzeit auf – die Zeit wurde absolut präzise innerhalb seiner CPU bestimmt –, noch verstand es, welchen Sinn seine Handlungen hatten. Die jeweilige Aktion war lediglich ein Teil seines Programms.

Nachdem es menschliches Verhalten absolut perfekt simuliert hatte, verlangte der nächste Programmbefehl, dass es die Arme verschränkte, ausatmete und durch das kleine Fenster in der Tür hinausschaute.

Ein Schaden wurde entdeckt.

Seine internen Sensoren reagierten auf einen stechenden Impuls am unteren Ende seines Rückens. Die äußere Abdeckung war perforiert wurden. Die Selbstschutz-Routine reagierte, und die Maschine drehte sich halb um und griff nach ihrer Waffe, aber ehe sie die Drehung vollenden konnte, fiel die Recheneinheit vollständig aus.

Kurt Austin, dessen Hände mit dicken Gummihandschuhen geschützt waren, zog die angespitzte Metallsonde aus der Rückenpartie der Kopie und hielt sie hoch. Ein blanker Kupferdraht war in engen Windungen um das untere Ende der Sonde gewickelt. Er führte zur Gummiummantelung einer dreißig Meter langen Verlängerungsschnur. Diese führte zu Joe, der neben der Wandsteckdose kauerte, in die er sie eingestöpselt hatte.

Kurt hatte die Metallsonde durch das künstliche Fleisch und das Gelpolster der Kopie gebohrt. Die einhundert Volt des elektrischen Stromnetzes innerhalb Japans hatten den Rest bewirkt, indem sie im Roboter gleichzeitig ein pulsierendes elektromagnetisches Feld und einen Stromstoß erzeugten. Innerhalb eines Lidschlags zerstörte der Impuls die CPU des Roboters und löschte seine Programmierung.

Das Nagano-Faksimile stieß keinen Schmerzensschrei aus oder reagierte auf irgendeine andere sicht- oder hörbare Weise. Keine Funken sprühten. Keine mechanischen Krämpfe setzten ein. Es wandte sich lediglich leicht zur Seite und stoppte. Nun stand es reglos da wie jede herkömmliche Schaufensterpuppe.

Kurt wedelte mit der Hand vor seinen Augen herum.

Nichts.

Joe wickelte die Verlängerungsschnur in großen Schlingen auf, während er sich im Laufschritt näherte. »Was habe ich dir gesagt?«

»Du bist ein Genie«, erwiderte Kurt Austin. »Und bist du sicher, dass dieses Ding nicht wieder von selbst aufwacht?«

»Nicht nach diesem Stromschlag«, sagte Joe. »Selbst wenn die Kopie sich wieder einschalten würde, hätte sie keine Programmdateien mehr zur Verfügung. Sie wüsste nicht, was sie tun soll. Sie würde einfach nur dumm herumstehen.«

»Damit wäre Nummer eins ausgeschaltet, bleiben noch Nummer zwei und drei«, sagte Kurt. »Wir sollten dieses Ding in dem Besenschrank einschließen, in dem wir unsere Hausmeisterkluft gefunden haben, und uns auf die Socken machen.«

Walter Han konnte es kaum erwarten, dass der Premierminister mit seiner langen Rede zum Abschluss kam. *Endlich*, dachte er erleichtert.

Die für derartige Unterschriftszeremonien vorgesehenen Füllfederhalter wurden neben den Schreibunterlagen der Unterzeichnenden platziert. Sechs Kopien der Vereinbarung lagen auf dem Schreibtisch bereit. Die erste Kopie wurde unterzeichnet, die Füllfederhalter wurden beiseitegelegt. Neue Füllfederhalter wurden für die zweite Kopie verteilt. Und so weiter.

Ehe die fünfte Kopie unterzeichnet wurde, rutschte dem Botschafter der Füllfederhalter aus der Hand. Er fiel vom Tisch herunter und rollte über den Fußboden. Beide Männer bückten sich danach und hoben ihn gemeinsam auf.

»Das nennt man Kooperation«, sagte der Premierminister.

Alle Anwesenden lachten, die letzte Kopie wurde bereitgelegt. Han konnte sich kaum im Zaum halten. Er schien jeden Moment vor Adrenalin zu platzen.

Er ließ den Blick abermals über die Zuschauer schweifen, um sich zu vergewissern, dass alles wie geplant ablief. Die Austin-Kopie näherte sich langsam und drängte sich durch die Menge bis in die Reihe der Fotografen. Sie machte den Eindruck, als sei sie bereit, die Waffe zu ziehen und das Feuer zu eröffnen. Aber irgendetwas war nicht so, wie es sein sollte.

»Nein«, flüsterte Han. »Nein.«

Die Schreibfeder wurde auf das Papier gesetzt. Die Kopie warf sich nach vorn und fegte einen Fotografen beiseite. »Japan wird niemals ein Bündnis mit China eingehen!«

Die Maschine brachte eine Pistole in Anschlag und wurde zu Boden gestoßen, während sie schoss – nicht von Angehörigen des Sicherheitsdienstes, sondern vom echten Kurt Austin. Vier Schüsse fielen. Die Kugeln flogen niedrig, bohrten sich ins Podium, beschädigten sonst aber nichts. Die Menge stieß einen kollektiven Schrei aus und begann, sich zu zerstreuen.

Han wollte seinen Augen nicht trauen. Für eine Sekunde war er wie benommen und konnte sich nicht rühren. Dann dachte er nur noch an Flucht.

Kurt Austin griff die Maschine an und rammte die Metallsonde in ihren verlängerten Rücken, aber abgesehen von einem kurzen Zucken, zeigte sich die Maschine in ihren Aktionen nicht beeinträchtigt. Sie funktionierte ohne Einschränkung und warf Kurt mit einer kraftvollen Armbewegung ab.

Kurt flog ein paar Meter durch die Luft und walzte eine Reihe freier Stühle nieder, während die Maschine aufstand und abermals das Feuer eröffnete. Die Kugeln trafen Leibwächter des Premierministers, die sich um ihn drängten und sich bemühten, ihn schnellstens aus der Gefahrenzone zu bringen. Drei Männer brachen kurz hintereinander zusammen. Ein vierter schoss zurück, ehe auch er von dem Roboter niedergestreckt wurde.

Kurt starrte die Metallsonde in seiner Hand an, als ob sie ihn verraten hätte, aber die Wahrheit war viel banaler. Jemand von den fliehenden Zuschauern war über die Verlängerungsschnur gestolpert und hatte den Stecker aus der Steckdose gezogen.

Kurt packte einen Stuhl und schmetterte ihn auf den Rücken der Maschine.

Der Roboter wurde zwar aus dem Gleichgewicht gebracht, aber er stürzte nicht. Stattdessen wandte er sich um, versetzte Kurt einen Schwinger und schleuderte ihn über einen Kamera-Dolly.

Als Kurt aus dem Weg war und er wieder ein freies Schussfeld vor sich hatte, nahm der Roboter erneut sein Ziel ins Visier. Diesmal wurde der Premierminister von einer Gestalt in Zivil gerettet, die ihn von der Seite anrempelte und selbst von der Kugel getroffen wurde.

Kurt wusste, dass er den Roboter nicht überwältigen konnte. Er ergriff das Stromkabel, zog sein Ende mit einem Ruck zu sich heran und stöpselte es in eine Steckdose neben der Fernsehkamera.

Während die Austin-Kopie weitermarschierte und nach dem nächsten Ziel Ausschau hielt, rollte sich Kurt auf das Podium und stieß die stählerne Lanze ins Rückgrat seines mechanischen Zwillingsbruders.

Die Kopie erstarrte in einer grotesken Körperhaltung und kippte haltlos nach vorne. Kurt fixierte die Maschine mit seinem Körpergewicht, zog die Sonde aus ihrem Rücken und stieß sie an einer anderen Stelle abermals hinein, um ganz sicherzugehen.

Mittlerweile stürmten polizeiliche und paramilitärische Einheiten in die Halle. Sie umringten Kurt und zogen ihn von dem Roboter herunter. Als sie die Maschine auf den Rücken drehten, erstarrten sie angesichts dessen, was sich ihren Augen darbot. Irritiert sprangen ihre ungläubigen Blicke zwischen dem Angreifer und dem guten Samariter, der ihn aufgehalten hatte, hin und her.

Doch Kurt hatte keine Zeit für erschöpfende Erklärungen. Er benutzte den angespitzten Metallstab, um die Haut am Hals seiner Kopie aufzuschlitzen. Er schälte sie zurück und entblößte die mechanisch vorgestanzte Maske des Robotergesichts.

Die Hydraulik der winzigen Servomotoren, die Austins Mienenspiel im Gesicht der Maschine simulierten, zuckten gelegentlich noch, als vereinzelte verstümmelte Signale von der CPU bis zu ihnen durchdrangen. Die glasigen Augen starrten ausdruckslos ins Leere.

Das war das Letzte, was Kurt von der Maschine zu sehen bekam. Unter den extremsten Sicherheitsvorkehrungen schleiften ihn die Polizisten vom Schauplatz des Geschehens weg.

»Lassen Sie ihn los!«, befahl eine Stimme.

Kurt schaute hoch. Zu seiner Überraschung gewahrte er Nagano, der soeben in die Halle gehumpelt kam. Der Kriminalkommissar sah zwar wie eine Leiche auf Urlaub aus, aber immerhin trug er schon wieder das Jackett seiner Polizeiuniform.

»Wenn Sie nicht so ramponiert aussähen, könnte ich fast annehmen, dass Sie eine Maschine sind«, sagte Kurt.

»Ich hätte sicherlich sehr viel weniger Schmerzen, wenn ich eine wäre«, sagte Nagano.

»Wann sind Sie hierhergekommen?«

»Ein wenig zu spät, wie es scheint.«

Nagano half Kurt auf die Füße, und sie kletterten aufs Podium. Der Premierminister wurde aus der Halle eskortiert, während Sanitäter den verwundeten Mitgliedern seiner Leibwache und der Person, die den Premierminister vor einem tödlichen Treffer bewahrt hatte, Erste Hilfe leisteten. Diese Person war eine Frau, was Kurt im Eifer des Gefechts gar nicht registriert hatte – dabei hätte er sie eigentlich auf Anhieb erkennen müssen.

»Akiko!«, rief Kurt Austin verblüfft, als er neben ihr auf ein Knie hinunterging. Sie lag auf einer Bahre und brachte ein mühsames Lächeln zustande. Zwei Sanitäter bemühten sich um sie. Man hatte ihr bereits einen Infusionstropf angelegt, dessen Plastikbeutel unter dem Brustgurt hervorlugte, mit dem sie auf der Bahre fixiert worden war.

»Ich sagte Ihnen doch, dass ich bei Kampfeinsätzen meinen Mann stehen kann«, flüsterte sie.

»Sie hat einen Lungendurchschuss«, erklärte einer der beiden Sanitäter. »Den wird Sie auf jeden Fall überleben. Aber sie sollte schnellstens ins nächste Krankenhaus gebracht werden.«

»Dann beeilen Sie sich«, sagte Nagano.

Kurt drückte Akikos Hand, als ihre Bahre auf einen Rollwagen gehoben und zum nächsten Transporter gebracht wurde.

»Ich vermute mal, dass Sie nicht geschwommen sind«, sagte Kurt.

»Wir konnten kurz nach Tagesanbruch einen Fischkutter auf uns aufmerksam machen«, berichtete Nagano. »Er hat uns in den Hafen geschleppt. Und von dort sind wir so schnell wir konnten hierhergekommen. Aber Sie können sich gewiss vorstellen, dass wir ohne Ausweise und mit unserem Aussehen große Schwierigkeiten hatten zu erklären, wer wir sind. Und als wir endlich jemanden gefunden haben, der bereit war, uns zuzuhören, hatte die Schießerei bereits begonnen. Wir kamen hierher, und Akiko rannte schneller als alle anderen.«

»Sie ist eine wahre Heldin«, sagte Kurt. Sie hatte sich schon früh der Aufgabe verschrieben, ihren Wohltäter – Kenzo Fujihara – zu beschützen. Danach gelobte sie, das Gleiche für mich zu tun und rettete am Ende ihrem Premierminister das Leben.«

»Klingt wie eine Beförderung. Auch eine Weise, sich nach oben zu dienen.«

»Wahrscheinlich die einzig wahre«, sagte Kurt.

Nagano lächelte. »Ich fürchte, noch sind nicht alle Probleme gelöst. Da ist immer noch Walter Han, den wir fassen müssen. Es scheint, dass er entkommen konnte. Wenn er es schafft, nach China zurückzukehren, werden sie ihn niemals ausliefern.«

»Keine Sorge«, sagte Kurt. »So weit wird er nicht kommen.«

59

Wie alle anderen Teilnehmer an der Zeremonie hatte auch Walter Han die Flucht ergriffen. Aber er rannte aus anderen Gründen. Und er rannte in eine andere Richtung. Er sprintete durch den hinteren Teil des Pavillons und eilte die Zugangstreppe hinunter. Mehrere Polizisten kamen ihm entgegen, interessierten sich jedoch nicht für ihn. Sie hatten nicht gesehen, was sich im Pavillon abgespielt hatte, sondern nur die Schüsse gehört, und brachten den Industriellen nicht damit in Verbindung.

Er erreichte die unterste Etage und kam zu der Tür, die Naganos Replikat bewachen sollte. Die Maschine war nirgendwo zu sehen, und Han hielt sich nicht damit auf, sie zu suchen. Er stieß die Tür auf und rannte hinaus.

Seine Limousine wartete auf dem für Ehrengäste reservierten Parkstreifen an der Seite des Pavillongebäudes. Er ging darauf zu und blieb dann abrupt stehen. Die Polizei hatte die Limousine umstellt. Han konnte verfolgen, wie ein Beamter die Tür auf der rechten Seite öffnete und seinen Chauffeur zum Aussteigen nötigte. Er zwang ihn mit vorgehaltener Waffe, sich auf den Boden zu legen.

Han machte kehrt und schlug die entgegengesetzte Richtung ein. Er war entlarvt. Und saß in der Falle. Aus der er sich nicht heraussstehlen konnte. Dann kam ihm ein Gedanke. Der Nagano-Roboter und Zavalas Kopie warteten auf das Austin-Replikat.

Han konnte ihre einprogrammierten Befehle mit einem

gesprochenen Kommando außer Kraft setzen. Er hielt Ausschau nach dem Fluchtwagen. Und fand ihn. Er stand in der Nähe der Ausfahrt. Auf seinem Dach rotierte sogar ein Blaulicht. Eine brillante Zugabe.

Er drosselte sein Tempo und zwang sich zu einer betont ruhigen Gehweise. Es wäre absolut unnötig, jetzt die Aufmerksamkeit auf sich zu lenken. Er öffnete die Tür und warf einen Blick ins Wageninnere. Die Zavala-Kopie saß hinter dem Lenkrad, wo sie auch sitzen sollte, aber Naganos Double war nirgendwo zu sehen. *Zu schade.*

Han stieg ein und schloss die Tür. »Bringen Sie uns vom Parkplatz weg, und fahren Sie auf schnellstem Weg zur Fabrik.«

Wenn er es schaffte, unbehelligt den Hubschrauber zu erreichen, würde er schon in weniger als einer Stunde den japanischen Luftraum verlassen.

Der Zavala-Roboter legte den Gang ein, fuhr ein paar Meter und stoppte dann. »Zahlen Sie bar oder mit Karte?«

»Wie bitte?«

»Das Beförderungsprogramm verlangt Barzahlung in Landeswährung.«

Han glaubte, sich verhört zu haben. Die Stimme klang künstlicher als alles, was seinen strengen Qualitätsmaßstäben entsprach. *Was für einen seltsamen Akzent hatte Gao der Maschine verpasst?* »Storniere sämtliche Programmroutinen und bring mich zur CNR-Fabrik«, befahl er. »Sofort.«

Die Antwort klang wie von einer Maschine in einem Fernsehfilm der 60er Jahre heruntergespult. »Instruktionsfehler … Kommando nicht erkannt … Instruktionsfehler … Kommando nicht erkannt …«

»Ich bin Walter Han«, brüllte er. »Ich gebe dir einen direkten Befehl!«

Nach diesen Worten drehte sich die Gestalt auf dem Fahrersitz zu ihm um. Sie hielt eine Pistole in der Hand und strahlte ihn fröhlich an. »Und ich bin Joe Zavala«, sagte die Gestalt, deren Stimme plötzlich vollkommen natürlich klang. »Und Sie sind nicht mein Boss.«

Dieser kindische Scherz reichte Walter Han, um die Situation richtig einzuschätzen. Er streckte die Hand nach dem Türgriff aus, aber die Tür wurde aufgerissen, ehe er den Griff berühren konnte.

Austin, Nagano und ein Trupp Polizisten standen dort. Austin fasste in den Wagen hinein, packte Walter Han bei den Revers seines Jacketts und zog ihn mit Schwung heraus. Er stieß ihn mit dem Rücken gegen den Wagen und grinste ihn triumphierend an. »Menschen gegen Roboter drei zu eins«, sagte er genüsslich. »Game over.«

60

Im Büro in Shanghai konnten Wen Li und General Zhang im Fernsehen verfolgen, wie die Ereignisse ihren Lauf nahmen und anschließend von den Medien in Ost und West sensationshungrig ausgeschlachtet wurden. Aufgrund ihrer herausgehobenen Stellung innerhalb der chinesischen Regierung waren sie in der Lage, sämtliche Fernsehprogramme der Welt uneingeschränkt zu empfangen. Wiederholungen der Übertragung des Festaktes wechselten sich mit Videosequenzen von den aktionsreichsten Momenten in ständig wiederkehrender Folge ab. Kommentatoren äußerten sich mit einem Tonfall dramatischer Atemlosigkeit zu dem Geschehen und seinen möglichen Auswirkungen auf die politische Entwicklung in Südostasien. Aber nichts war so spektakulär wie die in allen Einzelheiten aufgezeichnete Entlarvung und Überwältigung von Walter Hans mechanischem Attentäter.

General Zhang hatte schon bald genug gesehen. »Es scheint, als ob Ihr Versuch, die Vorherrschaft Chinas sicherzustellen, grandios gescheitert ist.«

Auf dem Bildschirm zeigten Luftaufnahmen aus einem Helikopter, wie Hunderte von Polizei- und Armeeeinheiten um das Präfekturgebäude zusammengezogen und in dichten Postenketten aufgestellt wurden. Aus diesem Gefängnis konnte Walter Han unmöglich entkommen.

»Es gibt keinen Spielraum für Freiheit«, sagte Wen Li geheimnisvoll. »Das eine kann nicht ohne das andere leben.«

»Aber China schon«, erwiderte Zhang. »Schuld daran ist nicht unsere Nation oder unser System. Dies sind die Taten eines Wahnsinnigen. Er wird natürlich geopfert.«

Wen sah Zhang mit einem Ausdruck widerwilliger Hochachtung an. »Sie haben offenbar einen Weg gefunden, das Gesicht zu wahren.«

»Das habe ich«, bestätigte Zhang. »Ich brauche alles Ihnen zur Verfügung stehende Material über das Bergbauprojekt. Und über Walter Han.«

»Das bekommen Sie«, sagte Wen. Er richtete seine Aufmerksamkeit wieder auf den Fernsehschirm und verzichtete darauf, sich aus seinem Sessel zu erheben. »Bitte, gehen Sie jetzt.«

Zhang machte kehrt und öffnete die Tür. Noch in der Türöffnung stehend, gab er den Wächtern seine Anweisungen. »Der Lao-Shi darf nicht gestört werden. Er steht unter Hausarrest. Niemand darf ihn besuchen, und er darf den Raum nicht verlassen.«

Die Soldaten antworteten einstimmig und salutierten. Zhang drehte sich noch einmal um und blickte ins Büro, ehe er die Tür schloss. Wen schien seltsam gelassen und zufrieden. Die schwere Last war von seinen Schultern genommen worden. Der langwierige Kampf war vorüber.

61

Kurt Austin stand auf dem Hauptdeck des Tenders *Giashu* der chinesischen Marine, während ein Haken von einem Deckkran heruntergelassen und zum letzten von vier NUMA-Tauchbooten dirigiert wurde, die einige Tage zuvor an Bord des Schiffes gebracht worden waren.

Die NUMA, die chinesische Regierung und die Japanese Maritime Self-Defense Force, kurz JMSDF, hatten sich zwecks der Erforschung der geologischen Anomalien auf dem Grund des Ostchinesischen Meeres auf eine enge Zusammenarbeit geeinigt.

Ein chinesischer Matrose brachte den Haken in Position und hängte ihn an dem dafür vorgesehenen Tragepunkt ein. Nachdem er die Verbindung noch einmal überprüft hatte, gab er Kurt mit dem Daumen das Okay-Zeichen. Kurt erwiderte die Geste.

»In nur wenigen Wochen hat sich viel verändert«, sagte eine Stimme hinter ihm.

Kurt drehte sich um und sah hinter sich einen Chinesen in militärischer Uniform stehen. »Ich dachte immer, Generäle würden ihren Dienst ausschließlich an Land versehen.«

»Dem geben wir gewöhnlich auch stets den Vorzug«, erwiderte General Zhang, »aber ich wollte Sie persönlich kennenlernen. Ich wollte sehen, ob es Sie wirklich gibt. Sie haben während der vergangenen zwei Jahre einen nachhaltigen Eindruck hinterlassen. Und jetzt sind Sie hier und stehen als offizieller Gast meiner Regierung auf einem chinesischen Schiff. Etwas sagt mir, dass – wenn wir Sie das nächste Mal an Bord eines unserer Schiffe antreffen werden – es entweder ohne Erlaubnis oder als Gefangener sein wird.«

Der General begleitete seine Worte mit einem verschmitzten Lächeln, das Kurt mit einem fröhlichen Grinsen seinerseits erwiderte. »Wahrscheinlich haben Sie recht«, sagte er. »Aber andererseits, wie Sie schon festgestellt haben, Dinge ändern sich, und das kann sehr schnell geschehen.«

»Was man unseligerweise vom Anstieg des Meeresspiegels nicht behaupten kann. Der hat sich nämlich nicht verlangsamt.«

»Dem werden wir schon auf den Grund gehen«, sagte Kurt weiterhin lächelnd. »Der größte Teil der Trümmer und des Schutts wurde beiseitegeschafft, und eine Andockmanschette ist am funktionsfähigen Teil der Station installiert worden. Die Entscheidung, die Station in wesentlichen Teilen in das umliegende Gestein hineinzubauen, kann nur als genial bezeichnet werden. Unsere Sonarscans zeigen an, dass das Innere nicht in Mitleidenschaft gezogen wurde.«

»Das war Walter Hans Idee«, sagte Zhang. »Er sollte im Gefängnis genug Zeit finden, ein paar neue ungewöhnliche Ideen zu entwickeln.«

Kurt konnte sich vorstellen, dass früher oder später ein Tauschgeschäft zustande käme, aber die Tatsache, dass Han nicht lautstark forderte, nach China abgeschoben zu werden, ließ vermuten, dass ihm das Leben in einem japanischen Gefängnis eindeutig mehr zusagte.

Ein anderer Matrose erschien, in der Hand hielt er ein Satellitentelefon. »Sie haben einen Anruf, Mr. Austin.«

Kurt angelte sich das Telefon und streckte Zhang gleichzeitig eine Hand entgegen. »Dann bis zum nächsten Mal...«

Zhang ergriff Kurts Hand und schüttelte sie kräftig. »Mögen dann die Begleitumstände genauso angenehm sein wie heute.«

Während Zhang sich entfernte, hielt Kurt das Telefon ans Ohr. »Austin«, meldete er sich.

»Ich bin froh, dass ich Sie gerade noch erwischt habe«, sagte Kommissar Nagano. »Sie sind bei der heutigen Zeremonie vermisst worden.«

»Tut mir leid«, sagte Kurt. »Ich ziehe es nun mal aus Prinzip vor, das Scheinwerferlicht zu meiden. Wie ist es gelaufen?«

»Ausgezeichnet«, sagte Nagano. »Akiko hatte die ehrenvolle Aufgabe, das Honjo Masamune dem Premierminister und dem japanischen Volk zu präsentieren. Sozusagen als Gegenleistung erhielt sie einen Orden und wurde offiziell ins Nachwuchsausbildungsprogramm der Japanischen Nationalen Polizei aufgenommen.«

»Sieht so aus, als hätte sie jetzt eine Familie.«

»Wir kümmern uns um unsere Leute«, meinte Nagano. »Und ich muss Ihnen sagen, sie sah blendend aus.«

»Das kann ich mir vorstellen. Ich habe sie nicht anders in Erinnerung«, sagte Kurt. »War Joe bei ihr?«

»Seit ihrem Krankenhausaufenthalt ist er ihr kaum mehr von der Seite gewichen«, berichtete Nagano. »Sie haben ständig etwas zu besprechen. Soweit ich aus dem schließen kann, was ich mithören konnte, geht es vorwiegend um … Autos.«

»Um was sonst!«

Ein schriller Pfiff ließ Kurt zum Kran hinüberschauen. Gamay stand im Einstieg des Tauchboots und winkte ihm, er solle sich beeilen.

»Ich muss Schluss machen«, sagte Kurt. »Alles Gute.«

»*Arigato*, mein Freund«, erwiderte Kommissar Nagano.

Kurt gab dem Matrosen das Smartphone zurück, stieg die Leiter an der Seite des Tauchboots hinauf und schlängelte sich durch den Einstieg. Paul und Gamay warteten schon. »Nächste Station: Schlangenmaul.«

Nach einer zehnminütigen Tauchfahrt erreichten sie den Grund des Unterwassercanyons. Drei andere Tauchboote hatten den Abstieg bereits absolviert. Ihre Scheinwerfer geisterten über die Wände zu beiden Seiten der Schlucht.

Kurt manövrierte das U-Boot in Position und koppelte an der neuen Andockmanschette an. Nach vollzogenem Manöver und der Überprüfung der Verbindung öffnete er die Luke des Tauchboots und stieg aus. Paul begleitete ihn, während Gamay auf den Platz des Piloten umzog.

»Ich hole euch wieder ab, wenn ihr fertig seid«, sagte sie.

Kurt schloss die Luke und ging zur inneren Tür des Andockmoduls.

»Ehrlich gesagt, wüsste ich keinen Grund, weshalb ich hier sein muss«, sagte Paul, der sich mit seinen zwei Metern Körpergröße in dem engen Verbindungsgang sichtlich unwohl fühlte.

»Ich dachte, du wolltest dich hier unten mal umsehen«, sagte Kurt. »Schließlich hast du uns mit deiner Geschichte von der Krähe und dem Krug erst auf die richtige Idee gebracht. Ich hielt es für passend, dich bei der Lösung des letzten Problems dabeizuhaben.«

Sie erreichten die Innentür. Zwei chinesische Techniker befanden sich bereits dort. Abgesetzt von einem ihrer eigenen Tauchboote. Einer der beiden trug eine dicke Hornbrille und hatte langes Haar, das ihm in die Augen fiel.

Kurt legte den Kopf schief. »Kennen wir uns nicht? Habe ich Sie nicht auf Hashima Island gesehen?«

Der Mann nickte. »Ich habe dort im metallurgischen Labor gearbeitet.«

Kurt nickte, als er sich erinnerte. »Offenbar haben Sie noch immer keinen Friseur gefunden. Was machen Sie hier unten?«

»Sie haben mich freigelassen, damit ich bei der Untersuchung helfen kann«, sagte der Techniker. »Ich weiß über diesen Ort und das gesamte Projekt mehr als die meisten. Schließlich war ich daran beteiligt, die Systeme zu entwickeln.«

»Von denen viele noch tadellos funktionieren«, sagte Kurt. »Sie haben offensichtlich gute Arbeit geleistet.«

»Wir arbeiteten von Anfang an mit Atomenergie. Der Reaktor blieb unversehrt. Als die Gesteinslawine abging, sicherten die wasserdichten Türen den inneren Bereich. Das ist der einzige Grund.«

Kurt vermutete allerdings, dass es noch andere Gründe gab. Aber dies behielt er für sich. »Bereit?«

»Ja.«

Der Techniker öffnete eine Klappe, hinter der sich ein manueller Verschlusshebel für die Innentür befand. Mit Hilfe eines großen Schraubenschlüssels drehte er eine Spindel und löste die Verriegelung.

Kurt und Paul zogen die schwere Tür auf. Sie entdeckten einen Tunnel, der aus dem Fels herausgefräst und mit Stahl ausgekleidet war. Erhellt wurde er wider alle Erwartung von Lichtern an der Decke.

»Wo ist der Hauptabschnitt?«, fragte Kurt.

»Hier entlang.« Der Techniker winkte ihnen und ging voraus in den Tunnel hinein.

Der erste Verbindungsgang mündete in einen zweiten. Dieser endete in einer Bereitstellungszone, in der sich unberührte Gerätekisten auftürmten.

Sie durchquerten diesen Raum und gelangten zu einem großen Lastenaufzug – zwei Autos hätten darin nebeneinander ausreichend Platz gefunden. »Hörst du etwas?«, fragte Paul. »Es klingt wie ein lautes Summen.«

Kurt nickte. *Hinweis Nummer zwei.* Er betrat die Ladeplattform des Aufzugs und wartete darauf, dass die anderen ihm folgten. »Es geht abwärts.«

Der Lift trug sie fast dreihundertfünfzig Meter in die Tiefe, wo sie sich in einem vollkommen anderen Bereich des Bergwerks wiederfanden. Auf einem schematischen Lageplan war dieser Teil als »Unterer Kontrollraum« ausgewiesen worden. Laut Plan sollte die Grundfläche ungefähr vierzig Quadratmeter – oder etwa sechs mal sechs Meter – betragen. Was sie jedoch zu sehen bekamen, als sie den Aufzug verließen, war eine weite, offene Höhle, von der dunkle Stollen in alle Richtungen abzweigten.

»Das sieht wie die Grand Central Station aus«, sagte Paul Trout verblüfft.

Kurt nickte und sah sich um. Stromkabel verliefen an den Wänden. Frische Spuren von Raupenketten furchten den Untergrund wie auf einer Großbaustelle. Das Summen wurde lauter.

Die beiden Techniker durchquerten den Raum. Ihr Ziel war eine Steuerkonsole in seinem Zentrum. Paul und Kurt schlugen die andere Richtung ein. Die stählernen Wandverkleidungen, die sie im oberen Bereich gefunden hatten, waren verschwunden. Dafür bestanden die Wände aus einer bernsteinfarbenen Mischung aus Gestein und noch einer anderen Substanz. Kurt glaubte, sie zu kennen. Es war Goldenes Adamant.

»Nichts von alldem sollte hier zu sehen sein«, sagte der Techniker mit der Hornbrille und vollführte mit einem Arm eine Geste, die den gesamten Raum umschloss. »Geplant war diese Station als eine Art vorgeschobener Posten, der die Betriebszentrale mit den Tiefbohrlöchern und den Förderstollen verband. Der gesamte Raum …«

Seine Stimme verstummte, als sich das Summen zu einem Rumpeln verstärkte. Eine der dunklen Tunnelmündungen hellte sich auf. Gebannt blickten sie in die Richtung und erkannten eine Scheinwerferbatterie, die sich dem Saal näherte, in dem sie standen. Dann schob sich eine Maschine auf Raupenketten im Kriechtempo aus der Tunnelmündung in den Raum und steuerte auf einen Punkt am Rand des Saals zu. Ihr vorderes Ende sah aus, als sei es schwer beschädigt. Die Maschine ging in den Parkmodus. Sie streckte einen mechanischen Arm aus, ergriff ein Stromkabel, das an der Höhlenwand hing, und stöpselte es in seinen Batterieblock ein, der in einem Gehäuse im Heckbereich untergebracht war.

Hinweis Nummer drei. »All dies«, sagte Kurt, »befindet sich hier, weil die Maschinen es für sich eingerichtet haben.«

»Wie bitte? Was meinen Sie damit?«

»Die Maschinen buddeln immer noch«, erklärte Kurt.

»Sie führen ihre alten Befehle weiter aus. Und benutzen die ihnen einprogrammierte künstliche Intelligenz, um die nötigen Voraussetzungen zu schaffen, um ihr Ziel zu erreichen.«

Der Techniker, den Kurt bereits auf Hashima Island kennengelernt hatte, rief auf dem Display der Steuerkonsole einen Lageplan der Mine auf. Er verzeichnete eine verwirrende Anzahl von Stollen und Kavernen, die während des vorangegangenen Jahres gebohrt und erweitert worden waren. Die Maschinen hatten die Schwingungsgeber tiefer in die Erde gesenkt, als man während der Anfangsphase des Projekts für möglich gehalten hatte – und dabei hatten sie sämtliche Probleme und Rückschläge überwunden. Gleichzeitig hatten sie die Mineralien und die Erze, die sie fanden, dazu benutzt, das Bergwerk abzusichern und in einem betriebsfähigen Zustand zu erhalten.

»Woher hast du das alles gewusst?«, fragte Paul Trout.

»Von Wissen kann keine Rede sein«, sagte Kurt. »Aber Hiram Yaeger und Priya haben sämtliche Daten analysiert, die Hans Leute aufgezeichnet und gespeichert hatten. Und erhielten am Ende das, was wir hier vor uns sehen, als wahrscheinlichstes Resultat. Es war keine andere Erklärung für die weiterhin enorme Zunahme von Rissen und Spalten im Bereich der Mantelübergangszone vorstellbar. Die Maschinen mussten den Schürfprozess aufrechterhalten und gleichzeitig so schnell wie möglich ausweiten.«

Zwei weitere Maschinen walzten knirschend in die Höhle hinein. Die eine machte sich an dem beschädigten Transporter zu schaffen und begann, seine Frontpartie zu reparieren. Die andere Maschine durchquerte dagegen den Saal und verschwand schließlich in einem anderen Tunnel, um eine neue Aufgabe zu übernehmen.

»Sie haben andere Maschinen gebaut«, sagte der Techniker. »Insgesamt vierhundertzweiunddreißig Stück.«

»Aber warum?«

»Weil sie zur Ausführung weiterer Arbeiten gebraucht wurden«, sagte Kurt.

Der Techniker las mit lauter Stimme einen Text vor, der zur gleichen Zeit über das Display gescrollt wurde. »›Abbauaktivitäten in vollem Umfang fortsetzen‹«, sagte er. »›Ausbeute maximieren.‹ Laut Datenbank waren dies die letzten Befehle vor dem Erdrutsch.«

»Die in jeder Hinsicht präzise befolgt und ausgeführt wurden«, sagte Kurt.

»Sie haben hier unten ihre eigene Zivilisation geschaffen«, sagte Paul. »Es ist unglaublich.«

»Beinahe kommt es einem so vor, als würde man ein ganzes Volk auslöschen«, meinte Kurt. »Aber wir haben keine andere Wahl.«

Er sah den Techniker fragend an, der zustimmend nickte. Der Mann rief die Benutzeroberfläche des Bergbauprogramms auf. Er gab einen neuen Zugriffscode ein und änderte das Profil des Systemadministrators.

»Hoffentlich führen sie den Befehl aus«, sagte Paul. »Wenn nämlich nicht, dürfte es der Beginn der Roboterrebellion sein.«

»Zugriffscode Alpha«, sagte der Techniker.

Die zentrale Recheneinheit des Bergwerks identifizierte das Stimmmuster des neuen Administrators. »Zugriffscode Alpha akzeptiert«, antwortete eine menschlich klingende Stimme.

»GS-1«, sagte der Techniker, »sämtliche Bergbauaktivitäten einstellen. Alle Einheiten auf Wartungsmodus umschalten und in Ruhezustand versetzen.«

Einige Sekunden lang herrschte Stille. Paul Trout wechselte einen besorgten Blick mit Kurt Austin.

»Anweisung bestätigt«, antwortete GS-1. »Schalte Schwingungsgeber aus.«

Das allgegenwärtige Summen wurde allmählich leiser und verstummte schließlich vollkommen. Für einen kurzen Moment, der sich fast zu einer Ewigkeit dehnte, herrschte in der zentralen Höhle Totenstille, bis erste rumpelnde Laute aus den Stolleneingängen drangen. Nicht lange, und eine anscheinend endlose Kolonne von Maschinen strömte auf Raupenketten zurück in die Haupthöhle und verteilte sich auf die den einzelnen Einheiten zugewiesenen Parkpositionen.

»Ich glaube, für uns wird es Zeit, dass wir verschwinden«, sagte Kurt. »Unsere Arbeit hier ist erledigt.«

Während der nächsten zwei Wochen nahm die Wassermenge, die von der Ansammlung von Geysiren – eine Zählung ergab mehr als eintausend – in den Ozean gepumpt wurde, stetig ab. Schließlich versiegte der Zufluss vollständig. Gleichzeitig kam der Anstieg des Meeresspiegels bei einem Wert von etwa dreißig Zentimetern über normal zum Stillstand.

Insgesamt achthundertfünfzig Tonnen Goldenes Adamant wurden aus der Mine zutage gefördert und verblieben im Besitz der Volksrepublik China.

Westliche Nationen fanden ihre eigene Quelle des Metalls, nachdem die Notizen in Masamunes Tagebuch entziffert und übersetzt wurden. Sie führten sie zu einem Bergwerk inmitten der schlummernden Vulkanregion Japans, wo der alte Waffenschmied das Rohmaterial für sein legendäres Schwert gefunden hatte.

Eine seltene Münze birgt die explosive Wahrheit über eines der brisantesten Kapitel der amerikanischen Geschichte ...

430 Seiten. ISBN 978-3-7341-0737-5

In den Geschichtsbüchern steht, dass die Überwachung Martin Luther Kings durch das FBI am Tag seiner Ermordung endete. Doch nun, Jahrzehnte später, stößt Ex-Agent Cotton Malone auf geheime Dokumente, die den schicksalhaften 4. April 1968 in neuem Licht erscheinen lassen. Diese Informationen könnten Unschuldige das Leben kosten und das Erbe des größten Helden der Bürgerrechtsbewegung gefährden. Der Fall führt Malone von Mexiko bis Washington, D.C. – und zu einem Vorfall achtzehn Jahre zuvor, als ein junger Cotton Malone zwischen die Fronten des Justizministeriums und des FBIs geriet ...

Lesen Sie mehr unter: **www.blanvalet.de**

Jetzt kämpft er auf eigene Faust – der sechste Einsatz des ehemaligen CIA-Operators Ryan Drake.

608 Seiten. ISBN 978-3-7341-0581-4

Ein längst vergangener Einsatz in Afghanistan holt den stellvertretenden CIA-Direktor Marcus Cain ein. Um den Schaden zu begrenzen, muss er selbst wieder aktiv werden. Doch der ehemalige CIA-Operator Ryan Drake erfährt, dass Cain seine sichere Zentrale im CIA-Hauptquartier verlässt – und er hat noch eine Rechnung mit ihm offen! Während Cain über Leichen geht, um seine Taten zu verbergen, versammelt Drake sein altes Team um sich. Sie haben nur wenig Zeit, denn sobald Cain seine Arbeit abgeschlossen hat, wird er unangreifbar sein ...

Ein lange verschollenes Artefakt
bedroht die Menschheit. Um
sie zu retten, müssen sich die
Geheimagenten der Sigma Force mit
ihrem größten Feind verbünden.

608 Seiten. ISBN 978-3-7341-0810-5

Nur die Topagenten des wissenschaftlichen Geheimdienstes
Sigma Force können das Ende der Menschheit noch verhindern.
Es begann im Jahre 1903, als einige Wissenschaftler ein Artefakt
entdeckten, das die Hölle auf Erden loslassen sollte. Sie wagten
nicht, es zu zerstören. Stattdessen vergruben sie es wieder
und gelobten Schweigen. Doch nichts bleibt ewig verborgen.
Heute, mitten in Washington DC, wird es erneut geborgen,
und seine Macht von skrupellosen Menschen freigesetzt. Und
Commander Grayson Pierce von der Sigma Force steht vor der
schwersten Entscheidung seines Lebens. Um die Menschheit zu
retten, muss er sich mit seinen Feinden verbünden – doch die
fordern für ihre Unterstützung das Leben eines seiner Leute!

Lesen Sie mehr unter: **www.blanvalet.de**